青春励志读书课 第二季

做一个充满正能量的人

译文◎主编

北京时代华文书局

图书在版编目（CIP）数据

做一个充满正能量的人 / 译文主编. -- 北京 : 北京时代华文书局, 2019.11（2023.10 重印）
（青春励志读书课）
ISBN 978-7-5699-3218-8

Ⅰ. ①做… Ⅱ. ①译… Ⅲ. ①故事－作品集－中国－当代 Ⅳ. ①I247.81

中国版本图书馆 CIP 数据核字（2019）第 230761 号

青春励志读书课　做一个充满正能量的人

QINGCHUN LIZHI DUSHUKE　ZUO YI GE CHONGMAN ZHENG NENGLIANG DE REN

主　　编 | 译　文

出 版 人 | 陈　涛
选题策划 | 郄亚威
责任编辑 | 周连杰
装帧设计 | 时间岛 • 烨冰
责任印制 | 刘　银

出版发行 | 北京时代华文书局 http://www.bjsdsj.com.cn
北京市东城区安定门外大街 136 号皇城国际大厦 A 座 8 层
邮编：100011　电话：010-64263661　64261528
印　　刷 | 三河市金兆印刷装订有限公司　电话：0316-5925887
（如发现印装质量问题，请与印刷厂联系调换）
开　　本 | 710mm×1000mm　1/16　印　　张 | 9　字　　数 | 70 千字
版　　次 | 2019 年 11 月第 1 版　印　　次 | 2023 年 10 月第 2 次印刷
书　　号 | 978-7-5699-3218-8
定　　价 | 112.00 元（全 5 册）

序 Preface

思想是决定命运的重要因素，行为的平庸源于思想上的苍白，而思想上的贫乏源于所见之狭隘。自我们呱呱坠地起，自然界便赋予我们每个人都是平等的。我们的思想如同一张白纸，随着时间的推移与不断的学习、积累，会被逐渐填满而发展成熟。然而，正如鲁迅先生所言，“有的人活着，他已经死了；有的人死了，他却还活着”！古今中外历史上涌现出了很多取得杰出科技文化成就或是有很大思想建树的伟人，他们之所以能成就辉煌的人生，关键是因为他们于人生的平凡细节中将更多智慧的精髓、思想的光芒、崇高的德行修养……，来作为生命中的养分。而缺少伟大精神滋养的灵魂是贫弱的、平庸的、盲目的。

同样，青春期的孩子们，谁不对未来充满了期待？谁不憧憬着自己美好的人生？然而，怎样才能使青春期的孩子健康地成长，怎样才能破除青春期障碍，“滋养”孩子顺利走向成功的未来，我们经过缜密的调查与分析，出版了《青春励志读书课》。

古语有云：少壮不努力，老大徒伤悲！对于现今这个飞速发

展的社会来说，更需的是有学习力的人，才能拥有这个时代的终极竞争力。不读书，寸步难行，不好好读书，抵触、逃避、敷衍、糊弄等等，都是对自己的一种极不负责任，也终将无法稳步立足社会。

社会是纷繁复杂的，周围的人也是各种各样的，强烈的责任意识和担当精神、有效的自控能力等既能给我们自身带来愉悦和便利，也有助于我们综合素质的提升、赢得他人的尊重，还能强化我们的人际关系。

此外，健康的心灵、高尚的人格对我们青少年也是非常重要的。以积极的心态看待人生、对待学习，会有助于我们迈开稳健的步伐，而不轻易向困难低头；学会在阴影下寻找阳光会使我们变得坚忍而更加成熟；真诚、友善、宽容会使我们获得别人的尊重，赢得更多的朋友……

人和人之间没有什么两样，我们以别人为榜样，别人也同样以我们为参照物。生活中无须太多新奇的故事，有那么一两个能打动我们的心就足够了，平凡的地方有太多太多的真理，也许用一生的时间都数不清。或许我们的规划还有些盲目，或许我们的认识还不够深刻，或许我们的步伐太忙碌，以至于失去了思考的能力。偶尔在街上看见某个久违的人，听见某个熟悉的声音，抑或几个似曾相识的动作进入视线，便会让我们突然有所顿悟，有所思考。

本套书全部以故事的形式呈现给我们读者，这一个个生动的小故事，就像初秋的一阵阵清风吹过我们眼前，也好似一股股清爽纯净的山泉流淌进我们心田，更好似一道道曙光照亮了我们心灵，照亮我们的青春之路。

编者

2019 年 9 月

目录 Contents

第一章

放开胸怀，天地自宽

“掉”在地上的20元 /2
第一个果子 /3
黑色的笔 /4
把怨恨写在沙上 /5
新年的愿望 /6
我很重要 /7
“精神”的信心 /8
一只小老鼠就足够了 /9
夏天美好的礼物 /10
再拨一次 /12
忠言逆耳 /14
珍珠港的炸弹 /15
哀叹是个坏习惯 /17
王者之心 /19

第二章

打开心灵之窗，让阳光照进来

选择与决定的权利属于自己 /22
秉持自己的本色 /23
玛莉的蝴蝶结 /25
新的玉米种子 /27

爬行上班的小学校长 /28
河边的苹果 /29
“鲜花”清洁工 /30
安慰自己 /31
被遗忘的爱 /32
与人共享 /33
心灵测试 /34
心中的阳光 /35
泥泞留痕 /37
盲人带路 /38
蚂蚁的救助 /39
谢谢你的沉默 /41

第三章

细说名人故事，感悟正能量风采

公孙仪不受赠鱼 /44
张忠定体恤仆人 /45
最好的选择 /46
盖茨的工作 /47
甘地的鞋 /48
善良的回报 /49
镜片中磨出的人生 /50
里根当助手 /51
守口如瓶 /52
把愤怒写在纸上 /53
对自己的过失负责 /54
鞋　带 /55
一件旧大衣的印象 /56

第四章

与其悲叹抱怨，不如寻觅柳暗花明

做事的目的 /58

两辆中巴 /59
女职员的手帕 /60
换一种方法 /62
胜利伊始 /63
把缺点化为发展自己的机会 /66
特别的减肥俱乐部 /67
明白者无须申辩 /68
夹到碗里就是菜 /69
辛迪的信念 /72
冰块生机 /73
起伏人生 /75

第五章

平凡生活，

用心即能发光出彩

别人的评论是别人的 /78
随　便 /79
生存的理由 /80
用上所有的力量 /83
爸爸的电报 /84
新电池和旧电池 /85
谁的脾气坏 /86
昂贵的孔雀 /87
采访上帝 /88
家的责任感 /90
贵重的塑料心 /91
父　亲 /93

第六章

熠熠闪光的寓言，散发着智慧和正能量

做泥娃娃的手艺人 /96
大海与床 /97

木桶的故事 /99
人间的真理 /101
马、鹿与人 /102

第七章

拾一片落叶，装点你我的精神家园

不安只在心中 /104
寻找快乐 /106
找话题 /107
里特佛恩的病 /108
让心情随缘 /110
善良的心 /111
虚掩的门 /112
空花盆 /114
海水是咸的吗 /116
旋转门 /117
百味人生 /118
事无巨细 /119

第八章

今天的路上阳光更灿烂

梦想的途径 /122
神奇的椅子 /123
追梦人 /125
再坚持一下 /127
认真去做每件事 /129
从1美元到15美元 /130
依旧玫瑰飘香 /132
飞走的鸟 /133
丘吉尔的成功秘诀 /135

Chapter

第一章

放开胸怀，天地自宽

生活中，不要固守自己那片狭小的天地，伸出双手，用心去沐浴阳光、春风和雨露吧！

“掉”在地上的20元

克拉克的父亲带着他排队买票看马戏。排了老半天，终于盼到在他们和卖票口之间只隔着一个家庭。

这个家庭让克拉克印象深刻：他们有 8 个 12 岁以下的小孩。他们穿着便宜的衣服，看起来虽然没有什么钱，但全身干干净净的，举止很乖巧。排队时，他们两个两个地成一排，手牵手跟在父母的身后。他们很兴奋地叽叽喳喳谈论着小丑、大象。克拉克想：今晚必是这些孩子们生活中最快乐的时刻了。

他们的父母神气地站在一排人的最前端，母亲挽着父亲的手，看着她的丈夫，好像在说：“你真像个佩戴着光荣勋章的骑士。”而沐浴在骄傲中的他也微笑着，凝视着他的妻子，好像在回答：“没错儿，我就是你说的那个样子。”

卖票女郎问这个父亲，要多少张票？

他神气地回答：“请给我 8 张小孩的和两张大人的，我带全家人来看马戏。”

然而，得到售票员的回答后，这人的妻子扭过头，把脸垂得低低的。这个父亲的嘴唇颤抖了，他倾身向前，问：“你刚刚说是多少钱？”售票员又报了一次价格。

他的钱显然不够。

但他怎能转身告诉那 8 个兴致勃勃的孩子，他没有足够的钱带他们看马戏？

克拉克的父亲目睹了一切。他悄悄地把手伸进口袋，把一张20元的钞票拉出来，让它掉在地上（事实上，克拉克家一点儿也不富有），接着他蹲下来，捡起钞票，拍拍那人的肩膀，说：“对不起，先生，这是你口袋里掉出来的吧！”

这人当然知道原因。他并没有乞求任何人伸出援手，但深深地感激有人在他绝望、心碎、困窘的时刻帮了忙。他直视着克拉克父亲的眼睛，用双手握住克拉克父亲的手，把那张20元的钞票紧紧压在中间，他的嘴唇在发抖，泪水忽然滑落他的脸颊，答道：“谢谢，谢谢您，先生，这对我和我的家庭意义重大。”

克拉克和父亲那晚并没有进去看马戏，但克拉克觉得自己的收获更大。

励志寄语：

帮助别人不是在你有钱的时候的施舍，难能可贵的是困境中牺牲自己而帮助更困难的人，如此收获到的是没有任何杂质的快乐。

第一个果子

有一天，俄罗斯作家克雷洛夫在大街上走着，一个年轻的农民拦住他，向他兜售果子：“先生，请你买些果子吧，但是我要告诉你，这筐果子有点酸，因为这是我第一次学种果树。”年轻农民很笨拙地说着。

克雷洛夫对这个诚实的农民产生了好感，于是就买了几个果子，并对他说：“小伙子，别灰心，以后种的果子就会慢慢地甜了，因为我种的第一个果子也是酸的。”农民听了很高兴，他为找到一个“同行”而高兴，于是颇有兴趣地问道：“你也种过果树？”克雷洛夫解释说：“我的第一个果子是我写的《用咖啡渣占卜的女人》，可是这个剧本没有一个剧院愿意上演。”

励志寄语：

万事开头难，第一次努力的结果难免会存在这样或那样的缺陷，甚至可能会带来一些嘲笑和挫折，但却是自己经验积累的开始。所以，放宽心，别放弃，总会收获甜蜜的果实。

黑色的笔

新加坡著名作家尤今曾讲述过这样一段经历：

当记者时，笔是随身工具，一日不可或缺。有一回，托一位同事为我买圆珠笔，再三嘱咐他：“不要黑色的，记住，我不喜欢黑色，暗暗沉沉，肃肃杀杀。千万不要忘记呀，12 支，全不要黑色。”

次日，同事把一打儿笔交给了我。天哪，我差点昏过去：12 支，全是黑色的。责他、怪他，他却振振有词地反驳：你一再强调黑的，黑的，我忙了一天，昏沉沉地走进商场时，脑子中只有印象最深的两个词：12 支，黑色，于是就一心一意地只找黑的买。

同事言之成理，我哑口无言。

当时，我如果言简意赅地说，“请为我买 12 支笔，全要蓝色”，相信同事就不会买错了。

从此以后，我无论说话、撰文，总是直入核心，直切要害，不去兜无谓的圈子。

励志寄语：

错误已然发生，再反复纠结其中，抱怨个不停，都是无济于事的，不如总结一下原因，吸取教训，避免再犯此类的错误！

把怨恨写在沙上

阿拉伯著名作家阿里，有一次和吉伯、马沙两位朋友一起旅行。

三个人行经一处山谷时，马沙失足滑落，幸而吉伯拼命拉住他，才将他救起。马沙于是在附近的大石头上刻下了这样一句：“某年某月某日，吉伯救了马沙一命。”三人继续走了几天，来到一处河边，吉伯跟马沙为了一件小事吵了起来，吉伯一气之下打了马沙一耳光。马沙跑到沙滩上写下：“某年某月某日，吉伯打了马沙一耳光。”

当他们旅游回来之后，阿里好奇地问马沙，为什么要把吉伯救他的事刻在石头上，将吉伯打他的事写在沙滩上？马沙回答：“我永远都感激吉伯救我。至于他打我的事，我会随着沙滩上字迹的消失，而将其忘得一干二净。”

励志寄语：

记住别人对我们的恩惠，宽容别人所犯下的错误，让恩怨和不愉快都随风而去，人生才会和谐美好。

新年的愿望

一家人正在吃年夜饭。

“孩子们，谈谈你们的新年愿望吧！”父亲对三个孩子说，“看看谁的最高明。”

“我的愿望是每门功课都考第一！”刚进大学的大儿子说。

“我的愿望是希望能不惹爸妈生气！”就读高年级的二儿子说。

“我没有愿望……”小女儿讲。

大家都瞪大了眼睛。

“我只知道要存钱买一套故事书。”

每个人都报以最热烈的掌声，因为当别人还在“愿望”时，她却已经决定要“做”了。

励志寄语：

生活中，人人都有美好的愿望，但只停留在梦想而没有行动的大有人在；再美好而热烈的愿望，都赶不上为梦想而努力所散发出来的光芒。

我很重要

二战后受经济危机的影响，日本失业人数陡增，工厂效益也很不景气。

一家濒临倒闭的食品公司为了起死回生，决定裁员三分之一。最后有三种人名列其中：一种是清洁工，一种是司机，一种是无任何技术的仓管人员。这三种人加起来有 30 多人。经理找他们谈话，说明了裁员意图。清洁工说："我们很重要，如果没有我们打扫卫生，没有清洁有序的工作环境，你们怎么能全身心地投入工作？"司机说："我们很重要，这么多产品，没有司机，怎么能迅速销往市场？"仓管人员说："我们很重要，战争刚刚过去，许多人挣扎在饥饿线上，如果没有我们，这些食品岂不要被流浪街头的乞丐偷光！"经理觉得他们说的话都很有道理，权衡再三决定不再裁员，而是重新制定了管理策略。

最后经理在厂门口悬挂了一块大匾，上面写着："我很重要。"

从此，每天当职工们来到厂里上班，第一眼看到的便是"我很重要"这 4 个字。不管一线职工还是白领阶层，都认为领导很重视他们，因此工作也很卖命。这句话调动了全体职工的积极性，几年后公司迅速崛起，成为日本有名的公司之一。

励志寄语：

在困难面前不退缩，肯定自己的价值，相信自己的能力，不轻看自己。记住，“天生我材必有用”，而且“我很重要”。

“精神”的信心

在美国，有一个人，43 岁时发现自己患了癌症。

初时，怨恨、眼泪、诅咒、孤独、绝望，自杀念头都有过，但是没过多久，他沉静了下来。他将“泪泉”变为“甘泉”，将“血雨”化成“春雨”，直面人生的厄运。他看劳作的农夫，远方的落日；听树林的音响，鸟儿的鸣叫……大自然使他增添了生活的勇气。

在家庭聚会上，他对妻子和两儿两女说：“我要尽可能地活下去，从今天起开始我接受化学治疗。希望你们帮助我，让我能有勇气面对这个不治之症。我不想死去，但也不害怕死亡，我想努力创造幸福美好的明天。”

他振作精神，将自己的经历写成文章：“我曾诅咒怎么会有这样一个上帝，让如此痛苦的事情发生在我身上。而现在，我再也不会怨天尤人了。当我在夏夜里听到一个孩子的哭声，发现周围人们的善意，把手放在胸前感受心脏的跳动时，我知道，这就是生活。我知道自己非常幸运，有一个对我体贴入微的妻子，很多美妙的事情在我们之间发生，我们就是生活奇迹的一部分。”

之后，他发起了一个特殊的集会，商定 18 名癌症患者每月相聚一次，互相帮助摆脱心理上的阴影，愉快地去赢得新的生命。他们共同寻求解决问题的方法，尽可能地争取多活些时间。他将这个机构定名为：让今天更有价值。

励志寄语：

软弱是灾难的帮凶，意志坚强，便可战胜厄运，困厄中更需要奋斗，而且只有奋斗才能激发出比日常生活多出若干倍的生命力量。

一只小老鼠就足够了

一个孤独的年轻画家，除了理想，一无所有。他贫穷，无钱租房，借用一家废弃的车库作为画室。夜里，常听到老鼠吱吱的叫声。

一天，疲倦的他抬起头，看见在昏暗的灯光下有一双亮晶晶的小眼睛。他没有去捕杀这只小精灵，磨难已使他具有艺术家悲天悯物的情怀。他与小老鼠互相信任，甚至建立了友谊。不久，画家离开了堪萨斯城，被介绍到好莱坞去制作一部卡通片。

然而他再次失败了，穷得身无分文。多少个不眠之夜，他在黑暗中苦苦思索，怀疑自己的天赋。突然有一天，他想起了那亮晶晶的小眼睛，灵感就在黑暗里闪现了：全世界儿童所喜爱的卡通形象——米老鼠就这样诞生了。这位画家就是美国最负盛名的人物之一——沃尔特·迪斯尼。

哦！上帝给他的并不多，只给他一只老鼠，然而他“抓”住了。对迪斯尼来说，这小老鼠价值连城。

励志寄语：

人生没有失败，只有放弃。留心我们身边的任何事物吧，用心去开发它们的价值，未尝不是一次机遇。世上没有无机遇和希望的事情，只有脆弱的心灵。

夏天美好的礼物

在亚利桑那沙漠过第一个夏天，斯蒂芬以为自己会被热死的。华氏112度（约44℃）的高温快把人烤熟了。

第二年4月，斯蒂芬就开始为过夏天担忧起来，因为3个月的炎热的地狱般的生活又要来了。有一天，当他在凤凰城的一个加油站给车加油时，和加油站的老板希普森先生聊起了这里可怕的夏天。

“哈哈，你不能这样为夏天担忧，”希普森先生善意地责备着斯蒂芬，“对炎热的害怕只能使夏天开始得更早、结束得更晚。”

当斯蒂芬付钱时，他意识到希普森先生说对了。在自己的感觉中，夏天不是已经来了吗？开始了它为期5个月的肆虐。

“像迎接一个惊人的喜讯那样对待酷暑的来临，”希普森先生找给斯蒂芬零钱的同时继续说道，“千万别错过夏天带给我们的各种最美好的礼物，而面对夏天的种种不适，躲在装有空调的房间里就过去了。”

“夏天还有最美好的礼物？”斯蒂芬急切地问。

“你从不在清晨五六点起床？我发誓，6月的黎明，整个天际挂着漂亮的玫瑰红，就像少女羞红的脸。8月的夜晚，满天繁星就像深蓝色的海洋里漂浮的流水。一个人只有当他在华氏114度（约45℃）的高温里跳进水里，他才能真正体会到游泳的乐趣！”

当希普森先生去给另一辆车加油时，站在一旁的一位年轻加油工笑着轻声对斯蒂芬说：“好啊！你得到了希普森的特别服务——免费传授他的人生哲学。”

使斯蒂芬惊奇的是，希普森先生的话果然有效，他不怕夏天了。4月和5月也就自动与炎炎夏季区分开了。当高温天气真的到来时，清晨，斯蒂芬在天堂般的凉爽中修剪玫瑰花；下午，他和孩子们舒舒服服地在家里睡觉；晚上，他们在院子里玩槌球游戏，做冰激凌吃，痛快极了。整个夏天，他还欣赏了沙漠日出特有的壮观景象。

几年之后，斯蒂芬一家搬到北部的克来兰德。在这里，不到9月，邻居们就为过冬担忧了。当12月的大雪真的落下来时，他们的孩子——10岁的大卫和12岁的唐，真是兴奋极了，他们忙活着滚雪球，邻居们都站在一旁盯着看“这两个从没见过雪的愣头愣脑的沙漠小子”。

后来，孩子们坐着雪橇上山滑雪、去湖面滑冰，回来以后，大人、小孩都围坐在斯蒂芬家的壁炉旁，津津有味地吃热巧克力。

一天下午，一位中年邻居感慨地说：“多年来，雪只是我们铲除的对象，我都忘了它还能给我们这么多欢乐呢！”

几年之后，他们又搬回沙漠。斯蒂芬开车到加油站，新老板告诉他，希普森先生因年事已高把加油站卖了，在不远处又经营了一个小型加油站。

斯蒂芬开车到那儿，拜访希普森先生，并让他再给自己加油。

希普森先生更瘦了，满头银发，但是他那愉快的笑容依旧。斯蒂芬问他感觉怎么样。“我一点儿不担心变老，”他说着从车篷下走出来，“在这里光欣赏生活的美都欣赏不过来呢！”

他边擦手边说：“我们有3棵果实累累的桃树，卧室窗外还有一个蜂鸟窝，想想还没有我指头大的美丽的小鸟，看上去真像一只小企鹅。”

他开着发票，继续说：“黄昏时，长耳大野兔奔跑跳跃；月亮升起来时，小狼在山坡上成群出现。我从来没有看到有这么多野生动物在春天活动。”斯蒂芬开车离开时，他向斯蒂芬喊道：“去观赏吧！”

回家的路上，希普森这位可爱的老人的幸福秘诀一直回荡在斯蒂芬的脑际。是呀，尽管生活会给人带来种种烦恼，但最重要的是，你要心胸开阔，学会发现和欣赏生活的美……

励志寄语：

烦恼、抱怨、恐惧、困惑会毁了你无数个本应愉快的日子，就如文中炎热的夏天，“热”不是夏天的错，而是心里变窄，自动回避的结果，学会欣赏和面对，才能发现生活中美好的一面。

再拨一次

我们经常在正忙的时候听到电话铃响，而没能立即接，等到慌慌张张赶去接的时候，对方却已挂断了。这时候，我们多半会在电话旁稍候，盼望对方能再打一次，假使就此沉寂，总会有几分惆怅。

有些人打电话，如果对方没反应，都会再拨一次，因为他会猜想是自己拨错了号码、电话机跳了号，或对方一时忙着无法接。也因为他再次拨起电话，而终于能把电话打通了。相反地，也有许多人打电话，拨一次，因为铃响了几声没人接，就把电话挂了，岂不知因此而错失了许多通话的机会。

励志寄语：

拨一次电话对方无应答，那就再拨一次；做事情一次不成功，那就再试一次！放宽心，多给自己些机会，也多给别人些理解，或许成功就会出现在这耐心之中。

忠言逆耳

人的一生是在批评中长大、成熟起来的。

批评能使人更加成熟和完善。从批评中可以认识到自己的缺点、错误，从而修正自己的言行、思想，慢慢形成自己正确的处世方法和对待生活的态度，而若视批评为别人对自己的讽刺、打击，一听就如坐针毡、暴跳如雷，对你没什么好处。

从前，郭国的国君出逃在外，他对为他驾车的人说："我渴了，想喝酒。"车夫把酒献上。

他又说："我饿了，想吃东西。"车夫又拿来干粮。

郭君问："你怎么准备的？"

车夫回答："我储存的。"

又问："你为什么要存这些东西？"

车夫答："是为了让您在逃亡的路上充饥解渴用的。"

又问："你知道我将要出逃吗？"

车夫说："是的。"

"那你为什么不事先告诉我呢？"

车夫回答说："因为您喜欢别人说奉承话，讨厌人家说真话。我想过规劝您，又怕自己比郭国灭亡得更早，所以我没有劝您。"

郭君一听变了脸色，生气地问："我所以落到出逃的地步，到底是为什么呢？"

车夫见状，连忙转变了话锋，说："您流落在外，是因为您太有德了。"

郭君听后又问："我既然是有德的人，却要逃离国家，流落在外，这是为什么呢？"

车夫回答说："天下没有有德之人，只有您一个人有德，所以才出逃在外。"

郭君听了之后，得意地忘了自己是在逃难，十分高兴地靠在车前横木上要睡一觉，还说："哎呀，有德之人怎么受这等苦哇！"他觉得周身劳累。

车夫用干粮垫在郭君头下，自己悄悄地走了。后来，郭君死在了田野里，被虎狼吃掉了。

励志寄语：

忠言逆耳却如良药，但往往有些人就喜欢奉承的言辞，把真理拒于心门之外，用虚伪的面纱包住自己。愿我们能记住这些教训，做个心胸宽大的明智明理之人。

珍珠港的炸弹

叶慈太太是一位小说作家，可是她的那些神秘小说没有一本比得上一个真实故事的一半有趣。

这件事发生在日本袭击珍珠港美军舰队的那天早晨，此时叶慈太太生病躺在床上已有一年多了，她得的是心脏病，一天 24

小时要躺在床上22小时。一天里，她走过的最长的路，就是到花园里去做日光浴。可即使如此，她还得需要一个女佣搀着。她告诉我，“在那段日子里，要不是日本人轰炸珍珠港，把我从这种自满的状态赶了出来，我绝不可能再真正地生活”。

“这件事发生的时候，”叶慈太太说，“一切都陷入了混乱之中。有一颗炸弹就落在我家的附近，爆炸的威力大得把我从床上震了下来。军方的卡车很快赶到了基地的附近，要把陆军和海军的眷属接到公立学校里。然后红十字会打电话让那些有多余房间的人收容他们。红十字会的人知道我有一个电话放在床边，因此要求我替他们记录所有的资料。于是我记录下所有陆军和海军的眷属以及孩子们被送到什么地方去，而红十字会也通知所有的海军和陆军人员打电话给我，问他们的家人分别安顿在什么地方。

“我很快发现，我的先生罗勃·叶慈上校安然无恙。我尽量想办法让那些不知道她们的先生生死如何的太太们高兴；我也试着去安慰那些已经失去了先生的寡妇——伤亡的人不在少数。

“起先我一直躺在床上接听所有的电话，最后，我忙得很兴奋，完全忘记了我的虚弱，走下床来坐在桌子旁边。在帮助那些情况比我坏得多的人时，我完全忘了自己。以后每天除了晚上正常的8小时睡眠以外，我没有再回到床上去。我知道，如果没有这件意外的灾难，我也许会终生做一个半残废者。”

励志寄语：

相比身体上的病弱来说，心里的病弱更糟糕，严重者会影响心态和做事情的积极性；积极地对待生活，不要固守于自己的天地，生活才会改变。

哀叹是个坏习惯

常常听到有人哀叹，而且为数不少，只是程度不同而已。

说起人们哀叹的原因大体有这样几方面：第一，这是习惯，人人都如此；第二，许多人觉得这么做可以达到什么目的或得到某种好处；最后，有些人觉得“不吐不快”，他们把哀叹的熟悉感跟松一口气联想在一起。

不幸的是，哀叹是个坏的习惯，它只会让我们偏离自己的成功。我们的行动追逐着我们的精力，这也包括我们的想法和我们的对话。负面谈话、抱怨和哀叹都是负面情绪的表达。

一群人聚在一起，仔细聆听屋内此起彼落的哀叹声，看看人们是如何分享他们的苦恼，如何沉迷于他们的问题当中。回家以后，再静静坐几分钟，思考一下刚才究竟发生了什么事。试着在心中总结一下所有的哀叹与一切的抱怨，然后问问自己：

这一切究竟有什么好处？这能够解决多少问题、创造多少机会、表达多少喜悦、带来多少创意？答案是零，一点儿也没用。它一点儿好处也没有。事实上它还会更糟。一般人花在哀叹上的精力多得惊人！听听周围人的谈话——学习上的、家庭生活中的、工作上的、午餐上的，话题多种多样，选择不同流合污的人却是少之又少。不过，下定决心这么做的人却比其他人多了莫大的好处。

考虑一下浪费在哀叹的心理和情绪有多少？有很多。这份精力其实可以用来解决一个问题、实行一个点子、行销一项产品。

当你下定决心停止哀叹时，你就释放了这份精力。

温柔地提醒自己：除了哀叹，还有更好的事要做，有更远大的梦想要追求。当我们避免了怨天尤人的倾向以后，我们会立刻得到确定的报偿。

可我们大部分人所拥有的信念当中最故步自封的就是，今天的我们还在做昨天的我们。

抛开过去，就像从你的脖子上卸下一串沉重的铁链，它释放我们去追求梦想的能量，激发我们最大的潜力。

有一个美妙的故事，那是关于活在此刻的力量。想象自己现在身处在海洋中央的一条船上的船舵旁，正随船向东航去，要问自己三个问题：第一，什么是船迹？回首观察船后遗留下的水痕，船迹就是那道水痕，它在船后形成一道痕迹，直到消失无踪。第二，问自己，船迹可以推动船吗？我们会很快回答："当然不能。那是荒谬可笑的。"船迹没有动力。最后，问自己，那么船的动力是什么？想了片刻，得出显而易见的答案，船的所有动力都来自此刻的引擎动力。那就对了，并没有别的。

这跟我们的人生的类比已经十分清楚。我们此刻的精力就是我们所需的一切。它相当有力而且源源不断。问题是，我们之中有许多人不会使用此刻的全部精力，因为我们不断想起我们的"船迹"，也就是我们的过去，希求以此来推动我们向前。可是，就像海洋中的船迹一样，我们的过去并不比我们所赋予它的更有力。我们生命中所能做的最显著的改变，就是放下过去所有负面的记录，从现在开始做起。我们所创造出来的正面精力可能会让我们感到震惊。

励志寄语：

哀叹是今天的无情杀手，它无法改变我们的过去，却可以毁损和吞噬我们的将来。所以，我们应将叹息锻打成汗水，将忧伤粹结成热情，挺起我们年轻而自信的胸膛，勇敢大踏步地走向前方。

王者之心

亚历山大大帝骑马旅行到俄国西部。一天，他来到一家乡镇小客栈。为进一步了解民情，他决定徒步旅行。当他穿着没有任何军衔标志的平纹布衣走到了一个三岔路口时，记不清回客栈的路了。

亚历山大无意中看见有个军人站在一家旅馆门口，于是他走上去问道："朋友，你能告诉我去客栈的路吗？"

那军人叼着一只大烟斗，头一扭，高傲地把这个身着平纹布衣的旅行者上下打量一番，傲慢地答道："朝右走！"

"谢谢！"亚历山大大帝又问道，"请问离客栈还有多远！"

"一英里。"那军人生硬地说，并瞥了陌生人一眼。

亚历山大大帝抽身道别，刚走出几步又停住了，回来微笑着说："请原谅，我可以再问你一个问题吗？如果你允许我问的话，请问你的军衔是什么？"

军人猛吸了一口烟说："猜嘛。"

大帝风趣地说："中尉？"

那军人的嘴唇动了下，意思是说不止中尉。

"上尉？"

军人摆出一副很了不起的样子说："还要高些。"

"那么，你是少校？"

“是的！”他高傲地回答。于是，亚历山大大帝敬佩地向他敬了礼。

少校转过身来摆出对下级说话的高贵神气，问道：“假如你不介意，请问你是什么官？”

大帝乐呵呵地回答：“你猜！”

“中尉？”

大帝摇头说：“不是。”

“上尉？”

“也不是！”

少校走近仔细看了看说：“那么你也是少校？”

大帝镇静地说：“继续猜！”

少校取下烟斗，那副高贵的神气一下子消失了。他用十分尊敬的语气低声说：“那么，你是部长或将军？”

“快猜着了。”大帝说。

“殿……殿下是陆军元帅吗？”少校结结巴巴地说。

大帝说：“我的少校，再猜一次吧！”

“皇帝陛下！”少校的烟斗从手中一下掉到了地上，猛地跪在大帝面前，忙不迭地喊道：“陛下，饶恕我！陛下，饶恕我！”

“饶你什么？朋友。”大帝笑着说，“你没伤害我，我向你问路，你告诉了我，我还应该谢谢你呢！”

大千世界，难免会有被人误会的时候，这时你是否能忍耐住不发出沉重的责难声呢？

励志寄语：

超凡的宽容才能创造辉煌的业绩，惹我们生气的不单是别人，还有自己的心胸，如果心胸太过狭窄，太计较，就会缺乏忍耐力。愿每个人都有王者之心。

Chapter

第二章

打开心灵之窗，让阳光照进来

生活本是多姿多彩的，放下内心的包袱和不愉快，学会用一颗真诚的心来认真地对待它！

选择与决定的权利属于自己

一个名叫R·热佛尔的黑人青年，他在底特律的贫民区里长大。他的童年缺乏爱抚和指导，跟坏孩子学会了逃学、破坏财物和吸毒。他刚满12岁就因为抢劫一家商店被逮捕了；15岁时因为企图撬开办公室里的保险箱再次被捕；后来，又因为参与对邻近的一家酒吧的武装打劫，作为成年犯被第三次送入监狱。

一天，监狱里一个年老的无期徒刑犯看到他在打垒球，便对他说："你是有能力的，你有机会做些你自己的事，不要自暴自弃！"

年轻人反复思索了老囚犯的这席话，并做出了决定。虽然他还在监狱里，但他意识到他具有一个囚犯能拥有的最大自由：他能够选择出狱之后干什么；他能够选择不再成为恶棍；他能够选择重新做人，当一个垒球手。

5年后，这个年轻人真的成了全国明星赛中底特律老虎队的队员。

底特律垒球队当时的领队B·马丁在友谊比赛时访问过监狱，由于他的努力使R·热佛尔假释出狱了。

不到一年，R·热佛尔就成了垒球队的主力队员。

尽管这个青年人曾陷于生活的最底层，尽管他曾是被关进监狱的囚犯，然而，他认识到了什么是真正的自由，并及时做出了正确的选择。R·热佛尔也可以推脱说："现在我在监狱里，一切都无自由可言，我能选择什么呢？"但他没有，他说的却是："我能够做出决定。"

这种自由选择的权利是我们作为自己生活的主人所拥有的最有力的工具。

生活中，常有人说无法选择，不存在什么个性自由。因为，他们认为决定人的行为的只是机遇。这种认识是比较偏激的。拿破仑·希尔说："对于生活，我们有选择权，我们也能够改变平庸的生活。"

大多数人的问题是不想选择，因为他们担心一旦做出选择，便要承担责任。然而，为了谋取生活的成功，我们必须做出自己的选择，用好自由选择的权利。作为自己生活的主宰，你每天、每个小时都可做出自由的选择！

励志寄语：

命运掌握在我们自己手中，只要我们充满信心和希望，不放弃选择生活、选择命运的权利和努力，选择和生命同在。

秉持自己的本色

加利福尼亚的伊丝·欧蕾太太从小就害羞和敏感，因为她的体重过重，加上一张圆圆的脸，使她看起来更显肥胖。她的妈妈十分守旧，认为伊丝·欧蕾太太无须穿得那么体面漂亮，只要宽松舒适就行了。所以，她一直穿着那些朴素宽松的衣服，从没参加过聚会，也从没参与过娱乐活动，即使入学以后，也不与其他小孩一起到户外去活动。因为她怕羞，而且已经到了无可救药的程度，她常常觉得自己与众不同，不受人欢迎。

长大以后，她嫁给了一个比她大好几岁的男人，但她害羞的性格依然如故。婆家是个平稳、自信的家庭，他们的一切优点似乎在她身上都无法找到。生活在这样的家庭之中，她总想尽力做得像他们一样，但就是做不到，家里人也想帮她从禁闭中解脱开来，但他们善意的行为反而使她更加封闭。她变得紧张易怒，躲开所有的朋友，甚至连听到门铃声都感到害怕。

她知道自己是个失败者，但她不想让丈夫发现。于是，在公众场合她总是试图表现得十分快活，有时甚至表现得太过头了，于是事后她又十分沮丧。因此她的生活中失去了快乐，她看不到生命的意义，她甚至想到了自杀……

后来，伊丝·欧蕾太太并没有自杀，那么是什么改变了这位不幸女子的命运呢？

欧蕾太太在一本书中这样写道："但一段偶然的谈话改变了我的整个人生。

"一天，婆婆谈起她是如何将几个孩子带大的。她说：'无论发生什么事，我都坚持让他们秉持本色。''秉持本色'这句话像黑暗中的一道闪光照亮了我。我终于从困境中明白过来——原来我一直在勉强自己去充当一个不适合自己的角色。一夜之间，我整个人就发生了改变，我开始让自己学会秉持本色，并努力寻找自己的个性，尽力发现自己究竟是一个什么样的人。我开始观察自己的特征，注意自己的外表、风度，挑选适合自己的服饰。我开始结交朋友，加入一些小组的活动，第一次他们安排我表演节目的时候，我简直吓坏了。但是，我每开一次口，就增加了一点勇气。过了一段时间，在我的身上终于看到了变化。现在，我感到快乐多了，这是我以前做梦也想不到的。此后，我把这个经验告诉孩子们，这是我经历了多少痛苦才学习到的——无论发生什么事，都要秉持自己的本色！”

励志寄语：

每个人都是独一无二的，都有自己的优点和长处，害羞、孤独、自卑往往成为自信的绊脚石；自信勇敢些，无须在意他人的眼光，大胆用自己的方式把自己展现出来。

玛莉的蝴蝶结

同伴们都有了自己的恋人，但是，没有会和害羞的姑娘玛莉约会。

玛莉沿着走廊走着，耷拉着脑袋，从她的样子来看，心情很沉重。一块标着“吸引异性物”的招牌挡住了她，招牌后放着一些丝带，周围摆着各式各样的蝴蝶结，牌上写着：各种颜色应有尽有，挑选适合你个性的颜色。

玛莉在那儿站了一会儿，尽管她有勇气戴，但还是为她母亲是否允许她戴上那又大又显眼的蝴蝶结而犹豫不决。是的，这些缎带正是伙伴们经常戴的那种。

“亲爱的，这个对你再合适不过了。”女售货员说。

“噢，不，我不能戴那样的东西。”玛莉回答道，但同时她却又渴望地靠近了一条绿色缎带。

女售货员显得惊奇地说："哟，你有这么一头可爱的金发，又有一双漂亮的眼睛，孩子，我看你戴什么都好看！"

也许正是售货员这几句话，玛莉把那个蝴蝶结戴在了头上。

"不，向前一点。"女售货员提醒道，"亲爱的，你要记住一件事，如果你戴上任何特殊的东西，就应该像没有人比你更有权戴它一样。你应抬起头来。"她用评价的眼光看了看那缎带的位置，赞同地点点头，"很好，哎呀，你看上去漂亮极了。"

"这个我买了。"玛莉说。她为自己做出决定时的音调而感到惊奇。

"如果你想要其他在集会、舞会、正规场合穿着的……"售货员继续说着。玛莉摇摇头,付款后向店门口冲去。速度是那么快，不幸的是，却与一位拿着许多包裹的妇女撞了个满怀，那个人几乎把她撞倒。

过了一会儿，她吓得打了个寒战，因为她感到有人在后边追她，不会是为那缎带吧？真是吓死人了。她向四周看看，听到那个人在喊她，她吓得飞跑，一直跑到一条街区才停下来。

出人意料，玛莉眼前正是卡森的杂货店，她意识到她开始就一直想到这儿来的。

这儿是镇上每个姑娘都知道的地方，因为伯特——大家都喜欢的一个好小伙——每个星期六下午都在这儿。

他果然在这儿，坐在卖饮料的柜台旁，倒了一杯咖啡，并不喝掉。"莉妮把他甩了"，玛莉暗想，"她将与其他人去跳舞了。"

玛莉在另一端坐下来，要了一杯饮料。很快她感觉到，伯特转过身来在望着她。玛莉笔挺地坐着，昂着头，意识到头上的那绿色缎带。

"嗨，玛莉！"

"哟，是伯特呀！"玛莉装出惊讶的样子说，"你在这儿多久了？"

“整个一生。”他说，“等待的正是你。”

“奉承！”玛莉说。她为头上的绿色缎带而感到自负。

不一会儿，伯特在她身边坐下，看起来他刚注意到她的存在，问道：“你的发型改了还是怎么的？”

“你通常都是这样注意吗？”

“不，我想正是你昂着头的样子。似乎你认为我应该注意到什么似的。”

玛莉感到脸红起来：“这是有意挖苦吧？”

“也许。”他笑着说，“但是，也许我有点喜欢看到你那昂着头的样子。”

大约过了 10 分钟，真令人难以相信，伯特邀她去跳舞。当他们离开杂货店时，伯特主动要陪她回家。

回到家里，玛莉想在镜子跟前欣赏一下自己戴着绿色缎带的样子，但令她惊奇的是，头上什么都没有——后来她才知道，绿色缎带在与人相撞时就被撞掉了……

励志寄语：

不要哀叹自己的平庸，乐观自信地去生活，才能感受到生活的磅礴气势，才能领略到前程的无限风光。

新的玉米种子

有一位农民，听说某地培育出一种新的玉米，收成很好，于是千方百计买来一些种子。他的邻居们听说这个消息后，纷纷找到他，向他询问种子的优良之处及出售种子的地方。这位农民害怕大家都种这样的种子而令自己失去竞争的优势，便拒绝回答。邻居们没办法，只好继续种了原来的种子。

谁知，收获的时候，这位农民的玉米并没有取得丰收，跟邻居家的玉米相比，自己所谓的优良种子并没强到哪里去。为了寻找原因，农民去请教了一位专家。经分析，专家很快给出了玉米减产的原因：他的优种玉米太孤单了，没有同类来提供花粉。

励志寄语：

我们都不是孤立地存于社会之中，给予总是相互的。善待别人其实就是善待自己，而自私、吝啬、不肯付出的人也终将会尝到痛苦的滋味。

爬行上班的小学校长

1998 年 11 月 9 日，美国犹他州土尔市的一位小学校长——42 岁的路克，在雪地里爬行了 16 公里，历时 3 个小时去上班，受到了过路人和全校师生的热烈欢迎。

原来，这学期初，为激励全校师生的读书热情，路克曾公开打赌：如果你们在 11 月 9 日前读书 15 万页，我便在 9 日那天爬行上班。

全校师生猛劲读书，连校办幼稚园大一点儿的孩子也参加了这一活动，终于在11月9日前读完了15万页书。有的学生打电话给校长：“你爬不爬？说话算不算数？”也有人劝他：“你已达到了激励学生读书的目的，就不要爬了。”可路克坚定地说：“一诺千金，我一定得兑现诺言。”

与往常一样，路克于早晨7点离开了家门，所不同的是他没有驾车，而是四肢着地地爬行去上班。为了安全和不影响交通，他不在公路上爬，而在路边的草地上爬。过往汽车向他鸣笛致敬，有的学生索性和校长一起爬，新闻单位也前来采访。

经过3个小时的爬行，路克磨破了5副手套，护膝也磨破了，但他终于坚持下来到了学校，全校师生夹道欢迎自己敬爱的校长。当路克从地上站起来时，孩子们蜂拥而上，抱他，吻他……

励志寄语：

一个人许下诺言容易，但履行诺言，却要难得多，这需要付出努力与行动。也只有那些严格遵守诺言的人，才会受到别人的尊重。

河边的苹果

一位老和尚，身边聚拢着一帮虔诚的弟子。一天，他嘱咐弟子们每人去南山打一担柴回来。弟子们匆匆出发了，可行至离山不远的河边时，人人目瞪口呆了。只见洪水从山上奔泻而下，无论如何也休想渡河打柴了。

无功而返，弟子们都有些垂头丧气。唯独一个小和尚与师傅坦然相对。师傅问其故，小和尚从怀中掏出一个苹果，递给师傅说，过不了河，打不了柴，见河边有棵苹果树，我就顺手把树上唯一的一个苹果摘回来了。

后来，这位小和尚成了师傅的衣钵传人。

世上有走不完的路，也有过不了的河。遇到过不了的河掉头而回，是一种智慧；但另一种智慧却是在河边发现了其他可获之果：放飞思想的风筝，总会有成果。历览古今，抱定这样一种生活信念的人，最终都实现了人生的突围和超越。

励志寄语：

一条路走到天黑，是懒人愚人的做法，我们无望得到一种东西时，不妨改变一下思路和目标，或许会有其他的收获。

“鲜花”清洁工

有一对夫妇开车经过乡下的一家餐厅，停下来用餐时，太太想去一下洗手间。一进洗手间，她便看见一盆盛开的鲜花摆在一张陈旧却非常雅致的木头桌子上，洗手间里收拾得很整齐，可以说一尘不染。这位太太使用过之后，也主动把洗手台擦拭得干干净净。

太太上车前对餐厅老板说，那些鲜花可真漂亮。

“谢谢，”老板得意地说，“你知道吗，我在那里摆鲜花已经有十多年了，你绝对想不到那小小的一盆花替我省了多少清洁工作。”

人人都有一颗爱美、珍视美的心灵，用一点儿巧心，就可以使我们所处的环境更美好，毕竟干净的环境人人都不想破坏。让我们永葆一颗干净的心灵，以致一点污秽都能立即察觉，同时也因此能和那些心灵高尚的人彼此影响。

励志寄语：

种下鲜花，收获美丽；种下真诚，收获爱心。生活中，愿多些纯真美好的心灵，照亮我们美好的生活。

安慰自己

一个年轻父亲在街上推着一辆娃娃车，可是小家伙在车里大哭大闹，吵个不停。父亲低声说道：“高峰，千万别着急，千万别生气，马上就会好的，马上就会好的。”

一个女人看到这一切，很感动，上前说道：“先生，你真了不起，这么温柔地跟孩子说话，真是又体贴又有爱心。”然后她俯下身，对小孩说：“高峰宝宝，别哭了，你爸爸多好呀！”

年轻父亲说：“不是啦，他叫顺顺，我才是高峰。”

励志寄语：

烦恼抑或急躁时，不妨也把自己当作一个孩子，像安慰别人那样宽宽自己的心。

被遗忘的爱

某市一家幼儿园公开招聘园长，由于待遇极优厚，一时间报名者无数，其中甚至包括专攻幼儿心理的女研究生和多名早已有了稳定工作与收入的女大学生，但经过考试，最终被录取的却不是他们，而是一个扎着小辫儿的极文静的姑娘——她叫石芳，但她的学历并不高。

请看这最后一轮面试吧！面试地点在二楼，可此时楼梯拐角处有个脏兮兮的小男孩儿，拖着鼻涕，正站在那里泪汪汪地等着什么。当众多的应聘者穿过长长的楼梯去面试时，只有石芳一个停了下来，她不仅掏出手帕给孩子擦了鼻涕，还亲切地说了一句："小弟弟别哭，是不是找不着妈妈了？别急，等我一会儿，姐姐去去就来，带你找妈妈！"

请再注意后来的情节：面试之后，众多的应聘者都匆匆下了楼，对此仍视若无睹，唯有石芳把脏兮兮的小男孩抱了起来，亲切地哄他，温柔地给他唱歌，热情投入地给他讲故事——而这一切，被早已架设好的录像机全都录了下来。

应聘者谁也没有发现，这个小男孩儿，原来是幼儿园专门安排的一次测验。

自然，当他们宣布被录用者是石芳并播放了刚才的录像时，所有的报考者都羞愧地低下了头——他们显然早已醒悟，自己被淘汰乃是一种必然。因为她们尽管知识渊博、修养深厚，却恰恰缺少了一种叫作"爱"的东西。

励志寄语：

高学历和渊博的知识并不意味着就能得到我们自己想要的一切，内心的爱和悲悯情怀却是不能少的。就如这群高学历应聘者，一心只惦念着待遇，最终输给了爱、爱心。

与人共享

有个小伙子注意到阳台上他种的一盆迎春，长长的枝条日渐向楼下伸展，就决定把它们拉上来固定好。但就在动手时，他打消了这个念头，他觉得这样做太小气。所以迎春很快就将一帘秀色挂在了楼下阳台。

转眼第二年春天到了，小伙子惊奇地发现一枝葡萄蔓攀上了他的阳台，俯身去看，却见一张美艳的脸仰起来冲他微笑。原来，楼下人家感激小伙子的馈赠，作为回报，就种了棵葡萄让它攀上来……一来二去，楼上楼下就熟了。就在葡萄第二次成熟的时候，小伙子与楼下人家的女儿收获了他们的爱情。

读了这个美丽的故事，我心里满是欣慰与感动。小伙子只是放手之间给别人送去了一帘绿色，却收获了意想不到的真诚和好运。

感慨之余，想起另一件事。有一个朋友，大学毕业后在一家工厂做事。因众所周知的原因，厂里许多职工面临着下岗，而这位朋友的业务一直很出色，可他主动替一位死了妻子、一个人抚养孩子、照顾老人的工人下了岗。在他艰难地熬过两年时光之后，情况有了转机，工厂被一位到当地投资的华侨企业家承包了。企业家得知朋友的义举后，赞叹不已，就让他坐上了总经理助理的交椅。

励志寄语：

失之东隅，收之桑榆。生活中，尽自己所能帮助别人不仅是一种美德，更是快乐之本。

心灵测试

朋友给我讲了这样一个故事：

一户人家在搬家的时候，发现杂物堆中有两只老鼠。大家齐声喊打，但却又突然住了手——人们发现那两只老鼠有些异样，其中一只老鼠咬住了另一只老鼠的尾巴，它们像手拉手横穿马路的孩子那样，大摇大摆地进行“战略转移”。这时候，有人喊了一声：“快看后面那只老鼠——是个瞎子！”大家定睛望去，可不是嘛，后面那只老鼠的头部鼓着个瘤子似的东西，两只眼睛被挡了个严实。大家轻叹着，一瞬间就明白了眼前发生的一切——大祸临头，那只健全的老鼠不忍丢下可怜的同伴，就把自己的尾巴送到同伴的嘴里，导引它脱离险境。看着这悲壮的一幕，人们的心倏地软了，大家不约而同地让出了一条通道。

朋友的故事讲完了。最后，她很认真地对我说：“每次讲完这个故事，我都忍不住让听故事的人猜猜这两只老鼠可能是什么关系——你也试着说说看。”

我沉吟了片刻，说：“你一定听到过许多诸如夫妻关系、母子关系的猜测，可是我宁愿相信这两只老鼠没关系。”

朋友莞尔，说：“猜夫妻关系的有一颗银子般的心，猜母子关系的有一颗金子般的心，猜没有关系的有一颗钻石般的心。”

励志寄语：

人与人之间，认识也好，陌生也好，既然相遇了，就是一种缘分，自然也要同舟共济，风雨同行。别太计较得与失，那才会快乐多多！

心中的阳光

一次，几个淘气的小男孩儿想为难一下达尔文，就故意把蚂蚱的腿、螳螂的头、蜻蜓的翅膀和知了的肚子拼接在一起，然后“一本正经”地问达尔文：“先生，您知道这叫什么虫吗？”达尔文一看就明白了，此“虫”是四种昆虫的组合，如点穿它的“身份”将会使孩子们大失所望，如回答“不知道”又会使孩子们因满足而得意，于是故作惊讶地问了一句：“我的孩子，你们捉住它的时候，它是不是正在嗡嗡地叫？”孩子们回答：“是的。”达尔文马上笑笑：“那就对了，它叫嗡嗡虫。”——孩子们听了，不由得暗暗叫苦，但也深切地感到面前的科学家亲切无比。

真佩服达尔文，心中居然有那么多的阳光——自然，谁心中有阳光，谁也就会使孩子们感到格外温暖。于是我想起另外一个故事：

一个孩子问爷爷：“您有花皮球吗？”爷爷说：“没有。”不料孩子并不满足，而是一口气把这个问题问了四遍。爷爷挺纳闷儿，于是，在连续回答了四次后反问了一句：“你为什么老问这个？”孩子说：“我喜欢听您说‘没有’。”“为什么？”“因为，在您说‘没有’时，胡子一翘一翘的特别好看。”

平心而论，故事中的孩子的确有点强词夺理，但爷爷却偏偏因此笑得像一朵花——不为别的，就为小孙子的这个“愿望”。

这就叫温暖！

还有一个真人真事。那是在美国，曾有个小女孩儿给林肯写信，希望他留起胡子，林肯极认真地读了这封信，不仅立刻回了信，还真的留起了胡子。

这也叫温暖。

难道不是吗？

也许我们的确无法弄清楚林肯总统究竟为什么会突然留起胡子，但却可以认定，他及时给孩子回信的行为就是一种温暖。

励志寄语：

童心不可欺，孩子们追求的是最简单的快乐，没有任何杂念，尽自己所能，满足了他们，自己也会觉得快乐。

泥泞留痕

鉴真和尚刚刚剃度遁入空门时，寺里的住持让他做了寺里谁都不愿做的行脚僧。

有一天，日已三竿了，鉴真依旧大睡不起。住持很奇怪，便推开了鉴真的房门，只见床边堆了一大堆破破烂烂的芒鞋。住持叫醒鉴真问："你今天不外出化缘，堆这么一堆破芒鞋做什么？"

鉴真打了个哈欠说："别人一年一双芒鞋都穿不破，我刚剃度一年多，就穿烂了这么多的鞋子，我是不是该为庙里节省些鞋子呢？"

住持一听就明白了，微微一笑说："昨天夜里下了一场雨，你随我到寺前的路上走走看看吧。"

寺前是一座黄土坡，由于刚下过雨，路面泥泞不堪。

住持拍着鉴真的肩膀说："你是愿意做一天和尚撞一天钟，还是想做一个能光大佛法的名僧？"

鉴真说："我当然希望能光大佛法，做一代名僧。"

住持捻须一笑："你昨天是否在这条路上走过？"鉴真说："当然。"

住持问："你能找到自己的脚印吗？"

鉴真十分不解地说："昨天这路又坦又硬，小僧哪能找到自己的脚印？"

住持又笑笑说："今天我俩在这路上走一遭，你能找到你的脚印吗？"

鉴真说："当然能了。"

住持听了，微笑着拍拍鉴真的肩说："泥泞的路才能留下脚印，世上芸芸众生莫不如此啊。那些一生碌碌无为的人，不经风、不沐雨，没有起也没有伏，就像一双脚踩在又坦又硬的大路上，脚步抬起，什么也没有留下；而那些经风沐雨的人，他们在苦难中跋涉不停，就像一双脚行走在泥里，他们走远了，但脚印却印证着他们行走的价值。"

鉴真惭愧地低下了头。

励志寄语：

生活中不惧苦难，经历风雨荆棘，才能挖掘出自己的价值，进而铸就辉煌的人生；而一路坦途，怎能体会到激昂奋发的那份壮志豪情与乐趣？

盲人带路

一天早晨，伦敦城大雾弥漫，一片灰蒙蒙，要看清楚一两英尺（即不到一米）远的地方都十分困难。公共汽车、小轿车和出租车无法行驶，只好被迫停在了路边。大街上，人们也只好在大雾中慢慢地步行着。

史密斯要去学院参加一个重要的会议，必须准时赶到那里。他心急如焚，却也只能摸索着往前走，可没过多久他就迷路了。

就在这时，史密斯遇到了一个热心肠的人，对方主动问他有何困难，需要什么帮助，并介绍说自己名叫鲍勃。在得知史密斯有急事后，鲍勃自告奋勇地为他带路了。就这样，他们俩寸步不离地穿行在浓雾之中。虽然街上能见度很低，但鲍勃却毫不费力地走着。他领着史密斯走过一条巷子，接着拐进一条大街，然后通过一个广场，只用了半个小时就到了学院。

史密斯十分高兴，但弄不明白这位好心人为什么能这样轻车熟路。“鲍勃先生，真是太感谢您了！”他随即问道，“可是在这样的大雾里，您是怎样找到路的呢？”

“先生，再大的雾也难不住我，我是一个盲人。”鲍勃说。

励志寄语：

天无绝人之路，生活在给我们关上一扇门的同时，也会为我们打开一扇窗，所以任何时候，无论遇到何种糟糕的境遇，都不要失去生活的信心。正如故事中这个久经风霜的盲人，再难的旅途也难不倒他。

蚂蚁的救助

夏天的一个午后，我给放在阳台上的几盆花木浇水。在浇石榴时，看到有几只黄蚂蚁浮在水面挣扎着，我知道，蚂蚁虽不会游泳，但它们是生命力极强的小生灵。我没有对它们实施救援，因为花盆中的水几分钟后就会渗下去，蚂蚁们就可以自由着陆了，绝无生命危险的。

不一会儿，水没有了。几只蚂蚁在湿漉漉的泥土上又恢复了正常活动，但有两只不幸的黄蚂蚁被湿泥埋住了半截身子，在那里努力挣扎着向外爬，可又爬不出来。我想，我应该救助一下这两个遇难者了。我必须找一个细小的工具，不然，用手指或稍微粗点儿的棍棒，都有可能将救助变成杀生。但是，当我从室内取了一枚大头针走出来时，一件意想不到的事情发生了：两只被埋的蚂蚁同时被另外两只同伴在救助着。那两只来救助的黄蚂蚁正在用力向外拉扯它们的同伴。我放弃了与两只英勇救助同伴的黄蚂蚁争功的机会，静静地观察着这个让我的心灵感动的生命故事。

一只蚂蚁先被同伴救了出来。另一只在救助者的努力拉扯下，也从泥土中挣扎出了身子。它们在小心翼翼地向四周试探了一番后，便迅速地逃离了。奇怪的是，有一只救援的黄蚂蚁，在救出同伴后并没有立即离开，而是在救助现场继续衔咬泥土，似乎下面还有什么东西被埋着，我想看个究竟，就没有打扰它。不久，我看到有一对小小的触角晃动着露了出来，原来下面还有一只遇难的同伴。这次我必须要帮助它们了，因为这场“水灾”是我造成的，我对这些小小的生灵是负有责任的，甚至可以说是罪过。

我极其小心地用针尖挑开泥土，果然有一只小蚂蚁露了出来。

救助的黄蚂蚁看到同伴后立即上前去亲吻触角，并试图将它衔走。这时被救助的蚂蚁已经恢复过来，与救助的蚂蚁互相用触角碰了一下，便一起离开了。

我不是昆虫学家，不知道蚂蚁的救助行为是一种偶然还是自然的本能，但我觉得在这一点上它们确实是表现出了一种我们人类所应该具有的道德思想。

励志寄语：

爱是一种无声的伟力，关键的时候勇于伸出一双救助的手，不仅可以挽救一个生命，甚至可以造就一份奇迹。小小的蚂蚁尚且懂得如此，我们人何尝做不到呢？

谢谢你的沉默

沉默，有时就是少说多做。有这样一个故事：

一天，一个长辫子的时髦姑娘刚挤上公共汽车，就觉得自己的长辫子被后边的人拽住了，她使劲拉了拉，拉不动，感觉还被后边的人拽着，于是猛地转过身去，给了后边那人一记耳光——天！居然是个穿着军装的小战士！但小战士保持了沉默，只是红着脸笑了笑，于是长辫子更生气了，骂了句“流氓”，挥手又给了小战士一个耳光，小战士仍然保持了沉默，只是红着脸指了指车门——原来，姑娘的长辫子是被车门夹住了。姑娘的脸突然间红了，可一时语塞，偏偏一句话也说不出来，小战士只是看了看她，微微地点点头，表示谅解。

而且，仿佛是为了不让姑娘难堪，车刚在下一站停下来，小战士就小心翼翼地挤下车，走了。看了看小战士离去的身影，姑娘的泪不由自主地流了下来……

再来看下面这个故事：

有一个沉默的男孩，隔着窄窄的教室通道，同排坐的是一个女孩。女孩性情孤傲，拒人于千里之外，整天下巴抬得高高的，似乎不屑于和同学交往。

不久，女孩住院了，老师说她得了肺炎。而真实的情况只有男孩知道，因为他的爸爸是肿瘤医院的大夫，是女孩的主治医生。

爸爸告诉他，你的同学得了不治之症，已没法手术了，唯有等待，等待那最可怕的一天到来。

于是，男孩每天把过道那边的那套桌椅擦拭一遍，同学们向他投来异样的目光。男孩始终沉默着，没有在班上透露女孩的任何情况。

三个月后，女孩来上学了，素衣素裙，面色苍白。女孩不知道自己的病情，父母没有告诉她真相。因为她性格忧郁，待在家里不好，所以想让她在热闹的学校里，度过最后的时光。

男孩十分关照女孩，常常主动和她搭讪，在她脸色格外苍白时，赶紧为她倒来一杯热水。有一次，他不知怎么打听到了她的生日，就动员全班同学制作贺卡，签名后送给她。

同学们议论纷纷，挤眉弄眼，说他是她忠实的骑士。女孩也开始躲着男孩，但又无力推却男孩的关照。男孩一如既往，每天把女孩的桌椅擦得干干净净，为女孩打来开水，用沉默的方式回应着周围的一切。慢慢地，大家习惯了他对她异乎寻常的关心。

一学期中，女孩几次发高烧住院，好些了，又回到学校，再发烧，又再次住院。男孩对女孩的关照更多了。

直到有一天，奇迹发生了。女孩的病情竟然好转了，她痊愈了。医生说，人体通过发高烧杀死癌细胞的报道是有的，不过概率非常低，大概不超过百万分之一。女孩的康复是个奇迹，她的父母喜极而泣。这时，女孩才知道了事情的真相，也知道了那个男孩与她的主治医生之间的关系。

女孩来上学了，依然是素衣素裙，只是脸上出现了红润的光泽。她悄悄地给男孩写了一张纸条，上面只有六个字：

感谢你的沉默。

励志寄语：

有时候用沉默的方式去关心、去爱护处于尴尬或困境中的人，比用任何其他方式更有魅力，更有力量。沉默也是一种伟大的交流艺术！

Chapter

第三章

细说名人故事，感悟正能量风采

当我们抱怨生活、学习有多烦恼、多枯燥的时候，不妨感受一下历史长河中那无数名人的传奇经历和人格魅力，汲取前进的力量！

公孙仪不受赠鱼

春秋时，公孙仪曾任鲁国的相国，他喜欢吃鱼，鲁国的老百姓都争相买鱼送给他，公孙仪全都没有接受。他的兄弟对此不太理解，便问："兄长既然喜欢吃鱼，为什么又拒绝人家的馈赠呢？"

公孙子仪笑着回答："兄弟你这就有所不知了，正因为我喜欢吃鱼，所以才不能接受人家的赠鱼。你想，如果我失去这个位子了，谁还会送鱼给我吃呢？正因为我在这个位子，别人才会送鱼给我。如果我接受人家的鱼，吃了人家嘴软，我就必然要给人家办事。这样，就会违背原则，就不能认真执法了，久而久之，自然也就会被罢免相位。相位罢免了，虽然我还是喜欢吃鱼，但谁还会再送给我呢？现在我不接受人家的赠鱼，也就不会被罢免相位；虽然不要别人的赠鱼，但我可以长久地吃自己的鱼。这又有什么不好呢？"他的兄弟这才真正明白，兄长这是靠己不如靠人啊！

励志寄语：

公孙仪不受鱼，不是因为礼物大小，而是因为他明白这样一个道理：若能受小必会受大，人心无不蛇吞象，愈贪愈不能满足，早晚会身败名裂！

张忠定体恤仆人

有一次，张忠定从办公室回到家里，看见客厅里有个仆人睡着了，张忠定便叫醒他，问道：“你家里出了什么事吗？”仆人答道：“大人，我母亲久病不愈，哥哥外出又长时间未回，因此心绪烦闷。”张忠定便派人到他家里去探访，果然如此。第二天，张忠定就派一个人到他家里去，帮助照料他母亲，并且对大家说：“在我的客厅里，怎么会有白天睡觉这种事呢？这一定是他的心情极其忧郁而造成的，因此，我要原谅并同情他。”

仆人虽然是主人的下人，但仆人也是人，除了地位学识，其他方面没有不一样，主人能体谅他们，他们也会尽自己最大努力替主人拼命效劳。

励志寄语：

宽以待人，是一个人身上极大的美德，它能最大限度地润滑人与人之间的融洽关系，更能促进工作的积极进展。

最好的选择

曾任北京外交学院副院长的任小萍女士说，在她的职业生涯中，每一步都是组织上安排的，自己并没有什么自主权。但在每一个岗位上，她也有自己的选择，那就是要比别人做得更好。

1968年，任小萍成为北京外国语学院的一名工农兵学员。当时她年纪最大，水平最差，第一堂课就因为回答不出问题而站了一堂课。第二天，教室里挂出一条横幅："不让一个阶级兄弟掉队"，她就是这个"阶级兄弟"。但等到毕业的时候，她已成为全年级最好的学生之一。

大学毕业后她被分配到英国大使馆做接线员。做一个小小的接线员，是很多人觉着很没出息的工作，任小萍却把这个普通工作做出了花。她把使馆所有人的名字、电话、工作范围甚至连他们的家属名字都背得滚瓜烂熟，有些电话打进来，有事却不知道该找谁，她就会多问问，尽量帮他准确地找到人。慢慢地，使馆人员有事要外出，并不是告诉他们的翻译，而是给她打电话，告诉她会有谁来电话，请转告什么，有很多公事、私事也委托她通知，任小萍成为全面负责的大秘书。

有一天，大使竟然跑到电话间，笑眯眯地表扬她，这是破天荒的事。没多久，她就因工作出色而被破格调去给英国某大报记者处做翻译了。

该报的首席记者是个名气很大的老太太，得过战地勋章，被授过勋爵，本事大，脾气大，把前任翻译给赶跑了，刚开始也不要任小萍，看不上她的资历，后来才勉强同意一试。一年后，老太太经常对别人说："我的翻译比你的好上十倍。"不久，工作出色的任小萍就被破例调到美国驻华联络处，她干得同样出色，并获外交部嘉奖……

励志寄语：

当你无法选择别的路时，你可以选择如何把现在的路走好，绝处逢生，柳暗花明的景象也许就在眼前。

盖茨的工作

1965年，我在西雅图景岭学校图书馆担任管理员。一天，有同事推荐一个四年级学生来图书馆帮忙，并说这个孩子聪颖好学。

不久，一个瘦小的男孩来了，我先给他讲了图书分类法，然后让他把已归还图书馆却放错了位置的图书放回原处。

小男孩问："你是想当侦探吗？"我回答："那当然。"接着，男孩不遗余力地在书架的迷宫中穿来插去，午休时，他已找出了三本放错地方的图书。

第二天他来得更早，而且更加不遗余力。干完一天的活儿后，他正式请求我让他担任图书管理员。又过了两个星期，他突然邀请我上他家做客。吃晚餐时，孩子母亲告诉我他们要搬家了，要搬到附近一个住宅区。孩子听说转校却有些担心："我走了谁来整理那些站错队的书呢？"

我一直记挂着他。但没过多久，他又在我的图书馆门口出现了，并欣喜地告诉我说，那边的图书馆不让学生干，妈妈便又把他转回我们这边来上学了，由他爸爸用车接送。"如果爸爸不带我，我就走路来。"其实，我当时心里便应该有数，这小家伙决心如此坚定，则天下无不可为之事。我更没想到再后来，他会成为信息时代的天才。他便是微软公司老板、美国首富——比尔·盖茨。

励志寄语：

英才早露、大器晚成等等，或许是我们在许多杰出人物身上能看到的一些优秀品质，但要知道，这些品质的养成，和他们一如既往地坚持，并培养成一种习惯有很大关系。

甘地的鞋

在火车将要启动的时候，一个人急匆匆地上了车，可是他的一只脚被门夹了一下，鞋子掉了下去。火车开动了，这个人毫不犹豫地脱下另一只脚上的鞋子朝第一只鞋子掉下去的方向扔了下去。

有人奇怪地问他为什么要这样做。他说："如果一个穷人正好从铁路旁经过，他就可以捡到一双鞋，这或许对他很有用。"这个人名叫甘地，著名的印度"圣雄"，主张爱是人的本性，善是人的本性。

励志寄语：

伟人的伟大不仅仅在于呼风唤雨，一个细节也能体现出他们身上的美好品质：爱无处不在。对自己来说是个遗憾，为何不成全别人的完美呢？献出自己的爱，让任何东西都发挥它最大的价值。

善良的回报

弗莱明是一个穷苦的苏格兰农夫。有一天，当他在田里工作时，听到附近泥沼里有人发出求救的哭喊声。于是，他放下农具，急忙跑到泥沼边，发现一个小孩掉到了粪池里，弗莱明便把这个小孩从死亡边缘救了出来。

隔了一天，有一辆崭新的马车停在了农夫家，车里走出来一位优雅的绅士。他自我介绍说是那获救小孩的父亲。绅士说："我要报答你，你救了我孩子的命。"农夫说："我不能因救你的小孩而接受报酬。"

就在这时，农夫的儿子走进茅屋，绅士问："那是你的儿子吗？"农夫很骄傲地回答说："是的。"绅士说："我们订个协议，让我带走他，并让他接受良好的教育。假如这小孩像他父亲一样，他将来一定会成为一位令你骄傲的人。"

农夫答应了。后来农夫的小孩从圣玛利亚医学院毕业了，再后来成为举世闻名的盘尼西林的发明者——弗莱明。

他在1944年受封了骑士爵位，并且获得了诺贝尔奖。

数年后，一位绅士的儿子染上了肺炎，是什么救活了他呢？盘尼西林。这位绅士是谁呢？上议院议员丘吉尔。他的儿子就是英国政治家丘吉尔爵士。

励志寄语：

上帝如此宠爱善举，真是令我们惊叹！任何时候，都别忘了善良，善良的行为能大大造福于人，而行善的人也会被人永远铭记。

镜片中磨出的人生

在荷兰，有一个初中毕业的青年农民，来到一个小镇，找到了一份替镇政府看门的工作。他在这个门卫的岗位上一直工作了60多年，他一生没有离开过这个小镇，也没有再换过工作。

也许是工作太清闲，他又太年轻，需要打发时间，于是，他选择了又费时又费工的打磨镜片作为自己的业余爱好。就这样，他磨呀磨，一磨就是60年。他是那样的专注和细致，技术已经超过专业技师了，他磨出的复合镜片的放大倍数，比别人的都要高。借着他研磨的镜片，他还发现了当时科技界尚未知晓的另一个广阔的世界——微生物世界。从此，他声名大振，只有初中文化的他，被授予了在他看来是高深莫测的巴黎科学院院士的头衔。就连英国女王都到小镇拜会过他。

创造这个奇迹的小人物，就是科学史上大名鼎鼎、活了90岁的荷兰科学家万·列文虎克，他老老实实地把手头上的每一个玻璃片磨好，用尽毕生的心血，致力于每一个平淡无奇的细节的完善，终于他在他的细节里看到了他的上帝，科学也在他的细节里看到了自己更广阔的前景。

励志寄语：

任何事情，对认真而执着的人来说，都不是什么难事，成功也并非遥遥无期。

里根当助手

1983年11月1日，里根总统的办公室请来了一位小客人。他叫比利，只有7岁。小比利患了一种绝症，医生说他不会活过10岁的生日。但是小比利心中却有一个美好的梦想——当美国总统。

里根总统得知此事后，决定让小比利临时当一天美国总统，而自己则做这位小“总统”的助手。

里根向“新总统”详细介绍了日常工作和职务范围，随后就忠实地陪在小比利的身边。部下呈上的文件，“小总统”都请里根参加讨论，取得一致意见后，请里根代签并盖章。在办公之余，里根与“小总统”进行了友好的交谈。里根告诉比利，他自己7岁时，只梦想成为一名消防队长，还未曾想到过当总统。小比利听到这些很高兴，当然更让他高兴的是他终于“实现”了他的总统梦。

励志寄语：

在许多人眼里，政府要员或许是高高在上的，可他们也有一颗平常心，正如里根总统在百忙之中给一个行将离世的小男孩抽出一天时间，让他的愿望得以实现，这种平常心实在难能可贵。

守口如瓶

罗斯福当海军助理部长时，有一天，一位好友来访。谈话间朋友问及海军在加勒比海某岛建立基地的事。

“我只要你告诉我，”他的朋友说，“我所听到的有关基地的传闻是否确有其事。”

这位朋友要打听的事在当时是不便公开的，但既是好朋友相求，那如何拒绝是好呢？

只见罗斯福望了望四周，然后压低嗓子向朋友问道：“你能对不便外传的事情保密吗？”“能。”好友急切地回答。“那么，”罗斯福微笑着说，“我也能。”

励志寄语：

把秘密随意泄露出去是一种不负责任的做法，做人需要有一种诚信意识和担当精神。

把愤怒写在纸上

一天，陆军部长斯坦顿来到林肯的办公室，气呼呼地说，一位少将用侮辱的话指责他偏袒一些人。林肯建议斯坦顿写一封内容尖刻的信回敬那家伙。

“可以狠狠地骂他一顿。”林肯说。

斯坦顿立刻写了一封措辞激烈的信，然后拿给总统看。

“对了，对了。”林肯高声叫好，“要的就是这个！好好教训他一顿，真写绝了，斯坦顿。”

但是当斯坦顿把信叠好装进信封里时，林肯却叫住他，问道：“你要干什么？”

“寄出去呀。”斯坦顿有些摸不着头脑了。

“不要胡闹。”林肯大声说，“这封信不能寄，快把它扔到炉子里去。凡是生气时写的信，我都是这么处理的。这封信写得好，写的时候你已经解了气，现在感觉好多了吧，那么就请你把它烧掉，再写第二封信吧。”

励志寄语：

当陷于愤怒、不满、生气之时，发泄的方法有好多种，可最糟糕的恐怕就是以牙还牙、直面反击了，这不仅解决不了问题，反而会伤了和气，为难了别人，堵塞了自己的路，倒不如学学林肯，将愤怒和不满写在纸上，让火把它化为灰烬。

对自己的过失负责

1920 年，有个 11 岁的美国男孩踢足球时，不小心打碎了邻居家的玻璃。邻居向他索赔 12.5 美元。在当时，12.5 美元可是笔不小的数目，足足可以买 125 只生蛋的母鸡了！闯了大祸的男孩向父亲承认了错误，父亲让他对自己的过失负责。

男孩为难地说："我哪有那么多钱赔人家？"父亲拿出 12.5 美元说："这钱可以借给你，但一年后要还我。"

从此，男孩开始了艰苦的打工生活，经过半年的努力，终于挣够了 12.5 美元这一"天文数字"，还给了父亲。这个男孩就是日后成为美国总统的罗纳德·里根。他在回忆这件事时说，通过自己的劳动来承担过失，使我懂得了什么叫责任。

励志寄语：

有一种长大叫责任，有一种精神叫担当。做人不能只索取或依赖最亲近的人，还需懂得为自己、为他人负责以及勇于去行动。

鞋　带

有一次，日本歌舞伎大师勘弥扮演古代一位徒步旅行的百姓，正当他要上场时，一个门生提醒他说：“师傅，您的草鞋带子松了。”

他回答了一声：“谢谢你呀。”然后立刻蹲下，系紧了鞋带。

可当他走到门生看不到的舞台入口处时，却又蹲下，把刚才系紧的带子复又弄松，显然他想以草鞋带子的松松垮垮，来表现这个百姓长途旅行的疲态。演戏细腻到这样，这位大师确有其过人之处。

话说回来，正巧那天有位记者到后台采访，看见了这一幕。

等演完戏后，记者问勘弥：“你为什么不当时指教学生，他不懂得这演戏的真谛呀。”

勘弥回答说：“对别人的亲切关爱与好意必须坦然接受，要教导学生演戏的技能，机会多的是，在今天的场合，最重要的是要以感谢的心去对待学生的提醒，并给予回报。”

励志寄语：

带着一颗真诚的心去感谢他人对自己亲切的关爱和好意，是一种处世哲学，也是生活中的一种大智慧。学会感恩，才会有一个积极的人生观，才会有一种健康的心态。

一件旧大衣的印象

一天，爱因斯坦在纽约的街道上遇见一位朋友。

“爱因斯坦先生，”这位朋友说，“你似乎有必要添置一件新大衣了。瞧，你身上这件多旧啊。”

“这有什么关系？反正在纽约谁也不认识我。”爱因斯坦无所谓地说。

几年后，他们又偶然相遇。这时，爱因斯坦已然誉满天下，却还穿着那件旧大衣。他的朋友又建议他去买一件新大衣。

“这又何必呢？”爱因斯坦说，“反正这儿每个人都已经认识我了。”

励志寄语：

一个人的成功与否，只专注于外表，是靠不住的，太在意外表只会让自己受累；重要的是看一个人的言行举止及所作所为。

Chapter

第四章

与其悲叹抱怨，不如寻觅柳暗花明

成功和失败往往只有一步之遥，别灰心丧气，抬起头再坚持一秒，也许下一刻就是胜利。

做事的目的

大约 100 年前，有一个纽约商人出门办事，他看见一个衣衫褴褛的铅笔推销员，顿生怜悯之情。他把 1 美元丢进那推销员的怀里，就走开了。走了几步之后，商人感觉不妥，就返了回去，从推销员那里取了几支铅笔，并说自己忘记取笔了，希望不要介意。

他还说："你我都是商人，你有东西在卖，并且上面还标明了价格。"然后他就离去了。几个月后，在一个社交场合，一位气宇轩昂、仪表堂堂的推销员走上前来，迎上这位纽约商人说："您可能已经不认识我了，可是我永远不会忘记您。您就是那个重新给予我自尊的人。遇到您以前，我一直以为自己就是一个推销铅笔的乞丐，是上天让您来告诉我，我是一个商人。"

商人记起了这件事。推销员说，自从他认识到自己是一个商人，自己的心态与行为就有了很大的转变。现在的自己自信多了，在业务上，与以前相比，简直是天上地下。

美国保险业巨子克里蒙·斯通，少年时是个穷孩子，他父亲去世后，他与母亲一起艰难度日，靠卖报纸挣一点儿钱帮助母亲。但他没有把卖报纸只是当成赚钱的手段，他知道有人爱看报，他的活儿就是把报纸送到爱看报的人手里。

因此，哪里有人需要看报，他就往哪里去。餐馆是人最多的地方之一，因此，他就经常去餐馆卖报。餐馆的老板与侍者不喜欢他，经常会把他赶出来。

一般人有过被驱赶的经历之后，就再也不会进去了。但斯通不是一般人，他还是会设法进入餐馆，把报纸送到爱看的人手里。经常遇到的情况是，食客对斯通遭到的打骂看不下去了，干涉了老板或侍者的行为。斯通就这样，屁股虽然有一点疼，但兜里的钱却在增加。

励志寄语：

任何时候都要清楚自己在做什么，尤其是在挫折和失意之时，千万不要把心思沉浸于悲叹抱怨之中，而是要抱定做事的目的，对自己充满信心，不达目的决不放弃。

两辆中巴

家门口有一条汽车线路，是从小港口开往火车站的。不知是因为线路短，还是沿途人少的缘故，客运公司仅安排两辆中巴来回对开。

开 101 的是一对夫妇，开 102 的也是一对夫妇。

坐车的大多是一些船民，由于他们长期在水上生活，因此，一进城往往是一家老小。

101 号的女主人很少让船民给孩子买票，即使是一对夫妇带几个孩子，她也是熟视无睹似的，只要求船民买两张成人票。有的船民过意不去，执意要给大点的孩子买票，她就笑着对船民的孩子说："下次给带个小河蚌来，好吗？这次让你免费坐车。"

102 号的女主人恰恰相反，只要有带孩子的，大一点儿的要全票，小一点儿的也得买半票。她总是说，这车是承包的，每月要向客运公司交多少多少钱，哪个月不交足，马上就干不下去了。

船民们也理解，几个人就掏几张票的钱，因此，每次也都相安无事。

不过，三个月后，门口的 102 号不见了。听说停开了。它应验了 102 号女主人的话：马上就干不下去了，因为搭她车的人越来越少。

励志寄语：

人非草木，孰能无情，既然是要花出去的钱，人们当然更愿意把它花在喜欢的地方，多些人情味儿往往比十足的精明更容易得到回报。

女职员的手帕

第二次世界大战过后不久，日本三爱集团创办人市村清，看上了银座四丁目街角上一块很大的空地，于是就去拜访了地主老太太，请她卖给他。老太太一直摇头，说是祖先留下的产业，不能出售。市村先生屡遭拒绝，可是不死心，持续去拜访她。老太太烦了，认为她需要更明确地表态，所以有一天，她主动去访问了市村先生的事务所。

那是一个雨雪骤降的寒冷日子，老太太进了事务所，立刻有位年轻女职员笑脸相迎，把拖鞋摆在地板上，并且用自己的手帕，给老太太擦了被雨雪淋湿了的和服衣摆。有这样一位职员的公司，何不助他一臂之力？老太太深受感动，当场改变了主意，决定售地给他。

励志寄语：

有时候，助我们成功的不是持之以恒的决心，也不是强硬坚决的态度，而是那一个小小的细节、一个善良的举动。

换一种方法

有一位留学美国的计算机博士，毕业后在美国找工作，结果接连碰壁，许多家公司都将这位博士拒之门外。这样高的学历，这样吃香的专业，为什么找不到一份工作呢？

万般无奈之下，这位博士决定换一种方法试试。

他收起了所有的学位证明，以一种最低身份再去求职了。不久他就被一家电脑公司录用了，做一名基层的程序录入员。这是一份稍有学历的人都不愿去干的工作，而这位博士却干得兢兢业业，一丝不苟。没过多久，上司就发现了他的出众才华：他居然能看出程序中的错误，这绝非一般录入人员所能比的。这时他亮出了自己的学士证书，老板于是给他调换了一个与本科毕业生对口的工作。过了一段时间，老板发现他在新的岗位上游刃有余，还能提出不少有价值的建议，这比一般大学生高明，这时他又亮出自己的硕士身份，老板又提升了他。

有了前两次的经验，老板也比较注意观察他，发现他还是比硕士有水平，对专业知识的广度与深度都非常人可比，就再次找他谈话。这时他才拿出博士学位证明，并叙述了自己这样做的原因。此时老板才恍然大悟，毫不犹豫地重用了他，因为对他的学识、能力及敬业精神早已全面了解了。

励志寄语：

这个博士是聪明的，碰了几次钉子后，依然没有气馁，而是放下身份与架子，然后在实际工作中展现自己的才华，让别人不断地对自己刮目相看。的确，单守着一纸学历证书对于工作来说是没有多大用处，关键在于“做”的能力。

胜利伊始

这是你的工作

美国独立企业联盟主席杰克·法里斯说：“13 岁时，我开始在父母的加油站工作，站里有三个加油泵、两条修车地沟和一间打蜡房。父亲负责修车，母亲负责记账和收钱。我想学修车，但父亲让我在前台接待顾客，他说：‘儿子，汽车总在变化，而人却不会，你需要先学会了解人。’”

当汽车开进来时，我在车子停稳前就站在司机门前，忙着去检查油量、蓄电池、传动带、胶皮管和水箱。我总是多干一些，帮助擦去车身、挡风玻璃和车灯上的污渍。我注意到，如果我干得好，顾客还会再来。

每周都有一位老太太开着她的车来清洗和打蜡，该车内的地板凹陷极深，因而很难打扫。车的主人又极难打交道，每次当我们给她把车准备好时，她都要再仔细检查一遍，让我们重新打扫，直到清除每一缕棉绒和灰尘她才满意。我实在不愿意再侍候她了，但父亲告诫我：“孩子，这是你的工作！不管顾客说什么或做什么，你都要做好你的工作，并以应有的礼貌去对待顾客。”

我每天放学后就开始为父母工作，星期六和暑假则从早上6点15分一直干到晚上7点。开始，父母一小时付我50美分，3年后给我涨到11美元。在父母的帮助下，我还学会了如何安排自己的收入。我将收入的10%放在一个钱罐里，礼拜日捐给教堂，通过它我认识到了慈善的重要性；20%同父母的20%放在一起作为膳宿费，但后来我发现这是父母为我准备的教育费；另外20%是我自己的储蓄；剩下的50%则由我自己支配，购买我想要的东西。

正是在加油站的工作，不仅使我学到了严格的职业道德和应该如何对待顾客，而且认识到了家庭小企业所面临的挑战：我的父母既是老板、经理，又必须是服务员。

努力的尝试

在世界各地拥有4300家快餐店的温迪国际公司创始人、商务经理戴维·托马斯说：

“12岁时，我们家迁到田纳西州的诺克斯维尔，我设法使一位餐馆老板相信我已16岁，他才雇我做便餐柜台的招待，每小时25美分。

餐馆老板弗兰克和乔治·雷杰斯兄弟是希腊移民，刚来美国时，他们曾干过洗盘子和卖热狗的工作。他们极为坚强，并为自己定下了非常高的标准，但从来不要求雇员做他们自己做不到的事。

弗兰克告诉我：‘孩子，只要你愿意努力尝试，你就能为我工作；如果你不努力尝试，你就不能为我工作。’他所说的努力尝试包括从努力工作到礼貌待客等一切内容。当时通常的小费是一个10美分的硬币，但如果我能很快把饭菜送给顾客并服务周到，有时就能得到25美分小费。我记得我曾尝试自己一个晚上能接待多少顾客，结果创下了 100 位的记录。

通过第一份工作，我认识到，只要努力工作并专心致志，就会成功！”

诚 信

新泽西—曼哈顿航运线的老板兼 A—P—T 卡车运输公司的总裁阿瑟·因佩拉托雷说：

“我 10 岁那年正是经济大萧条时期的 1935 年，我在一辆大运货卡车上工作，每天要向 100 家商店递送特别食品，干 12 小时的工作只能挣一个三明治、一杯饮料和 50 美分。在没有食品递送的日子里，我在街角的一家糖果店工作。一天，我在桌底下拾到 15 美分并把它交给了老板。老板扶着我的双肩承认，钱是他故意放在那儿的，以看看他能否信任我。后来，我一直为他工作到上完高中，我知道是我的诚实使我在美国经济最困难的时期保住了自己的工作。

在后来的年代里，我干过许多工作：侍者、停车场服务员、房子清洁工等。再后来，当我的卡车运输生意挣扎着度过四个连续亏损的惨淡之年时，我就回想起自己在糖果店学到的关于信任的一课，它是使我同别人一起工作、创建事业，并最后使我的生意成功的关键。”

励志寄语：

成功者的心中大都有一盏不灭的灯，意气风发的时候会想到它，挫折失意的时候更是念念不忘，并且一如既往地坚持，如此怎能不成功？

把缺点化为发展自己的机会

曾长期担任菲律宾外长的罗慕洛穿上鞋时身高只有 1.63 米。原先，他与其他人一样，为自己的身材而自惭形秽。年轻时，也穿过高跟鞋，但这种方法总令他不舒服——精神上的不舒服。他感到自欺欺人，于是便把它扔了。后来，在他的一生中，他的许多成就却与他的“矮”有关，也就是说，矮倒促使他成功。他曾说过这样的话：“但愿我生生世世都做矮子。”

1935 年，大多数的美国人尚不知道罗慕洛为何许人也。那时，他应邀到圣母大学接受荣誉学位，并且发表演讲。那天，高大的罗斯福总统也是演讲人，事后，他笑吟吟地怪罗慕洛“抢了美国总统的风头”。更值得回味的是，1945 年，联合国创立会议在旧金山举行。罗慕洛以无足轻重的菲律宾代表团团长身份，应邀发表演说。讲台差不多和他一般高。等大家静下来，罗慕洛庄严地说出一句：“我们就把这个会场当作最后的战场吧！”这时，全场顿时寂然，接着爆发出一阵掌声。最后，他以“维护尊严、言辞和思想比枪炮更有力量……唯一牢不可破的防线是互助互谅的防线”结束演讲时，全场响起了雷鸣般的掌声。后来，他分析道：如果大个子说这番话，听众可能客客气气地鼓一下掌，但菲律宾那时离独立还有一年，自己又是矮子，由他来说，就有了意想不到的效果，从那天起，小小的菲律宾在联合国中就被各国当作资格十足的国家了。

这件事，罗慕洛认为矮子比高个子有着天赋的优势。矮个子起初总被人轻视，后来，有了表现，别人就觉得出乎意料，不由得佩服起来，在人们的心目中，成就格外出色，平常的事一经他手，就似乎成了石破天惊之举。

励志寄语：

愚者只是一味悲叹自己的缺陷，而聪明人则在打它的主意了，罗慕洛的成功之处就在于承认自己的缺点，并把它转化为发展自己的机会，制造出了自己的招牌。

特别的减肥俱乐部

减肥是令许多人望而却步的难事，是许多肥胖者的大难题。但有一家减肥健美俱乐部却效果显著，久负盛名。

一位胖男子慕名而来，他已有过多次失败的经历了。他抱着最后一试的态度问教练，他该怎么办？

教练记下了他的地址，然后告诉他：回家等候通知，明天有人告诉你怎么做。

第二天一早，门铃响了，一位漂亮性感的青春女郎站在门口，对胖子说：教练吩咐，你要能追上我，我就是你的。胖子大喜，从此每天早晨都在女郎后边狂追。

如此数月下来，胖子已逐渐身手矫健起来，他早都忘了这是减肥，只是想一定要把那姑娘追到手。

直到有一天，胖子心想：今天我一定能追到她了。他早早起来在门口等着，那位姑娘没来，来的是一位同他以前一样胖的女士。

胖女士对他说："教练吩咐，我要能追到你，你就是我的。"

励志寄语：

换个角度，把困难想象为一种快乐的目标，做起来就会相对容易些，也会更心甘情愿去为之努力。

明白者无须申辩

孔子周游列国，有一天看到两个猎人在指手画脚，好像为了一件事而争论得面红耳赤，唾沫横飞。

孔子询问他们在争论什么，原来是为了一道算术题。矮个儿的人说三八等于二十四，高个儿的人坚持说三八等于二十三，各持己见，争论不休，以至于几乎动起手来。最后，二人打赌请一个圣贤裁定，如果谁的答案正确，对方就将一天的猎物给胜者。这时，孔子来了。

二人请圣人裁定，孔子竟然教认为三八等于二十四的人将猎物交给说三八等于二十三的猎人。这个人拿着猎物走了。对于这种裁判结果，矮个儿的人不答应了，他气愤地说："三八二十四，这是连小孩子都不争论的真理，你是圣人，却认为三八等于二十三，看样子也是徒有虚名呀！”

孔子笑道：“你说的没错，三八等于二十四是小孩子都不争论的真理，你坚持真理就行了，干吗还要与一个根本就不值得争论的人讨论这种问题呢？”猎人似有所悟，孔子拍拍他的肩膀，说道：“那个人虽然得到了猎物，但他却得到一生的糊涂，你是失去了猎物，但得到了深刻的教训！”

矮个儿的猎人听了孔圣人的话，点了点头。

励志寄语：

在事实面前，谎言会不攻自破。当我们被指责和误会的时候，与其斤斤计较、争论不休，不如理智看待、装装糊涂，因为真理就如同埋在土里的金子，迟早会现出光芒。

夹到碗里就是菜

有一天，爱德加·伯根到邮局去邮购一本摄影方面的书，此后天天等着邮差上门。最后，邮差总算送来了他的包裹。爱德加原本满腔欢喜，打开包裹后却像被人当头泼了一盆冷水，原来包裹里面装的不是他订的摄影书籍，却是一本关于腹语术的书。

爱德加马上把书包起来，准备寄回去，可是转念一想，既然这本书就在手上，何不看看再说呢？爱德加后来变成了知名的腹语专家，他创造了许多可爱的角色，他的演出广受世人的欣赏。可以说他是大大的成功了。

爱德加·伯根的信念其实很简单——他拿到一个柠檬，于是就榨了一杯柠檬汁。只要凡事往好处想，往往能获得意外的收获。

那么，一个人该怎样强化自己的积极态度呢？下面的几点建议可供参考：

①制定一个明确的目标。

②清楚地写下你的目标、达到目标的计划，以及为了达到目标你愿意做的付出。

③用强烈的欲望作为达成目标的后盾，使欲望变得狂热，让它成为你脑子中最重要的一件事。

④立即执行你的计划。

⑤正确而且坚定地照着计划去做。

⑥如果你遭遇到失败，应再仔细地研究一下计划，必要时应加以修改，别因为失败就变更计划。

⑦与帮助你的人结成智囊团。

⑧断绝使你失去愉悦心情以及对你采取反对态度者的关系，务必使自己保持乐观。

⑨切勿在过完一天之后才发现一无所获。你应将热忱培养成一种习惯，而习惯需要不断地补给。

⑩无论多么遥远，保持着既定目标的态度推销自己，自我暗示是培养热忱的有力力量。

励志寄语：

计划往往会存在意外的变化，但永远都不要灰心失望，意外的变化说不定能变成最好的机会。生活无时无刻不在创造奇迹。

辛迪的信念

有这样一个故事，主人公叫辛迪，屡受挫折，但她把这一切都转化成了坚持下去的信念。辛迪在公司当兼职雇员，干得不错，后来丈夫同她一起从事这一工作。

然而不幸接连降临，女儿染上重病，房子起火，许多同事退职，公司经营处于停滞状态，两辆小车卖掉了，钱花得一干二净，情况越来越严重。

祸不单行，母亲又突然生病了。

对于辛迪来说，这是她生活的转折点，也是她决定驾驭自己的生活并取得成功的关键时候。

丈夫回来后，他们便商量，辛迪继续从商，于是背着数以千计的债务，他们又开始了工作。一次次还债，他们终于熬过来了。

是什么力量促使辛迪重新振作起来？是成功的观念，是不甘失败的决心，是不找借口开脱的决定。当社会的每一个标准都表明她是彻底的失败者的时候也没动摇。她有了这样的动力而且坚持到了最后，所以最终取得了成功。

励志寄语：

有目标才有信念，有信念才会有动力，有动力才会有成功。

冰块生机

弗里德里克出生于美国旧金山的一个中产阶级家庭，少年时期便梦想成为一个成功的商人，由于没有什么太好的机遇，他的内心也时常显得焦躁不安。

一个很偶然的机会，他发现，常常被人们废弃的冰块的用途实际上是非常广泛的。而它最普遍、最大众化的用途——食用。而且，冰块加入水中，或者化为水，就可以成为冷饮，他立即敏锐地发现在气候炎热的地方，这种饮料一定会有广阔的市场。

弗里德里克由此看到了一个潜在的商机。但是，他发现：现在自己的当务之急是改变人们的饮用习惯，用冷饮取代人们习以为常的热饮，创造一种冷饮流行的市场局面才可能使冰块销售业务有长足发展。

于是，弗里德里克开始了不断地实验。他试着利用冰块做各种各样的冷饮，并将冰块加入各种酒中勾兑出各种口味的鸡尾酒。经过多次试验，他终于试制出适合于多数人饮用的冷饮。

实验成功之后，他开始思索怎样才能让冷饮自动地成为一种时尚，成为人们趋之若鹜的一种消费倾向，而不用靠自己挨家挨户地去劝说顾客呢?

渐渐地，他观察到人们一般情况下只是在酒店或者热饮店里喝饮料或酒。到了夏天天气炎热的时候，这些酒店生意都不太好，店主也为之烦恼不已。于是，他决定从酒店入手，传播自己创造的时尚。

开始时，他免费给一些小酒店提供冰块，并且教会他们用冰块去做各种冰镇饮品及勾兑各种鸡尾酒。因为这些冷饮在炎热的天气下有解暑降温的作用，经冰镇过的各种液体又会变得十分可口，这些饮品便立即在各个地方，尤其是那些气温高而又缺水的地区率先风靡起来。

于是，许多店主开始纷纷效仿他的做法，大量购买冰块制作冷饮。

弗里德里克也不失时机地自己经营了一家冷饮店，专营冷饮。一时间，冷饮蔚然成风，人们渐渐改变了以往只喝热饮的饮食习惯，学会了在热天里饮用冷饮止渴。于是，冷饮开始在全国各地广泛地流行起来，成为一种新型的健康时尚。

冷饮的风行也大大地带动了冰块的销售，一切都如弗里德里克所预料的那样，冰块的销售业务得到了巨大的发展，弗里德里克的一番努力终于使冰块的市场得到第一次充分地发掘，他的心态开始稳定下来，事业也逐渐从起始的艰难中走出来，开始慢慢地向成功的高峰挺进。

励志寄语：

世界上有许多事业有成的人，不一定是因为上帝给了他更多的机会，而是他自己懂得创造机遇，弗里德里克便是这样的例子，通过自己的努力创造时尚，扩大自己的生存空间。

起伏人生

1832年，林肯失业了，这显然使他很伤心；但他下决心要当政治家，当州议员，糟糕的是，他竞选失败了。在一年里接连遭受两次打击，这对他来说无疑是痛苦的。

接着，林肯又着手开办企业，可一年不到，这家企业又倒闭了。在以后的17年间，他不得不为偿还企业倒闭时所欠的债务而四处奔波，历尽磨难。

随后，林肯再一次决定参加竞选州议员，这次他成功了。他内心萌发了一丝希望，认为自己的生活有了转机："可能我可以成功了？"

1835年，他订婚了。但离结婚还差几个月的时候，未婚妻不幸去世了。这对他精神上的打击实在太大了，他心力交瘁，数月卧床不起。1836年，他得了神经衰弱症。

1838年，林肯觉得身体状况良好了，于是决定竞选州议会议长，可他还是失败了。1843年，他又参加了竞选美国国会议员，这次仍然没有成功。

林肯一次次地尝试，一次次地遭受失败：企业倒闭、未婚妻去世、竞选败北。要是你碰到这一切，你会不会放弃——放弃那些对你来说很重要的事情？

林肯没有放弃，他也没有说："要是失败会怎样？"然后，他又一次参加了竞选国会议员，最后终于当选了。

两年任期很快过去了，他决定要争取连任。他认为自己作为国会议员表现是出色的，相信选民会继续选举他。但结果很遗憾，他落选了。

因为这次竞选他赔了一大笔钱，林肯申请当本州的土地官员，但州政府把他的申请退了回来，上面指出：“作本州的土地官员要求有卓越的才能和超常的智力，你的申请未能满足这些要求。”

接连又是两次失败。在这种情况下你会坚持继续努力吗？你会不会说“我失败了”？

然而，林肯没有服输。1854 年，他竞选参议员，但失败了；两年后他竞选美国副总统提名，结果被对手击败；又过了两年，他再一次竞选参议员，还是失败了。

林肯尝试了 11 次，可只成功了 2 次，但他一直没有放弃自己的追求，他一直在做自己生活的主宰。1860 年，他当选为美国总统。

林肯遇到过的敌人你我都曾遇到过，但他没有退却、没有逃跑，他坚持着、奋斗着。他压根就没想过要放弃努力，所以他成功了。

励志寄语：

有落差的流水能化为彩虹；遭遇坎坷的凡夫能变为英雄。人生的波涛本身就是一笔财富。我们只需多一份容纳与耐力，理智与果断，坚忍与执着。

Chapter

第五章

平凡生活，用心即能发光出彩

生活是复杂的，却也是简单真实的，对于自己无法掌控的事物，只需勇敢前行，坦然接受就行了。

别人的评论是别人的

故事之一：电影舞星弗莱德·艾斯泰尔 1933 年到米高梅电影公司试镜后，导演给的纸上评语是："毫无演技，前额微秃，略懂跳舞。"后来，艾斯泰尔把这张纸裱起来，挂在了比弗利山庄的豪宅中。

故事之二：彼得·丹尼尔小学四年级时，常遭班主任菲利浦太太的责骂："彼得，你功课不好，脑袋不行，将来别想有什么出息。"彼得到 26 岁时仍大字识不了几个。有一次，一位朋友念了一篇《思考才能致富》的文章给他听，彼得深受震动，此后就变了一个人。现在他买下了他当年打架闹事的街道，并且出了一本书，书名叫作《菲利浦太太，你错了》。

故事之三：发表《进化论》的达尔文当年决定放弃行医时，遭到父亲的斥责："你放着正经事不干，整天只管打猎、捉耗子，将来怎么办？"后来达尔文在自传里透露："小时候，所有的老师和长辈都认为我资质平庸，与聪明是沾不上边的。"

故事之四：罗丹的父亲曾抱怨自己有个白痴儿子。在众人眼中，他也是个前途无"亮"的学生，艺术学院考了三次还考不进去。他叔叔绝望地说：孺子不可教也。

故事之五：爱因斯坦 4 岁才会说话，7 岁才会认字，老师给他的评语是："反应迟钝，不合理，满脑子不切实际的幻想。"他曾被迫退学，在申请进入瑞士联邦技术学院时也被拒绝。而他死后，许多科学家都在研究他的大脑与常人的不同之处。

故事之六：丘吉尔小学六年级时曾经留级，他的前半生也充满了失败和挫折，直到62岁才当上首相。

故事之七：一代围棋大师吴清源幼时酷爱下棋，但家贫，生计常无着落。舅舅曾劝他另学一技之长，他不干。舅舅生气：下棋能当饭吃？吴答曰：能。十多岁时在段祺瑞府下棋，月支8块大洋，足以养家糊口。东渡日本后，曾击败所有高手，独霸棋坛。

励志寄语：

面对他人不高的评价，自信的人都会这样做：让好的留下当做激励，让坏的随风而去，用事实和奋斗来证明真正的自我。

随　便

罗斯福总统的夫人在本宁顿学院念书时，要在电讯业找一份工作，修几个学分。他父亲为她约好了去见他的一个朋友——当时担任美国无线电公司董事长的萨尔洛夫将军。罗斯福太太回忆说："将军问我想做哪种工作。我说随便吧。将军很不高兴地对我说，没有一类工作叫作'随便'。"

的确，在这个世界上没有随便的工作，也没有随便的生活，更没有随便的人生。人生，是由一个一个的目标构成的，要向大目标迈去，必须从每一个小目标的实现开始。

有一次在乡下。我们看到一位老大爷正把喂牛的草料铲到一间小茅屋的屋檐上，不免感到奇怪。

于是我们就问老大爷："大爷，你为什么不把喂牛的草料放在槽里让它吃呢？"

老大爷说："这种草料不好，我要是放在槽里，牛就会不屑一顾；但如果把它放在牛勉强能够吃到的房檐上，它就会努力去吃，直到把草料吃光。"

励志寄语：

信手拈来的生活会有人不知珍惜，轻易送到嘴边的食物会有人不屑一顾，生活太安逸了容易令人失去方向。所以，我们还需有认真、积极的态度和明确的目标。

生存的理由

一个乞丐来到一个庭院，向女主人乞讨。这个乞丐很可怜，他的右手连同整条手臂断掉了，空空的袖子晃荡着，让人看了很难过，碰上谁都会慷慨施舍的，可是女主人毫不客气地指着门前一堆砖对乞丐说："你帮我把这堆砖搬到屋后去吧。"

乞丐生气地说："我只有一只手，你还忍心叫我搬砖。不愿给就不给，何必捉弄人呢？"

女主人并不生气，俯身搬起砖来。她故意只用一只手搬了一趟说："你看，并不是非要两只手才能干活。我能干，你为什么不能干呢？"

乞丐怔住了，他用异样的目光看着妇人，尖突的喉结像一枚橄榄上下滑动了两下，终于他俯下身子，用他那唯一的一只手搬起砖来，一次只能搬两块。他整整搬了两个小时，才把砖搬完，累得气喘如牛，脸上有很多灰尘，几绺乱发被汗水濡湿了，歪贴在额头上。

妇人递给乞丐一条雪白的毛巾。乞丐接过去，很仔细地把脸和脖子擦一遍，白毛巾变成了黑毛巾。

妇人又递给乞丐 20 元钱。乞丐接过钱，很感激地说："谢谢你。"

妇人说："你不用谢我，这是你自己凭力气挣的工钱。"

乞丐说："我不会忘记你的，这条毛巾也留给我做纪念吧。"说完他深深地鞠了一躬，就上路了。

过了很多天，又有一个乞丐来到这庭院。那妇人把乞丐引到屋后，指着砖堆对他说：把砖搬到屋前就给你 20 元钱。这位双手健全的乞丐却鄙夷地走开了，不知是不屑那 20 元还是别的什么。

妇人的孩子不解地问母亲："上次你叫乞丐把砖从屋前搬到屋后，这次你又叫乞丐把砖从屋后搬到屋前。你到底想把砖放在屋后，还是放在屋前？"

母亲对他说："砖放在屋前和放在屋后都一样，可搬不搬对乞丐来说可就不一样了。"

此后还来过几个乞丐，那堆砖也就在屋前屋后来回了几趟。

若干年后，一个很体面的人来到这个庭院。他西装革履，气度不凡，跟那些自信的成功人士一模一样，美中不足的是，这人只有一只左手，右边袖筒里是一条空空的衣袖，一荡一荡的。

来人俯下身用一只独手拉住有些老态的女主人说："如果没有你，我还是个乞丐，可是现在，我是一家公司的董事长。"

妇人已经记不起来是哪一位了，只是淡淡地说："这是你自己干出来的。"

独臂的董事长要把妇人连同她一家人迁到城里去住，做城市人，过好日子。

妇人说："我们不能接受你的照顾。"

"为什么？"

"因为我们一家人个个都有两只手。"

董事长伤心地坚持着："夫人，你让我知道了什么叫人，什么是人格，那房子是你教育我应得的报酬！"

妇人终于笑了："那你就把房子送给连一只手都没有的人吧。"

励志寄语：

盲目的物质施舍不仅不能助人，还可能会扼杀人的灵魂，助长人的惰性。对于任何有劳动能力甚至是劳动意识的人来讲，劳动都是生存的首要条件。

用上所有的力量

星期六上午，一个小男孩在他的玩具沙箱里玩耍。沙箱里有他的一些玩具小汽车、敞篷货车、塑料水桶和一把亮闪闪的塑料铲子。在松软的沙堆上修筑公路和隧道时，他在沙箱的中部发现了一块巨大的岩石。

小家伙开始挖掘岩石周围的沙子，企图把它从泥沙中弄出去。他是个很小的小男孩，而岩石却相当巨大。手脚并用，似乎没有费太大的力气，岩石便被他连推带滚地弄到了沙箱的边缘。不过，这时他才发现，他无法把岩石向上滚动、翻过沙箱边墙。

小男孩下定决心，手推、肩挤、左摇右晃，一次又一次地向岩石发起冲击，可是，每当他刚刚觉得取得了一些进展的时候，岩石便滑脱了，重新掉进沙箱。

小男孩气得哼哼直叫，拼出吃奶的力气猛推猛挤。但是，他得到的唯一回报便是岩石再次滚落回来，砸伤了他的手指。

最后，他伤心地哭了起来。这整个过程，男孩的父亲从起居室的窗户里看得一清二楚。当泪珠滚过孩子的脸膛时，父亲来到了他跟前。

父亲的话温和而坚定：“儿子，你为什么不用上所有的力量呢？”

垂头丧气的小男孩抽泣道：“但是我已经用尽全力了，爸爸，我已经尽力了！我用尽了我所有的力量！”

“不对，儿子，”父亲亲切地纠正道，“你并没有用尽你所有的力量，你没有请求我的帮助。”

父亲弯下腰，抱起岩石，将岩石搬出了沙箱。

励志寄语：

人生在世，我们并不是孤单一人，我们也不可能强大到事事皆轻松搞定，要记得亲人和朋友也是我们生活的一部分，要学会与他们团结，懂得适当地求助。

爸爸的电报

刚念大学时，爸爸和我约定，每月的15日给我寄500元的生活费。可是我却开支毫无规律可循，三天两头地，我就找个理由与同寝室的舍友们到校园餐馆挥霍一顿。第一个月，爸爸容忍了我，提前把第二个月的生活费寄了过来。然而我却恶习难改，第二个月、第三个月依然如此。终于，在离第四个月的收款日还遥遥无期的时候，我又捉襟见肘了。

万般无奈我拍了一封极其简短的电报回家：“爸爸，饿坏了。”

爸爸很快就回了电报，也很简短：“孩子，饿着吧。”

生活真是太伟大了，在那之后只有10块钱的10天里，我绞尽脑汁节衣缩食，出手之前锱铢必较，竟然也把那段难挨的日子熬过去了。

从此，我学会了精打细算，并且发现，其实只要稍稍收敛一下不必要的支出，每月 400 元生活费就够用了。这样，每月我都可以积攒下一些盈余，这些钱可以买书、买磁带、买 CD、旅游、捐款，当然也包括吃餐馆，但是比起单一地花在吃上，当然是有意义得多。

励志寄语：

在还没有能力独自承受生活之时，我们需努力学会如何生存，而不是一味地指望他人的给予。

新电池和旧电池

父亲在矿上谋了个晚上值班的差事，每晚需用手电筒。

一日，父亲买了两节新电池，可能出于节省考虑，他仍不舍得丢掉还有一些光亮的旧电池，只用其中的一节。一晚上下来，手电的光线变得微弱昏黄，父亲又换上另一节，可过了几天，电池又没电了。

父亲很恼怒地把这两节电池扔到了垃圾堆里。父亲说：买的是两节伪劣产品。我说这是旧电池成了电阻的缘故，父亲一脸的不解。

父亲不懂得，那节他舍不得丢弃的旧电池已成为电阻，白白耗费了新电池的道理。仔细想想，人有时也是这样，因为怀旧，或者为了很小的利益，抓住某些功利的东西不肯放手，结果常常贪小失大,误入歧途。好端端的一个人,变成一节毫无用处的电池,毁了自己，也害了别人。

励志寄语：

舍不得丢弃，带来的往往是负担，及时清理生活中的垃圾，人生才能高效运转，产生更大功率。

谁的脾气坏

小李结婚没两年，突然宣布离婚了，听到的朋友无不惊讶，纷纷问他离婚的原因。

“因为她的脾气太坏。”小李回答。

过了几个月，仍有久未碰面的人，在知道消息后问了同样的问题。

“因为我的脾气太坏。”小李答。

先前已经听过的人，不解地说：“为什么前后说法有这么大的差异呢？”

“是啊！离婚时我确实觉得是她脾气坏，但是几个月下来，冷静地想想，还是自己的性子不好。”

励志寄语：

当我们冲动时，往往只看到别人的错处，看不到自己。所以，做任何事，切记应先让自己的心静下来，以免铸成大错！

昂贵的孔雀

一个国王听说有一位画家擅长水彩画，有一天他专程去拜访了那位画家。

“请你为我画一只孔雀。”国王要求说。

“好的，不过要一年后来取。”

一年后，他再次登门拜访画家。

“我订购的水彩画在哪儿？我曾经要你为我画一只孔雀。”

“你的孔雀就要画好了。”画家说。

他拿出画纸，不一会儿工夫就画了一只非常美丽的孔雀。国王觉得很满意，但是价钱却使他吃惊：“就那么一会儿工夫，你看来毫不费力，轻而易举地就画成了，竟要这么高的价钱？”国王问。

于是画家领着国王走遍他的房子，每个房间都放着一堆堆画着孔雀的画纸。画家说：“这个价钱是十分公道的。你看来不费力似乎简单的事情，却是花费了我很久的时间和精力，为了在这一会儿时间为你画这只孔雀，我可是用了一整年的时间准备呢！”

励志寄语：

的确，成功的背后蕴藏着无数次血汗的付出和不断的努力，哪有什么一步登天，唯有扎扎实实地走稳每一步。

采访上帝

我在梦中见到了上帝。

上帝问道："你想采访我吗？"

我说："我很想采访你，但不知道你是否有时间。"

上帝笑道："我的时间是永恒的。你有什么问题吗？"

"你感到人类最奇怪的是什么？"

上帝答道："他们厌倦童年生活，急于长大，然后又渴望返老还童。他们牺牲自己的健康来换取金钱，然后又牺牲金钱来恢复健康。他们对未来充满忧虑，但却忘记了现在；于是他们既不生活于现在之中，也不生活于未来之中。他们活着的时候好像从不会死去，但是死去以后又好像从未活过……"

上帝握住我的手，我们沉默了片刻。

我问道："作为上帝，你有什么生活经验想要告诉人们的？"

上帝笑着答道："他们应该知道不可能取悦于所有人。他们所能做的只是让自己被人所爱。他们应该知道，一生中最有价值的不是拥有什么东西，而是拥有什么人。他们应该知道，与他人攀比是不好的。他们应该知道，富的人并不是指拥有最多，而是需要最少。他们应该知道，要在所爱的人身上造成深度的创伤只要几秒钟，但是治疗创伤则要花几年的时间，甚至更长。他们应该学会宽恕别人。他们应该知道，有些人在深深地爱着他们，但却不知道如何表达自己的感情。他们应该知道，金钱可以买到任何东西，但却买不到幸福。他们应该知道，两个人看同一个事物，会看出不同的东西。他们应该知道，仅得到别人宽恕是不够的，他们也应当宽恕自己。他们应该知道，我始终存在。”

励志寄语：

上帝道出的人类困惑以及生活经验，我们每个人或许听得耳朵都生茧了，但是，又有多少人真正走出了困惑抑或明白地做到了？一生苦短，还需珍惜现在，爱人爱己，活个坦然与明白！

家的责任感

那是在我们刚结婚不久。一天，我参加同学聚会，晚上喝了一些酒，就在同学家住下了，这在我还是姑娘家的时候，是极平常的事儿，我压根就没有想到我家先生会发那么大的火："我等了你一夜，你知不知道？我一夜不敢睡，生怕你回来没人给你开门。你已经结婚了，应该有家的责任感。"

先生的最后一句话，好像一记警钟。

那一刻，我怔住了，这才真的意识到：哦，我不是一个人。

从此，我不再单方面安排一个人的周末节目；不回家吃饭，我得赶紧给家里打个电话。

一晃，我们结婚已经 5 年了，而我先生从来都是每逢晚上有应酬，都要急急忙忙赶回家来，为我和孩子把饭准备好才出门。他的同事们都嘲笑他把老婆宠坏了。他却说："我乐意，这是我的责任。"

就凭这个甜蜜蜜的责任，我可以容忍他偶尔喝醉晚归，可以容忍他把换洗的衣服乱扔一气，可以容忍他吃完饭便缩在床头看电视，可以容忍他忘了我生日和结婚纪念日，以及可以抛弃几个疯狂和放纵的聚会。

在有了女儿之后，每当黄昏，两岁的女儿就会执着地趴在阳台的栏杆上，大声呼喊着："妈妈，快回来，回来！"她的嗓音，稚嫩而薄脆，一声声冲向黄昏的天空，直到我出现在她的视线里。然后，再一声声，一直催着我忙不迭地上楼，娇小的她，欢快地扑进我的怀里……

现在，我仍然是好客、爱热闹的，朋友们都习惯了到我家来，吃我先生做的饭，逗我女儿玩。我偶尔也会出去聚会，带着先生和女儿。我们的朋友更多了，我的、先生的，常常会聚在一起。

励志寄语：

家是父亲的王国，母亲的世界，孩子的乐园，在这里，魂有所系，心有所依，受真情熏陶，被爱意浸润，而责任则是一个家的中流砥柱。

贵重的塑料心

在邮局工作的表妹给我讲了这样一个故事：

一天，一位先生要寄东西，问我有没有盒子卖？我拿纸盒给他看。

他摇摇头说："这太软了，不经压，有没有木盒子？"我问："您是要寄贵重物品吧？"

他连忙说："是的是的，贵重物品。"我给他换了一个精致的木盒子。

他拿过那个盒子，左看右看，似乎是在测试它的舒适度，最后，他满意地朝我点了点头。接下来，他就从衣袋里掏出了所谓的"贵重物品”——居然是一颗红色的、压得扁扁的塑料心！只见他拔下气嘴上的塞子，挤净里面的空气，然后就憋足了气，一下子吹鼓了那颗心。

那颗心躺进盒子，大小正合适。

直到此时，我才彻底明白了这位先生要邮寄的是一颗充足了气的塑料心。

这使我想起了古代那个砍断了竹竿进城的蠢货。我强忍住笑说：“其实您大可不必这么隆重地邮寄您的物品。我来给您称一下这颗心的重量——喏，才65克。您把气放掉，装进牛皮纸信封里，寄个挂号不就行了吗？”

那位先生惊讶地（或者不如说是怜悯地）看着我，说：“你是真的不懂吗？我和我的恋人天各一方，彼此忍受着难挨的相思之苦，她需要我的声音，也需要我的气息。我送给她的礼物是一缕呼吸——一缕从我的胸腔里呼出的保真的呼吸。应该说，我寄的东西根本没有分量，这个65克重的塑料心和这个几百克重的木盒子，都不过是我的礼物的包装呀。”

听完这位先生的讲述，我的脸莫名地发烫。每一根为爱情砍断的竹竿都有被砍断的神圣理由。而这种理由可能只是一点点微不足道的细节，但却是如此生动、质朴、情纯，也许只有相爱的人才懂得其珍贵。

励志寄语：

人生像朵美丽的花，爱是花间芳香的蜜；人生像只破浪的船，爱是船上乘风的帆。礼物不在轻重，得看它包装了多少情分、多少关爱。

父　亲

在乔治的记忆中，父亲一直就是瘸着一条腿走路的，他的一切都平淡无奇。所以，他总是想，母亲怎么会和这样的一个人结婚呢?

一次，市里举行中学生篮球赛，乔治是队里的主力。他找到母亲，说出了他的心愿:他希望母亲能陪他同往。母亲笑了，说:“那当然。你就是不说,我和你父亲也会去的。”他听罢摇了摇头，说:“我不是说父亲，我只希望你去。”母亲很是惊奇，问:“这是为什么?”他勉强地笑了笑，说:“我总认为，一个残疾人站在场边，会使得整个气氛变味儿。”

母亲叹了一口气，说:“你是嫌弃你父亲了?”父亲这时正好走过来，说:“这些天我得出差，有什么事，你们商量着去做就行了。”

比赛很快就结束了。乔治所在的队得了冠军。在回家的路上，母亲很高兴，说:“要是你父亲知道了这个消息，他一定会放声高歌的。”乔治沉下了脸，说:“妈妈，我们现在不提他好不好?”母亲接受不了他的口气，尖叫起来，说:“你必须要告诉我这是为什么?”

乔治满不在乎地笑了笑，说:“不为什么，就是不想在这时提到他。”母亲的脸色凝重起来，说:“孩子，有些话我本来不想说，可是，我再隐瞒下去，很可能就会伤害到你的父亲。你知道你父亲的腿是怎么病的吗？”乔治摇了摇头，说：“不知道。”母亲说：“你两岁时父亲带你去花园里玩，在回家的路上，你左奔右跑。忽然，一辆汽车急驰而来，你父亲为了救你，左腿被碾在了车轮下。”乔治顿时呆住了，说：“这怎么可能呢？”母亲说：“这怎么不可能？只是这些年你父亲不让我告诉你罢了。”

二人慢慢地走着。母亲说：“有件事可能你还不知道，你父亲就是布莱特，你最喜欢的作家。”乔治惊讶地蹦了起来，说：“你说什么？我不信！”母亲说：“其实，你父亲也不让我告诉你这些，你不信可以去问你的老师。”乔治急急地向学校跑去。老师面对他的疑问，笑了笑，说：“这都是真的。你父亲不让我们透露这些，是怕影响你成长。但既然你现在知道了，那我就不妨告诉你，你父亲是一个伟大的人。”

两天以后，父亲回来。乔治问父亲：“你就是大名鼎鼎的布莱特吗？”父亲愣了一下，然后就笑了，说：“我就是写小说的布莱特。”乔治拿出一本书来，说：“那你先给我签个名吧！”父亲看了他片刻，然后拿起笔来，在扉页上写道：赠乔治，生活其实比什么都重要。布莱特。

多年以后，乔治成了一名出色的记者。当有人让他介绍自己的成功之路时，他就会重复父亲的那句话：生活其实比什么都重要。

励志寄语：

或许是因为父母给予我们的爱太多、又太容易了，所以我们才常常对此视而不见。生活和时间会教会我们：做子女的要牢记父母恩！

Chapter

第六章

熠熠闪光的寓言，散发着智慧和正能量

简单又最富哲理的寓言，以另一种姿态述说着普普通通而又耐人寻味的真理！

做泥娃娃的手艺人

从前，在一个村庄里住着一位做泥娃娃的手艺人。他做的泥人十分漂亮，在市场上很好卖，所以他的日子过得挺自在。

艺人的儿子长大了。艺人见儿子的手挺灵巧，就教他做泥人。后来，他们父子俩就开始一起做泥人。

儿子的手比父亲的还巧，加上他年轻力壮，干起活来干脆利落，他做的泥人开始超过父亲的了。起初，他做的泥人和父亲做的卖一样价钱。但是，当挨了父亲的训斥之后，他做泥人就更加认真了。结果没有多久，他做的泥人的卖价就超过了父亲。父亲做的泥人每个卖 2 卢比，他做的卖 3 卢比。可是，父亲对儿子的斥责并没有减少。他对儿子做的泥人总是不满意，不是说这里有缺点，就是说那儿有毛病。

儿子做泥人比以前更用心、更刻苦了。

现在，儿子的泥人做得比以前更好了，在市场上出售的价格不断提高。父亲做的泥人还是跟以前一样，每个卖 2 卢比，而儿子做的则涨到了 4 卢比，5 卢比，6 卢比，8 卢比，最后到了 10 卢比！

可是，父亲仍不满意。他给儿子做的泥人一个一个地挑毛病：这只眼睛比那一只大了，两个肩膀不匀称；这做的是耳朵还是扬谷用的簸箕？指甲太小，看都看不见！

第二天，儿子生气了。他说：“爸爸，你为什么老是挑我做的泥人的毛病？你做的泥人，每个我都能挑出 20 个毛病！你也不看看，你做的泥人至今仍卖 2 卢比一个，而我做的呢，卖 10 卢比人们还都争着买。我觉得我做的泥人什么毛病也没有，根本不必再加工！”

父亲很失望，伤心地说：“孩子，你说的我都明白。不过这些话从你嘴里说出来，我很难过。我知道，今后你做的泥人的价钱永远也不会超出 10 卢比了。”

“为什么？”儿子惊奇地问。

父亲看了看儿子，说：“做一个手艺人，如果认为自己的手艺到了家，没有改进的余地了，那么就意味着他的长进就此停止。艺人什么时候一自满，他的手艺就再也不会提高。从前有一天，我也对自己的手艺自满起来，结果从那天开始一直到现在，我做的泥人只能卖 2 卢比一个，从来没有超过这个价钱的。”

励志寄语：

不满是向上的车轮；自满则使人停滞不前，人生便不会再有突破。

大海与床

从前，在印度沿海有一个渔村，村里的许多渔民世代居住在那里。每天傍晚，当天空射出万道霞光的时候，渔民们就扬帆出海。

他们终年辛勤劳动。有时，为了让附近村镇上的居民能吃上鱼，他们常常要冒着生命危险到深海去捕鱼。

当他们到远海去开辟新的渔场时，一些船不免会触礁沉没，船上的人也会因此送命；有时海上掀起狂风恶浪，也会使一些渔民葬身海底。每当传来渔民遇难的消息时，那些茅屋里就会传来撕裂人心的哭声，十分悲惨。浩瀚的大海虽然常常使他们失掉生命，但是，对渔民来说，仍然有着巨大的吸引力。不管有多大的风险，他们总是照常下海捕鱼。

有一天，渔民南图尼欧的父亲淹死在海里。出海归来的渔民来到南图尼欧家，对他母亲说，他父亲的船被海浪吞没，他遇难了。然而，他们想尽办法，把他的船弄了回来。

听说父亲死了，南图尼欧和母亲悲痛欲绝，痛哭了很长时间。

但第二天，南图尼欧就把船交给修船人，不到一个星期，修船人就把船修好了。

晚上，南图尼欧到市场去买网，碰到了地主的儿子。南图尼欧同他关系很不错，只要碰到他，总要攀谈一会儿。地主的儿子问道："怎么，你又买网了？"

"是的，明天我将驾着已经修好的船去捕鱼，你去吗？"

"什么？出海？不去，我害怕。"

"害怕？有什么怕的？"

"当然是怕大海，我听说，你父亲上星期淹死了。"

"是这样，那又怎样？"

"你不害怕吗？"

"有什么好怕的呢？我是渔民的儿子，渔民是不怕大海的。"

"现在请你告诉我，你祖父是干什么工作的。"

"他也是渔民。"

"他是怎么死的？"

"他出海捕鱼，遇上了狂风恶浪，再也没有回来。"

"你曾祖父呢？"地主的儿子惊奇地问道。

"也死在海里了。他更加敢于冒险，他驾着船，绕过科伦坡，到印度东海岸去采珍珠，他潜入水里，再也没有上来。”

“奇怪，你们是怎么回事？一个个都死在海里，却还要下海捕鱼。”地主的儿子惊叹不已地说。

现在该南图尼欧问地主的儿子了。他搔搔头，问道：“我听说你父亲最近去世了，他死在哪里？”

“他是在家里睡觉时死去的，他已经年纪很大了，当仆人去叫他起床时，发现他已经断气了。”

“你祖父呢？”

“他也活了很大年纪，最后病死在家里。”

“你的曾祖父？”

“我听说，他卧病很久，也是死在家里的。”

“我的老天爷！他们都是在家里死的，可你现在还住在那个家里，难道你不害怕吗？”

地主的儿子被问得张口结舌，无言以对。

励志寄语：

人生的乐趣与意义在于不懈的奋斗，如果永远躲在安乐窝中，就无法品尝奋斗与冒险的快乐。

木桶的故事

从前，有一个老头，他临终时叫来5个儿子，对他们说：“孩子，我快要死了，临死前，我要给你们讲一个寓言，你们要用心听，听完后要解释给我听。”

儿子们看着父亲，老头打量了一下每个儿子，就开始讲了：“森林里有棵橡树，很高很粗，树枝上结满了果实。它的根很深，吸收着地下的养分，暴风吹了它多少次，也吹不倒。

“有一天，一个樵夫来到森林里，看中了这棵橡树，就卷起袖子，砍起树来。天快黑时，他砍倒了大树。他把树枝砍光，把树枝拖到木匠作坊里，锯成木板，装上大车，运走了。回家后，他用木板做了一只木桶，套上箍，每天往桶里倒满刚酿好的冒泡酒，然后卖给要办喜事的农民。就这样，他过着平凡的日子。

“有一天桶箍坏了，木桶板都松了，酒漏光了，于是桶干裂了。主人没有及时加上新的箍，木桶板都散开了，后来，孩子们抽走了桶箍，在街上滚圆环，女主人把木桶片和桶底当柴烧了。好好的一只桶，现在无影无踪了！故事完了，现在你们给我说说这个寓言的意义吧。”

5个兄弟动脑筋了，他们想啊，想啊，还是不明白父亲讲的寓言的意思。老父亲摇摇头说：“你们年纪还小，不明白，那么我来告诉你们，你们听好：生长着大树的森林是我们的国家，她是永久的；树林是人民，人民也是永生的；桶是家庭，木桶片是我们大家，桶箍则促使我们和睦、团结；而酒是快乐。家庭和睦时，生活就幸福。所以，要爱护桶箍，我的孩子啊！”

老大听了，吻了吻父亲的手，说：“爸爸，我们感谢您的忠告，我们一辈子不会忘记的。”

励志寄语：

幸福和快乐需要大家一起维护，任何一个环节出了问题，都会影响甚至彻底毁坏原有的和谐。

人间的真理

很久很久以前，某个村子里有个贫困的农人，他聪明绝顶，还是个劳动的能手，可是没人肯听他的话：不论他对村里那些聪明人说些什么，他们都异口同声地讲：“他懂什么？他知道什么？他扯谎，谁相信他……”

可是上帝却让这个农人发财，他变成大财主了，于是这时候他也被选为村里的头儿了。有一次，他召开会议，人们东家长西家短地闲扯了半天，最后他说：“善良的人们，你们知道不，我遇到一件荒唐事……”

“什么事啊？”大家问。

“有一天我骑马进城去，准备买一个新犁铧。虽然我家里的那个还能用，不过我觉得这个很便宜，我想就以备万一吧，所以就买了来，带回家去放在仓库里。我想，先放着吧，需要的时候再拿也不迟。在仓库里放了一个礼拜，昨天我顺便走进仓库，一瞧哇，我的犁铧上满是洞洞眼。我走过去仔细一瞧……嗬，多少老鼠哟……犁铧被咬得全是洞，现在一点用处也没啦，只有一丢，多倒霉！”

“是啊，”有一个人说，“有这种事，有这种事，是有这么一种老鼠，别看它小，可是它的牙齿真厉害，不论你放什么东西，它们都能咬穿。”

其他的人也说：“一点不假，一点不假！”

这个农人听了许久，后来终于说：

"唉，这就是人间的真理：我从前是个一贫如洗的农夫，哪怕我对你们说的全是真理，可是你们也说我在扯谎。现在我是百万富翁啦，明明我在扯谎，可是你们还说我讲的是真话。你们在什么地方看见过，老鼠能啃穿犁铧呢？能有这种怪事吗？犁铧是铁的呀……"

励志寄语：

生活中，愿我们多些真诚和纯洁，而不要被金钱和权势冲昏了头脑，走偏了路。

马、鹿与人

一匹马找到一块丰美的草地，常到这里饱餐一顿。可是后来，一只鹿也发现了这秘密，趁马不在时，也跑来吃草。

马发现了这件事，觉得鹿侵占了自己的利益，想报复鹿，但自己又无能为力，就请人来帮忙。人说："我也没办法，除非你套上辔头，我骑上你，才能追上它，惩罚它。"

人骑着马，惩罚了鹿。之后，便把马拴在了槽头。

这时，马才省悟过来，长叹道："我真傻，为一点儿小事而报复，反而使自己沦为奴隶。"

励志寄语：

做个宽容友善的人吧！睚眦必报本就不可取，为了打击报复不择手段，终会让自己付出沉重代价，甚至是自由或生命。

Chapter

第七章

拾一片落叶，装点你我的精神家园

面对复杂的生存环境，我们每个人只需守好自己的精神家园，善良、勇敢无畏、坚定执着地前行，才不会迷失方向。

不安只在心中

莫尼卡·狄更斯二十几岁时虽然已是有作品出版的作家了，可是仍然举止笨拙，常感自卑。她有点儿胖，不过并不痴肥，她觉得衣服穿在别人身上总是比较好看。她在赴宴会之前要打扮好个几小时，可是一走进宴会厅就会感到自己一团糟，总觉得人人都在对她评头论足，在心里耻笑她。有个晚上，莫尼卡忐忑不安地去赴一个不大认识的人的宴会，在门外碰见另一位年轻女士。

“你也是要进去的吗？”

“大概是吧，”她扮了个鬼脸，“我一直在附近徘徊，想鼓起勇气进去，可是我很害怕。我总是这样子的。”

为什么？莫尼卡在灯光照映的门阶上看看她，觉得她很好看，比自己好得多。“我也害怕得很，”莫尼卡坦言，她们都笑了，不再那么紧张。她们走向前面人声嘈杂、情况不可预知的地方。莫尼卡的保护心理油然而生。

“你没事吧？”她悄悄问道。这是她生平第一次心不在自己而在另一个人身上。这对她自己也有帮助，她们开始和别人谈话，莫尼卡开始觉得自己是这群人的一员，不再是个局外人。

穿上大衣回家时，莫尼卡和她的新朋友谈起各自的感受。

“觉得怎么样？”

“我觉得比先前好。”莫尼卡说。

“我也如此，因为我们并不孤独。”

莫尼卡想：这句话说得真对！我以前觉得好孤独，认为世界上的人都自信十足，可是如今遇到了一个和我同样自卑的人，迄今为止，我因为让不安全感吞噬了，根本不会去想别的，现在我得到了另一启示：会不会有很多人外表看来谈笑风生，但实际上内心却忐忑不安？

莫尼卡常去的一家本地报馆，有位编辑对她似乎粗鲁无礼，莫尼卡觉得他的目光永不和自己接触。她总觉得他不喜欢自己，现在，莫尼卡怀疑会不会是他怕自己不喜欢他？

第二天去报馆时，莫尼卡深吸一口气，对那位编辑说：“你好，安德森先生，见到你真高兴！”

莫尼卡微笑抬头。以前，她习惯一面把稿子丢在他桌上，一面低声说道：“我想你不会喜欢它。”这一次莫尼卡改口道：“我真希望你喜欢这篇稿，大家都写得不好的时候，你的工作一定非常吃力。”

“的确吃力。”那位编辑叹了口气。莫尼卡没有像往常那样匆匆离去，她坐了下来。他们互相看看。莫尼卡发现他不是个咄咄逼人的特稿编辑，而是个头发半秃、其貌不扬、头大肩窄的男人，办公桌上摆着他妻儿的照片。莫尼卡问起他们，那位编辑露出了微笑，严峻而带点悲伤的嘴变得柔和起来。莫尼卡感到他们二人都觉得自在了。

后来，莫尼卡的写作生涯因战争而中断。她去接受护士训练，再次因感觉到医院里的人个个称职唯自己不然而心中生畏，她觉得自己手脚笨拙，学得慢，穿上制服看来仍一无是处，引来许多病人抱怨。“她怎么会到这儿来的？”莫尼卡猜他们一定会这样想。

工作繁忙加上疲劳，使莫尼卡不再胡思乱想，也不再继续发胖。她开始感觉到与大家打成一片的喜悦，她是团队的一分子，大家需要她。她看到别人忍受痛苦，遭遇不幸，觉得他们的生命比自己还重要。

“你做得不坏。”护士长有一天对莫尼卡说。莫尼卡暗喜：她原来在称赞我！他们认为我一切没问题。莫尼卡忽然惊觉几星期来根本没有时间为自己是否称职而发愁担忧。

如今，事过多年，莫尼卡仍对人群、事业成功的人、粗鲁无礼的店员怀有畏怯之心，也仍害怕处身于似不相属的那种环境中。她告诉自己要记住：别想你自己，过去和那个独自站在街头紧张不安的女人谈谈。

励志寄语：

当你自卑的时候，请记住提醒自己尽快改掉这种状态，自卑使心灵犹如受潮的火柴，燃不起奋进的火焰。

寻找快乐

一群年轻人到处寻找快乐，但是，却遇到了许多烦恼、忧愁和痛苦。

他们向老师苏格拉底询问，快乐到底在哪里？

苏格拉底说：“你们还是先帮我造一条船吧！”

年轻人们暂时把寻找快乐的事儿放到一边，找来造船的工具，用了七七四十九天，锯倒了一棵又高又大的树，然后挖空树心，造成了一条独木船。

独木船下了水，年轻人们把老师请上船，一边合力荡桨，一边齐声唱起歌来。苏格拉底问：“孩子们，你们快乐吗？”

学生齐声回答：“快乐极了！”

苏格拉底道：“快乐就是这样，它往往在你为着一个明确的目的忙得无暇顾及其他的时候突然来到。”

励志寄语：

快乐无处不在，它不仅仅在收获果实的瞬间，还在追求与奋斗的过程之中！

找话题

乔·吉拉德是世界上卖出汽车最多的业务员，对那些看上去有一些腼腆的看车人，他往往会主动对他们说：“我有一项特殊的本领，我能看出一个人从事的职业。”

这时候，看车人会感到有兴趣，当看车人看吉拉德时，有时候，往往并不会开口说话，吉拉德就接着说：“哦，我敢打赌，您是一位医生。”

在美国，医生不但是收入比较高的职业，还是令人尊敬的职业。当然，美国没有那么多医生。这位看车人并不恰好就是医生，但这么说就算是错了，看车人也不会生气，因为他觉得，在你眼里，他是受人尊敬的人物。

“不，不是。”看车人说。

“那么，您在哪里高就呢？”

“你不会相信的，乔，我在史丹肉类公司做事，”这时，看车人脸上会露出一丝羞涩，“我的工作是宰牛。”

“哇，太棒了！”乔热切地说，整个人看起来相当兴奋，“长期以来，我都在想，我们吃的牛肉到底是怎么来的。什么时候，我能去你那里看看吗？”

乔说的时候，是真的想去看，并不是敷衍客户。

于是他们热烈地讨论起参观杀牛的事情，20分钟后，看车人完全被吉拉德感染了，并顺利地买下了车子。

吉拉德挑了一个不忙的时间，去参观宰牛工厂。在那里，吉拉德见到了那位客户许多的同事，那位客户不断地向他的同事热情地介绍：“这就是卖给我车子的人。”吉拉德又认识了许许多多可能买车的人。

当吉拉德下一次碰见肉类公司的看车人时，他就会说，我有一个朋友在史丹肉类公司，这样他们又找到了共同话题。

励志寄语：

这不仅仅是一个业务员的生意之道，也是适合我们每个人的生活之道——开朗、热情、互相信任。

里特佛恩的病

一天，里特佛恩觉得自己好像生病了，就去图书馆借了一本医学手册，看该怎样治自己的病。他一口气读了许多内容，还不满足，又继续读了下去。

当他读完介绍霍乱的内容时，方才明白，自己患霍乱已经几个月了。他被吓住了，呆痴痴地坐了好几分钟。

后来，里特佛恩很想知道自己还患有什么病，就依次读完了整本医学手册。这下可明白了，除了膝盖积水症外，自己身上什么病都有！

他非常紧张，在屋子里来回踱步。里特佛恩想："医学院的学生们用不着去医院实习了，我这个人就是一个各种病例都齐备的医院，他们只要对我进行诊断治疗，然后就可以得到毕业证书了。"

里特佛恩迫不及待地想弄清楚自己到底还能活多久。于是，就搞了一次自我诊断：先动手找脉搏。一开始他怀疑自己连脉搏也没有了，后来才突然发现，一分钟跳 140 次！接着，又去找自己的心脏，但无论如何也找不到！他感到万分恐惧……

里特佛恩不知道自己是怎么来到医生家的。一进门，他就说："医生，我不给你讲我有哪些病，只说一下，我的命不会长了！我只是没有害膝盖积水症。"

医生给他诊断了一下，然后坐在桌边，在纸上写了些什么就递给了他。

他顾不上看处方，就塞进口袋，立刻去取药。赶到药店，他匆匆把处方递给药剂师，药剂师看了一眼，就笑着退给他说："这是药店，不是饭店。"

里特佛息惊奇地望了药剂师一眼，拿回处方一看，自己也忍不住笑了，原来上面写的是：

煎牛排一份，啤酒一瓶，6 小时一次。

10 英里路程，每天早上一次。

从这个故事我们不难悟出：我们一定要保持心态的平和，尽量享受生活中的每一天，而不要没病找病。

励志寄语：

杯弓蛇影，其实是人内心的脆弱所致。生活中无处不美好，最重要的是心态要保持平和。

让心情随缘

有一天，鲁宾斯刚走出办公室，就拦了一辆出租车。一上车便感觉到司机是个很快活的人。他吹着口哨，一会儿是电影《窈窕淑女》中的插曲，一会儿是国歌。看他乐不可支的样子，鲁宾斯便搭腔说："看来你今天心情不错！"

"当然喽！为何要心情不好呢？我最近悟出一个道理，情绪暴躁和消沉都没好处，因为事情随时都会发生转机。"接着，他便给鲁宾斯讲了一个自己的故事。

那天一早，他开车出去，想趁上班高峰期多赚点钱。那天天真冷，好像用手一摸铁皮，马上就会被粘住似的。不幸的是，他才开出去没多久，车胎便爆了。他也快气炸了！他拿出工具来，边换轮胎，边嘟囔着。可是天气太冷，只要工作一会儿，便得动动身子，暖暖手指头。就在这时，一辆卡车停了下来，司机跳下车。使他更惊讶的是，卡车司机居然开始动手帮忙。轮胎修好之后，他一再道谢，但是卡车司机却挥挥手，不以为然地跳上车走了。

那位司机接着说："因为这件事，我整天心情都很好。看来事情总是有好有坏，人不会永远倒霉的。起初因为轮胎爆了我很生气，后来因为卡车司机帮忙心情就变好了，好运似乎也跟着来了。那天早上忙得不得了，客人一个接一个，所以口袋里进的钱也多了。先生，不要因为事情不如意就心烦，事情随时会有转机的。”

励志寄语：

生活本是个变化莫测的舞台，也是个随时会发生转机的奇妙镜子，当遭遇不顺，备受负面情绪侵扰的时候，不妨依靠自制力与正能量想办法排解一下，千万不要让它影响了自己下一个步伐。

善良的心

善心是人的本性，一旦丧失或扭曲，那这个人也就变了。

小谭决定与男朋友小贾分手了，一夜未眠，以泪洗面。热恋两年的男友，为何突然说分离就分离了呢？事情经过是这样的：昨天，俩人一起下了地铁，沿着通道向外走时，在拐角处，一双粗糙的颤抖的手伸到了眼前，一位盲人老大娘在向他们行丐。小谭的心不由一颤，本能地去摸钱夹。这时，男朋友小贾抢先一步，掏出了几张花花绿绿的纸张塞到了老大娘手中。靠触摸面对世界的老大娘立刻就分辨出来了，她的眼眶里涌出了大滴大滴的泪珠，嘴里在喃喃地说：“孩子，你不愿给我就算了，为啥要这样捉弄我这个可怜的老太婆？”看着这一幕，小谭的心碎了。她上前掏出了一张百元大钞换下了那几张废纸，然后用颤抖的声音向老大娘道歉："对不起，请原谅，是他掏错了。"然后，狠狠地瞪了小贾一眼，头也不回地走了。

小谭不愿与一个没有善心的人做朋友，更不会和他在一起生活一辈子，她的选择显然是明智的选择。

励志寄语：

善良是生命的常青树，一个人若丧失了善心，谁还愿意与他为伍？

虚掩的门

在一家效益不错的公司里，总经理叮嘱全体员工："谁也不要走进 8 楼那个没挂门牌的房间。"但他没解释为什么，员工都牢牢记住了总经理的叮嘱。

一个月后，公司又招聘了一批员工，总经理对新员工又交代了一次上面的叮嘱。

"为什么？"这时有个年轻人小声嘀咕了一句。

"不为什么。"总经理满脸严肃地答道。

回到岗位上，年轻人还在不解地思考着总经理的叮嘱，其他人便劝他干好自己的工作，别瞎操心，听总经理的，没错，但年轻人却偏要走进那个房间看看。

他轻轻地叩门，没有反应，再轻轻一推，虚掩的门开了，只见里面放着一个纸牌，上面用红笔写着——把纸牌送给总经理。

这时，闻知年轻人闯入那个房间的人开始为他担忧，劝他赶紧把纸牌放回去，大家替他保密。但年轻人却直奔15楼的总经理办公室。

当他将那个纸牌交到总经理手中时，总经理宣布了一项惊人的决定——“从现在起，你被任命为销售部经理。”

“就因为我把这个纸牌拿来了？”

“没错，我已经等了快半年了，相信你能胜任这份工作。”总经理充满自信地说。

果然后来的日子里，年轻人把销售部的工作搞得红红火火。

励志寄语：

我们要创造自己的价值，让身边的人认可我们，就得需要有超强的胆魄、敢想敢干的创新精神。敢于做第一个吃螃蟹的人！

空花盆

从前有一位贤明而受人爱戴的国王，把国家治理得井井有条，人民安居乐业。国王的年纪逐渐大了，但膝下并无子女，这件事让国王很伤心。终于他决定，在全国范围内挑选一个孩子收为义子，培养成自己的接班人。

国王选子的标准很独特，给每个孩子发了一些花种子，宣布如果谁用这些种子培育出最美丽的花朵，那么谁就成为他的义子。

孩子们领回种子后，开始了精心的培育，从早到晚，浇水、施肥、松土，谁都希望自己能够成为幸运者。

有个叫雄日的男孩，也整天精心地培育花种。但是，十天过去了，半个月过去了，一个月过去了，花盆里的种子却连芽都没冒出来，更别说开花了。

苦恼的雄日去请教母亲，母亲建议他把土换一换，但依然无效，母子俩束手无策。

国王决定的观花日子到了。无数个穿着漂亮衣裳的孩子们涌上街头，他们各自捧着鲜花盛开的花盆，用期盼的目光看着缓缓巡视的国王。国王环视着争奇斗艳的花朵与精神的孩子们，并没有像大家想象中的那样高兴。

忽然，国王看见了端着空花盆的雄日。他无精打采地站在那里，眼角还有泪花，国王把他叫到跟前，问他：“你为什么端着空花盆呢？”

雄日抽咽着，他把自己如何精心摆弄，但花种怎么也不发芽的经过说了一遍，还说，他想这是报应，因为他曾在别人的花园中偷过一个苹果吃。没想到国王的脸上却露出了最开心的笑容，他把雄日抱了起来，高声说：“孩子，我找的就是你！”

“为什么是这样？”大家不解地问国王。

国王说：“我发下的花种全部是煮过的，根本就不可能发芽开花。”

捧着鲜花的孩子们都低下了头，他们全都播下了另找的种子。

励志寄语：

诚实是做人的根本，不诚实的人不能信任，更不能被委以重任，与不诚实的人打交道会让心感觉疲劳，所以，诚实的人才是最佳人选。

海水是咸的吗

有一次，一艘远洋海轮不幸触了礁，沉没在了汪洋大海里，其中幸存下来的9位船员拼死登上一座孤岛，才得以幸存。

但接下来的情形更加糟糕，岛上除了石头，还是石头，没有任何可以用来充饥的东西，更为要命的是，在烈日的曝晒下，每个人口渴得冒烟，水成为最珍贵的东西。

尽管四周是水——海水，可谁都知道，海水又苦又涩又咸，根本不能用来解渴。现在，9个人唯一的生存希望便是老天爷下场雨或有别的过往船只发现他们。

等啊等，没有任何下雨的迹象，天际除了海水还是一望无边的海水，没有任何船只经过这个死一般寂静的岛。渐渐地，有8个船员支撑不下去了，他们纷纷渴死在了孤岛。

当最后一位船员快要渴死的时候，他实在忍受不住便扑进海水里，“咕嘟咕嘟”地喝了一肚子。船员喝完海水，一点儿觉不出海水的苦涩味，相反觉得这海水又甘又甜，非常解渴。他想：也许这是自己渴死前的幻觉吧，便静静地躺在岛上，等着死神的降临。

他睡了一觉，醒来后发现自己还活着，船员非常奇怪，于是他每天靠喝这岛边的海水度日，终于等来了救援的船只。

后来，人们化验这水发现，这儿有地下泉水的不断翻涌，所以岛边的海水实际上全是可口的泉水。

囿于“海水是咸的”，“根本不能饮用”这基本常识，8 名船员便这样被渴死了。试问，是“环境”害死了他们，还是“经验”，还是自己？

励志寄语：

不顽固不化，不墨守成规，才能打开新局面，才有生存和成功的希望。

旋转门

一位失败者去拜访一名成功者。他来到成功者面前，看到了一扇漂亮的旋转门。他轻轻一推，门就旋转起来，他夹在两块透明玻璃间转进去，看到成功者正站在面前。

“你能不能告诉我成功有什么窍门？”失败者虔诚地问。成功者用手一指他的身后：“就是你身后的这扇门。”失败者回过头去，只见刚才带他进来的那扇门正慢慢地旋转着，把外面的人带进来，把里面的人送出去。两边的人都顺着同一个方向进进出出，谁也不影响谁。

就是这同一扇门，把里面的人送出去，把外面的人迎进来。

其实，我们每个人的心里都有这样一扇门，只不过是用不同材料做成的。有的人是带锁的木门，成功快乐时就打开，失败痛苦时就关闭，把自己锁在黑暗里。有的人是旋转的玻璃门，不管成功还是失败，快乐还是痛苦，总是让自己的心灵之门旋转起来，把失败和痛苦旋转出去，让希望和未来旋转进来，在旋转中寻找机会，把握未来，找到一个新的人生舞台！

励志寄语：

净化自己的心灵，把阻碍成功、影响心情的事甩到门外，才能迎来一个崭新的希望。

百味人生

我年轻的时候，曾经拜访过一位圣人。他住在山那边一个幽静的林子里。正当我们谈论着什么是美德的时候，一个土匪正吃力地爬上山岭。之后，他跪在圣人面前说："啊，圣人，请你解脱我的罪过，我罪孽深重。"

圣人答道："我的罪孽也同样深重。"

土匪说："但我是盗贼，还是个杀人犯。"

圣人说："我也是盗贼，也是个杀人犯。"

土匪说："我犯下了无数的罪行。"

圣人回答："我犯下的罪行也无法计算。"

土匪站了起来，他两眼盯着圣人，露出一种奇怪的神色。然后他就离开了我们，连蹦带跳地跑下山去。

我转身去问圣人："你为何给自己加上莫须有的罪名？你没有看见此人走时已对你失去信任。"

圣人说道："是的，他已不再信任我，但他走时已经如释重负。"

正在这时，我们听见土匪在远处引吭高歌。

只有勇于面对现实的人，才会在人生之路上行得更稳更快。

励志寄语：

其实，生活中的很多事情，是不需他人来援助的，就像痛苦和快乐。只有自己敢于去正视、去消除，才能赢得最好的自我成长。

事无巨细

从一件小事，能看出一个人。

有三个人去一家公司应聘采购主管。他们当中一人是某知名管理学院毕业的，一名毕业于某商学院，而第三名则是一家民办高校的毕业生。在很多人看来，这场应聘的结果都是很容易判断的，然而事情却恰巧相反。应聘者经过一番测试后，留下的却是那个民办高校的毕业生。

在整个应聘过程中，经过一番番测试后，他们在专业知识与经验上各有千秋，难分伯仲。随后招聘公司总经理亲自面试，他提出了这样一道问题，题目为：

假定公司派你到某工厂采购 4999 个信封，你需要从公司带去多少钱？

几分钟后，应试者都交了答卷。

第一名应聘者的答案是 430 元。

总经理问："你是怎么计算的呢？"

"就当采购 5000 个信封计算，可能是要 400 元，其他杂费就算 30 元吧！"应者对答如流。但总经理却未置可否。

第二名应聘者的答案是 415 元。

对此他释道："假设 5000 个信封，大概需要 400 元左右，另外各杂费可能需用 15 元。"总经理对此答案同样没表态。

但当他拿起第三人的答卷时，见上面写的答案是 449.92 元时，不觉有些惊异，立即问：

"你能解释一下你的答案吗？"

"当然可以，"该同学自信地回答道，"信封每个 8 分钱，4999 个是 399.92 元。从公司到某工厂，乘汽车来回票价 10 元。午餐费 5 元。从工厂到汽车站有一里半路，请一辆三轮车搬信封，需用 35 元。因此，最后总费用为 449.92 元。"

总经理不觉露出了会心一笑，收起他们的试卷，说："好吧，今天到此为止，明天你们等通知。"

励志寄语：

无论工作还是生活，做事认真仔细，尽善尽美才有希望成为一个做大事的人。

Chapter

第八章

今天的路上阳光更灿烂

故事是成长的向导，是黑暗中闪亮在前进路上的灯光，让今天的我们在人生的舞台上，走得更踏实，一路山花遍野、阳光灿烂！

梦想的途径

11 岁的男孩艾葛，正想买一部英国制造的三速脚踏车，但整季替人割草扫叶所得，离他的目标仍远。冬令初寒，路面冰结之日，他刚刚清理完炉灰，看见一部车子，车轮拼命滚动，想爬上门前小山。这就使他想到了一个主意。在当地报纸刊出广告如下：

"炉灰——圣诞节最佳礼品，送给雪地驾车的朋友，有意想不到之妙用。怀恩城 0.15 美元一袋，其他地区 0.25 美元。请电告怀恩城——277。"

广告刊出后，存货立即脱手。买主大都是些玩世不恭的人，想找一件新奇的圣诞礼物送亲友。因此几天后，艾葛又刊登广告：

"炉灰——圣诞节使光顾诸君向隅，至感歉疚。现有新货应市。请即购买一袋置之车厢，以备冰天路滑时使用。"

第二天怀恩大雪纷飞，一直持续了两天。一时订单如雪片飞来。他将附近街道炉灰尽量搜罗，以免供不应求。此后他在报上刊出如下广告：

"炉灰——现已收到谢函 7 封。车子在新年除夕幸未被困的 7 位买主对我扬颂备至。"

广告刊出后，一个住在新辟坡地的 16 岁少年来电话订购 40 袋。他说："周围数里之内无一煤炉，谁都无法从家里把车子开出去。这些炉灰可以轻易卖到 5 角钱一袋。"另一个大主顾，是他的同班同学，此人囤积炉灰，到了大雪天才在城里最陡的山坡下面向驾驶人兜售。

最后生意兴隆得影响到艾葛的功课。他的母亲以快刀斩乱麻的手法，在报上刊登了下面这条广告：

“炉灰生意暂结束。获利之后主人已离城避寒。”可是到了这个时候，艾葛和妹妹两人都已各拥有崭新的英制脚踏车一辆了。

励志寄语：

只要善于用脑，肯于思索，生活中到处都有实现自己梦想的途径和机会。

神奇的椅子

一个阴云密布的午后，由于瞬间的倾盆大雨，行人们纷纷进入就近的店铺躲雨。一位老妇也蹒跚地走进费城百货商店避雨。面对她略显狼狈的姿容和简朴的装束，所有的售货员都对她心不在焉，视而不见。

这时，一个年轻人诚恳地走过来对她说：“夫人，我能为您做点什么吗？”老妇人莞尔一笑：“不用了，我在这儿躲会儿雨，马上就走。”老妇人随即又心神不定了，不买人家的东西，却借用人家的屋檐躲雨，似乎不近情理，于是，她开始在百货店里转起来，哪怕买个头发上的小饰物呢，也算给自己的躲雨找个心安理得的理由。

正当她犹豫徘徊时，那个小伙子又走过来说："夫人，您不必为难，我给您搬了一把椅子，放在门口，您坐着休息就是了。"两个小时后，雨过天晴，老妇人向那个年轻人道谢，并向他要了张名片，就颤巍巍地走出了商店。

几个月后，费城百货公司的总经理詹姆斯收到一封信，信中要求将这位年轻人派往苏格兰收取一份装潢整个城堡的订单，并让他承包自己家族所属的几个大公司下一季度办公用品的采购订单。詹姆斯惊喜不已，匆匆一算，这一封信所带来的利益，相当于他们公司两年的利润总和！

他在迅速与写信人取得联系后，方才知道，这封信出自一位老妇人之手，而这位老妇人正是美国亿万富翁"钢铁大王"卡内基的母亲。

詹姆斯马上把这位叫菲利的年轻人，推荐到公司董事会。毫无疑问，当菲利打起行装飞往苏格兰时，他已经成为这家百货公司的合伙人了。那年，菲利 22 岁。

随后的几年中，菲利以他一贯的忠实和诚恳，成为"钢铁大王"卡内基的左膀右臂，事业扶摇直上、飞黄腾达，成为美国钢铁行业仅次于卡内基的富可敌国的重量级人物。

菲利只用了一把椅子，就轻易地与"钢铁大王"卡内基齐肩并举，从此走上了让人梦寐以求的成功之路。这真是"莫以善小而不为"的恩赐。

励志寄语：

机会常常隐藏在细节之中。当然，我们做好了这些细节，未必能够遇到如此平步青云的机会，但如果不做，就永远也不会有这样的机会。

追梦人

从 10 多岁开始工作算起，马加特差不多用整整 20 年的时间来发展自己，塑造自己，探寻自己的成功之路。他的美梦曾经一个接一个地破灭，但是他的执着、他的热忱和他对机遇的把握，却从未减弱过。他从来没有被吓倒，相反，他的美梦反而越来越真切，他的步履也越来越坚定。

在“一战”后的大萧条时期，美国的餐饮业也冷清异常，但马加特却在人们的嘲笑声中买下了好几座大餐馆，不久美国经济复苏，马加特的餐馆也为自己牟取了巨大利益。

就像唐纳德·希尔顿经营旅店业那样，马加特的餐饮业最初也是举步维艰，但最终，他占尽了天时、地利、人和的优势，在美国的餐饮界中异军突起，占尽先机。

由于发现了石油，当时的得克萨斯就像当年的西部淘金热一样，大批人群蜂拥而至，扑向石油开采业。只有马加特岿然不为所动，他看准时机，立志继续在餐饮业大展拳脚，经营餐馆成了他唯一的追求。

在他的内心中，有一个更大、更宏伟的梦想在督促他迈出坚实的脚步，那就是：建一幢高耸入云的，集餐饮、娱乐、购物为一体的大型综合性商业大楼的计划，而且越来越清晰起来。

他甚至想到，等到他的大楼建成，楼顶上将竖起写着“马加特餐饮集团”几个大字的招牌——他要建立自己的产业，那才是真正的大手笔、大气魄。

为此，他激动地对母亲说："我要大刀阔斧地干一场。第一件事，就是要集资 100 万美元。"

一个人要单独做成价值如此不菲的大生意，这在当时确实是一桩大买卖，同时也是一件大冒险的事业，其气魄不亚于只身绕好望角航行，或横穿撒哈拉沙漠，但马加特不在乎这些，为了自己的事业，他甘冒奇险，四处筹措那 100 万美元的建设经费。

筹资的过程困难重重，建设的过程也是一波三折。事后回想起来，这种投资方式无疑是一种极大的冒险。就像赌博一样，给马加特带来压力，也带来刺激与激励。

有志者事竟成。经过一年多的努力，马加特的梦想终于实现了。在达拉斯，第一幢"马加特餐饮综合大楼"建成，而且营业状况出奇地好，生意异常火爆，他赢得了平生第一次大冒险的成功。

从此以后，他更加专注于餐饮、娱乐的经营事业，追求更大的成就。他的发展战略亦日趋明晰，就是：以得克萨斯州为基地，每年都要增加一家饭店。向各地扩散，逐渐建立起一个地区网络分布系统，最后形成一个餐饮、娱乐王国。

在闲暇的时候，他经常对着地图上的地名发呆，思考什么地方还没有他的饭店。很快，这些地方又都建立起了马加特饭店。

1929 年，又一次经济危机席卷美国，东海岸经济几乎陷于瘫痪状态，但雄心勃勃的马加特还是设法在拉斯维加斯建起了一座配有华丽的饭厅、歌舞娱乐场所，高达 29 层、直插云霄的综合性大厦。揭幕那天，有两万多人前来观礼，在当时引起了巨大的轰动。

以后，经过 20 年的不懈努力和苦心经营，马加特饭店帝国正式诞生了。

在一个新兴产业兴起的时候，众人趋之若鹜，但自己却岿然不动，继续从事原先的产业，并将它作为毕生的追求，扩大发展，这的确需要一些胆略和气魄。

马加特正是如此，在大家都去开采石油的时候，他不惜破釜沉舟，举债100万美元，在别人弃之如敝屣的行业中开拓新的成功契机，最终获得成功，实现最初的梦想。

励志寄语：

不仅是生意场上，生活中做其他任何事情也一样，来不得半点虚荣和盲目追赶时髦。我们所要做的，就是脚踏实地，坚持自己最初的梦想，持之以恒下去。

再坚持一下

许多人都看过京剧《沙家浜》，郭建光带着十八个伤病员坚持在芦苇荡中，他鼓励战友的一句台词，就是“胜利往往在再坚持一下的努力之中”！

在美国西部的“淘金热”中，有一个人挖到了金矿。他高兴极了，愈挖掘希望愈高，后来矿脉突然消失了。他继续挖掘，但努力仍归于失败。他决定放弃，便把机器便宜卖给一位老人后，坐火车回家了。这位老人请了一位采矿工程师，在距原来停止开采的地下三尺处挖到了金矿。这位老人从别人放弃的地方开始，净赚了几百万美元，那个没有“再坚持一下”的老兄知道了这个结果，肯定会后悔的。

明人杨梦衮曾说："作之不止，可以胜天。止之不作，犹如画地。"这句话是什么意思呢？其实就是告诉世人坚持下去的道理：世上的事，只要不断努力去做才能取得成功；但如果停下来不做，那就会和画饼充饥一样，永远达不到目的。

这是个浅显易懂的道理，但我们在实际生活中，却常常忘了它。成功距我们一步之遥，我们却在最后的关头放弃了努力，让胜利轻易与我们擦肩而过，我们该是多么懊丧！

黛比是美国一个普通工人家庭的女孩。她 13 岁时就依照巧克力食品包装袋上的制作方法炼制甜饼。结婚后不久，她便想开一家甜饼专卖店。她拜访了许多老板，询问他们的建议。但他们的意见如出一辙，他们说："放弃这念头，人们的嘴巴已经被甜饼塞满啦！"她丈夫倒很支持她，但他也担心会失败。黛比还是坚持开张了，建立了她的"菲尔兹太太甜饼店"。第一天，她在店里站了一上午，但一个甜饼也没卖出去。她丈夫曾和她打赌，认为她这天下来，绝对赚不到 50 美元。看来她是输定了。

但永不放弃的决心使她坚持了下来。站在店里等不到顾客，她便将一叠甜饼放在托盘上，在大街上来回奔走，免费赠送。甜饼免费送完了，黛比便回到店里，继续烘烤甜饼。而这时开始有顾客上门了。她认出这些顾客就是刚才在街上免费吃甜饼的人。这天结束时，她点点钞票，足足赚了 50 美元。到 1983 年，菲尔兹甜饼业资产已有 3000 万美元，共有 160 家分店，分布在美国 17 个州，以及香港、东京、新加坡、悉尼等地。

台湾企业家高清愿当初在经营台湾的统一超市时，连续亏损六年。但他并没有因此放弃，而是坚持走自己的路。终于在调整营业方针、市民消费能力提高之后，统一超市开始扭亏为盈，如今他的企业稳居台湾商店业龙头地位。高清愿的故事告诉我们，往往是在最困难的时候，最需要"再坚持一下"。这是对自己勇气和毅力的严峻考验。胆怯的人往往会退缩，而勇敢的人则会经受住考验，真是“山重水复疑无路，柳暗花明又一村”。

要想成功，就要“作之不止”，决不能半途而废。当然，方法、计划可以调整，但决不要让失败的念头占据了上风。

“再坚持一下”是一种不达目的誓不罢休的精神，是一种对自己所从事的事业的坚强信念，也是高瞻远瞩的眼光和胸怀。它不是蛮干，不是怕徒劳地“孤注一掷”，而是在通观全局和预测未来后的明智抉择，它更是一种对人生充满希望的乐观态度。

励志寄语：

记住这句话吧：轻易放弃，未免太早！越是在困难的时候，越要“再坚持一下”，越是不能气馁，希望也许就在下一刻。

认真去做每件事

她从事的并非别人眼中的白领工作，为什么会备受同事注目呢？小玲在公司里担任总务助理，做的是琐碎的杂务工作：出外勤递交文件、打扫环境卫生、清理垃圾等，琐碎且辛苦，不过她总是尽心尽力，没有怨言。小玲唯一的交通工具是一辆自行车，不管目的地是哪里，晴天或雨天，她都坚持骑车，理由是响应环保，而且可以为公司节省油钱。

小玲连续五年上班全勤，无论刮风下雨从未迟到早退，而且乐于助人，年年当选优秀员工。她自动放弃每两周一次的周六休假，也从未填报加班费。小玲经过的公司角落，你不会看到不该亮的灯、滴水的龙头，或是纸屑在地上。她似乎比老板还要珍惜和爱护公司，而且更是维护地球环境的实践者。清理垃圾时她坚持实施垃圾分类，影印坏的纸张或是一些背面空白的废纸小玲都裁成小张分给同事做便条纸，至于其他的废纸，若可以回收的，就一一摊平后与废纸箱一并捆绑卖给收废纸的，得到的钱捐给工会。

小玲的工作不需要硕士或学士的学位背景，但是小玲敬业，视工作为一件神圣的事。她的认真精神、敬业态度赢得同事们由衷的敬佩，尤其当拥有高学位、高职位的员工抱怨工作不顺时，看到小玲每天很认真地做事时，更是感到惭愧。

过于功利的结果是让人忽略了工作本身的神圣，既不尊重公司和工作，也就是不尊重自己。

现在，相信你已明白为何小玲备受同事注目了吧！小玲的例子是每个人学习的好榜样，虽然每个人的职务不同，但是敬业精神却是一个员工的最好明证。敬业的人不仅老板欣赏，同事也乐于与你同进退，更重要的是自己心安理得，没有虚掷时光，而且过得开开心心，何乐而不为呢？

励志寄语：

想要壮志凌云，必须脚踏实地。不屑于平凡小事的人，即使有再壮丽的理想，也只能是一个五彩斑斓的肥皂泡。

从1美元到15美元

一个百万富翁和一个穷光蛋至少在某一方面是完全一样的……他们一天都只有24小时，1440分钟……

在富兰克林报社前面的商店里，一位犹豫了将近一个小时的男人终于开口问店员了：“这本书多少钱？”

“1美元。”店员回答。

“1美元？”这人又问，“你能不能少要点？”

“它的价格就是1美元。”没有别的回答。这位顾客又看了一会儿，然后问：“富兰克林先生在吗？”

“在，”店员回答，“他在印刷室忙着呢。”

“那好，我要见见他。”这个人坚持一定要见富兰克林，于是，富兰克林就被叫了出来。

这个人问：“富兰克林先生，这本书你能出的最低价格是多少？”

“1.25美元。”富兰克林不假思索地回答。

“1.25美元？你的店员刚才还说1美元1本呢！”

“这没错，”富兰克林说，“但是，我情愿倒给你1美元也不愿意离开我的工作。”

这位顾客惊异了。他心想，算了，结束这场自讨没趣的谈判吧，他说：“好，这样，你说这本书是最少要多少钱吧。”

“15美元。”

“又变成15美元？你刚才不还说1.25美元吗？”

“对。”富兰克林冷冷地说，“我现在能出的最好价钱就是15美元。”这人默默地把钱放到柜台上，拿起书出去了。富兰克林给他上了难忘的一课：对于有志者，时间就是金钱。

“你热爱生命吗？那么别浪费时间，因为时间是组成生命的材料。”

励志寄语：

记住一件事，时间就是金钱，时间就是价值。浪费时间的人随处可见，因为他们不懂得时间的真正价值。做一个懂得珍惜时间的人吧，在有限的时间中创造出无限的价值。

依旧玫瑰飘香

在20世纪初，一家日本移民到了美国的旧金山。这里气候宜人，土地肥沃。他们整出一块地做苗圃，种植玫瑰花。花儿长得很好，他们每周3次开着小货车将花卉送到市场去卖，生意挺不错。

不久，一个来自瑞士的移民家庭做了他们的邻居。这家人也整出了一块地，种植玫瑰花，并拿到市场去卖，生意也很好。两家的玫瑰花在旧金山市场都是出了名的。

两家人和睦相处，做了40年的邻居。父母老了，儿子们接替了他们的活计。

但在1941年9月7日，日本偷袭了珍珠港，美国对日宣战。美国公布了《战时安全法》，将日本侨民全部清查并拘留。这家日本人的后代虽已成为美国公民，但因其老父亲仍保留了自己的国籍，所以也没有例外。

在这家日本人被遣送前，他们的邻居前来探望并说："别担心，我们一定会照看好你家的苗圃。"

这家日本人被送到科罗拉多州哥瑞纳达的一片荒芜的山丘，住进了油毡顶的简陋的房子，在空荡荡的大院子四周，是铁丝网和持枪的哨兵。

一年、两年、三年过去了，他们的邻居一直在苗圃里耕耘，孩子们放学后都要去苗圃松土、浇水；为了照看好两个大苗圃，孩子们的父亲每天要干十六七个小时……

终于有一天，在1945年5月，德国人投降了，二战就要结束了，这家日本人收拾了简单的行装，登上了回家的火车。

在火车站，手捧鲜花的老邻居一家人满面笑容地迎接他们。当他们走进自己几年没见的苗圃时，一股花香扑鼻而来；这家日本人惊呆了，苗圃仍像当年那样花朵艳丽，土地松软湿润，无数的蜜蜂在花丛中飞旋。

他们的家中仍是那样一尘不染，在餐桌上，一大瓶含苞欲放的红玫瑰散出醉人的幽香……

励志寄语：

爱心是一股甜甜的泉水，使遭遇不幸的人忘记生活的苦涩；爱心是一首悠扬动听的歌谣，使困顿中归来的人得到友情的荫庇……愿我们的生活处处充满爱心与温暖。

飞走的鸟

人要能活到八十三四岁，则人的一生就有3万余天，但你算一算，你已用去了多少天，还剩下多少天？我们已经取得了什么，我们还能做什么……

一个小孩，每次吵闹，妈妈就拿起电话拨117给他听。117

是报时台，会不断播报时间，每5秒一次。孩子的好奇心很强，一听报时台就停止哭闹了。

很久以后，有一次他听报时台，满脸疑惑地问妈妈："为什么电话里的鸟都飞来飞去，有时候多一只鸟，有时候少一只鸟？"

妈妈把电话拿起听，话筒里播着："下面音响11点5分零5秒……下面音响11点6分零秒……"

原来，儿子把"秒"听成"鸟"，"11点5分零5秒和11点6分零秒"，这不是非常奇怪吗？

妈妈正在思索，儿子把话筒抢走，说："妈妈，你听那么久，又一只鸟飞走了。"

人生真的不可以再来一次，以有限追求无限。请珍惜活着的时光！

一位得知自己不久于人世的老先生，在日记簿上记下了这些文字："如果我可以从头活一次，我要尝试更多的错误，我不会再事事追求完美。

"我情愿多休息，随遇而安，处世糊涂一点，不对将要发生的事处心积虑计算着。其实人世间有什么事情需要斤斤计较呢？

"可以的话，我会多多旅行，跋山涉水，更危险的地方也不妨去一去。以前我不敢吃冰激凌，不敢吃豆，是怕健康有问题，此刻我是多么的后悔。过去的日子，我实在活得太小心，每一分每一秒都不容有失。

"如果一切可以重新开始，我会什么也不准备就上街，甚至连纸巾也不带一块，我会放纵地享受每一分、每一秒。如果可以重来，我会赤足走在户外，甚至整夜不眠，用这个身体好好地感受世界的美丽与和谐。还有，我会去游乐园多玩几圈木马，多看几次日出，和公园里的小朋友玩耍。

"只要人生可以从头开始，但我知道，不可能了。"

感觉不到时间价值，甚至感觉不到时间存在的人肯定碌碌无为，他们的口头常常是“如果人生可以重来……”

付出什么，追求什么，人生的“成本核算”不算复杂，但也不简单，更可惜的是到目前为止尚无此类的专门课程，大家只好自学成才了。

励志寄语：

年年岁岁花相似，岁岁年年人不同——莫等闲，白了少年头！时间一去不复返，人生不能重来，珍惜时间，活在当下。

丘吉尔的成功秘诀

没有失败，只有放弃，不放弃就不会失败。我们获胜不是靠辉煌的方式，而是靠不断努力。

1948 年，牛津大学举办了一个“成功秘诀”讲座，邀请到了当时声誉已登峰造极的伟人丘吉尔来演讲。三个月前媒体就开始炒作，各界人士引颈等待，翘首以盼。

这天终于到来了，会场上人山人海，水泄不通。全世界各大新闻机构都到齐了。人们准备洗耳恭听这位大政治家、外交家、文学家（丘吉尔曾获得诺贝尔文学奖）的成功秘诀。

丘吉尔用手势止住大家雷动的掌声后，说：“我成功的秘诀有三个：第一是，决不放弃；第二是，决不、决不放弃；第三是，决不、决不、决不放弃！我的演讲结束了。”说完就走下讲台。

会场上沉寂了一分钟后，才爆发出热烈的掌声，经久不息。

青年时人要有敢拼、敢闯，不惧怕困难的精神：要用自己的勇气征服生活。

30年前，一个年轻人离开故乡，开始了闯荡生涯。少小离家，云山苍苍，心里难免有几分惶恐。他动身后的第一站，是去拜访本族的族长，请求指点。

老族长正在临帖练字，他听说本族有位后辈开始踏上人生的旅途，就随手写了3个字，“不要怕”，然后抬起头来，望着前来求教的年轻人说：“孩子，人生的秘诀只有6个字，今天先告诉你3个，供你半生受用。”

30年后，这个年轻人已过了中年，他有一些成就，也添了很多伤心事。归程漫漫，近乡情怯，他又去拜访那位族长。

他到了族长家里，才知道老人家几年前已经去世。家人取出一个密封的封套来对他说：“这是老先生生前留给你的，他说有一天你会再来。”还乡的游子这才想起来，30年前他在这里听到人生的一半秘密。拆开封套，里面赫然又是3个大字：“不要悔”。

励志寄语：

成功的秘诀其实很简单，那就是不放弃。放下心中的惶恐，大胆上路，向着自己的目标，努力前行，不后悔，不放弃。

青春
励志读书课
第二季

我为自己读书

译文◎主编

北京时代华文书局

图书在版编目（CIP）数据

我为自己读书 / 译文主编. -- 北京 : 北京时代华文书局, 2019.11（2023.10 重印）
（青春励志读书课）
ISBN 978-7-5699-3218-8

Ⅰ. ①我… Ⅱ. ①译… Ⅲ. ①故事－作品集－中国－当代 Ⅳ. ① I247.81

中国版本图书馆 CIP 数据核字 (2019) 第 229139 号

青春励志读书课　我为自己读书
QINGCHUN LIZHI DUSHUKE　WO WEI ZIJI DUSHU

主　　编 | 译　文

出 版 人 | 陈　涛
选题策划 | 郄亚威
责任编辑 | 周连杰
装帧设计 | 时间岛·烨冰
责任印制 | 刘　银

出版发行 | 北京时代华文书局 http://www.bjsdsj.com.cn
北京市东城区安定门外大街 136 号皇城国际大厦 A 座 8 层
邮编：100011　电话：010-64263661　64261528
印　　刷 | 三河市金兆印刷装订有限公司　电话：0316-5925887
（如发现印装质量问题，请与印刷厂联系调换）
开　　本 | 710mm×1000mm　1/16　印　张 | 9　字　数 | 70 千字
版　　次 | 2019 年 11 月第 1 版　印　次 | 2023 年 10 月第 2 次印刷
书　　号 | 978-7-5699-3218-8
定　　价 | 112.00 元（全 5 册）

序 Preface

思想是决定命运的重要因素，行为的平庸源于思想上的苍白，而思想上的贫乏源于所见之狭隘。自我们呱呱坠地起，自然界便赋予我们每个人都是平等的。我们的思想如同一张白纸，随着时间的推移与不断的学习、积累，会被逐渐填满而发展成熟。然而，正如臧克家先生所言，“有的人活着，他已经死了；有的人死了，他却还活着！”古今中外历史上涌现出了很多取得杰出科技文化成就或是有很大思想建树的伟人，他们之所以能成就辉煌的人生，关键是因为他们于人生的平凡细节中领略到了更多智慧的精髓、思想的光芒、崇高的德行修养……，来作为生命中的养分。而缺少伟大精神滋养的灵魂是贫弱的、平庸的、盲目的。

同样，青春期的孩子们，谁不对未来充满了期待？谁不憧憬着自己美好的人生？然而，怎样才能使青春期的孩子健康地成长，怎样才能破除青春期障碍，“滋养”孩子顺利走向成功的未来，我们经过缜密的调查与分析，出版了这一套《青春励志读书课》。

古语有云：少壮不努力，老大徒伤悲！对于现今这个飞速发

展的社会来说，更需的是有学习力的人，才能拥有这个时代的终极竞争力。不读书，寸步难行，不好好读书，抵触、逃避、敷衍、糊弄等等，都是对自己的一种极大不负责任，也终将无法稳步立足社会。

社会是纷繁复杂的，周围的人也是各种各样的，强烈的责任意识和担当精神、有效的自控能力等既能给我们自身带来愉悦和便利，也有助于我们综合素质的提升、赢得他人的尊重，还能强化我们的人际关系。

此外，健康的心灵、高尚的人格对我们青少年也是非常重要的。以积极的心态看待人生、对待学习，会有助于我们迈开稳健的步伐，而不轻易向困难低头；学会在阴影下寻找阳光会使我们变得坚韧而更加成熟；真诚、友善、宽容会使我们获得别人的尊重，赢得更多的朋友……

人和人之间没有什么两样，我们以别人为榜样，别人也同样以我们为参照物。生活中无需太多新奇的故事，有那么一两个能打动我们的心就足够了，平凡的地方有太多太多的真理，也许用一生的时间都数不清。或许我们的规划还有些盲目，或许我们的认识还不够深刻，或许我们的步伐太忙碌，以至于失去了思考的能力。偶尔在街上看见某个久违的人，听见某个熟悉的声音，抑或几个似曾相识的动作进入你的视线，便会让我们突然有所顿悟，有所思考。

本套书便全部以故事的形式呈现给我们读者，这一个个生动的小故事，就像初秋的一阵清风吹过，在不经意间，可使我们的心弦为之颤动，智慧与道理就好似一股股清爽纯净的山泉一样，慢慢地流进我们的心里，为我们点燃一盏明亮的心灯，照亮我们的青春之路。

编者

2019 年 9 月

目录 Contents

第一章

学习不是枯燥的事

爱读书成为文学巨匠 /2

从不停止读书学习 /4

喜欢读书的小伙计 /5

学习不是最枯燥的事 /7

小纸条成就大人生 /9

用读书来调节生活 /10

把读书当成一种习惯 /13

读书使人走上成才之路 /16

学习是一件快乐的事 /18

读书轻易解决生活难题 /21

精益求精学画的青年 /23

第二章

每天进步一点点

十五岁获奖的小作家 /26

勤奋出名的苦学生 /27

任何时候都要学习 /29
偷着学医的拉夫伦 /30
每天学习一点点 /32
勤学苦练成就好人生 /34
执着地追逐梦想 /37
牢记自己的梦想 /39
对不懂的说“不知道” /41
女生照样能拿第一 /43
在橱窗前读书的少年 /45

第三章

在逆境中不懈学习

顽强的海伦·凯勒 /48
他的墓碑上刻着勤奋二字 /51
十四岁发表文章的排字工 /53
贫穷磨砺出的科学家 /55
流落街头的生物学家 /57
科学巨人的坎坷人生 /60
落榜青年变身数学家 /63
跪行求学的坚强少年 /65
把弟弟背进大学学习 /67

不惧艰辛打工赚学费 /70
逆境中完成学业 /73
轮椅上延续的求学梦 /77

第四章

读书改变命运

学徒工当上科学家 /82
自学成才的化学家 /84
杂货铺学徒考进清华 /86
脑瘫儿成为著名作家 /88
浪荡子转变成作家 /91
刻苦勤学终成作家 /94
锲而不舍实现心中梦想 /96
一个故事改变人生 /98
勤奋学习当上文科状元 /101
俯卧着放飞人生梦想 /103
学习改变命运 /105

第五章

让知识改变世界

小水滴里带来的震撼 /108

最早发现血液循环的人 /111
数学骄子欧拉 /114
成为老师的得意门生 /117
使生活越来越甜蜜 /119
天职是丰富人类知识 /121
相对论引起物理学革命 /124
居里夫人的伟大发现 /126
费米的发现对世界的影响 /130
诺贝尔奖获得者的感言 /133
艰辛驯服中国汉字 /134

Chapter

第一章

学习不是枯燥的事

书籍是人类进步的阶梯。培根曾说过：“读书给人以快乐、给人以光彩、给人以才干。”读书既能给人们带来无限的乐趣，又能启迪智慧，陶冶情操，成就人生大业。只有喜欢读书的人才知道，读书绝不是一件枯燥的事。

爱读书成为文学巨匠

鲁迅是我国现代著名文学家、思想家、评论家，原名周树人，鲁迅是他的笔名。他是我国现代小说、白话小说和近代文学的奠基人之一，是我国新文化运动的领导人。

鲁迅大约在5岁时就开始读书了，其启蒙老师是他的一个远房叔祖父。幼年鲁迅最初读的是《鉴略》，这是一本简要的中国历史读本。从这时起，他就对读书产生了兴趣。

鲁迅当时最爱读的是《花镜》，这是一本关于花木栽培的书。这本书上面有许多图，鲁迅不仅爱读这本书，而且还对书中认为不妥之处进行了批注。可见鲁迅从小读书就不迷信，不盲从。

大约12岁的时候，少年鲁迅到三味书屋，就读于寿镜吾老先生门下。寿老先生学问渊博，对学生要求也很严。那时候鲁迅的父亲已经身染重病，少年鲁迅不得不每日奔波于当铺和药铺之间，帮母亲减轻负担。

有一次，鲁迅因为迟到受到了老师的批评，为此，他在书桌上刻了一个“早”字鞭策自己，从此再也没迟到过。

天资聪颖再加上自身的勤勉，鲁迅的功课一直很好。在一次对课中，先生出了个“独角兽”，同学中有的对“一头蛇”，有的对“三脚蟾”，有的对“八脚虫”，有的对“九头鸟”……鲁迅却根据《尔雅》一书，对了个“比目鱼”。

寿老先生听了连连称赞，说：“独”不是数字，却有‘单’

的意思；“比”也不是数字，但又有‘双’的意思，对得工整，可见是用了心的。”

读私塾时期，鲁迅除了学老师指定的书之外，自己还读了许多历史古籍，其中有不少野史和杂集。对故乡历代的爱国志士、著名学者文人的著作以及有关文献，更是尽力去搜览。正是这样广泛的阅读，给他提供了丰厚的文化上和思想上的营养，扩大了他的眼界，增强了他的心志。

大约 17 岁时，鲁迅离开故乡到南京读书。这时正值维新运动的高潮，他如饥似渴地阅读新的书刊。当时他特别喜欢严复译的赫胥黎的《天演论》，书中的许多段落，他在多年之后还能背诵出来。

当时，鲁迅非常坚信书中的进化论观点，甚至在很长一段时间里，进化论都是他世界观的基础。在那个年代，他总是相信，既然生物处在不断地进化之中，那么，我们的国家也必须改变现状才能生存下去。

4 年后，鲁迅东渡日本留学。这期间，他阅读范围更为广泛，研究也更为深入。他不只读文学书籍，而且还怀着极大的兴趣阅读哲学和科学书籍。

鲁迅不仅酷爱读书，而且还有认真抄书的习惯。在他的日记中，有关抄书的记载很多。

实际上，鲁迅早在 15 岁时，就开始抄录小本《康熙字典》上的古文奇字了；后来又抄录《唐诗叩弹集》中的百花诗，如荷花、梅花、桃花等，分别抄出，装订成厚厚的一本；再后来就抄《唐代丛书》，这是一本当时一般读书人所不屑读的世传陋书，而鲁迅从中得到很大收获，抄出了许多有价值的文献，同时也极有助于他日后的古典文学研究。

也许，正是勤于读书，苦于抄书，为鲁迅打下了坚实的文学基础，使他最终成为一代文坛巨匠。

励志寄语：

聪明出于勤奋，天才在于积累。勤于读书，不仅使鲁迅掌握了丰富的文化知识，还使他成长为一位伟大的思想家、民主战士和五四新文化运动的重要参与者。青少年朋友们，鲁迅先生的读书经历，是不是对我们有一定的启发呢？

从不停止读书学习

冰心老奶奶的爷爷叫谢銮恩，他是一个很喜欢读书的人。他见冰心很有出息，从心底里感到欣慰。

有一天晚上，爷爷对冰心讲起了贫寒的家世。原来谢家先辈世居福建长乐横岭，清朝末年，冰心的曾祖父为灾患所迫，来到福州学裁缝谋生，艰苦度日。

有一年春节，曾祖父出去收工钱，因为不识字被人赖账，两手空空地回家了。正等着米下锅的曾祖母闻讯，一声不吭，含泪走了出去。等到曾祖父找到她的时候，她正要在墙角的树上自杀，曾祖父救下了她，两人抱头痛哭。

他们在寒风中跪下向天发誓，如果将来他们能有一个儿子的话，拼死拼活也要供他读书识字，好替父亲记账、要钱。

后来，谢銮恩出生了。夫妻两人克勤克俭，终于让谢銮恩成为谢家第一个读书人。

说到这里，爷爷抚摸着冰心的头说：“你是我们谢家第一个正式上学的女孩，你一定要好好读书啊！”冰心睁大眼睛，久久地望着爷爷。

冰心奶奶很坚强。她在 80 岁那年，因为脑血栓，右半身不能活动了，连笔也拿不了，接着她的腿又骨折了。但是，冰心奶奶没有放弃，她仍然像小学生一样重新练习拿笔，重新练习写字，终于又可以写东西了。

冰心奶奶很勤奋。她有句座右铭：读书好，多读书，读好书。冰心奶奶一辈子几乎没有停止过读书和写作，从 19 岁一直读写到 94 岁，就在去世前，她还没有忘记和家人一起背儿歌。

励志寄语：

“读书好，多读书，读好书。”不仅是冰心奶奶的座右铭，也应该成为我们的读书指南。多读书，能积累一定的文化素养；读好书，能引导我们成为一个品德高尚的人；总之，读书对我们有益，有助于我们在人生前行的路上，走得更踏实、更远！

喜欢读书的小伙计

高尔基小时候家里很穷，没有办法，他只好到一家裁缝店当学徒。在裁缝店里，高尔基一边干活，一边想方设法读书。老板订了一份《俄罗斯报》，高尔基就趁老板不在时，偷偷地看这份报纸。

有一次，高尔基从邻居家借来一本小说，趁老板晚上睡着以后，借着窗外的月光，津津有味地读起来。

过了一会儿，月亮躲到云层后面了。高尔基兴致正浓，怎肯罢手，就点起一盏小油灯继续看下去。

不一会儿，老板醒过来。他看见高尔基在油灯下如痴如醉地看一本厚厚的书，不由怒气冲冲地说："看什么看，你把我家的灯油都快用光了！"

老板娘也醒过来。她像一头母狼似的扑上去殴打高尔基。高尔基无法忍受下去，他二话不说，头也不回地离开了裁缝店。

高尔基背着行囊来到伏尔加河边。他注视着波光点点的伏尔加河，心里感觉有些悲伤。可是，很快他又看到了生活的希望，因为他在一艘轮船上遇到一位和蔼可亲的胖厨师，并做起了胖厨师的洗碗小伙计。

更让高尔基感到惊喜的是，胖厨师也是个书迷，他有满满一箱的书，而且愿意让高尔基随便读。高尔基高兴极了，一有空闲时间就如饥似渴地读书，有时还和胖厨师一起讨论书中的各种问题。

后来，高尔基又转到一家面包厂工作。他用短木棒在揉面的台子上架起一个临时的书架，一边揉面团，一边读书。有一次，厂主突然闯进来，一眼就看见高尔基正在看书。

厂主一把将书抢过来要抛进火炉中，高尔基急得跳了起来，他猛然抓住厂主的胳膊，愤怒地喊道："你敢烧掉那本书？"

厂主被愤怒的高尔基震慑了，只好把书还给了他。高尔基不得不离了开这家面包厂。几经辗转，他又到了一个卖廉价货物的小铺子里做伙计。他住在阁楼上面，除了读书外，还常常到附近村子里去熟悉农民了解农民。

一天夜里，小铺子着了火，高尔基跑去抢救装书的小箱子，差一点被烧死。正是在这样艰难困苦的条件下，高尔基阅读了大量的书籍，获得了文学、哲学和自然科学等方面的广博知识。

高尔基一边读书一边思索，从大量的书籍中明白了人世间的许多道理。大量的阅读为他日后的文学创作，提供了丰富的养料，最终使他成为世界的大文豪。

励志寄语：

“书山有路勤为径，学海无涯苦作舟”。知识是无穷无尽的，学习也是没有尽头的。再苦的日子，只要读书，就有希望。多读书，多学习，是每个人立足于社会的根本。

学习不是最枯燥的事

约翰·亚当斯是美国的第二任总统。在亚当斯小的时候，他必须学拉丁语法，但是，亚当斯觉得那是一件相当枯燥的事。于是他就告诉他的父亲说：“我不喜欢拉丁文，能不能让我干点儿别的？也许我更适合干其他别的什么工作呢。”

“好吧，亲爱的约翰，”父亲说，“你可以试试挖条沟。前面的牧场需要挖一条沟，既然你希望找点儿别的什么干，那么不妨就试试看。”

亚当斯兴奋地跑到牧场干了起来，不久，他就觉得挖沟是一件苦差事，没有坐在桌子边学拉丁文舒服，于是准备恢复学习。但是，自尊心很强的亚当斯不好意思直接说出口，认为向父亲承认这样的结果，是一件非常丢脸的事情。倔强而清高的亚当斯又干了一天。

终于，在夜晚再一次来临的时候，身体的劳累终于战胜了他内心的骄傲，亚当斯告诉父亲，如果他同意，他宁愿去学习拉丁文。父亲听了，高兴地笑了。

1751 年，亚当斯进入哈佛大学学习。在哈佛的教育体制下，初入学的亚当斯必须学习拉丁文、希腊文、逻辑学、修辞学和物理学，这几门枯燥的学问常常令很多学生望而止步，但是经历过艰苦磨砺的亚当斯，此时已经没有了畏难情绪，他不仅勤奋学习钻研各门功课，还在二年级时选修了道德哲学和形而上学两门课。

当时，哈佛的学术气氛并不好，也不是所有的学生都能努力学习，其中一些资质很好的学生不但不好好学习，反而沉迷于喝酒、赌博、淫乱等不良行为。

相比之下，亚当斯的大学生活则严谨得多。他努力学习各科知识，甚至从西方政治思想家马基雅维利的著作中摘取大段文章作为自己的座右铭，使自己变得更优秀。

亚当斯在哈佛大学学习的经历为他日后成为一个卓越的政治家打下了坚实的基础。不过，直到晚年，约翰·亚当斯也还一直认为小时候挖沟的事对塑造他的性格起了重要的作用。他说：“我现在能获得如此的成就，要归功于那两天的辛苦劳作。”

励志寄语：

约翰·亚当斯的故事告诫我们，任何认为学习是枯燥的说法都是借口，只要你转换思路，摆正心态，学习就会变为一种很有意思的活动。

小纸条成就大人生

杰克·伦敦是美国著名的小说家。他的成功，靠的是顽强、勤奋，以及刻苦的精神。

凡是到过杰克·伦敦家的人都会发现，他的家与众不同的地方，就在于窗帘上、衣架上、橱柜上、床头上、镜子上、墙上……到处贴满了形形色色的小纸条。

小纸条上写满了他搜集来的各种各样资料：有美妙的词汇，有生动的比喻，有五花八门的故事，真是包罗万象！这些小纸条上的资料，都是杰克·伦敦平时一点点儿积累起来的。

杰克·伦敦从小家境不好。为了生存，他干过各种各样的工作，与形形色色的人打过交道，经历了艰苦的拼搏。他没有机会很系统地进行学习。

但是，杰克·伦敦总是不想让时间白白地从他眼皮底下溜掉，他利用一切可用的时间来学习，以弥补自己的不足。

杰克·伦敦阅读了大量的小说和其他读物，并将它们制成了独特的小纸条。睡觉时，他默念着贴在床头的小纸条。

第二天早晨一觉醒来，他一边穿衣，一边读着墙上的小纸条。

刮脸时，他要看着镜子上的小纸条。在踱步休息时，他一边回忆小纸条上的内容，一边到处寻找启发创作灵感的词汇和资料。就连吃饭的时间他也不肯放过，脑子还在不停地搜索资料。

随着小纸条数目的增加，杰克·伦敦的知识也日渐丰富，写作的素材也越来越多。

正是由于杰克·伦敦这样锲而不舍地搜集、积累材料，一点一点地把材料装进了自己的脑子里，并且灵活地加以运用，他后来才写出一部又一部光辉的著作。

励志寄语：

一个人的成功，除了自己的聪明才智之外，还有一个重大因素就是勤奋学习。勤奋学习的人珍惜时间，懂得抓住一切可供学习的机会，最后都是人生的赢家。杰克·伦敦就是一个典型的例子。

用读书来调节生活

达尔文，英国的博物学家、生物学家、进化论的奠基人。1859 年，达尔文出版了震动当时学术界的《物种起源》一书。恩格斯将其“进化论”称为 19 世纪自然科学的三大发现之一。

出身名门的达尔文，在优美的环境中一天天长大。他学会了走路、说话、采摘野草和花朵、捕捉小飞虫，有时还用棍棒当“刀枪”，在花园里和沿河小路上到处“冲锋”，向树上的小鸟“开枪”。

一天，风和日丽，蔚蓝的天空飘着几朵白云，大地散发着诱人的清香。苏珊娜带着达尔文和凯瑟琳在花园里玩耍，两个孩子采了一些花朵，又打算去捕捉蝴蝶。苏珊娜拿起花铲想给丈夫栽的几棵树苗培土。她铲起一撮乌黑的泥土，用鼻子闻了闻，然后把它培在小栗树的树根旁边。

“妈妈，我也要闻闻。”达尔文欢天喜地蹦跳过来，学着妈妈的样子闻着乌黑的泥土，又提出了问题，“妈妈，你为什么要给树苗培土？”

“我要让树苗像你一样壮实地成长。”苏珊娜说，“别小看这些带着大自然气味的泥土，它却是万物生长的基础。是它长出了青草，青草育肥了牛羊，我们才有了肉、奶、奶油和干酪；是它使花朵开放，蜜蜂才成群飞来；是它滋养着燕麦和小麦，我们才有了粮食和面包。”

“妈妈，那泥土里为什么长不出小猫和小狗来呢？”

苏珊娜笑着耐心地回答说：“你怎么提了这样的‘傻’问题呢？小猫和小狗是猫妈妈和狗妈妈生的，是不能从泥土里长出来的。”

“我和妹妹是您生的，您是姥姥生的，对吗？”

“对啊，所有的人都是他们的妈妈生的！”

“那最早的妈妈是谁？她又是谁生的呢？”

“听说最早的妈妈是夏娃。不过，我只知道圣母马利亚，”苏珊娜信教，常带着孩子去教堂做礼拜，她用手指着远方的教堂对儿子说，“就是教堂里那个圣母马利亚，可能夏娃和圣母马利亚都是上帝造的。”

“那上帝又是谁造的呢？”

“亲爱的，世界上有很多事情，对于我，对于你爸爸，对于所有的人来说，都还是一个谜，我希望你长大了自己去找答案，做一个有出息、有学问的人。”

1819年，达尔文已是一名中学生了。他的一位同窗好友借给他一本书——《世界奇迹》，这本书介绍了无奇不有的大千世界，让人耳目一新。达尔文读了这本书，就想看看这个世界，究竟是什么样的？是否能找到失去的伊甸园？

1831年，已经从英国剑桥大学毕业的达尔文，听说英国的贝格尔号军舰要出海对智利、秘鲁以及太平洋岛屿沿线进行勘察，便想到这是实现自己夙愿、探索生命起源的好时机。他提出了申请，并获得了亨斯洛教授的批准，他以贝格尔舰博物学学者的名义参加了这次环球旅行。

贝格尔号军舰先后到达南美洲的东岸和南岸，穿过麦哲伦海峡，到达新西兰和澳大利亚。1836年，贝格尔号军舰越过大西洋、太平洋和印度洋。一路上，达尔文亲眼见到了火山喷发，体验了印第安人的生活。

他沿途收集巴西的昆虫、安第斯上的动物化石、智利的鸟、利马的蜂鸟、奇洛埃岛上的贝壳、奥索尔若火山区的玄武岩、新西兰的鸭嘴兽、凯林岛的珊瑚，以及一包包、一罐罐动植物的标本，对这些他都做了详细的记录。

达尔文在外旅游考察时期，对他最要紧的东西便是书籍。他写信给父亲，信中列出长长一串书名，什么《动物学的哲学》《四足兽》《北极地区》《地球论》《论火山》《旅行记》《旅行中的安慰》，等等。家里人收到信后，简直不知道他为什么在颠簸不定的生活中还要看这些玩意。

后来的事实告诉人们：达尔文的博物考察需要图书提供给他有力的理论知识。

1842年9月14日，达尔文来到了一个距伦敦很近却隐僻的地方——唐恩。唐恩坐落在海拔五六百米的高地上，这里树林茂密、土地平整。在距离村庄不远的路旁，有一座以方砖砌成的楼房。

楼房墙上粉刷的石灰有的已经脱落了，屋内光线不太明亮。屋边有一个花园，花园与房子走廊相通，穿过走廊可以到达会客室，与会客室相邻的房间是书房。大概是达尔文有意将会客室、书房和花园连在一起，这样便于他的科学研究。

达尔文在这幢房子里完成了一系列著作，其中就有几年后引起轰动的《物种起源》一书。

达尔文是很爱书的，不过他爱的不是书的物质，而是书的实际内容。走进他的书房，你会发现很多书，但是装帧美观的书不多，而且很多资料是用金属夹子夹住的散页印刷品。一本书有很多章节，但对自己工作有用的往往只是其中一部分，或其中几页。达尔文将书中有用的部分撕下，用金属夹子夹起来并在上面写了一张字条，标明资料论述的主题或可采用的某一要点，这样工作起来，所需的资料随手可得。

有一次，他的朋友、生物学家赖尔送他一本书。他将书分成两半，然后写信风趣地告诉赖尔：“您的大作已分两册出版了，小册子的待遇比原书要好一些！”

达尔文对待书的态度是不是与我们不大一样？不过，确实是这书成就了他。

励志寄语：

每一个科学家的成功都有其与众不同的地方，达尔文的成功除了他对大自然的浓厚兴趣和强烈的探索精神外，还有就是他对书籍的热爱。他成功的诀窍是：用读书调节生活。

把读书当成一种习惯

李政道出生在上海，父亲是个生意人，不过李政道小时候并没有被挣钱做生意迷住，而是一头扎进书海，成了一个博览群书的书呆子。他整天手不释卷，无论到哪儿都要带着书。

抗日战争时期，他辗转到大西南求学，一路上把衣服丢得精光，但书却一本未丢，反而一次比一次多。他经常去茶馆读书，茶客们在谈天说地，他却能静下心来读书。

李政道一直保持着酷爱读书的习惯。博览群书让他对艺术和历史产生了异常的兴趣。李政道有自己独特的学习方法：每读一本书，他总是先看提出的是什么问题，作者得出了什么结论，然后通过自己独立思考提出自己的见解，与作者的论述进行比较。

他的童年和少年都是在兵荒马乱中度过的。抗战时期，上海被日本人占领，李政道全家到了江西，他在赣州念完了中学后，被录取到当时已经迁到贵州的国立浙江大学，但是不久日本人就逼到贵州，他就进入在昆明的西南联合大学。这样的辗转波折，使李政道耽误了不少时光。

如果这个世界上真有神童的话，那么李政道毫无疑问就是其中一位。1946 年，20 岁的李政道到美国留学，当时他只有大二的学历，但经过严格的考试，竟然被芝加哥大学研究生院录取，于是他只身到了美国芝加哥大学研究院，成了著名物理学家费米的博士研究生。

3 年后，李政道便以“有特殊见解和成就”通过了博士论文答辩，被誉为“神童博士”，当时他才 23 岁，这在美国教育史上也是十分罕见的。

在量子力学和粒子物理中，李政道和杨振宁提出弱相互作用下“宇称不守恒”之前，“宇称守恒定律”（俗称为“左右对称定律”）一直被人们奉为金科玉律。按照这一定律，两个可以互为镜像的基本粒子，具有同样的物理性质。

在过去，任何物理学上的理论，只要违反了“宇称守恒定律”，就会马上遭到否决。而李政道和杨振宁步入物理学研究领域之际，正是粒子物理发展的一个全新时期，被科学家称为“二次世界大战后物理学最兴奋的年代”。李、杨二人在研究中对“宇称守恒定律”提出大胆质疑，即它不适用于弱相互作用。

1956 年 6 月，他们完成了题为“对弱相互作用下宇称守恒的质疑”的经典论文。为了用实验证明这一大胆的设想，与李政道同在哥伦比亚大学的实验物理学家吴健雄领导了一个实验小组，利用当时最先进的设备进行验证。最后，终于证实了李政道和杨振宁的理论，由此宣告“宇称守恒定律”这个物理学的基本定律在弱相互作用下予以推翻。

1957 年 12 月 10 日，李政道领取诺贝尔奖那天，正是瑞典大学放假的日子，好多的同学都到宴会的地方来庆祝、唱歌。以往这个时候都是由文学奖得主代表所有得奖者来回答问题，但是那天同学们却点名要李政道来讲，因为他们觉得李政道看上去和他们年纪差不多。

盛情难却，李政道就给同学们讲了一个《西游记》里的故事：孙悟空觉得自己神通广大，结果它落在如来佛的手里，他看到五根柱子，但是怎么跳也跳不出去。这正好像我们做科学的人掌握在自然界的手里一样，我们觉得自己对科学的了解广而且深，可相对来说，与科学的真理还相差很远。

曾有记者问李政道如何评价创新意识在科研中的意义，李政道说道：“创新不光是要胆子大，科学的发展必须要有坚实的根基。宇称守恒定律也是有它的根基的，是前人用实验证明了的。创新两个字包含了两层意思，即好的和新的东西。凡是新的东西都把旧的包在里面，用所有过去的知识都能解释得通，所以创新不光要大胆，还有具备分析的能力，是在此基础上的创新。”

励志寄语：

李政道的成功，固然有天才的成分，但是我们也应该看到他自身勤奋读书的因素。在那个战乱时期，他宁肯丢弃衣物，也不愿意舍弃一本书。读书对他来说，是一种习惯，一种热爱，在阅读中思考、探究。所有这一切，都为他铺就了一条成功的坦途。

读书使人走上成才之路

浙江省上虞县（今上虞区）东关镇是我国著名科学家竺可桢的故乡，1890 年 3 月 7 日，竺可桢就出生在这里的一户普通人家。自幼勤奋好学、善于思考的竺可桢，2 岁时就开始认字，7 岁时就能吟诗。

有一次，竺可桢随父亲上街，路过一家布店，父亲指着布店的牌匾问他："认识这些字吗？"

竺可桢摇摇头，说不认识。

"你知道这是什么店吗？"

"恒生布店，这里最有名。"竺可桢答道。

"对，牌匾上写的就是恒生布店。"

这下，竺可桢可来了兴趣。他每次随父亲上街，总是连问带猜，没多久，就把家乡东关镇街上的牌匾认遍了。

一个下雨天，竺可桢站在屋檐下躲雨，他饶有兴趣地数着屋檐上落下的雨滴，"1、2、3、……"

他无意间低头，却突然发现，在每一个水滴的落地处，石板上便对应有一个小坑坑。

竺可桢马上回去问妈妈："石板上的小坑坑是怎么回事？"

妈妈意味深长地对小儿子说："一个小水滴力量不大，但长年滴下去，就连石头也能砸出坑！这就是'水滴石穿'的道理。做事也是一样的道理，只要持之以恒，就一定能做成！"

竺可桢的妈妈是一个有心人，她非常注意保护儿子的好奇心。

她认为，一个小孩要是什么好奇心都没有，对什么事物都觉得平淡无奇，那么，不可能有什么发明创造，也不可能做出什么大事来，到头来只不过是一庸人而已。

于是，她十分巧妙地回答了儿子提出的疑问。

妈妈这一席话，使幼小的竺可桢深受启发，深受教育。自此以后，竺可桢更加努力地读书，学习各方面知识，大大丰富了自己的头脑。

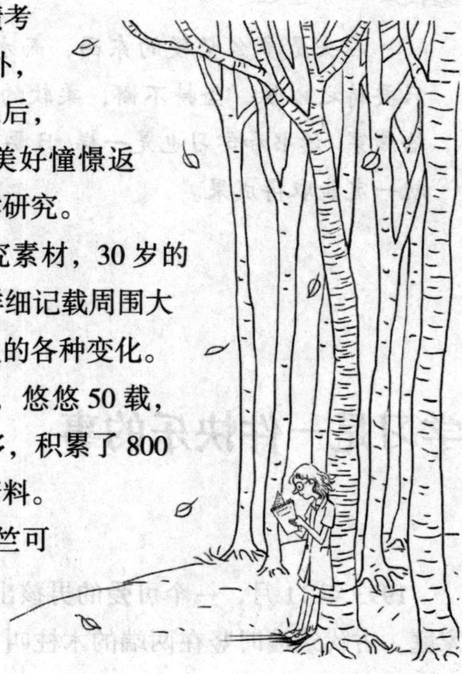

后来，他以优异的成绩考取了赴美留学生班。在国外，学业有成，获得博士学位以后，他又抱着"科学救国"的美好憧憬返回祖国，潜心从事气象科学研究。

为了取得第一手的研究素材，30 岁的竺可桢开始写物候日记，详细记载周围大自然事物随季节变化而产生的各种变化。

寒来暑往，冬去春来，悠悠 50 载，竺可桢的物候日记越来越多，积累了 800 多万字的有关物候的珍贵资料。

1973 年，年过八旬的竺可桢发表了题为《中国古代近五千年来气候变迁的初步研究》的论文，否定了当时国际气象学界盛行的“气候不变”的形而上学观点。

他以丰富的科学资料，总结论述了中国历史上各阶段的温度变化，证明了我国五千年来，气温不但于一年中的不同季节有差异，而且年与年之间也不相同，这种变化呈现一定的周期性，有一定规律可循。不仅中国，这种气候变化具有世界性，当气候变冷时由东向西转移，当气候变热时由西向东行。

竺可桢的这一发现，在国内外气象学界引起了强烈轰动，博得了中外气象学者的高度评价。

由此，物候记载这把金钥匙打开了气候变迁神秘的大门，人们开始科学地认识各种气候现象。从此，气象学进入了科学的轨道。

励志寄语：

石头是多么坚硬的东西，而水又是那么柔软，但是，只要持之以恒，坚持不懈，柔软的水就可以把坚硬的石头给滴穿。读书和学习也是一样，只要有“水滴石穿”的精神，就一定能取得成果。

学习是一件快乐的事

1993 年 11 月，一个可爱的男孩出生在江苏高邮的一个普通家庭。古代筑墙时竖在两端的木柱叫“桢”，懂建筑的爸爸希望儿子长大后能够成为社会的栋梁，于是就给这孩子取名叫吕桢亚，小名亚亚。然而，在亚亚八个月大时，不小心股骨骨折了。

从此，他就总是莫名地、频繁地骨折，好像天生就比别的孩子脆弱似的。于是，父母无数次领着桢亚去扬州、上海等地的医院检查、治疗，但每次都失望而归。在3岁那年，桢亚被上海一位教授诊断为成骨不全症。

医生告诉桢亚父母，这种病极为罕见，没有特效药治疗。由于先天骨质薄脆，打个喷嚏，提次重物，甚至一次拥抱，都可能导致骨折。随着时间的推移，桢亚的双股骨长成了畸形。

于是，父母就带着他不断到上海做矫形手术。每一次骨折或手术时，他都会疼得撕心裂肺。痛在孩子身上，更痛在父母心里。虽然不停奔波，劳累辛苦，但是在父母心里，桢亚永远是他们的宝贝，他们对孩子的未来仍然充满美好期待。

很快，桢亚到了该去学校读书的年龄。看着同龄人迈着轻快的步伐走进校园，桢亚心里有说不出的滋味：难道就只能与病床为伴了吗？于是他暗下决心：一定要像其他孩子一样拥有知识。

就这样，桢亚在妈妈的辅导下开始了艰难的自学之路。跟校园里的孩子一样，他学拼音、学写字、学算术、学英语，没有落下半点。

每天晚上，妈妈回家后，桢亚都会让妈妈给他批改作业，辅导功课。桢亚还会请朋友从学校找来试卷，自己在家完成，然后再拿到学校请老师批改，或让妈妈批改。

桢亚妈妈说，桢亚是一个自觉性很强的孩子，有很强的求知欲，即使在打石膏治疗期间，学习也从不间断。有一次手术后，桢亚胸部以下全打上了石膏，人不能坐起来，他就趴在床上写作业。每次病痛卧床期间，他减轻疼痛和排遣无聊的最佳方法就是听英语磁带。

“儿子的好奇心特别强，他什么事情都喜欢刨根问底。”桢亚妈妈说，在学习初中物理和化学时，除了常规学习外，他还特地让妈妈买来做实验用的酒精灯、烧杯、量杯等，或利用家里现成的物件，自制简易实验器材，母子俩一起探究课本上实验的结果。

桢亚妈妈说，小学时她是桢亚的老师，初中时她是桢亚的学习伙伴，而学到高中课程了，她已经无能为力，因此网络成了他的老师。桢亚在网上加入了高中数学、物理群，学习上遇到问题就请群里的高手帮忙。

桢亚经常跟妈妈说，他觉得学习是一件很快乐的事，各门功课间都有着千丝万缕的联系，他喜欢电脑编程，编程能使自己把英语学得更好。编程还要求自己学好数学、物理，而数学、物理又能在编程上给自己很多帮助。

可喜的是，桢亚自编的多篇电脑程序，如《关机不要忘了断开网络连接》《坦克大战》《用 OpenGL 编写 3D 台球游戏》等已被专业媒体采用了。

有一次手术后，桢亚打着石膏，在病床上参加了“全国中学生个性化阅读大赛”，荣获了二等奖。虽然不能去学校上课，但是一张张报纸、证书都无声地告诉大家，这个少年创造了奇迹！

桢亚爸爸说：“这孩子智力没有多出众，但是求知欲特别旺盛，学习意志特别顽强，即使手术的时候也没停止过学习。他写字的姿势很多：趴着写、侧着写、躺着写、坐着写都行。总之，创造一切机会争取读书学习。”

励志寄语：

知识不仅能增长智慧，还能改变命运。吕桢亚在饱受身体疾病困扰的情况下，坚持努力学习，敢于拼搏，用不屈的意志为自己撑起了一片蓝天。

读书轻易解决生活难题

谢希德出生在福建泉州，从小与祖母相依为命，母亲在她4岁时便重病身亡，父亲则在美国留学。

童年时的谢希德，渴望学习知识，为此，在福建泉州城内的一所女子小学校内，常常看到瘦弱的谢希德踮起脚尖、趴在窗外窥视教室内姐姐们读书的情景，神情是那么的专注，直到她祖母找来，把她带回家去。

一路上，祖母责怪她不该独自离家上这儿来。“我也要上学念书。”谢希德央求说。“我不知对你讲过多少回了，你年纪太小，还不能上学。”祖母心里有些烦，认为孙女太淘气，不听话。

谢希德也不示弱，蛮有理地说：“爸爸不是到国外念书去了吗？说是念了书可以懂得很多很多。你还告诉我，妈妈患病时还在厦门念书。为什么我不能念书？”

祖母听孙女这么说，口气变软了：“好孩子，你当然也要念书的，但得等你再长大一点。你现在岁数太小，学校不能收你入学。”

谢希德的童年生活很寂寞，祖母对孩子的饮食忌讳又多，不让喝牛奶，因为牛奶易上火；肉要少吃，怕肉类不消化，这使谢希德幼年的体质就比较虚弱。她没能受到父母的爱抚，然而母亲的好学、父亲的勤奋，在她幼小的心灵中染上一层朦胧的意识，那就是对知识的渴望成为她终生的追求。

谢希德的父亲学成归国，被燕京大学物理系聘为教授，谢希德和祖母也就随之住进了燕园。

在这个学术气氛浓厚的环境里，如鱼得水的谢希德已是子弟小学的一名小学生了，而且是年年成绩名列前茅、品学兼优的优等生。

继母很关心她的学习，每当她谈女儿的少年时代，总爱夸耀说："别人家的孩子总是要吃要穿，缠着父母要玩具，我家希德除了按时完成作业以外，总是缠着我，要我给她布置作业或教一点东西，她从小对知识的追求就是如此强烈。"

父亲的书房是谢希德最爱逗留的地方，书柜里的书是那样地吸引着她，不管看得懂还是看不懂，她都爱翻开来看一看，读一读。

时间久了，她的知识越来越丰富，求知的兴趣也越来越浓，父亲的书橱她再熟悉不过了。

有一次她父亲出差在外打来了一份电报，当时电报局没有翻译电报字码的业务，得由收报人自己去译，所以很多家庭都有一本电报明码检字的小册子，以备不时之需。

祖母为找明码检字的小册子焦急万分之时，小小的谢希德却轻而易举地从一大堆书中找了出来，喜得祖母夸奖不已。

励志寄语：

读书学习，不仅不枯燥，还能解决生活难题。在日常生活中，有时缺少相应的知识，就会被一点小事难倒。谢希德就因为经常读书，解决了祖母的燃眉之急。

精益求精学画的青年

一位青年从小学画画，可是画了很多年都没有成名。他的画常常摆在书画商那里很久，最终却卖不出去。所以，尽管他画出了很多作品，生活还是很潦倒。

有时候，这位青年看着那一堆堆被退回来的画，就想放弃。可是，一想到自己多年的努力，他就又觉得自己还是有天分的，只是缺少一些经验。

于是，他找到了一位大画家。那位大画家的作品很受欢迎，城里人几乎都以拥有那位大画家的画为荣。青年想如果自己向这位大画家请教，自己的画一定能够得到人们的青睐。

青年带着疑惑向大画家登门求教。他问大画家："我画画的速度很快，效率很高，常常一天时间就能画出一幅画，可是要卖掉这幅画我要等上整整一年的时间，很多时候我的画还会被退回来，这是为什么呢？"

大画家沉思了一会儿，问道："你认为你的画已经精益求精了吗？"

青年愣了一下，很惭愧地回答："我想还没有。"

大画家又说："那么，我想，你可以倒过来试试。"

"倒过来？"青年有些不解。

大画家肯定地说："是的，倒过来。我想，你要是用一年的时间画一幅画，那么你就能够用一天的时间卖掉它。"

青年有些惊讶，他叫起来："一年画一幅，那多慢啊，就算是要精益求精，也不用这么慢吧？"

大画家严肃起来："年轻人，创作是很艰苦的工作，如果你想要走捷径，那么你的画只能一年卖一幅。我不是开玩笑。你要想在画画上取得成绩，就按我说的去试试吧。"

青年认真思考着大画家的忠告，决定按照大画家的建议去做。于是，他开始闭门创作，苦练基本功，不但深入搜集素材，还认真揣摩构思，在画一幅画时，不轻易落笔，而是等每一个细节都胸有成竹之后，才动手去画。

青年整整用了一年的时间完成了一幅画，直到他自认为已经精益求精了，才把画交给书画商。果然，这幅画受到了很多人的欢迎。

励志寄语：

青年人每天画一幅画，一年卖不出一幅，但听从大画家的话改为一年画一幅画后，作品立即受到了人们的欢迎。这和我们读书求学的道理一样，贪多求快、不求甚解永远难以学到真正的知识，只有认真细致、精益求精，才能更上一层楼。

Chapter

第二章

每天进步一点点

知识经济时代，一个人必须学习一辈子，才能跟上时代前进的脚步。如果我们不自觉学习各种科学文化知识，不主动加快知识更新、优化知识结构、拓宽眼界和视野，那就难以增强本领，也就没有办法赢得主动、赢得优势、赢得未来。

十五岁获奖的小作家

维克多·雨果是法国浪漫主义文学运动的领袖，法国文学史上最伟大的作家之一。他被称为法兰西的“莎士比亚”。他的代表作有《巴黎圣母院》《悲惨世界》《九三年》等。

雨果的父亲是一位军人，他出生后不久，母亲就带着他开始了随同父亲转战南北的生活。雨果的母亲很喜欢看书，经常从书店借些文学名著来读。看到母亲读得那样入迷，他也要看。渐渐地，雨果对文学产生了兴趣，母亲手中的书成了雨果最关心的事情。

后来，母亲让孩子们代她到书店取书，小雨果总是抢在哥哥前面把任务揽下来。这是他最喜欢干的事，因为他又可以到书店里尽情浏览了。

雨果十二岁时，一家人回到巴黎，雨果进了中学。那时法国诗歌盛行，几乎人人都喜欢朗诵诗歌。

雨果很快也成了诗迷，就是躺在被窝里，还想着没写完的诗。

有一次，雨果碰伤了膝盖，不得不卧床休息。尽管膝盖很痛，可是他心中窃喜，因为他可以不去上课，可以专心写诗了。

雨果的父母都是文学爱好者，他们对雨果的文学创作十分支持。母亲还经常和他一起探讨、推敲，怎样把诗歌写得更富有文采。

雨果在以后的三年时间里，写了许多诗歌。在他十五岁那年，法兰西科学院征文，雨果把自己写的一篇诗作《读书之益》寄去。家人并不抱什么希望，没想到他真的获奖了，还得到国王一千法郎的奖学金。这件事大大增强了雨果的自信心。从此，他创作的热情更高了。

励志寄语：

雨果十五岁能获奖，其原因是多方面的，最主要的是他喜欢读书，善于思考，勤于积累，敢于尝试；另一个原因就是良好的家庭学习氛围，让雨果在潜移默化中受到了知识的熏陶，成就了梦想。

勤奋出名的苦学生

卢瑟福出生在新西兰偏远的泉林村的一所小木房里。他家里人口很多，有 6 个兄弟和 5 个姐妹，他在男孩中排行老二。他从小就得参加繁重的体力劳动，除了帮助父亲在亚麻加工厂干活外，还要干农活。

卢瑟福 5 岁时，就开始在福克斯希尔村的一所小学里读书。他聪明、勤奋，各门功课都学得很好，尤其喜爱的两门功课是拉丁文和古典文学。老师们认为他是一个很有发展前途的学生。

十多岁时，卢瑟福对自然科学又显示出极大的兴趣。他曾发明一种可以发射“远射程炮弹”的玩具大炮，还巧妙地设想出增加“炮击”距离的方法，这显示出他具有非凡的创造才能。

还有一次，他拆开了一只怀表，大多数孩子都认为这只怀表已无法修理，只能报废，而卢瑟福居然把它修好了，且一直走得很准。他还自制了一架照相机，自己拍摄、自己冲洗，成了一个小摄影迷。

1882年，卢瑟福一家迁居到佩洛鲁斯海峡边上的哈夫洛克村。他继续在这里的一所学校里读书，学习成绩优异。15岁时就得了奖学金，破格进入纳尔逊学校。该校校长是从英国剑桥大学毕业的福特，校长助理是利特尔·约翰。他们的治学方法完全是英国式的，卢瑟福对他们非常敬佩。

因为正是他们，尤其是利特尔·约翰，使卢瑟福真正懂得了科学工作的重大意义，为他确立献身科学的志向打下了牢固的基础。

因为卢瑟福有着一股锲而不舍的劲头，引起了利特尔·约翰博士对卢瑟福的特别注意和关心。他们经常在离学校不远的黑姆登大街散步，讨论他们感兴趣的科学问题，有时甚至在垃圾箱上演算数学题。

对自然科学的兴趣使卢瑟福有时忘记了自己以及周围的一切，以至于被某些同学看成了“书呆子”。的确，表面上看去，他好像有些呆。比如说，即使在嘈杂喧闹的环境中，他也能像在幽静的森林里那样专心致志地读书。又比如，他在聚精会神地演算一道数学题时，尽管有人用书本敲他的脑袋，他也似乎觉得与己无关。于是有些孩子常常欺侮他，趁他用功时揪他的耳朵，或者在他的衣服后面玩些恶作剧。结果，总是捉弄他的那些同学，被他用有力的臂膀扭到了背后，一个劲儿地告饶求情。

在纳尔逊学校的3年苦读，使他能在奖学金考试中捷足先登，获得了进入新西兰大学坎特伯雷学院继续深造的机会。当他的母亲告诉他获奖被录取的消息时，卢瑟福正在菜园子里挖马铃薯。他听懂母亲的意思以后，用力甩掉手中的铁锹，吐了一口气，缓慢地说：“这也许是我要挖的最后一个马铃薯吧！”

穷学生得了奖学金，获得了进入坎特伯雷学院继续深造的机会，这是人生之幸，然而这种幸运并不是人人都能获得的。只有不懈努力，勤奋学习的人才有这个资格。

励志寄语：

西方有一则谚语说：勤劳的人会有各种幸运，懒惰的人则只有一种不幸。人生的幸运都是通过一点一滴的辛勤劳动得来的，学习知识也是这样，只有通过不断的努力，不懈的奋斗，才能获得梦寐以求的幸运。

任何时候都要学习

阿基米德从小就非常喜欢数学，他的好朋友柯伦也是一个数学迷，他们经常在一起画几何图形，推导公式，进行演算，他们还喜欢设计一些机械图形。

这样就需要大量的纸，可是当时还没有发明造纸术，人们便用羊皮和莎草代纸，既昂贵又不方便使用。柯伦经常抱怨说：“天啊，上哪儿去找纸啊？”

阿基米德想了想，找来一根小树枝对柯伦说：“喏，把地当纸吧！”

柯伦用小树枝在地上画了几下，又发牢骚说：“地太硬，写上的字，看不清。”

阿基米德又从炉子里铲来炉灰，均匀地铺在地上，在上面写起来，他高兴地对柯伦说：“怎么样，清楚多了吧！”

阿基米德有到海边独自散步的习惯，他一边散步，一边海阔天空地思考问题。有一次，阿基米德正在海边的沙滩上漫步，忽然想起一道数学题，他顺手捡起了一个小贝壳，在沙滩上演算起来，一直演算到天黑了才回学校。

第二天，阿基米德一见到好朋友柯伦，就立刻拉着他到了海边的沙滩上，高兴地说："喂！你看这里的沙滩，不正是我们最好的学习地方吗？"

阿基米德说完，立刻在沙滩上画了好几个几何图形。柯伦也高兴得直叫好，并高喊："太好了，我们有了世界上最便宜的纸了！"

从此以后，阿基米德与柯伦每天都要抽时间来到海边沙滩演算数学公式和做习题。真是让人难以想象，阿基米德后来发现的许多几何学原理、物理学公式和定理就是从海边沙滩上的演算起步的。

励志寄语：

我们每个人在学习中都会遇到很多意想不到的困难，如果害怕困难，逃避困难，我们将一事无成，但如果想办法克服困难，解决困难，那么无论什么样的难题都会迎刃而解。

偷着学医的拉夫伦

拉夫伦出生在巴黎，那里有权威性的医学院。他出身贫寒，很小的时候便不得不去医学院的实验室打杂，好挣点钱交学费，继续他的学业。医学院经常召开学术研讨会，来自法国各地的医学专家，常常在这里交流科研成果，共同探讨制服病魔的各种办法。

这里发生的一切都使拉夫伦大感兴趣，但是临时的打杂工，根本不可能正常接触这些事物。

在工作之外的休息时间，拉夫伦常常躲在不被人注意的地方，悄悄地观看医学家们的各种实验。他就在心里记下医生的实验过程和方法，回家后便立刻整理在本上，作为宝贵的资料保存。

有机会的话，他还会偷着做做实验。医生们谈论时，拉夫伦就躲在一旁用心听，专心致志地整理成笔记。他备有一个记事本，每天都带在身边，随时将在医学院的有益见闻全都记在上面。有的词不会写，他就先标上音或画图。

有一次，拉夫伦的邻居得了病，他便把“偷学”来的治疗方法告诉了邻居。邻居的病很快就治好了，还夸奖拉夫伦是个有心人。这更加激发了拉夫伦“偷”学医术的积极性。每每听到医生们谈论治病的事，他就瞪大了眼睛，紧闭嘴巴，耳朵竖得长长的……

对医生们的谈论，他从不疏忽对待，而是筛选出有价值的医学知识，归类记载。听不懂的，他也一字不漏地记下来，等专家们休息时，才毕恭毕敬地前去请教他们。

有一次，拉夫伦又在专心致志地边听边记专家们谈论的病例，一位专家走到拉夫伦跟前，拿过他的记事本一看，不禁大吃一惊——拉夫伦把他们的谈话记得是那样详细。

在专家们的追问下，拉夫伦如实述说了自己“偷”学医学知识的情况。专家们都很受感动，对拉夫伦的人品和学习精神评价极高，表示乐意帮助拉夫伦学医，凡是拉夫伦想学的知识，都可以直接请教专家。医学院成了拉夫伦的大课堂。

从此，拉夫伦改善了学习环境，他也更加抓住一切机会刻苦地学习了。他一方面努力完成中学功课，一方面尽量多学一些生物学和医学知识。连医生们诊病的程序和开的处方，拉夫伦都不厌其烦地记了下来。时间长了，他就能运用自如地面对病人，做出治疗方案了。

后来，拉夫伦还没有读完中学便成为这家医学院有史以来第一位学历不够而特许入学的大学生。

励志寄语：

一个没有读完中学的孩子竟然成为巴黎一家权威医学院的大学生，这听起来有些不可思议，但却是真实发生的故事。拉夫伦的经历告诉我们，只要有理想，懂得坚持，并尽一切努力去实践，就有进步，也终会实现梦想。

每天学习一点点

费利斯的父亲出生于一个贫苦农家，只学到五年级，家里就要他退学到工厂做工去了。从此，社会便成了他的学校。他对什么都感兴趣，他阅读一切能够得到的书籍、杂志和报纸。

费利斯的父亲喜欢听镇上乡亲们的谈话，从中可以了解到人们世世代代居住的这个偏僻的小山村外面的世界。这也让他对外面的世界充满了向往，最终他的这种强烈的好奇心，不但激发了他远渡重洋来到美国，后来还受益给了他的家人——他决心让他的每一个孩子都受到良好的教育。

对费利斯的父亲来说，最不能容忍的事情就是每天晚上上床时还像早上醒来时一样无知。他常说："需要学习的东西太多了，虽然我们出生时愚昧无知，但只有蠢人才永远这样下去。"

为了避免孩子们堕入自满的陷阱，费利斯的父亲要他们每天必须学一点新的东西，而晚餐时间就是他们交流新知识的最佳场合。他们每人说出今天所得的一项"新知"之后，便可以去吃饭了。

有时，父亲会把目光停在他们当中一人身上。"费利斯，告诉我你今天学到了些什么。"

"我今天学到的是尼泊尔的人口……"

餐桌上顿时鸦雀无声了。费利斯一向都觉得很奇怪，不论他所说的是什么东西，父亲都不会认为琐碎和乏味。

"尼泊尔的人口。嗯，好。"

接着，父亲看看坐在桌子另一端的母亲。

"孩子的妈，他今天所说的东西你知道吗？"

母亲的回答总是会使严肃的气氛变得轻松、愉快起来。"尼泊尔？"她说，"我不但不知道尼泊尔的人口有多少，我连它在世界上什么地方也不知道呢！"

当然，这种回答正中父亲下怀。

"费利斯，"父亲又说，"把地图拿过来，让我们来告诉你妈妈尼泊尔在哪里。"

于是，全家人开始在地图上找

尼泊尔。费利斯当时只是个孩子，一点也觉察不出这种教育有什么好处。他只是迫不及待地想跑出屋外，去跟小朋友们一起嬉戏。

如今回想起来，费利斯才明白父亲给他的是一种多么生动有力的教育。在不知不觉之中，他们全家人共同学习，一同成长。费利斯进大学后不久，便决定以教学为终身事业。在求学时期，他曾追随几位全国最著名的教育家学习。

最后，费利斯完成大学教育，具备了丰富的理论与技能，但令他感到非常有趣的是，他发现那些教授教他的正是父亲早就知道的东西，那就是不断学习的价值，每天学习，每天进步。

励志寄语：

生命有限，而学海无涯。我们想成为怎样的人，取决于我们所学到的东西的多少，每天都努力学点新的东西，每天进步一点点，才称得上是没有白白费浪费大好光阴。

勤学苦练成就好人生

钱伟长是我国著名力学专家，曾任清华大学教务长、副校长、中国科学院力学研究所副所长等职务。

钱伟长的家乡在江苏省太湖岸边的一个小村庄，旧中国的太湖湖畔，没有艳丽的花朵，湖水中流淌着穷人的血泪。

钱伟长的祖父是私塾的教书先生，父亲继承了祖父的衣钵，在家乡一所小学当教员。母亲是一个善良而勤劳的农村妇女，整天靠挑花、糊火柴盒、养蚕来挣取微薄的收入，补贴家用。正应了当地那句谚语“十个黄狗九只雄，十个先生九个穷”。

钱伟长的童年是沉重的，为了家中饭桌上能够丰盛一些，他每天和村子里的穷孩子们一起到田野里去挑金花菜，到河沟里去摸螺蛘，这是他家饭桌上的上品。

由于家中生活艰难，已到了上学年龄的钱伟长因付不起学费，一直拖到9岁才上小学。他一面断断续续地念书，一面帮母亲挑花，挣一点上学的费用。

1928年，钱伟长的父亲在贫病中去世了，家中的生活来源失去了大半，生活更加艰难了。失学在家的钱伟长，靠着叔父的资助进了苏州高中，这是一所以成绩优异而闻名的学校。

然而，钱伟长虽然上了几年学，可为了家中生活，三天打鱼，两天晒网是常事儿，并没有较为系统地学习各方面知识。许多初中的课程他都没有学习过，比如几何、代数、三角、物理、化学和外语，对这个农村孩子来说，还是一些陌生的名词。在这种情况下，他自然把兴趣放到了文科上，他喜欢文学、历史和地理，只有这些课程才没有成为他思想上的负担。

他讨厌那些死板的公式、枯燥的定律、令人头痛的推理和演算，可是这些东西却偏偏缠住他不放。

有一天，老师在讲完数学课以后，又给同学们布置了几道作业题。钱伟长花了好几个小时，冥思苦想，总算做出来了。

没想到，当他准备上床睡觉的时候，老师却出现在他的面前，并且和蔼地对他说：“你今天的作业有几道题做错了，我已经把错了的地方给你指出来了，你自己再用用脑子，动手把错误改正过来。”

在老师的宿舍里，钱伟长在老师的陪伴下，开始重新修改自己的作业。当他把错误一一改正过来后，时钟已指向深夜11点。

他不仅没有感到疲倦，反而第一次尝到了学有所得的滋味。

从此以后，每天宿舍熄灯以后，钱伟长就到老师的房间里去进行夜自修。他渐渐对枯燥的理科产生了兴趣，后来还迷上了物理学。

1931年，钱伟长以优异的成绩进入了清华大学历史系，同年9月18日，发生九一八事变，钱伟长决定弃文从理，转学物理系。

1935年，经过艰苦的努力，钱伟长大学毕业了，并且考取了清华大学研究院物理系的研究生，在导师吴有训教授的指导下，开始了X光谱的研究。

抗日战争爆发后，他来到昆明，在清华、北大等校组成的西南联大继续着自己的学业和研究工作。

1940年夏天，他又考取了留学生，来到了加拿大多伦多大学，在著名力学家辛吉门下从事研究工作。到加拿大几天后，辛吉把钱伟长叫到他的办公室，问他准备做些什么。

钱伟长说，他准备继续研究板壳的内禀统一理论。并说，潜水艇的外壳是椭圆形壳体，而飞机的机身又是不规则的圆形壳体，还有些物体是锥形壳、球形壳、筒形壳等。处理一种壳，就要有一个方程式。这些似乎各自独立的方程式，其中有共同的联系。世界并不需要那么多、那么复杂的方程式，应该找到它们之间的联系。

辛吉听钱伟长一口气说出的想法，非常高兴，鼓励他努力去做，有什么困难一定给予支持。钱伟长求索攻坚一向是十分专注的，现在表现得更是如此。他从早到晚“泡”在图书馆里，查阅、思考、演算……经过半年的时间，他运用数学的张量分析原理，终于找到了那个统一的方程式。

钱伟长和辛吉一起写出了《弹性板壳的内禀理论》，发表在美国加利福尼亚理工学院的学报上。

在论文里，钱伟长提出的板壳理论的非线性微分方程组，被国际上称为“钱伟长方程”，当时，他年仅28岁。此后，钱伟长在力学研究领域没有止步，陆续又发表了一百多篇论文，写出了十余部专著。对国际物理学界产生了巨大影响。

励志寄语：

少年时代的贫苦生活，往往是对人生的一种磨砺，“不经一番寒彻骨，哪得梅花扑鼻香”。在逆境中的学习提升，在青春时的开拓进取，会使我们的思想更加厚重，知识更加丰富，人生更加辉煌。

执着地追逐梦想

普里戈金出生于一个知识分子家庭，父亲是一位化学工程师，母亲朱丽叶曾就读于莫斯科音乐学院，为了使孩子不被外界环境影响，有一个平安愉快的童年，朱丽叶决定教育孩子学习音乐。

1929 年，普里戈金一家人来到了比利时的布鲁塞尔。虽然比利时是一个非常小的国家，但是，生活环境比德国安逸多了。12 岁的普里戈金进了当地的公立雅典中学，很快就与同学们打成了一片。

长期的中学生活使普里戈金开阔了眼界，兴趣爱好也更为广泛，已不再局限于钢琴，他同时爱上了考古学、文学和哲学。普里戈金常常在图书馆看书。

一天下午，普里戈金上完课后就径直向图书馆走去。他看到了一本关于研究人体大脑化学组成的专著，他想：大脑是一种多么神奇的物质，所有的心理活动和行为活动都是由它控制的，大脑的组成物质与人体其他部分有哪些重大不同呢?

好奇的普里戈金从书架上取出了这本书。“我得回去仔细研究研究，看看大脑物质到底有什么奇妙之处。”普里戈金一边自言自语一边走出了图书馆。

当大多数人已进入了甜蜜的梦乡时，普里戈金仍坐在他的书桌前，对着那本关于大脑化学物质研究的专著沉迷不已，他从未想到在化学这个领域会有如此多神秘而有趣的事，他懂得，世上所有一切都是由最简单的元素构成。

人类若没有了物质的基础，根本就不会有思想，更不用说文学、哲学等艺术的存在。面对物质的研究，化学则是从最根本的原子结构等方面彻底地进行分析，这些思想活动对普里戈金触动十分大，他决定开始对化学深入认识。

看完了关于大脑化学组成的专著，普里戈金又从图书馆中借了许多关于化学的书籍。在学习中，他了解到木炭是黑漆漆的，钻石是透明发亮的，它们最基本的元素竟是相同的，是因为原子的排列方式不同而造成了如此大的区别，这一类的神奇物质在化学世界中可以找到许多许多。

随着年龄的增长，学习任务越来越重，普里戈金在钢琴上花费的时间也日益减少，但对化学的兴趣是越来越浓厚。有一天，普里戈金走到母亲房中，他看着头发已花白了的母亲，心中不禁有些难过。

从小是母亲教育他，带他进入了美好、纯洁的音乐世界，使他成为一个有礼貌有修养的人，可现在，自己却要告诉她，他想放弃对钢琴的练习，把所有的时间投入到学习和研究化学中去，这不是很伤母亲的心吗?

普里戈金的心中非常矛盾，他向母亲说明了一切。母亲微笑着说：“小时候让你学习音乐是为了使你能摆脱外界环境的干扰，培养你的情操，教你学会做事一定要专心，至于你长大选择走什么样的路，妈妈希望你自己把握，如今你已做了决定，妈妈也很高兴，并支持你。”

面对善解人意的母亲，普里戈金决定无论做什么，一定要成为一个杰出的人。从此，他专心研究化学，成为杰出的化学家。

励志寄语：

“只要不让年轻时的理想随岁月飘逝，成功总有一天会出现在你的面前。”这是一个成功者说的话，也可以成为我们的座右铭，让我们用自己的智慧和汗水去实现自己的人生梦想吧！

牢记自己的梦想

乔很爱音乐，尤其是喜欢小提琴。在国内学习了一段时间之后，他觉得国内的知识自己已经学习得差不多了，再学习下去也不会有什么进步了。

于是，乔把视线转到了国外，但是国外没有一个认识的人，他到了那里要怎么生存呀？这些他当然也想过，但是为了自己的音乐之梦，他勇敢地踏出了国门，威尼斯是他的目的地，因为那里是音乐的故乡。

这次出国的费用是家里辛辛苦苦地凑出来的，但是家里的情况乔也知道，没有什么钱了，学费与生活费是如何也拿不出来了。

所以，他虽然来到了音乐之都，却只能站在大学的门外，因为他没有钱。

乔必须先到街头上拉琴卖艺来赚够自己的学费与生活费。人生地不熟的，他却必须开始讨生活了。很幸运的，乔在一家大型的商场附近找到一位为人不错的琴手，他们一起在那里拉琴。这个地方地理位置比较优越，他们挣到了很多钱。

但是这些钱并没有让乔忘记自己的梦想。过了一段时日，乔赚够了自己必要的生活费与学费，就和那个琴手道别了。他要学习，要进入大学进修，要在音乐学府里拜师学艺，要和琴技高超的同学们互相切磋，将来要登上国家音乐厅在那里献艺。

乔将全部时间和精神，投注在提升音乐素养和琴艺之中。10年后，有一次乔路过那家大型的商场，巧得很，他的老朋友，那个当初和他一起拉琴的家伙，仍在那儿拉琴，而他的表情一如往昔，脸上露着得意、满足与陶醉的表情。

那个人也发现了乔，很高兴地停下拉琴的手，热情地说道："兄弟啊！好久没见啦！你在哪里拉琴啊？"

乔回答了一个很有名的音乐厅的名字，那个琴手疑惑地问道："那里也让流浪艺人拉琴吗？"

乔没有说什么，只淡淡地笑着点了点头。其实，10年后的乔，早已不是当年那个当街献艺的乔了，他通过自己的不断努力，已进步发展为一位世界著名的音乐家，他经常应邀在著名的音乐厅中登台献艺，早就实现了自己的梦想。

励志寄语：

爱因斯坦说："兴趣是最好的老师。"莎士比亚也认为，学问必须合乎自己的兴趣，方可得益。普里戈金的成功，就是顺应自己的兴趣，再通过持之以恒的学习和钻研，最终实现的。

对不懂的说“不知道”

丁肇中于1936年出生于美国密歇根州安阿伯，12岁那年开始接受正规教育。他的父母毕业于美国密西根大学，受家庭的影响，他对学习一丝不苟，读书专心致志，遇到疑难问题，便找遍书本，务必得到答案才肯罢休。

一次物理老师出了一道思考题，很多同学想了想觉得很难就放弃了，等着老师讲解，丁肇中不是这样，他吃饭想、走路想，别的同学都出去活动了，只有他还对着那道题苦苦思索，过了很长时间，他终于想到了解决问题的方法。

他马上跑到图书馆查找资料验证自己的方法是否正确，直到确认自己的解题方法没有错误，他才满意而去。

课堂上，他聚精会神地听课，也总是第一个举手回答老师的提问。课后和同学们讨论问题时，往往要辩论到“甚解”才肯罢休。

他的课余时间大部分是在图书馆度过的，很少与同学一起打球、看电影。他认为“最浪费不起的是时间”。由于丁肇中勤奋刻苦，各门功课成绩优良，尤其突出的是数理化。

20岁时，他从台湾去到美国密西根大学学习数学和物理学，并最终获得了物理、数学双学士和物理学博士，而完成这些他只用了5年时间。后来，他到哥伦比亚大学、麻省理工学院任教，接着从事科研工作。从念大学到博士再到搞科研，一般人大约需十多年时间,而他只用了6年。所以他被一些美国同学称之为“奇人。”

在美国，大学的课外生活是绚丽多彩的，可他几乎是什么也不参加。他废寝忘食,埋头书斋,图书馆——实验室——食堂——

宿舍，是他生活的轨迹。

尽管美国大学里课余生活丰富多彩，却很少看到丁肇中的身影。同学们嘲讽他："塞缪尔（samuel 是丁肇中的英文名字）真是个怪人，学习顶呱呱，可惜不合群"。

从学习到工作，他的生活轨迹始终是图书馆——实验室——食堂——宿舍。所以，他在学校没有朋友。结婚成家后，他整天埋头在实验室里。而且，在各种社交场合，几乎都不会见到他的身影。

央视的《东方之子》栏目对诺贝尔物理学奖获得者丁肇中进行了一次专访。记者提了这样一个问题："我感觉您对自己每一个人生阶段都有很明确的选择。比方说小时候对科学感兴趣；大学的时候，就锁定了要研究物理；每做一个实验也是力排众议，而坚持了下来。一个人怎么能够每一次选择都能这么坚定和正确呢？"

这样的问题显然是为对方作秀进行的铺垫。然而，丁肇中的回答却是："不知道，可能比较侥幸吧！"

记者不死心，又追问道："在这里面没有必然吗？"丁肇中依然回答："那我就不知道了。"记者还是不死心："怎么才能让自己今天的选择在日后想起来不会后悔？"丁肇中依然回答："因为我还没有后悔过，所以我真的不知道。"

记者没办法了，说："我发现在咱们谈话过程中，您说得最多的一句话就是'我不知道'。"丁肇中这次作了正面回答："是！不知道的，你是绝对不能说知道的，在我们那里这是绝对不允许的。知道就是知道，不知道的你不要猜。"

丁肇中的严谨态度，的确是到了常人不能理解的地步。然而，这就是作为科学大家的丁肇中，在求知路上的认真精神和谦虚态度。

这其实就是一种永不自满的执着态度，不但无损于一位大师的光辉，还从一个侧面揭示了"大师"之所以成为"大师"的奥秘。在知识的海洋里，敢于对自己不懂的问题说“不知道”，不仅是一种器量，一种品格，也是一种境界。

励志寄语：

对待知识的认真精神和谦虚态度，对待学习的勤奋刻苦和一丝不苟，对待科学的严谨和执着，成就了丁肇中的人生，使他成为一个受人景仰的著名科学家。

女生照样能拿第一

林巧稚是我国著名的妇产科专家，她治好的病人不计其数，经她亲手接生的孩子更是成千上万，人们非常尊敬她。然而，在她刚刚生下来的时候，家里却因为她是女孩子，一点儿也不喜欢她。

巧稚是个聪明的孩子，到了该读书的年龄时，哥哥和弟弟都背着书包高高兴兴上学去了，而巧稚因为是女孩，被爸爸留在家中，她只好眼睁睁地看着哥哥、弟弟去上学。可她非常想读书，于是，只好去求妈妈。

妈妈心软，总算答应让她去试试看。巧稚高兴极了，对妈妈说：“我一定好好学！”上学后，巧稚学习很认真，许多男同学的成绩都比不过她。男同学不服气地说：“一个小丫头，看她有多能耐！”

有一次，期末考试快到了，同学们都在紧张地复习功课，课间休息时，巧稚和几个女同学在讨论问题。这时，几个男生朝着她们大声地叫着："这次考试可难啦，你们女生准要考'糊'，能及格就不错了。"

巧稚听了，"呼"的一下站了起来，理直气壮地说："女生怎么啦，女生照样拿第一。咱们比比看！男生拿100分，我就拿110分！"

为了这句话，巧稚加倍刻苦学习。别人看一遍的书，她就看三遍，别人做一道题，她就做十道题，别人9点钟睡觉，她却要到深夜十一二点睡，样样都要比别人多花工夫。

不久，考试到了。林巧稚每堂考试都认真地答题，仔仔细细地计算。考完试了，成绩一公布，林巧稚果真拿到了全班第一名。男生们不得不佩服地说："林巧稚真行！"

以后，林巧稚将自己说的这句话深深地刻在她心里，鼓励自己继续前进，不断进步。她凭借着顽强的毅力、刻苦的精神，不断进取，努力奋斗，终于成为我国一流的妇产科专家。

励志寄语：

聪明靠努力学习，知识靠平日积累。林巧稚通过自己的勤奋学习，不懈努力，不仅证明了女生不比男生差，而且还成为我国著名的妇产科专家。

在橱窗前读书的少年

有这样一个孩子，因为父母双双早逝，他自幼就过着贫病交加、无依无靠的生活，尝尽了人生的艰辛。为了养活自己，他不得不到一家印刷厂做童工。虽然环境很苦，但他还是非常珍视这份工作。

他喜欢读书，可是付不起昂贵的书费，于是常常去书店的橱窗前蹭书看。于是，我们常常能见到一个孩子的身影，站立在书店的书橱前，痴痴地盯着里面，手里却在不停地摸着口袋里仅有的买晚饭的钱。

为了能够买下自己喜爱的书，他不得不常常挨饿，以便从饭钱中挤出钱来买书。这天，他再次路过书店时，发现书橱里有一本打开来放着的新书，便如饥似渴地读了起来，直到把打开的两页读完才恋恋不舍地走开。

第二天，他又来到了书店书橱前，令他惊讶的是，那本书往后翻开了两页！他欣喜地一口气读完了。他是多么想把它买下来啊！可是书价太高了，他必须不吃不喝一个月才能攒够买书的钱。

第三天，奇迹又出现了，书又往后翻开了两页。此后，书店橱窗前的那本书每天都会往后翻两页。他便每天都来读，直到把全书读完。

这天，书店里一位慈祥的老人抚摸着他的头发说道："好孩子，从今天起，你可以随时来这个书店，任意翻阅所有的书籍，不需要付一分钱。"

日月如梭，这个少年后来成了著名的作家和记者，他就是英国一家晚报的主编本杰明·法利吉尤。

励志寄语：

贫穷对于一个热爱学习的人来说并不是厄运，而是淬炼意志的烈火，锻造人生的磐石；只要我们不惧烈焰，敢于磨砺，贫穷的外衣就会自然脱落，而知识的营养则会充溢我们的全身。

Chapter

第三章

在逆境中不懈学习

“宝剑锋从磨砺出，梅花香自苦寒来。”凤凰只有在浴火中才能重生，海燕只有在暴风雨中才能搏击，人只有在逆境中才能奋起。苏格拉底说过，“患难与困苦是磨炼人生的最高学府。”在逆境中不懈学习，永不放弃，你终能成为人生的赢家！

顽强的海伦·凯勒

海伦·凯勒是美国著名作家和教育家。在她一岁多的时候，因为发高烧，脑部受到伤害，从此以后，她的眼睛看不到，耳朵听不到，后来，连话也说不出来了。家人们就开始为她的将来担忧了，她身体上的严重缺陷使她很难接受教育，更难以在社会上立足的。

好心的沙利文老师了解了海伦的状况之后，决定帮助小海伦学习，无论这是一件多么困难的事。

沙利文老师的到来，给了海伦一种全新的生活。很快，她就从一个野性十足的孩子变成了一个文质彬彬的女孩儿。当海伦用灵巧的手指来回不停地拼写单词时，她的每个家人都变得惊讶无比。

一天早晨，沙利文老师正在自己的房里穿衣服，海伦兴冲冲地跑了进来。她在沙利文的手掌上反复地拼写着“狗”和“婴儿”这两个单词。后来，她又抓紧五个手指，一个一个地开始吮吸。

沙利文老师不知道海伦要表达什么意思，她以为海伦的妹妹被狗咬伤了。可是，从她高兴的样子来看，又并不像是坏事。

海伦拉着老师的手往外走，来到了井楼旁。沙利文老师发现，海伦家的一条狗在那儿生下了五只小狗。

沙利文老师因势利导，随即教给海伦两个新词：“五”和“小狗”。

海伦很快就学会了。她摸出其中一只最小的狗，在老师的手上拼出了一个“小”字。沙利文老师随即在她的手上拼出了“很小”，这让海伦觉得很有趣。她也迫切地希望能运用所学到的新知识。

往回走的路上，海伦捡起了几块小石子。她让沙利文老师注意到，其中一块石头小，另一块石头大，还把这些字拼在老师的手上。

回到家里，摸着摇篮里的小妹妹，海伦又拼出了“婴儿小”和“小狗很小”这几个字。她的手指总在画着字母。有时，她甚至在老猎狗伯莱的爪子上拼写单词，想与它交谈，可惜伯莱还是不懂她的意思。

虽然海伦又聋又盲，可她的智力绝对不比正常人差。

海伦在花园里摘了几朵紫罗兰，送给了沙利文老师。沙利文老师很感动，轻轻地搂着她，在她的手上拼了一句话：“我爱你，海伦。”

海伦有点疑惑不解地问：“爱是什么呀？”

沙利文老师指着自己的胸口说：“爱就在这里。”

海伦用手去触摸那里，第一次感觉到心脏的跳动。但她仍不明白“爱”是什么。她嗅了嗅沙利文手中的花，比画着问：“爱就是花的香气吗？”沙利文老师说：“不是。”温暖的阳光照耀着她们二人。海伦灵机一动，又问：“爱是阳光吗？”沙利文老师回答说：“也不是。”

这让海伦有些失望了。她觉得阳光是世上最美好的东西，它可以使万物生长，为什么还不是爱呢——爱究竟是什么东西呢？这让她有些迷惑了。

过了几天，海伦玩起了串珠子的游戏。珠子大大小小有很多，沙利文让她按两大三小的顺序串起来，可是她总是出错。

沙利文老师一次次给她指出来，帮她纠正。海伦发现了自己的差错，静静地想着方法。

这个时候，沙利文老师在她的手上拼写了一个词：想。

海伦想了一会儿，终于明白了，“想”就是她头脑中思考的过程。她呆呆地坐在那里，坐了好大一会儿，她在“想”什么呢？

原来，海伦在想前几天学过的“爱”的意思。她用手势问沙利文：“爱，是不是太阳冲破云层放射出的光辉？”

那天，正好先是下了些小雨，接着太阳才钻出云层，普照大地。这些让海伦感觉到了温暖，觉得这就是爱的感受。

沙利文老师说：“爱有些像日出之前的云彩。”接着解释说：“你够不到云彩，它在高高的天上，可是你能感觉到雨，它是云的表现。在炎热的天气里，花儿和干枯的大地是多么渴望它。同样，你不能触摸到爱，可是你能感觉到它所带来的甜蜜。如果没有爱，你就不会感到快乐。”

听完了沙利文老师的解释，海伦似有所悟，仿佛一个美妙的真理突然展现在她的脑海中，让她豁然开朗。她感到了一种无形的纽带联结着她，使她走入了他人的灵魂。

这就是爱！在这一刻，海伦明白了爱，也知道了它在这个世界上多么重要，多么不可或缺。

沙利文老师发现海伦的发音器官并没有完全关闭，于是她一个字一个字地教海伦练习。

经过海伦顽强不屈地努力，她逐渐学会了说话及阅读。

但是，沙利文老师并不满足于此。她进一步教导海伦，想使她成为一位杰出的演说家及教育家。最后，海伦没有辜负沙利文老师的期望，不仅成为一名出色的演说家，还成为一名著名作家。

当海伦得知沙利文老师去世的消息后，她再也没有办法安下心来工作了，她觉得她失去了事业当中最大的支柱。消沉了一年之后，海伦突然醒悟：世界上像她这种不幸的人有很多。

沙利文老师教授她这些知识和才能，正是希望她能很好地为这些不幸的人服务。她这种自暴自弃的行为又怎么对得起沙利文老师呢？于是，海伦又重新振作了起来，把自己毕生的精力，献给了残障事业。

励志寄语：

一个人听不见、看不见、不能说话，生活在无边的黑暗中，沉浸在静寂的深渊，这是多么让人痛苦的事情。沙利文老师的出现给海伦·凯勒带来了希望和光芒。的确，希望无处不在，若我们永不失坚忍不拔的意志和求知的欲望，便可浴火重生。

他的墓碑上刻着勤奋二字

毅力不止，生命不息，写作便不已。《美丽的英格兰和威尔士》一书的作者约翰·希顿就是一个这样的例子。

希顿出生于威尔特郡金斯敦的一个穷苦人家。他父亲破产后，受不了这一打击，疯了。希顿也由于父亲的不幸开始了不同寻常的生活。他几乎没有受过什么学校教育，经常是有家难归，衣食无着，终日四处游荡。

他染上了许多坏习惯，幸运的是他没有被这些恶习毁掉。为了讨一口饭吃，他不得不在他叔叔开的一个小饭馆里干活，把酒装进瓶子里，把瓶盖塞好，然后把瓶子装到箱子里。这样一件活计他一连干了 5 年。由于他的身体日渐衰弱，人也变得有气无力，他叔叔便把他赶出了店门。

他又开始四处流浪了。望着这莫名其妙的天和地，看着这世上莫名其妙的人，他想起自己那疯了的父亲，眼泪扑簌簌地掉了下来。他除了这5年服务换来的两畿尼（英国货币单位，1畿尼等于21个先令）之外，别无他物。漫漫的人生之路是多么凄苦，多么荒唐，他拖着瘦弱的身躯在寒风中踽踽独行。

在此后的7年中，他饱尝了人世间的世态炎凉、人情冷暖，看惯了潮起潮落，也经历了难以言说的酸甜苦辣。他曾在后来的自传中写道："我花了18便士租了一间又阴暗又潮湿的房子，在寒冷的冬天，我生不起火，只好孤身一人躲在被子里，除了偶尔听听窗外的凄风苦雨之声外，我只能在书本中寻寻觅觅。"

后来他徒步来到了巴思，被雇为酿酒工。不久他又回到了首都伦敦，这时他已不名一文，连鞋和衬衫都没有。还好，他有幸在一家叫伦敦餐馆的地方找到了一份工作，他得从早上7点到晚上11点待在地窖里工作。

为了讨一口饭吃，他得庆幸自己找到了这份"美差"，但长期禁闭在不见天日的地窖里，加上繁重的工作，他的身体垮了下来，他只得丢下这个能苟且谋生的饭碗。

不久他又从事代理人的工作，每周赚15先令的薪水。在此之前，他曾利用许多业余时间练字，他的书法很漂亮，这是他这一次成为代理人的资本。在工作之余，他把闲暇时间都用来逛书店，他买不起书，就只能一段一段地读、记。长年累月，他积累了深厚的文学知识。

后来他换到了另外一个办公室，在这里，他每周可获得20先令的"丰厚报酬"。他仍然埋头学习、研究，在28岁那年，他写了一本《比泽奇遇》，并得以发表。

从那时起一直到死，在漫长的55年中，希顿一直从事辛勤的文学创作。他发表的著作有87部之多，最重要的著作是《英格兰大教堂古迹》，该著作共计十四卷。这是一部光彩夺目的辉煌之作，也是约翰·希顿勤劳又辛酸的一生的纪念碑，在这块碑上写有两个字：勤奋。

励志寄语：

人们总是看到成功作家头上的光环，总是以为作家本人就像他的主人公一样浪漫潇洒，而事实上几乎所有的作家在成名之前都有过惨淡的经历与折磨。只有能够在这些痛苦的炼狱中坚持下来的人，才会有出人头地的一天。

十四岁发表文章的排字工

科学巨匠富兰克林小时候家境穷困，只读了两年书就失学了，12 岁时到一家印刷厂当了学徒。被迫辍学并没有阻止富兰克林的求知欲望。他不满足于当一个机械式的排字工，不像其他人那样，只满足于检字排版，交差了事，而是把排字当作学习的好机会。他一边排，一边识字辨义，对所排的文稿内容也能初步领悟。

有一次，他在排一篇文稿时，发现里边有这么一句："领受此类官的大官们……"他觉得文理不通。他联系上下文思索，认为这个句子应改为："领受此类爵位的大官们……"他在原句边做了记号，并等作者校对时，提示作者注意并更正。

作者看到提示后，非常感谢富兰克林的提示，并对在场的人说："这位小排字工人能看出文稿的错误，的确难得，是个有心人。"

富兰克林不但在排字中学习，而且不放过任何闲暇时间，一有空，他就去找在书店当学徒的小伙伴，向他们借书读。为了按时把书还给人家，他有时通宵不睡，读到疲倦的时候，就用冷水洗洗脸，然后继续读，直到读完为止。

他每次都按时把书还给朋友，朋友们见他守信，便非常乐意借书给他。他读了一本又一本，从不间断，所以伙伴们怀着敬佩的心情称他是“读书迷”。

读书多了,知识丰富了,富兰克林萌发了写作的冲动。有一次，富兰克林看到一本刊物《旁观者》，发现里面的文章很好，就凑了点钱把它买下来。

他自己在认为很好的段落下做上记号，逐段逐段地背诵。几天后，他模仿原文的风格写了一篇文章，然后把自己写的与原文比较，发现缺点后，再动手修改。

当时，富兰克林的哥哥做印刷生意，富兰克林每天都有机会阅读到那些报纸，他对报纸的栏目、风格早已烂熟于心了，很想按这报纸的要求写写文章，但他不想凭哥哥的关系拿去发表。思来想去，他终于想出了办法。

一天早晨，富兰克林的哥哥在报社门口发现一篇文章，署名是个陌生人。读了这篇文章后,他感觉不错,就在报上刊登了出来。

隔了两天，同样在报社门口，他又发现与上次署名相同的文章，仍感到不错，又给发表了。

几次过后，这个署名陌生的人令富兰克林的哥哥很诧异：“他为什么要把文章偷偷放在报社门口呢？难道是有什么难言之隐吗？”他决定弄个水落石出，于是每天躲在附近等待投稿人出现。

一个晴朗的早晨，他发现一个青年来到报社门口，放下了一个信封。他猛地从角落走出来，拉住那个放信封的人，然而四目相对时，他惊讶地叫起来：“弟弟，原来是你？”

富兰克林低下头说：“哥哥，请原谅我。我这样做是想检验一下自己的能力。”

“棒极了,我的好弟弟！”哥哥拍着富兰克林的肩膀高兴地说。

这一年，富兰克林才 14 岁。

此后，富兰克林便在哥哥的报纸上不断发表文章。在发表文章的同时，富兰克林还不断积累各方面的知识，为以后事业的发展铺垫了坚实的基础。

励志寄语：

对于一个热爱学习的人来说，贫穷阻挡不了他的热情，年龄也不是阻挡他的理由，只要想学，想千方，设百计，他也要实现自己的愿望。这就是贫穷的富兰克林 14 岁发表文章给我们的启示。

贫穷磨砺出的科学家

1766 年 9 月 6 日，在英国坎伯兰郡鹰场村的一个贵格会织工家庭里，英国伟大的化学家、物理学家道尔顿诞生了。他父亲约瑟夫·道尔顿是个忠厚老实的手工织布工人，也耕种小块土地。母亲黛博拉是个勤劳贤惠的家庭主妇。

道尔顿有 6 个兄弟姐妹，其中 3 个被饥饿和疾病夺去了生命。只留下他和弟弟乔纳森、妹妹玛丽。因为家里很穷，年幼的道尔顿只能一面帮助父亲干活，一面在乡村小学读书。

童年道尔顿不仅聪明好学，而且还有一股钻劲。在学校里，数学老师常常出一些比较难的题目考学生的智力，许多同学在花了很长时间做不出时，总是去请教老师，道尔顿却喜欢独自钻研，极少请教老师。

12 岁那年，由于学校人手不够，仅具有小学水平的道尔顿就受聘做了该校的教师。

一个 12 岁的孩子当老师教学生，可以想象得到他在学生中是毫无威信可言的。一些调皮的学生完不成作业，道尔顿在放学后就把他们关在教室里反省，可这些孩子不但不服气，还威胁道尔顿。

过了不久，道尔顿以他的学问和智慧赢得了学生们的尊敬。他的知识广泛，不仅懂数学、测量学，还懂航海学、天文学。他常常用一些有趣的小实验来提高学生们的理解能力和学习兴趣。学生们不得不对这位“小先生”刮目相看了。

当教师的微薄收入并没有完全帮他解决家庭的贫困问题。就在 1781 年秋，15 岁的道尔顿辞别了双亲，带上一把雨伞，背着简单的行装，翻山越岭来到了坎达尔城。那里的一所寄宿学校需要一位数学老师。

学校分派给他一个房间，陈设虽然简朴，但是，对于过惯了贫困生活的道尔顿来说却已经相当满意了。

最使他高兴的是，这所学校的图书馆里有丰富的藏书，道尔顿利用这个有利条件废寝忘食地读书，努力扩大自己的知识面。

在鹰场村的时候，道尔顿就对气象观测很感兴趣，来到坎达尔以后，他利用上完课以后的时间继续进行气象研究。他把气压计挂在墙上，把雨量计安装在花园里，每天定时观测和记录。

在坎达尔，道尔顿有幸认识了约翰·豪夫先生。约翰·豪夫在2岁时患天花双目失明，但是，他以惊人的毅力和顽强的意志进行学习和研究，获得了广博的知识。道尔顿很敬佩他，常常和他在一起探讨科学问题，畅谈各自的见解。

道尔顿抓紧一切时间读书、学习。由于他的勤奋和刻苦，他的知识面更加广泛，学识更加渊博了，教学也取得了出色的成绩，因而赢得了学校师生和坎达尔市民的普遍尊敬。1785年，刚满19岁的道尔顿担任了这所学校的校长。

年轻的道尔顿精力旺盛，劲头十足，他教书、测气象、搞科研，还常常撰写数学和哲学方面的文章，并在一些杂志上发表。由于他的突出贡献，曾多次获得奖赏。

励志寄语：

每一个发奋努力的人的背后，必有加倍的赏赐。贫穷并不可怕，困难也不吓人，只要我们有坚强的意志，顽强的毅力，任何艰难困苦都可以克服，再难以企及的理想也能实现。

流落街头的生物学家

在法国南部的一个名叫圣黎昂的小山村里，1823年12月22日，法国著名的生物学家法布尔就诞生在这里。他家十分贫穷，父亲种地，母亲给人缝皮手套。两年后，弟弟的到来，使生活变得愈加艰难了。

贫穷使父亲实在养不活他了，在法布尔4岁时，父亲决定把他寄养到祖父家。祖父家在距圣黎昂40公里的马拉瓦，也是个穷山沟。因为祖父辛勤劳作，日子过得还算富裕。善良的祖母会纺线，还会讲故事，故事里那稀奇古怪的情节常会引起法布尔无限的遐想。

马拉瓦没有小学，到了入学年龄的法布尔又回到了父亲身边。他就读的学校十分奇特，课堂又兼作厨房、宿舍、饭厅，甚至还是猪圈和鸡舍。校长兼教师是村上的理发师兼礼拜堂的打钟人，他常因杂事而给孩子们停课。每当这时，法布尔就被父亲喊回去放鸭子。

比起课堂，法布尔更喜欢野外，那儿有令他着迷的各种各样的小虫和植物，他采花蜜吃，捉小虫玩。

10岁时，他家搬到罗德兹。父亲在镇上开了一家咖啡馆，法布尔转入当地天主教小学读书。为了争取免费入学，他不得不在教堂里做些杂事。在这里，他才开始正式学些功课，并且学习了拉丁文和希腊文。

他最感兴趣的是古罗马诗人维吉尔的作品，因为诗人是用诗来写蚂蚁、斑鸠和乌鸦等小动物的，这对他后来写《昆虫记》很有影响。也正是由于读维吉尔的作品，他的拉丁文也学得十分顺利。

父亲咖啡馆的生意一直不好，他家又搬迁了好几个地方。在图卢兹，法布尔读完了小学。14岁时，他家又搬至了蒙彼列埃。那时他曾想学医，但因父亲生意倒闭，家里贫苦万分，法布尔只得流浪街头，自谋生路。

面对困苦的生活，他只得拼命工作。他在博凯尔镇卖柠檬，在铁路做小工维持生活。一次，为了买一本描写大自然的诗集，他花掉了刚挣到的一点钱，只好饿着肚子赶路。他大声朗读诗歌，以便把注意力从饥饿上引开。

法布尔来到阿维尼翁这座较大的城市。他已经 16 岁了，虽然法布尔一直在为生计而奔波，但他还是以优异的成绩考取了当地的一所师范学校——阿维尼翁师范学校，并且获得了奖学金，免缴两年学费和食宿费。这对法布尔来说真是个天大的福音。

法布尔从师范学校毕业后，被派到卡尔庞拉腊当小学教师，负责教授希腊语和拉丁语。在教学之余，他自修了数学、物理。通过刻苦的自学，他又取得了教授数学、物理的资格。

1849 年，法布尔被邀请到科西嘉岛阿雅克肖中学去担任数学、物理教师。他本打算潜心研究数学，努力教学，但岛上千奇百怪的植物深深吸引了他。于是，他一边教学，一边动手搜集贝壳。

1851 年，著名的生物学家、图卢兹大学教授摩根·坦登来岛上进行植物考察。因为一个偶然的机遇，他碰到了法布尔，并在法布尔家住了一段日子。法布尔常和他一同采集标本，坦登也深为法布尔的勤奋好学而感动。

1854 年，法布尔通过了图卢兹大学的生物学考试，获得了生物学教师资格。他的本意是想更直接地从事生物学的研究工作。但事与愿违，因为当时中学根本不重视生物课，因此法布尔只得仍旧从事以前的数学、物理教学工作。

1855 年，法布尔在《自然科学年报》上发表了自己的考察报告，引起了强烈反响。人们对法布尔别开生面、独树一帜的研究给予了肯定，文章风格也新颖无比。为此他获得了法兰西学士院的生物实验奖状和奖金，这在当时是一项难得的荣誉。

为了深入研究生物学，他想去大学教书，但是需要很多钱。考虑再三，他决定利用学到的知识设法从茜草中提取染料，以支付去大学教书所需的费用。他对化学可以说是一窍不通，但凭着刻苦钻研的精神，苦干了 3 年，终于成功了。后来，为了改进提取方法，又苦干了两年。

1868 年，法国教育部长迪律伊邀请他去巴黎，对他发明化学染料及对昆虫的研究给予表彰。法布尔犹豫了很久，终于来到巴黎。在那里，他接受了法国政府授予的荣誉勋章，并得到了法国皇帝拿破仑三世的接见。

此后，法布尔用了三十余年的时间，完成了 10 卷本的生物学著作《昆虫记》，被达尔文誉为“无与伦比的观察家”。法布尔将昆虫的多彩生活与自己的人生感悟融为一体，用人性去看待昆虫，字里行间都透露出他对生命的尊敬与热爱。《昆虫记》出版后多次再版，并被翻译成 50 多种文字在全世界发行。

励志寄语：

从一个流浪儿到著名生物学家，法布尔经历了痛苦的人生蜕变，也付出了常人没有付出过的艰辛。卓越的人其身上最闪光的一大特点是：在艰难的遭遇里百折不挠，永不言退。

科学巨人的坎坷人生

1942 年 1 月 8 日，也就是现代自然科学奠基人伽利略逝世 300 周年纪念日这天，现代最伟大的物理学家之一史蒂芬·霍金出生在了英国牛津的一个医生家里。童年和少年时代的霍金并不是绝顶聪明的，他学话和学会阅读都比他的妹妹晚得多。

在小学时，霍金的功课也不拔尖，但是，他对周围的事物却充满了强烈的好奇心，总爱刨根问底。

霍金最喜欢玩火车模型、飞机模型等机械玩具，他并不是简单地去玩，而是想方设法弄明白它们的控制原理。就连他设计的一些游戏，也是相当复杂的，不费一番脑筋是不可能会玩的。

霍金做作业时，最不喜欢别人在旁边提示，无论多么难的问题，他都要绞尽脑汁地独立去完成。所以，同学们都称他为“我们的小爱因斯坦”。

父亲希望霍金学习生物学和医学，将来继承父辈的事业，而霍金却坚决地说：“不，爸爸，我喜欢数学和物理，我的理想是当科学家。”

史蒂芬·霍金要自己安排自己的命运。1959 年，17 岁的他考进了英国牛津大学，学习物理。有一次，教电磁学的老师留了 13 道相当难的习题，让同学们做，说是能做多少就做多少。

其中史蒂芬·霍金的一个好朋友费了好大劲儿才做出一题，另外有两个人共同研究，也只做出了一半题。他们都泄气了：“太难了！再也做不下去了……”

而史蒂芬·霍金却一口气做出 10 道题，并满怀遗憾地说：“真糟糕，还有 3 道题做不出来！”

同学们都惊讶地说：“做出 10 道题！天啊！史蒂芬，真是好样的！你好像来自不同的星球。”

1962 年，史蒂芬·霍金从牛津大学毕业，以优异的成绩考入剑桥大学研究生院，继续学习物理学，不断地向科学高峰攀登。

然而，不幸降临了。1963 年，21 岁的霍金不幸被诊断患有肌肉萎缩性侧索硬化症，也就是运动神经细胞病。当时，医生诊断身患这种绝症的霍金只能活两年。

霍金患的病俗称渐冻症。他发现自己动作越来越笨拙，时常不知缘由地摔跤，有一次，他还从楼梯上摔下来，头先着地，造成暂时的记忆力轻微丧失。虽然病情越来越严重，但在1965年，23岁时霍金仍然取得了博士学位，留在剑桥大学进行研究工作，只是他的病情更加恶化，讲话也含糊不清。

20世纪60年代后期，霍金的身体状况继续恶化，行动走路都必须使用拐杖，已不能定期教课。到了70年代后期，他说的话也只有他的家人或密友才能够听懂。

在身体状况如此恶化的情况下，霍金的研究却没有中止。1973年，他考察黑洞附近的量子效应，发现黑洞会像天体一样发出辐射，其辐射的温度和黑洞质量成反比，这样，黑洞就会因为辐射而慢慢变小，而温度却越变越高，最后以爆炸而告终。

霍金的研究成果被称为黑洞辐射或霍金辐射。霍金辐射的发现具有极其重大的意义，它将广义相对论、量子场论和热力学统一在一起，成为弯曲时空中的量子场论。

1973年以后，霍金的研究转向了量子引力论。虽然人们还没有得到一个成功的理论，但是它的一些特征已被陆续发现。

正当霍金的兴趣转向量子宇宙论，并进行深入研究时，1985年，霍金又感染了严重的肺炎，并接受了气管切开术。手术以后，霍金再也无法发声了。

他被禁锢在轮椅上，只有三根手指和两只眼睛可以活动，疾病使他的身体严重变形，头只能朝右边倾斜，肩膀左低右高，双手紧紧并在当中，两脚则朝内扭曲着，嘴几乎歪成S型，这后来成为霍金的标志性形象。

在如此困难的情况下，1988年，霍金创作出版了科普著作《时间简史：从大爆炸到黑洞》，该作品从研究黑洞出发，探索了宇宙的起源和归宿，该书出版后被译成40余种文字，发行超过1000万册。

2018年3月14日凌晨3时46分，史蒂芬·霍金去世，享年76岁。他在生前留给人类的奇性定理、黑洞理论和无边界宇宙理论使他成为继爱因斯坦之后最伟大的科学家。

励志寄语：

霍金是当代杰出的科学家，也是一位长期与疾病作顽强斗争的斗士，他在身体完全瘫痪的情况下，以惊人的毅力获得的研究成果，诠释了他对科学真理的热爱和不懈追求，令人肃然起敬。

落榜青年变身数学家

数学家张广厚，曾是中国科学院数学研究所研究员。他和杨乐在函数论研究中有很多创造性成果，国外把他们的成果称为“杨、张定理”和“杨、张不等式”。

1978 年 4 月在瑞士举行的国际学术年会上，他的学术报告获得了世界数学家的称赞。可是，谁能想到张广厚在上中学的时候，还曾经因数学不及格，没有考上中学呢！

张广厚出生在一个矿工家庭，7 岁的时候随父兄到矿上当了童工，饱受了生活的艰辛。他从小立下壮志，一定要做个有文化的中国人。1948 年，唐山解放了，矿工的儿子张广厚去报考了中学，可是因为数学不及格而落榜了。但是他毫不灰心，立即报了补习班去学习。

对于学习，他从来在时间上都抓得很紧。每天天没亮就悄悄起床。学校大门不开，他就坐在路灯下温习功课。等老师到校，他已经自习了两三个小时了。经过三个月的努力，终于以优异成绩，考上了开滦二中。

从中学时代起，他就兴致勃勃地钻研数学，开始在数学领域里拼搏，为了练好基本功，他严格要求自己，勤学苦练，做到“准、快、好”。他从不粗心大意、马马虎虎，出现差错，一定要重算。

他还注重提高学习效率，借来一块怀表，放在桌子上，集中全部精力，掐着表计时间，一次比一次算得快。在这个基础上，又要做到好：字迹工整、格式正确、步骤严密。历经几年的严格训练，艰苦努力，他终于成了全校出名的数学尖子。后来考上了北京大学数学系。

进入北京大学以后，第一次考试，他就跌了一跤，得了 2 分。他意识到自己知识上的欠缺，于是就有意识地加多习题。

遇到难题，他喜欢独立思考、查找资料，有时要憋上十多天。一旦做出来，得出结论，他感到非常畅快。他认为这是生活的最大乐趣。

就这样，在一年里，仅数学分析习题他就做了 3000 多道。勤奋出成果，渐渐地，他的数学才能在磨炼中显露了出来。后来在熊庆来教授的指导下，他读完了研究生的课程，进入中国科学院数学研究所当研究员，成为一名年轻的数学家。

天不佑人，1987 年冬张广厚不幸英年早逝，时年才 50 岁，留下了他在函数研究中的累累硕果供我们后人感念。

励志寄语：

只要勤奋学习，勇于钻研，再苦的日子也挡不住一颗热爱学习的心，终能取得一定的成果。正如著名作家高士其所说，“掌握世界上的学问与知识并非难事，只要持之以恒地学习，努力掌握规律，达到熟悉的境地，就能融会贯通，运用自如了”。

跪行求学的坚强少年

郑钦铎是广东省某县的一个男孩，从小就患有先天性双侧胫骨假关节病症，需要手术治疗，费用至少要 7 万元。但是，郑家生活本就艰难，妈妈先天残疾，爸爸患有眼部疾病，视力不好，靠着种田、打零工维持全家的生活来源，所以，根本拿不出钱来为他做手术。于是，从 4 岁开始，小钦铎就再没有直立起来，支撑他行走的是两个膝盖。

2011 年，郑钦铎在村小学读四年级。从家到学校普通人只需要走 15 分钟，可是他却要“走”差不多一小时。因为他双腿膝盖以下的部分，难以支撑身体，长期的跪着行进，小腿骨骼早已畸形了。

由于跪行的缘故，郑钦铎的小腿磨出了厚厚的老茧，膝盖部位的皮肤比脚底皮肤还厚。尽管如此，他也不想放弃读书。尽管身体残疾，但丝毫不能影响他最喜欢的事——读书。所以，无论刮风或是下雨，小钦铎都会毫不犹豫地选择去学校，而且从不迟到早退。付出必有回报，郑钦铎的成绩在班级中一直保持在前几名。

郑钦铎刻苦学习的精神令人钦佩，他坚强的性格也让人印象深刻。有一次下大雨，郑钦铎爸爸没来接他，他没等没靠，毅然冒着雨跪行着走上了回家的路。

郑钦铎的班主任急忙跟了上去，看着泥泞中艰难移动的身体，班主任要背他回家，但是郑钦铎没有同意，他诚恳地对老师说："谢谢老师，您不可能帮我一辈子，我自己能行。"

这句话当时深深地震撼了班主任。尽管身体残疾，但是郑钦铎这种自强不息、顽强拼搏的精神令人敬佩和感叹。

班主任考虑到郑钦铎的身体原因，在上体育课时，让他在教室自习，不必去操场。可是郑钦铎不要特殊照顾，每次上体育课都坚持和同学们一起去操场。有一次，全班同学进行 400 米短跑，郑钦铎用膝盖坚持"跑"完了全程。

在学校里，为了照顾郑钦铎，很多事情老师都不安排他做，例如擦黑板、扫地等，都不排他值日，但是他坚持跪在凳子上擦黑板，抢着倒垃圾，尽量不搞特殊化……在学习中，他会主动帮助成绩落后的同学辅导功课。每天回家，他还要帮妈妈做饭、洗碗、打扫卫生。他总说："别人能做到的，我也能做到。"

后来，"跪行上学少年"郑钦铎的感人事迹被媒体报道之后，社会上的许多爱心人士纷纷为他筹集善款，以便能帮助他早日完成手术治疗。

郑钦铎非常感激社会各界热心人士的帮助，他说："感谢所有帮助过我的人，如果我能够康复，一定会更加努力读书，将来回报社会！"

2011 年暑假，12 岁的郑钦铎终于被送到了人民医院进行治疗。医生给他的双腿分别做了手术，都非常成功。他的两条腿能够直立了，甚至还能缓慢地移动。

在身体恢复期间，郑钦铎依然坚持上学，他学习的劲头比以前更足了，脸上的笑容也逐渐多了起来。在这段时间，爸爸每天都会骑着摩托车接送他上学，以减轻他身体的压力，帮助郑钦铎尽快恢复健康。

郑钦铎的班主任说：“虽然我是老师，但是在做人、意志力方面，我还是要向这个学生学习。第一次见他在村子里跪行时，他每前进一步，我心中都会涌起一阵酸楚。无论是夏天地面被烈日炙烤得烫人，还是冬日里冰冷刺骨，都不能阻挡他求学的欲望。”

郑钦铎最大的愿望就是长大后能够成为一名医生，去帮助那些像他那样需要帮助的人。幸运的是，人们的关心给了这个孩子新的希望，他直立行走的愿望不再遥不可及，他离自己的梦想越来越近了。

励志寄语：

生活中，常常有太多的不幸、太多的悲剧发生在我们身边。这些悲剧的主角，要付出比我们常人艰辛数倍的努力，才能勉强和我们一样地学习、工作，但他们却努力做到了极致。我们应以他们为榜样，懂得珍惜，努力学习，勤奋工作。

把弟弟背进大学学习

在内蒙古草原上，有这样一对孪生兄弟，弟弟因病丧失了行走能力，从小学到大学，哥哥一直背着弟弟，不离不弃。后来，这对生活在贫寒家庭的90后“背学”兄弟的事迹在网络上传开，令很多人感动。

2010年，兄弟俩同时考取了当地农业大学，一个在能源与交通工程学院，一个在计算机与信息工程学院。学院特意将他们安排在同一间宿舍里住。

哥哥说："他只要有课，我就送他去。因为我要不去，就感觉挺对不起我弟弟的。我必须得和我弟弟在一所大学里念书。"

在哥哥的影响下，弟弟开朗、乐观，身体的残疾丝毫没有减弱他对知识的渴望。弟弟说："父母把我生下来，可以说给了我生命，学习和生活是我哥哥给的，我哥哥给了我第二次生命。我要给父母兄长争口气，也给自己争口气。"

在哥哥看来，他并没有觉得这是什么负担，而是成了一种习惯。这几年兄弟俩的学习和生活几乎融为了一体。只不过上初中时，宿舍和教室是平房，照顾弟弟容易一些。上大学后，由于不在同一专业，哥哥每天得先把弟弟送到教室后再去自己的教室，越来越高的楼层不断挑战他的体力极限。

工作于一所高校的一位网民和他的朋友，一起自驾车用了一天时间赶到了兄弟俩的家乡。妈妈热情地把远方来客领进了屋子。

屋子墙壁上张贴着兄弟俩儿时的照片，记录着那个快乐的童年。但是在1994年，不幸降临在了这个家庭。4岁的庄汇泉不小心摔了一跤，右膝疼痛难忍。去当地几家医院看，都给不出结果，于是爸爸便带着孩子踏上了去北京的火车。

经过一系列检查后，医院的诊断是强直性脊柱炎，治疗方案是截肢。爸爸坚决不同意，最后同意把孩子右膝盖里的骨膜切除。也就是说，小汇泉的右腿再不能回弯了。

小汇泉在住院时，瘦弱的爸爸就在北京建筑工地上拼命赚钱。别人一个月干30个工，他硬是加班多加出15个工。出院后的小汇泉在8岁那年右脚踝又开始疼痛起来。更不幸的是，哥哥庄宏泉也患上了强直性脊柱炎，虽然没有那么严重，但也要开始吃药。

爸爸不断地带着兄弟俩走南闯北看病。

由于经济困难和看病拖累，兄弟俩的小学上得断断续续，直到五年级时才正式上学。每学期开学，爸爸就去学校为孩子买回来整学年的书。兄弟俩一边照着书上的例题学习，一边研究教材里的小制作，以排遣生活的苦闷。

“让哥哥在家照顾弟弟是借口，其实是没钱供他们读书。”妈妈说，两个孩子从小特别爱学习，每天邻居家小孩放学，哥哥就跑去看看，问问今天学了什么。

有一次，哥哥跟妈妈闹情绪：“我都 14 岁了，妈，我想继续上学！”妈妈强忍着泪水安慰孩子说：“再等等。”后来，仅有小学文化的妈妈，用自己微薄的知识给孩子补课。

有一次妈妈告诉俩孩子怎么做乘法，结果兄弟俩把除法也算了出来。于是妈妈决定，再难也不能耽误孩子的学习了，还是得把孩子送到学校学习。

妈妈每个星期都会到学校看孩子，她哽咽着说：“有一次，我站在学校大门外，看到哥俩穿得破破烂烂，哥哥脸上摔得青一块紫一块的……我和他爸想干脆别让他们念书了。可是，看到孩子上了光荣榜，看到他们那么认真地读书，我和他爸又不忍心了。”

后来，总算熬到了兄弟俩考上了大学。哥哥上了二本分数线，但是弟弟就差 20 分没上线。在家里，兄弟俩第一次“翻脸”。倔强的弟弟怕自己拖累哥哥，就对哥哥说：“你走你的，别管我！”

哥哥也很生气地说：“不念书咱们靠什么？怎么还人家钱呢？咱们就再学一年吧！”

这个时候，姐姐大学毕业开始参加工作，兄弟俩的药费全部由姐姐负担了，家里的担子也减轻了一点。于是兄弟俩终于一同走进了大学。这成了父母最自豪的事情，可是学费又成了大难题。

整个暑假，兄弟俩都在帮爸爸剪羊毛。上学前一天，爸爸卖了家里的 40 只羊。自从媒体报道后，社会爱心人士开始了接力。

有人通过中国红十字会捐了7万多元给弟弟看病，还有网民寄来了棉服。

弟弟说，从小到大，除了父母和哥哥的疼爱，身边总有好心人帮助他。他也曾怨恨过自己，不过，他逐渐学会了适应生活，逐渐相信自己的奋斗。

哥哥也曾经说："弟弟站起来不是我的一种解脱，而是我的一种快乐，当我弟弟重新站起来的那一刻，我想我的家人以及老师、同学还有关心我们俩的人，看到我们俩在一起欢乐地玩耍，他们在心里也会像我一样高兴的。"

励志寄语：

"背学"兄弟虽然家庭贫困，但却没有停止过对知识的渴求。他们热爱学习、勤奋努力，一直在努力为美好的未来顽强拼搏，相信他们定会创造美好的未来。

不惧艰辛打工赚学费

2015年7月21日，高考已经过去，大多数考生都抛开了学习的压力，开始一边轻松地休养身心，一边愉快等待着大学录取通知书的到来。然而，在河北某地却有一位叫董泽涛的学生，他在填报志愿后就开始了紧张的打工生活。

董泽涛的父亲外出打工，母亲在家照顾他和姐姐小瑜上学读书，本是很幸福的家。但是，在泽涛刚刚升入初三，姐姐考入大学的 2011 年，一场意外的灾祸，使他的一家陷入困境之中。

这一年，他的母亲查出患有癌症，需要入院治疗。

为了给母亲治病，爸爸花光了积蓄，还借了一大笔债，然而，医院最终还是没有治好她的病。2012 年 6 月，泽涛母亲永远离开了他们。

看着母亲的遗体，泽涛的泪水“哗哗”流个不停。从此后，家里没有了慈祥的妈妈，他们回家后再也吃不到妈妈做的热饭，再也喝不到妈妈烧的热茶了……

母亲去世了，生活还要继续。父亲又去了建筑工地，姐姐也上了大学。而泽涛在同年 9 月，考上了县里最好的中学，结束了义务教育，成了一名自费的高中生。

紧张的学习，生活的压力，让泽涛变得非常压抑。在学校，同学们很少看见他的笑容，除了上课、学习，他也不愿与谁交流。这种反常情况不久被班主任察觉了。

班主任了解到泽涛的家庭困难后，千方百计地从生活上、学习上给予他关怀和帮助，还帮他申请了助学金。老师的关怀，让他感受到了久违的温暖，他暗暗鼓励自己振作起来。

泽涛的心情刚刚有所好转，他的父亲又出事了。在建筑工地打工的父亲，干活时腰受了重伤，从此再也去不了工地了。这对于一个才失去母亲的家庭无异于雪上加霜，今后的生活费用从何处来？

为了让泽涛安心学习，正在上大学的姐姐扛起了养家的重任，她业余时间做家教，暑假直接到工厂打工挣钱。受了伤的父亲心疼女儿，也出去找点轻活干，赚点生活费，维持着家庭的花销。

泽涛非常清楚家里的经济状况，在学校，能省的钱，他决不乱花一分。有时候，他接过父亲手上带着汗味的钞票时，会感到很惭愧，觉得自己都是大人了，还要花钱家里的钱。但是，为了学习本领，他又不能不接受。为了省钱，他每天省吃俭用，上课时常常饿得眼冒金星。

虽然如此，泽涛却没有放松学习，2015年高考，泽涛考出了572分的好成绩，远远地高出了一本分数线。高考一结束，泽涛就决定自己打工挣学费。

他选择在一家东北特色菜馆打工，每天的工作是收拾餐桌、打扫卫生，虽然不是重体力劳动，但是一天八小时干下来，他也感到浑身疲惫。

然而，泽涛咬牙坚持下来了。他想到自己的姐姐，一个女孩子，在工厂每天工作十多个小时都能坚持，自己一个男子汉，怎么也不能输给了姐姐。他决定要和姐姐一起担负起养家的重任，让受伤的爸爸今后能够轻松一些。

经过高中三年艰苦生活的历练，泽涛对于未来有了一个清醒的认识，他觉得自己今后无论是在生活或是学习中，都要做一个强者，不管遭遇什么样的状况，都要勇往直前去争取胜利。

励志寄语：

泽涛为了学习，刚出中学校门，就开始打工赚学费。生活的磨炼没有压倒倔强的董泽涛，他在困难中顽强拼搏、勤奋学习，用坚强和毅力为自己赢得了进一步学习的广阔天地。

逆境中完成学业

女孩孙莎莎 8 岁那年，她的妈妈不幸患上了类风湿性关节炎，从此生活不能自理。为了给妈妈治病，家中早已债台高筑。

半年后，不堪重负的爸爸又离家出走了。于是，家庭的重担全都落在了孙莎莎的身上。从此，小小年纪的她就一边照顾妈妈，一边刻苦学习。

孙莎莎没有灶台高，就踩着板凳煮饭。妈妈生活不能自理，她就替妈妈穿衣服、洗衣服；家里的两亩地，也是她一个人种。

孙莎莎放学后的第一件事，就是到地里干活，因为这是她们母女俩唯一的生活来源。孙莎莎和妈妈的生活费有时一个月只有 50 元钱，她们吃得最多的，就是别人扔掉的菜叶。

2002 年秋天，家家户户都在忙着刨花生，11 岁的孙莎莎也去收地里的一亩花生。由于力气小，拿不动镢头，她便用手一颗一颗地拔，再把漏掉的花生一个个挖出来。看着别人家一大帮人干得火热，她一个人边哭边干，最后又困又累趴在地里睡着了。

傍晚突降大雨，妈妈见孙莎莎还没有回来，便匆忙拄着拐棍，步履蹒跚地走出了家门，刚走出不久，就一头摔倒在湿滑的路上，再也爬不起来了。

瓢泼大雨中，妈妈一遍遍呼喊着莎莎的乳名。几小时后，孙莎莎推着两袋子花生从雨中走来，看见坐在地上已泣不成声的妈妈，她扔掉车子，疯狂地跑了过去，母女俩抱着哭成了一团。

冬天家里冷得像冰窟，妈妈的病加重了，疼得整夜整夜无法入睡。于是，孙莎莎就把妈妈的脚放在自己怀里取暖，她一边帮妈妈按摩，一边陪妈妈说话。

苦难不但没有压倒孙莎莎，反而激发了她好好学习，追逐梦想的决心。初中三年，她没有买过一本练习册，用的课本都是借上一级同学用过的旧书。但是，她的学习成绩却是年年第一。

2005 年，孙莎莎以 600 多分的好成绩被当地一中提前录取，她既高兴又忧愁，高兴的是她距离完成学业的梦想又近了一步，忧愁的是学校离家有 30 多里地，生活不能自理的妈妈一个人在家怎么办?

一边是需要照顾的妈妈，一边是自己盼望已久的求学机会，几经考虑，孙莎莎为了完成学业的梦想，她毅然决定背上妈妈到学校附近租房上学。

当莎莎把想法告诉妈妈时，要强的妈妈却不忍再拖累女儿，甚至对莎莎发起了火。

莎莎紧紧攥住妈妈颤抖的手说："妈妈，你一个月吃不上几顿热饭，衣服没法换洗，叫我怎么能安心学习啊？妈妈，你知道吗，你是女儿的全部啊！你要是再不爱惜自己，我就成孤儿了！有你，我才有前进的动力啊！"

声泪俱下的莎莎最终说动了妈妈。于是，一中校前一间不足 10 平方米的低矮平房就成了她们母女俩的家。在这所小出租屋里，孙莎莎和妈妈一同度过了高中三年的学习生活。

高中三年，孙莎莎每天早晨 5 点便起床做饭，然后帮妈妈穿好衣服、洗漱，再等妈妈吃完饭，匆匆收拾一下，就背上书包跑向学校。

每当中午的放学铃一响，孙莎莎第一个冲出教室，回家做饭、洗衣服。晚上 9 点半下了晚自习，她先帮妈妈按摩疼痛的关节，安顿妈妈睡下后，再开始复习一天的功课，睡觉时往往已接近凌晨。

高中生活是异常紧张的，孙莎莎心里的苦和累从来没有和别人说起过，日记是她最好的倾诉对象，她在日记的扉页上写道：

真正的强者，不是流泪的人，而是含泪奔跑的人！

我好想在生日的时候也吃奶油蛋糕，好想让妈妈带我出去玩，老天爷啊，求求您赶紧让妈妈的病好起来吧……

在日记中，更多的是她在累得快要撑不住时，对自己说的鼓励话：

我现在没有好吃的不要紧，以后我会有的！妈妈活得比我苦，被病痛折磨了十多年，我一定要好好学习，让她过上好日子！

“开学第一天放学后，莎莎告诉我，在交学费的柜台前，感觉嘴角都‘咧’到耳朵根了，但是，她没有哭出来。”妈妈一回忆起莎莎当年没有钱交学费的情景，心里就像打翻了五味瓶。

后来，孙莎莎的事迹渐渐被人熟知，社会各界纷纷伸出了援助之手。孙莎莎发誓，她一定会加倍努力，报答这些帮助过她的好心人。靠着这种不向命运低头的精神，她不但出色地完成了高中学业，而且还以优异的成绩考上了师范学院。

这一次离家更远了，孙莎莎在离师范学院 300 多米的地方租了一间 7 平方米左右的小房子，算是和妈妈在异乡安了家。

一张由四个水泥墩支起的简易床、一条被子、一个塑料简易衣橱、一张小方桌，桌上堆放着好几本从图书馆借来的书，一个案板，还有一些瓶瓶罐罐……

为了赚取妈妈的医药费、生活费和每月 120 元的房租，孙莎莎参加了学校提供的勤工助学，她利用每天中午和晚自习放学的时间打扫教室卫生，利用周末的时间到社会上发广告宣传单、做促销，以赚取微薄的酬劳补贴家用。

妈妈含泪说道：“莎莎还偷偷地承揽学生洗衣服的活，在冬天，我看见她那双红肿的手，心里真的不忍啊！为了节省开支，莎莎已经五六年没有买新衣服了！”

在莎莎的细心照顾下，妈妈的病已经有了好转。以前整日卧床不起，连吃饭都靠人喂，现在不但能够下床走动，精神状态也比以前好了许多。在这4000多个日日夜夜里，孙莎莎为妈妈开启了一个个充满希望的明天。

孙莎莎心中有两个愿望：一个是努力把妈妈的病治好，让妈妈开心地生活；一个是好好学习，掌握本领，将来既要报答那些帮助过她的好心人，更要做一个对社会有用的人。

孙莎莎在精心照顾母亲的同时刻苦学习，积极上进，在大学一年级她就顺利通过了学校组织的七千英语单词的测试，还通过了英语四级考试。期末考试中，她取得了专业排名第六的好成绩，还被推选为学校现代视觉文化研究社的理事和班里的生活委员。

大学三年级时，她光荣地加入了中国共产党，那年入党的，班里就她一个。大学毕业后，孙莎莎应聘到一家汽车服务公司工作，美好生活的大门终于向她打开。她没有停步，而是决心继续努力学习，向新的人生目标奋勇前进。

励志寄语：

女孩莎莎尽管过早地经历了世间的辛酸，却始终保持着乐观向上的心态，在逆境中刻苦学习，不懈努力，终于迎来了曙光，也实现了自己的人生理想。

轮椅上延续的求学梦

农村女孩代响玲10岁时被一场车祸无情地夺去了双腿。后来，经过医院的紧急治疗，才保住了她的生命。

出院的时候，爸妈骑着家里破旧的三轮车来接响玲。10多里的路坑洼不平，颠簸得厉害。对刚出院的她来说更是一种煎熬，因为每一次颠簸都带给她身体上剧烈的疼痛。

从医院回到家，很多人劝响玲放弃学业，待在家里。可她不想放弃上学，于是妈妈开始背着她踏上了求学路。

重新回到学校，响玲已不能像其他同学一样蹦跳玩耍，常常一个人默默地坐在教室里发呆。妈妈看了，常常躲在角落里偷偷地抹眼泪，这被响玲发现后，她知道自己应该乐观起来，不应让妈妈担心。

在这期间，有很多好心人给响玲讲张海迪自学成才的故事，她被张海迪的事迹震惊到了：原来，大千世界中不幸的并不只有我一个人；原来，在不幸中也可以创造出不平凡！我要以张海迪为榜样，我要好好学习，不再让妈妈流泪，更不要让那些关心我的好心人失望。

升入中学后，离家远了，每天天刚蒙蒙亮，妈妈就用三轮车把响玲送到学校，然后再赶回家做农活，晚上再将响玲接回家。

在校园里，班主任和同学们也经常推着她出去散步，班主任还经常打听她上课时的状态，鼓励她开朗起来。就这样，在老师和同学的关怀下，她日渐开朗豁达，越发坚强。

有一次，响玲在演讲中说："眼泪是我表达痛苦、发泄情感的方式，可是我没有颓废，而是学着在眼泪中变得坚强，因为有那么多人关爱着我，我是一个幸运儿。"

于是，学习成为响玲最大的兴趣，初中阶段她的成绩一直名列前茅，还荣获了政府颁发的“优秀春蕾女童”称号。中考时，响玲更是以全校第一名的成绩考入了中学。

当响玲接到高中录取通知书的时候，她却没有像其他人那样开心。因为家境不好，哥哥要上大学，学费不知道从哪里来。就在这个时候，学校免除了她高中三年的学费，并免费提供住宿，还在学校给她妈妈安排了一份工作。

然而三年的高中生活也不是一帆风顺的，响玲和妈妈付出了常人难以想象的努力。那段时间，妈妈每天除了背响玲去三楼上课外，还要做很多的卫生工作，并且还要照顾腿也受了重伤的爸爸。在妈妈无微不至的照顾下，响玲内心充满了感恩之情，她知道，只有好好学习才能报答妈妈。

于是，响玲把所有的精力都放到了学习上，在高考到来前的一段时间里，由于她拼命地学习，以至于身体常常出现问题。响玲后来在回忆那时的情形时，说：“头痛让我感觉就像脑缺氧一样；眼睛出水雾让我写字时模糊一片；关节疼痛让我握不紧笔杆；腿部伤口疼得让我坐不稳，只能靠各种药物来维持……”

即使在最热的天气，响玲都没有穿过一天短袖衫，而是穿着厚厚的长袖衫来包裹身体，希望减轻身上的痛苦，那时，这个坚强的女孩在痛苦中常常掉眼泪。

2009 年，响玲以优异的成绩被一所财经大学录取。接到录取通知书的那一刻，响玲既高兴又担心，她一贫如洗的家该如何负担她大学的一切开支呢？她一个无法行走的人又如何适应大学的生活呢？

但当响玲来到大学后，她知道她的担心是多余的。学校的领导和辅导员老师热情地接待了响玲，大学生志愿者为她搬送行李，帮她办好入学的各种手续。学校为她减免了大学四年的学费，为她和妈妈单独安排了一间宿舍，还为她每个月提供 200 元的生活补贴。

学校为了方便代响玲上课，还把她上课的地点都调在了一楼的教室。代响玲的生活迎来了全新的一页。

由于教室的桌椅都是固定的，排与排之间很紧密，响玲的轮椅又大又笨重，不能推到桌前，因此她只好把轮椅停在教室的过道上，趴在桌子的侧边缘来记笔记听课。需要大量书写时，她就在轮椅上搭块板子当桌面。对她来说，每一个上课日都须面对一个个的挑战。

响玲求学中最困难的事并不是行动上的不便，而是上厕所。她每天都忍着少喝水，人们眼中最普通的水在她眼里却是种奢侈品，因为那会增加她上厕所的次数。

久坐之余，响玲时常感到头痛、眼睛出水雾。关节部位、旧伤口也时常剧烈地疼痛。这些精神和肉体上的痛一直在折磨着她。她在日记中写道：为什么老天要一次次地摧毁我的健康？我只是想快乐地学习……

但是，响玲没有颓废屈服，头痛了就歇一歇，眼睛出水雾了就揉一揉，关节和伤口疼痛了就咬紧牙关坚持着。

在这种情况下，响玲的学习成绩一直相当优异，大一期末考试，她取得了全系第一的好成绩，还获得了众多奖项。

在大一第二学期，响玲荣获了2009年度“中国大学生自强之星”提名奖以及“大学生新东方自强奖学金”。在学校第三届“感动校园人物”评选中，她以总投票数第一的明显优势被评为“感动校园人物”。

响玲说：“每当我在校园中用双手费劲地划着轮椅去上课时，沿途会有同学投来惊异的目光，可我并不觉得尴尬，相反，我心中油然而生的是一种自立自强的骄傲！”

响玲在去教室的路上也常常有热心的同学问她是否需要帮助，她总是微笑着回答说“不用，谢谢”，然后自己继续奋力向前划去，她坚强的背影成为校园中最美丽的风景。

曾经有同学问她："举手之劳的事儿，你为什么不让我们帮你推轮椅去上课呢？"她回答说："我要学会自强自立，我要做一个大写的'人'！"

代响玲自立自强的行为也在悄然感动和激励着同学。一位女生道出了很多学生的心声："我曾经抱怨父母没有给我提供优越的条件,但看到响玲的生活,我感到非常羞愧。她让我学会了知足，学会了感恩……"

2010 年 5 月 15 日，政府领导到大学视察。在校图书馆，看到坐在轮椅上的响玲，领导微笑着走过去，亲切地握着响玲的手，询问她学习和生活情况，勉励她努力学习，早日成才……提起这次经历，响玲觉得很幸福、温暖。

在 21 岁的青春季节里，不是谁都如春天那样色彩斑斓。代响铃说："虽然生活缺了一角，可是世界依旧精彩。身体的残疾，并不代表心灵的残疾。我们可以自立自强，好好地活下去，为社会贡献自己的一分力量。"

响玲希望，自己可以创办一所残疾人的学校，把别人给她的爱，好好地传递下去，让更多残疾人享受到学习知识的权利。因此她节约每一分钱，珍惜每一次学习机会，努力朝着梦想在奋斗。

代响玲这样描述自己以后的人生征程："我渴望有和别人一样正常、美好而又精彩的生活，更希望人们不要把残疾人当成无用的人或者是弱者。因为轮椅上的青春一样灿烂，轮椅上的梦也可以飞翔。"

励志寄语：

自强自立的代响玲没有被失去双腿的逆境吓倒，而是珍惜每一次学习机会，在艰苦的环境中顽强拼搏，刻苦学习，在轮椅上谱写了一曲催人奋进的青春之歌。

Chapter

第四章

读书改变命运

书籍是人类思想的宝库。读书是成就人生梦想的风帆，能够鞭策我们不断地前进，能够照亮和指明我们前进的方向，从而获得幸福的生活。要想挑战命运，改变未来，我们除了读书，别无选择。

学徒工当上科学家

法拉第是英国著名的物理学家和化学家。在他小时候，家里生活是很贫穷的，父母根本没有钱供他上学，法拉第不得不早早地在一家印刷厂当学徒工。尽管这里工作很辛苦，可是，小小年纪的法拉第很快就喜欢上了这里，因为印刷厂专门印刷书籍，这给渴望读书的他提供了多么大的便利啊！

一天，一本新书《化学问谈》送到厂里来印刷，法拉第一下子就喜欢上了这本书。工友们都下班了，他就一个人靠着窗子，专心致志地阅读起来。天黑了，法拉第还在阅读。

忽然,法拉第听见有人敲窗子,原来是妈妈。法拉第惊奇地问："妈妈，家里出什么事了吗？您怎么到这儿来了？"

看到法拉第这么喜欢读书，妈妈很难过，也特别希望自己有能力供法拉第去上学，可是家里条件实在太窘迫了。妈妈心疼地说："天黑了，你这样看书会把眼睛看坏的。孩子，跟妈妈回家吧。"

法拉第激动地站起来，说："妈妈，我今天发现了一门奇妙的学问！我一定要弄懂它，我多么想成为一个有学问的人啊。"

妈妈听了，慈爱地说："孩子，爱学习是一件好事情，可是，今天确实太晚了。"法拉第只得恋恋不舍地放下书，跟着妈妈回家了。

好心的老板对法拉第很好，也支持他读书。在这样的环境下，法拉第更加孜孜不倦地读书了。他喜欢读的书除了《化学问谈》外，还有一本是《大英百科全书》。

法拉第通过看书，了解到一根玻璃棒在毛皮上摩擦几下就能吸起纸屑，而这正是“电”。《大英百科全书》中还说，可以把电贮存起来，贮存多了就可以“啪”的一下放出火花，像天上的雷鸣、闪电一样。法拉第看着这些，渴望亲自动手做实验弄懂这些科学道理的心情愈加强烈起来。

可是，做实验要有仪器和药品，穷学徒哪来的钱呢？

法拉第并不灰心，他一有空就到药房去拣人家扔掉的小瓶子，用省下的零花钱买一点便宜的药品。渐渐的，他把自己居住的小阁楼简直改成了实验室。书上说，贮电瓶和充电机要用两个大玻璃瓶，可他拣的瓶子都太小了。

一天，在一家旧货铺里，法拉第看到了合适的大瓶子。他一点点把钱攒起来，每天都去看看，这两个瓶子还在不在。总算有一天，他凑够钱买到了这两个大瓶子，像捧宝贝一样把瓶子捧回了阁楼。

每天晚上一下工，法拉第就钻进那间阁楼实验室，点上一支蜡烛，开始做实验。他面前摆着一个本子，本子上面都是用工整的小字抄录的《大英百科全书》和《化学问谈》上的电学和化学实验步骤。

书上说，把锌放到盐酸里，能放出一种可以燃烧的气体。法拉第照着做了。果然，“扑”的一声，烧起来了，冒出蓝色的火苗。法拉第又照着书上的记载，做了有关放电的实验，明白了雷电是怎么回事。看到实验成功的那一幕，他高兴得如痴如狂，拍着手在小阁楼上又跳又叫：“成功了！我成功了！”

法拉第坚持不懈地研究科学知识，后来终于发现了电磁感应现象、电解定律等，为科学做出了巨大贡献。人们称他是“世界上最伟大的电学家”。

励志寄语：

“读书改变命运”并不是一句口号，而是需要付诸实实在在的行动。尽管生活条件极差，法拉第却坚持着自己的读书梦想，抓住一切机会读书学习，终于改变了自己的命运，成为一个举世闻名的科学家。

自学成才的化学家

汉弗莱·戴维于1778年12月17日出生在英国一个不富有的家庭里，他的母亲抚养着五个小孩，日子过得很窘迫。

戴维从小就很聪明，总想着探讨、研究点什么新鲜的东西。老师也经常夸奖他天赋高，学习勤奋。读完小学后，父亲送戴维到彭赞斯读书了，戴维寄住到了约翰·汤金外祖父家里。

城里的药剂师们配制药物时发生的各种奇异的变化，强烈地吸引着戴维。此后，戴维常常一个人偷偷地躲进顶楼，用碗、杯和碟做器具，学着做起实验来。

有一次，戴维险些把楼给点着了。事后，他遭到了外祖父的责骂。但是，这丝毫也没有减弱他对化学实验的兴趣。他希望自己有一天也能有自己的实验室，做各种各样的实验。

父亲的突然逝世，破坏了戴维美好的设想，少年戴维沉默地把自己平时喜欢的化学实验仪器收到一个大柜子里。母亲已无法给他支付买化学药品的钱了。为了养活五个孩子，她甚至卖掉了小农庄，带着戴维的弟弟妹妹迁居到彭赞斯来了。

母亲开了个小小的帽店，但经济上还是不宽裕。因此，虽然戴维未成年，但他需要靠自己的劳动来帮助母亲。母亲知道戴维很喜欢生物，也喜欢化学实验，于是决定送他到一位叫约翰·博莱斯的先生的药房去工作。

博莱斯先生是个好医生，在他那里，戴维可以边工作边学习，他很喜欢这个工作。可工作一段时间后，他才发现，自己的知识太浅薄了。于是，戴维趁工作之余的空闲时间，开始勤奋学习，认真阅读前辈化学家的一些化学著作。

凡是著作中讲过的实验，他尽可能地一一试验；凡是好书，他都想办法借到，他就这样如饥似渴地汲取着化学知识的甘泉。遇到学识渊博者，他还主动求教。

后来，有幸结识了发明家瓦特的儿子小瓦特，戴维便被推荐到一个大城市的气体疗病研究所，做了实验室管理员。戴维在这里有了更好的学习和实验机会，他感到很满意。不久，好学的戴维自己制取了一种叫“笑气”的气体。有人认为它是一种有毒的气体，也有专家认为它能治病。

戴维决定以身实验，做进一步研究。许多朋友都劝他，认为这样做太危险了。但是，戴维还是亲自吸入了这种气体。痛苦没有白受，戴维最终了解到这种气体虽然不能过量地吸入体内，但可在外科手术中少量吸入，可以用作麻醉剂。随后，他将这次实验的过程和亲身的感受，还有“笑气”的性质写成了小册子。

戴维的名声就随着“笑气”而宣扬开了。许多人争先恐后地来结识戴维，此时的戴维仅 22 岁。

戴维没有受过正规的教育，但他成功地发现了“笑气”，后来又成为举世闻名的化学家，这都是源自他对化学超乎寻常的兴趣和勤奋的自学。

励志寄语：

“好奇心，好学，敢于实践”，这三点特性几乎是每一个成功者的共性。只有好奇心，不善于学习者，难以成事；只喜欢学习，不敢于实践者，也难以成功。只有三点全部具备的人，才能创造人生的辉煌。

杂货铺学徒考进清华

中国著名的语言学家、教育家王力出生在一个书香门第。当他出生时,家境已经衰落了。他勉强读完了小学,就不得不辍学了。那一年，他才 14 岁。

王力失学以后，就在父亲开的小杂货铺里打杂，扫地、挑水、记账、擦柜台、卸货物等，什么活儿都干。忙完一天，腰酸腿疼得厉害，他真想爬上床去美美地睡一觉。可是，他也只是想想，并没有真的那样做。他想起小学的国文老师曾夸奖他的文章写得不错，他不甘心终止自己的学业，就忍着一天的劳累，伏在灯下，阅读家里残留的古诗文。经过这样长时间的自学，他在诗文和书法方面有了很大的进步。

那时候，在他的家乡，文人们逢年过节要聚在一起，进行对联比赛。王力每每都勇登赛场，并且常常出奇制胜，压倒了那些飘着胡须的秀才学士，夺魁中彩。王力的名字就这样闻名乡里了。

一位姓李的乡绅欣赏这位少年的才华，便聘请他当了私塾先生。

王力在姓李的乡绅家里，每天给孩子上完课后，便翻开自己带来的古诗文，细细阅读起来。一天，他看书看得疲劳了，便合上书本，到院里走走。

他无意中发现，在主人家一间破旧的仓库里，杂乱无章地堆满了书。他便走了进去，随手捡起一册，掸掸上面的尘土，读了起来。他竟读得入了迷，连晚饭也忘记吃了。

从这天起，他每天教完课，就会钻进这间仓库，像一名寻珍探宝的勇士一样，如饥似渴地翻阅着这堆书刊。他的求知热情，使主人深受感动。

主人对他说："那些书刊，还是先父在世时从广州广雅书院带回来的，放在那里也没人看，既然你那么喜欢，就挑一些拿回去读吧！"

这真是喜从天降，王力高兴得连声向主人道谢。第二天，他真的从中挑选了一部分，满满装了 14 箱，搬回了自己的住所。这 14 箱书，内容广泛，种类庞杂，大大开阔了王力的视野、充实了他的头脑，对他后来能在学业上得到深造，起到了至关重要的作用。

从此，王力一边教书，一边自学，不久就被学校聘为高小教员。这时，同他一起教书的一位老教师鼓励他说："平心而论，根据你的才智，做高小教员也委屈了你，你应该去上大学呀！"

老教师的鼓励，触动了王力一颗好学上进的心，在同事们的资助下，王力凑足了路费，告别家乡，奔赴上海，进一步深造去了。经过一年的认真准备，王力考进了北京的清华研究院。他虽然没读过中学，但是考试成绩很不错，在全部考生中名列第 24 位。这一年，王力 24 岁，正是他失学之后的第十个年头。

当时的清华研究院，师资力量雄厚，人才济济，著名学者梁启超、王国维、赵元任教授都在这里任教。

王力非常珍视这个学习机会，他坐在教室里，全神贯注地听着教授们讲课，细心领悟着，并暗暗定下目标，定要聚众家所长，搞好学业。

王力有自学的基础，又得到名师的指教，成绩进步很快。从清华研究院毕业时，他写了一篇题为《中国古文法》的论文，梁启超教授细细审读论文后，批了八个大字“卓绝千古，推倒一时”。

后来，王力在语言学的教学和研究工作中，做出了杰出的贡献，他的语言学著作也甚多。直到80高龄，他仍在继续从事研究和写作。

励志寄语：

没进过中学的王力通过自己的拼搏努力，不但考进了著名学府清华，还成为杰出的语言学家。他的经历验证了著名数学家华罗庚的一句话：“在寻求真理的长河中，唯有学习，不断地学习，勤奋地学习，有创造性地学习，才能越重山跨峻岭。”

脑瘫儿成为著名作家

爱尔兰作家克里斯蒂·布朗于1932年出生，可不幸的是刚出生不久便患了严重的大脑瘫痪症。这是一种自己痛苦，别人看了也难受的病。

一直到5岁，他还不会说话，头部、身躯、四肢也都不能活动。

父母带着他四处求医，可情况始终不见有什么好转。最后连家里人也失去了信心，认为他可能要这样过一辈子了。

有一天，躺在床上的小布朗正在看着妹妹用粉笔画画玩，他忽然伸出了自己的左脚，把妹妹手里的粉笔夹了过来，在床沿上乱画起来。

妹妹大声哭喊："给我粉笔！给我粉笔！"哭喊声招来了他的母亲。可母亲的眼光并没有停留在妹妹身上，而是落在了小布朗的左脚上。她高兴地惊叫道："他的左脚还能动！"

真是喜从天降！母亲从中看到了希望。于是，她开始教他用左脚写字。布朗的头脑并不笨，他第一天晚上便跟母亲学会了英语字母"A"。一年后，26 个字母全都能用脚写下来了。

他并没就此停止学习，而是更加刻苦，除了写字，还要看书。全家人省吃俭用，节省下钱来为布朗买儿童读物和文学名著。布朗渐渐对文学作品表现出了浓厚的兴趣。

随着布朗一天一天长大，他慢慢能说话了。他想要写信、做读书笔记，还想试着练习写作。这样一来，笨拙的左脚趾就不太胜任了。他对母亲说，他要一台打字机。

他的母亲迟疑地对布朗说："孩子，买了打字机，你怎么使用呢？你没有健全的手啊！你能学会用脚趾打字吗？"

布朗回答妈妈说："是的，妈妈，我没有健全的手，但我有一只健全的左脚，我要成为世界上第一个用脚趾打字的人！"

母亲想方设法替儿子买来了一架旧打字机。布朗把打字机放在地上，自己半躺在一把高椅上，用左脚按动了键钮。从此，他像着了迷一样，整天地练习。累了，就用左脚趾夹住笔画画。

由于脚趾掌握不好打字的力度，所以刚开始打出的字，不是模糊不清，就是打烂了纸。但布朗一点也不灰心。

他仍然热情不减地坚持练习，不管是炎热的夏天，还是寒冷的冬天，他都没有中止过一天。他的左脚趾因此而长出了老茧。

终于，他打出了力度适中、清清楚楚的字，而且还能熟练地给打字机上纸、退纸，还能用左脚趾整理稿件。

布朗学会打字后，写作的愿望变得更加强烈了。他把自己想写一部小说的想法告诉了母亲。母亲知道儿子是个有决心、有毅力的人，她也理解儿子的心情，可她知道写作比学习打字不知要难上多少倍，她担心儿子一旦失败会承受不了心灵上的创伤，她不想让这个不幸的孩子再受什么伤害，再平添更多的痛苦。另外，她也觉得，儿子还是个小孩子，没有多少生活阅历，有什么可写的呢？于是她劝慰儿子："孩子，你有雄心壮志，妈妈很高兴。但是，人生的道路是充满了各种坎坷的，不像你想的那么简单。我看你还是好好休养，读读小说，画画图画，玩玩打字机就行了，不要想得太多了。你现在年纪还小，等以后再说吧！"

"妈妈，人活着就应该有所追求。我是一个残疾人，丧失了生活中的许多乐趣，别人都看不起我，兄弟姐妹们也把我当成包袱。我要奋斗，我要让人们知道，我不是一个多余的无用之人。"

布朗常常躺在床上，静静地回忆着自己自记事以来不幸而坎坷的人生经历，也下定决心要把自己的生命历程写成一部自传体小说。他在心中不停地酝酿着。过了几个月，布朗已经用他的左脚打出了他第一部小说第一章的初稿。

他首先把它念给了自己的母亲听。母亲被小说里主人公的痛苦遭遇和坚强性格深深打动了，她流着泪水听儿子念完，然后把儿子紧紧搂在怀里，对儿子说："孩子，一定要坚持下去，我相信你会成功！"

不知经历了多少个日日夜夜，战胜了多少常人难以想象的困难，多少次的失败和挫折，终于，布朗在自己 21 岁的时候，完成了自己的第一部自传体小说。他给它取名叫《我的左脚》。他想在小说的标题中，就开门见山地告诉人们：他的左脚支撑起了他的整个生命，他的左脚在创造着自己不屈不挠的生活。

以后的日子里，布朗依然用那只左脚在文学创作的道路上不断拼搏着。16 年之后，他的又一部自传体小说《生不逢时》也出版了。这部小说感情真挚，哲理深刻，故事情节非常动人，语言像诗一般优美。作品一出版便震动了国内外文坛，成为一部畅销书。

克里斯蒂·布朗仅仅活了 48 岁。可他在短短的几十年里，靠顽强的意志，坚持不懈的精神同命运做斗争，用一只左脚把原来暗淡的人生变得辉煌灿烂。

励志寄语：

本以为会做一辈子躺在床上的脑瘫儿，可他用一只左脚奇迹般地扭转了自己的人生。命运掌握在我们手中，只要我们有不屈服的坚强意志，不放弃努力读书学习。

浪荡子转变成作家

塞缪尔·德鲁的传奇人生确实具有自己的特点。他父亲在康瓦尔这个地方以卖苦力养家糊口。尽管家境贫寒，他还是尽力送两个小孩在附近学校读书。塞缪尔却喜欢调皮捣蛋，上学三天打鱼，两天晒网。

塞缪尔糊里糊涂地混了八年，家里只好让他干体力活了。他在一个锡矿里用淘洗盘淘洗锡矿，每天所获不足四便士。在十几岁时，他去学了修鞋，生活的苦难每时每刻都不放过他，他无法逃避，只能忍受。正如他常说的："他就像犁耙下的一只癞蛤蟆。"

大约十七岁时，他的学徒期还未满，就不辞而别了。他在军队里待了下来，可是军队又能好到哪里去，他又溜了！只能重操旧业，混一口饭吃。

不久他移居普里茅斯，开始经营鞋子，但他还是无法安于这种平平淡淡的生活，每周八先令的收入在他看来太少了，他渴求在一夜之间暴富起来，加上他天性喜欢冒险，于是他铤而走险——搞走私，这次他差点把小命给丢了。

那天晚上天黑似墨，伸手不见五指，刚开始装货物，突然狂风大作，大海像要翻转过来一样。塞缪尔坐着的那条船翻了个底朝天。三个伙计即刻丧命，其余的人有幸抓住了那条翻船。正在庆幸自己捡了一条命时，他们发现这只船正向大海深处漂去，这一惊非同小可。

他们只好立即回头向岸边游去。这时距岸有两英里之遥，能否游到岸上就看个人的造化了。经过三个多小时的奋力挣扎，塞缪尔终于爬上了岸边的一块岩石。

偷窃人家果园、修补鞋子、耍棍棒、走私等各种无赖行为塞缪尔都干过。塞缪尔唯一感到庆幸的是，自己还活着。只要命还在，一切都可以重来。塞缪尔决心改过自新。他父亲把他带回了赛特斯特，并给他找了一份制鞋的工作。

他唯一的兄长也过世了，塞缪尔一下子感到苍凉了许多。于是他重新开始练习写字，试着看书。塞缪尔后来曾深有感慨地谈道："我真是读得越多，就越觉得自己真是无知。我越觉得自己无知，就越要用心去战胜它，我把所有的闲余时间都用来读书……”

塞缪尔决定依靠自己来经营，邻近的一位磨坊老板借了一笔钱给他，到年底他就还清了贷款。从此，塞缪尔一边工作，一边如饥似渴地学习经济学、历史学、哲学。除了从事制鞋和研究形而上学之外，塞缪尔成了当地的一个传道者，慢慢地，他成了这个地区的一个主要传道者。塞缪尔对政治有浓厚的兴趣，他的店铺成了当地政治家常来的地方。

他结婚成家后迁到了美国，但仍一如既往地工作学习。岁月的煎熬与自身的不断学习已大大地充实了塞缪尔的心灵，他这时的文学创作兴趣已转向理想化的意境。从今天保存下来的作品来看，他对寓于人体之中那些珍贵而不朽的精神作了深深的思考，字里行间洋溢着一股昂然向上的精神气息。

厨房就是他的书房，妻子的一台管风琴风箱成了他的书桌，在孩子们的吵闹声和“娱人耳目”的摇篮曲中他奋笔疾书。当时潘恩的《理性时代》一书已经出版，并引起了很大的轰动。塞缪尔写了一本小册子否定潘恩的观点。他后来常说正是《理性时代》这部书促使他思考，并成为一个名副其实的作家。

从此，他一发而不可收，好几本小册子从他的笔下飞奔而出。他仍然一边制鞋，一边写作，这时他文思泉涌。没几年，他的成名之作《论人类灵魂的不朽》一书出版发行了。这部书籍卖了二十英镑，这在当时看来已不是一笔小数目！该著作出版了好几次，一直很畅销。

有一段丰富的人生经历，是一个人最大的财富。就算这辈子他无法拥有许多金钱，也无法成为一个赫赫有名的人物，但他的内心世界比大部分人都精彩。

励志寄语：

年轻时的塞缪尔·德鲁可以说是一个浪荡子，他偷窃人家果园、耍棍棒、走私，各种无赖行为都干过。直到他的兄长去世后，他才幡然悔悟。但浪子回头金不换，他边工作边学习，用自己非凡的人生经历和理性思考，为社会奉献出一部部精彩作品，成为一个名副其实的作家。

刻苦勤学终成作家

唐弢是中国现代著名作家、评论家和鲁迅研究专家。他之所以取得如此伟大的成就，跟他的刻苦勤学是分不开的。唐弢家中祖辈务农，父母都不识字。唐弢父亲曾因没有文化吃过亏，决心将几间破屋典押出去，为儿子交学费。家乡曾有一些不怀好意的人扬言，搿锄头柄的人家决不会生出书香子弟来。他听后非常生气，决心向传统偏见挑战。13岁时，唐弢离开家乡进了上海的华童公学，寄住在舅舅家中。

初一时，他喜欢温庭筠、李商隐的近体诗。近体诗讲平仄和对仗，他很想有一部既标音韵，又释字义的辞书。当他的父亲从农村来看他时，他给父亲说了自己想买一部《辞源》的愿望。当时一部《辞源》要价四块银圆，比两担稻谷还贵。父亲用颤巍巍的手摸出四块银圆来，忍痛给他买下了书。唐弢深悔自己无能，不禁热泪涌出。

此后他学习更加刻苦，半年来写了近百首七言律诗和绝句。他又自学庾子山、陶渊明、曹操、曹植的诗，尤其喜欢背诵《古诗十九首》，有了疑问就查阅《辞源》，过了一年，又作诗百首。

由于生活所迫，唐弢只读完初二就辍学了，考入邮局当了拣信生。但他并没有停止读书学习，他把自己工资的大部分用于买书了，业余时间就读，也试着写文章，并把学写诗的经验推广到钻研其他学问上。

他深知自己知识底子薄，于是狠下功夫。别人花两天干的事，他就花三天；别人不需要查阅资料就懂了，他就多查参考书，或是请教别人，从不怕辛苦。

十年勤奋自学，终于使他成为杂文能手。在当时的环境条件下，由于文笔犀利，竟使反动派误以为他的文章是鲁迅化名写的。

有人就向唐弢请教自学成功之道，他说："我觉得，不承认上大学的重要性是不对的，反过来，只承认上大学能够解决一切，那也是非常偏颇的见解。在长期实践中，我的体会是：因循是自修的大敌。但是，急于求成又往往导致失败。对待学问需要有'韧'的精神，锲而不舍，持之以恒，相信时间终会将人带上成熟的道路。"这番话道出了他成功的经验，也概括了他刻苦勤学的艰苦历程。

励志寄语：

"对待学问需要有'韧'的精神，锲而不舍，持之以恒……"唐弢以自己的亲身经历道出了一个人对待读书、对待学问应有的态度。锲而不舍，金石可镂；持之以恒，水滴石穿；抱着这种"韧"的精神，读书求学的路上还有什么困难不能克服呢？

锲而不舍实现心中梦想

中国著名的核物理专家钱三强的成功不是偶然的，他的父亲是北京大学国文系的教授，他从小受到家庭的熏陶，很喜欢读书。

上中学后，有一天，他偶然得到了孙中山先生写的两本小书，一本是《三民主义》，一本是《建国方略》。其中《建国方略》里讲，要把黑暗、落后的旧中国建设成繁荣、昌盛的新中国，并勾画了一幅中国光明、美好的图景。这两本书深深地打动了他的心，他立志要学习科学，为祖国走向富强贡献力量。

当天晚上，钱三强找到父亲，郑重其事地说："我准备学工科！"

父亲支持儿子的决定，便问他准备怎么学。

他回答说："我准备考南洋大学。"

南洋大学，就是后来的上海交通大学。父亲又问："南洋大学教师讲课一律用英文，你现在学的是法文，怎么考啊？"

这一问，可把钱三强难住了。他找到几个同学商量了一番，终于想出了一个好办法。

过了几天，他又找到父亲说："我们几个同学商量好了，先考北大预科，然后再考南洋大学。"

父亲说："北大预科入学考试就考英文，你还是不成呀？"

钱三强决心说服父亲，于是把自己的想法告诉了父亲："我们听说，预科最重视的是数理化几门基本课程，至于英语的入学考试嘛，您跟主考部门说说，先考我们的法语，入学后，我们再补学英语，保证考上去，不然，就留我们的级！”

学校经过商讨，最终准许了钱三强和另外两个同学先考试法语，结果，他们以优异的成绩被录取了。

入学后的第一节课，课桌上放的就是英语课本，教师讲的是英语，同学们回答问题用的也是英语。钱三强突击了几天，掌握了一些英语单词，勉强能听懂几句。但是，往往是上句还没听懂，下句就接踵而至了。一堂课下来，老师究竟讲了些什么，他糊里糊涂，弄不清楚。

是继续学下去，还是半途而废？钱三强想起自己在入学前所做的保证。于是，他对父亲说：“不用为我担心，半年之内，我一定争取英语及格。”

钱三强说到的，他就决心做到。于是，他每天都会抽出很多的时间攻读英语，终日抱着一本英汉词典，反复翻阅着；他的笔记本上，抄满了密密麻麻的英文；就连走路，他也会背诵英语单词。在那段日子里，他从早到晚，想的、说的、写的都是英语单词。

暑去寒来，半年过去了。这一天，又举行英语考试，钱三强的成绩不仅及格了，而且超过了班里一些一直学着英语的同学。当他把英语考试卷送给父亲看的时候，父亲满意地笑了。

后来，他考入了清华大学物理系，毕业后到法国巴黎大学镭学研究所留学。在约里奥·居里夫妇的指导下，他首先发现了核裂变的“三分裂”现象。

他将这项重大的研究成果，分别用法文和英文写成长篇论文，同时在法国和英国发表了，引起国际物理界的高度重视。约里奥·居里夫妇欣喜地说：“这项研究成果，是第二次世界大战以来我们研究所取得的最大成果之一。”

当钱三强决心返回祖国的时候，约里奥·居里夫妇又在他的鉴定书上写道：“我们可以毫不夸大地说，近十年来，在我们指导下的这一代科研人员中，钱三强是最优秀的！”

励志寄语：

“世上无难事，只要肯登攀”，在我们学习知识的道路上，隐藏着各种各样的“拦路虎”，它们貌似强大，实则虚弱，只要我们不畏艰险，不怕困难，勇于向它们挑战，就一定能战胜它们，取得最后的胜利。

一个故事改变人生

陈景润是我国著名的数学家，他的人生发生转变，还得归结于在一次课堂上听了老师讲的一个关于数字的故事。

陈景润自幼喜欢数学，在老师的鼓励与帮助下对数学更加痴迷，从而与数学结下了不解之缘。

在进入福州英华书院念高中时，陈景润的班主任是中国航空学会理事长沈元先生。沈元老师学问渊博，有一次，在数学课堂上，沈老师讲了整数的性质后，又绘声绘色地给大家讲了一段故事：

200 年前，有一位名叫哥德巴赫的德国数学家，指出了一个数学现象：凡是大于 2 的偶数一定可以表示为两个素数之和。比如，4 = 2 + 2，6 = 3 + 3，8 = 3 + 5……这位数学家对许多偶数进行了确实的验证，却无法进行逻辑证明。后来，数学界将其称为“哥德巴赫猜想”。

对这个“猜想”的证明不仅难倒了哥德巴赫，也难倒了成千上万的数学家，连数学大师欧拉经多年计算，直到死也没有证明出来。于是，有位数学家认为这是现代人智力解决不了的一个问题……

沈老师最后说："如果这个'猜想'得到证实，便可以大大丰富人们对整数之间关系的认识，把人们的逻辑思维能力大大提高一步。这是一颗数学皇冠上的明珠，你们能有志气把它摘到手吗？"

教室里爆发出一阵哄堂大笑。在笑声中，同学们态度迥异：有的冲动，有的木然，而陈景润却由此激起了求知的欲望。

千里之行始于足下，陈景润胸怀希望的种子，更加专心地读书学习、演算习题了，他决心打好基础，希望有一天能突破这道难关。

陈景润常常不仅能准确地完成老师布置的作业，而且愿意多做些习题。有一次，老师布置了 33 道题，让同学们选做 10 道，而陈景润的作业本里，却工整地做好了 33 道题。他学习数理化不满足于学懂，还把概念、公式、定律一字不漏地记住，认为这样才有利于学会弄懂，运用自如，触类旁通。

陈景润还特意锻炼自己的记忆力。本来背大量英语单词已叫不少人头疼，但他还下苦功夫，把一本化学书背得滚瓜烂熟，受到老师和同学们的称赞。

陈景润经过孜孜不倦的努力，提前完成了学业，还被调到北京中国科学院数学研究所工作。经过 10 年的准备，陈景润向数学皇冠上的明珠发起了冲击。

在他之前，匈牙利数学家兰恩易、我国数学家潘承洞和王元先后证明了哥德巴赫猜想中的（1+6）（1+5）（1+4）之后，1965 年又有三名外国数学家证明了（1+3），其后此项研究又告停顿。

陈景润多年来用筛法研究"圆内整点问题""球内整点问题"等的成功实践，使他相信可以用筛法解决哥德巴赫猜想问题，只是需要进行大量的烦琐计算。外国科学家证明（1+3）用的是大型的、高速的计算机，但我国当时还没有这种设备。

现在，陈景润要证明（1+2），只能用笔一点一点地进行计算。这在外国同行看来完全是天方夜谭，陈景润却认为没有什么不可能。他天生有这样一种拼劲，决心用毕生的精力去摘取这颗数学皇冠上的明珠。

为了实现自己的理想，陈景润的生活路线变为“两点一线”：宿舍和食堂。在他那间小小的宿舍里，桌面上、地板上、床铺上、木箱上，放满了他的计算稿纸。他把这些稿纸小心翼翼地装进麻袋里，堆在床铺底下。

他为此而付出了很高的代价。著名作家徐迟这样描述：

> 他的两眼深深凹陷了。他的面颊带上了肺结核的红晕。喉头炎严重，他咳嗽不停。腹胀、腹痛，难以忍受。有时已人事不知了，却还记挂着数字和符号。他跋涉在数学的崎岖山路，吃力地迈动步伐。在抽象思维的高原，他向陡峭的巉岩升登，降下又升登！……他气喘不已；汗如雨下。时常感到他支持不下去了。但他还是攀登。用四肢，用指爪。真是艰苦卓绝！

经过不懈的努力，陈景润终于踏上了（1+2）的台阶，写出了200多页的论文。1966年5月，中国科学院的刊物《科学通报》第17期上宣布，我国数学家陈景润已经证明了（1+2）。有数学家给他写信，说：“你移动了群山。”

他的研究成果，国际数学界称之为“陈氏定理”，至今仍在“哥德巴赫猜想”研究中保持世界领先水平。

励志寄语：

在科学的道路上，从来没有偶然发生的，每个成功者头上的光环都与他不懈地追求、艰苦的奋斗紧紧地联系在一起。陈景润的成功也是如此，热爱读书，不断求索，因此也铺就了通往成功之路的天梯。

勤奋学习当上文科状元

刘代蕾，四川彭州的一个女孩，曾就读于绵阳中学高三（10）班。2016 年，在四川省高考中，她以总分 663 的成绩获得绵阳市文科第一名，也是全省文科第一名。

绵阳中学是四川省重点高中，高考成绩一直都很优秀。刘代蕾当时属于压线考入绵阳中学，只比小火箭班分数线多了 2 分，大概排名是 600 名。虽然进校成绩很一般，但是她入校以后的成绩从没有低过年级前 10 名。

刘代蕾觉得重要的不是自己的基础，而是学习能力。她认为不管平台有多低，只要学习能力还在，成绩总是会上去的。

很多高三孩子都披星戴月，熬夜刷题。但是，刘代蕾的高三作息时间是早上 6 时 30 分起床，晚上 10 时 40 分到 11 时睡觉。她回到寝室从来不学习，但在教室的时候一定认真学习，把该学的该做的都搞定。

在刘代蕾两岁时，父母就离开四川到湖南工作了，因此她只能跟着爷爷奶奶生活。虽然她只有寒暑假才能和父母好好相聚，但是，她并没有感到孤独，同样感受到父母深切的关爱。直到她上高二时，父母为了她能更好地学习才回到绵阳，一边工作一边照顾上高中的她。刘代蕾的奶奶朴实善良，爷爷憨厚勤劳。刘代蕾说："从小与他们一起生活，他们就是我学习的榜样。"

说起话来，思维清晰敏捷的刘代蕾尽管是位学霸，但是当面临高考的时候，她也会考前紧张。她说："不紧张是骗人的，刚拿到试卷时，心里还是微微有一些担心的。这就需要自己去调整心态，谁也帮不了你。让浮躁的心情平复下来，你才能全身心投入，专注地做完试卷。"

刘代蕾说，在学习之余她很喜欢阅读小说和散文。从初中开始，她经常会到书店去看书，看完了书里的内容，又把书买回家反复阅读，不断深入理解其中的深刻内涵。后来，随着学业的日益繁重，刘代蕾只得把小说锁进了书柜。她说，小说虽然是课余读物，但是她从中也学会了独立思考一些问题。

"读书很重要，可以不断储备自己的知识。"正是因为这一点，刘代蕾只要遇到不错的书，总会花钱买回去。她说："到现在估计已经买了 200 多本书籍了。"

2016 年的高考作文涉及创新、法制、知识产权等方面的内容，可以说很有难度了，但刘代蕾在很短的时间里就整理出了写作思路。

能够取得全省文科第一，代蕾肯定有好的学习方法。对此，她说，别人的建议只能作为参考，最终还是要依靠自己在读书中去领悟，找出适合自己的方式学习。学习当然会遇到困难，但是必须要记住，困难总是会有办法解决的。

班主任曾经这样评价刘代蕾："她善于思考、善于钻研。"

作为班上的学习委员，她坐得住，静得下心学习，并且能带领大家一起学习、一起进步。从年级的第 600 名到获得省状元，虽然代蕾描述得云淡风轻，但是背后一定有勤奋努力的汗水，当然分数就是给予她的最好的回报。

励志寄语：

任何的成绩都是努力奋斗的结果，刘代蕾并不是天才，也不是超人，从一开始的年级第600名到夺得省状元，是她刻苦学习，善于思考、善于钻研的结果。正如著名数学家华罗庚所说“勤能补拙是良训，一分辛苦一分才”。

俯卧着放飞人生梦想

2016年的高考成绩公布后，作为理科生的朱志强总分645分，高出河南省一本线122分。能取得这个成绩，对他一个双腿瘫痪的学生来说，经历了太多常人无法想象的困难。

朱志强是焦作市修武县周庄镇人，是家中的长子。在小志强出生第三天时，就被查出患有先天性脊膜膨出，下半身没有知觉，也不能站立和行走。为了给儿子治病，夫妻俩先后欠下了几万元外债。为了还债，母亲就到村里建筑队当起了小工，给别人家盖房。这种体力活很多男人都吃不消，但是母亲咬牙坚持着。

2002年，母亲骑着自行车把小志强送到了幼儿园。从此以后，无论刮风下雨，她都带着儿子奔波在家与学校的路上。

朱志强上高中后母亲用自行车都载不动了，于是就把交通工具换成了电动三轮车。每天，母亲送儿子到学校，把车停在教学楼下，再一步一步将儿子背到教室。

母亲跟着朱志强到高中陪读后，为了增加收入，又接了一个做布偶的活儿。每天晚上，在昏黄的灯光下，儿子趴在床上写作业，她就脚踩缝纫机做布偶，每做一个，能挣一元钱，一晚上能做七八个布偶。虽然只是想让儿子读到高中毕业，但是母亲相信知识对于双腿瘫痪的儿子就意味着出路。

“开朗，阳光，乐于助人。”这是周围人对朱志强的普遍评价，这个 18 岁的大男孩话不多，但是一开口就带着微笑，同学们有不懂的问题去请教他，他也都耐心地回答。

其实，朱志强也曾抱怨过。10 多岁时，看到别的小孩在奔跑嬉闹，他坐在轮椅上就想：为什么自己不能像他们一样？但是母亲的支持，身边人的帮助，让他很快又恢复了信心和斗志。

朱志强说：“虽然有些事我不能做，但是我要把我能做的做好。”读书学习就是做自己能做的事。朱志强知道母亲送自己上学不容易，所以希望通过优异的成绩回报母亲。上初中时，他因为久坐生了褥疮并住进了医院。

在病床上，朱志强左手输着液，右手仍然在写着作业。于是，母亲找到学校校长，请求在教室里加一张小床，让朱志强躺着上课，校长当即同意了。从那时起，朱志强所在的班级就多了这一张特殊的“书桌”。他把轮椅挪到床边，双手撑起身体坐在床侧，翻个身趴在床上,用胳膊撑着身体看书。这就是朱志强日常的学习状态。

高三时，学校晚自习到 22 时 20 分，放学很晚，母亲把儿子接回住处后，他还要学习到 23 时左右才睡觉，第二天 5 时 30 分就起床了。朱志强的老师说：“课间同学们都在休息，但是他却还在写作业。”

在朱志强家里，有一面十分醒目的“荣誉墙”，这面墙上贴满了朱志强从小到大的所有奖状。在荣誉墙旁边还挂着一张母亲给儿子绣的十字绣。上面有两个大字：奋斗。母亲还一针一线地绣上了一行小字：“人世间条条路坎坷，勇敢莫退缩……”

高考成绩出来后，朱志强说：“如果不是妈妈，我不可能取得这样的成绩。”而母亲却说：“如果不是许多好心人的帮助，我走不到这一步。”

在选报填写志愿时，朱志强的母亲想让他选医学类专业，她想让儿子当一名医生，帮助被病痛折磨的人。可是朱志强有自己的想法，他更喜欢数学类和计算机类专业。最终母亲尊重了儿子的意愿。

朱志强看了澳大利亚演讲家尼克·胡哲的《人生不设限》《谁都不敢欺负你》等书籍后，他说：“尼克·胡哲一出生连四肢都没有，却能在跌倒后爬起来，成了不起的人物，我要向他学习。”

对于大学生活，朱志强写了这样一句话送给自己：“俯卧的人生也要有昂扬的梦想。”

励志寄语：

人可以没有健全的身体，但不可没有健全的思想。只要对人生抱有希望，只要能够努力读书学习，再坎坷的人生路也会发出璀璨而辉煌的光芒。

学习改变命运

姜锦程 1966 年出生于山东省高密县一个农民家庭。高中一年级时，由于父亲的离世，他的家庭负担日益沉重，他不得不辍学务农。3 年后，他又随一支建筑队到青岛打工。

进建筑队后，他趁自己空闲的时间开始自学，一年后拿到了

“建筑工程预算员资格证书”。他没有就此满足，又报考了青岛市职工大学。于是一边工作，一边用业余时间学习。可是不久，建筑队要移师威海，他如果跟着建筑队走，就得中断学业；而如果留在青岛学习，又没有了经济来源。经过激烈的思想斗争，他决定留下来继续念大学。

刚开始，他走遍大街小巷都没有找到心仪的工作。一个修鞋的人给了他启发。他觉得，这个活挺好，机动灵活，时间可以自己掌握，既耽误不了学业，又解决了温饱问题。于是，他花 196 元购买了修鞋工具，开始走街串巷去修鞋。

为了学习，他长期以来养成了一个生活习惯：每天凌晨 3 点钟就起床，看书到 6 点钟，大脑疲劳时再上床躺一小时，7 点钟起来做饭，一边做饭一边看书。8 点准时出摊。下午 4 点收摊，匆匆吃点儿剩饭就去上学。

放学回来实在饿了就啃几口萝卜充饥，然后把教师讲的课温习一遍，10 点上床睡觉。就这样，他坚持读完了选修的专业。1995 年，他拿到了“工业与民用建筑”大专文凭；1998 年，他拿到了法律专业大专文凭；1999 年，他又拿到了英语大专文凭。

从 1989 年到青岛打工，到 1999 年拿到了三个大专文凭，他有 10 个除夕夜都是一个人在青岛阴冷的小屋里，在苦读中度过的。2000 年 10 月，他又通过了律师资格考试。不久，幸运之神光临了，他被青岛某律师事务所录用。

修鞋匠当律师的消息不胫而走，他不仅被各大新闻媒体报道，还被中央电视台《东方时空 · 百姓故事》请进了演播室……

励志寄语：

卓越的人的一大优点是，在何种艰难的遭遇里都能百折不挠。所以，生活中，千万不要惧怕外在的环境不好，只要自己能持之以恒地学习，就一定会有灿烂的明天。

Chapter

第五章

让知识改变世界

知识是人类智慧的结晶。千百年来，人类通过自身的学习、探索，一步一步破解着地球和宇宙之谜，一步一步改变着世界。新的世纪，人们依然需要通过更新和创造，进一步掌握新的知识、新的科技，给世界带来光明，给人类带来幸福。

小水滴里带来的震撼

在荷兰的鹿特丹和海牙之间，有一个小小的村镇，名叫代尔夫特。这个小镇一向不为外界所知，小镇上的居民也从不奢望到外边去闯闯世界，他们生于此又死于此，默默地延续着生命，维持着小镇的繁荣。

1632 年，在小镇上一个中产阶级家庭里，诞生了一位名叫安东尼·危·列文虎克的男孩。他跟镇上所有男孩子一样，由他的家庭供他读书，但只在镇上读了小学。

这已经足够了，列文虎克已经能读书，也能给上司写报告，于是他在镇政府中担任了低级的职务，结了婚，生了六个子女。在镇上所有的居民眼中，列文虎克是幸福的，大家都羡慕他那安详平和的家庭生活，巴不得自己也能像他一样。

有一天，列文虎克在书上看到了一种奇异的观察工具——显微镜，对它产生了浓厚的兴趣。17 世纪时，在一个小镇的商店里当然买不到这种高级的玩意，于是列文虎克决定自己动手，做一架显微镜。

显微镜的关键零件是镜头，列文虎克虽然不是个磨镜工人，也没有接受过一天的技术训练，但他有的是时间，更有对这种业余爱好的满腔热忱。有了这两点，再学习一些制作的方法，他便开始磨起镜头来。

凭着细心和执着，他的磨镜技术一天天提高了，最后，终于远远超出了当时的专业技师。

列文虎克并不按照复式显微镜的办法制造自己的观察工具，他绝对没有束缚住手脚。功夫不负有心人，列文虎克终于制成了一块直径只有 0.3 厘米的小透镜，并做了一个架，把这块小透镜镶在架上，又在透镜下装了一块铜板，上面钻一个小孔，使光线从这里射进而反射出所观察的东西。

这样，列文虎克的第一台显微镜成功了。他制出的显微镜比当时任何技师制造的都高明，放大率约达 270 倍。在有所发现的科学道路上，列文虎克凭自己的毅力迈出了坚实的第一步。

有了精良的工具，列文虎克进入了他伟大发现的第二步。他有极大的耐心，目光十分尖锐，又十分好奇。什么东西到他手里都会拿来观察，并把自己观察到的详详细细记录下来，绘制出详细图。

列文虎克观察人的血液，第一次发现了血液中有红细胞；他观察跳蚤，发觉这种恼人的昆虫跟所有带翼昆虫一样，用同样的方法繁殖；他把肌肉纤维、皮肤组织、人的毛发都放到显微镜下，画出它们的形状和结构。

1675 年的一个雨后，列文虎克从院子里舀了一杯雨水用显微镜观察。他发现水滴中有许多奇形怪状的小生物在蠕动，而且数量惊人。在一滴雨水中，这些小生物要比当时全荷兰的人数还多出许多倍。他在报告中写道：

在我偶尔观察到这颗水滴时，非常惊奇地看到许许多多不可思议的各种微小的生物；有些微生物的身长为其宽的三至四倍。据我判断，它们的整个厚度比虱子身上的一根毛厚不了多少。

这些小生物具有很短很细的腿，位于头部的前面（虽然我没能认出它们的头，但由于动起来这一部分老是走在前面，我便把它叫作头）的靠近最后部分，附有一个明显的球状物体；而我判断，这最后部分是稍为分叉的。这些微生物很灵活。活动起来时常到处乱窜。

在列文虎克发现的一滴水的世界里，充溢着各种微生物。他看到了凭一根鞭毛自由游动的生命，他看到了形状恰如一只草鞋的小虫，他还发现了更小的、没有固定形状的更多的微生物。

尽管当时列文虎克不可能知道它们的特点，但他发现的这个新世界对人类却有十分重要的意义，因为那些细菌居然在很大程度上掌握着人类的生杀大权。发现它们是人类的一大胜利，战胜它们的任务当然要交给列文虎克之后的科学家了。

列文虎克在发现小水滴里的世界之后，越加着迷地扩大了他的观察范围。他在井水里，在人的唾液里，在人的肠液中，都发现了无数微小的生物，他把这些细菌和原生微生物一一做了绘图和描述，还根据自己显微镜放大的倍数，计算出它们的大小。

列文虎克的报告不断送到英国皇家学会。他的报告朴实无华，没有固定格式，也不讲文法修辞，科学家们对他的报告抢着阅读。一家当时主要的科学协会收到列文虎克的报告后，十分重视他的发现。1680 年，列文虎克正式当选为英国皇家学会的会员，巴黎的科学院也正式聘请他担任了通讯院士。

世界上许多知名的人士，只要来到荷兰，都要去看一看列文虎克。俄国的沙皇彼得大帝、英国的女王，都曾经到代尔夫特列文虎克的家中拜访。但是，列文虎克却没有因为自己出了名而沾沾自喜，他依旧在自己的家乡小镇，过着简朴的生活，并继续着他不懈的观察。

列文虎克尽管文化水平有限，但他热衷求索，追求新知，因此在他的一生中才创下了如此之多的科学成果。

励志寄语：

通过不懈的努力，一个只上过小学的人发现了微生物这个全新的世界。他的经历告诉我们，一个人只要对身边的事物具有浓厚的兴趣，并且不间断地刻苦学习，深入钻研，就一定能够找出潜藏的规律，发现别人不能发现的东西，创造别人难以企及的奇迹。

最早发现血液循环的人

在公元前 5 世纪，古希腊恩培多克勒首次提出了血液流进流出说，并指出心脏是人体的中心。但由于没有科学的论证和实验验证，所以尚未得到大众的认可。

公元 2 世纪，古代最伟大的医学家、解剖学家盖伦则认为，血液在活机体内是流动的，血液产生于肝脏，存在于静脉之中进入右心室后由室壁渗透流入左心室，经过全身并在周身耗尽。他的权威地位，使他不正确的血液流动说持续了一千多年。

直到 16 世纪，意大利的奇才达·芬奇才首次对盖伦学说提出异议，他经过对人尸体解剖后得知，心脏是四腔而不是盖伦所说的两腔。

1543 年，比利时维萨里在《人体的构造》一书中第一次用系统的人体解剖事实揭示了人体的结构，为人体血液流动学说的研究提供了解剖学的理论基础。

16 世纪，西班牙生理学家塞尔维特发现，血液从右心室流到肺，再由肺送回左心室的循环过程。

英国医生哈维就出生在16世纪对血液循环众说纷纭的时代。

哈维16岁就读于剑桥大学，读书时得了一场病，当时请来的医生用流行的“放血法”治疗，即割开右臂上的静脉血管放出一点血来，包扎好。

经几次放血治疗,病果然好了。虽然哈维并不相信“放血法”，但通过这次偶然治病的机会，却使他知道血在体内是流动的。但是，究竟是怎样流动的？原动力又来自何处？这一系列问题，便成了他终身研究的课题。

哈维首先研究了当时主要学者的一些观点：食物在心脏内转变成血液；心脏给血液加热；动脉里充满了空气；心脏产生“元气”；静脉血和动脉血都有涨有落，它们有时流入心脏，有时从心脏流出。

一次偶然的机会启发了哈维的研究。一天雨过之后，他偶然发现几个小孩子在街上的“小溪”筑起小坝拦水玩。一会儿，坝的“上游”水越积越多，“下游”却干涸了。

这种儿童游戏使哈维受到启发：用这种方法研究血液流动的情况不是很好吗？于是他用绳子扎住动物的动脉，结果在血管的“上游”即离心脏近的部位，血管鼓了起来，而“下游”即离心脏远的部位，血管瘪了下去。

将绳子放开后，血管又恢复了正常。用同样的方法结扎静脉血管，正好鼓起和瘪下的地方与结扎动脉时的情况相反，这就使哈维对血液的流向有了一个大致的了解。

如想弄清血液的原动力，就需要解剖尸体加以研究。可是，解剖尸体是当时宗教所绝对禁止的。没有办法，哈维只好决定去盗尸，加以研究。

但是到哪里去寻找尸体呢？哈维的朋友说：“巴黎郊外离法国总监狱不远有一片荒地，是官方处决犯人的刑场，我们可以到那里去试试运气。”

于是哈维和几个朋友，在一天夜里来到高高的绞架下，绞架上挂着一具具犯人的尸体，空气中弥漫着令人恶心的尸臭，景象使人毛骨悚然。但是这些并不能妨碍哈维的工作，他和朋友们迅速解下尸体，装入布袋，放入马车，驶回城中。

通过解剖尸体，哈维终于弄清了心脏是血液的原动力产生之地。

经过 30 多年的研究，哈维在 1628 年发表了《心血运动论》这部“生理学史上最重要的名著”，为医学做出了划时代的贡献。

他在这部名著中提出了著名的血液循环流动说，其要点是：人体内的血液流通是不停地通过一个闭合的血管循环体系来完成的，而使血液流动的力量是由心脏提供的。

血液循环说的意义不但在于直接应用，更重要的还在于使人们对人体的工作原理有了一个正确的、基本的了解：它是现代生理学的起点。

哈维的血液循环说著作发表以后，虽然在欧美名声大噪，但当时并未得到普遍承认。他死后四年即 1661 年，意大利马尔比基用显微镜发现毛细血管之后，哈维的学说才得到普遍的承认。科学和事实终于战胜了无知和偏见。

励志寄语：

哈维的血液循环说揭开了人体工作的奥秘，为人类研究自身和防病治病做出了划时代的贡献。在这个过程中，知识所起到的作用是显而易见的。人类正是这样，通过不断地研究探索，不断求知，最终认识世界，也为自身造福。

数学骄子欧拉

在土地肥沃风景宜人的瑞士北部有个城市叫巴塞尔。城里住着一个叫保罗·欧拉的神父。他酷爱数学。在他的书房里，除了神学书以外，几乎全是数学书。

1707 年，保罗·欧拉的儿子出生了。他万分激动，跪在地上不停地祈祷。他从家中收藏的数学书中找到了意大利数学家列昂纳德的名字，于是决定给自己的宝贝取名列昂纳德·欧拉。

欧拉自幼聪明好动，对什么都感兴趣，他有孩子的纯真，喜欢美丽的风景，喜欢和伙伴们嬉戏，更爱听爸爸讲有趣的故事。

一天，爸爸刚回家，欧拉便拉着爸爸的黑袍子，要听故事。

“我的宝贝，今天讲个关于象棋的故事，怎么样？”爸爸问道。

“好呀。”欧拉急不可待地回答道。

从前，印度有个国王叫舍罕。他的大臣发明了象棋。一天，国王和大臣下象棋。他觉得象棋好玩，决定重赏大臣，可大臣却要求国王在棋盘的第一格里放 1 粒麦子，第二格里放 2 粒，第三格里放 4 粒，然后是 8 粒，16 粒……以此类推。如果把棋盘都装满，他就十分满足了。”爸爸笑着讲道。

结果，国王听了大笑起来。于是，照他的话办了。麦子一袋一袋地扛来，没想到棋盘的格子还没用到一半，国库内的麦子却搬光了。

小欧拉睁大眼睛，出神地望着爸爸，过了好一会儿才问道：“这怎么可能？”

爸爸抚摸着孩子的头说：“宝贝，你还不懂，这就是数学上的幂级数。如果把棋盘格装满麦粒的话，这些麦子总共有 18000

亿吨。”

欧拉伸了伸舌头问道：“18000 亿吨是多少呀？我不懂。”

爸爸说：“这么说吧，如果假设当时印度全年小麦产量是 100 万吨的话，要生产这么多的小麦要用 180 万年才行。”

“啊！这么多呀！”欧拉终于明白了。

欧拉又问：“爸爸，那后来国王怎么办呢？”

“后来，国王请来了数学家一算，才知道根本不可能实现自己的诺言。他借口说大臣骗他，命人把大臣杀了。”

“这个国王太坏了！”从此一颗热爱数学的种子在欧拉心灵深处扎下了根。一转眼，欧拉已到了上学的年龄，爸爸送他到巴塞尔文科学校学习。

学校里数学课很少，这可急坏了热爱数学的欧拉。每次只要回家，他便会钻进父亲的书房找些数学书读。

有一回，欧拉得到一本德国数学家鲁道尔夫的《代数学》，他坐在地板上仔细地读起来。

欧拉边读边想，一会儿前几页就全懂了。他高兴极了，立刻试着做了几道后面的练习题。

爸爸回来后，欧拉把做的题拿给爸爸看，爸爸边看边点头。

爸爸的肯定态度激发了欧拉的学习热情，他把《代数学》带回了学校。一有空，他就读这本书，遇到难题时，他就做上记号，去问学校的老师或者回家问爸爸。他越学越深，有些问题连大人都解答不上来。

一次偶然的机会，欧拉知道当地有一名知识丰富的数学家，名叫约翰·伯克哈特。星期天，他一早便带着书，按照别人告诉他的地址去找，终于找到了伯克哈特。

欧拉有礼貌地说明来意，伯克哈特看着手捧《代数学》的欧拉，吃惊地问：“你能读懂这本书吗？”

欧拉点点头，又摇摇头说：“嗯，我能懂一些。”

伯克哈特翻开书指着一道代数题，让欧拉来解答。

欧拉看了一眼，拿起笔在纸上飞快地写着。不一会儿，答案便算出来了。伯克哈特握着欧拉的手说："天才！真是天才！"

于是，他耐心地回答了欧拉的每一个问题，而且还旁征博引地讲了许多代数学的知识。欧拉对伯克哈特心生敬佩，因为他感到伯克哈特的数学知识太丰富了，自己的问题，对他来说不过是小菜一碟。此后，欧拉经常来请教伯克哈特。几年过去了，欧拉不仅学完了《代数学》，还学习了伯克哈特推荐的其他数学书。

1720 年秋，年仅 13 岁的列昂纳德·欧拉以优异的成绩考上了著名的巴塞尔大学。从此，开始致力于数学的研究。16 岁时从巴塞尔大学毕业时，他已成为巴塞尔有史以来的第一位年轻的硕士。19 岁时，他写了一篇关于船桅的论文，获得巴黎科学院奖。从此，他的创作热情如江河滔滔，奔腾不息。

1727 年，沙皇喀德林一世把欧拉请到了彼得堡。1733 年，欧拉任彼得堡科学院教授，时年 26 岁。长期紧张的夜以继日的研究工作，加上炎热的气候，给欧拉的健康带来了严重的伤害：他右眼失明了，这时他才 28 岁。

但这个打击并没有动摇他献身科学的志向和决心，欧拉更加勤奋地工作着。他经常抱着孩子，在喧哗声中完成他不朽的论文。

1741 年，欧拉应普鲁士腓特烈大帝的邀请，到柏林任柏林科学院物理数学所所长。在那里，他工作了 25 年，是柏林科学院的创始人之一。

欧拉是数学史上最多产的数学家，他平均每年写出 800 多页的论文，此外，他还写出了大量的力学、分析学、几何学、变分法等的论文。

他的著作《无穷小分析引论》《微分学原理》《积分学原理》等都成为数学界中的经典著作。

由于欧拉对数学的研究非常广泛，因此在数学的许多分支中都可以见到以他的名字命名的重要常数、公式和定理。有人曾评价说："如果没有欧拉的众多科学发现，今天的我们将过着完全不一样的生活。"

励志寄语：

天才出于勤奋。欧拉所取得的成就，是与他少年时代的勤学肯钻分不开的。聪明的资质、内在的干劲、勤奋的工作态度和坚忍不拔的精神，这些都是他取得科学研究成功的必要条件。

成为老师的得意门生

威廉·亨利·帕金是英国人，从小就对化学产生了浓厚的兴趣。考入某著名大学化学系后，他幸运地师从著名化学家斯托曼尔教授。得遇名师，帕金学习更加刻苦，很快成为老师的得意门生。

一天，帕金的老师斯托曼尔沉思自语：能否用煤焦油化学药品来合成奎宁？奎宁是抗疟疾药品，如果合成成功，必将使欧洲国家摆脱依赖遥远的热带国家供应奎宁的局面。

老师的想法使帕金觉得很有意义，便在家开始做实验，但他失败了。当时还没有人知道奎宁的结构，即使知道，凭当时仅知的几种合成方法要制出奎宁来也十分困难。

18 岁那年，帕金大二了。暑假时，他想利用这段时间做一些研究。于是，斯托曼尔教授推荐他试试奎宁的化学合成。

帕金知道已经有人在研究治疗疟疾用的奎宁了。"到目前为止还没有人取得成功，你可以试一试呀。"斯托曼尔教授笑着拍了拍潘琴的肩头。

帕金点点头，开始忙开了。一次次的试验，一次次的失败。眼看假期一天天地过去了，帕金的实验还是一无所获。

一次，帕金将重铬酸钾加入从煤焦油里提炼出的苯胺里，结果还是失败了。潘琴气急之下，正准备将试管扔了。突然，他发现试管底部有一些奇怪的黑色沉淀物。

帕金忽然心生一念：给沉淀物加热，看它是否还原。他点燃酒精灯，仔细观察沉淀物的变化，结果惊奇地发现，黑色的沉淀物渐渐地变成紫色的液体。

这颜色太美丽了！帕金马上想到这东西或许可以作染料。他把一些紫色液体涂在白纸上，白纸立刻变成了紫色。他又将紫色液体涂在几种丝织品上，效果非常理想。

他看到了这种紫色液体的应用前景。当时的染料都是天然颜料，来源不广，价格昂贵，而且只有很少的染料可以牢固地附着在织物上。而他的染料的主要原料苯胺，是从煤焦油中提取的，来源充足，效果也很好。

帕金把他的紫色化合物样品寄给苏格兰的一家染坊。复信是令人振奋的，说经它染的丝非常漂亮，而且永不褪色，还问这种染料是否容易制取。

帕金满怀信心地做出了决定，他将这种染料的制作方法申请了专利，父亲和哥哥鼎力支持他。1857 年，帕金一家办了一座染料工厂，经过六个月的不懈努力，终于生产出了紫色染料，工艺技术也不断提高。

1861 年，帕金在英国化学会上做报告，介绍煤焦油在工业上的用途。报告结束后，著名科学家法拉第向他表示祝贺，称赞他在制取紫色染料方面的成就，帕金却谦虚地说："这没有什么，我是偶然碰到的。”

励志寄语：

能让我们的生活变得五颜六色的染料，竟然来自一次失败的实验。俗话说：“有心栽花花不开，无心插柳柳成荫。”只要我们抱着积极乐观的态度去面对一切，付出艰辛就一定会有收获。

使生活越来越甜蜜

1879年的一天，俄国化学家法利德别尔格用铅笔记下了一次实验结果后，突然想起今天是自己的生日，便习惯性地把铅笔插在口袋里往家赶去。

回到家后，妻子问道：“怎么回来这么晚？亲友们都等着急了，快来帮忙。”

于是法利德别尔格一面招呼着亲友，一面帮妻子把准备好的饭菜端了上来。席间热闹非常，法利德别尔格和大家一样特别开心。这时，有一位亲友说：“今天的菜真是做得太好了，还有点甜味呢！”

大家开始有些不信，纷纷重新尝一次。果真，香酥鸡是甜的，炸牛排也是甜的。

法利德别尔格还以为是妻子放的糖，便没有在意。可他的妻子觉得很奇怪。等客人走了，妻子对他说：“我并没有在菜里放糖呀，怎么会有甜味呢？”

他们开始找甜味从何而来。法利德别尔格走进厨房，把用过的餐具舔了一下，发觉确是甜的。

他想，这一定是他用手端过餐具的结果。他又舔了舔手，手也是甜的。他又想，手为什么是甜的呢？

“对了，手用过铅笔，有可能是从铅笔上来的甜味。”于是他又舔了舔铅笔，果真铅笔上有甜味。

那么，铅笔上的甜味又从何而来呢？原来，法利德别尔格正在研究一类叫芳香族磺酸的化合物，铅笔就是在实验室里沾上这类化合物才有甜味的。

从此，法利德别尔格集中全部精力，专心致志地研究，终于从煤焦油中提炼出了一种白色晶体——糖精。机会和努力，终于给了他应有的回报。

1879 年，法利德别尔格在美国获得了发明糖精的专利权。1886 年，他迁居德国，并在德国建立了世界上生产糖精的第一个工厂，开始了专业生产糖精的历史。使糖精从无意发现走向有意生产。

糖精学名为邻磺酰苯酯亚胺，随着科学的发展及研究的日渐深入，发现其甜度为食用糖的 300 ~ 500 倍，没有营养价值。科学家们虽然发现大量食用糖精且同时大量吸烟的人患癌症的概率会增加，但也不能否认这很可能是偶然的。

就目前看来，虽然尚无食用糖精就一定致癌的结论，但已经有在短期内大量食用糖精是有害的许多实验事实。所以，为了慎重起见，世界卫生组织和联合国粮农组织规定了每人每天用量不应超过 5 毫克 / 千克体重。

此外，人们还不懈地找寻代用品。例如，已找到最甜的天然糖源“丹林”，它是从非洲象牙海岸等国的植物“沙马丁”中提取的，其甜度为砂糖的 1500 ~ 3000 倍，且无毒，产生热量低。

又如，从非洲加纳森林中的一种植物中提取的“卡坦精”，其甜度为蔗糖的 60 万倍，被称为世界上最甜的物质，如果解决了其来源和成本等问题，则有可能替代糖精。

励志寄语：

尽管糖精仍存在许多不足之处，但却有很大的利用价值，同时也促进了糖精代替品的研制。法利德别尔格是“糖精之门”的开启者，是他把糖精带进了人类生活。人类社会的进步正是一个个开启者的功绩。

天职是丰富人类知识

1888 年，威廉·伦琴当上了维尔茨堡大学的校长。这个头衔使伦琴感到烦恼，他觉得自己本质上只是一位学者，只熟悉实验室，只想去探寻大自然的奥秘。他的天职是丰富人类的知识宝库，而不是在行政事务里荒废光阴。

于是，伦琴把一切恼人的事务都委派给自己的副手，让校务委员会去决定一切，请他们在必要的时候再找自己，而把属于自己的时间全都用到了科学研究上。

1895 年 11 月 8 日，这时的德国，天气已经很冷了，伦琴在实验室泡了一整天，研究的是阴极射线。为了使射线集中向一个方向集射，他在发射管外包了一张黑色的硬纸筒，这样，除了一个方向，其他方向不会有射线溢出。

回家的路上，伦琴突然记不得自己是不是关上了电源。灯关了，电源不切断的话，发射管会损坏的。这种马马虎虎的事已发生过好多次，他宁愿再回实验室一趟，也不愿自己宝贵的实验设备出毛病。于是他又折回去了。

当打开实验室大门后，伦琴立即看到，阴极发射管附近有微光。好险，幸亏自己回来了，否则又得申请更换设备了。他正要去切断电源，突然发觉那微光不正常，他已经能辨别室内部位，那种荧绿色的微光不仅不在安放发射管的地方，而且光色也不对。

伦琴打开电灯，看到发光体居然是仪器旁边桌上的一块纸屏。纸屏上，伦琴曾镀过发光晶体，这种晶体在高能粒子流的放射下，会发出莹绿的光。

哪来的高能射线流？阴极射线管四周套着黑色硬纸板圈，它根本不可能射向纸屏。为了把这莫明其妙的情况弄个水落石出，伦琴决定留在实验室。

伦琴没有切断电源，只是把灯关了，纸屏上的微光又出现了。接着，他把电源切断，阴极发射管停止了工作，那团荧光也立即消失了。

看来，阴极发射管居然还发射一种人的肉眼无法感知的、能够穿透黑色硬纸板的射线束。

此时，伦琴猛然想起那一包无人拆动却毫无道理曝光的感光片，不正是放在与纸屏同一张桌子上的吗？那时还以为是感光片的问题，但现在看来，作怪的是同一种射线，一种伦琴从未知道的射线。伦琴开始意识到，一次偶然的疏忽，让他站到了一种新的物理现象的大门口。

伦琴在实验室一连住了十几天，测试这种射线的特征。穿透力是测试的重点，他找来种种能隔开射线穿透的材料，把感光片贴在它们后面，照射后拿去冲洗。金箔、银箔、铁片、木板，都一一试过，这些材料都挡不住未知射线的穿透。

最后一次，伦琴取来一块小铅板，它没能完全遮没感光片，他只得用手扶住它。谁知底片冲洗出来以后，伦琴又意外地发现，底片上铅板部分没被感光，而自己那只手，也在底片上留下了痕迹，留下的是自己手的骨骼图像。

结论已经有了：神秘的射线不能穿透铅板，也不能穿透人的骨骼，因为骨骼主要是由钙构成的，射线穿不透钙质。

伦琴立即举行了实验结果报告会，到会的科学家里，最激动的当数大学里的医学专家。他们从伦琴的实验结果里找到了一种强有力的科学手段。

凭借伦琴的射线，医学家可以穿透人的皮肉看到骨骼的真相，确定与骨骼有关的病情。而以前，他们只能凭经验，或者动手术切开皮肉才能看到真相。

医生们建议，把这种新发现的射线称作“伦琴射线”，但伦琴当场表示：新射线的许多性质还不清楚，还要对射线做进一步的性质测试，因此他决定把射线称作“X”射线。

励志寄语：

科学的发现常常出于偶然，但也离不开一个人的认真与执着。正可谓：机遇只属于那些有准备的头脑。

相对论引起物理学革命

爱因斯坦在不足16岁的时候，有一次乘坐马车，他看着马车在地面上经过时，忽然头脑里产生了一个奇怪的念头：如果有人以光的速度和光线齐头并进，那么，看到的光线是不是就是静止在空间中的电磁波呢?

就像我们坐在一辆匀速行驶的汽车上，观察与我们以同样的速度、同样的方向前进的另一辆汽车一样，感觉那辆汽车似乎是不动的。

可是，爱因斯坦凭着推理和想象，认为那是不可能的。火车上的乘客，相对于火车没有运动，相对于地面来说却在以每秒几十米的速度飞驰而过。火车相对于地面运动，而地球相对于太阳运动，这些都是相对运动。但是，如果按此继续推导下去，太阳相对于银河系中心运动，那银河系又相对于什么运动呢?

根据经典物理学的解释，除去相对运动外，还有绝对运动，即相对于绝对空间的运动。牛顿把它解释为："是和外界任何事物无关，而永远是相同的和不动的。"

既然绝对空间和外界毫无关系，那它又是如何存在和被人所了解的呢？对于这个问题，爱因斯坦决定从"以太之谜"入手进行研究。

"以太"这个词，是古希腊人的创造。他们认为空气中充满着以太这种物质，它是肉眼看不见的，但无处不在。

牛顿借用"以太"一词，把它作为万有引力的传播媒介。但光的"波动说"却认为以太是光波的传播媒介，就像空气是声波的媒介一样。

"波动说"还认为，以太无所不在，不但充满宇宙空间，而且渗透于气体、水和一切物体之中。它没有一点摩擦阻力，不影响一切物体的运动。

19 世纪末，以太又被人们说成是电磁场的承担者和电磁波的传播者，还有人干脆把这样看不见、摸不着、说不清、道不明的以太，说成是牛顿的绝对空间！

这种说法可靠吗？难道光只有借助传播媒介才能传播吗？而这种传播媒介又只能是以太吗？既然没有任何东西能够证明绝对空间和绝对时间的存在，那么，它们就是不存在的。

在狭义相对论中，爱因斯坦提出了两个基本原理：

一、光的速度是不变的。

二、当物体运动的速度接近或达到光速时，相对该物体来说，时间将减慢，即所谓狭义相对论原理。

爱因斯坦又根据狭义相对论原理，推导出了物体的质量也与运动密切相关，运动速度增加，质量也随之增加，并得出了质能关系式：$E = mc^2$，即物体转化为能量时，能量的总值相当于它的质量与光速的平方的乘积，从而揭示了原子内部蕴藏着巨大能量的秘密！

对于相对论原理，爱因斯坦自己曾经做过简明扼要的说明："要点是这样的：早先人们认为，假如由于某种奇迹，一切有形体的事物突然一下子消失了，那么空间和时间仍会留下来。照相对论来说，空间和时间是和一切事物一起消失的。"

时间、长度和质量是力学研究中的三个基本量。在牛顿的力学中，它们是绝对的、不变的。但在相对论中，它们却又变成了和测量者所在的坐标系有关的量。

此外，在牛顿的力学中，质量和能量二者分明，互不相关，各自守恒。而在相对论中，牛顿的守恒定律就变成了质能守恒定律，即 $E = mc^2$。

于是，空间和时间统一起来了，物质和运动统一起来了，质量和能量统一起来了。这是一场真正的物理科学的革命!

励志寄语:

爱因斯坦由平常乘坐的马车引发联想，通过丰富的想象力，创立了相对论，证明了“任何事都不是绝对的，而是相对的”论点。所以，对知识的专注与渴求，会不断激发我们人内心强烈的好奇心以及行动力，这也是我们做事成功的前提和保证。

居里夫人的伟大发现

居里夫人，也就是玛丽·居里，出生在波兰一个清贫的知识分子家庭。她酷爱学习和钻研，曾发现了“钋”和“镭”两种元素，两度获得诺贝尔奖。

玛丽从小就爱读书，读起书来特别专心，不管周围怎么吵闹，都分散不了她的注意力。有一次，玛丽的姐姐和同学们一起玩。她们唱歌，跳舞，做游戏，非常热闹；而玛丽就像没看见一样，在一旁自顾聚精会神地读书。

伙伴们看到玛丽专心致志读书的样子，就想试一试她是不是真的这样用心。经过讨论，他们想出一个办法：她们悄悄地搬上椅子，蹑手蹑脚地来到玛丽的身后，将椅子堆成椅子塔，只要玛丽一动，椅子塔就会倒在地上。

时间一分一秒地过去了，可是玛丽仍然没有动静，她还沉迷在书的世界中。伙伴们有些着急了。又过了一段时间，玛丽终于看完书站了起来，只听见身后一声响，椅子塔倒了。

玛丽看了看倒在地上的椅子，又看了看发出笑声的伙伴们，她的眼里满是疑惑。等玛丽明白了以后，她并没有生气，只是拿起书又到隔壁的房间去学习了。

看到玛丽用心学习的样子，伙伴们再也不逗她了，而且表示要像她那样专心读书，认真学习。

1891 年 9 月，玛丽赴巴黎求学，11 月进入索尔本大学理学院物理系学习。1894 年 4 月，经波兰学者、瑞士福利堡大学物理学教授约瑟夫·科瓦尔斯基的介绍，玛丽与皮埃尔·居里结识了。

婚后的玛丽与皮埃尔·居里依然将全部的精力用在了自己的科研事业上。1898 年，居里夫妇发现了一种新元素钋，在发现钋元素之后的第五个月，他们又发现了一种新元素。这种新元素是在沥青铀矿中发现的，比铀的放射性还要强百倍，玛丽叫它“镭”。

这个消息使物理界和科学界都震惊了。居里夫妇竟然接连发现了两种新元素，这不能不让人刮目相看。

然而，科学是实实在在的，科学家们对于一种新的元素，只有在看见了它，接触了它，称过它，检查过它，用酸加以对比，并确定了它的“原子量”之后，才能确信它的存在。

可没有人看到过镭，没有人知道镭的原子量，因此，忠于原则的科学家们说：“没有原子量，就没有镭，把镭指给我们看，我们就相信你们。”

为了向全世界的人们证实镭的存在，居里夫妇还要再工作和研究。但是，新的困难又接踵而至。为了提取纯镭和钋，需要足够的矿物和足够大的场地，而这些费用又去哪里筹集呢？

钋和镭藏在一种很贵重的沥青铀矿中，对于居里夫妇来说，几吨沥青铀矿的价格太昂贵了。他们终于想出了一个好主意，据他们预测，沥青铀矿在提炼玻璃用的铀盐后，矿物里所含的微量元素钋和镭一定仍然原封未动，因此可以用提炼过的残渣来做实验。

于是，居里夫妇请一个同行帮忙，最后联系到了圣的阿希姆斯塔尔矿的厂主，请求购买残渣。厂主是一个爽快的人，他说："只要你们出运费就行，我把这些残渣都送给你们了！"

居里夫妇十分高兴，立即从他们很少的积蓄中提出一部分钱，用来做运费。原料问题解决了，下一步，得想办法找到存放残渣的库房和提炼室。他们想：在巴黎众多的建筑物当中，难道就没有一处可供他们做实验用吗？

事实证明，他们几天来的奔走都是徒劳无功的。最后，他们又回到了皮埃尔任教的理化学校，校长舒尔勃格先生想了很久，终于想出了一个地方："实验室旁边有一个闲置的棚屋，你们去看看能不能使用吧！"

这是一个小木板屋，以前是医学系的解剖室，玻璃屋顶残缺漏雨。很久以来，人们都嫌这个地方不适合工作，所以一直空着。没有一个人愿意在这样的地方工作。

玛丽和皮埃尔却觉得这是个好地方，他们向校长表示了感谢。夫妇俩使出全身力气把棚子清理了出来。这时，一辆载重马车装着满满的大袋沥青铀矿残渣，停在了理化学校的门前。

玛丽按捺不住心中的兴奋，立刻跑上前打开一个口袋，伸出双手摸着那掺有松枝的褐色残渣，像欣赏宝贝一样。

镭就藏在这里面，玛丽要从这里面提炼出镭来。为了这个目标，她必须炼制一座山那样多的残渣。皮埃尔笑着说："玛丽，你现在可要变成一个强壮的男子汉一样才行呀！"

清晨，玛丽顾不上梳头，穿上粗布工作服就来到棚外工作。无论寒风多么凛冽，雪花如何狂舞，她都会准时来到，先是点燃柴木，烧热大铁锅，接着往锅里倒进沥青渣。她手握一根比她还高的大粗铁棍，用力地搅拌着。

随着残渣变成了糊状的黑色液体，玛丽的手也常被铁棍烫出了大泡。这些还可以忍耐，可当沸腾的残渣冒着一个一个大气泡，散发出一股股浓浓的黑烟的时候，她眼泪鼻涕一起流了下来。最后，玛丽再把沸腾的残渣舀进一个个大罐里，放到棚子里去沉淀。

每天，玛丽都无休止地重复着这些繁重的劳动。她的皮肤全部变成了黑色，双手也是伤痕累累，胳膊和脚都肿了。可是，玛丽是不会停下来休息的。

她仍旧天天站在那口大铁锅前面搅拌着。终于，8 吨的残渣全部炼完了，她终于可以松一口气了。接着，玛丽又把那一大罐一大罐的溶液继续提炼提纯。

1902 年 4 月，35 岁的玛丽终于在 4 年的日夜苦战之后，从 8 吨沥青铀矿残渣中，提炼出了十分之一克的镭。那天晚上 9 点多钟，玛丽给女儿洗完澡之后，坐在灯下给女儿缝衣服。

但是，她刚缝了几针，就不安地站了起来，很兴奋地说："皮埃尔，我们一起去实验室看看吧，我总觉得好像有什么事情要发生。"

皮埃尔正巧也有同感。于是，两个人穿上外衣，轻轻地溜出了屋。当皮埃尔要打开实验室门的时候，玛丽突然问："你想过镭会是什么颜色吗？"皮埃尔顺口回答说："一定十分漂亮！"

玛丽像个顽皮的小女孩似的，轻声对皮埃尔说："我们不要点灯！"说着，他们打开了门。

"看哪……看哪！"玛丽惊叫道：只见在黑暗中，那些放在桌子上的玻璃容器里，一种从没见过的淡蓝色的荧光在不停地闪耀着。玛丽双手合十，跳着嚷道："太美了！太漂亮了！"

这天晚上，居里夫妇兴奋得很晚才睡着。因为终于找到了镭，可以证明镭的存在了。

励志寄语：

科学从来没有平坦的大道，只有不畏艰难险阻、勇往直前的人才能到达光辉的顶点。居里夫人通过艰苦的努力，为人类奉献出了具有重大科学意义的两种新元素，为科学事业的发展做出了卓越贡献。她的经历证明了爱迪生说过的一句话："成功就是百分之九十九的汗水加上百分之一的灵感。"

费米的发现对世界的影响

恩里科·费米于 1901 年出生于意大利。他的一生主要从事理论物理、原子及核物理学、中子物理学的研究，又因发现了中子辐射产生的新放射性元素以及慢中子产生的核反应而荣获 1938 年度的诺贝尔物理学奖。

第二次世界大战前夕，费米举家迁往美国，并在参加美国研制第一颗原子弹的工作中发挥了巨大作用。原子弹的爆炸成功，改变了世界的军事格局，对国际社会产生了深远的影响。

1932 年，英国物理学家詹姆斯·查德威克爵士在剑桥大学发现了中子，并因此获得了 1935 年的诺贝尔奖。这个发现开辟了原子核研究的新纪元。后来查德威克参加了美国第一颗原子弹的研究和制造工作，成为洛斯—阿拉莫斯实验室的重要成员之一。

1934 年，著名物理学家，居里夫人的女儿伊琳娜·约里奥·居里和女婿弗雷德里克·约里奥·居里用X粒子轰击铍、锂、硼等元素产生了人工放射性物质，发现了人工放射现象，并被授予了1935年的诺贝尔化学奖。

费米受到以上两项发现的启发，开始试着用中子来进行人工放射实验。1934年10月，费米和同事们对某些金属进行人工放射性实验。他们把中子源放入银质圆筒内，再把圆筒放在一个铅盒里，发现了一个奇特现象：把银圆筒放在铅盒的中央和一角，它的放射性的强弱是不相同的。

面对这种奇特现象，同事们疑惑不解，有人甚至怀疑是因统计的错误和测量的不精确造成的。但费米不同意这种看法，他敏锐地意识到这种现象的科学价值。

听了同事们的议论，他平静地说："这也许是一项重要的发现，让我们多做一些各种情况的实验吧。"

经过几天的实验，费米和同事们又发现了新的奇特现象：把中子源放到圆筒外面，在筒和源之间插上一块铅板，圆筒的放射性竟然也增强了。

这是怎么回事呢？费米还没找到答案。他想铅是一种重物质，石蜡是一种轻物质，何不用石蜡来做一下实验呢？

10月22日上午，费米和同事们找来一大块石蜡，在上面掏了个洞，把中子源放入洞内去辐照银圆筒，然后再用计数器测量它的放射性。结果，计数器发疯似的"喀、喀"响起来。石蜡竟把银的人工放射性一下子提高了上百倍。

中午，费米躺在床上，上午实验的每个细节一幕幕呈现在眼前。他思考着如何解释石蜡奇特作用的理论。他想，石蜡含有大量的氢，氢核是质子，它的质量和中子几乎相同，当中子源被封在石蜡块里时，中子到达银原子核前，便会同石蜡中的质子相碰，碰一次便会失去一部分能量。

正如一个台球在击中另一个台球时，速度会慢下来一样。一个中子从石蜡中出来以前，会连续同许多质子相碰而减速，从而变为慢中子。正是这种慢中子，将比快中子有更多的机会被银原子俘获。

费米再也躺不住了，他爬起来，快速来到实验室，向同事们讲述了自己的新想法，最后，他推测说："如果我的想法是对的，那么，任何含氢成分大的其他物质，比如水，也应该具有同石蜡相似的效果。"

水是不缺的，实验室后面花园里有个金鱼喷水池。他们说做就做，从实验室把中子源和银圆筒搬了出来，都放在喷水池的水下。开动计数器后，水真的把银的人工放射性增强许了多倍，费米的设想得到了实验证实。

正是这次不寻常的实验及以后的一系列实验，使费米在中子轰击方面取得了引人注目的成绩，1938 年，他因此荣获了诺贝尔物理学奖。

励志寄语：

费米的发现，为原子弹的爆炸成功提供了理论依据，为美国爆炸第一颗原子弹，成为世界第一军事强国立下了汗马功劳。费米成就的取得是理论和实践相结合的突出体现，是他善于运用知识解决实际问题，并善于观察实验中每一个微小变化的结果。

诺贝尔奖获得者的感言

格拉索是美国当代物理学家，由于他和美国物理学家温伯格、巴基斯坦物理学家萨拉姆三人在弱电统一理论上的贡献，因此共同获得了1979年度的诺贝尔物理学奖金。

格拉索在少年时期曾就读于美国纽约市布朗克斯高级理科中学。这是一所人才辈出的学校。据说，这所学校对学生的挑选非常严格，有时几乎到了苛刻的地步。

格拉索早在中学的时候，就开始自学大学的微积分课程，量子力学虽然是大学高年级的课程，他也买来几本教科书，在课余时间里读了起来，并冥思苦想去弄懂这门高深的学问。

班里组织了“科幻俱乐部”，格拉索就是俱乐部中的成员。热爱科学、兴趣广泛、思维活跃的少年们，经常聚集在一起，海阔天空地谈论科学。

在这种自由自在、天真活泼的气氛中，格拉索的知识得到了迅速的扩展，思想得到了锻炼，创造力也得到了开发。格拉索中学毕业后，进入美国著名的康奈尔大学学习。他为了进一步开阔知识视野，除了学好物理外，还选修了音乐、东亚历史、法文、文学和电焊工等科目。

1954年，格拉索从康奈尔大学毕业，四年后又获得了哈佛大学的博士学位。从1967年起，格拉索担任哈佛大学的教授，主要研究领域是基本粒子和量子场论。1979年，获得了诺贝尔物理学奖。格拉索获得诺贝尔奖奖金之后，曾有一个记者不解地问他：“你说看小说，逛公园也有好处，可这对你的规范场研究有什么关系呢？”

格拉索回答说：“对世界或人类运动中的事物形象掌握得越

多，越有助于抽象思维。……假如你从未看过大象，你能凭空想象得出这样奇形怪状的东西吗？”

他还说：“往往许多物理问题的解答并不在物理范围之内，涉猎多方面的学问可以提供开阔的思路。”

励志寄语：

“涉猎多方面的学问可以提供开阔的思路”，诺贝尔奖获得者格拉索的话对我们有诸多启示。的确，学问虽然分为不同的学科，但是，它们彼此之间并不是孤立存在的，而是互相联系的。我们只有学习了各种不同的知识，扩大了知识面，有了宽广的思路，再在自己精通的领域刻苦钻研，才会有异于别人的发现。

艰辛驯服中国汉字

谁能想到，笔画繁多、字形复杂、以万计的汉字，最终被计算机上的26个键位编码代替，输入电脑，加以广为利用呢？“五笔字型”的运用，使西方人宣告的“汉字输入不能与英文同日而语的时代一去不复返了”！

这项举世瞩目的发明，就是由中国科协三大委员、“五一劳动奖章”获得者王永民研究成功的。学生时代的王永民，是一个头脑中有没完没了的为什么、勤于动手的好学生。从小学到高中，他一直是班级的学习委员，门门功课名列前茅。

1962年夏，年仅17岁的王永民在高中毕业典礼上发出了豪迈的誓言："翻开我们学过的数理化课本，上面印的都是外国人的头像。我们中国人为什么不能有伟大的发明，把我们的头像印到教科书上去呢？！"

全场激动了，老校长张纪功更被这个青年学生的远大抱负震撼了，连连擦着激动的热泪，赞许说："好！好！热血沸腾，前途无量！"后来他把王永民的毕业誓言和作业本，作为生动教材珍藏了下来，教育历届学生。

同年，王永民以南阳地区高考第一名的优异成绩，考入了中国科技大学无线电电子系。大学期间的寒暑假，他从没荒废过，而是刻苦攻读，博采众长，为日后事业腾飞打下了坚实的基础。不料毕业后突发肝病，被迫回了老家工作。所学非用，这令他痛心疾首。

1979年，地区科委让他主持"汉字照排机"的科研项目。在这个举世瞩目的重大难题面前，他犹豫了。

"能放弃汉字输入技术的研究吗？"他想起自己在高中毕业典礼上的誓言，想起蹉跎岁月壮志未酬的昏耗，想起正在崛起的祖国……他不禁热血沸腾。他再也不能退缩了，他要去攻克一座坚固无比的科学堡垒。

艰难的攀登开始了，他整天对天书般的《甲骨文编》《说文解字》《康熙字典》等进行全面研究，并选取《现代汉语词典》作为主要研究对象，对密布在1500多页上的12000多个汉字，逐字拆分，反复考证，把组成每一个字的"字根"一一抄录下来。

一个"疆"字应拆成"弓、土、一、田、一、田、一"七个字根，再抄在七张卡片上。12000多个字，总共抄了五六万张卡片，再归类统计，登录排列。首次发现12000多个汉字是由600多个字根像搭积木一样搭成的构字规律。

接着，他又花了3年时间，在无数次失败和疾病缠身的情况下，对600多字根进行归纳、合并。他硬是把600多个字根压缩到 140 个键、120 个键、90 个键、75 个键、62 个键、48 个键、40 个键、36 个键……

键位越少，重码越多，这就越来越成为汉字进入计算机“卡脖子”的“瓶颈”。无数专家学者都是把键位压到一定数量时而无法突破，抱憾终生。面对 36 个键位，能否再前进一步，这不仅仅是技术的难题，更是意志与毅力的考验。

王永民重整旗鼓，一头钻进天文数字般的汉字笔画中，以前人从未有过的勇气，将 36 个键位再一次压缩到国际上计算机通用的标准键位——26 键。

王永民的“五笔字型电脑输入技术”，轰动了世界。外电报道：

> 汉字输入速度快过英文。
>
> 庞杂汉字群输入电脑，26 键位就可解决，举世称雄。

1987 年，“五笔字型”作为我国最优秀的专利技术，成了我国首次向美国出口的电脑技术。

励志寄语：

任何人的成功，都不可能是一帆风顺的。对待挡在我们面前的困难，唯一的办法就是想办法克服。一分耕耘，一分收获，努力越大，收获越多，要想创造未来，只有努力奋斗，别无他途。

青春励志读书课

第二季

管好自己我能行

译文◎主编

北京时代华文书局

图书在版编目（CIP）数据

管好自己我能行 / 译文主编. -- 北京 : 北京时代华文书局，2019.11（2023.10 重印）
（青春励志读书课）
ISBN 978-7-5699-3218-8

Ⅰ. ①管… Ⅱ. ①译… Ⅲ. ①故事－作品集－中国－当代 Ⅳ. ① I247.81

中国版本图书馆 CIP 数据核字（2019）第 229143 号

青春励志读书课　管好自己我能行
QINGCHUN LIZHI DUSHUKE　GUAN HAO ZIJI WO NENG XING

主　　编 | 译　文

出 版 人 | 陈　涛
选题策划 | 郄亚威
责任编辑 | 周连杰
装帧设计 | 时间岛 • 烨冰
责任印制 | 刘　银

出版发行 | 北京时代华文书局 http://www.bjsdsj.com.cn
北京市东城区安定门外大街 136 号皇城国际大厦 A 座 8 层
邮编：100011　电话：010 - 64263661　64261528
印　　刷 | 三河市金兆印刷装订有限公司　电话：0316-5925887
（如发现印装质量问题，请与印刷厂联系调换）
开　　本 | 710mm×1000mm　1/16　　印　　张 | 9　　字　　数 | 70 千字
版　　次 | 2019 年 11 月第 1 版　　印　　次 | 2023 年 10 月第 2 次印刷
书　　号 | 978-7-5699-3218-8
定　　价 | 112.00 元（全 5 册）

序 Preface

思想是决定命运的重要因素，行为的平庸源于思想上的苍白，而思想上的贫乏源于所见之狭隘。自我们呱呱坠地起，自然界便赋予我们每个人都是平等的。我们的思想如同一张白纸，随着时间的推移与不断的学习、积累，会被逐渐填满而发展成熟。然而，正如鲁迅先生所言，“有的人活着，他已经死了；有的人死了，他却还活着！”古今中外历史上涌现出了很多取得杰出科技文化成就或是有很大思想建树的伟人，他们之所以能成就辉煌的人生，关键是因为他们于人生的平凡细节中领略到了更多智慧的精髓、思想的光芒、崇高的德行修养……，来作为生命中的养分。而缺少伟大精神滋养的灵魂是贫弱的、平庸的、盲目的。

同样，青春期的孩子们，谁不对未来充满了期待？谁不憧憬着自己美好的人生？然而，怎样才能使青春期的孩子健康地成长，怎样才能破除青春期障碍，“滋养”孩子顺利走向成功的未来，我们经过缜密的调查与分析，出版了《青春励志读书课》。

古语有云：少壮不努力，老大徒伤悲！对于现今这个飞速发

展的社会来说，更需的是有学习力的人，才能拥有这个时代的终极竞争力。不读书，寸步难行，不好好读书，抵触、逃避、敷衍、糊弄等等，都是对自己的一种极大不负责任，也终将无法稳步立足社会。

社会是纷繁复杂的，周围的人也是各种各样的，强烈的责任意识和担当精神、有效的自控能力等既能给我们自身带来愉悦和便利，也有助于我们综合素质的提升、赢得他人的尊重，还能强化我们的人际关系。

此外，健康的心灵、高尚的人格对我们青少年也是非常重要的。以积极的心态看待人生、对待学习，会有助于我们迈开稳健的步伐，而不轻易向困难低头；学会在阴影下寻找阳光会使我们变得坚韧而更加成熟；真诚、友善、宽容会使我们获得别人的尊重，赢得更多的朋友……

人和人之间没有什么两样，我们以别人为榜样，别人也同样以我们为参照物。生活中无需太多新奇的故事，有那么一两个能打动我们的心就足够了，平凡的地方有太多太多的真理，也许用一生的时间都数不清。或许我们的规划还有些盲目，或许我们的认识还不够深刻，或许我们的步伐太忙碌，以至于失去了思考的能力。偶尔在街上看见某个久违的人，听见某个熟悉的声音，抑或几个似曾相识的动作进入你的视线，便会让我们突然有所顿悟，有所思考。

本套书便全部以故事的形式呈现给我们读者，这一个个生动的小故事，就像初秋的一阵清风吹过，在不经意间，可使我们的心弦为之颤动，智慧与道理就好似一股股清爽纯净的山泉一样，慢慢地流进我们的心里，为我们点燃一盏明亮的心灯，照亮我们的青春之路。

编者
2019 年 9 月

目录

Contents

第一章

做一个自律的人

它不是属于我的 /2

坚持原则 /3

做个有责任心的人 /7

诚信是心灵的契约 /8

做人要不骄不躁 /10

控制自己的欲望 /13

多寻找自身的缺点 /14

要能虚心接受批评 /16

要及时改正错误 /18

生命不要自甘堕落 /19

千万不要走上邪路 /22

第二章

做一个追梦的人

与命运抗争的芭蕾女孩 /26

梦想是一切的起点 /30

一个梦想的价值 /32
把希望种在心里 /35
理想让你走得更远 /36
有理想就要去追求 /39
不要忘记自己的梦想 /40
牢记自己的梦想 /42
为梦想而奋斗 /43
要听从内心的召唤 /45
要实现自己的梦想 /46
成功的基石是梦想 /48
动力源于明确的目标 /50
要不断地超越自己 /51
为自己的理想奋斗 /53

第三章
做一个管控情绪的人
心态决定人生成败 /56
保持乐观的心态 /57
不要做情绪的奴隶 /59
正视自己的恐惧 /60
别被不良情绪控制 /62
别让焦虑夺走快乐 /64

不要被恐惧情绪左右 /65
从消极中发现积极 /67
面对逆境的好心态 /69
不要逞一时之快 /70
停止怨恨重新开始 /72
把愤怒变成动力 /74
在自省中改变错误 /75

第四章

做一个自立的人

小肩膀撑起的家 /78
有担当的孝心少年 /81
微笑着面对生活 /84
给自己创造机遇 /85
敢想就一定要敢做 /87
比别人多付出一份努力 /88
咬紧牙关坚持下去 /90
送给妈妈的礼物 /92
要认清自己的价值 /95
要相信自己的能力 /97
要做到敢于尝试 /99
大胆地付诸实践 /101

第五章

做一个自强的人

把最美的自己奉献社会 /104

把命运掌握在自己手中 /107

走出改变人生的一步 /109

相信自己是有用的 /111

自强离不开多问为什么 /112

再苦再累都不要怕 /114

遇到挫折不气馁 /116

困难面前不要退缩 /119

每一样东西都是恩赐 /122

不畏艰险敢于挑战 /124

人生路上不断追逐 /126

敢于突破自己 /129

并没有那么困难 /131

走向虚掩的大门 /132

学会破开苦难之茧 /134

成为王者和霸主 /135

Chapter

第一章

做一个自律的人

一个自律的人，一定是一个有原则的人；一个自律的人，一定是一个讲诚信的人；一个自律的人，一定是一个值得信任和交往的人；一个自律的人，一定是一个可以合作的人。做一个自律的人，有助于我们收获更美好的人生。

它不是属于我的

那是在几年前，赵先生来到世界闻名的高科技区硅谷，也就是美国加州的圣何塞市。自从赵先生抵达加州之后，他发现加州的气候得天独厚，那里空气清新，阳光明媚，四季温暖如春，到处是鲜花绿草，他觉得自己仿佛走进了一个无边无际的花园之中。

有一天，赵先生正在随意漫步，突然，觉得眼前一亮，面前出现了一条金色大道，人行道上种的一株橘树，沉甸甸、黄澄澄的橘子挤满了枝头。

花旗蜜橘是世界闻名的鲜果。今天赵先生在美国的土地上见到如此浑圆结实，果皮上闪着油光的蜜橘，感到非常亲切。突然，他想到这样一个问题：这些橘子已经长熟了，怎么还长在树上呢？是因为它酸，所以没有人采摘吗？

于是，赵先生决定问个清楚。他沿着橘子树来回足足兜了半个小时，竟没遇到一个过往行人，他只好调转方向准备回到住处。这时，赵先生见到前方一个背着书包，脚踩旱冰鞋的学生模样的孩子正奋力而有规律地甩动着双臂朝自己滑来。

赵先生有礼貌地对孩子说：“劳驾，孩子，你能回答我一个问题吗？”

美国孩子大多数是活泼大方不见外的。孩子见到有人要他回答问题，马上把旱冰鞋尖向地上一点，来了一个急刹车，说：“当然可以。”孩子拿出手帕擦着他布满雀斑的脸上的汗水说，“只要我知道的。”

“圣何塞的橘子是酸的吗？”赵先生指着橘子树直率地问。

“不。”孩子摇摇头自豪地说，“这里的橘子可甜了！”

“那你们为什么不摘下来吃呢？”赵先生指着一只熟透的橘子说，“让它掉在地上烂掉多可惜。”

“对不起，先生，我该怎么回答你提出的问题呢？”孩子摊摊手，耸耸肩笑着对赵先生说，“我为什么要吃路边的橘子呢？它是不属于我的。”

孩子说着和赵先生挥手道别，又开始有规律地甩动双臂向远处滑去。望着早已远去的孩子的背影，赵先生寻思着这个简单朴素，但又满含着社会公德的语言，不禁感慨多么闪闪发光掷地有声的语言呀！

励志寄语：

不属于自己的东西不能随便取用，这是人人都知道的道理，也是一种大家都应该遵守的社会公德。然而，现实中，我们常常看到一些不尽如人意的情况，比如路边的瓜果被人采摘一空，公厕的卫生纸被人据为己有，等等。对比文中的孩子，我们是不是也该努力做个自律、有公德的人呢？

坚持原则

普利策是美国著名的报业家和新闻学者，他于1847年4月

10日，出生在匈牙利一个叫马口的小镇。普利策的童年与青年时期过得并不顺利。年幼时，他的父亲去世，母亲改嫁，他与继父相处不好，在家里吃了很多苦头。

17岁那年，普利策决定离开家，自谋生计。恰逢美国南北战争，他偷渡到美国参加了北方军，却最终因无法适应军营生活被赶出了军队。之后他到处流浪，穷困潦倒。

1868年，是普利策的命运发生重大转折的一年。在这一年，通过努力，普利策当上了律师。然而，因为没钱设立律师事务所，加上年纪轻轻，又操着一口夹生的英语，所以找他帮助打官司的人望而却步，业务始终不见起色。

一天晚上，图书馆里有两个人在下棋，其中一个正举棋不定，站在身后观看的普利策提醒他说："别走那一步！"两个人都惊讶得张大了嘴巴望着他。普利策对那个人说："老兄，如果您走那一步，您就输定了。"普利策又站在另一方，拿起棋子走了几步说："先生，如果您这么对付他，还是会赢的。"

两个人看看普利策，又看看棋盘，似乎让这位陌生的年轻人的棋艺给镇住了。当普利策正想离开时，其中一位叫住了他说："年轻人，我想认识一下你这位棋艺高手，也顺便介绍我的一位好朋友给你，这是艾米尔先生，我叫苏兹。"

普利策一听很感惭愧，自己真是不知天高地厚，还敢得意扬扬地指导两位名人下棋。在圣路易斯，没人不认识艾米尔和苏兹，尤其是苏兹，他是共和党创始人之一，过去曾帮助林肯竞选总统。

苏兹的原籍是德国，担任过美国驻西班牙公使，南北战争时曾是少将，现在是密西西比州的参议员。这两个人共同拥有一家圣路易斯《西方邮报》。

当苏兹听普利策说曾在林肯骑兵队服过役，便和艾米尔交换了一下目光。他俩同时想到，这个才满20岁的年轻人，已当过骑兵、打杂工人、律师，见多识广，而且下得一手好棋，这是很少有的。

当时，正好《西方邮报》的一名记者不干了，得找个人补缺才行。苏兹和艾米尔不约而同地想到了普利策。他俩问普利策愿不愿意当记者。普利策说他当然想当，只是从来没有写过文章，怕胜任不了。他俩勉励他边干边学，说他脑瓜子很灵，不久就能胜任的。就这样，普利策干起了记者。

在那个年代的美国，新闻界是另一个厮杀声不断的战场，不断有好多具有普利策性格的人投身其中。他们在激烈的竞争中，要找出最具刺激性的轰动新闻。记者们一个个跟侦探一样在刺探和抢夺新闻，大报主编们的水平高低，也在随着报纸的出版而揭晓。

这样一来，新闻界很自然地就集合起一批中流砥柱。普利策就是从一线记者干起的。他当记者，一天工作16个小时，是个拖也拖不住的工作狂。

普利策上班的第一天，总编辑就派他去采访了一桩盗窃案。当他赶到失窃地点时，已经有许多别的报社同行闻风赶到了。普利策不仅详细地进行了采访，还帮助办案人员分析案情。结果，案子很快就侦破了，而普利策也写出了一篇精彩的报道。就连对他的能力有很大疑问的总编辑，也不得不佩服这个小伙子了。

接着几个星期，普利策写了许多报道。他之所以一口气能写那么多的报道，是因为他下笔快而且不浪费一分一秒。他领受任务后，大街小巷到处奔忙，他既报道市政府面临的困境，也采写码头工人的打架斗殴，甚至别家报纸只字不提的芝麻小事，他也不放过。

普利策认为报纸是给市民看的，就要报道市民身边的趣闻趣事。如果不是苏兹支持他的观点的话，他这些稿子是发不出来的。他的文章一登出，读者就争相传阅，顿时“洛阳纸贵”，《西方邮报》销售量直线上升。

有一次，普利策和另外几十个人交了5美元，跟着一个答应介绍他们到路易斯安那州甘蔗种植园工作的人乘上一艘小轮船，当小轮船把他们抛在离城48公里的地方掉头离去时，他们才知道受骗了。

普利策非常气愤，当即写下一篇报道揭穿了这个骗局。当《西方邮报》发表了他的稿子时，他十分高兴。不久，报社老板苏兹又把普利策调往杰斐逊城，担任报社驻该城特派记者，专门采访州议会开会的消息。他到首府从事政治采访的第一个月中，就已闯入议会的政治核心。

由于苏兹先生的熏陶和栽培，普利策的超人才华和政治胆识迅速显露了出来。1869年12月14日，普利策出席了在圣路易斯城举行的共和党会议，并被提名为候选人。

此时，普利策年仅22岁，离竞选规定的年龄还差3岁，但对他的提名却在“热烈的掌声”中被通过了。进入议会后，普利策敢仗义执言，尤其对贪官污吏更是大加挞伐，就像在报上发表抨击文章一样。

普利策了解到圣路易斯市政当局所收的大笔税款不知去向，就提出一个法案，要求追查。当时就有一些议员极力反对，甚至公然威胁普利策的人身安全。朋友们也劝普利策别跟这帮有权势的人斗，说他们会要你的命的。但是，普利策照样坚持原则，一边在议会里跟他们斗，一边写了一篇篇内幕报道登在《西方邮报》上。由于社会舆论的压力，当局被迫进行了追查，并将贪污受贿的官员绳之以法。

由于这件事，普利策被州长任命为圣路易斯市的三大警官之一。这一年他才23岁。他从身无分文来到圣路易斯，时间不长，就成了该市家喻户晓的风云人物。

励志寄语：

坚持原则就是坚持做人的准则或规范。坚持正确的意见，可以规范和约束自己或他人的不良行为，防止有些人为所欲为甚至胡作非为，维护社会正义。反之，则可能助长歪风邪气，导致不良风气的漫延，导致不公平、不和谐的现象发生。

做个有责任心的人

许多年前，妙龄少女野田圣子来到东京帝国酒店当服务员。这是她涉世之初的第一份工作，只是令她想不到的是，上司竟然安排她洗厕所！并且对她的工作质量要求特别高，甚或说高得骇人，那就是必须把马桶抹洗得光洁如新。

野田圣子当然明白“光洁如新”的含义是什么。她当然更知道自己不适应洗厕所这一工作，真的难以实现“光洁如新”这一高标准的质量要求。因此，她陷入了困惑、苦恼之中，也哭过鼻子。

正在此关键时刻，同单位的一位前辈及时地出现在野田圣子的面前，帮她摆脱了困惑、苦恼，帮她迈出了这人生第一步，更重要的是帮她认清了人生路应该如何走。这位前辈并没有用空洞的理论去说教，而是亲自做了个样子给她看。

首先，这位前辈一遍遍地抹洗着马桶，直到抹洗得光洁如新。然后，他从马桶里盛了一杯水，竟然一饮而尽，毫不勉强地喝了下去。实际行动胜过万语千言，这位前辈不用一言一语就告诉了野田圣子一个极为朴素、极为简单的真理：光洁如新，要点在于“新”，新则不脏，因为不会有人认为新马桶脏，也因为新马桶中的水是不脏的，是可以喝的。

反过来讲，只有马桶中的水达到可以喝的洁净程度，才算是把马桶抹洗得“光洁如新”了，而这一点已被证明可以办得到。同时，这位前辈送给了野田圣子一个含蓄的、富有深意的微笑，送给了她一束关注的、鼓励的目光。这已经够用了。

野田圣子早已激动得几乎不能自持，从身体到灵魂都在震颤。她目瞪口呆，热泪盈眶，恍然大悟，如梦初醒。她痛下决心：就算一生洗厕所，也要做一名洗厕所最出色的人！

从此，野田圣子成为一个全新的、振奋的人，她的工作质量也达到了那位前辈的高水平。当然，她也多次喝过厕水，是为了检验自己的自信心，为了证实自己的工作质量，也为了强化自己的敬业心。野田圣子很漂亮地迈好了人生的第一步，开始了她的不断走向成功的人生历程。

励志寄语：

责任心是指个人对自己和他人、家庭和社会所承担责任和履行义务的自觉态度。想要做好某件事情，就必须要有责任心。换句话说就是，有责任心的人更容易将事情做得出色。

诚信是心灵的契约

比利刚当上公司技术部的经理，接受一个客户的邀请共进晚餐。在饭桌上，客户对比利说：“只要你把公司里最新产品的数据资料给我，我会给你很好的回报，怎么样？”

比利站了起来，气得满脸通红：“不要再说了！我绝不会出卖我的良心做这种见不得人的事，我不会答应你的任何要求。”

“好，好，好。”客户不但没生气，反而颇为欣赏地拍拍比利的肩膀，“这事儿就当我没说过。来，干杯！”

不久，发生了一件令比利很难过的事，他所在的公司因经营不善破产了。比利失业了，没过几天，他突然接到客户的电话。比利疑惑地来到客户的公司，出乎意料的是，客户热情地接待了他，并且拿出一张大红聘书请比利去公司做技术顾问。

比利惊呆了，喃喃地问：“你为什么这样相信我？”

客户哈哈一笑说：“小伙子，你的技术水平是出了名的，你的正直更让我佩服，你是值得我信任的那种人！”

有些人开始步入人生时，常常错误地认为一个人的信用是建立在金钱基础上的。但是其实不是这样的，一个有钱有势的人不一定有信用，因为再雄厚的资本也不等于信用，与百万财富比起来，高尚的品格、精明的才干、严格自律的精神要比其宝贵得多。

还有一个这样的故事，是说戴尔和一些大学同学一起到一家公司面试，公司却让他们先去街上发传单。戴尔抱着传单，来到了划定的地盘，见人就发一张。有的人接，有的人理都不理，有的接过去就随手扔在地上，他只好捡起来重发。

忙碌了一整天，可手上的传单还剩厚厚的一沓。到了规定的时间，戴尔拖着满身的疲惫回公司交差，看见其他人都已经回来了。同学一看到他就说：“你怎么还留那么多传单在手中？”

戴尔一看大家手上都是空的，心头慌了。老板问戴尔发了多少。他涨红着脸，把剩下的传单交给了他，难为情地说：“我干得不好，请原谅！”

回学校的路上，同学一个劲儿地骂他傻，并告诉戴尔自己的传单也没发完，剩下的全都扔进了垃圾桶，其他人想必也是如此。戴尔这才恍然大悟。结果却大出意料，戴尔成了唯一的被录用者。

半年后，戴尔因为业绩突出升任部门经理。在庆典的晚宴上，他询问老板当初为何选择了他。老板说："一个人一天能发放多少传单，我们早就测试过。那天我给你们的传单，用一天时间肯定是发不完的。但是，其他人都发完了，只有你没有，并如实地汇报了情况，这说明你是一个值得信任的人。"

励志寄语：

诚信是一项彼此信任的无字约定，虽没有任何法律条文的条条框框，但它需要心灵的自律，也是赢得人生成功的重要法宝。一个人拥有诚信的品质，比拥有千万财富更令人敬佩。

做人要不骄不躁

朱棣文从小受到儒家文化的熏陶和培养，从父母那里学会了刻苦、勤劳和谦逊的良好品德，并不宽裕的生活环境还造就了他不骄不躁、不屈不挠的坚强性格。

中学毕业后，他进入了美国的知名学府加州伯克利大学深造，1970 年获得物理学博士学位。1978 年，朱棣文进入美国贝尔实验室任研究员；1987 年成为斯坦福大学的教授。他的工作生活十分繁忙，但是他精力很充沛。他要带八个博士生，指导两个博士后，要给硕士研究生每年开两门课，还要从事自己的原子物理学研究。

朱棣文认为要成为一个成功的物理学家，首先必须要有好奇心，不论对自然还是对普通的事物都要有好奇心。而且最重要的是要有恒心和毅力。科学研究是一项艰辛而漫长的工作，在整个过程中，要不断努力和学习，不骄不躁，锲而不舍，直到研究出新的结果。

1993 年 5 月，朱棣文当选为美国科学院院士，平时他很少提及自己的研究成就，甚至在父母面前也从不提起。他的母亲说："他得奖从不告诉我们，都是我的朋友看到报道后，剪下来寄给我的。像 1996 年获左根汉研究奖；1993 年获第一个国际大奖；1987 年获美国物理学会艺术奖等，他都没有表示出特别的兴奋。"

当有人告诉朱棣文他获诺贝尔奖时，他的第一反应是："别开玩笑！"那是 1997 年 10 月 15 日的凌晨，朱棣文还在睡觉，却被一阵急促的电话铃声惊醒了。他睡眼惺忪地拿起电话，听到他的一个学生激动地说："朱教授，恭喜你获得诺贝尔奖了！"

经常爱跟学生逗笑的朱棣文认为这肯定是他的学生在搞恶作剧，所以他满不在乎地说了一句"别开玩笑！"

然后就挂上了电话，打算接着睡。可是亲友同事学生们的电话却接二连三地打进来，对他获奖表示祝贺，但他仍不相信。后来，朱棣文又接到媒体打来的电话，这时他还有点半信半疑，但还是打电话向斯坦福大学新闻社求证，新闻社答复确有其事，朱棣文才确信这不是玩笑。

此刻朱棣文家里已炸了窝，媒体记者、摄像机一拥而入，把他的家闹翻了天。那天朱棣文还有课，他可不想因此耽误了教学，所以仍和往常一样去上课。媒体记者们也跟着涌进教室。

朱棣文的学生们已经知道了消息，当他走进教室时，学生们全体起立热烈鼓掌祝贺，紧接着就是七嘴八舌地提问："嗨，你为什么获奖？""你做了什么事？""以前怎么没听你讲过？"

朱棣文只好向学生们简单介绍说明了一下，才得以继续上课。课后，斯坦福大学特意为他举行了记者招待会。同时，包括中国科学院在内的各方发出的贺信贺电雪片般向他飞来，世界各大媒体也对此进行了大篇幅报道。

朱棣文获得了诺贝尔奖后，他仍然表示：“我还是我，跟昨天没有什么两样。”

在谈到所获的诺贝尔奖奖金时，朱棣文以幽默的口吻说：“我只是运气比较好。”他只得到 100 万美元中的 1/3，“山姆大叔”还要拿走一半，真正到手的只有十几万美元。他要用这些钱还一些家庭贷款，给孩子们的教育投点资，至于他自己，只想买一辆山地自行车，如此而已。

朱棣文为人谦虚，得奖后他向记者表示自己并不聪明，还常有危机感：担心自己会思维枯竭。就是因为他抱有这样谦虚自律的心态，才会不断地学习新的知识，不让别人超越自己。由此我们可知，正是不骄不躁，锲而不舍的信念成就了他的人生！

励志寄语：

“谦虚使人进步，骄傲使人落后”。谦虚的人能够看到自己的不足，并暗中对自己自律和鼓劲，默默地赶上去。骄傲浮躁的人却常常目中无人，认为谁也没有自己能干，谁也比不上自己，其结果必然是谦虚者赶超骄傲者成为人生的赢家。

控制自己的欲望

有一段时间，美国第一富豪盖蒂抽香烟抽得很凶。有一年，他开车去度假，路上经过法国，正好赶上了下雨天，地面特别泥泞，开了好几个小时的车之后，他来到一个小城里的旅馆过夜。吃过晚饭他回到自己的房里，很快便入睡了。

盖蒂清晨两点钟醒来，想抽一支烟。打开灯，他很自然地伸手去拿他睡前放在桌上的那包烟，发现是空的。他下了床，搜寻衣服口袋，结果毫无所获。他又搜索他的行李，希望在其中一个箱子里，能发现他无意中留下的一包烟，结果又令他失望了。

他知道旅馆的酒吧和餐厅早就关门了，这时候唯一能得到香烟的办法是穿上衣服，走到火车站，但它至少在六条街之外。

外面仍然下着雨，他的汽车停在离旅馆尚有一段距离的车房里，而且，别人提醒过他，车房是在午夜关门，第二天早上六点才开门。况且在这大雨天能够叫到计程车的机会也等于零。

显然，如果他真的这样迫切地想要抽一支烟，他只有在雨中走到车站。想要抽烟的欲望不断地侵蚀着他，并且越来越强烈。于是他脱下睡衣，开始穿外衣，等衣服都穿好后，他伸手去拿雨衣。这时他突然停住了，开始大笑，笑他自己，他突然体会到，他的行动是多么荒谬。

盖蒂站在那儿反思：一个所谓的知识分子，一个所谓的商人，一个自认为有足够理智对别人下命令的人，竟要在三更半夜，离开舒适的旅馆，冒着大雨走过好几条街，仅仅是为了得到一支烟。

盖蒂生平第一次注意到这个问题，抽烟已经成了他的一个不可自拔的习惯，他甚至愿意牺牲极大的舒适，去满足这个习惯。这个习惯显然没有好处，他突然明确地注意到这点。头脑很快清醒过来，片刻就做了决定。

他把那个仍然放在桌上的烟盒揉成一团，丢进废纸篓里。然后脱下衣服，再度穿上睡衣回到床上。带着一种解脱，甚至是胜利的感觉，他关上了灯，听着雨点打在门窗上的声音。几分钟之内，他进入了一个深沉、满足的睡眠中。

自从那天晚上以后他再也没抽过一支烟，也没有了抽烟的欲望。

励志寄语：

人的欲望是无穷无尽的，我们如果不能理智地控制它，就会成为它的奴隶，做出错误的判断或行动，造成恶劣的后果。因此，无论什么时候，我们都应该做个能够自律的人，做自己心灵的主人，赢得一段理智而美满的人生。

多寻找自身的缺点

乔治·罗纳在维也纳当了很多年律师。但是，在第二次世界大战期间，他逃到了瑞典，身无分文，很需要找份工作。因为他能说并能写好几国的语言，所以他希望能够在一家进出口公司里，找到一份秘书的工作。

然而，绝大多数的公司都回信告诉他，因为正在打仗，他们不需要这一类的职员，不过他们会把乔治·罗纳的名字存在档案里。还有一个人在给乔治·罗纳的回信上这样说：

> 你对我生意的了解完全错误。你既错又笨，我根本不需要任何替我写信的秘书。即使我需要，也不会请你，因为你连瑞典文也写不好，信里全是错字。

当乔治·罗纳看到这封信的时候，简直气得发疯。于是乔治·罗纳也写了一封信，目的是想使那个人大发脾气。但是，乔治·罗纳突然停下来想了想：等一等。我怎么知道这个人说的是不是对的？我是学过瑞典文，可是，瑞典文并不是我的母语，也许我确实犯了很多我并不知道的错误。

如果是这样的话，那么我想得到一份工作，就必须再努力学习。这个人可能帮了我一个大忙，虽然他本意并非如此。他用这种难听的话来表达他的意见，并不表示我就不亏欠他，所以应该写封信给他，在信上感谢他一番。

于是，乔治·罗纳撕掉了他刚刚已经写好的那封骂人的信，另外写了一封信说：

> 你这样不嫌麻烦地写信给我实在是太好了，尤其是你并不需要一个替你写信的秘书。对于我把贵公司的业务弄错的事我觉得非常抱歉，我之所以写信给你，是因为我向别人打听，而别人把你介绍给我，说你是这一行的领导人物。
>
> 我并不知道我的信上有很多文法上的错误，我觉得很惭愧，也很难过。我现在打算更努力地去学习瑞典文，以改正我的错误，谢谢你帮助我走上改进之路。

没过几天，乔治·罗纳就收到那个人的回信，请罗纳去见他。罗纳去了，而且得到了一份工作。

励志寄语：

面对别人对我们轻视或不满，动辄粗暴地反击是最不理智、不自律的行为，想一想或许人家真的有一定的原因：问题或许真的出在我们身上。这时，如果我们能静下心来，心平气和地检讨一下自己的行为，修正一些不好的做法，或许能够获得意外的惊喜。

要能虚心接受批评

有一次，美国救生圈公司的副总经理兼航业救生公司的总经理查理·皮兹不得不开除一个很有希望的青年高级职员，因为这个青年不能接受别人的批评。

这个青年是从一个小徒弟起步升上来的。他很有才能，而且受人欢迎，所以升得很快，一直升到该公司工程预算部的主任，负责该公司工程的预算。

一天，一个速记员查出了他的预算中算错了两千元，于是把详情呈报了上司。后来这件事传到皮兹那儿去了。可这个青年主任听说之后勃然大怒。

“这个速记员不应该查问我的核算。”他气愤地说，“他也不应该提出来。”

“但是你得承认你的核算错了，是不是？”皮兹问他。

“是的。”他说。

“然而你以为速记员还是不应该说出来，而公司应当受损失以免有损于你的威严吗？”

这个青年主任以为应当是如此。皮兹便规劝他，如果再这样做，就很难成为一个干大事的人。后来这件事渐渐被大家淡忘了。大约过了一年之后，这个青年主任报上去一个有关美国中西部某项工程的两万元的预算方案。

他的上司仔细核实他的预算，觉得这数目应当再加一倍，这事又被呈到皮兹面前来了，于是皮兹再度叫他前来。他对皮兹说：“我晓得你是怎么想的，你是想用这项工程来陷害我。上一次的事你对我不满，于是这次特别请了工程师核算，故意扯我后腿。我的计算是对的，你在蔑视我的能力。”

皮兹回答说：“那么，好，你自己去请几个工程师来计算，看看结果如何。”最后这个青年主任承认是自己算错了，皮兹便对他说：“现在我们只能各走各的路了。因为你不能接受公正的批评。”

励志寄语：

有了错误，就要有敢于承认的勇气。如果明知自己错了，却不愿意承认，更不愿意改正，那么，同样的错误就可能再犯。不妨多多反思：一个屡次犯错误而不能严格要求自己、也不悔改的人，哪个老板还敢用我们呢？

要及时改正错误

美国明尼苏达州柴油公司的赛德里亚分厂，在创办初期并不顺利。产品的质量不稳定，机器的利用率低，工人的缺勤现象严重且工伤事故经常发生，各种内忧外患使其濒临破产。工厂的处境使厂长史密斯焦急万分。

面临着巨大的压力，史密斯没有一味地蛮干下去，更没有退缩，而是找来各方面的专家人士研究分析工厂经营不佳的原因。经分析发现，其症结在于工厂目前实行的多层次领导管理体系。在这种管理体系下，领导与职工之间及各领导之间缺乏沟通。

他们各自为政，致使整个工厂没有通盘的计划，处于一种得过且过的混乱状态。于是史密斯对症下药，实行了一套新的管理法，重新设计工作，改善劳动环境。全厂从经理到操作工全部编成以 20 人为一个单位、有一定自主权的制造小组。

每个小组都要学会“料理家务”，从事一系列所谓的垂直性工作。如清点存货、采购原料、记录生产费用、检验进货、登记考勤和工作表现、制定预算、监督安全措施等。他给予每个小组较大的自主权，使它们有权自行招雇新工人，辞退不称职的组员。

由于柴油机的很多部件需要几个小组合作制造，这样就无形中产生了竞争，给效率低的小组造成了一种压力，促使他们提高工作效率。同时史密斯给每个小组指派了一个顾问，取代了从前凌驾于工人之上令人讨厌的监工。

顾问的任务是培训工人，帮助小组提高自治能力。新管理体系实行两层领导制，最高一层是由厂长和董事组成的工厂作业组，负责与公司总部共同制定生产任务，拟订全厂的生产计划。第二领导层是工人代表会，由各部门推选产生。

厂里定期召开会议讨论各种问题，工人的意见由工人代表带给工厂作业组。此外，史密斯本人还每星期都邀请一部分工人促膝谈心。由于他注意保密谈话的内容，因而很快取得了工人的信任。

总方案实施后，取得了令人鼓舞的成功，不仅令赛德里亚厂获得了新生，而且很快成为总公司的明星分厂，而史密斯本人也因其在赛德里亚的成绩被调往总部担任了副总经理的职务。

试想，假如史密斯当时在挫折面前，不认真分析原因，不改变原来的管理体系而一味地蛮干下去，无论他如何兢兢业业，等待他的只能是又一次失败。

励志寄语：

中国有句古话："知耻而后勇。"意思是知道耻辱、思考耻辱后产生大勇气，然后洗却耻辱，自立自强。工作中出现了失误，及时想办法，找出问题的根源，纠正错误的做法，这才是对待工作的正确态度。

生命不要自甘堕落

有一个小镇，中午的街道上空空的，没有几个人。树叶都打着卷，暗淡而又倦怠地耷拉着。偶尔有一阵风，也极微小极细弱，还没有感觉到就消逝了。在这样热的天气，不会有什么顾客上门来买东西的，这家店铺的男人也有些困乏了，便忍不住趴在柜台上打起盹儿来。

朦胧中，店主被一阵声音惊醒了。果然在靠门的地方，有一个年轻人正向里边漫无目的地张望着。他正要问些什么，年轻人突然又退了出去。他警惕地四下打量了一下自己的铺面，发现并没有异样。但当他正要趴在柜台上继续打盹儿的时候，年轻人又探了头进来。

“你要买点什么？”他不失时机地问。

“我，我……”年轻人支支吾吾半天，也没说出什么来。

这使店主觉得事情有些蹊跷，便仔细地打量这个年轻人，发现除了满身的疲惫和蓬乱的头发外，穿戴还算整齐。但是，最显眼的，还是他背后的那把古琴，颜色红红的，像一簇火焰在燃烧。

“你到底有什么事？”这次问话的时候，他故意让自己的语气变得耐心些。

“我，我是个学生。要参加来年的高考，考试之前，我想去市里的师范学校找个老师辅导辅导。”

店主很机敏，一下子就听出年轻人的意思。他说：“那你是问路，问去市里的路吧？”

“不，不，我不是。”年轻人显得有些局促不安，“我家里过得很不好，父亲老早就去世了，母亲养我已经很吃力了，我想，我想为您弹一曲琴。”

说完这段话，年轻人似乎用尽了自己所有的力气和勇气。店主这才听出了年轻人的意思，刚要说什么，突然帘子一撩，从里屋走出一个睡眼惺忪的女人。

她大声说：“出去，出去，你们这号人我们见得多了。说白了，你们就是想要几个钱。我们这儿每天都有讨饭要饭的，编个谎话，就想骗钱，没门。”

女人嘴快，说话像连珠炮。年轻人变得更加局促起来，眼神中藏着遮掩不住的慌乱。店主似乎没有听到女人在说些什么，他起身把自己坐的凳子拿过来，轻轻地放下，说：“孩子，坐下来，弹一曲吧。”

然后，店主便静静地站立在一旁，极欣赏而专注地看着年轻人。在乐声响起的时候，偌大的店铺里，顿时像有清泉汩汩流淌起来一般，又似一阵清风，在淡淡幽幽地吹拂，时而低沉，时而绵长，营造出了一种高雅而曼妙的意境。

一曲终了，店主被这乐声彻底打动了。就在他走向那个放着营业款的抽屉时，女人紧走几步过来，伏下身子，一把按在抽屉上，便又开始数落起来。

男人有些不耐烦了，说：“我不相信他是个骗子，至少，他的琴声是纯洁的！”

几年后，一位在音乐上颇有造诣的老师，在大学课堂上为自己的学生讲起了这个故事。他说：“当时，我在去那家店铺之前，已经去了很多家，但无一例外，都被轰了出来，冷眼、嘲笑、甚至是谩骂，几乎使我丧失了继续找下去的勇气。人在这个时候，往往容易走极端。”

老师接着说：“其实，不瞒大家，那个中午，我看到店铺里的那个男人睡着了，我的心里陡然升起了一种事先未曾料到的邪念，我想偷一笔钱，甚至我当时想，即使在这里不成功，我也要在下一个地方得到它。”

老师继续说：“然而，那个男人平和地接纳了我，他给了我钱，更重要的是，他的那句‘至少，他的琴声是纯洁的’话像一道耀眼的光芒，映照在我的心灵深处，荡涤着我内心的尘垢。也就是这样一句刻骨铭心的话，把我从那个危险的边缘拉了回来。”

“是的。”老师说，“一颗在困难中的心灵本已脆弱，这时候，善良就是一双温暖的大手，而宽容和肯定就是天底下最和蔼最慈祥的姿势，很容易把即将跌倒的生命拉起来，因为没有一个灵魂自愿蒙尘，也没有一个生命自甘堕落。”

励志寄语：

人生路上，困难和无助是在所难免的，但温暖也是无处不在的，坚定我们内心的理想，控制好自己的心态，不要轻易就自甘堕落。

千万不要走上邪路

查理·华德出身贫寒。他在读小学时，曾在西雅图滨水区靠卖报和擦皮鞋来接济家庭。后来，他成了阿拉斯加一艘货船的船工。17岁时，他于高中毕业后就离开了家，加入了流动工人大军中。

查理·华德的同伴都是些倔强的人，军事冒险者、逃亡者、走私犯、盗窃犯等。他同这些所谓的“边缘人物”混在一起，也开始赌博，赢得大量的钱，然后又输得精光。最后，他因走私麻醉药物而被捕，受到审判并被判了刑。

查理·华德进入莱文沃斯监狱时是34岁。以前他从未入过狱，尽管他的伙伴很多都进过监狱。在莱文沃斯监狱中，他遭受了很大的磨难。他声言任何监狱都无法牢牢地关住他，他会寻找机会越狱。

然而，有一件小事改变了他。那一天，多年不见的母亲不知在哪里听说他在此地服刑，千里迢迢来到监狱探监。

母亲见了他，只说了一句话：“孩子，我们等你回家！”

多年流浪在外的游子，看着头发已经花白的母亲，听着暖心的话语，心中最柔软的神经被触动了。他放弃了心中坚守的东西，热泪盈眶地向母亲点了点头。

此后，查理的态度发生了转变。在他的内心中，有某种声音在嘱咐他：要停止敌对行动，变成这所监狱中最好的囚犯。

从那一瞬间起，查理·华德的整个生命浪潮都开始流向对他最有利的方向。他改变了好斗的性格，也不再憎恨给他判刑的法官。他环视四周，开始寻找各种积极阳光的地方，以便在狱中尽可能地过得愉快些。

首先，查理·华德对自己进行了反思反问，并在书中找到了这些问题的答案。从此以后，他每天都要读书，求索激励、指导和帮助。

查理·华德的行为由于态度的转变而改变，因而博取了狱吏的好感。不久后，他申请在狱中工作。他的举止态度和言谈语调都给副监狱长留下了深刻的印象，从中可以看出积极的心态所带来的热切和诚恳，于是他得到了工作。

有一天，一个刑事书记告诉他，一个原先在电力厂工作的受优待的囚犯将要获释，监狱方面有意让他接替这个工作。查理·华德对电懂得不多，但监狱图书馆藏有关于电的书籍，他就借阅了一些。

又加上在那位懂得电学的囚犯的帮助下，查理掌握了这门知识。开始在电力厂的工作后，查理·华德继续用积极的心态从事学习和工作，不久后他成了监狱电力厂的主管人，领导着150个人。他鼓励他们每一个人把自己的境遇改进到最佳的地步。

美国中北部明尼苏达州首府圣保罗市的布朗比基罗公司的经理比基罗因被控犯了逃税罪，进入了莱文沃斯监狱。查理·华德对他很友好，他激励比基罗设法适应自己的环境。

比基罗先生十分看重查理的友谊和帮助，他在刑期将满时告诉查理："你对我十分亲切。你出狱时，请到圣保罗市来。我将给你安排工作。"

查理·华德获释出狱后，比基罗先生如约给查理安排了工作，周薪为25美元。查理在两个月之内就成了工头。一年后，他成了一个主管人。最后，查理当上了副会长和总经理。

比基罗先生逝世后，查理·华德成了公司的董事长。他担任这个职务直到逝世。在查理的管理下，布朗比基罗公司每年销售额由不足300万美元上升到5000万美元以上，成了同类公司中的最大的公司。

查理·华德由于及时对自己进行了调整和管控，并怀有积极的心态，极愿帮助那些不幸的人。因此，他的人生发生了扭转，并最终获得了人生中最有价值的东西。

励志寄语：

社会生活虽然比较复杂，人生也非常艰难，但是只要我们把握好正确的方向，管控好自己，积极努力去做，都能过上舒心的生活。

Chapter

第二章

做一个追梦的人

梦想是人生的目标，是催人奋进的动力。世界上最幸福的事情就是明确自己的梦想、敢于追求，并努力依托本人的能力和才华，让梦想得以实现的人。

与命运抗争的芭蕾女孩

2008 年 9 月 6 日，北京残奥会在国家体育场“鸟巢”拉开了帷幕。开幕式中，在舞蹈《永不停跳的舞步》这个节目中，人们看到了一个熟悉的名字与一个熟悉的身影。她就是在汶川地震中失去左腿的“芭蕾女孩”李月。

开幕式上，随着法国作曲家拉威尔的《波莱罗舞曲》悠然响起，手拿红色芭蕾舞鞋的小姑娘李月出现在聚光灯下。来自中国残疾人艺术团的演员们环绕在她身边，她们的双手随着李月跳动的足尖而舞动，展现着芭蕾舞的优美雅致。

在舞蹈表演过程中，李月被“芭蕾王子”吕萌高高举起，在空中不停地旋转，飘逸的舞衣，阳光而自信的神情让所有观众为之动容。大家被她与命运顽强抗争的精神而感动，被她坐在轮椅上圆了自己的“芭蕾梦”而感动，更被她继续着自己“永不停跳的舞步”而感动！

11 岁的李月来自北川县曲山小学，她喜欢跳舞和画画，从小就梦想着成为一名舞蹈家。然而 2008 年 5 月 12 日，突如其来的地震将她压在了废墟之下。但是，求生的本能、跳舞的梦想，支撑着她在废墟下度过了 70 多个小时。

5 月 15 日上午，为了挽救生命危在旦夕的李月，救援人员在万般无奈之下，做出了给她截肢的决定。

人们很难忘记那一幕：在废墟里，满面尘土的李月睁开大大的眼睛，朝救援人员喊:“叔叔，不要锯掉我的腿，我还要跳舞！”

经过一场艰苦卓绝的生命接力，这个女孩顽强地挺了过来。在医院，她对亲人说的第一句话是：“我身边的同学都不在了，但是我一直想着跳舞，就坚持了下来！”

在地震发生前两年，李月就已经开始学跳芭蕾舞了，较高的天赋让老师和同学都相信，她以后一定会成为一个优秀芭蕾舞蹈家。

正是对芭蕾的这份热爱和梦想，让她在废墟下坚持了70多个小时。灾难虽然夺走了她的左腿，却没有让她的舞蹈梦想屈服于残酷的命运。追梦的过程是艰辛的，但她从未放弃过自己对芭蕾，对梦想的追逐。

李月做完手术后的第三天，有许多好心人前去看望她。当晚，妈妈将笔拿给女儿，说：“月月，你要把这些好心人的名字都记下来，记住他们的情意。”

当时，李月颤抖着在小本子上写下了歪歪斜斜的文字。从这天起，她就养成了记日记的习惯。她说：“我想通过日记，记住自己的生活经历，憧憬生命的未来将如何精彩。”

2008年5月，残奥会开幕式的导演张继钢从汶川特大地震的报道中看到了关于李月的消息，被她的一席话感动落泪。于是，他萌生了让李月参加开幕式演出的想法。

6月的一天，张继钢派人到西安的医院来找李月。伤还没好的她一听说要参加残奥会表演，高兴得哭了。6月23日，李月以前往北京进行康复治疗为由，秘密前往残奥会开幕式团队报到。李月的出现，让张继钢原本还有些模糊的节目主题变得清晰了。

其实，刚接到表演邀请时，李月并不明白“参加残奥会开幕式演出”是什么意思，她还问了一下“这是做什么的”。当她真正明白过来后，她说，那份激动狂喜的心情还只能跟妈妈一起分享，因为“必须要保密”。

从7月27日开始，李月便开始了半天治疗伤情，半天学习舞蹈的忙碌生活。母女俩都是瞒着医院找各种借口出去参加排练，在病房里，她们关于彩排的讨论都异常小心，生怕一不小心会把秘密泄露出去。

李月每天早上6点左右起床，接受一上午的康复治疗，下午1点左右前往西藏中学参加排练，等再回到医院已是晚上10点，甚至是深夜了。

从医院到排练的西藏小学，来回近两小时的路程，七八月正是最热的时候，仍在康复中的李月甚至一上车就想呕吐，这让原本就瘦弱的她甚感不适，一个月下来，瘦了4斤多。

由于排练的地方没有卫生间，李月只能由妈妈背着到另外一幢楼上厕所。心疼妈妈的李月，每次上下楼时，都会亲一下妈妈的脸，她对妈妈说："妈妈，为了我的梦想，我自己要努力，您也为我的梦想辛苦一些，好吗？"

妈妈虽然嘴上什么都没说，但是她的心里感觉到了莫大的安慰。半个月后，母亲怕孩子身体吃不消，便与导演组商量，告知了医院这个秘密，并调整了李月的治疗方案和时间。

在排练过程中，李月的身体还没有完全恢复，左胳膊还在脱臼，盆骨的伤也没有好利索，排练时总有一些动作做得不标准，达不到导演的要求。

有一天，李月悄悄把妈妈叫到一边说："今天排练时新来了个姐姐，也是坐轮椅的，导演让她做的动作和我做的一模一样，是不是导演叔叔对我不满意，要把我换掉啊？"敏感的李月极为害怕，她对妈妈说："如果不让我演了，一定要早点告诉我，不要让我到最后一刻才知道，那样我会受不了的。"

于是，妈妈去找导演核实，导演明确表态，一定不会换人，因为李月经历过地震，只有她表演起来才最真实。

后来，坐在轮椅上的李月还被解放军官兵簇拥着参观营区。

一路上，她秀气的脸上始终带着甜美的微笑。在营区，她主动为在场的战士们唱起羌族传统的《祝酒歌》，并当众表演了一支舞蹈。

虽然双腿无法再高高跃起，但是她自信而优雅的动作宛如一只振翅欲飞的天鹅，只待直冲天际，博得现场一片热烈的掌声。

2009 年 2 月中旬，李月结束康复治疗出院，入读北京的一所小学，上五年级。因为地震，李月落了不少课。返回校园后，尽管经常参加各种社会活动，但是她的成绩还是不错，每次单元测试都能名列前茅。

李月还参加了学校艺术团，和同学们一起排练舞蹈。作为学校的文艺骨干，每当学校有文艺演出时，她都组织同学们排练，让同学家长去借舞蹈服……另外，她还是学校广播站的主播。

2009 年暑假，李月计划自己出一本书。她的想法得到了妈妈的支持，她还请上大学的姐姐帮助修改。最后，她花了五个月的时间，写下了近 10 万字的内容，讲述了自己地震后被截肢、治疗再到北京求学的经历。

2010 年 5 月，李月的处女作《我心永舞》正式出版发行，并在北京图书大厦举行了签售仪式。她的稿费有 8000 多元，她特地从中拿出 2700 元捐给了玉树地震灾区。

在李月的住处，随处可以发现她"芭蕾梦"的痕迹：客厅里放着两张她在轮椅上跳舞的照片；卧室内摆了一张她站着跳芭蕾的画作；阳台上还放着一双舞鞋……李月说："我爱芭蕾，实在跳不了舞，我也可以学习做舞美设计、服装设计，反正我会和舞蹈在一起，不会离开它。"

在北京生活将近三年后，2011 年的暑假，李月最终还是返回了绵阳，就读于当地的一所中学。她独自一人住校生活，大多数的时间里，她开朗、活泼，和同龄人无异。

在妈妈看来，地震过后的女儿，俨然已成为一个小大人，懂事了许多。因为有众多人的安慰和帮助，李月治疗后恢复得很好，她非常感激那些关注她的人。

即便受到过如此大的打击，李月还是没有放弃自己的舞蹈梦，她正为此而努力着。面对将来，她说，她暂时还没有具体规划，但有一点是肯定的，她绝不会放弃芭蕾。李月说她很喜欢《隐形的翅膀》这首歌。她说：“听到这首歌，就像看到自己一样，我也有隐形的翅膀，也会飞过绝望，飞向梦想的天堂。”

励志寄语：

在地震中失去了左腿的四川女孩李月，没有屈服于残酷的命运，而是勇敢地与命运抗争，用非凡的毅力站到了2008年残奥会开幕式的舞台上，圆了她几度绝望的芭蕾梦，重塑了生命的奇迹与精彩。

梦想是一切的起点

那是在很久以前，有一个人名叫蒙提·罗伯兹，他在圣思多罗有座牧马场。他的朋友杰克经常借用他宽敞的住宅举办募捐活动，以便为帮助青少年实现梦想的计划筹备基金。

有次活动，蒙提·罗伯兹在致辞中提道：“我让杰克借用我的住宅是有原因的。我给大家讲一个故事。”于是，蒙提讲道：

有一个小男孩，他的父亲是位马术师，他从小就必须跟着父亲东奔西跑、走南闯北，一个马厩接着一个马厩、一个农场接着一个农场地去训练马匹。由于经常四处奔波，男孩的求学过程并不顺利。

初中时，有一次，小男孩的老师叫全班同学写报告，题目是“长大后的志愿”。那晚，男孩细致、认真地用了七张纸，描述了他的伟大志愿，那就是将来他想拥有一座属于自己的牧马农场。

小男孩仔细地画了一张200亩农场的设计图，上面标有马厩、跑道等的位置，然后在这一大片农场中央，还要建造一栋占地4000平方英尺的巨宅。

男孩花了很大的心血把报告完成，第二天就交给了老师。两天后他拿回了报告，看到第一页上打了一个又红又大的F，旁边还写了一行字：下课后来见我。脑中充满美丽幻想的男孩下课后带着报告去找老师：“为什么给我不及格？”

老师回答道：“这么小，不要老做白日梦。你什么都没有，没钱、没家庭背景。盖座农场是个大工程。比如说，要花钱买地、买纯种马匹，并且还得花钱照顾它们。你别太想入非非了。”

老师又接着说：“如果你重写一个你能实现的志愿，我会考虑重新给你打分。”这男孩回家后反复思量了好几次，然后向父亲征询意见，父亲只是告诉他：“孩子，你必须自己拿主意。”

经过再三考虑，男孩决定一个字都不改，原稿交回。他告诉老师：“即使再拿个大红字，我也不愿意放弃梦想。”

蒙提此时向众人表示：“我提起这个故事，是因为各位现在就坐在200亩农场内，占地4000平方英尺的豪华住宅。那份初中时写的报告我至今还留着。”

蒙提顿了一下又说：“还有一件特别有意思的事是，两年前的一个夏天，那位给我大红字的老师带了30个学生来我的农场露营了一星期。离开之前，他对我说：‘蒙提，想起来就觉得有些惭愧。你读初中时，我曾泼过你冷水。这些年来，我也对不少学生说过这样的话。幸亏你还有这个毅力坚持自己的梦想。’”

人生要有梦想，梦想就是人生追求的理想和目标，没有目标的人，只能在路上不断地徘徊，就像拉磨的驴子，结果只能是漫无目的地生活而一无所获。确定了自己的目标之后，一定要相信你自己，别让别人的一句话将你击倒。成功始于梦想，梦想是一切成就的起点，我们从小就要确立自己心中的伟大梦想，并朝着这个梦想锲而不舍地去努力和开拓。

励志寄语：

人人都有梦想，但人人都能做到努力去践行了吗？故事中的小男孩做到了，他是我们的榜样。认定自己的梦想，就要毫不犹豫地向着自己的梦想勇敢去追，不怕困难，不惧挫折，不怕打击，脚踏实地，一步一步地向着自己的目标开拓奋进。

一个梦想的价值

芝加哥市一位名叫赛尼·史密斯的中年男子，向当地法院递交了一份诉状，要求赎回自己去埃及旅行的权利。因为它涉及的内容非同寻常，立即引起了人们极大的关注。

事情发生在40年前，当时赛尼·史密斯只有6岁，在威灵顿小学读一年级。有一天，品德课老师玛丽·安小姐给学生们布置作业，让大家说出自己未来的梦想。全班24名同学都非常积极踊跃，尤其是赛尼，他一口气就说出了两个梦想：一个是拥有自己的一头小母牛，另一个是去埃及旅行一次。

当玛丽·安小姐问到一个名叫杰米的男孩时，不知怎么搞的他一下子没想出自己未来的梦想，因为他所想到的，别人都说了。为了让杰米也拥有一个自己的梦想，玛丽·安小姐建议杰米向同学购买一个。于是，在老师的见证下，杰米就用3美分向拥有两个梦想的赛尼买了一个。由于赛尼当时太想拥有一头自己的小母牛了，于是就把去埃及旅行一次的梦想卖给了杰米。

40年过去了，赛尼·史密斯已是人到中年，并且在商界小有成就。40年来，他去过很多地方，如瑞典、丹麦、希腊、沙特、中国、日本，然而他从来没有去过埃及。难道他没想过去埃及吗?

不，他想过。据他说，自从他卖掉去埃及的梦想之后，他就从来没忘记过这个梦想。但是，作为一个虔诚的基督徒和一个诚实的商人来说，他不能去埃及，因为他已经把这个梦想卖掉了。

现在，他和妻子打算到非洲去旅行，在设计旅行线路时，妻子提议埃及的金字塔是重点观光项目。赛尼·史密斯忍无可忍了，他决定赎回那个梦想，因为他觉得只有这样，他才能心安理得地踏上那片土地。令人遗憾的是，赛尼·史密斯没有如愿以偿。经联邦法院认定，那个梦想已经价值3000万美元，赛尼·史密斯要想赎回去必然倾家荡产。其中的缘由，从杰米的答辩状中可以略知一二。

杰米是这样说的：

> 在我接到史密斯先生的律师送达的副本时，我正在打点行装，准备全家一起去埃及，这好像是我一口回绝史密斯先生要求赎回那个梦想的理由。其实，真正的理由不是我们正准备去埃及，而是这个梦想本身的价值。
>
> 小时候我是个穷孩子，穷到不敢拥有自己的梦想。然而，自从我在玛丽·安小姐的鼓励下，用三美分从史密斯先生那里购买了这个梦想之后，我彻底改变了，我的心灵变得富有了。
>
> 我不再淘气，不再散漫，不再浪费自己的光阴，我的

学习有了很大进步。我之所以能考上华盛顿大学，我想完全得益于这个梦想，因为我想去埃及。

我的儿子现在在斯坦福大学读书，我想也是得益于这个梦想。因为从小我就告诉他，我有一个梦想，那就是去埃及，如果你能获得好的成绩，我就带你去那个美丽的地方。

我想他就是在埃及金字塔的召唤下，走入斯坦福大学的。现在我在芝加哥拥有六家超市，总价值超过2500万美元。我想，如果我没有那个去埃及旅行的梦想，我是绝对不会拥有这些财富的。尊敬的法官和陪审团的各位女士、先生们，我想，假如这个梦想属于你们，你们也一定会认为它已经融入你们的生命之中，已经和你们的生活、你们的命运紧密相连。你们也一定会认为，这个梦想就是你们的无价之宝。

要花3000万美元赎回一个以3美分卖出去的梦想，在有些人看来也许没有必要，或者说根本不值得。然而，赛尼·史密斯却发誓说，哪怕花两个3000万，也要将那个梦想赎回。现在他才明白，人的一生中唯一最珍贵的东西就是梦想。

人是靠梦想在活着，只有梦想，才使人温暖！只有梦想，才使人有力量！所有的成功者都是在执着的奋斗中，靠着顽强的信念在实现自己的梦想，没有梦想，就没有事业的成功和人生的辉煌。

励志寄语：

一个原价3美分的梦想，后来升值为3000万美元，这听起来似乎不可思议，但仔细想想也有道理，一个从小就为此而奋斗的人，他早已将这个梦想融入了自己的生命。生活中的一点一滴，一举一动都是为了实现梦想，那么一个人的所作所为，便已远不是金钱所能衡量的。

把希望种在心里

那是在美国，曾有一家报纸刊登了一则启事，内容是一个园艺所重金征求纯白金盏花。这在当地引起了巨大轰动。高额的奖金让许多人趋之若鹜，但是，在千姿百态的自然界中，金盏花除了金色的，就是棕色的，能培植出白色的，不是一件容易的事。

所以，许多人一阵热血沸腾之后，就把这则启事抛到九霄云外去了。一晃 20 年过去了，有一天，那家园艺所意外地收到了一封热情的应征信和一粒纯白金盏花的种子。在当天，这件事就不胫而走，引起了轩然大波。寄种子的原来是一个年已古稀的老人。老人是一个地地道道的爱花人。当她 20 年前偶然看到那则启事后，简直是怦然心动。她不顾八个儿女的一致反对，义无反顾地干了下去。她撒下了一些最普通的种子，进行精心地侍弄。

一年之后，金盏花开了，她从那些金色的、棕色的花中挑选了一朵颜色最淡的，任其自然枯萎，以便取得最好的种子。第二年，她又把这粒种子种下去了。然后，她再从这些花中挑选出颜色更淡的花的种子播种。日复一日，年复一年。终于，在 20 年后的一天，她在那片花园中看到了一朵金盏花，它不是近乎白色，也并非类似白色，而是如银如雪般白。一个连专家都解决不了的问题，在一个不懂遗传学的老人手中却迎刃而解了，这不是奇迹吗？

在当年，曾经是那么普通的一粒种子啊！也许谁的手都曾捧过。只是少了一份对希望之花的坚持与捍卫，少了一份以心为圃、以血为泉的培植与浇灌，才使生命错过了一次最美丽的花期。

励志寄语：

把梦想种在心里，即使一粒最普通的种子，也能长出奇迹。这个故事告诉我们，只要我们心中存在希望，那么延以时日坚持下去，就一定会创造出巨大奇迹。

理想让你走得更远

福勒是美国路易斯安那州一个黑人佃农七个孩子中的一个。他在5岁时开始劳动的，9岁之前多以赶骡子为生。但这并不是什么特殊的事，大多数佃农的孩子都是很早就参加劳动的。这些家庭认为他们的贫穷是命运安排的，因此，他们并没有想到去改善生活。

小福勒有一点同他的朋友们不同，他有一位不平常的母亲。他的母亲不肯接受这种仅仅足以糊口的生活。她知道她贫困的家庭生活在这繁荣的世界中，一定是有些什么蹊跷造成的。在过去，她时常同小福勒谈论她的梦想：

> 福勒，我们不应该贫穷。我不愿意听到你说，我们的贫穷是上帝的意愿。我们的贫穷不是由于上帝的缘故，而是因为你的父亲从来就没有产生过致富的愿望。我们家庭中的任何人都没有产生过出人头地的想法。

“没有人产生过致富的愿望”，这个观念在福勒的心灵深处刻下了深深的烙印，以至于改变了他的一生。他开始想走上致富之路，他总是把他所需要的东西放在心中，而把不需要的东西抛到九霄云外。

这样，福勒的致富愿望就像火花一样迸发出来。他决定把经商作为生财的一条捷径。最后，他选定了经营肥皂。于是，他就挨家挨户地去出售肥皂长达 12 年之久。后来，福勒获悉供应他肥皂的那个公司即将拍卖出售，这个公司的售价是 15 万美元。但是，他在经营肥皂的 12 年中只一点一滴地积蓄了 2.5 万美元。

福勒与对方达成了协议，他先交 2.5 万美元的保证金，然后在 10 天的限期内付清剩下的 12.5 万美元。协议规定如果他不能在 10 天内筹齐这笔款子，他就要丧失所交付的保证金。

福勒在他当肥皂商的 12 年中，获得了许多商人的尊敬和赞赏，于是他去找他们帮忙。他从私交的朋友那里借了一些款子，也从信贷公司和投资集团那里获得了援助。在第 10 天的前夜，他筹集到了 11.5 万美元，也就是说，他还差 1 万美元。福勒后来回忆说：

当时，我已经用尽了我所知道的一切贷款来源。那时已是深夜，我在幽暗的房间里，跪下来祷告，我祈求上帝领我去见一个会及时借给我 1 万美元的人。我自言自语地说，我要驱车走遍第 61 号大街，直到我在一栋商业大楼里看到第一道灯光。

夜里 11 时，福勒驱车沿芝加哥 61 号大街行驶。驶过几个街区后，他看见一所承包商事务

所亮着灯光。他走了进去。在那里，在一张写字台旁坐着一个因深夜工作而疲惫不堪的人，福勒认识这个人。福勒马上意识到自己必须勇敢前去说明来意，“你想赚1000美元吗？”福勒直截了当地问道。这句话使得这位承包商吓得向后仰去，“是呀，当然了！”他答道。

“那么，请给我开一张1万美元的支票，当我奉还这笔借款时，我将另付1000美元利息。”福勒对那个人说。

福勒还把其他借款给他的人的名单给这位承包商看，并且详细地解释了这次商业冒险的情况。这天夜里，福勒在离开这个事务所时，他衣袋里已装了一张1万美元的支票。

后来，福勒不仅在那个肥皂公司，而且在其他七个公司，包括四个化妆品公司、一个袜类贸易公司、一个标签公司和一个报馆，都获得了控股权。当被问及他的成功奥秘时，他用他的母亲在多年前所说的话回答道：“我们是贫穷的，但这并不是由于上帝，而是由于你们的父亲从来没有产生过致富的愿望。在我们的家庭中，从来没有一个人产生过出人头地的念头。”

励志寄语：

一个人只要产生了致富的愿望，并积极行动起来，那么，他的身上就会产生巨大的能量。至于那些在前进道路遭遇的困难、挫折，在他的面前，都会变得微不足道，并会纷纷为他让道。

有理想就要去追求

在胡克进入中学的第一天，班上的同学都被他的长相吓到了，认为他是怪物而疏远他。在一次学校的工艺课里，同学们都只是制作各种简单的木工，胡克却自制了一具小小的金属盒，不仅同学们看不懂，连老师也问："这是什么东西？"

胡克答道："手表。"老师怀疑地说："一个 17 岁的孩子自己懂得制造手表？"胡克直视老师说道："是的，每一个零件、每一个齿轮，都是我自己做的。"老师说："真是太不可思议了！咦？手表里动来动去的东西是什么？"

胡克说："这是我发明的弹簧，放在手表里，可以保持齿轮转动的平衡，而且可以把手动的力量，储存在弹簧中供齿轮转动。"

胡克想出用弹簧的规则振动，使得钟表的准确度不受气候与温度、湿度的影响。这个技术后来传到欧洲瑞士，使瑞士钟表至今仍独霸全球。

1653 年胡克进入了牛津大学，可是别人是进去念书，胡克是进去当工友扫地的，他认真地在教室外一边扫地，一边听课。1655 年，他扫地扫到了"化学之父"波义耳教室的门口，被波义耳叫进去，一番谈话之后，他成了波义耳的助教，不久后他做了第一部真空抽气机，为波义耳证实了非常有名的"波义耳定律"。

波义耳立刻以这成果推荐胡克成为英国皇家科学会的会员，当胡克出席科学会的那天，科学家们对胡克的长相、学历、工作经验都有意见，但胡克仍在波义耳的大力支持下勉强通过。

科学的殿堂，看学历不看实力，这对胡克来说是残忍的。但一生被嘲笑惯了的胡克，坚忍地咽下了这口气，他知道自己该做什么，并在心里下定决心做出成果让大家看。

1665 年胡克制造出第一部复式显微镜，开启了物理世界的新纪元。1703 年 3 月 3 日胡克病逝，伟大的科学家牛顿在胡克葬礼上说道："胡克这个受苦的身体，带着一颗勇敢的心。"

励志寄语：

通过胡克的一生，我们可以看到，只要有理想，肯追求，持之以恒，终会有那么一天，学历、相貌都阻挡不住我们艰难困苦下的脱颖而出，更挡不住我们做出伟大的成绩和贡献。

不要忘记自己的梦想

一天，一位叫布罗迪的英国教师在整理阁楼上的旧物时，发现了一沓练习册，它们是 25 年前一个班里 31 位小学生的春季作文，题目叫《未来我是……》。

布罗迪本以为这些东西在德军空袭伦敦时早就被炸飞了，没想到它们竟安然地躺在自己家里，并且一躺就是 25 年。布罗迪顺手翻了几本，很快被孩子们千奇百怪的自我设计迷住了。

有个叫彼得的学生说，未来的他是海军大臣，因为有一次他在海中游泳，喝了3升海水，都没有被淹死。还有一个学生说，自己将来必定是法国的总统，因为他能背出25个法国城市的名字，而同班的其他同学最多的只能背出7个。

最让人称奇的是，一个叫戴维的双目失明的学生，他认为，将来他必定是英国的一个内阁大臣，因为在英国还没有一个盲人进入过内阁。总之，31个孩子都在作文中描绘了自己的未来：有当驯狗师的，有当领航员的，有做王妃的……五花八门，应有尽有。

布罗迪读着这些作文，突然有一种冲动，何不把这些本子重新发到同学们手中，让他们看看现在的自己是否实现了25年前的梦想。当地一家报纸得知了他的这一想法，就为他发了一则启事。

没几天，书信向布罗迪飞来，他们中间有商人、学者及政府官员……一年后，布罗迪身边仅剩下一个作文本没人索要。他想，这个叫戴维的人也许死了，毕竟25年了，25年间是什么事都会发生的。就在布罗迪准备把这个本子送给一家私人收藏馆时，他收到内阁教育大臣布伦克特的一封信。布伦克特在信中说：

> 那个叫戴维的就是我，感谢您还为我们保存着儿时的理想。不过我已经不需要那个本子了，因为从那时起，我的理想就一直在我的脑子里，我没有一天放弃过。
>
> 25年过去了，可以说我已经实现了那个理想。今天，我还想通过这封信告诉年轻的朋友们，只要不让年轻时的理想随岁月飘逝，成功总有一天会出现在你的面前。

布伦克特的这封信后来被发表在《太阳报》上，因为他作为英国第一位盲人大臣，用自己的行动证明了一个真理：假如谁能把儿时的理想保持25年，那么他现在一定是个非常成功的人。

励志寄语：

“只要不让年轻时的理想随岁月飘逝，成功总有一天会出现在你的面前。”这是一个成功者说的话，也可以成为我们的座右铭，让我们用自己的智慧和汗水去实现自己的人生梦想吧！

牢记自己的梦想

乔很爱音乐，尤其是喜欢小提琴。在国内学习了一段时间之后，他觉得国内的知识自己已经学习得差不多了，再学习下去也不会有什么进步了。于是，乔把视线转到了国外，但是国外没有一个认识的人，他到了那里要怎么生存呀？这些他当然也想过，但是为了自己的音乐之梦，他勇敢地踏出了国门，威尼斯是他的目的地，因为那里是音乐的故乡。

这次出国的费用是家里辛辛苦苦地凑出来的，但是家里的情况乔也知道，没有什么钱了，学费与生活费是如何也拿不出来了。所以，他虽然来到了音乐之都，却只能站在大学的门外，因为他没有钱。乔必须先到街头上拉琴卖艺来赚够自己的学费与生活费。人生地不熟的，他却必须开始讨生活了。很幸运的是，乔在一家大型的商场附近找到一位为人不错的琴手，他们一起在那里拉琴。这个地方地理位置比较优越，他们挣到了很多钱。

但是这些钱并没有让乔忘记自己的梦想。过了一段时日，乔赚够了自己的必要的生活费与学费，就和那个琴手道别了。他要学习，要进入大学进修，要在音乐学府里拜师学艺，要和琴技高超的同学们互相切磋，要将来登上国家音乐厅在那里献艺。

乔将全部时间和精神，投注在提升音乐素养和琴艺之中。10年后，有一次乔路过那家大型的商场，巧得很，他的老朋友，那个当初和他一起拉琴的家伙，仍在那儿拉琴，而他的表情一如往昔，脸上露着得意、满足与陶醉。那个人也发现了乔，很高兴地停下拉琴的手，热情地说道："兄弟啊！好久没见啦！你在哪里拉琴啊？"

乔回答了一个很有名的音乐厅的名字，那个琴手疑惑地问道："那里也让流浪艺人拉琴吗？"

乔没有说什么，只淡淡地笑着点了点头。其实，10年后的乔，早已不是当年那个当街献艺的乔了，他已经是一位世界著名的音乐家，他经常应邀在著名的音乐厅中登台献艺，早就实现了自己的梦想。

励志寄语：

梦想是托起人生目标的风帆，在困难时追逐自己的梦想，在得意时更不能忘记当初的梦想。只有永远向着心中的目标奋进，才能创造人生的辉煌。

为梦想而奋斗

安徒生很小的时候，当鞋匠的父亲就过世了，留下他和母亲二人过着贫困的日子。一天，他和一群小孩儿获邀到皇宫里去晋见王子，请求赏赐。他满怀希望地唱歌、朗诵剧本，希望他的表现能获得王子的赞赏。等表演完后，王子和蔼地问他："你有什么需要我帮助的吗？"安徒生自信地说："我想写剧本，并在皇家剧院演出。"

王子把眼前这个有着小丑般的大鼻子，和一双忧郁眼神的笨拙的男孩从头到脚看了一遍，对他说："背诵剧本是一回事，写剧本又是另外一回事，我劝你还是去学一项有用的手艺吧！"

但是，怀抱梦想的安徒生回家后不但没有去学糊口的手艺，反而打破了他的钱罐，向妈妈道别，到哥本哈根去追寻他的梦想。他在哥本哈根流浪，敲过所有哥本哈根贵族家的门，没有人理会他，他从未想到退却。

安徒生一直写作史诗、爱情小说，但是，未能引起人们的注意，他虽然伤心，但仍然坚持写了下去。1825年，安徒生随意写的几篇童话故事，出人意料地引起了儿童的争相阅读，许多读者渴望他的新作品发表，这一年，他30岁。直至今日，《国王的新衣》《丑小鸭》等安徒生所写的童话故事，都在陪伴世界上许多儿童健康地成长。

励志寄语：

高尔基说："理想，能给天下不幸者以欢乐。"坚定地向着自己的人生梦想前进，不论遇到什么艰难险阻，不改初衷，不停脚步，幸运女神最终一定会向我们敞开怀抱。

要听从内心的召唤

法国现代小说家安德森原来是一个成功的商人，但是，他一心想当文学家。在他36岁时，竟然下决心抛弃产业，专门从事文学创作，这在世人的眼里简直是不可想象的事情。安德森后来写出了许多脍炙人口的名篇，他本人也被誉为"法国现代文学之父"。在他的回忆录中，他对于自己当初做出这一行为的过程描写道：

> "我办公室有一扇门直通大街，走到门口有多少步？要是我走出门口，沿铁路走去，消失在遥远的天边，会如何呢？我到哪里去呢？"考验我的时刻到了，在我出走时，我的秘书正看着我，我也看着她，想着我的存在意味着什么？同时又否定着什么呢？我敢对她讲出自己的想法吗？显然我不能说实话，我从座位上站起来，对自己说："此时不走更待何时。"
>
> 我转着脑筋，想找到一种说辞："我亲爱的女士，说来很蠢，不过我已下了决心，再也不想操心这些购买和销售的事了。别人做，可以，但对我来说，这意味着毒药。工厂就在这儿，你要就归你。我断定，这厂子没多大意思。也许能赚钱，也许会赔钱，这些事与我无关，现在我是要走了，永远不再回来。"
>
> 我和女秘书仍然互相看着，也许我脸色发白，她的脸色也白起来。她问："你病了吗？"

这句话启发了我，我正需要一个理由，其实不是我要，而是别人要。这时我生出个狡猾念头——装作“精神病”，也许我当时有点不正常，法国人见人做了出格事，就爱说“精神病”。

我离开现在岗位，拔去刚刚扎下的一点根基，但是，我觉得这片土壤已养不活我这棵想生长的大树。我得把自己请出这道门，但我真迈出此门，别人还会把我拉回来。

为了免除麻烦，于是，我永远也弄不清自己当时是否真患了精神病。我走近女秘书，笑着说：“我一直在河里踏水，脚湿了。”此时我想是他们逼我犯“精神病”，想到这儿，我说了最后一句糊涂话：“我这双脚又冷又湿，在水里太久了，现在我要上旱地去走走。我沿着铁路线走去，走过一座桥，出了镇，走出我生活里的那种日子。”

励志寄语：

追逐梦想，决不是一种轻松的事，它除了要付出艰辛努力外，还必须与世俗观念进行斗争，应付世人不理解或不怀好意的目光。只有意志坚定，性格坚韧的人才能战胜这一切困难，最终抵达目的地。

要实现自己的梦想

那是在很久以前，有一个女孩小时候因为医疗事故导致胸部以下失去知觉，她瘫痪了。以一般人的眼光来看，她的一生就算终结了，一个整天躺在床上的人对家庭、对社会都不会有什么用了。

女孩也这么想，于是她就整天看些“闲书”来打发时光。有一天，来为她做针灸的大夫在离开时对她说：“你既然能看这些闲书，那干吗不去自学落下的功课呢？难道别人怎么看你，你自己就应该认命吗？这个世界没有没用的人，只有不努力的人。”

女孩猛然警醒过来，她非常后悔，她浪费了太多的时光。从这时起，“做个有用的人”成了她心灵的最强音。她开始了病床上的求学之路，每门课程结束，她都会让爸爸给自己考试，当成绩合格的时候，她才觉得松了口气，感到自己并没有离开校园。

女孩用了五年的时间完成了初中、高中的全部课程，完全能够参加高考了，却发现了一个残酷的现实：她当时的身体状况根本无法允许这么长时间的考试。命运对一个重度残疾的人是这么苛刻。女孩没有放弃，又参加了英语自考辅导班。用了四年时间，她在没有初中和高中毕业证的情况下，获得了一个全国的英语专科自考毕业证。再后来，女孩又先后获得了自考的本科学历证和在职硕士进修班的毕业证。令所有人都非常惊讶的是，她竟然还拿到了第四个学位证，那就是博士证。

现在，女孩凭借自己丰富的专业知识和惊人的毅力，已经在工作岗位上取得了非凡的成绩，她终于实现了自己的梦想，成为一个有用的人，一个成功的人。

励志寄语：

这个世界没有什么救世主，无论你的身世多么困苦，你的处境多么艰难，你不努力，没有人来拯救你。能够救赎你的只有你自己：用自己的努力、自己的奋斗、自己的勤奋、自己的汗水，拯救自己走出苦海。

成功的基石是梦想

约翰·坦普登的高中时代是在田纳西州的曼彻斯特度过的。他的梦想就是有朝一日要成为一家大公司的首脑。虽然这只是一名17岁男孩的梦想，但是，却是他人生目标的萌芽。进入耶鲁大学后不久，他的兴趣就从经营一般企业转移到研究公司的财务评估之上了。

大学二年级时，约翰的父母由于生活拮据而无法再继续供他读书了，这使他陷入了不知该休学就业还是该半工半读的两难境地。约翰想起了自己的梦想，因此，他很快地就做出决定，无论如何都要坚持到毕业。

最后，约翰做到了。他不但每学期都有优异的成绩，而且还利用奖学金及一份兼职工作解决了学费与伙食费问题。三年后，他获得了经济学学士学位，同时还获得了著名的路德奖学金，并取得了全国优等生俱乐部耶鲁分会会长的头衔，他以极其优异的成绩从耶鲁大学毕业。

之后的两年，约翰前往英国牛津大学进修硕士。此行对他将来从事财务经营具有很大的影响。约翰回到美国后，他便与一名田纳西女子结婚了。随后，他前往纽约，正式开始追求自己的目标。他的起步点是一家颇具规模的证券公司，他在里面的职位是投资咨询部办事员。

不久后，有个朋友告诉他，有一家公司正在征聘年轻上进的财务经理，这家公司的名称是国家地理勘察公司，是一家石油勘探公司。约翰听说之后，便前往这家公司应征。他认为这家公司可以让他进一步学到许多有关财务经营方面的东西。于是，他就进了这家公司，一干就是四年。

四年之后，虽然这家公司业务非常稳定，而且他的表现也不错，但是，他觉得能学的也学得差不多了。为了自己的梦想，约翰一咬牙，他又回到了早先工作的那家证券公司，并等待机会。

最后，机会终于被他等到了，公司的一名资深职员即将退休，这个人拥有八个相当有实力的客户，打算以 5000 美金让出。这对约翰来说无异于是一场赌博，5000 美金相当于他的全部财产，若此举失败，他将会变得一贫如洗。而且，接下这些客户之后，能不能把他们留住还是一个问题。这时，约翰再一次面临重大抉择。

最后，实现梦想的迫切愿望战胜了一切，约翰接下了这八个客户，并且立即前往拜访，且十分坦率而且诚挚地向他们说明了自己的理想与计划。客户们被约翰的热情与直率打动，都表示愿意留下来观察一段时间。那一年约翰 28 岁。

之后的两年，公司的业务在约翰的惨淡经营中一点一点地提升着。到了第三年，公司业务开始蒸蒸日上，客户也显著增加。10 年之后，约翰已经是一家投资咨询公司的总裁了，他拥有了将近 1 亿美元的资产，并兼任了某大型互助银行的常务董事及数家公司董事。

励志寄语：

一个对人生、对事业有追求的人，可以把“梦”做得高一些。虽然开始时是梦想，但只要不停地做，不轻易放弃，梦想终能成真。人类的幸福和欢乐在于奋斗，而最有价值的是为理想而奋斗。

动力源于明确的目标

1939年，在美国洛杉矶郊区，有一个没见过世面的孩子叫约翰·戈达德，那时他才15岁，就把他这一辈子想干的大事列了一个明细表，他给那张表命名为《一生的志愿》。

戈达德把每一目标都编了号，一共是127个目标。这些目标包括攀越世界上的主要山峰，探险世界著名大河，阅读完莎士比亚全集等。立好目标后的第二年，戈达德就和父亲到了乔治亚州的奥克费诺基大沼泽和佛罗里达州的埃弗格莱兹去探险。

20岁时戈达德已经在加勒比海、爱琴海和红海里潜过水了。他还成为一名空军驾驶员，在欧洲上空作过33次战斗飞行。21岁时，戈达德已经到21个国家旅行过。

22岁刚满，戈达德就在危地马拉的丛林深处发现了一座玛雅文化的古庙。同一年他就成为“洛杉矶探险家俱乐部”有史以来最年轻的成员。接着他就开始筹备实现自己宏伟壮志的头号目标，那就是探索尼罗河。26岁那年，戈达德和另外两名探险伙伴来到布隆迪山脉的尼罗河之源。三个人乘坐一只仅有60磅重的小皮艇开始穿越4000英里的长河。

他们遭到过河马的攻击，遇到过沙暴和长达数英里的激流险滩，闹过几次疟疾，还受到过尼罗河上持枪匪徒的追击。出发十个月之后，这三位“尼罗河人”胜利地从尼罗河口划入了蔚蓝色的地中海。

尼罗河探险之后，戈达德开始接连不断地加速完成他的目标：乘筏漂流了整个科罗拉多河；探查了长达 2700 英里的刚果河；他在南美的荒原、婆罗洲和新几内亚与那些食人生番、割取敌人头颅作为战利品的人一起生活过。

戈达德爬上了阿拉拉特峰和乞力马扎罗山；驾驶过超音速两倍的喷气式战斗机；写成了一本书《乘皮艇下尼罗河》；他结了婚并生了五个孩子。开始担任专职人类学者之后，他又萌发了拍电影和当演说家的念头，在以后的几年里他通过讲演和拍片为他下一步的探险筹措了资金。迄今为止，戈达德已经完成了 127 个目标中的 110 个。他获得了一个探险家所能享有的最高荣誉，其中包括成为英国皇家地理协会会员和纽约探险家俱乐部的成员。

励志寄语：

现实是此岸，理想是彼岸，中间隔着湍急的河流，行动则是架在河上的桥梁。只要敢于行动，任何人都可以通过“湍急的河流”，到达理想的彼岸。

要不断地超越自己

大卫童年的境遇相当不幸。那是在 1958 年的时候，一场意外的车祸致使他的头部受伤，而且留下一道明显的伤痕。1960 年，大卫的父母离婚了，大卫便随同母亲搬到了德州的达拉斯。

从那时起，大卫在学校上的都是特殊班，就是为学习能力不足的学生而设的班级。他比正常的学生落后了两个年级。而且到了七年级的时候，大卫还不懂得九九乘法表，只能用手指算简单的加法，阅读的能力也很差。

1970年，15岁的大卫来到辛辛那提与他的父亲同住。大卫的父亲决定帮他好好学习数学。在他们做数学练习的时候，每答对一题，父亲都极力称赞他、鼓励他，尤其是那些原先做错的题目。每个晚上，他们都反复练习，直到没有做错的题目剩下为止。每次练习，他们都用秒表计时，看看完成整个练习需要多长时间。父亲答应大卫，只要他们能在八分钟内完成练习，就可停止不用再练了。

这看起来似乎很困难，因为第一次练习的时候，他们总共费时50分钟。第二天45分钟，然后40分钟、35分钟……每次时间减少时，他们便大大地庆祝一番。一个月之后，大卫已经能在五分钟之内，完美地答对所有的问题。他已不再对数学感到害怕了。不仅如此，大卫心中还升起了一个梦想，那就是超越班上的大部分同学，成为班上的优秀学生。

那个学期，大卫的数学成绩是“乙”。他自己也觉得十分惊讶，因为这在以前是难以想象的。除了数学，大卫在其他学科也有很大的进步。他的阅读能力大有改进，画图也画得很好。

后来，大卫的自然科学老师选他参加科学展览，并要他自己选题目。大卫选了一个有关杠杆原理方面的题目。这个题目不但需要绘图表现杠杆的几种模式，更需应用到数学原理。

结果，大卫表现得很好。他在校内的展览得了第一名，更在整个辛辛那提市的科学比赛中获得第三名。一个留级了两年的小孩，被人认为“脑部受损”，被同学戏称为“僵尸怪物”。现在，大卫发现自己真的有学习能力，而且能圆满地把事情做好。从八年级的最后一季到整个高中，他都一直在荣誉班级。在高中的时候，更获选参加全国性的“荣誉协会”。

励志寄语：

一个因意外车祸致使头部受伤，曾两次留级、七年级还不懂得九九乘法表的小孩，竟然因为想成为班上的优秀学生这样一个小小的梦想，就获得了巨大的进步。这个进步是他努力的结果，也是每个勤奋学习的学生想要成功而必经之路。

为自己的理想奋斗

世界著名的化学家伍德沃德小时候跟爸爸去约翰叔叔家玩。约翰的儿子迈克同伍德沃德小声耳语，然后轻手轻脚拉着伍德沃德，悄悄溜进了约翰的实验室。实验室里真是太奇妙啦！一眼望去，里面有好多的东西，这让伍德沃德心中好一阵兴奋。而这时的迈克，早已在那里动手动脚，十分老练地捣鼓起来。

迈克拿出一个玻璃瓶放在桌上，又将另一个烧杯灌上清水，然后又打开一个瓶子，对一旁观战的伍德沃德说：“你看，这瓶子里装的是硫酸，伍德沃德，只要我把硫酸往清水中一倒，水马上就会沸腾起来，你信不信？”

伍德沃德将信将疑地摇摇头，不知道迈克要干什么。随之迈克将这瓶硫酸倒进清水里，谁知迈克倒得太多太快，引得水花四溅，一些硫酸正好溅在迈克的手上。面对这意外的状况，迈克惊慌失措，痛得直咧嘴，他开始叫起来。伍德沃德从来没有见过这种情况，一时也不知所措，他急忙将迈克的手按进旁边的那桶清水里，一阵揪心的疼痛之后，迈克稍稍恢复了平静。迈克的惊叫声，让约翰意识到迈克准是又出事了，他便立即冲进了实验室，由于心急，他又撞倒了另一瓶硫酸，硫酸洒在了地板上，一股白得刺眼的烟雾直往上蹿，地板上立即出现一个很大的黑洞。

约翰顾不得这些，直冲到迈克的面前，他一下子傻眼了：一瓶硫酸空空如也，烧杯中的水仍在上下翻滚，伍德沃德这时还把迈克的手按在那桶清水中。约翰慢慢地从清水中抽出麦克那只烧伤的手，手背上已留下一个筷子头大小的黑点，但约翰总算松了口气："这太危险了呀！迈克，你真会胡闹！"

伍德沃德的父亲这时也赶到了实验室，指着伍德沃德并准备教训他一番。约翰却一摆手说："老朋友，别责怪孩子，要知道，正是伍德沃德救了我儿子的手呢。"

伍德沃德父子摸不着头脑，一齐望着约翰。原来，伍德沃德刚才把迈克的手往清水中一按，帮了他一个大忙，不然，迈克的手一定会被烧个大洞。这奇特而惊人的一幕，把伍德沃德深深地迷住了。从那以后，伍德沃德的脑子里总是离不开那些瓶瓶罐罐的影子，伍德沃德暗下决心，将来一定要成为一名化学家。

从那时起伍德沃德就开始为自己的理想而奋斗，而伍德沃德的确也通过自己的努力成功了，在有机化学方面做出了极大的贡献。1952年，他首次提出了二茂铁的夹心式结构，也因此，伍德沃德于1965年获得了诺贝尔化学奖，从而实现了自己的人生梦想，这与他为自己的目标永不停止的奋斗是息息相关的。

励志寄语：

一个小小的事故激发了伍德沃德的好奇心，不断地努力又成就了他的梦想。由此可知，梦想的力量是强大的，它可以激发一个人的上进心和恒心，造就人生的辉煌。

Chapter
第三章

做一个管控情绪的人

人生不如意，十之八九。如若经常带着负面情绪去学习和生活，不仅生活得不快乐，对一切事情也不可能真正有兴趣，这样做事怎么能成功，学习又怎能有好成绩？放宽心态，努力做个乐观而又自省的人，生活便无处不阳光！

心态决定人生成败

1950 年 2 月 10 日，马克·安德鲁·施皮茨出生于加利福尼亚，他的幼年是在夏威夷的波涛中度过的，由于他出色的水性，人们曾预言他将成为一条“蛟龙”。

施皮茨八岁时便进入了游泳学校参加正规和高质量的游泳训练。三年后，他创造了 11 次美国纪录，并引起了游泳界的关注。后来，他又跟着著名的游泳教练 S · 查伏尔进行了艰苦的训练，训练虽然很苦，但他从不退缩。

施皮茨依然保持着小时候好强的性格，坚定要成为世界冠军的信念。他看到别人获得的金牌绶带是蓝色的，就专买蓝色的运动鞋穿。他看到比赛中成绩最好的运动员常常是在游泳池中间的第四、第五泳道，他也总去第四、第五泳道训练。

这种精神一直激励着施皮茨不断向前发展，要成为冠军成了他当时最大的心愿。因而，在每一次训练中，尤其是最后一段距离时，他都咬紧牙关与同伴一决雌雄，这就是坚强而执着的施皮茨。

1968 年，在墨西哥奥运会上，施皮茨失利了，但是，他没有气馁。他很快便进入印第安纳州大学，跟着著名教练康西尔曼，投入了更加艰苦的训练当中。他无时无刻不在为 1972 年的慕尼黑奥运会做着充分的准备。

1972 年，慕尼黑奥运会终于开始，施皮茨拥有一腔雄心壮志，他坚信自己一定会在慕尼黑夺得六块金牌。于是，他就靠着这份坚定的信念与志向，参加了慕尼黑奥运会。这一天也是马克·施皮茨一生中最难忘的一天，那年他刚刚22岁。

在慕尼黑奥运会开赛还不到两个小时，他就连续夺得了两枚金牌，最后经过不断地拼搏，他共获得了七枚金牌，并且打破了七项世界纪录。当七枚金牌与七项世界纪录同时归于他的名下时，他成了世界瞩目的体坛巨星，这在世界游泳史上是从未有过的。

在施皮茨的职业生涯中，他总共为美国代表队取得了11枚金牌，由于他出色的表现，他被人们称之为“飞鱼”。施皮茨始终信奉着这样一句话：在同样的身体技能水平上，赢和输之间的差距，99%是心理因素。这是施皮茨在一届奥运会上夺得七枚金牌的重要原因。

励志寄语：

心态影响一个人的人生。树立良好的心态，把困难、挫折当着磨炼，不放弃，逢山开路，遇水架桥，向着自己的目标不断前进，总会走到终点。

保持乐观的心态

有一个年轻人，到了服兵役的年龄，抽签的结果正好抽中下下签，他将被分配到最艰苦的兵种，海军陆战队。年轻人为此整日忧心忡忡，几乎已到了茶不思、饭不想的地步。深具智慧的祖父见到自己的孙子这副模样，便寻思要好好地开导他。

祖父说："孩子啊，没什么好担心的。到了海军陆战队，还有两个机会。一个是内勤职务，另一个是外勤职务。如果你被分配到内勤单位，也就没有什么好担心的了。"

年轻人问道："那若是被分配到外勤单位呢？"

祖父说："那还有两个机会。一个是留在本土，另一个是分配到国外，如果你留在本土，也不用担心呀！"

年轻人又问："那若是分配到国外呢？"

祖父说："那还是有两个机会。一个是后方，另一个是分配到最前线。如果你留在国外的后方单位，也是很轻松的。"

年轻人再问："那若是分配到最前线呢？"

祖父说："那还是有两个机会。一个是站岗卫兵，那么你会平安退伍；另一个是外出执行任务，你可能会遇上意外事故。如果你能平安退伍，又有什么好怕的？"

年轻人问："那么，若是遇上意外事故呢？"

祖父说："那还是有两个机会。一个是受轻伤，可能送回本土；另一个是受了重伤，可能不治身亡。如果你受了轻伤，送回本土，也不用担心呀！"

年轻人最恐惧的时刻来了。他颤声问："那若是遇上后者呢？"

祖父大笑："若是遇上那种情况，你人都死了，还有什么好担心的？倒是我要担心那种白发人送黑发人的痛苦场面，可不是好玩儿的喔！"

生活是不断克服困难、不断前进的过程。困难并不可怕，可怕的是你抢了上帝的活儿，将自己的行程往最糟糕的方向安排，并给了自己一个糟糕的心情。殊不知，这些都会将你前进的志气消磨掉。其实，对于未知的事情，我们只需保持乐观的心态，便会发现一切都会好起来。

励志寄语：

人的心灵需要经常地激励与抚慰。保持乐观的心态，学会自我激励，自我表扬，就是给自己营造一个温馨的港湾，使忙碌疲惫的心灵得到维护和保养，使自己时刻处于最佳的精神状态。

不要做情绪的奴隶

那是在很久以前，美国有一位非常著名的女演员，正当事业如日中天时，却突然遭遇了不幸：她在横渡大西洋时被暴风雨掀倒在了甲板上，腿部严重受伤，必须锯掉大腿才能保全性命。

知道这个消息后，她的亲人和朋友们都十分担心，害怕她难以承受如此之重的打击而消沉下去。当主治医生犹豫了很久，才把诊断结论告诉她时，她看着医生沉默了好一会儿。

然后，她平静地说："如果非这样不可的话，那也只好这么办了。你们放心地去准备手术吧，我相信自己能承受得住！"

女演员被推进手术室，儿子站在一旁哭泣，她却挥挥手，安慰他儿子道："不要走开，我马上就会回来。"

在手术室等候时，女演员一直在背诵着曾演过的一出戏的台词。有人问她是否在为自己壮胆，她说："不是的，我是想让医生和护士轻松一下，他们承受的压力实在是太大了。"

手术很成功，在她恢复健康以后，又继续了她的演艺事业，依然使她的观众倾倒和着迷。毫无疑问，这位女演员之所以能很快恢复健康并重新开始演艺事业，与她始终保持乐观的心态有着极大的关系。

正如美国著名的心理学家马尔比·马布科所言，最常见同时也是代价最高昂的一个错误是，认为战胜逆境必须具备某种天才、某种魔力、某些我们不具备的东西。

可是，挑战逆境，战胜不幸的那种东西其实就掌握在我们自己手中，那就是积极乐观的心态。

当不幸发生时，我们逃避不了，悲伤失望也无济于事，倒不如勇敢面对，还可以积极寻找发泄不良情绪或消除麻烦的出口，比如可以参加一些开心的娱乐活动；找好朋友聊聊天；看一场电影；阅读一本自己喜欢的书；给自己的心情放个假，做一次长途旅行等。

励志寄语：

人不应该成为情绪的奴隶，无论遭遇的事情是如何不顺利，正确之道应该是直接面对，努力想办法改变，把自己从不幸中解脱出来。

正视自己的恐惧

那是在一个寒冷的冬夜，大伙儿群聚在小客栈里烤火聊天。不知怎的，聊着聊着，大家话题一转，讨论起谁的胆子最大来。一大群男人，再加上烈酒的催化，谁也不服谁，个个抢着说自己天不怕、地不怕、仿佛全天下就他一人的胆量最大。

这时，在客栈的角落，“刷”的一声，剑客狄慈拔出了他的长剑，对酒馆里的众人道：“单靠嘴巴说，比不出一个高低，有本事拿着我这把剑，去插在城堡外的那片坟地上。”

狄慈指着一个年轻小伙子阿尼费，说道：“喂，刚才就你的讲话声最大，怎么样，不敢去吗？”

阿尼费经此一激，再加上腹中的烈酒作怪，登时跳了起来：“怎么不敢去，就怕你不敢跟我赌，100个金币如何？”

剑客狄慈豪爽地大笑。将长剑掷了过去：“爽快，好，100个金币，我在这儿等你回来拿金币！”

阿尼费接过长剑，头也不回地走出客栈，刺骨的寒风迎面吹来，他的酒意顿时醒了一半。暗忖自己怎么如此冲动，城堡外的那片坟地，一直有着传说，不是很干净，在这样的夜里，唉！有了三分悔意的阿尼费加紧脚步赶向坟地，心中只想快去快回，也好交差了事。

好不容易终于来到了那片坟地上，也不知是不是自己心里犯嘀咕，阿尼费只觉得坟地四周仿佛鬼影飘忽、阴气重重。阿尼弗不敢多逗留，闭上双眼，慌忙地将手中的长剑往地上一插，转头便想急奔而去。

却不料，阿尼费此时竟无法移动分毫，仿佛有一只无形的手，从背后紧紧抓着他不放，阿尼弗不敢回头，大叫一声，便昏了过去。第二天一早，大伙儿来到坟地，只见剑客狄慈的那柄长剑，将阿尼弗的燕尾服紧紧地钉在坟地上，一旁则是阿尼费满脸惊骇的尸体。

励志寄语：

通常让我们陷入低潮甚至把我们导入死胡同的，不是多么可怕的现实，而是我们内心深处的恐惧。管好自己的情绪，勇敢面对周遭一切，一切本没有那么艰难和可怕。

别被不良情绪控制

生活并不总是一帆风顺的，很多时候我们会遭遇挫折、失败，从而将我们带入忧愁、愤怒等不良情绪之中。在这种时候，如若我们不能很好地把控好不良情绪，很容易陷入更加糟糕的境地。我们应该保持平和的心态，正确地面对失败与挫折。

有这么一个故事，阿伯特是个消极、多虑的人。有一年春天，他经过韦布城的西多提街道，有个景象驱除了他所有的忧虑。事情的发生只有几十秒钟，但就在那一刹那，他对于生命意义的了解，顿时醒悟了过来。

那几年，阿伯特在韦布城开了家杂货店，由于经营不善，不仅花掉了所有的积蓄，还负债累累。他不得不去银行贷款。就在他垂头丧气时，有个人从街道的另一头过来了。那人没有双腿，坐在一块安装着溜冰鞋滑轮的小木板上，用两只手撑着木棍前进。

就在那几秒钟，他们的目光交错了，只见那个人坦然一笑，很有精神地向阿伯特打招呼，“早安，先生，今天的天气可真不错！”阿伯特望着他，在那一刻他体会到自己是何等的富有。

结果，这件事改变了阿伯特的一生，他在堪萨斯找了一份工作，重新开始了他的事业。我们活在世上的光阴只有短短几十年，但我们却浪费了很多时间，比如一些短时间就会过去了的小事却令我们发愁不已，这是多么可怕的损失。阿伯特正是意识到这一点，所以才走出了困境。

还有一个故事，讲的是有一位成长于亚拉巴马州的孩子，在他上中学的时候，有一天他被同校的另一位同学打了一顿，连鼻子都打出了血，气愤之余他发誓一定要干掉这个家伙报仇雪恨。

于是，他回家翻出了母亲所拥有的一把手枪，然后就气乎乎地出去找那位打他的同学了，可以说此时他正走在生命的悬崖边上。终于他看见了那个打他的学生，只要轻轻一扣扳机就可一泄胸中怒气，不过就在这重要关头，他问了自己一个问题：如果扣了扳机我会有什么后果？

随之头脑中便浮起这样一幅画面，他在牢狱中接受长期监禁的惩罚，里面非人的折磨令他难以承受，他的父母伤心。想到这些可能的后果带给他的痛苦实在远远大于复仇的一时快乐，于是他放弃了报复而把枪对准了一棵树。

这个男孩名叫波·杰克逊，后来他在自传中写了这段儿时的回忆。毫无疑问，一时的冷静和自我管控将他拉了回来，使这位可能毁掉一生的孩子有机会成了当代非常有名的运动员。

励志寄语：

冲动是魔鬼，不良情绪正是魔鬼驱使下的不理智行为。万事多想一想利弊，多考虑一下后果，冷静思考的那一瞬间，会给我们带来一辈子的幸福。

别让焦虑夺走快乐

卓根·朱达是哥本哈根大学的学生。有一年暑假他去当导游，因为他总是高高兴兴地做许多额外的服务，因此几个芝加哥来的游客就邀请他去美国观光。旅行路线包括在前往芝加哥的途中，到华盛顿特区进行一天的游览。

卓根抵达华盛顿以后就住进了“威乐饭店”，他在那里的账单已经预付过了。这时他真是乐不可支，外套口袋里放着飞往芝加哥的机票，裤袋里则装着护照和钱。后来这个青年突然遭遇到晴天霹雳：就在他准备就寝时，才发现皮夹不翼而飞。他立刻跑到柜台那里向饭店经理求助。

“我们会尽量想办法。”经理说。而此时卓根身上的零用钱连两块钱都不到。他孤零零的一个人在异国，该怎么办呢？打电报给芝加哥的朋友向他们求援？还是到丹麦大使馆去报告遗失护照？还是坐在警察局里干等？

但是他突然对自己说：“不行，这些事我一件也不能做。我要好好地看看华盛顿。说不定我以后就没有机会再来了，现在仍有宝贵的一天待在这里。好在今天晚上还有机票到芝加哥去，一定有时间解决护照和钱的问题。我跟丢掉皮夹以前的我还是同一个人。以前的我很快乐，现在也应该快乐呀。我不能白白浪费时间，现在正是享受的好时候。”

于是他立刻动身，徒步参观了白宫和国会山庄，并且参观了几座大博物馆，还爬到了华盛顿纪念馆的顶端。他去不成原先想去的阿灵顿和许多别的地方，但他看过的，他都看得更仔细。参观途中他用仅有的钱买了花生和糖果，一点一点地吃以免挨饿。

等他回到丹麦以后，这趟美国之旅最使他怀念的却是在华盛顿漫步的那一天——如果他因为丢皮夹的事而焦虑不安的话那一天就会白白溜走。

后来，就在出事的第六天，华盛顿警方找到了他的皮夹和护照，并且很快送还给了他。

励志寄语：

焦虑是无现实依据的预感到灾难、威胁将临头的感觉，这是对人非常有害的一种情绪，它将极大地危害人的身心健康。其实，消除焦虑的方法很简单，就像本文的主人公一样，坦然接受，痛痛快快去做自己想做的事，总会迎来烟消云散的那一刻。

不要被恐惧情绪左右

球王贝利的名声早已为世界众多足球球迷所称道，他在世界足坛上叱咤风云，称雄多年，以锐不可当的勇气踢进了 1000 多个球。但是，如果说这位大名鼎鼎的超级球星曾是一个优柔寡断、心理素质非常脆弱的自卑者，许多人肯定会觉得不可思议。

可的确如此，年轻时候的贝利可一点也不潇洒，当他得知自己入选巴西最有名气的桑托斯足球队时，竟然紧张得一夜未眠。他翻来覆去地想：“那些著名球星们会笑话我吗？万一发生那样尴尬的情形，我有脸回来见家人和朋友吗？”

贝利甚至还无端猜测：“即使那些大球星愿意与我踢球，也不过是想用他们绝妙的球技，来反衬我的笨拙和愚昧。如果他们在球场上把我当成戏弄的对象，然后把我当白痴似的打发回家，我该怎么办？怎么办？”

一种前所未有的怀疑和恐惧使贝利寝食难安，因为他太缺乏自信了。分明自己是同龄人中的佼佼者，但是，忧虑和自卑，却使他宁愿沉浸于希望，也不敢真正迈向渴求已久的现实。

贝利终于身不由己地来到了桑托斯足球队，当时那种紧张和恐惧的心情，简直没法形容。他原以为刚进球队只不过练练盘球、传球什么的，然后便肯定会当板凳队员。哪知第一次，教练就让他上场，还让他踢主力中锋。

紧张的贝利半天没回过神来，双腿像是长在别人身上似的，每次球滚到他身边，他都好像是看见别人的拳头向他击来。在这样的情况下，他几乎是被硬逼着上场的，而当他迈开双腿不顾一切地在球场上奔跑起来时，他便渐渐忘了是跟谁在踢球，甚至连自己的存在也忘了，只是习惯性地接球、盘球和传球。

在训练快要结束时，贝利已经忘了自己正身处桑托斯足球队，而以为又是在故乡的球场上练球了……

那些使贝利深感畏惧的足球明星们，其实并没有一个人轻视他，而且对他相当友善。如果贝利的自信心稍微强一些，也不至于受那么多的精神煎熬。他之所以会产生紧张和自卑感，完全是因为把自己看得太重。

贝利一心只想着别人将如何看待自己，而且还是以极苛刻的标准为衡量尺度。这又怎能不导致怯懦和自卑呢？极度的压抑会淹没人本身所具有的活力和天赋。通过忘掉自我，专注于足球，保持一种泰然自若的心态，正是贝利克服紧张情绪，战胜自卑心理的法宝。

励志寄语：

一个人产生自卑恐惧情绪常常是对自己不自信导致的。假若我们对自己充满信心，不无端想象周围环境对自己的威胁，正常发挥自己的能力，不良情绪就会自然而然地消失了。

从消极中发现积极

有好多天了，慧能小和尚独坐寺内，郁闷不语。师父看出其中玄机，也不语，只是微笑着引领弟子走出寺门。门外是一片大好的春色。放眼望去，天地之间弥漫着清新，半绿的草芽，斜飞的小鸟，动情的小河。慧能和尚深深地吸了口气，偷窥师父，师父正安详地打坐于半山坡上，心中空无一物。

慧能有些纳闷，不知师父的葫芦里到底卖的什么药。过了上午，师父才起来，还是不说一句话，不打一个手势，领着弟子回到寺内。刚入寺门，师父突然跨前一步，轻掩上了两扇木门，把小和尚关在了寺门外。小和尚不明白师父的意思，径自坐在门前，半天纳闷不语。

很快，天色暗下来了，雾气笼罩了四周的山冈、树林、小溪、鸟语、水声也渐渐变得不明朗起来。这时，师父在寺内朗声叫他。他进去后，师父问："外面怎么样了呢？"

慧能答道："全黑了。"

"还有什么吗？"

"什么也没了。"慧能又回答说。

"不，"师父说，"外面还是清风，绿野，花草，小溪，一切都还在。"

慧能顿悟，明白了师父的苦心，所有这些天笼罩在心头的阴霾一扫而空。人生往往如此，有些人活得很暗淡，不是因为匮乏，也不是因为不幸，而是因为缺乏发现生活闪光点的能力，缺乏乐观积极的心态。人生活的环境随时有可能改变，但人自身的良好心态却是永恒的。

虽然贫穷，但是，我们拥有时间；虽然平凡，但是，我们没有压力；虽然卑微，但是，我们拥有自由。幸福不是物质的比较，不是命运的比较，而是思考方式的选择，是一种从消极的东西中发现积极因素的能力。

励志寄语：

任何事物都有正反两个方面，你拥有积极的心态，就能看到光明的一面；拥有消极的心态，则可能看到黑暗的一面。正如慧能白天和晚上看到的景色一样，景色没变，变得是蒙蔽人的黑夜。

面对逆境的好心态

在一次火灾中，一个小男孩被烧成重伤。虽然经过医院全力抢救脱离了生命危险，但他的下半身还是没有任何知觉。医生悄悄地告诉他的妈妈，这孩子只能一辈子坐在轮椅上了。

一天，天气十分晴朗，妈妈便推着小男孩到院子里呼吸新鲜空气，然后妈妈有事就离开了。一股强烈的冲动从男孩的心底涌起：我一定要站起来！

男孩奋力推开轮椅，然后拖着无力的双腿，用双肘在草地上匍匐前进，一步一步，他终于爬到了篱笆墙边。接着，他用尽全身的力气，努力地抓住篱笆墙站了起来，并且试着扶着篱笆墙向前行走。

没走几步，汗水就从额头滚滚而下，他停下来喘口气，咬紧牙关又拖着双腿再次出发，直到篱笆墙的尽头。就这样，男孩每一天都要抓紧篱笆墙练习走路。可一天天过去了，他的双腿仍然没有任何知觉。他不甘心困于轮椅的生活，一次次握紧拳头告诉自己：未来的日子里，一定要靠自己的双腿来行走。

终于，在一个清晨，当男孩再次拖着无力的双腿抓着篱笆行走时，一阵钻心的疼痛从下身传了过来，那一刻，他惊呆了。他一遍又一遍地走着，尽情地享受着别人避之唯恐不及的钻心般的痛楚。

从那以后，男孩的身体恢复得很快。先是能够慢慢地站了起来，扶着篱笆走上几步。渐渐地，他便可以独立行走了，最后一天，他竟然在院子里跑了起来。自此，他的生活与一般的男孩子再无两样。到他读大学的时候，还被选进了学校田径队。

如果这个孩子甘心接受命运的摆布，在逆境中无法自拔，他将永远成为一个无法站立的人。可是，当他勇敢地抗争、奋斗，挣扎着走出逆境的时候，他竟然创造出了一个医学上的奇迹。

向上看，而不是将自己包裹在逆境的果壳里畏缩着不肯出来，这不仅是一种智慧，更是意志坚定者的最高境界。人生的路途上，让你头破血流的往往不是逆境，而是你面对逆境的态度，一旦你就此跌倒不起来，你将从此缺席精彩的人生。

励志寄语：

一个意志坚定的人，不仅能坦然地面对命运为他布下的泥潭，而且还能在遭受无法改变的处境时仍然保持理智，清醒地做出有利于自己走出逆境的选择，把绊脚石变为垫脚石。

不要逞一时之快

李敖先生有一次为好朋友李庆华助选，演讲时提到“人人得而诛之”这句话，并说出自《庄子》。李敖讲完以后，有一位教授站到台上接着讲话，他对着台下的听众说刚才李大师说错了，并朗声说：“‘人人得而诛之’这句话不是出自《庄子》，乃是出自《左传》。”

李先生一听，先是有些忍不住了，很想走上前去跟他辩解，因为他记得很清楚，这句话出自《庄子》是没错的，是这位教授记错了。但是，他转念一想，这是为朋友助选的公共场合，不能因为计较一句话而破坏了助选的气氛，那样对朋友不利，于是他微笑着忍住了。

等到那位教授讲完之后回到座位上，李敖才笑着拍了拍教授的肩膀，说自己讲的没有错，是出自《庄子》，不是出自《左传》，并且出自《庄子·杂篇·庚桑楚》。

隔了两个星期，那位教授来找李敖先生了。他向李敖先生道歉，他说："李大师啊，我搞错了，我以为是《左传》，果然是如你所说出自《庄子》。"

虽然这位教授向李敖认了错，但是，李敖心里仍感到不舒服。后来，李大师终于有机会吐出了胸中的块垒："他在私下里跟我道歉，证明什么？证明我对了。可是那个教授有一点儿是不对的，什么不对呢？他没有公开向我道歉，公开说是我对了。"

李敖继续说："我在台上先讲话，讲'人人得而诛之'这句话。即使讲错了，你有必要接下来当众来纠正我的错误吗？何况我没错，错的是你，这证明了什么？证明这位教授是书呆子、学究，不懂得人情世故，自以为是，不分场合，说了不该说的话，并且是错的，错在自己逞一时口舌之快。"

李敖说出了人们在公共场合处世的微妙道理，也用自己的实际行动为我们做出了示范。试想，当时如果不是李敖先生情绪控制得好，而是一听就火冒三丈，情况恐怕会变得更糟糕，因为所说之话，不符合场合与气氛，成了笑柄，这就很难堪了。

由此观之，在不适宜的时候追究一句话出自何处，看似是一个极小的问题，甚至显得很是认真，但除逞口舌之快，别无所获，不仅可能因小失大，引起别人的不快，更暴露其人在人情世故上的修炼不够火候。

所谓"人情练达皆文章"，那位教授险些因为逞一时口舌之快而把助选的大事给耽误了，事后想及，也必定为之懊恼不已。由此看来，逞一时口舌之快，只会给大局带来困扰，是因小失大、因小害大的处世过错。

在交流的过程中，说话脱口而出之前，想一想自己要说的话是否得体，会不会给别人带来困扰，这是一种有教养、尊重他人的礼貌行为。

励志寄语：

能否有效地控制情绪，对一个人的一生影响很大。从小的方面说，反映出一个人的修养、素质；从大的方面讲，则关乎他的事业前途。

停止怨恨重新开始

大约十多年前，因为信任，他借给朋友 1800 万元周转。这位多年深交的好友是个生意人，事业做得很大，住豪宅，出入有名车。只是两个月后，这位"好朋友"便从人间消失了，找不到任何讯息，听说为了躲债跑到美国去了。

而那 1800 万瞬时成了收不回的死债，更让人感慨的是在这个庞大数字里，其中有 800 万是他拉下脸向亲朋好友借来的。事情发生之后，朋友变得很消沉，觉得人生没有希望了。

他开始封闭自己，不与人交往，心中充满了怨与恨。直到他听了一场演讲，才有所改变，改变了他的观念以及接下来的人生际遇。

演讲内容是说有一个人要开车回家，车子行驶在高速公路上，紧跟在一辆货车后头，货车上堆满了重物。不幸的是，车顶上固定货物的绳子没有绑牢，东西落了下来，就在那一瞬间车祸发生了。这个人双脚因此断掉，人生的后半辈子将在轮椅上度过，他充满了怨恨。后来这个人的老师来看他，希望他能从痛苦中解脱出来，于是问了他几个问题。

老师说："是谁选择开车上路的？""是我。"

"是谁选择在这个时间回家的？""是我。"

"回家的路有那么多条，是谁选择走这条路的？""是我。"

"高速公路上的车子这么多，是谁选择开在这辆车后面的？"

年轻人低着头，若有所思地回答说："还是我。"

老师继续说道："东西没有绑好，可能会落下来，这是已存在的事实，无论如何砸下来的结果是一定会发生的。如果没有砸到你，也可能会砸到别人，但此刻的结果是谁让它发生的呢？"

最后，老师说："如果不是你选择在这个时间上路，不是你选择走这条路，不是你选择跟在这辆车的后面，甚至没有保持足够的安全距离，那么即使东西掉下来，也没有人会受伤，不是吗？所以，你认为你究竟该不该负责任呢？"

演讲故事中的这些对话深深地敲击着他自己，反思着自己所过的这段灰暗的时光。是的！是他自己决定要借出这 1800 万元，而不是 180 万元或 18000 元。

他想通了，决定扛起一切责任。而就在那一刻，所有的怨恨都不见了。他理了头发，买了一套新西装，重新开始为事业打拼。他比以前更努力也更谨慎了。后来不仅重新为自己的工作找到了定位，成为一家知名建设公司的董事长，还在短时间内偿还了债务。

励志寄语：

人一生难得一帆风顺，每个人多多少少都会遭逢一些艰难险阻，会“被挫折上一堂课”。你可以选择怪罪别人、诅咒老天爷不公平，但这些都不能改变事实。而若能从这些挫败中吸取教训，为自己负起责任来，那么这堂“课”不管代价多少，都是值得的。

把愤怒变成动力

汽车大王亨利·福特曾说，自己之所以能有如此成就，是缘于在一家餐厅发生的一件小事。根据亨利·福特的描述，在他还是一个修车工人的时候，有一次刚领了薪水，便兴致勃勃地到一家他一直十分向往的高级餐厅吃饭。

不料，年轻的亨利·福特在餐厅里呆坐了差不多15分钟，居然没有半个服务生过来招呼他。最后，还是餐厅中的一个服务生看到亨利·福特独自一人坐了那么久，才勉强走到桌边，问他是不是要点菜。亨利·福特连忙点头说是，只见服务生不耐烦地将菜单粗鲁地丢到他的桌上。亨利·福特刚打开菜单，看了几行，耳边传来服务生轻蔑的话语：“菜单不用看得太详细，你只适合看右边的特价菜，左边的菜你就不必费神去看了！”

亨利·福特惊愕地抬起头来，目光正好迎接到服务生满是不屑的表情，这使亨利·福特非常生气。恼怒之余，他不由自主地便想点最贵的大餐。但是，一转念，又想起口袋中那一点点可怜微薄的薪水。不得已，他咬了咬牙，只点了一个汉堡。服务生从鼻孔中“哼”了一声，傲慢地收回亨利·福特手中的菜单。

口中虽然没有再说话，但是，脸上的表情却很清楚地让亨利·福特明白：“我就知道，你这穷小子，也只不过吃得起汉堡罢了！”在服务生离去之后，亨利·福特并没有因为花钱受气而继续恼恨不休。他反倒冷静下来，仔细思考。为什么自己总是只能点自己吃得起的食物，而不能点自己真正想吃的大餐。

亨利·福特当下立志，要成为社会中顶尖的人物。从此之后，他开始朝梦想奋发前进，由一个平凡的修车工人逐步成为叱咤风云的汽车大王。

励志寄语：

愤怒的时候，理智的人懂得不放任情绪的发泄，而会做到静下心来，认真思考原因，并将怒气转化为前进的动力。

在自省中改变错误

日本东京的府立四中是一所名牌中学，以狠抓智育而出名。有一个孩子，他在府立四中上学的时候，曾经作为后进生被分到“劣等生组”。

这里全部是被学校认为不可救药的孩子，他们不爱学习，成绩很糟糕，经常结伙去干一些不好的事。他们抽烟喝酒，有许多不良的习惯。他们对学校十分不满，整天想着如何在学校里造反。

有一天，这个孩子和“劣等生组”的几个同学，进行了一起“破坏学校”的事件：他们在军训课之后，用军训的步枪当棍棒，把学校里一间进行礼节教学的教室，从拉门到玻璃全部毁坏了。

这件事闹得非常大，当这个孩子冷静下来后，感到自己闯下了大祸，他做好了退学的思想准备。当他垂头丧气地走回家，坐在母亲面前，硬着头皮等着挨骂的时候，母亲却没有骂他。

母亲说：“已经做了错事，再后悔也没有用。对这件事，你可能有自己的想法，我不想再说什么了。只是，恐怕你不能再上学了，今后怎么办？你要好好想一想。”

出乎他的意料，母亲没有指责他，只是说了这样一句话。但是，这句话却比任何严厉的训斥都更能打动他，他流下了悔恨的泪水。当晚，他在日记里写道：“今后无论怎样，决不再做让母亲为难的事情。”

后来，这个孩子用心读书，不再在学校胡闹，终于成为日本杰出的教育家，他就是多湖辉。自己做错的事情想想怎么承担，自己的未来怎么面对。母亲寥寥数句，却像警钟在孩子心里长鸣，让孩子羞愧于自己的行为，在自省中改变错误。

励志寄语：

犯了错误，知道悔恨，知道反省，就还有改正错误的可能。人的一生，谁都可能会做一些傻事，犯一点错误，这是不可避免的。最重要的就是犯错之后，有一个正确的心态，勇于反省自己，敢于改正错误。这样的人终究会走上正确的道路。

Chapter

第四章

做一个自立的人

自立就是自我独立，自己的事情自己做，不依赖别人。做一个自立的人，不仅对自身的健康发展有利，而且对家庭、社会也有好处。人有了自立的意识和能力，便能够适应社会，把握机遇，创造辉煌。

小肩膀撑起的家

2014年，吉林市吉化九中学生王丹当选为“感动吉林”十大人物之一，同时她也获评2014年度的全国“最美孝心少年”。

这名生长在偏远农村的乡下女孩为何能够榜上有名？在她的身上又发生过什么样的感人故事？她的生活又是什么样子呢？让我们一起走进王丹的学校、家庭，通过她的老师、同学、亲人，了解一些关于她的故事。

八年前，小王丹跟随父母来到了吉林省天太村，他们在学校附近租了间小平房，因为妈妈常年卧病在床，一家人就靠爸爸打零工维持生计。

2010年，不堪重负的爸爸离家出走了，从此杳无音信。从那时起，妈妈就开始拖着病弱的身子四处打工。然而，长期的劳累和营养不良使妈妈再一次倒下了。

看着病榻上虚弱不堪的妈妈，还不到10岁的王丹急了，她偷偷找到一家绢花店，哭着央求老板收下自己。善良的老板拗不过她，就让她做一些相对轻松的扎花工作。

王丹每扎两朵花可以赚三分钱，她一天要扎上四五百朵。那年暑假，王丹每天都会从自己家的井里灌上一瓶水揣在兜里，然后告诉妈妈自己去找同学玩了。

就这样，王丹每天都坚持去绢花店里扎花，不管刮风还是下雨，她从来没有停止过。有时手上磨出了水泡，她也依然坚持着，因为她知道，只要她坚持一天，就会为家里减轻一点儿负担。

假期结束，王丹一共攒下了47块钱，她把40块钱交给了妈妈,然后用剩下的7块钱给妈妈买了一些水果,还买了一点儿蔬菜,给妈妈做了一顿相对丰盛的晚餐。

妈妈知道王丹去打工扎花挣钱的真相后，难过得哭了。她心疼地看着女儿，说什么也不让王丹再去打工了。后来，妈妈身体稍微好些了，她就帮人种树、剥玉米、打扫卫生，不管什么脏活、累活都干。

为了贴补家用，每次下过雨后，王丹都会顺着小路走上一两公里去捡铁钉子。她总是穿着一双粉红色的拖鞋，手里拎着塑料袋，走在雨后泥泞的村路上。

每走几步，王丹就会停下来，蹲在地上用手扒拉着泥土，把从泥土中找到的铁钉小心地放进塑料袋。

王丹说，别人家烧火后会留下炉灰，大雨把炉灰冲走，就让这些“宝贝”露了出来。所以，一到下雨，她就非常开心，因为可以从满是杂物的淤泥里扒出钉子来卖钱。

一斤钉子能换七角钱，走一早上，王丹可以攒小半袋钉子。她说：“这些钉子能卖几毛钱，虽然很少，但是慢慢攒，攒到一块钱的时候，就可以给家里买袋盐了。”

然而，灾难又一次降临到这对不幸的母女身上，王丹突然患上了过敏性紫癜。医生叮嘱小王丹要好好休息，那样才不容易复发，可懂事的王丹总是说自己不累，她还是每天变着法儿地帮妈妈干活。幸运的是，两个月后，在妈妈和医生的精心照料下，她的身体终于慢慢康复了。

2012年夏天，王丹以优异的成绩考入吉化九中，但是家里的花费一下子增加了许多，妈妈的病也三天两头犯，王丹除了捡废品，还担起了家里所有的家务。

“寻找最美孝心少年”大型公益活动启动之后，中央电视台派出记者来到王丹的家，将她的孝心故事拍成了短片，并生动地展现在了全国观众的面前。

虽然王丹的事迹上了央视，可是她一直没有在意，也从不对别人提起。日子就这样在平淡中过着，直到有一天，一个电话打破了王丹平静的生活。

“一个朋友打来电话，说他们单位要给王丹捐款。”电话直接打到了吉化九中的马老师那里。马老师说，打电话的是她的朋友，他们想为王丹捐款 2000 元。

接到电话后，马老师也是一头雾水，为什么要给王丹捐款呢？于是，马老师带着疑问来到了王丹的家。眼前简陋的房屋和王丹家窘迫的生活，让她感慨万千，她这才知道王丹被央视报道的事情。

虽然王丹家境贫寒，但她却不自卑，平时的表现非常阳光，也从不和别人说自己的家事。她和同龄学生一样，爱玩、爱闹，并且非常爱笑。

王丹的班主任高老师告诉记者，无论是在操场上还是在走廊里，小王丹只要见到她，老远就会停住脚步，然后微笑着迎着老师走过来问声好。

王丹爱笑，是学校老师公认的。她是班里的地理课代表，她也最喜欢上地理课。据该课任老师介绍，在每次上课之前，她都会主动跑到教员室，帮助老师拿教材教具。

老师们都喜欢王丹还有一个重要的原因。“这孩子懂事，知道感恩。”高老师边说边把手机递给记者。手机里记录了几条王丹用妈妈手机发来的短信：

老师，今天是教师节，感谢您的辛勤培养，老师辛苦了！

高老师，今天是国庆节，祝您和您的家人节日快乐。

老师，今天是中秋节，我送上我最真心的问候。

……

高老师说，她保留了很多王丹发来的短信，看到这些短信，心里就会感觉很温暖。

王丹的事情被媒体报道之后，有很多人向她们伸出了援助之手。王丹和妈妈有一个“爱心账本”，小到一袋米，大到一台电视，她们都记录得清清楚楚。王丹说，等自己长大成人后，一定会努力回报社会，将这份爱心继续传递下去。

后来，记者问王丹：“你现在最大的愿望是什么呢？”

王丹不假思索地回答道：“我现在只想快一点儿长大。长大以后，我就可以挣钱，帮妈妈分担多一点儿，再多一点儿。”

励志寄语：

一个十几岁的女孩用她小小的肩膀扛起了本不该属于她这个年纪的重担。她的自立、自强精神，她的不屈不挠的干劲，她的积极乐观的态度无不令人感动和佩服。

有担当的孝心少年

2015 年，来自河南省德亭镇杨湾村的农家少年张俊 12 岁了，他阳光开朗，稍显黝黑的脸上透出一丝与同龄人不同的成熟和稳重。然而，谁又能想到这个农家少年背后的辛酸故事呢？

在张俊 8 岁那年，爸爸因为车祸永远地离开了他，而他的妈妈不堪重击离家出走了。从此，张俊与年幼的弟弟和体弱多病的奶奶相依为命。

“奶奶，您放心，就算所有人都不在了，我也会在您身边陪着您，我替爸爸妈妈养着您。”这是张俊最令奶奶感动的一句话。

张俊的奶奶患有胆囊炎，闻到油烟味儿就恶心。原本住校的张俊心疼奶奶，于是，他坚持每天回家帮奶奶炒菜。奶奶说：“俊娃一直很懂事。我在地里干活，他就会把饭做好。”

后来，张俊慢慢跟奶奶学会了认药草，他开始带着弟弟上山。为了让弟弟也能干得起劲儿，他总会跟弟弟比赛，看谁药草刨得多，输的那个得接受惩罚。

每当星期天，同龄的孩子拿着心爱的玩具跟小伙伴东奔西跑玩耍的时候，张俊和弟弟老早便挎上家里的小篮子到山里采药去了。黑药、柴胡、党参、血参、天麻、桔梗，这些在张俊眼里可都是宝贝。

兄弟俩每次从山里出来，背上都背着满篮子的药草。他们兴致勃勃地回到家里，把这些药草小心翼翼地挑拣、分类，然后晾晒在自家的小院里，并期盼着晾干以后可以背出山去卖个好价钱。有时赶上天气不好，采回来的药草都发霉坏掉了，草药商根本不收。张俊看着这些坏掉的药草，舍不得扔掉，他心疼极了。他只盼天气好的时候能再多采一些药草回来。

兄弟俩每次下山回到家，都满身是伤。但是，他们只是简单擦洗一下。有时，兄弟俩拿着刚采来的血参，还给奶奶熬起了药。奶奶双腿已经变形，平时也只能做些轻点儿的家务，但是发病严重的时候，只有半蹲着扶着墙才能走路。

除了到山上挖药草，捡拾废品也是张俊每天的“工作”。不管是在学校还是在放学的路上，常常能看到拎着编织袋捡拾废品的张俊。在他的感染下，懂事的弟弟也加入进来，只要一有时间兄弟俩就拎着编织袋出门拾废品。

张俊从来不会在意别人对他投来的异样的眼光，因为他知道，在这个世界上，人与人的生活尽管是不同的，他却是平等的，自己不偷不抢，靠双手捡废品赚钱，一点儿也不丢人。

在张俊的家里，熏黑的墙上画着一张评比表，上面写着张俊和弟弟张旭的名字，名字后面画的是五角星的图案。张俊说，平时他和弟弟谁帮奶奶做一件事，就在谁的后面画一颗星星，看谁得到的星星最多。

说是跟弟弟比赛，其实张俊这个哥哥还是舍不得让弟弟多干活。他只是希望自己和弟弟都能懂事，不让奶奶操心。

每当提起过世的爸爸，小男子汉张俊总会忍不住要掉泪。他知道，只有奶奶好了，弟弟好了，爸爸才能放心。

张俊在他的作文中写有这样一句话："每学期必须拿到一张奖状，回去让奶奶高兴；在学校里坚决不能犯错误，免得奶奶伤心。"

张俊说："我最大的愿望就是快点长大，学医给奶奶治病，然后挣钱养家。"

暑假农活多，张俊天天跟奶奶去地里干活。回到家，他还要帮奶奶捶捶肿胀变形的双腿。

2011 年，在学校的帮助下，张俊和弟弟成了免费的住校生。但是，张俊为此却又发起愁来：奶奶晚上独自在家，生病了或有什么不舒服怎么办呢？他思前想后，最后他和弟弟决定，每天他俩轮流回来陪奶奶住。

一个年仅 12 岁的孩子都知道什么是责任，什么是担当，这让许多成人都不得不竖起大拇指。后来，张俊的感人事迹广为传颂，人们都为他竖起了大拇指，他被评为 2015 年全国"最美孝心少年"。

励志寄语：

十二岁的少年用他柔嫩的肩膀撑起了一个贫困的家。他的吃苦耐劳精神，他的坚强勇敢，让无数的成年人泪目。

自立没有年龄界限，没有性别区别，只有自我心中的奋发图强，只有无怨无悔的责任担当。

微笑着面对生活

许多年前，一个小姑娘应聘到纽约市第五大街的一家裁缝店当打杂女工。这个小姑娘出身贫寒，住在纽约一处廉价的出租房里。当她走进那家金碧辉煌的裁缝店时，仿佛置身于一个令人目眩的新世界中。

小姑娘正式上班以后，她经常看到女士们乘着豪华轿车来到店里，在店里镀着金边的大试衣镜前试穿漂亮的衣服。她们都和裁缝店的女老板一样，穿着讲究，举止得体，端庄大方，高贵典雅。

小姑娘想，这才是女人应该过的生活。渐渐地，一股强烈的信念在她的心中升起："我也要当老板，成为她们当中的一员。"

于是，她每天开始工作之前，都要对着那面试衣镜，很开心、很温柔、很自信地微笑。她虽然经济拮据，只能穿粗布衣裳，但是，她依然自信，待人接物落落大方，彬彬有礼，深受那些女士们的喜爱。

小姑娘虽然地位卑微，但工作积极投入、尽心尽责，仿佛那裁缝店就是她自己的，因此深受老板的信赖。

不久，就有许多客户开始对女老板说："这位小姑娘是你店中最有头脑、最有气质的女孩。"

女老板也说："她的确很杰出。"

又过了不久，女老板就把裁缝店交给小姑娘管理了。再后来，这个小姑娘渐渐有了一个响亮的名字叫“安妮特”，继而成了服装设计师“安妮特”，最后成为了“著名设计师安妮特夫人”。

励志寄语：

无论生活多么糟糕，地位多么卑微，也要记着微笑面对。自信、自立是我们扭转人生局面的重要法宝。

给自己创造机遇

美国少年斯克劳斯的母亲是个裁缝，受母亲的影响斯克劳斯自小就喜欢时装。尽管家境贫寒，但斯克劳斯决心要做一名出色的时装设计师。

斯克劳斯常常将母亲裁剪后的布头偷来，东拼西凑地做成各种各样的小人衣服。由于母亲的布头有限，并且那些布头都是要用来做鞋垫的，斯克劳斯总是遭到父亲的责备。斯克劳斯对自己的创作欲望得不到满足很是不快。

有一天，斯克劳斯将父亲从自家凉棚上撤下来的废棚布捡来制成了一件衣服，这种粗布在当时是专门用来盖棚用的。斯克劳斯穿着自己做的衣服走在大街上，很多人都说他是疯子。甚至连母亲都觉得斯克劳斯太过分了。

不过，斯克劳斯的母亲见儿子沉迷于服装设计，还是鼓励了儿子去向时装大师戴维斯请教，她希望自己的儿子能成为像戴维斯一样成功的时装设计师。

斯克劳斯 18 岁那一年，他带着自己设计的粗布衣来到了戴维斯的时装设计公司。当戴维斯的弟子们看到斯克劳斯设计的衣服时，忍不住哄堂大笑起来，他们从来没有看到过如此粗俗的衣服！可是戴维斯却将斯克劳斯留了下来。

在戴维斯的鼓励与帮助下，斯克劳斯设计出了大量的粗布衣。可是，没有人对斯克劳斯的衣服感兴趣。斯克劳斯设计的衣服大量积压在仓库里，就连戴维斯都对自己收留斯克劳斯的决定产生了怀疑。

但是，斯克劳斯很固执，他坚信自己的衣服会受到人们的欢迎，于是他试着将那些粗布衣服运往非洲，销给那里的劳工们。由于那种粗布价格低廉、耐磨，居然很受劳工们的欢迎，很快衣服销售一空。

斯克劳斯又将那些粗布衣服做成适合旅行者穿的款式，因为它的沧桑感和洒脱，居然又很受旅行爱好者的欢迎。斯克劳斯后来又设计出了许多种款式。

人们惊奇地发现，那种衣服穿在身上不但随意，还有一种很特别的风味，而且不分季节，任何年龄的人都可以穿。一时间，大家都争着穿起了斯克劳斯设计的粗布衣。如今那种衣服已风靡了全球，那就是以斯克劳斯与戴维斯为品牌的牛仔衣。

励志寄语：

要想成功，就不能害怕失败；要想改变自己的生活，就要自己想办法给自己创造机遇。坚强的人，不惧怕失败；自立的人，懂得不放弃一切机会。

敢想就一定要敢做

洛克菲勒刚开始步入商界之时，经营步履维艰，他朝思暮想发财，但时，苦于无方。有一天晚上，他从报纸上看到一则出售发财秘诀的广告，高兴至极。第二天急急忙忙到书店去买了一本，他迫不及待把买来的书打开一看，只见书内仅印有“勤俭”二字，使他大为失望和生气。

洛克菲勒回家后，寝不成眠。他反复考虑该书的“秘密”在哪里。起初，他认为一本书只有这么简单的两个字，可能是书商和作者在欺骗读者，而且他一度曾想指控他们。

但是，经过千思万虑，洛克菲勒越想越觉得此书言之有理。确实，要致富发财，除了勤俭以外，别无其他方法。于是他加倍努力工作，千方百计增加收入。这样坚持了5年，积存下800美元。

后来，洛克菲勒和一个叫克拉克的青年合伙开办了一个谷物和牧草经纪公司。两人商定资本只需4000美元，每人出2000美元。而当时，洛克菲勒口袋里只有一张800美元的存折。怎样凑齐这2000美元呢？洛克菲勒想起了父亲。

“爸爸，你不是答应过我，说等我21岁时就分给我1000美元遗产吗？现在就给我，好吗？我正需要它呢！”洛克菲勒对父亲说。

“可是，你离21岁还差16个月呢！”

“那还不是一样，迟早还是我的嘛！”

"嘻嘻，那可不一样，你要提早提取也可以，但得扣除16个月的贷款利息，年息算10%好了。"

"太谢谢你了，爸爸！"洛克菲勒一跳三尺高。

"不，道谢尚早，等你赚了钱再谢我。谷物、粮草、肉品的经纪商是一定很有前途的。要知道，东部的食品需求是只会增加不会减少。"

"是要卖给欧洲的！"洛克菲勒赶紧纠正父亲的话。

"欧洲？你是说要把谷物、肉品都运到英国、法国去？"父亲惊讶不已且大惑不解。

"是的，爸，运到欧洲去。"洛克菲勒平静地回答了父亲。

父亲呆住了，不相信19岁的儿子竟有这么大的气魄和自信心。

结果，正和预想的一样，洛克菲勒果然把商品卖到了欧洲甚至是全世界。因此，洛克菲勒成为了著名的企业家。

励志寄语：

驾驭命运的舵是自立自强。不抱有一丝幻想，不放弃一点机会，不停止一日努力。生活会让你成长，经历会让你成熟，成不成功都不要紧，前怕狼后怕虎永远难成大事。

比别人多付出一份努力

美国标准石油公司建立初期，由于名气不是很大，因此公司董事长洛克菲勒非常重视本公司及其产品的对外宣传。

公司里有一名年轻的小职员，他在出差住旅馆时，总是在自己签名的下方写上“每桶四美元的标准石油”字样。不仅如此，他在书信及收据等上面也不例外。总之凡是有自己签名的地方，就一定要写上那几个字，这似乎成了一种职业习惯。

他因此被同事们叫做“每桶四美元”。时间久了，一些同事似乎都忘记他的真名叫什么了。洛克菲勒得知这件事后非常感动，他设了一桌丰盛的酒席，亲自接见这位年轻的小职员。

席间，洛克菲勒问这位小职员：“你是一个普通的小职员，只要干好自己分内的工作就可以了，为什么还要这样做呢？”

“你错了，洛克菲勒先生！”小职员不假思索地回答，“新公司最需要宣传，而作为公司的一员，我认为我有义务为公司及公司的产品做宣传，所以我并不认为这是我分外的工作。”

“你认为你的努力对提高本公司声誉会有作用吗？”洛克菲勒又问。“我想会的。”小职员态度肯定地回答，“我一个人的宣传力量虽然很小，但一传十，十传百，我相信通过我的宣传，一定会有成百上千人知道我们的公司和我们的标准石油。”

洛克菲勒站起来，一把握住这位小职员的手，激动地说：“谢谢你！标准公司有你这样优秀的职员，我想它很快就会名扬四海的！”

后来，洛克菲勒卸任，当年的这位小职员成了美国标准石油公司的第二任董事长，他就是阿基勃特。

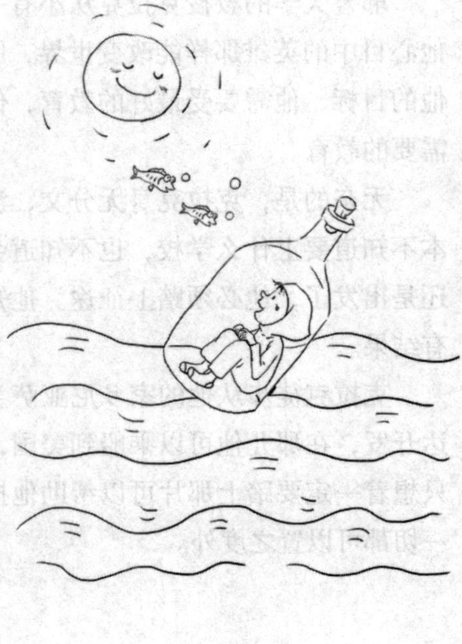

有许多不起眼的小事情，谁都知道该怎样做，问

题就在于谁能亲自动手去做，并且能够长期地坚持做下去。不要小瞧自己比别人多付出的那一份努力，它也许就会改变你的一生。

励志寄语：

许多人的成功看起来是纯属偶然，其实，仔细探究就会发现，这些人的成功绝不是什么偶然得来的，不是什么天才灵机一动或凭运气得来的，而是与成功者的自立和不断地坚持有很大关系。

咬紧牙关坚持下去

耶鲁大学的教授克拉克从小有一个梦想，就是希望自己能像他心目中的英雄那样能改变世界，服务于全人类。不过，要实现他的目标，他需要受最好的教育，他知道只有在美国才能接受他需要的教育。

无奈的是，克拉克身无分文，没办法支付路费，而且，他根本不知道要上什么学校，也不知道会被什么学校招收。但克拉克还是出发了，他必须踏上征途。他知道如果没有开始，就永远没有结果。

克拉克徒步从他的家乡尼亚萨兰的村庄向北穿过东非荒原到达开罗，在那儿他可以乘船到美国，开始他的大学教育。他一心只想着一定要踏上那片可以帮助他把握自己命运的土地，其他的一切都可以置之度外。

在崎岖的非洲大地上，艰难跋涉了整整五天以后，克拉克仅仅前进了40多公里。食物吃光了，水也快喝完了，而且他身无分文。要想继续完成后面的几千公里的路程似乎是不可能的，但克拉克清楚地知道回头就是放弃，就是重新回到贫穷和无知。

克拉克对自己发誓：不到美国誓不罢休，除非自己死了。他继续前行。有时他与陌生人同行，但更多的时候则是孤独地步行。大多数夜晚都是过着以大地为床，星空为被的生活，他依靠野果和其他可吃的植物维持生命。

艰苦的旅途生活使克拉克变得又瘦又弱。由于疲惫不堪和饥饿难耐，克拉克几欲放弃。他曾想："回家也许会比继续这似乎愚蠢的旅途和冒险更好一些。"

克拉克并未回家，稍作调整后，他又恢复了对自己和目标的信心，继续前行。要到美国去，克拉克必须具有护照和签证，但要得到护照他必须向美国政府提供确切的出生日期证明，更糟糕的是要拿到签证，还需要证明他拥有支付往返美国的费用。

克拉克只好再次拿起纸笔给他童年时曾教过他的传教士写了封求助信。结果传教士通过政府渠道帮助他很快拿到了护照。然而，克拉克还是缺少领取签证所必须拥有的航空费用。

克拉克并不灰心，而是继续向开罗前进，他相信自己一定能通过某种途径得到自己需要的这笔钱。几个月过去了，他勇敢的旅途事迹也渐渐地广为人知。关于他的传说已经在非洲大陆和华盛顿佛农山区广为流传。

斯卡吉特峡谷学院的学生在当地市民的帮助下，寄给克拉克640美元，用以支付他来美国的费用。当克拉克得知这些人的慷慨帮助后，他疲惫地跪在地上，满怀喜悦和感激。

经过两年多的行程，克拉克终于来到了斯卡吉特峡谷学院，他骄傲地跨进了学院高耸的大门。

"再坚持一下！"有时这就是成功向我们提出的最后条件。如果我们心中的目标无比坚定，如果我们能比别人再多一份自信和执着，如果我们对困难能再多一分抗争的勇气，“再坚持一下”其实并不难！

人人都渴望成功，可为什么真正能够获得成功的人却又那么少呢？答案就是很多人依旧徘徊在坚持和放弃之间。如果当困难绊住我们的脚步时；当失败挫折打击我们的进取雄心时；当负担压得我们喘不过气时，我们依旧不退、不放弃、不在中途退出，依然咬紧牙关坚持下去，那么成功就一定会在终点出现！

励志寄语：

通向成功的道路上，有许许多多的挫折、失败和困难，如果我们在成功路上被众多的挫折、失败和困难吓倒了，选择了放弃，那么，也就选择了与成功分手。

送给妈妈的礼物

12 岁的鲁本是加拿大某地的一个小学生。有一天，他从一家商店经过时，橱窗里的一件商品深深地吸引了他。可对这个孩子来说，这件标价 5 加元的小商品实在是太贵了，因为这笔钱相当于他们全家人一周的开支。

虽说此时自己一文不名，可鲁本仍坚定地推开这家商店的门走了进去说：“我想买橱窗内的那件商品，不过，我现在没有钱，请您先别卖，给我留着好吗？”

“没问题。”店主微笑着对他说。

鲁本很有礼貌地告别店主，走出了商店。他走着走着，突然从旁边一条小巷子里传来一阵敲打钉子的声音。鲁本循声朝施工场地走去。原来是当地居民正建造自己的住房，他们每次用完一小麻袋钉子，就顺手把装钉子的麻袋给扔了。

鲁本早就听说有家工厂回收这种袋子，于是他就从这个工地捡了两个袋子拿去卖了。在回家的路上，他的小手里一直紧紧拿着两枚5分硬币，生怕丢了。为了更好地保存这两枚硬币，鲁本把它放在铁盒里，然后藏在他家粮仓内的干草垛底下。

吃晚饭时，鲁本走进厨房。父亲正补渔网，母亲已经摆好饭菜。母亲虽然一天到晚忙忙碌碌洗衣做饭、耕地种菜，还得抽空儿给羊挤奶，可她每天心情都很好，总是乐呵呵的。

从此，每天下午放学，鲁本总是先做家庭作业，干完母亲交给他的家务活儿，然后就到大街小巷去捡装钉子的麻袋。虽然不时受到饥饿、寒冷、困乏的折磨，但是小鲁本依旧日复一日地走街串巷捡麻袋，因为购买橱窗内那件商品的强烈愿望始终激励着他，赋予他无比强大的勇气和力量。

第二年五月的第二个星期天，鲁本把藏在粮仓草垛底下的小铁盒取出来，用发抖的小手小心翼翼地将里面的硬币倒出来，睁大眼睛细数了一遍，仍不放心，又认真数了一遍。哇，只差20分就凑够5加元啦！

于是，鲁本祈祷上帝保佑自己傍晚前能捡到对他来说至关重要的四条麻袋。随后，他急匆匆地把装钱的铁盒藏好，马不停蹄地就去寻找麻袋。夕阳即将落山时，他一溜烟赶到那家工厂，此时，负责回收麻袋的人正准备关闭厂门。

鲁本慌慌张张地冲他喊到：“先生，请您先别关门！”

那人转过身来，对脏兮兮浑身大汗的小鲁本说：“明天再来吧，孩子！”

“求求您啦，我今天说什么也得把这四条麻袋卖掉，求求您啦！”

耳闻孩子颤抖的哀求声，目睹孩子满含泪水的双眼，这个人不禁动了恻隐之心。

“你为什么这么急着要钱？”那人好奇地问。

“这是一个秘密，对不起，不能告诉您！”鲁本诡秘地笑了一笑。

拿到4枚5分硬币后，鲁本匆忙地向回收麻袋的负责人道了一声谢，便飞也似地跑回粮仓，取出铁盒，继而又飞跑到那家商店，二话没说把100枚5分硬币倒在柜台上，鲁本终于得到了那件商品。

鲁本汗流浃背地跑回家，撞开房门，冲了进去。“到这儿来一下，妈妈。请您赶快来一下！”他扯着嗓子朝正在收拾厨房的母亲喊道。

母亲刚一走到他的眼前，他便迫不及待地将自己用一年多的心血换来的珍宝放在妈妈的手里。妈妈轻轻打开包装纸，里面包着一个蓝天鹅绒首饰盒，盒内放着一枚心形胸针，上面镶着两个灿烂炫目的镀金大字“妈妈”。

儿子在母亲节那天送给自己如此贵重的礼物，除结婚戒指外没有任何贵重首饰的妈妈热泪夺眶而出，一把将儿子紧紧搂在怀里。

励志寄语：

凡·高说过：“爱之花盛开的地方，生命之花便能欣欣向荣。”是啊，如果我们在心中播撒上爱的种子，那么有爱的地方就有了力量，这种力量往往能创造很多奇迹，能支撑着我们走得更远。因为一切困难都会在爱的面前望而却步。

要认清自己的价值

在多年以前，有一个企业家把他的全部财产投资在一种小型制造业上。但由于遭遇战争，他的工厂无法获得所需要的原料，只能宣告破产。

金钱的丧失，使企业家大为伤心，也令他十分沮丧，于是，他离开了妻子女儿，成为一名流浪汉。他对这些损失一直无法忘怀，而且愈来愈难过，到最后，甚至考虑要自杀。

但是，就在他决定跳到密歇根湖结束残生时，偶然间看到了一本小书《人性的优点》。这本书使他对生活产生了新的看法，于是他决定去寻求书的作者卡耐基的帮助。

第二天，这个企业家来到卡耐基的办公室，并向卡耐基讲了自己的故事。卡耐基听完后对他说："我以极大的兴趣听完了你的故事，我希望我能对你有所帮助，但是事实上，我却没有能力帮助你。"

卡耐基刚说完，企业家的脸色立刻苍白得像是已经躺在棺材中的死尸，他向椅背一靠，低下头，喃喃地说道："这下子完蛋了。"

卡耐基等了几秒钟，然后对他说："虽然我没有办法帮助你，但如果你愿意的话，我可以介绍你去见本大楼的一个人，他可以帮助你赚回你所损失的钱，并且协助你东山再起。"

卡耐基刚说完这几句话，企业家立刻跳了起来，抓住他的手，说道："看在上帝的份儿上，请带我去见这个人。"

卡耐基拉着他的手，引导他来到从事个性分析的心理试验室里，卡耐基把布帘拉开，露出一面高大的镜子。卡耐基用手指着镜子说："我要跟你介绍的就是这个人，在这世界上，只有这个人能够使你东山再起。除非你坐下来，彻底认识这个人，否则，你只能跳到密歇根湖里。因为在你对这个人没有充分的认识之前，对于你自己或这个世界来说，你都将是个没有任何价值的废物。"

企业家朝着镜子向前走了几步，用手摸摸他长满胡须的面孔，对着镜子里的人从头到脚打量了几分钟，然后后退几步，低下头开始哭泣起来。卡耐基知道，忠告已经发挥功效了，所以就送他离开了。

几天后，卡耐基在街上碰见了这个企业家。他整个人已经完全改变，几乎认不出来。他的步伐轻快有力，头抬得高高的。他原来那种焦虑、不安、紧张的神态已经消失不见。

企业家从头到脚打扮一新，看来很成功的样子，而且他也似乎有这种感觉。他把卡耐基拦了下来，告诉卡耐基究竟发生了什么事，使他能从彻底的失败中，迅速转变成一个充满希望的人。

企业家解释说："我正要到你的办公室去，把好消息告诉你。那一天我离开你的办公室时，还只是一位落魄潦倒的流浪汉，但是，虽然我的外表落魄，我仍然替自己找到了一份年薪 3 万美元的工作。"

企业家继续说："我的老板先预支了一些薪水给我，要我去买些新衣服，结果就是你现在看到的这个样子。他还预支了我一些钱，让我能寄一部分回去给我的家人，我现在又走上了致富之路。"

企业家最后说道："这似乎就像是一场梦，仅仅在几天以前，我还是个失去了希望、信心及勇气的人，而且甚至还考虑要自杀呢。幸运的是你介绍我认识了自己，把我从自怨自艾之中解救了出来。我以前并不认识我自己，幸好你要我站在那面大镜子前，把真正的我指给我看。"

励志寄语：

外来的力量无论多么强大，都难以击倒我们，能够打倒我们的只有我们自己。认清自己的价值，找回自信，这是抵御外界一切困难的法宝。

要相信自己的能力

那是在 1947 年，美孚石油公司的董事长贝里奇到开普敦巡视工作。在卫生间里，他看到一位黑人小伙子正跪在地上擦洗污黑的水渍，并且每擦一下，就虔诚地叩一下头。

贝里奇对此感到很奇怪，问小伙子为什么要这样做，小伙子答道："我在感谢一位圣人。"

贝里奇好奇地问他："为什么要感谢那位圣人？"

小伙子说："是他帮助我找到了这份工作，让我终于有了饭吃。"

贝里奇笑了，说："我曾经也遇到一位圣人，他使我成了美孚石油公司的董事长，你想见他一下吗？"

小伙子说："我是个孤儿，是锡克教会把我养大，我一直都想报答养育过我的人。这位圣人如果能让我吃饱饭之后，还有余钱，我很愿意去拜访他。"

贝里奇说："你一定知道，南非有一座很有名的山，叫大温特胡克山。据我所知，那上面住着一位圣人，他能给人指点迷津，凡是遇到他的人都会有很好的发展前途。20 年前，我到南非登上过那座山，正巧遇上他，并得到他的指点。如果你愿意去拜访他，我可以向你的经理说情，准你一个月的假。”

这位年轻的小伙子是个虔诚的锡克教徒，很相信神的力量，他谢过贝里奇后就真的上了路。半个月的时间里，他一路披荆斩棘，风餐露宿，终于登上了白雪皑皑的大温特胡克山。然而，他在山顶徘徊了一整天，除了自己，没有遇到任何人。

黑人小伙子很失望地回来了。他见到贝里奇后说的第一句话是：“董事长先生，一路上我处处留意，但直至山顶，我发现，除我之外，根本没有什么圣人。”

贝里奇说：“你说得很对，除你之外，根本没有什么圣人。因为，你自己就是你自己的圣人。”

20年后，这位黑人小伙子做了美孚石油公司开普敦分公司的总经理，他的名字叫贾姆讷。在一次世界经济论坛峰会上，他作为美孚石油公司的代表参加了大会。

在面对众多记者的提问时，关于自己传奇的一生，他说了这么一句话：“发现自己的那一天，就是人生成功的开始。能创造奇迹的人，只有自己。”

人们使用最多的一个词是“我”，最视而不见的也是“我”。一个看不见“我”的人，既不知道自己能做什么，也不知道自己不能做什么。因为看不见自己，就只会崇拜他人、崇拜偶像，而让自己消失在芸芸大众之中。

心中没有“我”的人，就不会有信心，也不会有理智的勇气，更不可能有人生的目标。我们从小就要有自信，相信自己的能力，不要盲目跟随，要相信只有自己才能成就自己，只有自己才能使周围世界更绚丽。

励志寄语：

“能创造奇迹的人，只有自己。”这句话说的真好。自强自立，克服困难，不懈努力，是使自己走出困境，创造幸福快乐生活的唯一途径。

要做到敢于尝试

有一位名叫西尔维亚的美国女孩，她的父亲是波士顿有名的整形外科医生，母亲在一家声誉很高的大学担任教授。她的家庭对她有很大的帮助和支持，她完全有机会实现自己的理想。她从念中学的时候起，就一直梦寐以求地想当电视节目的主持人。

西尔维亚觉得自己具有这方面的才干，因为每当她和别人相处时，即使是生人也都愿意亲近她并和她长谈。她知道怎样从人家嘴里“掏出心里话”。她的朋友们称她是他们的“亲密的随身精神医生”。

西尔维亚自己常说：“只要有人愿给我一次上电视的机会，我相信一定能成功。”

但是，西尔维亚为达到这个理想而做了些什么呢？其实什么也没有做，只是在等待奇迹出现，希望一下子就当上电视节目的主持人。

西尔维亚不切实际地期待着，结果什么奇迹也没有出现。谁也不会请一个毫无经验的人去担任电视节目主持人，而且节目的主管也没有兴趣跑到外面去搜寻天才，都是别人去找他们。

另一个名叫辛迪的女孩却实现了西尔维亚的理想，成了著名的电视节目主持人。辛迪之所以会成功，就是因为她知道：“天下没有免费的午餐”，一切成功都要靠自己的努力去争取。

辛迪不像西尔维亚那样有可靠的经济来源，所以没有白白地等待机会出现。她白天去做工，晚上在大学的舞台艺术系上夜校。毕业之后，她开始谋职，跑遍了洛杉矶每一个广播电台和电视台。

但是，每个地方的经理对她的答复都差不多：“不是已经有几年经验的人，我们不会雇用的。”

但是，辛迪不愿意退缩，也没有等待机会，而是走出去寻找机会。她一连几个月仔细阅读广播电视方面的杂志，最后终于看到一则招聘广告：北达科他州有一家很小的电视台招聘一名预报天气的女孩子。

辛迪是加州人，不喜欢北方。但是，有没有阳光，是不是下雨都没有关系，她希望找到一份和电视有关的职业，干什么都行！她抓住这个工作机会，动身到北达科他州。辛迪在那里工作了两年，最后在洛杉矶的电视台找到了一个工作。

又过了五年，辛迪终于得到提升，成为她梦寐以求的节目主持人。为什么西尔维亚失败了，而辛迪却如愿以偿呢？因为西尔维亚在10年当中，一直停留在幻想上，坐等机会；而辛迪则是采取行动，最后，终于实现了理想。

励志寄语：

自强自立，不能仅仅体现在幻想上，还应该体现在行动上。一个人的梦想再高远，能力再强，不去尝试，永远都不可能实现。

大胆地付诸实践

在美国的宾夕法尼亚州，有一个美丽的小城镇叫卡斯特，著名的蒸汽轮船发明家福尔顿少年时就住在这个小镇上。福尔顿是个活泼好学、爱动脑筋的孩子。他爱画画，喜欢到附近的铺子看修理机器。甚至他还能凭着想象画出令人不解的机器图。

福尔顿 10 岁那年，有一天，他和几个小朋友划着一只小船去游玩、钓鱼。他们玩得正高兴，只听从远处传来呼呼的风声，汹涌的波涛滚滚而来。几个小朋友见势不妙，赶紧往岸边划。

可是，船划得太慢了！而若在平常，他们从未感到用桨划船速度很慢。风暴越逼越近,他们用出全身力气,才把小船划到岸边。这时，狂风巨浪怒吼着赶到他们身边。真是危险极了！

晚上，福尔顿躺在被窝里，划船的情景仍浮现在眼前。他想："用木桨划船，竹竿撑船，又慢又费力，能不能想个办法，让船跑得又快又省劲呢？"

第二天，风平浪静。福尔顿来到海边，爬上小船，坐在船舷上，手托着下巴颏儿，苦思冥想起来。他把双脚伸进清凉的水里，来回踢打，踢得水花四溅，不知什么时候，小船悄悄地离开岸边，在水面上"航行"起来了。

"咦！我没有划船啊，船怎么自己走了这么远？"福尔顿十分惊奇。

当福尔顿在遐想中清醒过来时，他才发觉原来是自己的脚起了船桨的作用。他高兴地想："要是做几个像脚底板那样的木片，装在小船的两边，转起来，不就能使船走得又快又省力了吗？"

福尔顿真的做了一对桨轮，安在船的两侧，再安上转轴。摇动转轴，桨轮跟着飞转。果然，小船在水中跑得又轻又快了。福尔顿 22 岁时，前往英国的伦敦，并和瓦特结成了亲密的朋友。瓦特有时向他讲述自己怎样改进蒸汽机和怎样用蒸汽机来推动机器的。

福尔顿想："蒸汽机能推动机器转动，把它安在船上，带动桨轮转动，不就成了机器船了吗？"

福尔顿一面绘制草图，一面研究船的长宽比例，琢磨桨轮的大小，全身心投入用蒸汽机推动的轮船的实验。九年过去了，一艘八马力的蒸汽轮船终于在法国的塞纳河下水了，并且试航成功。不幸的是，当晚的狂风把新建的轮船打沉了。

但是，这并没有动摇福尔顿的信心。他从法国返回纽约，继续进行试验、制造。又过去了 11 年，也就是 1807 年，在 8 月 9 日这一天，福尔顿精心设计制造的 24 马力蒸汽轮船"克莱蒙特"号，在纽约的哈得孙河上出现了。

从纽约到阿尔巴尼城，"克莱蒙特"号以每小时八公里的速度行驶着。机器轰鸣，桨轮飞转，连续试航八天，试航圆满成功。从此，一种划时代的新型工具轮船，开始在世界各地的江河湖海上航行。

励志寄语：

敢于幻想，敢于实践，不怕失败，是一个自立的人走向成功的保证。聪明的资质、内在的干劲、勤奋的工作态度和坚韧不拔的精神，则是成功所需的重要条件。

Chapter

第五章

做一个自强的人

自强是努力向上，对未来怀有无限憧憬，并且不懈追求；自强是脚踏实地，百折不挠，一步一个脚印地向着崇高的理想迈进；自强是不怕困难，不怕挫折，对成功的向往和渴望。做一个自强的人，活出人的尊严，活出人的价值。

把最美的自己奉献社会

她只是云南省昭通市成千上万90后女孩中的普通一员，然而，她却用那些看似平凡的举动阐述着大爱的含义，感动了无数善良人的心。

有人评价她是“最美的90后女孩”，也有人说她是“人民楷模，中国骄傲”。无数人以她为榜样、因她而自豪，他们纷纷给她留言，说在她的身上看到了中国的未来，看到了中国的希望。她，就是来自昭阳区青岗岭乡的回族女孩铁飞燕。

2011年的五一小长假，她陪父亲去了四川绵阳旅游。6日下午6时多，父女俩正漫步在绵阳的一座大桥上。突然听到有人发出一阵尖叫声，原来是架在河面上10多米高的脚手架倒了，五个正在脚手架上施工的工人全部掉进了河里。

眼看着在水里慌乱挣扎的工人们一个个沉入水底，铁飞燕的脑海中只有一个想法：“我要救人！”当时，正处在生理期的铁飞燕已顾及不了那么多了。她一边跑，一边把手袋和鞋扔向了父亲。

“你要干什么？”父亲想阻拦她。要知道，那可是10多米高的桥，桥下是一条不知深浅、暗礁险藏的汹涌河流。但是，仅10多秒钟，光着脚丫的女儿已经翻过围栏，顺着一个没倒的脚手架，滑到了近10米高的河坎上。只见她跳入水中，拼命向落水者游去。

这时，落水者已有四人自己游到了脚手架上，而另一名落水者却不见了踪影。于是，铁飞燕一个猛子，便到了河底。河水浑浊，她努力睁开眼睛，却什么也看不见。

铁飞燕在水下乱抓了一气后，浮出水面。人没有捞到，她懊恼地喘着粗气。之后，她再次钻入水中，并暗下决心："我一定要把这个工人救起来！"

铁飞燕第三次扎下河底碰到了一缕衣角，她欣喜若狂，迅速把溺水工人拉上了河中间露出的脚手架上，而此时的工人却嘴唇发紫，两眼翻白，已经没有了呼吸。

"我一定要救活他！"铁飞燕迫切地想。于是她开始按压工人的胸口，给他做心肺复苏，但工人却没有任何反应。眼看着自己冒着生命危险救起来的工人又面临着死亡威胁，她心急如焚。

最后，铁飞燕决定对这位工人做人工呼吸，两三分钟后，落水工人终于吐出了一口污浊的河水，翻动了一下眼睛，"哼"了一声。铁飞燕这才累得一下子瘫坐在了地上。之后，110 和 120 也赶到了。

铁飞燕见大家都没了生命危险，拖着疲惫的身子悄然上岸。她浑身湿透、瑟瑟发抖，焦急地到处寻找父亲。她知道，此时父亲正在为她担心。

这时，有人跟了上来问："姑娘，你是绵阳哪里人，叫什么名字？"

浑身湿透的铁飞燕只留下了一句"我是云南人"。父亲找了过来，熬不过大家的坚持，跟大家说了女儿的名字。

铁飞燕救人不留名的事迹，传遍了绵阳的大街小巷，瞬间感动了这座城市。已经回到云南昭通的她，最终还是被云南和四川两省媒体通过公安户籍部门找到了。聚焦的闪光灯下，铁飞燕略显羞涩，她大方而又平淡地说："我只是做了我该做而且能做的事情。当时，我一心只想着要救活那个工人！"

铁飞燕的家位于昭通坝区一个美丽村庄，温柔端庄的洒渔河绕着村庄平静地流过。在铁飞燕家里，一岁半的铁子建正挥动着新裙子，在堂屋里高兴得手舞足蹈。子建平时由年近花甲的母亲带着。“铁子建是2010年正月初二，我姑娘从土地庙前捡回来的。当时脐带还缠在身上，浑身是血。”铁飞燕的母亲说。

母亲说捡回弃婴的那天，家人和亲戚朋友都强烈反对。毕竟当时铁飞燕才是一个未满17岁的女孩子，还没有谈恋爱，还没有结婚，以后的路还太长太长。但是，她仍然义无反顾地把弃婴抱回了家。

后来，人们总是用异样的眼光看她，流言蜚语也开始多了起来。“我也为自己辩解，甚至想去做亲子鉴定，证明自己的清白！”面对质疑，铁飞燕很无奈。

有一次，子建发高烧，铁飞燕抱着她一路狂奔到青岗岭乡卫生院，哭着求医生救救孩子。由于子建的病情十分严重，乡镇卫生院不敢接收。于是，铁飞燕和母亲又包车把孩子送到了县医院。

焦急的等待过后，医生说子建的体温下降了，已经没有生命危险了。此时铁飞燕才觉得，自己的右脚趾有些疼。低头一看，右脚大脚趾上的指甲不见了，血和黄泥凝结在了一起，顿时钻心地疼起来。

受了多少委屈，流过多少辛酸眼泪，只有她自己知道，但是她从不曾放弃过。母爱的天性，让她的生活、她的幸福，和这个弃婴紧紧地联系在了一起。

后来，铁飞燕勇跳高桥救活溺水民工的感人事迹被川滇媒体持续深入报道，引起了强烈反响。一时间，荣誉和褒奖包围向她飞来，让她有一种“累”的感觉。她说她救人的时候，没有想过这些。当有人称赞她的时候，她反复地强调：“跳河救人，对我来说，只是一件简单的事情，真的没有什么！”

那次跳桥救人后，因为铁飞燕正处于生理期，为此她生病住了九天的院。其间，团省委、市委，市委政法委等许多部门领导多次慰问并表彰她，还奖励了她7000元，这让她忐忑不安。

后来，铁飞燕把奖金分成了两部分。其中的4000元，她捐给了自己的母校，资助30名孩子上学，为他们买了学习用具。另一部分，她给了农村的父母和助养的女儿子建。

铁飞燕说她最喜欢爱因斯坦的一句话："请学会通过使别人幸福快乐来获取自己的幸福，而不要用同类相残的无聊冲突来获取幸福。"

未满18岁的铁飞燕，用一点一滴的行动，将善良、勇敢、正义和智慧，融进了涌动着大爱的血液。她用自己博大的胸怀和实际行动诠释了90后们关于"爱"的价值观。

励志寄语：

做一个自强的人，不仅是外表强大，更重要的是心灵强大。铁飞燕用自己的行动，将勇敢、善良和正义融进了自己的血脉。她是一个真正强大的人。

把命运掌握在自己手中

玛丽·凯在晚年时，耐不住寂寞，决定冒一冒险。经过一番思考，她把一辈子积蓄下来的5000美元作为全部资本，决定创办玛丽·凯化妆品公司。

为了支持母亲实现"狂热"的理想，两个儿子也"全力相助"，一个辞去月薪480美元的人寿保险公司代理商职务，一个辞去休斯敦月薪750美元的职务，加入到母亲创办的公司中来，宁愿只拿250美元的月薪。

玛丽·凯知道，这是背水一战，是在进行一次人生中的大冒险，弄不好，不仅自己一辈子辛辛苦苦的积蓄将血本无归，而且还可能葬送两个儿子的美好前程。

在创建公司后的第一次展销会上，玛丽·凯隆重推出了一系列功效奇特的护肤品，按照原来的想法，这次活动会引起轰动，一举成功。可是，整个展销会下来，她的公司只卖出去1.5美元的护肤品。意想不到的残酷失败使她控制不住失声痛哭了。

回到家后，玛丽·凯对着镜子反问自己："玛丽·凯，你究竟错在哪里？"

玛丽·凯经过认真的分析，终于悟出了一点：在展销会上，她的公司从来没有主动请别人来订货，也没有向外发订单，而是希望女人们自己上门来买东西。商场就是战场，从来不相信眼泪，哭是不会哭出成功来的。

玛丽·凯擦干眼泪，从第一次失败中站了起来，在抓生产管理的同时，加强了销售队伍的建设。经过20年的苦心经营，玛丽·凯化妆品公司由初创时的雇员9人发展到了员工5000多人；由一个家庭公司发展成为一个国际性的公司，年销售额超过3亿美元。

玛丽·凯终于成为一名大器晚成的美国化妆品行业"皇后"。玛丽·凯的成功很大程度上取决于她把命运掌握在自己手里，勇敢而自强。一个人只要具备了这样的素质，就可以掌握人生中的多种变数。

各种突发性状况，或是一种不确定因素，或是某一个转折点，我们都可以称之为变数。玛丽·凯第一次展销的惨败，就是创业路上的一次变数。

我们必须设法掌控发生变数的原因，因为它会牵动整个形势的走向，关系到成败。有很多的变数都是因人而起，因为每个人都有自己的思想和立场，所以，人是最不易掌控的变数。

励志寄语：

输不起的人，一次可能就再也站不起来；没有经历过拼搏的人，也很难承受风雨波折。命运常常就掌握在我们自己手中，勇敢坚强些，问题才会迎刃而解。

走出改变人生的一步

这天，河北省一个偏僻小山村的机耕路上，突然出现了一辆高档越野小汽车，把村子里的人吸引了。

小汽车在村口停下来，从车上下来三个人，其中一个头戴贝雷帽、身穿T恤衫的中年男子问围上来看热闹的村民："你们想不想拍电影？谁想就请站出来。"

他一连问了几遍，村民们都不敢吱声，好多人只顾着和身边的人窃窃私语。

这时候，一个十六七岁的女孩子站了出来，大声说："我想去！"她长得并不漂亮，一对单眼皮，脸蛋儿红红的，透出一股山里孩子特有的倔强与淳朴。

中年男子盯住女孩，问："你会唱歌吗？"

女孩大大方方地回答，说："会啊！"

中年男子说："那你现在就唱一个。"

"行！"女孩开口就唱起来，"我们的祖国是花园，花园的花朵真鲜艳……”

她还一边唱歌一边扭动腰肢，引得众人哄堂大笑，因为她唱得实在不好听，不但唱走了调，还唱到一半时就忘了后面的歌词。

出乎众人意料，中年男子抬手一指，说：“好，就是你了！”

这个在人群里勇敢地向前跨出了一大步的女孩子叫魏敏芝，她十分幸运地被那个中年男子，即我们熟悉的大导演张艺谋选中了。两个星期之后，魏敏芝进入剧组担当了影片《一个都不能少》的女主演。

这部影片荣获了第52届威尼斯电影节金狮奖，影片在全国发行放映之后，魏敏芝成了媒体追逐的焦点，几乎在一夜之间变成了名人。七年后，她考上了西安一所大学的编导专业，此后又参演了一部上下集的电视剧《夜的童话》，而她本人也担任了此片的副导演……

如果魏敏芝当初没有勇敢地站出来，也许她现在仍在那个偏僻的小山村里，面朝黄土背朝天地辛勤劳作。

100个新兵站成一排，长官一个也不认识。但如果有一个新兵勇敢地站出列，那么长官和大家都会记住他。这个理论被西方社会学家归结为“站出来才被看得见”。

励志寄语：

“站出来才被看得见”，勇敢走出人生的第一步，命运才有希望改变。如果扭扭捏捏，拉拉扯扯，永远都迈不出人生的步伐，那么，你永远只能被埋没在人堆里，一辈子也别想出人头地。

相信自己是有用的

“你明天不用来上班了……”老板对一个年轻人说。

“为什么？”

“你现在对公司没有任何价值！简单地说你没有什么用！”老板吐了一个烟圈，仰身躺在靠椅上。事实上，年轻人的业绩确实不怎么好。

“但是，我相信，我还是能干一些事情的。”年轻人向要解雇他的老板恳求着说。

“作为一个推销员，你根本不够格。”他的老板坚持这样认为，话说得很直白，甚至可以说很不入耳。

“我相信我会对您和您的公司有用的。”年轻人说。

“告诉我你怎么成为一个有用的人。”

“我不知道，老板，我不知道。但是我应该是有用的……”年轻人开始有些激动，甚至语无伦次起来。

“我也不知道。”老板有些嘲讽的意味，但还是扭过头仔细打量着面前的这个人。

“只要把我留下来就行，老板，让我留下来！让我在其他方面试试。我干不了销售，但也许可以干其他活儿。”

老板的口气渐渐温和了，说：“也许你到这里来就是一个错误。”

“但是无论如何，我都会使自己有一些用处的。”年轻人坚持说：“请你相信我，我能做到的。”

终于，他的恳求被同意了，他被调到了会计室。在那里，他在数字方面的天赋很快显露了出来。几年以后，他成了这家大百货商店的出纳负责人，而且还是一名出色的会计师。

励志寄语：

每个人都有自己的特长和属于自己的能力，当然这种能力需要我们自己来发掘、来展示，否则就只能被埋没，被人瞧不起，甚至被人当作废物“炒鱿鱼”。

自强离不开多问为什么

1892 年，科内尔·海门斯出生于比利时民族文化中心之一的根特城，他的父亲吉恩·海门斯是根特大学著名教授、根特大学药物动力学与治疗学研究的创始人。

海门斯从幼年起就深受父亲的影响，立志要成为一名科学家。他稍稍长大一点之后，就开始缠着父亲不放，要父亲讲故事给他听，向父亲提出数不胜数的问题。这正是父亲所希望的，所以这位父亲有问必答，并尽量使儿子感到满意。

当有一天，海门斯仰起脸对父亲表示自己长大了也要当一名科学家的时候，父亲欣慰极了，但他也没有忘记提醒儿子：“科学家需要勇气、需要毅力、需要百折不回的精神，就是不怕吃苦，你能做得到吗？”

小小的海门斯竟使劲地点了点头。父亲高兴之余，也意识到要帮助儿子达成这个目标是需要很大付出的。父亲经过精心思考，开始从各个方面引导小海门斯，着意培养他。

海门斯也很争气，父亲指点之处，他似乎一听就明白。他学习也非常用功，有着很强的韧劲和耐心。海门斯中学毕业后，父亲就指导他考入了自己任教的根特大学药理系，进一步栽培他。

有一次，父子俩散步时，海门斯问父亲："爸爸，为什么潜水前越是多做深呼吸，就越能长久地待在水下呢？"

父亲回答说："这是因为呼吸供给氧气，呼出二氧化碳。多做深呼吸以后，血液中的二氧化碳减少，氧气增多，呼吸自然减慢，甚至可以暂停片刻。而血液中的二氧化碳剩得越少，氧气贮存越多，呼吸暂停的时间就越久。"

海门斯听明白了，但还不满足，接着又问道："那为什么潜水到了最后，心脏会跳得很厉害，胸口也很憋闷，总感到非出水面呼吸空气不可呢？这是由于血液中氧气减少、二氧化碳增多的缘故吗？"

父亲做了简单明了的阐释之后，告诫海门斯道："孩子，这是一个庞大的领域，其中还有很多未知数，你要做一名药理学家，首先得是一名生理学家。"

后来，海门斯在父亲的鼓励和支持下，游学欧洲各国，受益匪浅。在他获得根特大学医学博士学位之后，就与父亲一起合作进行科学研究。他的父亲在他的生活和事业上都扮演着一个相当关键的角色。正是父亲坚持不懈地引导，使海门斯走上了成功之路。

海门斯与他的父亲一起证明了颈动脉窦和主动脉弓的内壁有压力感应器，颈动脉体和主动脉体中有化学感受器，它们分别感受血压和血液中化学成分的变化。

父子俩还证明了在呼吸和血压的调节机理中，除了对中枢的直接作用外，还有外周反射机理，尤其是外周的化学性反射机理。

他们的这些成就轰动了世界生理学界和药理学界，他们使用的两种动物实验制备也成了生理学与医药学的经典方法。

励志寄语：

自强、好学、多问是我们取得进步的关键。生活中，对不懂的地方，多一点自强好学的劲头，多一点探究精神，多一点认真态度，可以扩大我们的视野，丰富我们的阅历，为最终成就我们的事业打下坚实的基础。

再苦再累都不要怕

郭晶晶曾说过："我已经练习跳水20多年了，也许你会觉得我的实力很强大，比赛起来很轻松，但是，这都是从前一点点积累起来的。"

郭晶晶的成功，是她20多年努力的结果。从1993年入选国家队到2000年悉尼奥运会，郭晶晶当了七年的"老二"。"大姐"伏明霞退役后，她修得正果，成为了中国跳水女子3米板上的一号人物。她独霸世界女子3米板的天下，获得了所有大赛的冠军，获得了很多荣誉。

郭晶晶生来胆子就大，是个淘气的小精灵，刚会站，抬腿就跌跌撞撞地跑，才十个月大就满地跑了，经常到处跑着玩，磕磕碰碰有了小伤小病也不哭不闹。在队里大家都叫她"郭大侠"。郭妈妈回忆说：

晶晶 4 岁的时候，姥姥带着她去坐电动公鸡，骑着她还嫌不过瘾，非要站起来又跳又叫，结果嘴巴磕在公鸡翘起的尾巴上，磕得上下颌骨都错位了。

姥姥心疼地要抱着她去医院，她个鬼精灵却吵着说姥姥抱不动，非要捂着嘴自己跑，到了医院缝了 18 针，还打上了特制的钢架。哪知道才老实了两天，她就又在医院里从这张床跳到那张床上，一刻也静不下来。

郭晶晶 6 岁的时候，因为挑食就总不怎么喜欢吃饭，人长得瘦瘦的。当时她的妈妈在胶片厂上班，而跳水馆就在胶片厂附近，每天都有许多小孩子进进出出。

当时郭晶晶就在胶片厂子弟小学的学前班上学，凑巧的是正好赶上跳水队的一个教练李芳去到那儿挑小队员，就这么无意中把郭晶晶看上了。

郭晶晶的妈妈也想让她搞搞体育，多吃点，身体好，所以也就配合教练每天接送去训练，其实也就是想让她长得结实一点儿。就这样，郭晶晶开始了她的跳水生涯。

每一个成功的背后，都有一段让人辛酸的故事。在跳台上，郭晶晶的天赋很快就展现出来了，但是，麻烦也随之而来。教练说郭晶晶的膝盖骨有些外突，这样会影响她空中造型的美感，只有通过强行压腿才能纠正这个身体缺陷。

所谓的强行压腿，就是每天晚上让爸爸坐在她的膝盖上压着。爸爸 70 公斤的体重压在晶晶的膝盖上，每天这个时候郭晶晶都疼得浑身哆嗦，豆大的汗珠从脸上滚下来。

郭妈妈不忍心看着孩子这样受苦，就想让郭晶晶不要再练习了。郭晶晶却不想放弃，她宁可自己受点苦也要继续坚持下去。于是，她就对妈妈说，你要是受不了就别看，她以后要压腿的时候就先把妈妈推到门外。就这样坚持了两年多，膝盖的突兀硬是给压平了。

郭爸爸还是记忆犹新，坐在女儿的膝盖上，爸爸如坐针毡，心疼却又要狠着心坐在上面。跳水运动虽然具有很高观赏性，但是，运动员的训练却枯燥、辛苦。

许多家长心疼孩子，让孩子退出了训练，当初和郭晶晶一起选上的有三十多个孩子，练到最后只剩下郭晶晶一个，每次训练累了的时候她就回家看看偶像的照片，以此给自己加油鼓劲。

付出必有回报。1992 年，11 岁的郭晶晶被选入河北省跳水队，次年，又入选中国国家跳水队。

1995 年 9 月 7 日，在美国亚特兰大举行的第九届世界杯跳水赛女子双人跳台跳水比赛中，郭晶晶与王睿合作，获得首枚金牌；9 月 9 日，郭晶晶在女子双人 3 米跳板跳水比赛中，与邓琳合作，再次获得金牌。在这届杯赛上，郭晶晶还获得了女子团体、混合团体冠军。

励志寄语：

任何人的成功，都要经过艰难困苦的磨炼。在遇到困难坎坷的时候，永不言弃，不怕苦不怕累、敢于开拓进取，才有希望成为一个强者。

遇到挫折不气馁

1957 年，许海峰出生于福建省，他的父亲许银芝是新四军老战士，解放军炮兵副连长，后转业到体院工作。也许是因为受周围环境的影响，许海峰从小就对军体产生了浓厚的兴趣。射击对他尤其有魅力，于是他迷上了打弹弓。

上初中以后，许海峰由于沉迷于打弹弓，以至荒废了学业，被迫留了级。遇到这种事情，一般父母的反应定会火冒三丈，狠狠地教训孩子一顿。

然而，许海峰的父亲没有这样做，他和儿子同行在通往学校的公路上，谈了一番为四化建设搞好学习的重要性后，突然站住，指着路旁树枝上的麻雀，要许海峰打给他看。

许海峰见父亲要他打麻雀，高兴极了，忙弯腰从地上拣起一个石子，举弓发弹，麻雀应声落地。当时，父亲并没说什么，许海峰却从父亲的眼神里得到了鼓励和支持。特别是弟弟许海波爱上打弹弓以后，父亲还让许海波跟哥哥学习。当然，他还告诫他们不要因此而影响了学业。

1972 年，许海峰随父母回到原籍安徽和县沈港镇。回到家乡后的许海峰，打弹弓的本领更加高强。在和县新桥中学读书时，许海峰坐在教室里的第二排课桌边听课。

有一天，他看到窗外的树上有一只麻雀，便悄悄掏出弹弓，手起雀落。一时间，许海峰打弹弓的本领轰动全班，传遍全校，从此便得了个“弹弓王”的美誉。

许海峰在沈港镇读了两年高中，毕业后便下乡当了农民。他在当农民的五年时间里，做过赤脚医生、当过供销社的化肥推销员、烟酒批发员。直到 1979 年，县体委射击队的教练听说县里有个“弹弓王”，打麻雀简直是百发百中，就把他招到射击队参加了训练。

不久，许海峰代表巢湖地区参加安徽省第四届运动会，在这次运动会中他一下子得了两个第一，并且打破了省纪录。1982 年许海峰被选入安徽省射击队。那时，他已经 25 岁，不少人对他能否出成绩表示怀疑。

但是，许海峰并不气馁，在训练时他不怕苦不怕累，在寒风中练习瞄准，一次又一次地将枪举起，手被冻裂了，五指冻肿了，他全不在乎。

在教练的精心指导下，许海峰的成绩提高得很快，进入省队三个月后，他在华东地区射击比赛中，夺得了气步枪冠军并打破全国纪录。

1983年，在第五届全运会上，许海峰连夺气手枪和手枪慢射两枚银牌，成为国内射击场上的名将。由于许海峰老成持重的性格和吃苦耐劳的精神，1984年他被选入国家集训队。

四月份，他随队首次参加国际比赛。这以后他获得了洛杉矶奥运会预选赛自选手枪慢射项目的第一名，领到了进军第23届奥运会的“入场券”。

许海峰在奥运会上夺得了金牌，成为了中国历史上第一位奥运冠军。当他回到安徽和县沈港镇的老家时，为了不给乡亲们添麻烦，他并没有通知父母。

但是，当许海峰踏进了沈港镇，便陷入了前来欢迎的人海中。大人小孩手里拿着纸花鞭炮，排成一字长龙的欢迎队伍。许海峰被热情的乡亲们感动得流下了幸福的泪水。

励志寄语：

三百六十行，行行出状元。在读书上悟性不高，可以干自己喜欢的、爱好的行业，只要勤奋努力，在任何行业都可以实现自己的理想、自己的抱负，成就人生的辉煌。

困难面前不要退缩

罗伯特·戈达德是美国物理学家，火箭技术发明家。1882 年 10 月 5 日，他出生于美国马萨诸塞州的伍斯特。少年时的戈达德十分喜欢各类科幻小说和科技书籍，对奥妙的宇宙空间充满了新奇感。他经常会异想天开地设计如何去太空旅行的方法、途径，博得旁人的阵阵嘲笑。

在中学阶段，戈达德对于太空的兴趣有增无减，总是大胆地设想太空的未来世界。

1908 年，戈达德从伍斯特工业大学毕业了，经过大学阶段的刻苦学习，他已决定要终身为人类进入太空而奋斗。1911 年，戈达德获得了理学博士学位，决定从事火箭试验的研究。

然而，就在戈达德踌躇满志之际，一场灾难降临到了他的身上，他患了结核病。开展火箭试验，对年轻的戈达德来说似乎已经是不可能的事了。

但是，为了实现心中的理想，戈达德并没有放弃自己的研究，他一定要担负起火箭实验这一艰巨重任。

为了达到目的，戈达德选择了教师这个职业，他先是到普林斯顿大学任教，1913 年又回到科拉克大学，讲授物理学。从此，戈达德走上了火箭工程试验的坎坷征途。

1914 年，戈达德经过无数次的设计，首先应用分级原理，设计出了一枚二级火箭。这次设计的成功给戈达德带来了极大的动力，他觉得火箭升入太空已经为时不远了。

1916 年，戈达德又提出了关于进一步研究火箭的计划和设想，由于这个设想有一定的可行性，是当时火箭研究最为先进的设想，一个叫史密斯研究所的机构决定资助戈达德的研究工作。

经过数年的努力钻研，在 1919 年，戈达德获得了大学教授的席位。这一年，戈达德又发表了一篇题为《到达超高空的方法》的论文。在文中，戈达德论述了种种关于火箭的原理并十分乐观地预言：现代火箭一定能冲出地球引力的束缚而到达太空。

1923 年，戈达德终于进行了世界上第一个用汽油和液氧作为燃料的火箭引擎试验。

试验成功了，戈达德狂喜不已，他从小的梦想眼看马上就要实现了。他含辛茹苦地节约一切开支，把大部分的收入都用来进行火箭试验。

1926 年 3 月 16 日下午，已经消瘦了许多的戈达德用液态氧和汽油作为推进剂，成功地发射了他亲手制造的第一枚火箭。火箭带着一系列的高空研究仪器在火力的推动下飞速地上升，在 2 秒钟内升高了 12.5 米。戈达德创建了发动理论，更是以百倍的信心和精力投入到研究之中。

然而，人们还是不相信戈达德的火箭能升上太空、登上月球，一些报纸纷纷批评嘲笑他的创举，还揶揄讽刺他为“月球上的人”。不仅如此，许多人甚至连他的关于火箭能在真空中飞行的明确结论也予以反对。

但是，戈达德并没有害怕和退缩，因为他知道火箭冲破大气的包围并非一蹴而就，但是，他坚信火箭最终肯定会冲出大气包围的。

1929 年 11 月，美国飞行英雄林白上校从媒体报道中了解到了戈达德研究火箭的情况，他对此十分敬佩，专门拜访了戈达德。当林白得知戈达德正在为研究经费严重短缺而苦恼时，他便四处活动，为戈达德争取到了古根海姆基金会提供的5万美元资助费，供两年的研究和试验之用。

戈达德兴奋不已，他立即动手在新墨西哥州的一个荒凉的大草原上建立了自己专用的火箭试验场，全心全意地开始了艰苦卓绝的火箭研究。

在1930年至1935年短短的几年时间内，戈达德经过数年如一日的艰苦摸索，不仅发射了许多枚火箭，而且在理论上也有了极大的进步。在此期间，他取得的成就被永远载入了史册。

1936年，重新得到古根海姆基金会资助的戈达德发表了他第二篇报告《液体推进剂火箭的发展》。在报告中，戈达德概述了火箭研制试验的具体过程，完善了他自己对于火箭的理论，并对自己多次火箭试验的得失进行了总结。

1941年1月6日，在进行的火箭发动机静态试验中，获得的最大推力为447千克，这是戈达德一辈子追求的液体火箭的一次重大突破。正当戈达德的梦想差不多完全实现之际，因受第二次世界大战的影响，戈达德无法再从事火箭的试验研制了，他被转入了国防部的武器研制队伍之中。17年后美国政府按照戈达德的设计而制造的火箭飞上了月球，人类走向太空的新时代开始了。

戈达德的成功离不开他对于人类进入太空的浓厚兴趣，以及不断坚持的自强精神。

戈达德有句名言：“很难说什么是办不到的事情，因为昨天的梦想，可以是今天的希望，而且可以成为明天的现实。”戈达德用自己的行动践行了自己所说的话，为人类的航空事业做出了巨大贡献。

励志寄语：

在戈达德之前，火箭上天只是科幻小说上才有的事，戈达德以大无畏的精神，开始了火箭的研究。面对种种困难、面对人们的嘲笑，他毫不理会，以自己的毕生精力，不懈努力，砥砺奋进，最终实现了人生的目标，赢得了人们的尊重。

每一样东西都是恩赐

那是在很久以前，有一位孤独的年轻画家，除了理想，他一无所有。为了理想，他毅然出门去远行，来到堪萨斯城谋生。起初，他到一家报社应聘，想替他们工作。编辑部周围有一个较好的艺术氛围，这也正是他所需要的。

但是，主编阅读了年轻画家的作品后大摇其头，认为作品缺乏新意，不予录用。这使他感到万分失望和颓丧。和所有出门打天下的年轻人一样，他初尝了失败的滋味。

后来，年轻画家终于找到了一份工作，替教堂作画。可是报酬极低，他无力租用画室，只好借用了一家废弃的车库作为临时的办公室。

他每天就在这充满汽油味的车库里辛勤地工作到深夜。没有比现在更艰苦的了，他想。

尤其烦人的是，每次熄灯睡觉时，年轻画家就会听到老鼠吱吱的叫声和在地板上的跳跃声。为了明天有充足的精力去工作，他忍耐了。

也许是太累了，他一挨着地板就呼呼大睡了。就这样，一只老鼠和一名贫困的画家和平共处，倒也使这个荒弃的车库充满了生机。

有一天，当疲倦的画家抬起头，他看见昏黄的灯光下一对亮晶晶的小眼睛。

那是一只小老鼠，如果在几年前，他会设计出种种计谋去捕杀这只老鼠，但是现在他没有，他想一只死老鼠难道比活老鼠更有趣吗？磨难已经使他内心更多地装满了悲天悯人的情怀了。

年轻画家微笑着注视这只可爱的小精灵，可是，它却像影子一样溜了。窗外的风声不断呼啸，他倾听着天籁的声响，感到了自己并不孤单，好歹有一只老鼠与他为邻，它还会来的，像羞怯的小姑娘一样陪伴着他。

那只小老鼠果然一次次出现，不只是在夜里。他从来没有伤害过它，甚至连吓唬都没有。它在地板上做着多种运动，表演精彩的杂技，而他作为唯一的观众，则奖励它一点点面包屑。

渐渐地，他们互相信任，彼此间建立了友谊。老鼠先是离他较远，见他没有伤害它的意思，便一点点靠近他。最后，老鼠竟敢大胆地爬上他工作的画板，并在上面有节奏地跳跃。而他呢，决不会去赶走它，而是默默地享受与它亲近的情意。

信赖，往往创造出十分美好的境界。不久，年轻的画家离开堪萨斯城，被介绍到好莱坞去制作一部以动物为主的卡通片。这是他好不容易得到的一次机会，他似乎看到理想的大门向他开了一道缝。但是不幸得很，他再次失败了，不但因此穷得毫无分文，并且再度失业。

多少个不眠之夜，年轻画家在黑暗里苦苦思索，他怀疑自己的天赋，怀疑自己真的一文不值，他在思索着自己的出路。终于，在一天夜里，就在他潦倒不堪的时候，他突然想起了堪萨斯城车库里那只爬到他画板上跳跃的老鼠，灵感就在那个暗夜里闪了一道耀眼的光芒。

年轻画家迅速爬起来，拉亮灯，支起画架，立刻画出了一只老鼠的轮廓。有史以来，最伟大的运动卡通形象米老鼠就这样平凡地诞生了。

所以，灵感只青睐那些思考的头脑。这位年轻的画家就是后来的美国著名的才华横溢的华特·迪士尼。

堪萨斯那间充满汽油味的车库，华特·迪士尼先生后来说，至少要值100万美金。其实那里没有什么，只有一只老鼠，那是上帝给他的，上帝给谁都不会太多。

励志寄语：

成功永远只青睐有准备的人。生活的磨难，人生的际遇都是辅助我们成功的阶梯，只要我们心怀梦想，自强、努力，最终会攀爬到成功的圣殿。

不畏艰险敢于挑战

很久以前，有一位年轻人在杜兰特公司找到了一份工作。半年后，他很想了解公司总裁对自己的评价，虽然他觉得事务繁忙的总裁可能不会理睬，但这位年轻人还是决定给总裁写一封信。

年轻人在信中向总裁问了几个问题，最后一个问题是问自己能否在更重要的位置上做更重要的工作。没想到总裁回信了，他没有回答这位年轻人的其他问题，只对他最后的问题作了批示：

公司决定建一个新厂，你去负责监督新厂的机器安装吧。但你要有不升迁也不加薪的准备。

随同那封回信，还有总裁给他的一张施工图纸。年轻人没有经过这方面工作的任何训练，却要在短时间内完成任务，在一般人看来，这是非常困难的。

那年轻人也深知这一点，但他更清楚，这是一个难得的机遇，如果自己因为困难而退缩，那么可能永远也不会有幸运垂青于他。于是，他废寝忘食地研究图纸，向有关人员虚心请教，并和他们一起进行分析研究。

最后，工作得以顺利地开展，并且提前完成了总裁交给他的任务。当这位年轻人向总裁汇报这项工作的进展时，意外的是，他没有见到总裁。一位工作人员交给他一封信，总裁信中写道：

当你看到这封信时，也是我祝贺你升任新厂总经理的时候。同时，你的年薪比原来提高了10倍。据我所知你是看不懂这图纸的，但是我想看看你会怎样处理，是临阵退缩还是迎难而上。

结果我发现，你不仅具有快速接受新知识的能力，还有出色的领导才能。当你在信中向我要求更重要的职位和更高的薪水时，我便发现你与众不同，这点颇令我欣赏。

对于一般人来说，可能想都不会想这样的事，或者只是想想，但没有勇气去做，而你做了。新公司建成了，我想物色一个总经理。我相信，你是最好的人选，祝你好运。

励志寄语：

每一个人都应该有这样的信心：人所能负的责任，我必能负；人所不能负的责任，我亦能负。如此，你才能磨炼自己，求得更高的知识而进入更高的境界。

人生路上不断追逐

那是在很久以前的一个寒冷的夜晚，芝加哥的麦克维柯大剧院里涌出了一大群人，那是一群脸上写满欢笑与幸福的观众，他们对当时的大魔术师亚历山大·赫尔曼简直着了迷。

街边站着一个因寒冷战栗不已的报童，正向从剧院刚刚出来的人们兜售《芝加哥论坛报》。但是，出售状况却令他非常失望，他没有外衣，无家可归，连买一张床的钱都没有。

那天晚上，报童就睡在剧院旁的小巷里，他把报纸盖在自己的身上，靠在被地下室的火炉所暖和了的铁窗格上。从那时起，这个报童就发誓自己一定要成为一名伟大的魔术师。

报童渴望人们为他鼓掌欢呼，而他则身着貂皮大衣，在他演讲结束后会有许多粉丝在剧院门口翘首等候着他。他梦想着自己成名之后，也要在这家剧院以主演的身份演出。那个可怜的报童就是霍华德·瑟斯顿。

20 年后，瑟斯顿真的实现了他当初的愿望。在他的精彩表演结束后，他还特地走到那条小巷，看了看从前他在剧院的墙上刻下的他自己的名字，并且回忆起无家可归，忍饥挨饿，迫不得已只能靠卖报维持生计的日子。

1936 年 4 月 13 日，瑟斯顿离开了人世，这个时候他已经被全世界公认为魔术界的魔术之王。40年来，他几乎走遍了全世界，向人们展现了他不凡的身手，表演着神奇的戏法，使他的观众如置身在云里雾里，6000余万人争先恐后地购票来欣赏他的绝技，他自己也从中获利近200万。

在瑟斯顿去世前不久，我曾经花了一晚上的时间去剧院看他的表演。接着，我来到他的更衣室里，听他讲述他的传奇经历。他毫不掩饰过去的生活，他的讲述和他在舞台上表演魔术一般。

在瑟斯顿童年的时候，有一次，因为他把马赶得过快，他的父亲狠狠地用鞭子打他，一气之下，瑟斯顿就离家出走了。他从来也没回去过，他的父母一连五年都没有听到过有关他的任何消息。

他们都以为他已经死了。他自己也觉得他能够活下来简直是个奇迹。

瑟斯顿做过流氓、恶棍，为了生活他也曾乞讨、偷盗，几乎无恶不作，他曾被捕过数十次。他经常睡在麦地、草堆以及废弃的房屋之中。

他还经常被追逐、遭咒骂、挨打、被扔出车外，等等。17岁时，他还在纽约街头流浪，身无分文，连一个朋友也没有。

后来发生了一件奇妙的事情，有一天，瑟斯顿走进一家礼拜堂洗耳倾听一位传道士讲“上帝在你的身边”。他听后非常地感动，他从来不曾这样感动过，他开始忏悔了。他走上祭坛，泪流满面，从此开始信奉上帝。

两个星期后，这位昔日无恶不作的坏家伙开始在唐人街虔诚地传道了。这种快乐是他以前从来没有体验过的，于是他下定决心要成为一名牧师，后来便到马萨诸塞州诺斯菲尔德的穆迪圣经学校半工半读。

18 岁之前，他在学校接受教育的时间加起来总共连六个月也不到，他曾经靠看车窗外铁道沿线的商标牌，再向坐在自己旁边的旅行者请教来识字。

他什么也不会，因此，他在进入那个圣经学校后，白天学习希腊文和生物，晚上学习算术和读一些其他书籍。

后来，瑟斯顿下决心一定要成为一名会治病的牧师，并准备先去宾夕法尼亚大学学习一段时间，但是，此时发生的一件小事却改变了他的一生。

在他由马萨诸塞州赶往费城的途中，他必须在奥尔巴尼城换车。在他等车的时候，无意中走进了一家剧院，欣赏了著名魔术师亚历山大·赫尔曼表演的、令无数人着迷的神奇魔术。

瑟斯顿本来就对魔术非常感兴趣，他也曾时常施展他那玩牌的技巧。瑟斯顿最大的渴望就是能和他所崇拜的人物、他心目中的英雄、大魔术家赫尔曼谈话。

于是，瑟斯顿来到赫尔曼下榻的那家旅馆，并租下了与赫尔曼相邻的那个房间。他在走廊上来回地踱步，想鼓起勇气敲赫尔曼的门，但他始终都不敢那样做。

第二天一大早，瑟斯顿追随这位著名的魔术师来到车站，静静地、敬畏地、羡慕地站在他旁边，望着他心中的偶像。这位魔术师要去锡拉丘兹，而瑟斯顿则准备去纽约。

瑟斯顿原本打算买一张去纽约的车票，然而却阴差阳错地也买了张去锡拉丘兹的车票。然而，这一下意识的举动竟是他整个人生的转折点，使他由一名牧师变成了一个魔术师，也成了人们尊敬的偶像。

励志寄语：

身处逆境时，具备适应环境的坚韧能力是非常重要的。人可以忍受不幸，也可以战胜不幸，因为每个人有着惊人的潜力，只要我们立志改变自己，就一定能渡过难关。

敢于突破自己

在 1984 年的洛杉矶奥运会上，21 岁的李宁步入了体操运动的巅峰。8 月 4 日，体操比赛虽然已经进行了五天，但是，中国体操队还没有获得一枚金牌。几天前男子团体的全能比赛失利的阴影，终于在这一天从李宁的脑海中消失。

在自由体操比赛中，四个裁判为他打出 10 分；鞍马比赛中，表现出色的李宁同样得到 10 分；吊环比赛他又以最高分摘得金牌。那一天，美国加州大学的体操馆中，五次奏响了中国国歌，其中李宁三次登上了冠军领奖台。

当五星红旗冉冉升起时，李宁，这位中国第一个在奥运会上一次夺得三枚金牌的运动员站在领奖台上。为了不让泪水夺眶而出，他闭上了眼睛。这个形象已经成为许多人心目中不可磨灭的回忆。

李宁无疑是 20 世纪 80 年代国人心目中最伟大的体操运动员，他在中国体操界的地位是无可替代的。而这个公认的体操天才，最初表现出的却是令父亲颇感欣慰的音乐天赋。

李宁的父亲李世波曾是广西柳州市一所小学的音乐教师，他年轻时喜欢唱歌，也经常代表学校演出。

他说起儿子，一脸的骄傲和自豪：“小时候教他唱歌他一定要学会，否则就会连觉都不睡，在床上咿呀咿呀地背，一定要把那歌词背下来。那时，他还不认识字，也不识谱，就是靠听。”

有一次，李宁为了学一段难度很大的样板戏，练得太多导致声带受伤，不得不休息几天。因为没事干，李宁经常到学校看业余体操队训练，看着老师带着学生在里边翻跟头，他觉得好玩，就在外边沙池里乱翻。

父亲李世波看了，就带着李宁找到体育老师。因为年龄太小，李宁成为了学校体操队的编外队员，并不参加正规训练，只是跟着学一些简单动作。

可是李宁却认了真，每天回家都要将被褥搬到地上练习翻跟头。甚至有时候没垫垫子，就直接在水泥地板上翻。这让父亲又惊奇又害怕：“哇，你胆子真大，敢空翻水泥地板。”

李宁的父亲当年一定没有想到，自己这个敢空翻水泥地板的儿子，后来不但将跟头翻到了国际赛场上，更在中国的体操历史中写下了辉煌的一笔。

励志寄语：

每人心中都应有两盏灯光：一盏是希望的灯光；一盏是勇气的灯光。有了这两盏灯光，我们就能突破前进道路的重重障碍，不怕任何艰难险阻，征服世界上任何一座高峰。

并没有那么困难

那是在 1796 年的一天，在德国哥廷根大学，一个很有数学天赋的 19 岁青年吃完晚饭，开始做导师单独布置给他的三道数学题。前两道题他在两个小时内就顺利完成了。

第三道题写在另一张小纸条上：要求只用圆规和一把没有刻度的直尺，画出一个正 17 边形。青年感到非常吃力。时间一分一秒地过去了，第三道题竟然毫无进展。这位青年绞尽脑汁，但他发现，自己学过的所有数学知识似乎对解开这道题都没有任何帮助。

困难反而激起了青年的斗志，他下定决心一定要把这道题做出来。他拿起圆规和直尺，一边思索一边在纸上画着，尝试着用一些超常规的思路去寻求答案。

当窗口露出曙光时，青年长舒了一口气，他终于完成了这道难题。见到导师时，青年有些内疚和自责。

他对导师说："您给我布置的第三道题，我竟然做了整整一个晚上，我辜负了您对我的栽培。"

导师接过学生的作业一看，当即惊呆了。他用颤抖的声音对青年说："这是你自己做出来的吗？"

青年有些疑惑地看着导师，回答道："是我做的。但是，我用了整整一个晚上。"

导师请他坐下，取出圆规和直尺，在书桌上铺开纸，让他当着自己的面再做出一个正 17 边形。

青年很快就做出了一个正 17 边形。导师激动地对他说："你知不知道？你解开了一桩有 2000 多年历史的数学悬案！阿基米德没有解决，牛顿也没有解决，你竟然一个晚上就解出来了。你是一个真正的天才！"

原来，导师也一直想解开这道难题。那天，他是因为失误，才将写有这道题目的纸条交给了学生。当这位青年回忆起这一幕时，总是说："如果有人告诉我，这是一道有 2000 多年历史的数学难题，我可能永远也没有信心将它解出来。"

这位青年就是后来的大数学家高斯。

励志寄语：

我们或许可以用"无知者无畏"来解释高斯的行为，但是，你也不得不佩服他那敢于挑战困难、克服困难的勇气。很多人在困难面前，会选择放弃或逃避，但高斯没有。他通过多种途径去寻找答案，通宵达旦地钻研，竟然在一夜之间攻克了一个数字难题。

走向虚掩的大门

听说英国皇家学院公开张榜为大名鼎鼎的教授戴维选拔科研助手，年轻的装订工人法拉第激动不已，赶忙到选拔委员会报了名。但临近选拔考试的前一天，法拉第被意外通知，取消他的考试资格，因为他是一个普通工人。

法拉第气愤地赶到选拔委员会。但委员们傲慢地嘲笑说：“没有办法，一个普通的装订工人想到皇家学院来，除非你能得到戴维教授的同意。”

法拉第犹豫了。如果不能见到戴维教授，自己就没有机会参加选拔考试。但一个普通的书籍装订工人要想拜见大名鼎鼎的皇家学院教授，教授会理睬吗？

法拉第顾虑重重，但为了自己的人生梦想，他还是鼓足了勇气站到了戴维教授的大门口。教授家的门扉紧闭着，法拉第在教授门前徘徊了很久，终于鼓起了勇气，教授家的大门，被一颗胆怯的心叩响了。

院里没有声响，当法拉第准备第二次叩门的时候，门却“吱呀”一声开了。一位面色红润、须发皆白、精神矍铄的老者正注视着法拉第。

“门没有闩，请你进来。”老者微笑着对法拉第说。

“教授家的大门整天都不闩吗？”法拉第疑惑地问。

“为什么要闩上呢？”老者笑着说，“当你把别人闩在门外的时候，也就把自己闩在了屋里，我才不当这样的傻瓜呢。”

这个老者就是戴维教授。他将法拉第带到屋里坐下，聆听了这个年轻人的叙说和要求后，写了一张纸条递给法拉第：“年轻人，你带着这张纸条去，告诉委员会的那帮人说戴维老头同意了。”

经过严格而激烈的选拔考试，书籍装订工法拉第出人意料地成了戴维教授的科研助手，走进了英国皇家学院那高贵而华美的大门。

成功之门都是虚掩的，它总是留给那些有勇气去强大自己的人。我们知道，不恐惧不等于有勇气，勇气使你尽管害怕，尽管痛苦，但还是继续向前走。

在这个世界上，只要你真实地付出，就会发现许多门都是虚掩的！微小的勇气，能够完成无限的成就。

励志寄语：

在追逐梦想的道路上，成功永远属于哪些敢于坚持，自强不息的人。生活中只有不畏困难，敢于挑战的人，才会走出困境，成为人生的强者。

学会破开苦难之茧

从前有一个小孩，他相貌丑陋，说话口吃，而且因为疾病导致左脸局部麻痹，嘴角畸形，讲话时嘴巴总是歪向一边，还有一只耳朵失聪。

为了矫正自己的口吃，这个孩子模仿古代一位有名的演说家，嘴里含着小石子讲话。看着嘴巴和舌头被石子磨烂的儿子，母亲心疼地抱着他流着眼泪说："不要练了，妈妈一辈子陪着你。"

懂事的孩子替妈妈擦着眼泪说："妈妈，书上说，每一只漂亮的蝴蝶，都是自己冲破束缚它的茧之后才变成的。我要做一只美丽的蝴蝶。"

后来，这个孩子能流利地讲话了。因为他的勤奋和善良，他中学毕业时，不仅取得了优异成绩，还获得了良好的人缘。

1993年，这个孩子已经长大了，并且取得了一番成就。10月，他参加了全国总理大选。他的对手居心叵测地利用电视广告夸张他的脸部缺陷，然后写上这样的广告词："你要这样的人来当你的总理吗？"

这种极不道德的、带有人格侮辱的攻击招致大部分选民的愤怒和谴责。这个总理候选人的成长经历被人们得知后，赢得了选民极大的同情和尊敬。

他说的“我要带领国家和人民成为一只美丽的蝴蝶”的竞选口号,使他以最高票当选为总理,并在1997年再次获胜,连任总理,人们亲切地称他是“蝴蝶总理”。他就是加拿大第一位连任两届的总理让·克雷蒂安。

有些东西我们无法改变，比如低微的门第、丑陋的相貌、痛苦的遭遇，这些都是我们生命中的“茧”。但有些东西则人人都可以选择，比如自尊、自信、毅力、勇气，它们是帮助我们穿破命运之茧、由蛹化蝶的生命之剑。

励志寄语：

并不是每一条毛毛虫都能蜕变成美丽的蝴蝶，只有拥有想飞翔的决心，美丽才能降落在你的身上。改变不了的是现实，能改变的是战胜困难的勇气。不在黑暗的命运之茧中战斗，就永远无法看到辽阔的蓝天。

成为王者和霸主

在中国乒乓大舞台上，孔令辉是以斗士的身份，昂首挺胸地走进了一个又一个胜利的殿堂。他是中国的宠儿，中国的骄傲。孔令辉说过这样一句话：“理想，它是每个人都拥有的奋斗目标。一个人没有了目标，便失去了人生的价值。”

小时候的孔令辉自从喜欢上乒乓球之后，就开始朝着既定目标苦练，他就像个勇敢的斗士，不断的捍卫着国家荣誉与个人精神。

在1995年的天津世乒赛上，中国乒乓球开始了复苏的大决战，20岁的孔令辉战胜好兄弟刘国梁，赢得了自己第一个世界冠军头衔。同年，在法国尼姆，在他20岁生日那天捧起了男单世界杯桂冠，一年里获得两个世界冠军头衔，色彩斑斓的乒乓王子就此诞生。

那一天，孔令辉怀抱着圣·勃莱德杯，狂吻胸前国旗，紧闭双眼，仰天长啸，他酣畅淋漓地宣泄勾勒出了一个英雄的情怀。他感动了中国，更感动了世界。面对这一荣誉，仅仅20岁的孔令辉说，他还会继续。

人生总有失败。那是五月的巴黎，激情和浪漫依然活跃，孔令辉本可以振臂挥舞，并尽情享受他生命中又一个惊喜的时候，球拍无奈从手中轻轻地滑落了下来。

孔令辉没有取得成功，他暂时的失败了，但是他没有泪水，没有抱怨！他说，他还会坚持！斗士的世界，输赢已不是目标，超越和突破才是自我拯救和坚强的再生！

孔令辉一直以来都是被上天眷顾的宠儿，初出茅庐便一飞冲天，震惊世界，他是中国人的骄傲。

但是，在面对众目睽睽之下的那一刻骨铭心的失败，他也依然坚持卧薪尝胆，他历经了漫长的等待和蜕变！孔令辉用一个近乎完美的开始和结束成为小球时代的“王者和霸主”！这就是他美丽与精彩的人生。

励志寄语：

哪怕一直以来都是被上天眷顾的宠儿，也有失败的时候。但失败并不可怕，这世界除了心理上的失败，实际上并不存在什么失败，只要不是一败涂地，只要还有决胜的勇气，胜利一定会再次光临。

青春励志读书课
第二季

我的责任我来扛

译文◎主编

北京时代华文书局

图书在版编目（CIP）数据

我的责任我来扛 / 译文主编 . -- 北京 : 北京时代华文书局，2019.11（2023.10 重印）
（青春励志读书课）
ISBN 978-7-5699-3218-8

Ⅰ . ①我… Ⅱ . ①译… Ⅲ . ①故事－作品集－中国－当代 Ⅳ . ① I247.81

中国版本图书馆 CIP 数据核字 (2019) 第 229135 号

青春励志读书课　我的责任我来扛
QINGCHUN LIZHI DUSHUKE　WO DE ZEREN WO LAI KANG

主　　编 | 译　文

出 版 人 | 陈　涛
选题策划 | 郯亚威
责任编辑 | 周连杰
装帧设计 | 时间岛 • 烨冰
责任印制 | 刘　银

出版发行 | 北京时代华文书局 http://www.bjsdsj.com.cn
北京市东城区安定门外大街 136 号皇城国际大厦 A 座 8 层
邮编：100011　电话：010－64263661　64261528
印　　刷 | 三河市金兆印刷装订有限公司　电话：0316-5925887
（如发现印装质量问题，请与印刷厂联系调换）
开　　本 | 710mm×1000mm　1/16　印　　张 | 9　字　　数 | 70 千字
版　　次 | 2019 年 11 月第 1 版　印　　次 | 2023 年 10 月第 2 次印刷
书　　号 | 978-7-5699-3218-8
定　　价 | 112.00 元（全 5 册）

序 Preface

思想是决定命运的重要因素，行为的平庸源于思想上的苍白，而思想上的贫乏源于所见之狭隘。自我们呱呱坠地起，自然界便赋予我们每个人都是平等的。我们的思想如同一张白纸，随着时间的推移与不断的学习、积累，会被逐渐填满而发展成熟。然而，正如鲁迅先生所言，“有的人活着，他已经死了；有的人死了，他却还活着！”古今中外历史上涌现出了很多取得杰出科技文化成就或是有很大思想建树的伟人，他们之所以能成就辉煌的人生，关键是因为他们于人生的平凡细节中领略到了更多智慧的精髓、思想的光芒、崇高的德行修养……，来作为生命中的养分。而缺少伟大精神滋养的灵魂是贫弱的、平庸的、盲目的。

同样，青春期的孩子们，谁不对未来充满了期待？谁不憧憬着自己美好的人生？然而，怎样才能使青春期的孩子健康地成长，怎样才能破除青春期障碍，“滋养”孩子顺利走向成功的未来，我们经过缜密的调查与分析，出版了《青春励志读书课》。

古语有云：少壮不努力，老大徒伤悲！对于现今这个飞速发

展的社会来说，更需的是有学习力的人，才能拥有这个时代的终极竞争力。不读书，寸步难行，不好好读书，抵触、逃避、敷衍、糊弄等等，都是对自己的一种极大不负责任，也终将无法稳步立足社会。

社会是纷繁复杂的，周围的人也是各种各样的，强烈的责任意识和担当精神、有效的自控能力等既能给我们自身带来愉悦和便利，也有助于我们综合素质的提升、赢得他人的尊重，还能强化我们的人际关系。

此外，健康的心灵、高尚的人格对我们青少年也是非常重要的。以积极的心态看待人生、对待学习，会有助于我们迈开稳健的步伐，而不轻易向困难低头；学会在阴影下寻找阳光会使我们变得坚韧而更加成熟；真诚、友善、宽容会使我们获得别人的尊重，赢得更多的朋友……

人和人之间没有什么两样，我们以别人为榜样，别人也同样以我们为参照物。生活中无需太多新奇的故事，有那么一两个能打动我们的心就足够了，平凡的地方有太多太多的真理，也许用一生的时间都数不清。或许我们的规划还有些盲目，或许我们的认识还不够深刻，或许我们的步伐太忙碌，以至于失去了思考的能力。偶尔在街上看见某个久违的人，听见某个熟悉的声音，抑或几个似曾相识的动作进入你的视线，便会让我们突然有所顿悟，有所思考。

本套书便全部以故事的形式呈现给我们读者，这一个个生动的小故事，就像初秋的一阵清风吹过，在不经意间，可使我们的心弦为之颤动，智慧与道理就好似一股股清爽纯净的山泉一样，慢慢地流进我们的心里，为我们点燃一盏明亮的心灯，照亮我们的青春之路。

编者

2019 年 9 月

目录

Contents

第一章

对自己负责任

做一个有责任心的人 /2

责任在自己的肩上 /3

要尊重自己的价值 /6

选择与诚实为伍 /8

提高自己的生活能力 /9

只有自立才能自强 /11

要有一颗坚忍的心 /12

困难可以磨炼意志 /14

做事需要的是耐心 /16

不要害怕犯错误 /18

选定方向坚持到底 /20

做事不能不明不白 /22

不要轻易否定自己 /23

要精心打磨自己 /25

第二章

对工作负责任

做个有责任心的员工 /28
选择适合自己的工作 /29
全力解决工作的难题 /31
专心致志做好一件事 /33
积极热情地工作 /34
干工作不能怕输 /36
请试着多努力一次 /38
坚持走自己的路 /39
只要再坚持一下 /41
干工作不要拖延 /43
工作要注重细节 /44
认真工作的报酬 /47

第三章

对家人负责任

常回家看看 /50
把父母放在心上 /53
用沟通打开心锁 /54
替自己的兄弟着想 /57
让真爱的花朵盛开 /58

父爱是一座大山 /60
最重要的是记住爱 /62
听进父母说的话 /64
诚实回答父亲的问题 /66
帮妈妈分担困难 /68
最深沉博大的父爱 /70
把生的希望留给女儿 /74
把该做的做到最好 /77
相信自己是最棒的 /78

第四章
对朋友负责任

爱心让生命更有意义 /82
长达半个世纪的友情 /84
一个画家的责任 /87
善于倾听他人劝导 /89
崇高的战友情谊 /91
陌生朋友的来信 /93
真心实意交朋友 /96
考验朋友的试金石 /98
多个朋友多条路 /101
陌生中建立的友谊 /103

友情不能买卖 /105
友情不会被嘲笑 /106
朋友多了路好走 /108
真心是最好的礼物 /109

第五章

对社会负责任

让世界拥有一片蓝天 /112
将奥运精神发扬光大 /114
为社会贡献一点爱 /117
要有社会责任意识 /119
为公众也是为自己 /121
帮助别人，也会成就自己 /123
施以爱心，不求回报 /124
把帮助人当成习惯 /126
用爱心去对待他人 /128
以拥抱传递爱心 /130
心灵深处的温暖 /133
把爱一直传递下去 /134

Chapter

第一章

对自己负责任

对自己负责，是不允许自己虚度时光，而是合理利用每一分每一秒，让自己变得更加优秀；对自己负责，是不会被眼前的享乐冲昏头脑，而能自我约束以换取更大的自由与希望；对自己负责，是不畏惧挫折和苦难，而会想方设法越过艰险和难关，一步一步迈向成功……

做一个有责任心的人

他的父亲只是一名贫穷的油漆工，仅仅靠着微薄的打工收入供他念完高中。这一年，他有幸被美国著名学府耶鲁大学录取，但是，他却因为缴纳不起大学昂贵的学费，而面临着辍学的危险。

于是，他决定利用假期，像父亲一样外出做油漆工，以期望挣够学费。他到处揽活，终于让他接到了一栋大房子的油漆任务。尽管主人是个很挑剔的人，不过他给的价钱不低，不但能够缴清这一学期的学费，甚至连生活费也都有了着落。

这天，眼看着即将完工了。他将拆下来的橱门板，最后再刷一遍油漆。橱门板刷好后，再支起来晾干即可。但就在这时，门铃突然响了，他赶忙去开门，不想却被一把扫帚给绊倒了，绊倒了的扫帚又碰倒了一块橱门板，而这块橱门板又正好倒在了昨天刚刚粉刷好的一面雪白的墙壁上，墙上立即有了一道清晰可见的漆印。

他后来动手把这道漆印用切刀切掉，又调了些涂料补上。等一切被风吹干后，他左看右看，总觉得新补上的涂料色调和原来的墙壁不一样。想到那个挑剔的主人，为了那即将得到的酬劳，他觉得应该将这面墙再重新粉刷一遍。

终于，他累死累活地干完了，可第二天一进门，他又发现昨天新刷的墙壁与相邻的墙壁之间的颜色出现了一些色差，而且越是细看越明显。最后，他决定将所有的墙壁再次重刷。

在最后验收的时候，那个挑剔的主人对他的工作很满意，付足了他的酬劳。但是,由于出了这样的意外,所以这些钱对他来说,除去涂料费用，就已经所剩无几了，根本不够交学费的。

屋主的女儿不知怎么就知道了事情的原委，便将事情的经过告诉了她的父亲。她父亲知道后很是感动，在女儿的要求下，同意赞助他上完大学。大学毕业后，这个年轻人不但娶了这个屋主的女儿为妻，而且还走进了这个人所拥有的公司。十多年以后，他成为这家公司的董事长。他就是如今拥有世界五百多家沃尔玛零售超市的富商萨姆·沃尔顿。

责任是简单而无价的。责任心不仅是一种做事的态度，也是做事成功的必然保障。做人要有责任心，做事同样也要有责任心，这样才能成功。你对事情的态度决定了你对人生的态度，从而也决定了你的人生成就。因此，我们应该记住：无论做什么都要负起自己的那份责任。

励志寄语:

责任心是我们立足社会必不可少的一大重要品质和根本。每一个人无论在什么时候，无论做什么事，都必须肩负起自己的责任。这是一种做人的担当，也是一种必须履行的义务。

责任在自己的肩上

本杰明·富兰克林小时候很喜欢钓鱼。他把大部分空闲的时间都花在了波士顿郊外的一个泥塘旁边。在那儿，他可以钓到从远方游来的鲽鱼、河鲈和鳗鲡。

在那个深深的泥塘边，本杰明和其他几个小伙伴会摆上钓具，全神贯注地一玩就是大半天。只是有一点不方便，就是当有鱼上钩的时候，他们必须站到泥塘里才能抓住它们。有一天，大家都站在泥塘里，本杰明对伙伴们说：“站在泥塘里太难受了。”

“就是嘛！”别的男孩子也异口同声地回答，“如果换一个地方多好啊！”在泥塘附近的干地上，有许多用来建造新房地基的大石块。

本杰明爬到石堆高处。大声说：“喂！我有一个办法。站在那烂泥塘里太难受了，泥浆都快淹没我们的膝盖了。我建议咱们一起来建一个小小的码头。看到这些石块没有？它们都是工人们用来建造房子的。我们把这些石块搬到水边，建造成一个码头。大家说怎么样？我们要不要这样做？”

“要！要！”大家齐声大喊，“就这样定了吧！”

他们决定当晚再聚到这里开始他们伟大而光荣的计划。在约定的时间里孩子们都到齐了，开始搬运石块。他们像蚂蚁那样两三个人一起搬一块石块，终于把所有的石块都搬来了，建成了一个小小的码头。

“伙计们，现在，”本杰明喊道，“让我们大喊三声来庆祝一下我们伟大的成就，我们明天就可以轻轻松松地痛痛快快地钓鱼了。”

“好哇！好哇！好哇！”孩子们高兴地大声欢叫着跑回家去睡觉了，梦想着明天将有惊喜。

第二天清晨，当工人们来做工时，意外地发现所有的石块都不翼而飞了。工头仔细地查看了地面，发现有许多小脚印，有的光着脚，有的穿着鞋，并且脚印有大有小，沿着这些脚印，他们很快就找到了失踪的石块。

“嘿，我知道怎么回事了。”工头说，“那些小坏蛋，他们偷石块来建了一个小码头。不过，这些小鬼还真能干。”

工头立即跑到地方法官那儿去报告，法官下令把那些偷石块的小家伙们带进来。幸好，丢失石块的主人比较慷慨仁慈，否则本杰明和他的伙伴们恐怕就麻烦大了。

石块的主人是一位绅士，他十分尊重本杰明的父亲。而且孩子们在这件事中体现出来的气魄也让他觉得可爱而有趣。因此，他轻易放了他们。

但是，这些孩子们却要受到来自他们父母的教训和惩罚。在那个悲伤的夜晚，许多荆条都被打断了。至于本杰明，他更害怕父亲的训斥而不是鞭打。事实上，他父亲的确是愤怒了。

“本杰明，过来！”父亲用他那一贯低沉严厉的声音命令道。

本杰明走到父亲的面前。

“本杰明，”父亲问，“你为什么要无端地去动别人的东西？”

“唉，爸爸！”本杰明抬起了低垂的头，勇敢地正视着父亲的眼睛，“要是我仅仅是为了自己，我决不会那么做。但是，我们建码头是为了大家都方便。如果把那些石头用来建房子，只有房子的主人才能使用，而建成码头却能为许多人服务。”

“孩子，”父亲严肃地说，“你的做法对公众造成的损害比对石头主人的伤害更大。我的确相信，人类的所有苦难，无论是个人的还是公众的，都来源于人们忽视了一个真理，那就是罪恶只能产生罪恶，正当的目的只能通过正当的手段去达到。”

本杰明一生都无法忘记他和父亲的那次谈话。在他以后的人生道路上，他始终实践着父亲教给他的道理，他后来成了美国有史以来杰出的政治家和外交官之一。

应该说，本杰明是幸运的，他平凡的父亲告诉了他一个不平凡的道理：承担责任，为自己的过失买单。

有这么一句话：“路在自己的脚下，命运在自己的手中，责任在自己的肩上。”生活的路上，没有人有义务为你做些什么，也没有人会为你的选择承担些什么，因此你一定要为自己的选择承担责任。

励志寄语：

学会承担责任，是人生旅途中非常重要的一堂课，在这堂人生课中，最精髓的讲义是：对自己的行为负责。

要尊重自己的价值

在一个聚会里，一个在德国汉堡定居的老朋友给我讲起了他的一次颇有意思的求职故事。去年，他在德国留学毕业后，开始四处求职，期望着能尽快地找到一份正式的工作以图安定。

但汉堡的就业形势并不容乐观，加之他也刚刚毕业，缺乏工作经验，所以一直没有找到一份合适的工作。直到三个月后，他开始心灰意冷，委曲求全，凭着自己的二级建筑装饰设计师的证书和资质，被一家私人的小建筑装饰设计企业接纳了。

那家私人企业的规模很小，能给他的工资也相对偏低一点，月薪只有 2800 欧元，但他已经很知足了，毕竟得来不易，于是他就很安心地工作起来。

可刚工作了一周，工会的人就找到了他，开始咨询他的工资问题，他如实地回答了。最后，工会的工作人员提醒他说：“李先生，按工会和政府规定，像您这样的二级建筑装饰设计师应该得到3500欧元的月薪。”

但他笑着回答说：“感谢你们的关心，我现在完全可以接受这个偏低的工资了，我需要这份工作。”说完，工会的工作人员一脸失望地走了。

可是就在第二天，政府部门的工作人员居然又来了，并没有约他，而是直接找到了他所在的私人公司的老总，希望公司能给他将工资升到政府规定的3500欧元，因为政府认定这样做是不遵守国家法律的，违反人权，违背了一个二级建筑师的真实劳动价值。

最后，单位的老总表示无法满足这个要求，只好把他给解雇了，弄得他哭笑不得。而工会的一位负责人员还很严肃地提醒他：“请您尊重您的价值，因为它已经得到了社会的认可。当您贬低或破坏您的价值时，就等于贬低或破坏整个行业在这个社会的价值。”

就这样，他只好领着政府的失业金过了好长一段时间，直到找到另一份符合身份和价值的工作。不过朋友最后还是说，自己对这可爱的政府干涉至今仍然十分的感动。因为他们让他清醒地认识到了自身的价值，让他找回了自信。

更让他明白了另一个道理：无论在什么时候，自己都应该尊重自己的价值，不能因为一时的困境而贬低和破坏了自身的价值。因为你的破坏之举，将伤害到整个行业的价值乃至社会的规则。因为，唯有懂得尊重自己的价值的人，才能真正得到社会的尊重！

励志寄语：

每个人都有自己的价值，任何时候，我们都不能因人生的挫折和生活的困境而低估自己的价值，或者贱卖自己的价值。那是对自己的一种不负责任和不尊重。

选择与诚实为伍

在华盛顿举办的美国第四届全国拼字大赛中，南卡罗来纳州冠军是 11 岁的罗莎莉 · 艾略特。她一路过关，进入了决赛。当她被问到如何拼“招认”这个字时，她轻柔的南方口音，使得评委们难以判断她说的第一个字母到底是 A 还是 E。

评委们商议了几分钟之后，将录音带倒带后重听，但是，仍然无法确定她的发音是 A 还是 E。解铃还须系铃人。最后，主评约翰 · 洛伊德决定，将问题交给唯一知道答案的人。

洛伊德和蔼地问罗莎莉：“你的发音是 A 还是 E？”

其实，罗莎莉根据他人的低声议论，已经知道这个字的正确拼法应该是 A，但是，她毫不迟疑地回答，她发音错了，发的是 E。

主审约翰 · 洛伊德又和蔼地问罗莎莉：“你大概已经知道了正确的答案，完全可以获得冠军的荣誉，为什么还说出了错误的发音？”

罗莎莉天真地回答说：“我愿意做个诚实的孩子。”

当罗莎莉从台上走下来时，几乎所有的观众都为她的诚实而热烈鼓掌。第二天，有一篇报道这次比赛的短文：《在冠军与诚实中选择》。短文中写道：

> 罗莎莉虽没赢得第四届全国拼字大赛的冠军，但她的诚实却感动了所有的观众，赢得了所有观众的心。

当一种能够依靠说谎而得到的利益摆在我们面前，我们能否依然选择内心的准则，那就是诚实，这是衡量一个人品德的重要标准。

我们也许可以设想一下，如果我们是那个纯真的小女孩，我们会选择唾手可得的冠军，还是做一个内心安宁的诚实者呢？

如果我们希望自己成为一名品行高尚的人，那么无论何时都请选择与诚实为伍。

励志寄语：

在冠军与诚实中选择，小女孩选择了诚实。这不仅是我们均需具备的高尚品格，也是对自己负责任的必要日常行为。所以，她纯洁高贵的品质，赢得了所有人的尊重。

提高自己的生活能力

亚瑟到一家广告公司面试。他对自己的能力和经验很自信，因为他专业成绩好，年年都拿奖学金，而且在学校里也是出类拔萃的人物。

广告公司在这座大厦的 20 层。这座大厦管理很严，两位精神抖擞的保安分别立在两个门口旁，他们之间的条形桌上有一块醒目的标牌：“来客请登记。”

亚瑟上前询问：“先生，请问 2010 房间怎么走？”

保安抓起电话，过了一会儿说：“对不起，2010 房间没人。”

亚瑟忙解释："不可能吧？我刚才还跟他们打过电话，再说今天是他们要我面试的日子，您瞧，我这儿有面试通知。"

那位保安又抓起电话。"对不起，先生，2010还是没人。我们不能让您上去，这是规定。"

时间一秒一秒地过去，亚瑟心里虽然着急，也只有耐心地等待，同时祈祷该死的电话能够接通。已经超过约定时间10分钟了，保安又一次彬彬有礼地告诉他电话没打通。亚瑟当时压根也没想过第一次面试就吃了这样的"闭门羹"。面试通知明确规定：迟到10分钟，取消面试资格。即使打通也不能参加面试了。

亚瑟犹豫了半天，只得自认倒霉地回到了学校。晚上，他收到了一封电子邮件："先生，您好！也许您还不知道，今天下午我们就在大厅里对您进行了面试，很遗憾您没通过。您应当注意到那位保安先生根本就没有拨号；大厅里还有别的公用电话，您完全可以自己询问一下；我们虽然规定迟到10分钟取消面试资格，但您为什么立即放弃却不再努力一下呢？祝您下次成功！"

亚瑟就是我们常说的高分低能儿。有出色的学习成绩，却缺乏生活的能力。他没有细心观察的能力，连保安拿起电话并未拨号这个现象也没有看到；也没有全面考虑问题的能力，大厅还有别的电话，他却没有注意；更不懂变通，规定说10分钟后取消面试资格就不再去努力试一下。没有生活能力的人怎对自己负起责任来？只能走向失败。

励志寄语：

对自己负责，包括方方面面的内容。不仅仅只是在学校有优异的成绩；同时，我们更应该注意的是，还需要具备超强的立足生活的能力和处事应变能力，否则再优秀的学生也难以适应复杂多变和竞争激烈的社会。

只有自立才能自强

那是在很多年以前，上小学的基米很想参加一个小记者班，妈妈就为他交了学费。某一天，小记者班将要到户外进行采访拍摄活动。基米兴致勃勃地向妈妈要活动费，可是妈妈却很郑重地告诉他："要去参加活动，费用自理！"

基米一听就傻眼了，丧气地说："我的压岁钱早就用光了呀！"

于是，妈妈就开始诱导他："你已经长大了，可以帮妈妈干家务活了。要不这样，从今天起，你负责饭后洗碗，每次的报酬为一元钱，怎么样？"

基米很爽快地答应了，因为他太想去采访拍摄了。接下来基米就正式上岗了。考核制度挺严厉的，因为打碎了碗是要罚款的！这机械而繁重的活儿让他感到很不适应，可是，基米为了攒钱，还是坚持了下来。

这期间，基米曾抱怨过工资太低了。这时，妈妈就帮他分析说："这是一件很简单的事情，不需要什么技能就可以做的，所以报酬低。但是，如果你做的事是需要动一些脑筋，不是所有人都能随便做到的话，那么报酬就会高起来的。这就需要你不断学习才能实现。"

基米似懂非懂地点点头，后来他终于攒够了钱去参加活动了。然而，在购买胶卷的问题上，他又与妈妈发生了争执。他执意买了一卷 36 张的，而没有听从妈妈的劝告买 24 张的。

结果，冲印的时候，自己的钱不够了，只能向妈妈借钱。他有点儿难过，因为辛苦赚来的钱这么快就用光了，而且还不够用。这时他总结说："其实那么多照片很多都差不多，拍出来也是重复的，还要浪费冲胶卷的钱，早知道我应该买24张一卷的！"

励志寄语：

只有自立，才能自强。无论父母多有钱，我们都是不能依赖他们一辈子的。学会自我规划和自立，是一个人成熟长大的表现，还是对自己负责任的表现。

要有一颗坚忍的心

她是一个命运不济的人。大学毕业后，她在伦敦漂泊，靠打零工糊口。一次，她去曼彻斯特寻找大学时的男友，却失望而归。在返回伦敦的火车上，她是那样闷闷不乐。

40分钟的路程里，她一直望着窗外一成不变的英格兰乡村发呆、幻想。她是个爱幻想的人。当她看着窗外那可怜的、黑白花奶牛时，她头脑中产生了一列火车载着一个男孩去巫师寄宿学校的情景。

突然，一个灵感闪耀了起来：一个小男孩在得到魔法学校邀请前，不知道自己是个巫师。为此，她浮想联翩，兴奋异常。

很可惜，那个6月的晚上她没有带笔，也没有带纸，失望中的她只好闭上眼睛，把浮现在脑海中的每个想法和细节反复记下了。

回到房间后，她迅速潦草地把在火车上想到的情景，写在了一个廉价的小本子上。后来的日子里，很快，这样的小本子就被她装满了一鞋盒。这时，她有了一个大胆的决定，要写书，要写成 7 本书！虽然她还未出版过作品。后来，她与葡萄牙的一名记者结了婚。但很不幸，这个不负责任的丈夫最终也抛弃了她，她带着出生仅 4 个月的女儿被赶出了家门。

她去了爱丁堡，在妹妹的帮助下，靠政府的租房补贴租赁了公寓的一间卧室。在这里，在这样艰难的状况下，她完成了第一部作品的手稿。妹妹对她的作品大为赞赏，这给了她很大的鼓舞。

她妹夫的公司在市中心购买了一家叫尼科尔森的咖啡馆，她便每天前往。也许是命运的某种指引，她发现隔一条街有一条路名叫波特路。于是，她把小说的主人公定名为“哈利·波特”。她每天推着女儿杰西卡出发，走半个小时的路来到市中心，推着她前往咖啡馆，艰难地登上通往二楼的 20 个台阶，找一个安静的角落，在女儿熟睡后，才开始专心于她的写作。

她坚强地熬过了痛苦的岁月，于 1997 年 6 月，她的第一部作品出版了，而且一问世就引起了轰动。她就是畅销书科幻小说《哈利·波特与魔法石》的作者英国的 J.K. 罗琳。接着，她又先后推出了这个系列小说的后 5 部。2006 年 6 月，她的最后一部《哈利·波特》图书也已出版发行了。

随着系列小说的发行，一股“哈利·波特”的热潮在全世界迅速兴起。她的这 7 部系列童话小说，已经被翻译成 63 种语言，在全世界发行超过了 3 亿册。她被英国女王授予了帝国勋章，美国《财富》杂志还评选她进入世界百名财富排行榜，她的收入仅次于飞人迈克尔·乔丹。

罗琳成功了，她最爱说的话就是：“人生就是受苦。”

尼采说：“受苦的人，没有悲观的权利。”是的，把痛苦当作一种营养，去浇灌坚韧与执着，人生之树就一定会茁壮成长，枝繁叶茂，开花结果。

励志寄语：

乐观的人看到肆虐的寒冬，心中会念起一朵正绽开花蕊的蜡梅。面对逆境，贵在有一种坚强的意志和对自己负责的乐观精神。

困难可以磨炼意志

方芳是山东的一名学生，她初中时就出现了严重的偏科，她对文史哲特别感兴趣，好些部分背诵如流，且时不时有“豆腐块”在地市县级报刊上发表，可外语、数学简直成了她的“盲区”，无论大考小考从未考出60分，这种情况让父母和老师都很苦恼。

那时的方芳常挂嘴边自信而又无奈的一句话就是：“天生我材必有用。”这种状况一直持续到高中。无疑，她等待的高考消息只能是落榜。第二年复读，还是以落榜告终。一时，父母叹气连连，老师也摇头无语。

眼见着父母痛苦万状，老师无可奈何，耳听着直刺心脏的冷嘲热讽，她发疯似的跑上屋后的大山顶上，仰头大喊后掩面哭泣。第三年，方芳闭门不出，发愤图强。抱着“只许成功，不许失败”的高压心态第三次踏入考场。

遗憾的是，成绩公布后她又以两分之差再度名落孙山。知道消息的第二天，天刚蒙蒙亮，方芳就打点行李，在书桌上留下一张字条，上面用毛笔写下了“永不绝望”四个字，她揣上爸妈给她预备考后游玩用的5000元钱，迎着清晨微寒的风出发了。

在此后的八年中，方芳先后干过餐馆服务员、建筑工、搬运工、推销员、保险业务员。这期间，无论干何种职业，一闲下来，她都不会忘记拿起手中的笔去写点东西。

在校时，方芳原本就有一些写作经验和技巧，加上在社会中的阅历不断增强，文字也越显成熟老到起来。她一边笔耕不辍，一边自考汉语言文学专业，她的作品常被县级、市级、省级，甚至于国家级刊物刊登采用。

当自考大专文凭拿到手不久，某省一家发行量傲居龙头的报社招聘文字记者，方芳便抱着厚厚的“自产资源”去面试。天道酬勤，她被总编一眼看中，破格录取。幸运光环突降，从此，她便走上职业记者生涯，命运从此改写。

大自然让人们在奋斗的过程中不断成长、进步与强大。这种过程是痛苦的经验还是深刻的体验，视一个人的态度而定。未经磨难，是不可能成功的。

苦难可以磨炼我们的意志，每个人都应勇敢地、坚定地走好生命中的每一步路。困难可以将你击垮，也可以使你重新振作。这取决于你对自己是否有负责任的决心和理智，也取决于你如何去看待和处理这些困难。

美国著名作家罗威尔曾说：“人世中不幸的事如同一把刀，它可以为我们所用，也可以把我们割伤。那要看你握住的是刀刃还是刀柄。”遇到困难时，如果握着“刀刃”，就会割到手；但是如果握住“刀柄”，就可以用来切东西。

所以，我们首先必须明白，人生中能够遇到这些困难，是件值得高兴的事情。若没有了这些,人生中定是缺少了磨炼。接下来，在处理难题时，必须要学会冷静，尽量沉着应对。如果你的内心无法保持冷静，就无法有效处理它。

其次获得胜利的另一个因素是信心，“相信你能做到，而且你一定能做到。”信心是解决问题的最有效的利器。当你相信难题可以克服时，你已经离胜利不远了。最重要的原则之一是，人可以完成他们认为可以完成的任何事。如果你可以因为成长而克服困难，则困难就是激励你成长的要素。俄罗斯有一句谚语："铁锤能打破玻璃，更能铸造精钢。"

如果你像钢一样，有足够的坚强作为打造的品质，去克服人生中的困难，那么这些困难正好可以磨炼你的意志。

励志寄语：

一个人从生到死，就是一连串的成长与考验，对自己负责任的人能勇敢面对每一次挑战，并能从中积累经验和智慧。

做事需要的是耐心

初秋时节的一天，我头一回从叔叔手里接过鱼竿，跟着他穿过树林去钓鱼。多年的垂钓经历使叔叔深谙何处小狗鱼最多，他特意将我安排在最有利的位置上。

我模仿别人钓鱼的样子，甩出钓鱼线，宛若青蛙跳动似的在水面疾速地抖动鱼钩上的诱饵，眼巴巴地等候鱼儿前来咬食。好一阵子什么动静也没有，我不免有些失望。

"再试试看。"叔叔鼓励我道。

忽然，诱饵消失得无影无踪了。

"这回好啦，"我暗忖，"总算来了一条鱼。"

我赶紧猛地一拉鱼竿，岂料扯出的却是一团水草。我一次又一次地挥动发酸的手臂，把钓线扔出去，但提出水面时却总是空空如也。我望着叔叔，脸上露出恳求的神色。

“再试一遍，”他若无其事地说，“钓鱼人得有耐心才行。”

突然间，好像有什么东西在拽我的钓线，旋即一下子将它拖入了深水之中。我连忙往上一拉鱼竿，立刻看到一条逗人爱的小狗鱼在璀璨的阳光下活蹦乱跳。

“叔叔！”我掉转头，欣喜若狂地喊道，“我钓了一条！”

“还没有哩。”叔叔慢条斯理地说。他的话音未落，只见那条惊恐万状的小狗鱼鳞光一闪，便箭一般地射向了河心。

钓线上的鱼钩不见了。我功亏一篑，眼看快到手的捕获物又失去了。我感到分外伤心，满脸沮丧地一屁股坐在草滩上。叔叔重新替我缚上鱼钩，安上诱饵，又把鱼竿塞到我手里，叫我再碰一碰运气。

“记住，小家伙，”他微笑着，意味深长地说，“在鱼儿尚未被拽上岸之前，千万别吹嘘你钓住了鱼。我曾不止一次看见大人们在很多场合下都像你这样，结果干了蠢事。事情未办成之前就自吹自擂一点用也没有；纵然办成了也无须自夸，这不是明摆着的吗？”

无论做人，还是做事，都要能沉下心来，踏踏实实地去做，你需要的是耐心而不是吹嘘。

励志寄语：

钓鱼需要耐心，做事也不例外。对自己负责任的人，无论做什么事都会认真而耐心。踏踏实实做事，往往比那些喜欢虚假浮夸的人更容易获得成功。

不要害怕犯错误

爱因斯坦进入普林斯顿大学工作时，工作人员将他带到了自己的办公室，并问他："请问您需要添置点什么？"

"我想要，一张桌子、一把靠椅、一些铅笔和一些纸就行了。噢，对了！还要一个废纸篓，要大的。"爱因斯坦说。

"废纸篓为什么要大的？"工作人员奇怪地问。

"好让我把所有的错误都扔进去！"爱因斯坦答道。

犯了错误并不可怕，可怕的是不肯承认错误，一错再错。随时检讨自我，及时发现错误。

还有一个故事，是说在从前，有一家布店的老板，一直用一把比正规的木尺要短一点点的木尺卖布。有一天，他突然良心发现，决定做个正经商人，把那把短木尺换了。可是他却又想看看到底别的布店是如何经营的。于是，布店的老板来到另外一个布店里，趁对方生意忙乱时，用自己所带的一根小带子偷偷量了一下那店里的木尺。当他回家用标准尺一量的时候，发现别家的尺竟然比自家的尺还要短几毫米。

他想，我至少比那家店要强一些，我又何必过意不去呢？于是，他又收回了自己的良心，依然用着原来的那把短木尺。一些人在受到谴责、批评的时候，总会把目光瞄向别人身上，当他一旦发觉某些人比他犯的错更严重时，他便会心安理得，对自己的错也就不以为然了。

又有一个类似的故事，是说禅师悟静正讲“不杀生”的戒律，一个身材魁梧的大汉悄悄地对坐在身边的悟静说：“我是一名刽子手，杀过很多人，我还能修道吗？”

悟静重重地点了一下头，道：“能！”

在回家的路上，悟明责怪悟静，说：“那个刽子手杀了那么多人，是应该下地狱的！你为什么还要欺骗他呢。”

“你能成佛吗？”悟静反问。

悟明想了想，道：“应该可以。”

“你每天喝水吗？”悟静又问。

悟明感到很奇怪，但还是回答说：“是啊，我每天都喝水。”

“你知道一口水中有多少生灵吗？”

“佛说，一口水有八万四千条虫。”

“这些虫子有没有杀过人？”

“没有。”

“它们抢过钱财吗？”

“没有。”

“那么你每天喝了那么水，残杀了多少无辜的生灵啊。如果你能成佛的话，他为什么就不能修道呢？”

每个人难免会犯下错误，而犯了错误能够加以改正是非常可贵的。

励志寄语：

人非圣贤，孰能无过？每个人都会犯错误，执迷不悟的人才会一条道走到黑，对自我负责的人，常常能从反思反省中认识到自己的错误，然后痛改前非。

选定方向坚持到底

米利肯从小就热爱大自然，热爱科学。还在牙牙学语时，他听到河水冲击悬崖的声响就感到新奇。5 岁时，他常和弟兄们到马科凯塔河去游泳、钓鱼、戏耍。

有一天，父亲带他们兄弟三人乘船顺流而下，这时一些船员正在河口沙洲上测量河水的深度，这引起了米利肯极大的兴趣，他好奇地注视着他们的一举一动。

又一次，一位伐木工飞速跳上木排，把一条跃出水面的鱼轻巧地逮住了，这情景也引起了米利肯的深思。他想：干什么事都要有技巧，我应该锻炼这种技巧。

以后每逢父亲把船停泊在岸边时，米利肯就在船头和船台之间跳来跳去。一次他纵身向前跳，由于船后退了，结果掉到河里，若不是父亲及时抢救，恐怕连命也丢了。

6 岁时，米利肯就想要做自由落体运动的实验了。一次他和弟弟在门前走廊的地板上滚来滚去，竟从很高的栅栏空隙里滚了下去，摔到地窖的台阶上，几分钟后才恢复知觉。

8 岁那年，米利肯随父母到了费城。当他听到贝尔电话公司要举办展览会时,就打定主意自己也做个“电话装置”。一回到家，他立即动手做两个纸筒，在底面糊上纸，然后用纱线代替导线穿着，在 100 米的距离内和邻居的小孩们通话，玩得很起劲。

米利肯的家庭，由于孩子多，生活并不宽裕。他很小就跟着父亲学种土豆、玉米、甜瓜和各种蔬菜，养成了劳动习惯。他还十分喜爱体育活动，除游泳外还学打棒球、骑马，练就了一副强健的体魄。

米利肯上学以后，有一种强烈的求知欲。在中学里，不管什么课程，他都认真对待，甚至连背诵常见引语这样一些乏味的练习，也总是出色地完成。

米利肯以优异的成绩考入奥柏林学院预科以后，他最感兴趣的是三角、解析几何和希腊语。数学老师常称赞他能解出很难的题目。二年级快结束时，希腊语教授佩克突然提出要米利肯教下一年预科的物理课。

这对当时只学了12周物理课的米利肯来说的确是个难题。他有些犹豫，但是，希腊语教授鼓励他说：“能学好我教的希腊语课的任何人，都可以教物理课。”

于是，米利肯见推辞不掉，就答应了，说：“那好吧！不过你要承担一切后果，我尽力试试看。”

于是，米利肯买了本物理书，花了整整一个暑假自学物理。他认真钻研书中每一个概念、每一个问题，边学边教。这不仅使他对物理学打下了牢固根基，而且使他爱上了物理这门学科。

米利肯在科学上的贡献是极大的。他一生撰写了12本科学著作，发表了大量的科学论文。他认为，人的能力虽不同，但是，只要选定方向，坚持到底，把个人的精力全部投入工作，就一定会在科学事业上做出一番成就。

励志寄语：

米利肯的成功在于他有强烈的求知欲望和坚持到底的信心。求知欲是支撑人们学习的强大动力，坚持不懈则是破解科学难题的钥匙，每个对自己负责任的孩子，坚守住这两点定会有个不错的未来。

做事不能不明不白

克朗基特小时候住在豪斯顿。有一天，他在一家杂货店看到一块手表，这块表的价格是 100 美元。由于他没有钱，而且也不可能很快就筹集到一笔钱，于是问店主能不能先把这块表给他，以后再分期付钱。店主同意了。第二天，克朗基特偶然对母亲提起了这件事，母亲表示坚决反对他的这种做法。因为，在她看来，克朗基特利用了别人的信任。她把钱付给店主后，回家来找儿子。

“难道你不明白吗？”母亲说，“你想买一块手表是无可非议的，但是，你完全不明白该怎样挣这笔钱。尽管这里面不存在撒谎和欺骗，可是在这个事情上你显得太轻率了。这是一件不明不白的事。孩子，你要知道，不明不白地处理事情，结果会把事情弄得一塌糊涂。”母亲把手表拿走了，直到克朗基特能够挣到这笔钱，才能从她那儿把手表买来。

多年来，克朗基特一直记着母亲的教诲。工作后，作为新闻评论员，他必须始终警惕着不明不白的事情。对半真半假的报道避而远之，对听来很真实却又有声有色的故事置若罔闻。

有一次，一些投机商愿意给克朗基特一大块土地，他们没有建议他在广播中谈论他们的资产，只是让他报道他在他们的地区拥有土地。但是，克朗基特认为这是一件不明不白的事情，所以，拒绝了他们赠给自己的土地。

还有一个很简单的类似于此的故事，是说在一个周末，巴比带着他的两个儿子打高尔夫球。球场门前，巴比问售票员门票价钱。

售票员答道："大人3元，6岁以上的小孩子也要3元，刚好6岁或6岁以下的小孩免费。"

"我小儿子3岁，大儿子7岁，看来我得付6元钱。"巴比说。

售票员笑道："嗨，先生，你是刚中了彩票还是发了财？你只要告诉我大儿子刚6岁，就可以省下3元了，反正我又看不出有什么差别。"巴比很认真地说："你说的没错，但是，我的孩子知道那是不同的。"

励志寄语：

做人做事清清楚楚，明明白白，不含糊不清，更不蒙混过关，这是一个人格高尚、对自己对他人负责任的必备条件。正如故事中一个六岁的孩子和七岁的孩子，外貌上没有多少差别，可他们自己内心是一清二楚的，这件事骗别人或许无所谓，但是骗自己就丧失了做人的原则。

不要轻易否定自己

这是很多年以前的一根木头。刚开始的时候，父亲是想用它来做房梁的。记得那一年家里在山坡上刚刚建起了一栋新房子，四面的墙已经垒起来了，人们七手八脚把这根木头抬到房顶上。

结果，木匠在山墙上端详了半天，还是无奈地叹了口气，对父亲说："不行，这根梁用不得。"

木匠说话的时候，父亲正站在另一面山墙上，待了一会儿，父亲又试探着问："掉个头试试，行不行？"

"不行！"木匠是当地有名的木匠，他说得很坚决，说完他又一摆手。帮忙的人便七手八脚又把木头抬了下来。这根木头并不差，只是弯曲了些。晚上吃饭的时候，木匠酒喝在兴头上，对父亲说："那根木头怕是干什么都不太合适，还是当柴火劈掉烧了吧。"

父亲说："再留留，或许用得上。"

木匠笑了笑，没说什么话。又一年，家里要做一个柜子。父亲又把这根木头拽了出来，交给来做家具的人。做家具的比画了半天，把木头一丢，说再换一根吧。父亲问："不好用？"做家具的说："这是根废木头，除了烧火，恐怕再没有用途了。"

事后，父亲还是把这根木头收藏了起来。秋天，收庄稼拉粮食的时候，家里的马车翻在一个大坑里，摔断了一根车辕。正是大秋时节，去哪里找合适的木头呢？父亲又把那根木头找了出来。

父亲说："试试这根。"修车的人拿着皮尺量了量，高兴地对父亲说："弯曲的地方取一截正合适。"

结果，那一根木头做成了车辕，一直用到现在。做成车辕的那一天，父亲说，多等一等，哪会有没用的木头？的确，那是一根糟糕的木头。但是父亲并没有因此而看低了它。

或许父亲在想，一棵树，长大并不是件容易的事情，即便是有缺陷的生命，也是生活呈现给这个世界的一道风景、一个奇迹，而且和其他的木头一样，再平凡的生命其内心深处也有着成才的梦想。

所以父亲那些年一直在等。结果，那根木头在时间和机会的缝隙里终于找到了属于自己的土壤，梦想的花朵在父亲不屈不挠的等待中娇艳地绽放。

励志寄语：

没有没用的木头，也没有无用的人。不要轻易地否定自己，也不要轻言放弃，多一些坚持，多一份努力，你会在激烈的社会竞争中找到最适合自己的一席之地。

要精心打磨自己

如果说岁月是磨刀石，那么一个人的才华就是磨刀石上的那把刀，握住刀柄的磨刀人其实就是自己。只有不停地磨砺自己，不停地给自己淬火，在勤奋的熊熊炉火中煅打锤炼，你的才华才会尽显出来，并最终放射出夺目的光芒，抵达成功的彼岸。

唐纳德心里一直认为妈妈是个了不起的女人。爸爸因心脏病去世时，他才 21 个月大，哥哥也只有 5 岁。妈妈虽无一技之长，又没有受过正规教育，却毅然担负起抚育两个孩子的责任。

唐纳德刚刚 9 岁时，就找到了一份在街上卖《杰克逊维尔日报》的工作。他需要那份工作是因为他们急需钱——虽然只是那么一点点钱。开始时，唐纳德有些害怕，因为他要到闹市区去取报卖报，然后在天黑时坐公共汽车回家。

唐纳德在第一天下午卖完报后回家时，便对妈妈说："我绝不再去卖报了。""为什么？"妈妈惊奇地问道。

"妈妈，那儿的人都是粗人，个个讲粗话，做粗事，让我感觉非常不好。你不会要我在那种地方卖报的。”

“我不要你成为像他们一样的粗人。”她说道，“人家说粗话、办粗事，是人家的事。你只是卖报而已，可以不必跟他们学。”讲完她就离开了。

妈妈并没吩咐唐纳德该回去卖报，可是第二天下午，唐纳德仍然去了。那天稍晚的时候，唐纳德在圣约翰河上被吹来的寒风冻得发抖，脸色苍白，几乎要死，一位女士递给他一张 5 美元的钞票，富有爱心地说道：“这足够付你剩下的那些报纸钱了，赶快回家吧，你要是还继续在这里会冻死的，不要这样虐待自己了。”

唐纳德拒绝了她的好心，直至把报纸全卖掉后才回家。他深深地知道：冬天挨冻是意料中的事，不是罢手的理由。等到唐纳德长大以后，每次出门时，妈妈都会告诫他：“要学好，要做得对。”

的确，生活正如一个大熔炉，经过烈火后有人变得软弱，有人变得坚强，有人虽熔化了但却千古流芳。其实，上帝给谁的幸运都不会太多，面对不佳的际遇、一时的坎坷，懦弱的人都只会抱怨命运的不公、上帝的捉弄，坚强而对自己负责的人能正视自己，冷静地回观自我，问一问是否已经将自己磨炼成一块金子，一块熠熠生辉的、足以让人一目了然的金子。

长大以后的生活历程，遭遇凄风苦雨实属自然，跨过去了，人生也就变得多彩而丰富。璞玉需要精心打磨才能晶莹光亮，生命也需要锻炼才能饱满厚重。

励志寄语：

生命的天空总是异彩纷呈。面对不幸，我们所要做的不是怨天尤人、自暴自弃，而是不断捕捉生存智慧，学会勇敢和坚强，等到有一天，你真正将自己打磨成一块熠熠生辉的金子时，任何人都掩不住你灿烂夺目的光辉。

Chapter

第二章

对工作负责任

工作既是我们赖以生存的职业，也是帮助我们进步的事业。没有卑微的岗位，只有不同的分工，今天基础的工作有可能是我们他日攀登成功之路的天梯。懂得珍惜每一份工作的机会，恪尽职守，就是对自己的前途负责。

做个有责任心的员工

我和同学胡波、李翔大学毕业后南下广州求职。我们在一家电子厂找到了工作。上班第一天，经理把我们带到车间生产流水线旁，对领班说：“这是几位新来的员工，你要让他们尽快熟悉岗位。”然后经理对我们说：“你们的试用期是一个月，一个月后我们再决定是否继续聘用你们。”

随着日复一日的简单重复劳动，大学里憧憬的美好未来似乎离我们渐行渐远了，但我们心里还存有一份期望，期望过了试用期后厂里会让我们做一些技术工作，至少不会还让我们当流水线的机械操作员了。

公司订单很多，一天 24 小时开足马力生产，我们白班、中班、夜班交替着上。最难熬的是从半夜一点到早上八点的班，我们不但要上好班，还要和阵阵袭来的瞌睡虫较量。当下班后，我们疲惫不堪地回到宿舍，连早餐都不想吃了，倒在床上就睡。

一个月的试用期转眼就要过完了，我们计算着日子，试用期的最后一天是一个夜班。我们自认为表现不错，通过试用期应该没问题。那天去上夜班时，很远就看见经理在厂房门口站着，他见到我们就说：“实在抱歉，你们三人都没有通过公司的试用，这个夜班上完后，请你们离开工厂吧。”

说完，他把这个月的工资交给我们就走了。我们呆呆地站在那里一言不发。过了很久，我说：“上班时间到了，我们还是去上班吧！”

“把我们炒了鱿鱼，还上什么夜班？你傻啊！”胡波冲我吼道。

“反正工资已经拿了，最后一个夜班我才不去呢！”李翔说。

我心里其实也很难过，但我不愿看到因为我们不来上夜班而影响整条生产流水线。“就站好最后一班岗吧！”我对他们说，但他们却头也不回地走了。

最后一个夜班，多了一份疲惫，更多出一份失落，我强打精神，尽量不使情绪影响工作。下班铃响了，我离开工作台时又忍不住朝那里多望了几眼，毕竟它伴随了我整整一个月，竟有些依恋了，不知不觉，我的泪水涌了出来。

我走出厂房，经理却站在厂房门口等我，他微笑着对我说：“小何，你的试用期正式结束了，明天到厂办公楼接受新职位的任命！”

我简直不相信自己的耳朵，经理看到我满脸的疑惑，意味深长地说：“你们三个人都很优秀，但我们要选择一个最优秀的。你和他们相比，多了一份难能可贵的责任心，因此我们选择了你！”

励志寄语：

责任心是一种态度，更重要的是一种担当精神。生活中，只有拥有了这种责任，我们才会少一些抱怨，少一些牢骚，多一份认真，多一份激情。工作也会因此更加出色，人生也会因此更加精彩。

选择适合自己的工作

克尔曾经是一个不错的新闻记者，他在一家知名的报社当记者，但是，他觉得做记者体现不了他的人生价值，他需要一个更有挑战性的职业，于是，他决定重新选择广告业务这么一个职业。

于是，克尔辞去现有的工作，在同事和朋友诧异的目光中，来到另外一家报社，当了一名广告业务员。他对自己很有信心，向经理提出不要薪水，只按自己的业绩抽取佣金，经理当然乐意答应他的要求。

克尔从经理手里要了一份客户名单。但是，这份名单比较奇怪，上面每一个企业都是有实力的企业，可在这以前，报社去的每一个广告业务员都无功而返。所有的同事都认为那些客户是不可能与他们合作的，但是，克尔并不这样认为。

每次当克尔去拜访这些客户前，克尔总是先把自己关在屋里，站在一个大镜子前面，把客户的名称和负责人的名字默念十遍，接着信心十足地说："一个月之内，我们将有一笔大交易。"

克尔坚定的信心成为他成功的催化剂，事实上也是如此，仅在第一天，就有三个所谓"不可能的"的客户和他签订了合同。到星期五，又有两个客户同意买他的广告。一个月后，名单上只有一个客户的名字后面没有打上钩。

第二个月，克尔在拜访新客户的同时，每天早晨，只要拒绝买他的广告的那个客户的商店一开门，他就进去请这个商人做广告，但是，每一次这位商人都面无表情地说："不！"

面对这位客户的冷漠拒绝，克尔毫不介意，下次依然前去拜访，就像拜访初次见面的新客户一样。很快又一个月过去了，连续对克尔说了60天"不"的商人突然有了兴趣与他交谈几句："你已经在我这里浪费了两个月的时间，事实上，我什么也没有给你，我现在想知道的是，是什么让你坚持这样做的呢？"

克尔说："我当然不会故意到这里来浪费时间，我是到这里学习的，你就是我的老师，我从你这里学习到了如何在逆境中坚持，而且事实上我们都在坚持。"

那位商人点点头，对克尔的话深表赞同，他说："其实我不得不承认，我也一直在学习东西，你也是我的老师。我们都学会了如何坚持，对我来说，这比金钱更加宝贵，为了表示我的感激之情，我决定买你一个广告版面，我放弃坚持了。"

在商人很有礼貌的"退让"下，名单上最后一个"钉子户"被拔除了。当克尔把划满对钩的名单交回给经理时，经理满意地站了起来，向这位杰出的广告业务员表示了敬意。

经理说："以你的能力，不应该继续做一个业务员，所以，我将向社长提议，专门为你成立一个部门。"

第三个月的第一天，以克尔为经理的广告二部成立了，30多个员工成了克尔的下属。在这里，克尔找到了一个最适合自己发展的全新空间。

励志寄语：

选择适合自己的工作，既是对工作、对自己负责任的态度，也是干好工作的前提。试想：一个对自己没有信心和规划，对自己的工作没有热情、没有动力的人，如何会千方百计地把这项工作干好呢？

全力解决工作的难题

有一位名叫路特的人，家在伊里铁路附近。起初他在铁路局管理货物，上司看出他的工作能力，就提升他为一个车站的货运主任。上任之后，路特把那里的货运工作整顿得有条不紊，于是他又被提升为整个铁路局的货运管理主任。

当时的伊里铁路局总办是海军统帅凡得毕兹，他看出这位青年有不可限量的才干，就特地请他到中央铁路局担任货运主任，年薪是一万五千美元。

有一天，路特因工作中遇到了几个难以解决的问题，就去请教凡得毕兹。可是海军统帅却对他说："你每年拿一万五千美元的薪水，你应该做些什么事？"

"管理货运事宜。"路特说。

"这么说来，你是不是想把这笔薪水给我呢？"

路特惭愧得连忙转身而出，终于他用自己的力量把那几个难题解决了。后来，由于不断努力，路特再度被提任为中央铁路局次长，不久又升任中央铁路局总办。

如果当初路特不用全力去解决自己碰到的难题，恐怕他现在的位置早已被别人占去了。只要我们对工作充满爱，用尽心思去想，全力以赴地去做，我们就会发现，我们所不能解决的问题和不能完成的工作是非常少的。

励志寄语：

工作中难免会遇到问题，我们要学会全力以赴，多动脑筋，多想办法；而不是一有困难就畏惧逃避或去麻烦别人，那样，我们永远也难以成长和成熟，也永远难以担当重任。

专心致志做好一件事

那是在许多年以前，有一位画家，举办过十几次个人画展，也参加过上百次画展。无论参观者多与否，有没有获奖，他的脸上总是挂着会心的微笑。在一次朋友聚会上，一位记者问他："你为什么每天都这么开心呢？"

画家微笑着反问记者："我为什么要不开心呢？"然后，他讲了他儿时经历过的一件事情。小的时候，他兴趣相当广泛，也很要强。画画、拉手风琴、游泳、打篮球，样样都学，而且还必须都得第一才行。这当然是不可能的。

于是，画家闷闷不乐、心灰意冷，学习成绩也一直往下滑。有一次他的期中考试成绩竟排到全班的最后几名。父亲了解到此事后，并没有责骂他。晚饭之后，父亲找来一个小漏斗和一抔玉米种子，放在桌子上。然后对他说："今晚，我想给你做一个试验。"

父亲让画家双手放在漏斗下面接着，然后捡起一粒种子投到漏斗里面，种子便很快地顺着漏斗漏到了他的手里。父亲这样投了十几次，他的手中也就有了十几粒种子。然后，父亲一次抓起满满一把玉米种子放到漏斗里面，这次玉米种子相互挤着堵在了漏斗口，竟连一粒也没有掉下来。

父亲语重心长地对画家说："这个漏斗代表你，假如你每天都能做好一件事，每天你就会有一粒种子的收获和快乐。可是，当你想把所有的事情都挤到一起来做，反而连一粒种子也收获不到了。"

20 多年过去了，画家一直铭记着父亲的教诲："每天做好一

件事，坦然微笑地面对生活。”

想成大事，不可能一下子把全部精力同时集中于几件事情上，只能关注其中之一。也就是说，如果我们大多数人集中精力专注于一项工作，才能把这项工作做得很好；目标太多会让你花了眼，到头来一事无成。

在一定的时间内集中精力做好一件事，在遇到挫折的时候，坦然微笑地面对生活，就可以享受到成功的境界。

励志寄语：

一个人的精力是有限的，把精力分散在好几件事情上，不是明智的选择，也是不切实际的。专心做好一件事，才能集中精力，才能有所收获，也才是对自己负责任的正确做法。

积极热情地工作

那是在 1907 年，法兰克·派特刚转入职业棒球界不久，就遭到了有生以来最大的打击，那就是他被开除了。球队的经理恶狠狠地对他说：“你这样慢吞吞的，哪像是在球场混了 20 年。法兰克，离开这里之后，无论你到哪里做任何事，若没有热情，你将永远不会有出路。”

本来，法兰克的月薪是175美元，离开那里之后，他参加了亚特兰斯克球队，月薪减为25美元。薪水这么少，按照一般的想法，会认为他做事就没有热情了。但是，他没有，而是决定努力试一试。大约10天之后，有一位名叫丁尼·密亨的老队员把他介绍到新凡去了，他重新开始了新的人生。

在新凡的第一天，法兰克的态度有了一个重要的转变。因为在那个地方没有人知道他的过去，他重新燃起了自信和希望，决心变成新英格兰最具热情的球员。

在一场比赛中，法兰克一上场，就好像全身带电似的充满了激情。他全力投出的高速球，力量之大使接球的人双手都麻木了。在比赛的关键时刻他甚至以强烈的气势冲入三垒，把那位三垒手吓呆了，球漏接，他盗垒成功了。

第二天早晨，他在报纸上看到这一消息的时候，兴奋极了。报上说，那位新加进来的派特，无异是一个霹雳球，全队的人受到他的影响，都充满了活力。他们不但赢了，而且打出了本季最精彩的一场比赛。

法兰克以自身积极热情的态度和因此而激发出的强大的实力，使自己重新站稳了棒球坛，月薪也由25美元提高为185美元。在之后的两年里，他一直担任三垒手，月薪增加到了750美元。

励志寄语：

俄国作家车尔尼雪夫斯基曾经说过：“一个没有受到献身的热情所鼓舞的人，永远不会做出什么伟大的事情来。”工作是我们赖以生存的事业，只有充满热情地对待它，才能激发出我们的潜能，干出非凡的成绩。

干工作不能怕输

贺希哈17岁的时候，便开始了自主创业。他第一次赚大钱的时候，也是第一次得到教训的时候。那时候，贺希哈一共只有255美元，在股票的场外市场做一名掮客。

不到一年，贺希哈就发了第一笔财，赚取了1.68万美元。他为自己买了第一套像样的衣服，在长岛买了一幢房子。但是，很快第一次世界大战的休战期就来到了，贺希哈聪明得过了头，他以随着和平而来的大减价的价格，顽固地买下了隆雷卡瓦那钢铁公司。

结果，贺希哈受到了欺骗，自己只剩下了4000美元。这一次，他学到了深刻的教训："除非你了解内情，否则，绝对不要买大减价的东西。"

后来，贺希哈放弃证券的场外交易，去做了未列入证券交易所买卖的股票生意。开始，他和别人合资经营，一年以后，他开设了自己的贺希哈证券公司。到后来，贺希哈做了股票掮客的经纪人，每个月可以赚到20万美元的利润。

1936年是贺希哈最冒险、最赚钱的一年。安大略北方早在人们淘金发财的那个年代，就成立了一家普莱史顿金矿开采公司。这家公司在一次火灾中焚毁了全部设备，造成了资金短缺，股票跌到不值5分钱。

有一个叫道格拉斯·雷德的地质学家，知道贺希哈是个思维敏捷的人，就把这件事告诉了他。贺希哈听了以后，拿出2.5万美元做试采计划。不到几个月，黄金就挖到了，仅离原来的矿坑 7.62 米。这座金矿，每年给贺希哈带来 250 万美元的净利润。

这位手摸到东西便会变成黄金的人，也有他的麻烦。1945 年，由于疏忽，贺希哈未经许可而携带 1.5 万美元出境，被加拿大政府罚了 8500 美元。同时，他的菲律宾金矿也让他赔了 300 万美元。这又带给了他另一次的教训。

贺希哈给人的印象很深刻。他嘴上经常叼着一支没有点燃的雪茄烟，手里紧紧地捏着一块小毛巾，随时准备擦汗的样子，尤其是他在接电话的时候。

对于任何股票经纪人来说，电话是生意上不可缺少的工具，对贺希哈来说，电话就好像是他生理上的一个重要器官。当贺希哈因患了严重的腹膜炎，两只手固定在治疗器上输血时，他还在大喊："把我手上的鬼东西拿开，我要打电话！"

易卜生说过："社会犹如一条船，每个人都要有掌舵的准备。"在掌舵自己的人生之船时，不敢置身于危险中的人是绝对无法获得成功的。既然成功与失败的几率都相同，失败以后又可以卷土重来，那我们为何不搏一搏！

励志寄语：

只有输得起的人，才有赢的机会。人生就是一场赌博，敢于下注，敢于拼搏的人，虽然也会有输的危险，但是比那些什么也不敢做的人成功的希望要大得多。而不敢输、不敢赌的人，确实没有什么风险，但也没有成功，更不会有辉煌的人生。

请试着多努力一次

那是在很久以前，有一对从农村来城里打工的姐妹，几经周折才被一家礼品公司招聘为业务员。她们没有固定的客户，也没有任何关系，每天只能提着沉重的钟表、影集、茶杯、台灯以及各种工艺品的样品，沿着城市的大街小巷去寻找买主。

五个多月过去了，她们跑断了腿，磨破了嘴，仍然到处碰壁，连一个钥匙链也没有推销出去。无数次的失望磨掉了妹妹最后的耐心，她向姐姐提出两个人一起辞职的建议，想重找出路。

姐姐说，万事开头难，再坚持一阵，兴许下一次就有收获。妹妹不顾姐姐的挽留，毅然告别了那家公司。第二天，姐妹俩一同出门。妹妹按照招聘广告的指引到处找工作，姐姐依然提着样品四处寻找客户。那天晚上，两个人回到出租屋时却是两种不同的收获，其心境之不同也可想而知：妹妹求职无功而返，姐姐却拿回来推销生涯的第一张订单。姐姐曾四次登过门的一家公司要召开一个大型会议，向她订购了 250 套精美的工艺品作为与会代表的纪念品，总价值 20 多万元。

姐姐因此拿到了两万元的提成，淘到了打工的第一桶金。从此，姐姐的业绩不断攀升，订单一个接一个而来。六年过去了，姐姐不仅拥有了汽车，还拥有 100 多平方米的住房和自己的礼品公司。而妹妹依然走马观灯似地换着一个又一个工作，连穿衣吃饭都要靠姐姐资助。妹妹向姐姐请教成功真谛。姐姐说：“其实，我成功的全部秘诀就在于我比你多了一份坚持和努力。”

只相差一次的努力，原本天赋相当机遇相同的姐妹俩，自此走上了迥然不同的人生之路！不只是这位姐姐，多少业绩辉煌的知名人士，最初的成功也就源于“多了一次努力”。

西方有一句谚语：“常常是最后一把钥匙打开了门。”在日常的工作和生活中，无数次被拒绝也许是每一个人尤其是销售人员都会遇到的。无数个销售成功人士的经验告诉我们，被拒之后要做的就是再试一次。

励志寄语：

对待屡次失败的工作，如果你试着再努力一次，或许会有不一样的结果。一个对自己负责、对工作负责的员工，常常在多次遭到拒绝后，会试着再努力一次，很多时候，再试一次就成功了，而悲观失望马上放弃的人，却永远没有成功的机会了。

坚持走自己的路

玛丽亚·艾伦娜大学毕业后，产生了一个开拓个人电脑市场的念头。在当时，美国个人电脑的价格在8000美元左右，而拉丁美洲的个人电脑价格却还要昂贵得多。

玛丽亚·艾伦娜想：为什么不在拉美销售个人电脑，来开发这个非常有前景的市场呢？1980年，她将自己的想法和许多主要的电脑公司交流过，并请求给她一个机会，在自己的国家销售他们的电脑。

“他们告诉我不要提这事，”玛丽亚·艾伦娜回忆说，“电脑销售执行经理们说，拉丁美洲正处于经济危机之中，许多国家都十分贫穷，那儿的人们没有钱来买电脑。因此他们认为拉丁美洲的市场太小了，根本不值得他们去开发。”

但是，玛丽亚·艾伦娜却不这么认为，当别人只看到各种局限性的时候，她却看到了各种市场机会，她没有放弃努力，并开始在拉丁美洲的一些国家奔波起来。

在三个星期的行程中，玛丽亚·艾伦娜旋风般地穿行于厄瓜多尔、智利、秘鲁和阿根廷。在每个国家，她都不辞劳苦地推销她手上的产品。而且仅仅用三个星期的时间就接到了价值 10 万美元的订单和预先付款的现金支票。

渐渐地，玛丽亚·艾伦娜的销售额超过了百万美元，甚至是数百万美元。后来，玛丽亚·艾伦娜又组建了一个新公司开始向非洲销售电脑，市场专家们又一次告诉她说非洲太穷了，根本就不适合个人电脑销售，尤其是在那样一个男人占统治地位的社会里，一个外国女性在非洲销售电脑就更不可能了。

那时的玛丽亚·艾伦娜早已经习惯这些消极的反应了，她认为这些专家们的目光非常短浅。她相信自己对未来趋势的预见。1991 年，她仅仅带了一份产品目录和一张地图就乘飞机到了肯尼亚首都内罗毕，开始了她的销售活动。

玛丽亚·艾伦娜住进宾馆后，就拿起电话号码本开始联系当地的经销商。两个星期后，她带着价值 15 万美元的订单飞了回来。几年之后，玛丽亚·艾伦娜的“国际高科技销售公司”登上了《公司》杂志当年的 500 家发展最快的公司的排行榜。

做人最怕的不是贫穷，而是没有主见，经不住外界的影响而随风摇摆，最终随波逐流，放弃了自己最宝贵的东西——远见和坚持。

世人常犯的错误就是不能坚守自己，而总是听信所谓权威的指导去随波逐流。

而事实上，在这个世界上只有你自己最了解自己，晓得自己将要走什么路，与其问他人、问命运自己应该怎样做，还不如问自己，我们应该坚持的事就是我们自己的原则。相信、倾听我们心灵的召唤，我们就会生活在深刻的精神中，这也是最灿烂的道德之光。

励志寄语：

无论干什么工作，都应该以创造最大价值为目的。如果我们认为自己的想法是正确的，就不要有任何犹豫，坚持走自己的路，勇敢按照自己的设想去实施，成功一定属于我们。

只要再坚持一下

那是在很久以前，有一个年轻人好不容易得到一份工作，被派到一个海上油田钻井队。首次在海上作业时，领班要求他在限定的时间内登上几十米高的钻油台，将一个包装盒子交给最顶层的一名主管。

年轻人小心翼翼地拿着盒子，快步登上狭窄的阶梯，将盒子交给主管。主管看也不看只是在盒子上签了个名，然后叫他马上送回去。年轻人只好又快步跑下阶梯，将盒子交给领班，领班同样也在盒子上面签了个名，又叫他送上去交给主管。他狐疑地看了领班一眼，但还是依照指示送上去。

第二次爬到顶层的年轻人已经气喘如牛，主管仍旧默不作声地在盒子上签了个名，示意他再送下去。他心中开始有些不悦，无奈地转身拿起盒子送下去。他再度将盒子交给领班，领班依旧签了名后又让他再去一趟，此时他已经有些愤怒了。

年轻人瞪着领班强忍住不发作，抓起盒子生气地往上爬。到达顶层时他已经全身湿透了。他将盒子递给主管，主管头也不抬地说："将盒子打开吧！"

此时，年轻人再也忍不住满腔怒火，重重地将盒子摔到地上，然后大声地吼道："老子不干了！"

这时，主管从位子上站了起来，打开盒子拿出香槟叹了口气对他说："刚才你所做的一切叫做极限体力训练，因为我们在海上作业，随时可能会遇到突发状况及危险，因此每位队员必须具备极强的体力与配合能力，来面对各种考验。"

主管继续说道："好不容易前两次你都顺利过关，只差最后一步就可以通过测试了，实在很可惜！看来你是无法享受到自己辛苦带上来的香槟了，现在，你可以离开了！"

励志寄语：

成功与失败往往只有一步之遥，如果多坚持一秒钟，就很可能成功。遗憾的是，有很多人在最后一秒钟的时候放弃了。这往往就是失败者比成功者多的一个重要原因。

干工作不要拖延

在许多年以前，有一次，约翰·丹尼斯和他的一位助手到公司各部门巡视工作。到达休斯敦一个区加油站的时候，已经是下午 3 时了，约翰·丹尼斯却看见油价告示牌上公布的还是昨天的数字，并没有按照总部指令将油价下调 5 美分，他十分恼火。

约翰·丹尼斯立即让助手找来了加油站的主管弗里奇。远远地望见这位主管。他就指着报价牌大声说道："弗里奇先生，你大概还熟睡在昨天的梦里吧！"

约翰·丹尼斯继续说道："要知道，你的拖延已经给我们公司的荣誉造成了很大损失，因为我们收取的单价比我们公布的单价高出了 5 美分，我们的客户完全可以在休斯敦的很多场合，贬损我们的管理水平，并使我们的公司被传为笑柄。"

意识到问题的严重性，弗里奇先生连忙说道："是的，我立刻去办。"

看见告示牌上的油价得到更正以后，约翰·丹尼斯面带微笑说："如果我告诉你，你腰间的皮带断了，而你却不立刻去更换它或者修理它，那么，当众出丑的只有你自己。这是与我们竞争财富排行榜第一把交椅的沃尔玛商店的信条，你应该记住。"

然后，约翰·丹尼斯和助手一起离开了加油站。从此之后，那位主管弗里奇先生做事再也没出现过拖拖拉拉的情况。

在我们的一些孩子中，也由于惰性的原因，很容易养成办事拖拉的坏习惯。而办事拖拉，实质上就是浪费时间，妨碍自己既定目标的实现。

有位哲人说过，“浪费时间等于自杀”。的确，绝不拖拉的好处，就在于抓住今天。抓住了今天，就抓住了希望，也抓住了自己为之努力奋斗的切切实实的目标。无论你想干什么，都不要拖拉，拖拉过后还得是自己来做，遗憾的是或许还会失去大好时机。

俗话说：“今日事，今日毕。”说的其实就是绝不拖延的道理，绝对不把当天该完成的事拖到第二天。等待与拖延是成功的死敌。绝不拖延是一种好习惯，有了这样的习惯，无论做任何事都会变得更易成功。因为你不再会因为各种原因偷懒，也不会因为拖延而错失良机。

励志寄语：

一旦决定下来的事，就要立刻着手进行，不要拖延。“浪费时间等于自杀”这句话不仅在以前适用，在今天仍然是催人警醒的名言。

工作要注重细节

遍布全美的都市服务公司创始人亨利·杜赫提有一句名言：“人有两种能力是千金难求的无价之宝：一是思考能力；二是分清事情的轻重缓急，并妥当处理的能力。”

白手起家的查理·鲁克曼经过 12 年的努力后，被提升为派索公司总裁一职，年薪10万美元，另有上百万其他收入。他把成功归功于杜赫提谈到的两种能力。

鲁克曼说："就记忆所言，我每天早晨5时起床，因为这一时刻我的思考力最好。我计划当天要做的事，并按事情的轻重缓急做好安排。"

全美最成功的保险推销员之一弗兰克·贝特格，每天早晨还不到5时，便把当天要做的事安排好了。他之所以有这么高的效率，主要是在前一个晚上预备他定下的每天要做的保险数额，如果没有完成，便加到第二天，以后依此类推。

由此可见，在工作中分清事情的轻重缓急在细节处下工夫是很重要的。长期的工作经验告诉我们：工作中有许许多多的事情，而一个人的精力却是有限的。如果我们在工作中分清主次、先后，将会有助于我们更好地做事情。

一位作家说："生活的细节越分越密，密不可分时，就糊成一片了，按科学术语说，出现了混沌。人在混沌中，也好过粗枝大叶。忽略细节的人生是古装戏里的'洒狗血'，本来内心什么也没有，却装着有感情的样子，大喊大叫，拼命表演。"

要想工作不流于一般，就要学会分清主次，在细节处下工夫。有时候，公司主管或业务员要出差，便会安排员工去买车票，这看似很简单的一件事，却可以反映出不同的人对工作的不同态度及其工作的能力。

有这样两位秘书，一位将车票买来，就那么一大把地交上去，杂乱无章；另一位却将

车票装进一个大信封，并且，在信封上写明列车车次、号位及起程、到达时刻。后一位秘书就是个细心人，虽然她只在信封上写上几个字，却使人省事不少。

按照命令去买车票，这只是“一个平常人”的工作，但是一个会工作的人，一定会想到该怎么做，要怎么做，才会令人更满意、更方便，这也就是注意细节。

注意细节所做出来的工作一定能抓住人心，虽然在当时不一定引起人的注意，但久而久之，这种工作态度形成习惯后，一定会给你带来莫大的好处。这种细心的工作态度，是由于对一件工作重视的态度而产生的。

会成为大人物的人，即使要他去收发室做处理信件的工作，他的做法也会跟别人有所不同。这种分清主次注重细微环节的态度，就是使自己发展的营养剂。

生活就像无限拉长的链条，细节如链条上的链扣，没有链扣，哪有链条？历史就像日夜奔腾的江河，细节如江河边的支流，没有支流，哪有江河？回味生活，翻阅历史，我们为什么不从真实的细节做起呢？

励志寄语：

工作时注意细节，是对工作负责任的一种表现。很难想象一个粗枝大叶的人能把事情做好。注意细节，会使我们的工作更加完美；注意细节，会使我们的工作更加出色。

认真工作的报酬

当将近20岁的哈克设想自己的未来时，总是觉得前途一片灰暗。他的家庭并不富有，他受到的教育很有限，周围的人也不太把他当回事。

为了能够养活自己，哈克找到了一份临时工作，当上了厨师。有一天晚上，已经很晚了，店里只剩下哈克，正准备打烊时，有一个人闯了进来。

看到餐馆就要关门的样子，他问哈克能不能为一个可怜的澳大利亚游客准备一份晚餐，他迷了路，而且非常饿。哈克连眼睛都没眨一下就答应了他的请求。

等哈克从厨房里出来，他发现除了那位澳大利亚游客以外，又来了一位不速之客，他坐在了距澳大利亚人两张桌子远的地方。哈克用英语同他打招呼，那个客人耸了耸肩表示不懂。

他用阿拉伯语解释说他不会讲英语。恰好哈克在学校里学过一点阿拉伯语，于是，他知道了这位客人是从沙特阿拉伯来的，也在市区迷了路，并且也很饿。

哈克回到厨房又准备了第二份饭，等他回来的时候，他发现气氛很压抑，因为两个人语言不通，都一言不发，就那么静悄悄地坐在那里。

于是，哈克决定让他的两个“陌生”的客人高兴，他就利用他的特长，一会儿说英语，一会儿讲阿拉伯语。聊了一阵儿之后，他有了一个有趣的发现。这个阿拉伯人经营着一家进出口公司，而这个澳大利亚人有一个很大的绵羊养殖场。

于是，哈克问澳大利亚人是不是有兴趣把他的羊出口到阿拉伯去。澳大利亚人拼命地点头。他又转过身来问阿拉伯人是不是愿意从澳大利亚进口新鲜、肥美的绵羊。

因为到了过节的关口，很多伊斯兰信徒会云集沙特阿拉伯，从而会大量地消费羊肉。阿拉伯人也不停地点头。谈话也由此变得越来越热烈，双方交换了联系方式和地址，协商了价格，互相把对方的银行账号也记在了餐巾纸上。

在经过了两个小时翻译和谈判之后，两个客人互相握手、拍肩膀表示祝贺，然后向哈克道了再见。在出门的时候，澳大利亚人又转回身来问道："我怎么和你取得联系呢？能给我留个地址吗？"

于是，最后一张餐巾纸也被写上了字，然后三个人分头消逝在夜幕里。三个月之后的一天，哈克收到了几封信，其中有一封是从澳大利亚寄来的。

那个澳大利亚人在信中感谢哈克所做的出色的翻译工作，同时也感谢他敏锐的商业眼光。他告诉哈克，已经有几千只羊在漂洋过海去沙特阿拉伯的路上了。在信的后面，还附上了一张20000美元的支票，作为对哈克帮忙的报酬。

于是，那个晚上就这样成了哈克一生的转折点。他怎么也不会想到，表示友好愿望的手势和开放式的交流能够带来如此丰厚的报酬。他从此变得开朗、主动，成为一名有着敏锐眼光的精明商人，并且一直到现在都很成功。

励志寄语：

一个对自己的前途并不看好的厨师，但是因为能兢兢业业地对待工作，不仅给客人带来了福音，也给他自己带来了回报。这便是认真工作的极大好处！

Chapter
第三章
对家人负责任

家，是温馨的港湾，更是养育我们成长的摇篮。对家人负责，首先要学好本领，掌握立足社会的技能，为自己融入社会建功立业打好基础；其次，不能忘记父母的哺育之恩，无论你已经工作或是还在上学，都不要忘了家中逐渐年迈的父母，要常回家看看，多多关心一下他们。

常回家看看

一大早，鲍威尔接到父亲汉默的电话，汉默的声音显得很疲惫：“孩子，你在忙些什么？”

汉默是一个乐天的老头儿，鲍威尔的母亲去世以后，他独自住在四十里外小镇上的一间大房子里，每天种花剪草，或者带着他的狗散步，生活得悠闲自在。

这个电话不同寻常。鲍威尔有些担心，他说：“爸爸，您好吗？您的声音听起来不大对头。”

“是的，”汉默说，“你多久没有给我打电话了？”

鲍威尔有些羞愧，他已经很久没有问候爸爸了。

“我太忙了，”他用夸张的语调说，“您知道我正竭尽全力让我的公司壮大起来，这需要时间。不过，以后我会时常给您打电话的。告诉我，您那儿出了什么问题？”

“我的狗，但愿你还记得它……”

“记得，我当然记得，”鲍威尔急忙说，“它叫老虎，跟您七年了。它怎么了？”

“它死了。”汉默的声音愈加有气无力。

鲍威尔很惊讶，这条狗之所以叫老虎是因为它十分凶猛强壮，怎么会突然就死了呢？

“在生命的最后几天，它不吃任何东西，被活活饿死。它无法吃东西，它被人用棍子打断了牙齿，用刀子刺破了肚子。”

“为什么会这样？”鲍威尔叫了起来。

“因为它咬伤了三个人。”

“老虎为什么咬人？”

“因为，”汉默的声音很迟疑，“……因为有人打了我一记耳光，”他哽咽了，“老虎，它是为了救我才咬人的。”

“谁打了您？”鲍威尔咆哮起来，不能容忍有人欺侮他的父亲。

“打手，他们的打手。”

“打手？”鲍威尔迷惑了，汉默是一个本本分分的老人，跟打手能扯上什么关系？他问：“爸爸，他们为什么打您？”

“我欠了他们的钱，”汉默压低了声音，“是高利贷。”

“什么？”鲍威尔简直不敢相信，汉默，这个一生正直快乐的老人会欠人家的钱，而且还是高利贷，“您缺钱吗？爸爸。”

“当然。”

“您每个月都有退休金，在银行还有一笔不小的存款，怎么还会缺钱呢？”

“存款？它早就不在了，我只用一天的时间就把它们输光了。”汉默的话听起来无比沮丧。

“输光了？”鲍威尔大叫起来，“爸爸，您在赌钱吗？”

“是的，我的孩子，”汉默说，“输光了我的存款，还有……还有我的房子和车子。”

“噢，我的上帝，”鲍威尔喊道，“怎么会这样？”

“可是，已经这样了，”汉默平静下来，“我的儿子，我得和你商量一下，你现在有多少钱？”

“噢，爸爸，”鲍威尔说，“您欠了多少钱？”

“三十万，如果今天还的话只有三十万。”

“只有三十万？”鲍威尔绝望地说，“好吧，我有这笔钱，卖掉我的公司我还可以剩两三万呢！”

“我可怜的儿子，”汉默怜惜地说，“那你这些年的努力不是都白费了？”

“那有什么办法呢？”鲍威尔说，“如果我不还这笔钱，您就没有了安乐的晚年，或许，”他顿了顿说，“我也没有了爸爸。”

“谢谢你，我的儿子，”汉默说，“那么，你什么时候来替我还上这笔钱呢？”

“下午，3 点以前，”鲍威尔难过地说，“那个时候我想我已经卖出我的公司了。”

这时，他听到话筒里传来两声狗叫的声音，听起来很是耳熟，他疑惑地问：“爸爸，我好像听到了老虎的叫声，是它吗？”

“就是它，”汉默的声音又恢复了他熟悉的戏谑和快乐，“我的儿子，它没有死，我也没有欠别人的高利贷。我只是想提醒你，如果你连你的财产都可以为我放弃的话，那么至少现在，你该回来看看我了。”

励志寄语：

无论我们长多大，离家有多远，都要记得常回家看看，因为家里有我们最亲近的家人和我们儿时的记忆；常回家看看，不要让老人望眼欲穿、焦虑地等待；常回家看看，孤独已经让我们的父母在慢慢走向衰老；常回家看看，不要让自己的人生充满遗憾。

把父母放在心上

很长一段时间在外面漂泊，对故乡和亲人的思念在岁月的流逝中似乎渐渐淡了，每天总有那么多人要去面对，总有那么多事要去做，除去一天三餐和那些永远忙不完的工作，剩下的时间总是那么有限，全部用来睡眠都不够，哪里还有时间去牵挂故乡和乡下的父母？

为了能心安理得地在城里无比受用地活着，曾给自己的懒惰找了个理由：什么故乡，所有的故乡原本不都是异乡吗？所谓故乡只不过是父辈漂泊的最后一站。父母不也是好好地活着吗？

在外面少让他们操心，每月寄点儿钱回去，让他们自己去多买点儿菜改善一下生活，这似乎就是许多漂泊者对故乡和亲人全部的付出。

上个月我寄回家一千块钱，是想让生病在床的母亲每天买点儿肉熬汤补补身体。前两天晚上房东喊我接电话，拿起话筒一听竟是母亲慈爱的声音，那是一种让我魂牵梦绕的乡音。

她慢慢地对我说，那一千块钱他们没舍得吃肉，本打算存起来，后来村里装电话，就装了一部。只是为了能经常听到我的声音，她说，很想我。

我其实一直也在心底牵挂他们，但从来没有像母亲想我那么“很”，我对故乡和他们的思念常常因为自己生活中的琐事和烦恼而中断，甚至有时会完全忘记在自己生活的城市之外，还有自己的故乡和父母存在，忘了他们在劳累着，在渐渐地变老，老到每天用大部分时间来思念我，而我呢？

挂上电话很久，泪水还涩涩地留在嘴边，母亲关切的话语仿佛一直在耳边萦绕。电话可以传递我的声音，却永远传递不了我的感情；而我听到母亲的声音，全身分明被家的暖流包围。

她不知道我会哭，我真的很惭愧，以为每月尽量多寄点儿钱就可以使父母幸福地度过每一天，我时常还自诩能每月寄点儿钱回家，不像身边的许多朋友伸手向家里要钱。其实，我欠他们的太多太多。

那天，良心发现的我请朋友写了一张条幅挂在房中，上面清晰又明白地写着：你的碗里有肉，父母碗里是否有菜？

励志寄语：

儿女是父母心中永远的牵挂。人们常说，“儿行千里母担忧”，在这个世界上最爱我们的人就是父母。不管儿女在千里万里，他们最渴望的莫过于儿女们平平安安，幸福安康。不要以忙为借口忽略父母，你的一个电话，一声问候，常常就能安慰他们那颗担忧和牵挂的心。

用沟通打开心锁

不知从何时起，我的抽屉上了锁，内心也上了锁，再也不愿向妈妈吐露心中的不快。日记本上第一次出现了“代沟”这个词。

有时因为一件小事，甚至只是一句不和气的话语，一个不理解的表情，就在我心里潜滋暗长出几分烦恼。

然而几个月前发生的一件小事，却深深地震撼了我。那天早晨，寒风凛冽，妈妈忙拿出一件粉红色的外套让我穿上。望着那件外套我犹豫了，因为我与几位同学约定，每人只穿一件冷色调的毛衣，如果穿上外套，同学会骂我失约的。于是我断然决定：不穿！

“穿上吧，听话，外面很冷。”妈妈关切中带着一丝央求。

“我说不穿就不穿！”说完，我连饭也不吃，便匆匆离了家。

“太不听话了，你走了就别回来！”妈妈生气了。

“不回来就不回来。”我赌气地一溜烟跑了。

不用说，那天只有我穿得很单薄，被冻得浑身直发抖。同学的失约使我感到委屈，又很后悔没有听妈妈的话。天仿佛更加冷了，好不容易挨到中午放学。

怎么办？真后悔当初不该说得那么绝。唉，上姨妈家吧，这是唯一的退路了。一进门，却发现爸爸也在。不知怎的，不争气的眼泪像断了线的珠子一个接一个地掉下来。

“你怎么不回家呢？妈妈正在家等着你呢，她有点儿事不能来。”爸爸一边用他那宽厚的手替我拭泪，一边把手上的那件粉红色的外套递给我，“这是她让我拿来的，快穿上吧。”

顿时，暖洋洋的外套抵御了寒冷。亲情的宽容使我释怀，不尽的悔恨占据了心田。

“晚上早点儿回家。”爸爸叮嘱道。

下午放学后在一阵犹豫、徘徊之后，我终于拖着沉重的步子回到家，却没有力气去敲那扇再熟悉不过的大门。我在门缝中窥见，妈妈正低垂着头在揉着腿，门缝中透进的一线光照在妈妈脸上，我突然发现妈妈头发失去了往日的光泽，眼皮和嘴角也松弛了好多。

妈妈变老了，那是一种与她年龄极不相称的老。这时，屋里传来爸爸的声音："这孩子太骄横了，你也是，明知她不会回来，何必一次又一次出门接她呢？现在好了，本来就不舒服，又摔了一跤把脚扭了吧？"

一种沉重的负罪感迫使我轻轻叩响了门。门开了，妈妈站在门旁注视着我。"妈妈"这两个字到了嘴边，却没说出口。我径自走进自己的房间，猛然，看见书桌上有一张粉红色的信笺，上面这样写道：

女儿：

你已经长大了，也许有很多事不再愿跟妈妈说，但你知道吗？妈妈的爱是无私的。无私的爱使妈妈唠唠叨叨，没完没了。无私的爱使妈妈把自己当成了你的影子，无私的爱造成了妈妈与你的隔阂。一个有那么多缺点的妈妈，你还能爱她吗？

励志寄语：

在这个世界上最爱我们的人就是父母。无论在孩子身上发生多小的事情，在父母的眼里都是大事。大到让他们心疼、让他们担心。多一些理解，多一些宽容，就能让我们的父母多一点笑容，多一份健康。

替自己的兄弟着想

很久以前，有一个病入膏肓的老人，临终前把家里的土地和财产平均分给了两个儿子。老人过世后，小儿子想："我一个人的日子好打发，可哥哥拉家带口的，生活就比较艰难了，我应该把自己的那一份，再分一半给哥哥才对。"

弟弟是这样想的，也这么做了。但是，他怕哥哥不肯接受，于是弟弟就趁着夜黑风高，把自己分得的苹果和玉米，搬一半偷偷送到了哥哥的仓库里。

大儿子也有小儿子那样的想法："我已成家立业了，只要一家人努力劳作，生活不会成问题；可弟弟现在还是孤身一人，应当为他以后的日子多多考虑。"

哥哥怕弟弟不肯接受，于是也趁着星月无光，将自己的苹果和玉米，搬一半偷偷地送到弟弟的仓库里。第二天早上，当他们走进仓库的时候，都吓了一跳，苹果和玉米丝毫未减，两兄弟都以为自己做了一场非常真实的梦。

晚上，两兄弟再一次搬苹果和玉米到对方仓库时竟然相遇了，兄弟俩同时扔下手中的东西，紧紧地抱在一起痛哭起来，他们决定不分家，共同经营父母留下的土地。

有爱的人生是丰盈的，每一分每一秒，我们都可以感受到生活的幸福和美好。

励志寄语：

每个人来到这个世界上，并不只是为了自己而活着。人与人之间只有互相关心、互相给予，爱与真情才会释放出源源不尽的能量，才会焕发出勃勃生机。

让真爱的花朵盛开

诺贝尔文学奖获得者、法国当代著名小说家和哲学家阿尔贝·加缪出生在一个贫苦的家庭。在他还不懂事的时候，父亲就在战场上牺牲了，只剩下母亲与他相依为命。

因为家里没有什么积蓄和来源，加缪和妈妈的生活得特别艰难。但是，为了不让儿子在同伴中感到自卑，在加缪到了上学年龄以后，妈妈还是毫不犹豫地把他送到了学校。

懂事的加缪很快就发现，因为自己上学又增加了学费和其他一些花销，妈妈肩上的担子更重了。妈妈每天都努力地工作，由于经常熬夜，才三十几岁的人，脸上就已经早早地爬满了皱纹。加缪看在眼里，疼在心上。

有一天晚上，加缪又伏在那盏小煤油灯下复习功课，写完作业之后，他看见妈妈还在忙碌，自己又帮不上忙，就早早地上床睡觉了。半夜里，加缪忽然被一阵咳嗽声惊醒了，睁开眼睛一看，原来妈妈还没有睡，她正借着微弱的灯光缝补衣服呢。

加缪再也忍不住了，他一骨碌从被子里爬起来："妈妈，我以后再也不能让你这么辛苦了。你看，我已经长大了，是个小男子汉了，我想出去找点活儿干，帮你减轻一下家里的负担。”

儿子善解人意的话，让妈妈的眼睛湿润了，她把加缪紧紧地搂在怀里，泪水顺着面颊流了下来。看见妈妈流下眼泪，加缪有些不知所措：“妈妈，难道我说错了吗？你为什么哭了？”

“好孩子，你没有说错。可是你现在太小了，妈妈怎么舍得让你去干活儿呢？你现在需要的是好好学习，只有等你长大了，才能帮助妈妈减轻负担呀。”妈妈抚摸着加缪的头轻轻地说。

听了妈妈的话，加缪认真地点点头，从那以后，他学习更认真了。读完小学以后，在加缪的一再央求下，妈妈终于同意了他的要求，让他去做些事情，但前提条件是不能耽误自己的学习。

从那以后，加缪一边读书，一边打工。一开始，他找到了一份扫大街的工作。对小小年纪的加缪来说，这份工作无疑是份苦差事。因为他每天不仅需要很早起床，还要拿着几乎跟他一样高的扫帚去扫大街。人小，扫的地方又大，加缪常常累得满头大汗。

为了给妈妈减轻负担，加缪努力着坚持过来了。后来，加缪又到一个饭馆去洗碗。这个工作和扫大街的工作比起来更辛苦，加缪和几个小伙计每天都拼命干活，还常常不能按时洗完那些小山一样高的碗碟。

艰难的生活磨练了加缪的坚强意志，也养成了他刻苦勤奋的优良品质。后来，他通过自己的不懈努力，考取了大学，并最终获得了诺贝尔文学奖，成为法国著名的文学家。

梵·高说过：“爱之花盛开的地方，生命之花便能欣欣向荣。”是啊，如果我们在心中播下爱的种子，那么有爱的地方就有了力量，这种力量往往能激励我们创造很多奇迹，能支撑着我们走得更远。因为一切困难都会在爱的面前望而却步。

励志寄语：

爱妈妈，给她一个意外的惊喜；爱爸爸，给他一次眼前豁然开朗；爱朋友，为他们做些力所能及的事；爱周围的一切，让自己的存在能给别人带来快乐。让真爱的花朵处处盛开，我们的生命才会更加绚丽！

父爱是一座大山

父亲住在大山深处的一个小村里，和母亲的结合也是旧式的婚姻，虽说是“天作之合”，但实在不能说是合得来。在我年少的记忆里，几乎全是喝得醉醺醺、满眼通红的父亲和躲在床角抽泣的母亲。

有一回，我勇敢地冲上前保护瘦弱的母亲，却被父亲有力的巴掌扇出丈外，从此，怨恨便在心中扎下了根。上大学走的那天，我才有如释重负般的解脱感。在大山的岔路口，我没理会父亲殷殷的目光，只是倔强地看着母亲说：“等我毕业就接您出去。”

三年的大学生活，我坚持不要父亲的钱，一直半工半读。父亲来看过我两次，一次给我送钱，一次接我回家过年，我都避而不见。

毕业后，成了家有了孩子，我不断写信回家，希望母亲能来城里与我同住，远离那可恨的家，却一直没有回音，而我又不愿回那贫瘠的小村，看到那双酒醉后通红的眼睛。就这样一晃，我有 10 年没回家了。

不记得是从哪年开始，每到过年前夕，我总会收到家乡寄来的腊肉，熏得焦黄焦黄，隐隐散发出松枝的香气。随着腊肉总是附着父亲简短的家信，信末总是千篇一律地插上一句："明年回不回家过年？"

我知道，父亲真的很想我回家，可我怎么也忘记不了十年前的那一巴掌和母亲的抽泣。有一年，不知什么原因，我一直没收到家中的腊肉，整个春节，心里忽上忽下，不安得厉害。

过年后上班的第一天，收发室的小曾把我叫住："有你的包裹。"

我拿回家一看，满满一箱腊肉，焦黄焦黄，散发着松枝的香气，顿时心里有种说不出的轻松和激动。而母亲包裹中夹的一张小纸条更让我泪水盈眶："你爹打了盹，肉全焦了，又重熏，砍松枝时，不小心砍着了手，又不肯让我帮他，说你就喜欢他做的腊肉，又怕赶不上春节，你爹就没日没夜守在火旁不敢合眼。"

那天，我平生第一次放声痛哭。我有什么资格去评价父亲的优劣？我以什么标准去衡量父母之间的感情？ 10年的不理不睬又给父亲多大的打击？

在他大山似的沉默中，难道真只是那一巴掌和娘的抽泣让我背负了十年之久的包袱吗？父亲从不说我什么，只是默默地用一箱箱沉甸甸的腊肉传递着浓浓的父爱与宽容。

第二年春节，我和妻子带着孩子回了大山深处的老家。父亲高兴得像个孩子，拿出熏得黑乎乎的腊肉颤巍巍地沿着山间的小路向乡邻们"报喜"。

临走那天，在大山的岔路口，父亲拉着我的手说："娃，山里住惯了，不习惯城里的生活，别担心咱，倒是你们城里人做的腊肉，赶不上咱用山顶松枝、自家的猪肉熏得香，今年我再给你熏些去。"

励志寄语：

经历过岁月的种种波澜，才能读懂生命里的恩情。高尔基说：“父爱是一种默默无闻、寓于无形之中的一种感情，只有用心的人才能体会。”是啊，父亲的爱，大多朴实而沉默，愿年少而躁动轻狂的我们多些静下心来的时刻，多多领悟亲人那份深沉的爱。

最重要的是记住爱

伊丽诺不明白为什么祖母总是爱忘记，比如她忘记把糖放哪里了，忘记付账单，忘记去购物的时间。

“祖母出了什么事？”伊丽诺问道，“她一直都是个有条不紊的人，现在她看上去好像失魂落魄，而且总丢三落四。”

“祖母正在逐渐衰老，”母亲说，“她需要关怀，亲爱的。”

“人衰老的标志是什么？”伊丽诺问，“每个人老了都会健忘吗？我也会吗？”

“并不是每个人老了都忘事，我想祖母可能是得了健忘症，这种病使人的记忆力衰退，我们可能不得不送她去护理院让她得到正确的治疗。”

“噢，妈妈！那太可怕了，她将怀念她自己的小屋，是吗？”

“也许吧，但是我们只能这样做，在那里她将得到很好的照顾，并结交许多新朋友。”

伊丽诺看上去很伤心，她根本不喜欢这个主意。

“我们能经常去看她吗？”她问，“我想跟祖母说话，即使她确实忘了许多事。”

“我们可以在周末去看她。”妈妈说，“我们可以给她带去礼物。”

“像冰淇淋吗？祖母喜欢草莓冰淇淋。”伊丽诺微笑着说。

“那就送草莓冰淇淋。”妈妈说。

第一次在护理院看见祖母时，伊丽诺真想哭。

“妈妈，几乎所有的人都坐在轮椅上。”她说。

“他们必须那么做，否则他们会摔倒。”妈妈解释道，“现在当你看见祖母时一定要笑着告诉她，她看上去气色是多么好。”

祖母蜷着身子坐在房间的中央，这个房间被叫做日光室。她坐在那里看着外边的绿树。伊丽诺紧抱着祖母，“看！”她说，“我们给您带来了一个礼物，您最喜欢的东西，草莓冰淇淋！”

祖母拿出盛冰淇淋的纸杯和匙，什么也没有说，就开始吃。

“我想她喜欢吃，亲爱的。”母亲安慰她。

“但她好像不认识我们。”伊丽诺失望地说。

“你必须给她时间，”妈妈说，“她毕竟身处一个新环境之中，她必须经历一个调节阶段。”

但是，下一次去看祖母，她还是老样子，只是吃着冰淇淋并微笑着看着她们，从不说任何话。

“祖母，你知道我是谁吗？”伊丽诺问她。

“你是带给我冰淇淋的小姑娘。”祖母说。

“是的，但我还是伊丽诺，您的孙女，您不记得我了吗？”她说着，一边用力地摇晃着老太太的胳膊。

祖母无力地笑着。

“让我想一想？啊，你是给我拿冰淇淋的姑娘。”

猛然间，伊丽诺确信：祖母再也记不起她了。祖母正生活在一个只有她自己的世界里，这个世界里只有模糊不清的记忆和孤独。

"噢，我是多么爱你，祖母！"她说，就在这时她看见一滴泪正从祖母脸颊滴落。

"爱，"她说，"我记得爱！"

"爱！亲爱的，她想要的正是这个。"妈妈说。

"每个周末我都给她带冰淇淋，然后我拥抱她，不管她是否认识我。"伊丽诺说。总之，最为重要的是记住爱，而不是一个人的名字。

励志寄语：

祖母老了，老的什么也不记得了！其实，祖母也曾年轻过，她抚养过自己的父亲，撑起过一个家庭。现在孙女长大了，祖母却老了。我们要做的，就是把祖母曾经给予的爱，加倍还给她。让她幸福地度过晚年。

听进父母说的话

在10岁那年，我结上了一个小冤家，有个女孩老爱揭我的短处。随着时间的推移，她对我的攻击面也越来越广。她说我"骨瘦如柴"，说我"不是好学生"，说我"太顽皮"，说我"嗓门太大"，还说我"太自私"，等等。

起先我尽量忍耐，但后来实在忍不下去了，便眼泪汪汪地找爸爸。爸爸心平气和地倾听完我的发作，接着问我："她说的是真话还是假话？"

怎么会是真话？我真想反问爸爸：“她说的会是真话？”

“孩子，你想过自己究竟是怎样一个人吗？好，现在你既然已经知道那女孩对你的看法，那不妨将她说的一一列出，然后再在你认为她说的对的一项上做个记号；至于那些不对的就不必计较了。”

我按爸爸说的做了。令我大吃一惊的是，她说的话中竟有一半没有错！其中有的是我无力改变的，比如我的“骨瘦如柴”。但她所说的我的许多缺点，我还是完全可以克服。

我突然萌发了要克服这些缺点的念头！这是我生平第一次对自己有了比较清楚的认识。我把纸交给了爸爸，但他不打算看。

“那是你自己的事，”他说，“你比其他任何人都需要更真实地了解你自己。但是，首先你得学会倾听——不要由于生气或难受而捂住耳朵。如果别人的议论没有错，那么你自会心中有数的——你的内心深处会产生共鸣的！”

“可是，她当着众人的面说我闲话肯定是不对的。”我说。

“孩子，只有一个办法使人永远不被议论和批评，那就是：什么也不说，什么都不干。当然，那不就成废人了吗？你总不会想当那号人吧？”

“是的。”我不得不承认。

不久，我又经历了一次更为痛苦的教训。事情发生在我们即将登台演出的那一星期。我担任这出音乐剧的主角，因而心中充满激动和渴望。

就在演出前几天，几位朋友准备在邻近的湖畔举行一次野餐会。那是阴冷的一天，妈妈建议我待在家中以防感冒。为此，我们吵了个没完，最后在我保证不去游泳的前提下，妈妈做了让步。

然而，保证只不过是为应付妈妈而已，看到人家一个个跃入水中，我的心便痒得难受，于是我穿上运动衣，驾上一叶小舟出游了。

在我驾舟回到岸边时，几个男孩恶作剧般的猛摇我的小船，小船刚要靠岸就翻了个底朝天！为了避免落水，我纵身一跃上了岸，但脚掌却被碎玻璃划了一道深深的口子。

我没能出演主角，候补演员却获得了成功。“我确实履行了诺言，没去游泳呀！”我对爸爸说。

“可是，你妈妈的话你只听进去了一半。不去游泳只是保证不感冒的因素之一，难怪你倒霉了。”

我辩解说：“可是所有的朋友都劝我上船去呀！”

“他们都错了，不是吗？”只有用心倾听，并对对方的建议心领神会，才能达到倾听的最佳效果。

励志寄语：

这个世界上，最爱我们的就是父母。他们生我们、养我们，他们有丰富的人生经验，他们知道哪些事能做，哪些事不能做。听进父母的话，会使我们少走弯路，也会使我们更健康、更快乐地成长。

诚实回答父亲的问题

乔治·华盛顿小时候住在弗吉尼亚的一个农场里。他的父亲教他骑马，经常带着他到农场里干活，以便儿子长大后能学会种田、放牛养马。

华盛顿先生有一个果园，里面种着苹果树、桃树、梨树、李子树与樱桃树。有一次，华盛顿先生从大洋对岸买了一棵品种上佳的樱桃树。他把树种在果园边上，并告诉农场里的所有人要对它严加看护，不能让任何人碰它。

樱桃树长势很好。春天来了，树上开满了白花。想到用不了多长时间就可以吃到樱桃树结的果子，华盛顿先生心里非常高兴。大约就在此时，有人送给乔治一把明亮的斧子。他拿着它砍树枝、砍篱笆，可以说是见什么砍什么。

有一天，乔治一边想着自己的斧子有多么锋利，一边来到果园，还举起斧子砍向了那棵樱桃树。树皮很软，乔治没费多大力气就把树砍倒了。接着他又去别的地方玩了。

那天傍晚，华盛顿先生忙完农事，把马牵回马棚，然后来到果园看他的樱桃树。看到自己心爱的树被砍倒在地，他站在那里惊呆了。是谁胆敢这样做？他问了所有人，但谁都说不知道。就在这时，乔治恰巧从旁边经过。

“乔治。”父亲用生气的口吻喊道，“你知道是谁把我的樱桃树砍死了吗？”

这个问题可把乔治给难住了，他哼哼叽叽了一会儿，但是，很快恢复了理智。“我不能说谎，爸爸。”乔治说，“是我用斧子砍的。”

华盛顿先生看了看乔治。那孩子脸色煞白，但是，直视着父亲的眼睛。

“回家去，儿子。”华盛顿先生严厉地说道。

乔治走进书房，等父亲。他心里很难过，同时也感到非常惭愧。他知道自己太轻率，干了件傻事，也难怪父亲不高兴。一会儿之后，华盛顿先生走进书房。

“到这里来，孩子。”他说道。

乔治走到父亲身边。华盛顿先生静静地看了他很长时间。

“告诉我，儿子，你为什么要砍那棵树？”

“当时我正在玩，没想到……”乔治结结巴巴地说道。

“现在树就要死了，我们永远也不能吃到樱桃了。但比这更糟的是，我嘱咐你要看护好这棵树，你却没有做到。”

乔治羞愧难当，脸一红，低下头。

“对不起，爸爸。”他说。

华盛顿先生把手放在孩子肩头。

“看着我。”他说道，“失去了一棵树，我当然很难过，但我同时也很高兴，因为你鼓足勇气向我说了实话。我宁愿要一个勇敢诚实的孩子，也不愿拥有一个种满枝叶繁茂樱桃树的果园。一定要记住这一点，儿子。”

乔治·华盛顿从未忘记这一点。他一直像小时候那样勇敢，受人尊敬，直至生命结束。这是一个广为流传的故事，相信每一个看到这个故事的读者，都会佩服华盛顿的勇气，更会为他的诚实而喝彩。

励志寄语：

在乔治这面纯净的镜子面前，我们每一个人都应该去认真思考“诚实”的真谛。伊索曾经说过：“说谎话的人所能得到的，就是即使说了真话也没有人相信。”

帮妈妈分担困难

亨利的父亲过世了，他还有一个两岁大的妹妹，母亲为了这个家整日操劳，但是赚的钱难以让这个家的每个人都能填饱肚子。

看着母亲日渐憔悴的样子，亨利并没有因此而倒下，而是决定帮妈妈赚钱养家，因为他已经长大了，应该为这个家贡献一份自己的力量了。

有一天，亨利帮助一位先生找到了丢失的笔记本，那位先生为了答谢他，给了他 1 美元。亨利用这 1 美元买了三把鞋刷和一盒鞋油，还自己动手做了个木头箱子。

带着这些工具，亨利来到了街上，每当他看见路人的皮鞋上全是灰尘的时候，就对他们说："先生，我想您的鞋需要擦油了，让我来为您效劳吧！"

亨利对所有的人都是那样有礼貌，语气是那么真诚，以至于每一个听他说话的人都愿意让这样一个懂礼貌的孩子为自己的鞋子擦油。他们实在不愿意让一个可怜的孩子感到失望，他们知道这个孩子肯定是一个懂事的孩子，面对这么懂事的孩子，怎么忍心拒绝他呢?

就这样，第一天他就带回家 50 美分，他用这些钱买了一些食品。他知道，从此以后每个人都不用再挨饿了，母亲也不用像以前那样操劳了，这是他能办到的。当母亲看到亨利背着擦鞋箱，带回来食品的时候，她流下了高兴的泪水。

"你真的长大了，亨利。我不能赚足够的钱让你们过得更好，但是我现在相信我们将来可以过得更好。"妈妈说。

就这样，亨利白天上课，放学后去工作。他赚的钱不仅为自己交了学费，还足够维持母亲和小妹妹的生活。他知道，工作不分贵贱，只要是靠自己的劳动赚来的钱就是光荣的。

其实，生活中有许多人与亨利一样，生存在不幸的环境中，但是有很多人却做不到像亨利那样坚强，而是被环境的困难和阻碍击倒了。我们应该明白困难并不是我们的仇敌，而是恩人，它能锻炼我们"战胜阻碍"的种种能力。

一个大无畏的人，愈为环境所困，反而愈加奋勇，不战栗，不恐惧，胸膛直挺，意志坚定，敢于对付任何困难，轻视任何厄运，嘲笑任何阻碍。

因为忧患、困苦，不仅不损他毫末，反而可以加强他的意志、力量与品格，而使他成为人上之人，这才是世间最可敬佩、最可羡慕的一种人。“困难和阻碍”不能阻挡这种人成为强者！所以，从现在开始不要再惧怕困难，做个像亨利一样坚强的孩子吧！

励志寄语：

森林中的大树，要不曾同暴风雨搏斗过千百回，树干就不能长得十分结实。同样，人不遭遇种种阻碍，他的人格、本领就不会得到提高。帮妈妈分担困难的亨利勇敢地迎接生活的挑战，通过自己的努力，战胜了生活的磨难，成长为一个坚强的男孩。

最深沉博大的父爱

她对父亲的记忆，是从5岁开始的。那天晚上，父亲和母亲吵架，她被吵醒后睡眼惺忪地从自己的卧室里走出来，迎面飞来一只杯子，正打在她的额角上，鲜红的血，顺着眼睛流下来。

她还没哭，母亲已经吓得大哭起来；他也慌了，愣了片刻，才醒悟过来，慌忙地抱起她往医院跑。医院离家，大约有十几公里的路程。他一路飞奔，不断地有水珠落在她的脸上。父亲不停地叫她的名字，声音温柔而急切。她故意不理他，身体软软地瘫在他温暖的怀里。

他急了："丫丫，你别吓我啊。"

她猛地用手攀住他的脖子，附在他耳边轻声说："爸爸，以后别再和妈妈吵架好吗？"

父亲笑了，笑着又哭了，他说："丫丫，以后不许再吓爸爸……"他的声音有些哽咽，把她搂得更紧了。

那以后，他果然再没和母亲吵过架。进入青春期，她长成一个亭亭玉立的姑娘，课桌的抽屉里常常有男孩子偷偷放进去的纸条。那一天，她慌慌张张地拿起书包上学，书包带突然断了，书本掉了一地。

他蹲在地上帮她捡书，一张纸条悠悠地从书里掉出来，上面写着："星期天一起去郊游，我等你。"纸条的主人，是她一直暗恋的男生。他将纸条拿在手里，看了又看。她脸红心跳，低眉垂眼不敢看他。他却什么也没说，将纸条折叠好，重新夹进去。

星期天，她骑车跑了20多公里，到郊外和那个男生会合。路上，天突然变了，雷鸣电闪，大雨如注。她冒雨赶到约好的地点，却空无一人。一个人站在荒郊野外，满怀的热情被雨水一点点浸湿，失望和恐惧交织在一起，终于忍不住哭了。突然听到一个熟悉的声音："丫丫别怕，爸爸来了。"

从那以后，她再也没对学校的男生动过心，她在心里发誓，以后找男朋友，一定要找他这样高大俊伟坚实可靠的男人。高二的暑假，和同学一起去玩。路上，她坐的那辆车和另一辆车相撞。父亲赶到医院时，她已经躺在手术室。

手术清醒后再见到他，她几乎认不出他，他的面容变得苍老而憔悴，眼角和嘴角一直在剧烈地跳动，一头黑发全变成了苍灰色，高大的身躯突然就佝偻起来。不过一夜之间，他就老了十几岁。

医生的诊断结果：中枢神经损伤，截瘫，以后的日子将在床上度过。他没敢把这个结果告诉她，自己在医院的厕所里抱着她的鞋号啕大哭，铁骨铮铮的他，完全像个无助的孩子。他整整在她的床前守了三个月，给她翻身，喂她吃饭。

几个月后，他发现她腿上的肌肉开始萎缩。他终于不顾医生的告诫，执拗地要为她穿上鞋让她下地。他说："丫丫，咱不能就这样认命，你得站起来！"

他慢慢地把她移到床边，和她母亲一人扶她一只胳膊，努力地想要让她站起来。可是她瘫软的双腿根本就不听使唤，她的身体不停地打战，豆大的汗珠从脸上滴落下来，他们也累得气喘吁吁。

但是他们依然坚持着不肯放弃，最后他摔倒在地，她也重重地跌倒在他的身上。她终于绝望，伏在他的身上歇斯底里地哭起来。他长叹一声，老泪纵横。

她的脾气也变得格外暴躁，不过是妹妹穿了她以前穿过的裙子，她便不依不饶，掀翻了桌子，顺手操起一个酒瓶便往她身上砸去。他把妹妹挡在身后，酒瓶结结实实地砸在他的胳膊上，锋利的玻璃片划破了他的胳膊，血一下就流了出来。

他的手高高抬起，巴掌似乎要落到她的脸上。她闭上眼睛，歇斯底里地喊："打吧打吧，打死才好，我这样活着还有什么意思？"

他的巴掌并没有落下来，而是狠狠跺了一下脚，冲她怒吼："你还要闹到什么时候？你瞧你那点儿出息！"

那天晚上她辗转不眠，他在窗外拉了一夜的二胡，拉得凄切苍凉。她在他的哀伤里愧然落泪，她分明看到一颗被辜负的父亲的心，向外淌血。

第二天吃早饭的时候，她对他说："爸，到图书馆给我办个借书证吧。"

他看着她，眼角和嘴角的肌肉又剧烈地跳动起来。他的手明显地颤抖了一下，夹的菜全掉在了桌子上。此后，每天午后，在通往图书馆那条两旁长着高大的银杏树的路上，常常看到一个中年男人推着一个女孩子。有时候女孩儿兴致勃勃地讲书里的故事，男人听着，安详地笑。

后来，她的第一篇文章，发表在了市报上。他跑到报摊上，买光了当天所有的报纸，然后傻呵呵站在街上，见人就发一份，重复着一句话："今天的报纸上，有我女儿的文章。"

她远远地看着，泪水一次次湿了双眼。那天父亲做了一桌子好菜，他还喝了酒。那是她病后父亲第一次喝酒；他醉了。醉意中，他抓住她的手，语无伦次地说："丫丫，你是爸爸的骄傲，你不知道，爸当初有多担心你。"

他趴在桌子上，像个孩子似的"呜呜"哭了。她用手轻轻抚过父亲满头的银发，那每一根发丝上，都写着一个父亲的煎熬和挣扎，担忧与呵护。她的泪水潸然而下。

后来，她恋爱了。对方是个中学教师，脾气很好，人也细心。结婚第二年，她怀孕了。她的身体状况，是不允许生孩子的，但丈夫和母亲劝说她，她不为所动。

将近预产期，父亲来到她家，连续几夜都不睡觉，怕她出现意外。临产，医生说要剖宫产，让丈夫在手术单上签字，父亲一再叮嘱："如有意外，一定保大人。"

凌晨三点，孩子出生了，父亲却晕了过去。醒来后，医生埋怨他，说血压高不能熬夜。他却拉住医生问："我女儿，她怎么样了？"

爱一个人，究竟能爱多长？张小娴说："我们能够爱一个人比他的生命更长久，却不可能比自己的生命更长久。我们爱的人死了，我们仍然能够永远爱他，但是只能够爱到我们自己生命终结的时候。"可她想说不是这样的，因为她感受到的父爱就永远环绕在她身边。

励志寄语：

有一种爱，比人的生命更长久，哪怕有一天，他的生命已经终结，他的宠爱和心疼，仍会长长久久地伴他所爱的人一生。那是一种深沉博大的爱，它的名字叫父爱！

把生的希望留给女儿

那是在2005年8月13日早晨5时多,46岁的赵铁义早早起床，到院子里启动了四轮车。他要带着女儿赵容到河道上去捡鹅卵石。

一年前，赵容初中毕业考取了一所旅游学校，就在接到录取通知书时，下岗五年的爸爸在打工时不慎摔伤，可他硬是将借来治病的6000元揣回了家里，要赵容拿到学校去报到。赵容含泪撕掉了通知书，从此每天早起，跟着爸爸捡鹅卵石，然后拉到城里卖。

当父女俩麻利地将鹅卵石往车里扔时，冷不丁起了一声响雷，父女俩赶紧加快速度。不多时，豆大的雨点狠狠地砸在他们的头顶上。赵容刚要提醒爸爸离开，却见脚下的水急速上涨。

“不好了，河上游下大雨了。”赵铁义本能地拉着女儿想弃车逃离。然而，顷刻间洪水已有半米深，断掉了他们的退路。“孩子，别怕，有爸在！”

赵铁义从来没有见过这种洪水瞬间即至且出现在大雨之前的经历。他不知道，今天他与女儿面临的是一场当地200年才可能遭遇的一次暴雨！

父女俩爬上车厢，赵铁义一手紧抓护栏，一手牢牢地抓住女儿的右臂，说：“孩子，要是我们被冲到河里去，你也不要怕，啥时候都不要慌！”

女儿重重地点了点头。说话间，洪水已漫过车身，车体剧烈晃动。

“抓紧我的胳膊。”

赵铁义一边喊，一边和女儿跳离了即将被掀翻的四轮车。不会游泳的父女俩在这生死关头紧紧地拉着手，完全依靠洪水的冲力保持着漂流状态。

不知过了多长时间，他们忽然感到身下有一种特别的浮力，整个身体瞬间轻松了许多。原来，刚好有一大丛从上游冲下来的玉米秧，这些庄稼像木排一样，为濒死的父女俩增加了浮力。此时，上流又漂来长长的檩木，但身处激流，他们只能眼睁睁地看着檩木在几米外被无情地冲走。

当父女俩感到身下的玉米秧丛即将被冲散时，一根木头意外地向这边漂来。“抓紧我！”赵铁义大喊一声，腾身而起，拉着女儿猛扑向浮木，用右臂死死地抱住了它。

“有救了！”他兴奋地对女儿说。

但是，这是一根半朽的木头，较粗的一头还有一条两指宽的缝隙。就在父女俩抱紧这根浮木漂出大约 400 米远时，遇到

了一个陡峭山崖的大转弯，浮木突然撞击到岩石之上，随着一声沉闷的爆裂声，父女俩被打入浪中。

待他们浮出水面，浮木已沿着那道缝隙一分为二，另一半已漂远。那根浮木明显承受不起两个人的重量，身体在渐渐下沉，赵容又紧张起来。

“孩子，这木头只能容一个人，你自己漂吧。千万要抓紧，只要抱住它，就能活命啊！”赵铁义说完，一下子松开了浮木。

几乎是一瞬间，女儿感到浮木猛地上扬，而在自己身体上浮时，爸爸的身影却渐渐被洪水吞没。

“爸爸！”

面对女儿疯狂的呼喊，除了一声天地叹息的惊雷，赵铁义再也无法回应。水天两茫茫，暴雨仍在继续。但是，女儿已不再恐惧，心中只有一个念头：“爸爸，女儿一定听你的话，我一定要活命！”

这位 17 岁的少女，在历经两个小时、漂流 60 多里后，终于到达了一个平静开阔的水库。一个雨后捞木的村民发现了奄奄一息的她。后来，赵容常常梦到为救她而逝去的父亲。她在梦中对父亲说：“爸爸，下辈子别松手！”

励志寄语：

在生与死的考验面前，父亲毅然选择了死，把生的希望留给女儿。人们常说，父爱如山。事实上父爱比山更宽厚、更伟岸，它是我们每个儿女平安时的保障，危难时的依托，是我们一生最可靠的保护者。

把该做的做到最好

让凯特永远也忘不了的，是她上三年级时的一堂舞蹈课。学校排戏时，她被选来扮演剧中的公主。接连几周，妈妈都煞费苦心地帮助她练习台词。

可是，无论她在家里表达得多么自如，一站到舞台上，她头脑里的词句全都跑得无影无踪了。最后，老师只好叫凯特靠边站。老师说，她为这出戏补写了一个旁白者的角色，让凯特调换一下角色。

虽然老师的话挺亲切婉转，但还是深深地刺痛了凯特，尤其是看到自己的角色让给另一个女孩的时候。那天回家吃午饭时，凯特没把发生的事情告诉妈妈。

然而，妈妈却觉察到了她的不安，没有再提议她们练台词，而是问她是否想到院子里走走。那是一个明媚的春日，棚架上的蔷薇藤正泛出亮丽的新绿。

凯特无意中看见妈妈在一棵蒲公英前弯下腰。“我想我得把这些杂草统统拔掉。”她说着，用力将它们连根拔起。“从现在起，咱们这庭园里就只有蔷薇了。”

“可我喜欢蒲公英，”凯特抗议道，“所有的花儿都是美丽的，哪怕是蒲公英呢！”妈妈表情严肃地打量着她，“对呀，每一朵花儿都以自己的风姿给人愉悦，不是吗？”她说。

凯特点点头，很高兴自己说服了妈妈。“对人来说不也是一样吗？”妈妈又补充道，“不可能人人都当公主，但那并不值得羞愧。”

凯特想妈妈一定猜到了自己的痛苦，就一边告诉妈妈发生了什么事，一边失声哭泣起来。妈妈听后微微一笑。

“但是，你将成为一个出色的道白者。”妈妈说，“道白者的角色跟公主的角色一样重要。”

不要因自己目前的状态而消沉，事无大小，只要认认真真地做了，就是在一步步走向成功。重要的是把该做的都做到最好，无论是在做什么。

励志寄语：

由于身体和智力的差别，我们每个人都有自己的强项和弱项。回避弱项，向自己的强项发展，会使自己获得更好的成绩。反之，则可能影响我们的工作，造成我们的人生的失误。

相信自己是最棒的

那是在一次课间休息的时候，我和同学在操场踢足球。不料，我用足球一脚把二楼一块窗户玻璃踢碎了。可想而知，老师训我时的脸色有多难看，我受训时的心情有多委屈。

随后月考时我的数学只得了83分，低于全班平均分1分。为此，班主任对我罚站和请家长。第三件烦心事是以上两件事的严重后果：我的座位又向后挪了一排。我们学校有个“规矩”，每班的座位分一二三等，学习好的和守纪律的学生座位靠前，成绩差和调皮捣蛋的学生座位靠后。

如今上到五年级，我已经被排挤到倒数第三排了，也就是说，在老师眼里我已经接近于一名“坏学生”了。这让我感到很没面子，很自卑。赔偿玻璃不怕，两顿早饭不吃，玻璃钱就有了。怕的就是请家长。

老师已经催过我好几次，我都以爸爸出差妈妈倒班为由搪塞过去，可是这个问题总得解决，我不可能一直这样搪塞下去呀！这天作文课上，老师留了一道题为《其实，我也很棒》的家庭作业。晚上，我抓耳挠腮地写作文时，忽然计上心来。

“爸爸，这篇作文我不知道怎么写，因为我实在不知道我棒在哪里。”我对爸爸说。

爸爸看了看作文题目，想了想说：“儿子，你棒的地方可太多了，你自己怎么就意识不到呢？比如你身体健康，活泼好动，一次能做 30 个俯卧撑，还是校足球队员，这算不算很棒呢？”

“如果我踢足球把教室玻璃踢碎了呢？”我问。

“那是失误。马拉多纳把点球踢飞了，可他还是很棒！”

“如果我考试时粗心大意，成绩不好呢？”

“能意识到自己粗心大意，这不是很棒吗？说到学习，你喜欢语文，喜欢背唐诗宋词，现在肚子里起码装着上百首唐诗宋词了吧？这算不算很棒呢？我看过你写在日记本上的小诗，虽然幼稚但别有一番滋味，我相信你这么大的孩子并不是每个人都能写诗的，这算不算很棒呢？”

爸爸继续说：“你最擅长的是画画，你们班的黑板报有几期就是你画的报头，这算不算很棒呢？虽然你有些调皮，但是，因此你想象力丰富而且敢想敢做，经常会有一些令人吃惊的想法和举动，这算不算很棒呢？儿子，如果你足够自信，你还会发现自己有很多很棒的地方的。在爸爸眼里，你真的是很棒很棒！”

“如果我的座位越来越往后挪，已经接近‘坏生’区了呢？”我又问。

爸爸的表情严肃起来，沉默了一会儿说：“学校这样做是不对的。不过，儿子，坐在哪里并不重要，重要的是你要始终相信自己也是很棒的，只有这样，你才能够越来越棒！”

爸爸的一席话把我的自卑感一扫而光。我呆呆地看着爸爸，觉得他也是很棒的！于是，我很快就写完了作文，然后坦然地告诉爸爸请家长的事。爸爸摸着我的头说：“我相信这种事以后会越来越少。”

励志寄语：

每个孩子都有缺点和优点，只是我们自己感觉不到。我们要做的就是，正视自己的缺点，发扬自己的优点，努力改正曾经无知犯下的错误，做一个充满正能量的好孩子。

Chapter

第四章

对朋友负责任

好朋友是我们一生的财富。在朋友遇到困难的时候，我们可以友好地伸出援手；朋友痛苦的时候，我们可以陪伴左右，默默分担；朋友间多些关心、理解和支持，建立起一个心灵的花园，分享永久的温馨……

爱心让生命更有意义

生活里，一个人如果没有爱心，将会黯淡无光；如果没有热情，也难以迈开欢乐的步伐。

德诺10岁那年因为输血不幸染上了艾滋病，伙伴们都躲着他，只有大他4岁的爱迪依旧像从前一样跟他玩耍。

离德诺家的后院不远，有一条通往大海的小河，河边开满了五颜六色的花朵。爱迪告诉德诺，把这些花草熬成汤，说不定能治他的病。德诺喝了爱迪煮的汤，身体并不见好转，谁也不知道他还能活多久。

爱迪的妈妈再也不让爱迪去找德诺了，她怕一家人都染上这可怕的病毒，但这并不能阻止两个孩子的友情。一个偶然的机会，爱迪在杂志上看见一则消息，说新奥尔良的费医生找到了能治艾滋病的植物，这让他兴奋不已。

于是，在一个月朗星稀的夜晚，爱迪带着德诺，悄悄地踏上了去新奥尔良的路。他们是沿着那条小河出发的，爱迪用木板和轮胎做了个很结实的船，他们躺在小船上，听着流水哗哗的声响，看着满天闪烁的星星，爱迪告诉德诺，到了新奥尔良，找到费医生，他就可以像别人一样快乐地生活了。

不知飘了多远，船进水了，孩子们不得不改搭顺路汽车。为了省钱，他们晚上就睡在随身带的帐篷里，德诺咳嗽得很厉害，从家里带来的药也快吃完了。这一天夜里，德诺冷得直发抖，他用微弱的声音告诉爱迪，他梦见200亿年前的宇宙了，星星的光是那么暗，他一个人待在那里，找不到回来的路。

爱迪把自己的鞋塞到德诺的手上："以后睡觉，就抱着我的鞋，想想爱迪的臭鞋还在你手上，爱迪肯定就在附近。"

孩子们身上的钱差不多用完了，可离新奥尔良还有三天三夜的路程。德诺的身体越来越弱，爱迪不得不放弃了计划，带着德诺又回到了家乡。

不久，德诺就住进了医院，爱迪依旧常常去病房看德诺，两个好朋友在一起时病房便充满了欢乐。他们有时还会玩装死游戏吓唬医院的护士。看见护士上当的样子，两人都忍不住大笑起来。

秋天的一个下午，阳光照着德诺瘦弱苍白的脸，爱迪问他想不想再玩装死的游戏，德诺点点头，然而这回，德诺却没有在医生为他摸脉时忽然睁开眼笑起来，他真的死了。那天，爱迪陪着德诺的妈妈回家。两人一路无语，直到分手的时候，爱迪才抽泣着说："我很难过，没能为德诺找到治病的药。"

德诺的妈妈泪如泉涌："不，爱迪，你找到了。"她紧紧搂着爱迪，"德诺一生最大的病其实是孤独，而你给了他快乐，给了他友情，他一直为有你这个朋友而满足。"

三天后，德诺静静地躺在了长满青草的地下，双手抱着爱迪穿过的那只球鞋。

生活中，我们需要的往往不是别的，只是一只鞋。需要我们给予别人的，也往往不是别的，也许只是一只鞋。它让我们知道，朋友就在身边，我们是永远被关心着、被疼爱着的。

我们每个人都有害怕孤独的时候，我们都渴望有结伴同行的快乐，虽然我们无法阻止疾病，但是我们可以献出爱心；虽然爱心无法将病魔赶走，但是可以将温暖留在心里；虽然温暖不能驱逐死神，但是可以重新燃起斗志；虽然命运一次一次地捉弄我们，但我们可以用友情去安慰即将离去的朋友，以快乐蔑视死神，让温馨的幸福永远荡漾在逝者的脸上。

励志寄语：

德诺是不幸的，因为他被人世间最可怕的病魔夺去了生命，但德诺也是幸福的，因为他没有被孤独冰冻住，是爱迪的友谊和爱心使他在寂寞中寻找到了快乐的药方。

长达半个世纪的友情

在20世纪中叶的科学天幕上，有两颗令炎黄子孙引为自豪的闪亮星斗，它们分别升起在太平洋东西两岸，光芒耀眼，交相辉映。

这是两位卓越的核物理学家。一位是杨振宁教授。他与李政道教授共同提出的宇称不守恒原理，开辟了微观粒子研究的新天地，荣膺1957年度诺贝尔物理学奖，从此奠定了他在国际学术界的地位，成为腾起的科学巨星。

一位是中国原子弹、氢弹事业的先驱邓稼先。他为在中华大地上点燃神奇之火，殚精竭思，辛勤耕耘了30年。只是由于他所从事的工作性质特殊，一直到他去世前不久的1986年，他的英名始被人们传诵。

至今鲜为人知的是，这两位同样为科学做出巨大贡献，又走过各自不同人生轨迹的科学家，相交相知50年，至诚相待，意气相投，他们真诚的友谊，谱出了现代科学史上的一段佳话……

杨振宁与邓稼先从小就读于北京西单一所英国人办的教会学校。他们的父亲同在清华大学任教，因此两家的来往很密切，从小彼此意气相投。

杨振宁比邓稼先大两岁，天资聪颖，才思敏捷，是个老师和同学都喜欢的“机灵鬼”。可是他从不恃才自傲，也从不欺负弱小同学。邓稼先也很聪明，但性格较为沉稳，待人忠实厚道，真诚可靠。这两个朋友在一起，互相都很珍视对方身上的长处，并作为自己性格的补充。

抗战时期，他们因学校迁往昆明，又先后考入西南联大物理系，共同在一起学习了三年。他们一起躲警报的时候，共同阅读从图书馆借来的专业书籍，共同讨论物理学上的问题。西南联大的学习生活，对杨振宁和邓稼先一生都很重要。

他们不但学到了丰富的物理学知识，而且在残酷的战争和艰苦的生活中锤炼了意志，也加深了他们之间的友谊。这两个青年亲身体验到民族被蹂躏的痛苦，决心掌握先进的科学知识，将来为国家做出自己的贡献。

1945 年抗战胜利后，杨振宁、邓稼先先后考取了留美研究生。他们相聚在异国，在芝加哥邓稼先与杨振宁、杨振平同住在租来的一间房子里，一起游玩、散步、聊天，同温儿时的情景，探讨学术上的问题。这是他们在美期间相聚时间最长，玩得最尽兴的一次。在杨振宁和邓稼先的家里，至今仍保存着他们当时合拍的照片。

后来，杨振宁与在美留学的杜聿明先生的女儿杜致礼结婚，在美定居，从事理论物理的科学研究。邓稼先在 1950 年 8 月 20 日，取得博士学位，冲破重重阻挠，于 8 月 29 日登上归国的路程。

在美留学期间，杨振宁和邓稼先都是用两年攻下了博士学位，他们都掌握了当时处于世界最前沿的理论核物理科学，为他们将来卓越的成就奠定了坚实的基础。

1958年春天，一副历史的重担压在邓稼先的肩膀上，他被选作研制中国第一枚原子弹的主攻手。在这个神秘而充满荆棘的领域里开始艰难的起步。

1964年10月，神州升起第一朵蘑菇云，全国人民为之欢腾。杨振宁这时也成为美国国家科学院院士。他听到这一喜讯，激动不已。一直想回国看看，由于政治上的原因，1971年才实现这个夙愿。

但邓稼先已被关进“学习班”，由于周总理的干预，这对阔别20多年的老朋友，才得以相见。邓稼先在得到总理的批示后，将原子弹是中国人自力更生制造成功的消息告诉杨振宁时，他再也控制不住汹涌的激情，热泪滚滚而下。

后来，杨振宁更加关心祖国的科学事业，多次到中国讲学和访问，他给邓稼先带来交响乐唱片及一副设有电脑程序的国际象棋，要邓稼先注意休息和娱乐。

极度的紧张和繁忙，过早损害了邓稼先的健康。1985年邓稼先得了直肠癌，而且癌细胞已扩散……

邓稼先住院期间，杨振宁两次前往医院探视，并在美买到治疗新药，请大使速送北京，但已为时晚矣，1986年6月杨振宁又来看望邓稼先，并送上一大束鲜花。邓稼先吃力地对妻子说：“振宁知道我不行了，所以送来特大的一束鲜花……”

1986年7月29日，一颗科学巨星陨落了。1987年10月，杨振宁来到中国，前往八宝山革命公墓祭奠邓稼先。他徐徐步行到墓地，献上一瓣心香，洒泪痛悼故友，悲不自胜。他想起了邓稼先与他的半个世纪的友情。

杨振宁曾写信慰问邓稼先的夫人：“希望你在此沉痛的日子里多从长远的历史角度去看邓稼先和你的一生。只有真正永恒的才是有价值的。”杨振宁听人说，邓稼先被委以重任时就说过：“为了完成这项任务，死了也值得。”

在去世前几天，邓稼先又欣慰地自语："我死也瞑目了！"杨振宁默默地说："稼先，你功垂千古，你可以无愧地长眠了！"

励志寄语：

杨振宁和邓稼先，他们都是杰出的炎黄子孙，他们的友谊经受了时间和历史的考验，是一种高层次的、超越世俗观念的、赤诚相见的挚友神交。他们是民族的自豪和骄傲！

一个画家的责任

在中国画坛中，生长在南方和居住在北方的现代画家傅抱石、齐白石被称为南北"二石"。傅抱石是中国杰出的山水画家，曾任中国美术家协会副主席，江苏省画院院长，他和关山月合作，为人民大会堂绘制了《江山如此多娇》大幅壁画。他还为郭沫若的《屈原》一剧设计过服装，同时又擅长金石篆刻，是个多才多艺的画家。

齐白石是尽人皆知的国画大师，他独具特色的艺术珍品作为国家的宝贵文物享誉中外。而他们的成名，是与画坛伯乐——徐悲鸿的发现和扶植分不开的。

徐悲鸿以中国卓越的画家著称于世，他画的马驰名世界，但许多人却不知道在他短短58年的人生旅程中，他把美术教育事业放在了第一位，把个人创作放在第二位。从事美术教育工作30

多年，他把美术教育作为他毕生坚持不懈殚精竭虑的事业。

1931 年，任南京中央大学艺术系教授的徐悲鸿带学生到庐山写生，归经南昌。这年，近 30 岁的傅抱石正怀才不遇，湮没于陋巷。傅曾是制伞工人，完全靠自学成才。

当时正在一所小学代课的傅抱石，有一天到寓所拜访徐悲鸿，他拿了几块图章和几张画。徐悲鸿发现图章刻得很好，又看他的画气势不凡，就要他再拿些画来，并留下他的地址。

第二天，徐悲鸿回访了傅抱石。傅抱石受宠若惊，不知如何是好，特别是听徐悲鸿说："你前途无量，应该去留学，去深造。"他简直不敢相信自己的耳朵，觉得自己好像在做梦。

徐悲鸿为傅抱石出国四处奔走，争取资助，他找到当时的江西省主席，拿出自己的一张画，说："这张画留下来，就算你们买下的，南昌出个傅抱石，是江西的荣誉，你们应该拿钱，让他深造。"省主席只好同意出一笔钱送傅抱石去了日本。

1929 年，蔡元培推荐徐悲鸿担任北平艺术学院院长。在北平，徐悲鸿意外地发现了齐白石的作品。齐白石当年已 66 岁，但他的艺术横遭画坛保守派的排斥。

当时北平美术界很保守，北平艺术学院的中国画教学掌握在保守派手里，画必称"四王"，学必循《芥子园》（清代广泛流传的中国画基本技法图谱），教学改革为保守派所不容。

齐白石 30 多岁尚未步入画坛，只是个匠人，57 岁时为避战乱来到北平，以卖画为生，并无人问津。他"衰年变法"，闭门十年，大胆突破传统手法，博采众长，形成了自己的独特风格，在美术界独立门户，自成一派。

徐悲鸿到北平，一眼就看准"衰年变法"的齐白石，认为 66 岁的齐白石"在中国画坛仍然是一匹能够奔驰的千里马"。他两次登门邀请齐白石为"北艺"教授，没有得到老人的同意，又第三次去邀请。他的诚意和苦口婆心的说服，感动了老人。徐悲鸿亲自驾车接白石老人踏上了学院的讲台。

徐悲鸿对学生讲："齐白石可以和历史上任何丹青妙手媲美，他不仅可以做你们的老师，也可以做我的老师。"徐悲鸿为齐白石办画展、编画集，还亲自为画集作序。

后来，徐悲鸿又回到了南京中央大学艺术系，告别北平时，齐白石画了一幅《月下寻归图》送给徐悲鸿，并题诗一首："草庐三顾不容辞，何况雕虫老画师，海上清风明月满，杖藜扶梦访徐熙。"二人分别后经常互赠诗画，成为莫逆之交，感情十分深厚。

励志寄语：

徐悲鸿与傅抱石和齐白石之间的友谊，不是传统意义上的友谊，而是一个有责任感的画家为国家发现人才、推荐人才的一种责任。这种友谊像黑夜里的明灯，照亮了两个落魄者灰暗的人生。

善于倾听他人劝导

她是一个美丽的女子，早年留学美国，研修法学。在大学里，她以善于服装搭配而名扬校园，很多女同学都来向她讨教着装之术。1993 年夏天，她利用暑假休息的时间到香港游玩，与她同行的还有一个日本闺蜜。二人在香港这个国际"购物大天堂"疯狂地购买各色物品，当然，最多的还是各式各样的服装。

回到了宾馆以后，闺蜜对她提出了非常尖酸的批评："你也太不会挑选衣服了，买的这些衣服与自己的肤色很不相配。你看，你的头发是黄的，眉眼是黄色，属于秋色系，而你买的这些衣服要么是蓝的，要么是白的，全是冷色调，与你的肤色很不谐调。”

闺蜜还说：“买衣服不仅要看做工、质地、款式等，最重要的还要看色彩与肤色是不是相吻合。”

自己在美国是同学眼中的“服装搭配女神”，没想到现在却成了好友无情嘲笑的对象，她听后很不舒服，二人不欢而散。临上飞机，她收到闺蜜带给她的一本英文专业书籍，她随便一翻，立即为之着迷，想不到色彩居然有这么多学问。

她深深地迷恋上了美丽的色彩世界。为了寻找色彩之美，她弃法从色，并奔赴了色彩学最为发达的日本，潜心学习色彩，开始步入人生最美丽的路。

1998 年，她回到北京，在繁华的王府井商业街开设了中国第一家色彩工作室——西蔓色彩工作室。亲爱的朋友，想必你已经猜出来了，她就是我国第一位国际色彩顾问西蔓女士。

人生道路上，善于倾听他人的劝导，有助于帮助我们找到那条美丽的路，路的尽头就是成功的殿堂。

励志寄语：

朋友有益友、诤友、损友之分，西蔓女士的闺蜜大概就属于诤友之列，不恭维、不欺骗，能直言规劝的朋友，是人生路上对自己大有帮助的真诚伙伴。

崇高的战友情谊

在解放战争时期，东北野战军的一支部队正在平北四海地区休整。有一天，班里分来了一个新战士，他叫郅顺义。副班长董存瑞热情地招呼他，搬凳、倒水，全班战士都围上来，问长问短。

郅顺义已经30岁了，家有妻儿老小，但经过一再要求，终于实现了参军、保卫胜利果实的愿望。董存瑞了解到他的情况，非常钦佩他当兵的勇气和决心。

董存瑞看到郅顺义的衣服破了，鞋也磨出了窟窿，露出脚趾头，便急忙打开自己的小包，拿出一套半新的军装和一双新鞋，塞到郅顺义手中。郅顺义看看董存瑞身上那补了又补的旧军装，心里感动极了。

晚上，班里开完迎新会，董存瑞还继续跟郅顺义唠家常，好像分别多年的老战友又重逢似的。他给郅顺义讲革命道理，教他射击、投弹和刺杀，就是吃饭、睡觉、执行勤务，他也无微不至地关心、照顾。

一天，董存瑞和郅顺义坐在一块擦枪，他看到郅顺义拿着枪机出神。原来，郅顺义参军后，看见班里老同志手里都有一支枪，非常羡慕，他天天盼发枪，盼得真着急。尤其是上岗时，背着别人的枪，下岗后又要还给人家，心里真不是滋味。

董存瑞了解到郅顺义想得到一支枪的迫切心情，很理解地笑笑说：“枪有的是，到战场上去领吧！”说着指了指自己手中的枪，告诉郅顺义，这枪就是从敌人手里夺过来的。

机会终于来了，在一次战斗中，董存瑞所在的班担任了反击任务。我们的迫击炮把敌人的机枪轰哑了，部队开始发起冲锋。董存瑞一面向溃退的敌人追击，一面指着右前方说：“你看那儿！”郅顺义定神一看，那边有几具敌人尸体，一支七九步枪完好无损地扔在那里。郅顺义乐得直蹦高，他捡起枪，与董存瑞继续追击敌人。

战斗结束了，为表彰郅顺义在战斗中的勇敢表现，上级给他记了一等功，缴获的那支步枪也归他使用了。郅顺义谦虚地说：多亏了咱副班长和咱班里的老同志的帮助。

从此以后，董存瑞更加积极、热情地帮助郅顺义，特别是从政治上、思想上，处处注意帮助自己的新战友，提高觉悟，增强革命斗志。

农历年三十，部队又打了一个漂亮的歼灭仗后回到驻地，战士和群众都在欢欢喜喜准备过年。董存瑞照例检查每个战士的武器、装备是不是符合作战要求。检查到郅顺义，看见他脚上的鞋开了个大口子，就嘱咐他抓紧时间缝一缝。

郅顺义答应着，顺手掏出锥子和麻绳来，正要补鞋，转念一想，战友们都在忙着帮炊事班做饭，帮老乡挑水扫地，我怎么好意思坐在屋里补自己的鞋呢，明天再说吧。这样想着，他放下锥子麻绳，走出屋去。

不料，刚吃过晚饭，就传来急促的号声，部队紧急集合，开始了急行军。郅顺义跟着队伍跑了一会儿，就觉得鞋不跟脚，他蹲下身子一看，鞋底就要掉下来了，他掏出麻绳想捆一下，董存瑞从后面赶上来，塞给他一双新鞋。这一夜，部队走了 120 里路，第二天早晨终于追上了正在溃逃的一股敌军，完成了战斗任务。

回到驻地，夜里郅顺义一觉醒来，发现董存瑞不在身边，他左右看看，发现董存瑞正在油灯下缝补自己行军中扔掉的那双鞋。他飞针走线，聚精会神，把对战友的深情全部倾注在那针线上面了。

郅顺义只觉得心里一阵滚烫，久久地望着副班长，回想着参军几个月来董存瑞对自己一次次耐心的教育，一回回热忱的帮助，深深地感到革命队伍的温暖。

励志寄语：

战友，是在战场上愿意把后背交给你的人，是生死相托，舍命相陪，同生共死，患难与共的人。战友情谊是一种比普通朋友更深的战斗友谊。这种在战火中凝结的友谊，超出了朋友的界限和范畴，比火更烈，比血更浓。

陌生朋友的来信

艾米·汉格德恩绕过教室对面那个大厅拐角的时候，与迎面走过来的一个五年级男生撞了个正着。“小心点，小家伙。”那男孩一边闪身躲避这个三年级的小学生，一边冲着她大声吼。

当男孩看清眼前的女孩时，脸上露出一丝讥笑的神色。然后，他用手握住自己的右腿，模仿起艾米走路时的样子。艾米闭上了眼睛，她告诉自己，不要理睬他。

可是直到放学以后，艾米仍然想着那个高个子男孩嘲笑她的样子。他并不是唯一取笑她的人，自从艾米进入三年级，似乎每天都有人嘲笑她。孩子们取笑她说话时的结结巴巴和走路时一瘸一拐的样子。

艾米时常感到非常孤独，尽管教室里坐满了学生。那天晚上，艾米坐在餐桌边吃饭的时候，仍然一言不发。母亲知道艾米肯定又在学校里遇到不如意的事情了。因此，她很高兴自己能有一些令人兴奋的消息告诉艾米。

“电台为迎接圣诞节举行了一个希望竞赛，”母亲宣布道，“写一封信给圣诞老人，也许会得奖。我想现在坐在这张餐桌旁边的某个长着金色鬈发的人应该去参加。”

艾米顿时忘记了心里的不愉快，咯咯地笑起来，这个竞赛听起来很有趣，她开始考虑自己最想要的圣诞礼物是什么。当一个好主意在头脑里浮现的时候，艾米的嘴角露出一丝微笑。于是，她拿出铅笔和纸，开始写信给圣诞老人。内容是这样的：

亲爱的圣诞老人：

我的名字叫艾米，今年9岁。我在学校里遇到了一点儿麻烦，您能帮助我吗，圣诞老人？

孩子们都嘲笑我走路、跑步和说话的样子，我患了大脑麻痹症。我只想要一个不被嘲笑或者取笑的日子。

爱您的艾米

参加圣诞希望竞赛的信像潮水一样涌入印第安纳州韦恩堡市

的电台，这座城市的无数个男孩和女孩都把自己希望得到的圣诞礼物写在信里。

当艾米的信到达电台的时候，经理利·托宾把它仔细地阅读了一遍。他知道大脑麻痹症是由脑损伤引起的功能失调，表现为肌肉运动受损，常伴有身体协调性差的症状，有时会产生讲话和行动困难。

托宾认为，让韦恩堡的市民们听听这个特殊的三年级小女孩及她不同寻常的希望是非常有益的。于是，托宾先生给地方报社打了一个电话。

第二天，艾米的一张照片和她写给圣诞老人的信登在了地方报纸的头版上。这个故事很快就被传播开来，全国各地的报纸、电台和电视台都对印第安纳州韦恩堡市的这个故事进行了报道。

在那个难忘的圣诞期间，全世界有2000多人向艾米寄来了表示友谊和支持的信。得克萨斯州的一个名叫琳恩的六年级学生，在给艾米的信中这样写道：

> 我愿意成为你的朋友，如果你来拜访我，我们将会过得很愉快。没有人能够取笑我们，因为即使他们这样做，我们也不会理睬他们。

艾米瞥见了一个真正充满关爱的世界，她的愿望也确实实现了。那一年，韦恩堡市的市长正式向市民宣布12月21日为艾米·汉格德恩日。

市长解释说："因为敢于提出这样一个简单的希望，艾米给了全人类一个有益的教训。每一个人，都想要并且应该得到尊重、尊严和温暖。"

艾米是幸运的，更是幸福的，因为她提出的那个简单的希望得到了那么多人的重视，并予以了认真、尊重和关心。那是由爱、尊重、温暖汇聚的热浪，将一个简单的希望，托举得那样美丽、动人，托举得那样耐人寻味。

励志寄语：

“如果人人都献出一点爱，世界将变成美好的人间。”陌生的朋友或许并不能算是真正意义上的朋友，但是他们献出的爱心，一点儿也不比真正的朋友少。他们的关爱让一个孤独、自卑的残疾小姑娘，内心充满了温暖。

真心实意交朋友

“怎么了，鲍勃？”妈妈问，“你为什么那么不高兴？”

“没人跟我玩。”鲍勃说，“我真希望我们还是住在盐湖城没有搬来。我在那儿有朋友。”

“在这儿，你很快会交上朋友的。”妈妈说，“等着瞧吧！”

就在这时，响起了轻轻的敲门声。米勒太太打开门，门口站着一位红发妇女。

“你好，”她说，“我是凯里太太，住在隔壁。”

“进来吧，”米勒太太说，“我和鲍勃都很高兴你来。”

“我来借两个鸡蛋，”凯里太太说，“我想烤个蛋糕。”

“我可以借给你，”米勒太太说，“别着急，请坐一坐，我们喝点咖啡，说会儿话吧。”

那天下午，又有人敲门。米勒太太打开门。门外站着一个满头红发的男孩。

“我叫汤姆·凯里。”他说，“我妈妈送你这个蛋糕，还有这两个鸡蛋。”

“哎呀，谢谢，汤姆。”米勒太太说，“进来吧，和鲍勃认识认识。”

汤姆和鲍勃差不多一样年龄，不一会儿，他们吃起了蛋糕，喝完牛奶，鲍勃问：“你能待在这儿跟我玩吗？”

汤姆说：“可以，我能待一个小时。”

“那么，我们打球吧。”

鲍勃说：“我的狗也想跟着一起玩。”

汤姆发现跟小狗一起玩很有意思。他自己没有狗。

“我很高兴你住在隔壁。”鲍勃说，“现在有人跟我玩了。”

“妈妈说我们很快会成为好朋友的。”汤姆回答说。

鲍勃说：“我很高兴你妈妈需要两个鸡蛋。”

汤姆笑了。

“她并不是真的需要鸡蛋，”汤姆说，“她只是想跟你妈妈交朋友！”

励志寄语：

真诚的友谊，时刻都带给人感动。汤姆的妈妈凯里太太为了使住在隔壁的新邻居早日融入新的环境，主动敲门，借口借两个鸡蛋以联络感情。她的这一举动，使一个孤单的男孩有了朋友，也给一个冷清的家庭带来了温暖。

考验朋友的试金石

陈刘刚和妻子小芳刚刚熄灯睡觉，就听到外面门铃响了，刘刚只好起来开门。他先从猫眼向外看，只见外面站着一位手提行李包的男人。再仔细一看，认识，是他大学时的同学，叫林雪峰，他们有许多年没见过面了。

刘刚热情地请老同学进门，林雪峰放下行李，脱掉鞋子，才小心翼翼地进来。

进门后，刘刚在灯光下才看清楚，这位老同学怎么搞的？原本黑色的行李包变成了灰色，裤腿上还沾有两小片草叶，好像是刚从垃圾场过来一样。

林雪峰苦笑着说："我出来快半年了，跑了许多地方，还没找到工作。你看看，弄得一副狼狈相。听说深圳机会多，我就过来碰碰运气。"

刘刚说："别灰心，你在深圳会找到工作的。"说完，就招呼老同学洗澡、吃饭，然后安排他睡下。

小芳好像不太欢迎林雪峰，她悄悄跟刘刚说："这个人住在家里我怪不舒服的，你得想办法让他快点走，最好明天就走。"

刘刚说："他是我老同学，我怎么好意思赶他？"

小芳想了想说："那么这样吧，我们说要出差。他总不至于一个人赖在我们家不走吧？"刘刚听了，叹了口气，没有吱声。

第二天清早，刘刚夫妻和林雪峰一块吃饭，小芳假意问林雪峰有什么困难。

林雪峰说："最难的是没有落脚的地方。"

小芳说："本来你可以住在我们家，可事不凑巧，我和刘刚都要出差，今天下午就走，至少要几个月后才能回来。非常抱歉。"

林雪峰笑一笑说："没关系，吃完饭我就走。"

吃完早饭后，林雪峰真的告辞了。刘刚把他送到楼下。林雪峰忽然指着楼下的一排小平房，问："这些小平房是车棚吧？"

刘刚说："对，第二间是我的。"

林雪峰说："我想把行李暂时放在你的车棚里，不知道行不行？"

刘刚说："当然可以。"他当即打开车棚门，让林雪峰把行李放进去。

林雪峰说："还要麻烦你把车棚的钥匙给我一把。"

刘刚脱口说："用不着，你回来拿东西说一声就行了。"

林雪峰说："你和小芳都出差了，谁帮我开门？"

刘刚听了这话，脸红了，不自然地说："也是。"就给了林雪峰一把钥匙。

林雪峰问："要是我拿走行李时，你们出差还没回来，钥匙放在哪里？"

刘刚想了想，说："放进我的信箱里吧。"

放好行李后，刘刚目送林雪峰远去，他真心希望老同学快点找到工作。回到楼上，小芳却埋怨说："你不该把车棚的钥匙给他，万一他把我们的摩托车偷走怎么办？"

刘刚听了，不高兴了，说："林雪峰绝对不是那种人。"

小芳还是不放心，她多了一个心眼，用铁链把摩托车拴到铁门上。晚上，小芳非常惦记自己的那辆摩托车。第二天，天一亮她就跑下楼到车棚去看。结果，小芳发现不但摩托车完好无损，车棚还被扫得干干净净的，墙角有两块折叠整齐的纸板。小芳把她的发现告诉刘刚。

刘刚说："我的老同学晚上很可能是在车棚里睡觉呢。"

小芳不信。当晚，两人就守在窗口，盯住车棚看。守到夜里12点多钟，果然看见林雪峰回来开门进了车棚。

刘刚难过地说："唉，我的老同学一定是走投无路才来找我。我这样对他，太不应该了。"他要下去把林雪峰请上来。

小芳拦住丈夫说："你疯了，这样下去不是丢尽脸面了吗？万一姓林的向你所有的同学说三道四的，你还要不要做人？"

刘刚问："那怎么办？"

小芳说："以后我们不能在家里弄出太大的响声，晚上不要开灯，上下楼更要千万小心，总之，不能让林雪峰知道我们在家。"

从此，刘刚和小芳就像做贼一样生活，即使不开摩托车，也戴着头盔上下楼，把脸遮住。最麻烦的是晚上，他们不敢开灯，只好摸着墙壁走。直到两个月后，在信箱里看到一把车棚的钥匙，刘刚和小芳才长吁出一口气。

林雪峰只留下钥匙，却没有留下地址，也不知道他去了哪里。车棚的地面，已经被他睡得又光又滑了。真是天有不测风云，三年后，刘刚供职的公司破产了。

刘刚也像三年前的林雪峰一样，到处找工作，到处碰壁。就在刘刚心灰意冷的时候，林雪峰忽然打来了电话，问刘刚愿不愿意加盟他们的公司。

林雪峰那时已经是一家大公司的经理了。刘刚喜出望外，他问林雪峰："你怎么知道我失业了？"

林雪峰说："其实我一直关注着你。"

刘刚惭愧不已，一时冲动，就说："哦，我以前骗过你，你知道吗？"

林雪峰说："知道，你和小芳一直都在家，却骗我说去出差几个月。"

刘刚问："那你为什么还要对我这么好？"

林雪峰叹了一口气，说："在我走投无路的时候，曾经找过许多朋友，结果没有一个人愿意收留我，只有你很爽快地把车棚的钥匙给我，让我住在你的车棚里。"

"正因为有你的车棚，我才站稳了脚跟，才能继续去找工作。不瞒你说，那时候我身上只剩下十块钱。和其他朋友相比，你要好得多，我应该感谢你才对。"

刘刚哽咽地说："你……我……"他不知道说什么好，泪水无声地流下来。

励志寄语：

患难见真情，越是在危难的时候，越是能看出朋友感情的诚挚。无论别人用什么方式为你付出过，都是一种发自内心的真挚情感，即使只是一个小小的帮助，我们也要心怀感恩，涌泉相报。

多个朋友多条路

库克是英国一家公司的职员，在业务上是公认的尖子，可是在处理人际关系时往往意气用事，得罪了不少人，所以，他在公司干了好几年总是得不到升迁。

有一段时间，库克新搬来的一位女邻居进出时总是把门碰得很响，而且常常在房间里大声哼唱，吵得库克睡不好觉。直到有一天，他们碰到了一起，愤愤不平的库克怒目瞪着女邻居大声喊道："瞧你，能不能安静一点，让我好好休息！"

女邻居也瞪圆双眼"回敬"库克："和谁说话呢！你以为你是谁，是总统吗？"说完不屑一顾地扭转身子走了。

库克咬咬牙心想："我会让你尝尝我的厉害。"

第二天，库克回家时，女邻居也正好回了家。库克故意把门碰得很响，并在房间大声吼叫，也想让她尝尝吵闹的滋味。可是接下来的几天，邻居的吵闹更厉害，令库克连连叫苦。

"老这样下去可不行，该怎么办呢？"不久，库克有了一个好主意。几天后的一个早晨，女邻居一开门就发现地上放着一个信封，她抽出信纸一看，只见上面写着：

尊敬的女邻居：

很抱歉我那天向您大喊大叫，这也不是我惯有的作风，只是那天我从信箱里拿到了带来坏消息的信件，我希望您能够原谅我。

您的男邻居

紧接着一个早晨，当库克走出房门时，一眼就发现了地上的信封，他迫不及待地抽出信纸。

尊敬的男邻居：

这些日子我也一直心烦意乱，因为我工作上遇到了麻烦，我很高兴看到您写的便条，我想我会成为您的好朋友的。

您的女邻居

从那以后，每当他们再相见时，都会愉快地微笑着打招呼。女邻居后来当上了一家大公司的董事长，经过一段时间的交往考察以后，她聘请库克担任了公司一个部门的经理。库克改掉了得罪人的脾气，抱着与人为善的心态面对生活，最终使自己强大起来，由普通职员升迁为公司高层管理人员。

生活中，有很多人总是与别人斤斤计较，结果周围的人都成了他的敌人，把自己陷入了尴尬痛苦的境地。社会是由不同的人组成的，人活在社会上，不管日常生活、上班，还是经营自己的事业，都会和别人产生一种互动关系。

换句话说，人是靠彼此互助才得以生存，即便是流落荒岛的鲁宾逊也得到了一位名叫“星期五”的伙伴的帮助，更何况身处竞争激烈、人际往来频繁的社会中的我们？因此，“得罪人”是一种剥夺自己生存空间的行为。

所以，当你感到自己的利益被侵害时，得不到他人的尊重时，请冷静地想想，勿轻易动气。此外，也切记不要气焰嚣张，盛气凌人，这种心里只有自己而没有别人的态度也很容易得罪人，而且常不自知。

励志寄语：

得罪人会成一种习惯，老是压不下怒气，改不了个性，便会说“反正我就是这样”，那就会条条是死路。俗话说，多一个朋友多一条路。反过来说，多得罪一个人就少一条路！

陌生中建立的友谊

妻子和我以前一直认为，互不相熟的人根本不可能建立彼此间的友谊。可是我们错了。许多年来,每个星期日早晨和一伙“不知姓甚名谁”的人搭乘长途车去城里，彻底改变了我们的想法。

开往城里的长途车，总是在人们睡意朦胧时就该出发了，无论是大雪纷飞的冬季还是闷热潮湿的夏季。我们总想快点到达目的地，这比互相了解不相识的人更重要。

可有一位中年妇女，她却不这样认为。从她的穿戴上来看，这是一个家境贫寒、生活拮据的女人。而每一次，她都不忘给司机带来一杯热咖啡。

还有一位矮胖个子的先生，每次去城里就为买份当期日报，在咖啡馆里泡上一会儿，然后腋下夹着报纸回到车上。有一天他刚想上车却在路边滑倒了，车上的人们立即围了上去，七手八脚地抬起他。有人叫来救护车，救护车刚启动，就有人发现掉在路沟边的那份报纸。

司机心领神会地开车紧紧追赶启动不久的救护车，让人们把报纸从救护车的窗子里塞了进去。

有好几个月，我们为一直没有和坐在前排那位默不作声的老年妇女建立联系而感到失望。

有天傍晚，我们走进一家小餐厅，发现了那位夫人常穿的外套,然后是那张饱经风霜的脸。我们仍像以往那样朝她点头,然而,这次似乎冰封的河水在春日阳光的照射下融解了，她的脸上出现了只有遇到熟人才会有的表情，语句一字一顿从她口中蹦出。

直到那时，我们才明白，她口吃。她有一个低能的儿子，如今送进了特别护理院。坐车去城里看儿子是她每星期最重要的一件事。在餐厅的偶然相遇，使她感到“我们分……分分享了友谊”。

星期日的早晨，那位中年妇女又上车了，同样是那个座位，那条线路，那杯热咖啡。只是放在司机面前的，已不仅仅是一杯热咖啡了。

励志寄语：

在日常生活中，我们每个人的心里，常常不自觉地会对别人设一道防线。但如果突破这条防线，献出一点爱心，彼此陌生的对方也就熟悉起来，友谊也就建立了起来，这种友谊会使陌生人之间充满温暖。

友情不能买卖

从前有个心灵手巧的小裁缝，叫丁姆，他能够做出好多好多漂亮的扣子、线和针。这些东西不但非常结实耐用，还很美观。可是，他从来不拿这些东西出去卖钱。

丁姆有三个很要好的朋友，他们是波尔诃、比诺和布列达。

有一天，波尔诃来找丁姆，说："丁姆，你能卖些扣子给我吗？"

"我的扣子从来不卖，"丁姆说，"但你是我的朋友，我送给你好了。"于是他送了各种各样的扣子给波尔诃。

波尔诃把这些扣子拿到市场上去卖，生意当然十分红火，因为这些扣子实在是太别致了。

当比诺看见波尔诃的扣子卖得这么红火时，也跑去找丁姆："你能卖点线给我吗，丁姆？"

"我的线从来不卖，"丁姆说，"但你是我的朋友，我送一些给你好了。"于是他给了比诺很多种颜色的线。不久，人们在市场上就看到比诺在卖线，生意也很红火。

当布列达看到这种情形的时候，也跑去问丁姆："你能卖给我一些针吗？”

丁姆同样说：“我的针从来不卖，但你是我的朋友，我送给你好了。”

就这样，布列达也跑到市场上卖针，生意同样十分红火。不久，他们三个人的扣子、线和针都卖完了。于是，他们又跑到丁姆那儿，想要再弄些扣子、线和针去卖。

丁姆既失望又伤心地说：“这些东西我只给我的朋友。你们曾经是我的朋友，但从现在起不是了。因为你们已经被金钱蒙蔽了双眼。”

励志寄语：

朋友是交心的，而不是拿来利用的。当朋友真诚待你的时候，你应该回报以同样的真诚。如果你想利用朋友的友谊为自己牟利，那你就会失去这份可贵的友情。

友情不会被嘲笑

楠楠每天骑着她那辆漂亮的自行车去上学，在上学路上，结识了一位在路边修自行车的朋友。可男孩和楠楠一样大小，却不像楠楠那样幸福地上学，他靠自己的双手养活自己。

一天中午，楠楠出去吃饭，经过车摊，就在他身边停下来，男孩抬头见是楠楠，立刻笑了：“你怎么会来呢？”他问。

“哦，我去吃快餐，路过这里……”楠楠不假思索地说。他点点头，手脚麻利地收拾好他的车摊，然后，拍拍身上的灰尘说："走吧，我们一起去吃快餐。"

楠楠有几分迟疑，但她没有说什么。快餐店就在不远的地方，只走几步就到了。男孩推门进去，立刻吸引了所有人的目光——沾满了油污的衣服，一头乱发盖在同样沾满了油污的额上；还有一双破皮鞋，就这样站在明亮干净的餐厅里。但男孩丝毫没有在意这些。他问楠楠："怎么点呢？我从没来过这儿。"

楠楠醒悟过来，越过他走向柜台，却被男孩拦住："我请你，真的，我请得起。"男孩挺了挺他并不强壮的胸膛，然后走向柜台。在快餐店小姐的指引之下，他说："请给我两份套餐。"他说得彬彬有礼，如同一位绅士。

然后，男孩从口袋里掏出一些皱皱的小票，叠得整整齐齐的，他一张一张地数着，郑重地把钱放在柜台上。

楠楠知道他修车赚钱的辛苦，平日里男孩一顿饭不超过两元钱。过年了，他只会给自己买半只烧鸡……

那天中午楠楠和修车男孩是整个餐厅里最引人注目的。一个时髦的女孩与一个满身油污的男孩坐在一起啃着鸡块，谁见到都会吃惊。男孩很泰然地吃着，没有去管周围人的目光。

在快吃完的时候，男孩忽然说："以后，别跟人说你有一个修车的朋友。"

楠楠吃了一惊，问他为什么。他低着头，良久才说："人家会笑话你的。""你是我的好朋友，友情是不会被嘲笑的。"楠楠认真地说。而男孩呢，他慢慢地抬起头，看着窗外。

以后，每次楠楠回忆起这一幕，她都会情不自禁地说起："我有个好朋友，是修自行车的……"

励志寄语：

真正的友谊是纯洁无瑕、没有功利色彩的。彼此信任的双方，不会在乎贫富的差别，不会考虑身份的悬殊，更不会理会世俗的目光。他们之间有的只是关爱、理解和包容。

朋友多了路好走

有这样一位年轻人，他从农村考进大学，毕业分到县城一所高中当老师。可以说，他是一位非常懂得交朋友的人。

他有一位嗜酒如命，有酒必喝，酒后必醉，醉后因为失控，常常闹得人家整夜难安的朋友。

因为这个缺点，很多以前的朋友遇到这个朋友时都躲得远远的。只有这位老师，每次与他聚会都能奉陪到底，并且尽力限制他酒后一切不合理行为，还能把他安全送回家中。

在这位老师的朋友中，有个人性格极其暴躁，语言极其刁钻刻薄。常常在朋友相聚时，不知谁一句不经意的话，他就会大发雷霆，甚至推翻桌子，摔碎茶杯，或突然说出几句刁钻刻薄的话，让一些人丢尽颜面，无地自容。

后来，很多朋友也都对他“敬而远之”，只有这位老师还依然同他保持着良好的友谊。

有些人对这位老师很不理解，甚至有人说：“能和那种人是好朋友，你身上也一定有那种人的个性因素。”

但不管别人怎样理解，这位老师总是说：“我们每个人都有自己的个性，每个人身上都有别人不喜欢的东西。但我们能成为朋友，那是因为我们身上都有我们各自喜欢的东西。何不多一点儿宽容，宽恕我们所不喜欢的，珍惜我们都喜欢的友谊呢。”

就因为这位老师的宽容，他身边的朋友越来越多。他认为：

有朋友，才会有关爱和扶持，才不会有寂寞和孤独。有朋友，才会少一点儿风雨，多一点儿温暖和阳光。

每当社会上有什么新机会，每当这位老师个人有什么重大举动，这些朋友都会积极围拢来，有钱的出钱，有力的出力，有智谋的出谋划策，有社会活动能力的也积极伸出援手。

这位老师的人生之路走得一帆风顺，他的生活五光十色。这一切，都是朋友的功劳，正如有一首歌中所唱的那样：“朋友多了路好走”。

励志寄语：

我们每个人都不可能独立走完自己的人生之路。每个人都有优点和缺点。面对别人的缺点，为什么不多一点儿宽容？宽容别人，其实就是宽容我们自己。多一点儿对别人的宽容，我们生命中就多了一点儿空间。多一个朋友，多一条路。

真心是最好的礼物

朋友从家乡回来，用平淡的语气给常胜讲述了一件事，听后他就忘不了了，而且心弦被轻轻地拨动。说是有一个少年，16 岁那年离开贫穷的山村出外闯荡，近二十年过去了，他成了富翁，于是衣锦还乡，将一些礼物赠给了亲友们。

有一天他怀着敬意去看望一位村办小学的老师，一个昔日曾结下仇怨的同学，因为他从亲人们嘴里知道这位同学在一贫如洗的境况里为孩子们牺牲了很多。他没有带任何礼物去。在同学寒酸的家里，两人由于长时间的分离与以往的隔阂没能聊上几句。

后来，他又拜访了好几次，两人渐渐地聊起来，再后来两人成了无话不谈的朋友。但这位富翁直至离开也没给这位老师带什么礼物。许多人对此不解。

老师说：“也许他会给别人不菲的礼物，可他能抽空来我这儿聊聊，表示自己的敬意，而且真正关怀我的生活，这便是他给我的最好礼物了，因为他把自己的真心当作礼物送给了我。”

常胜很佩服那位富翁，他没有恃财傲物，不靠散发钱财，而是付出自己的真心，付出自己的敬意和关怀。

是的，一份真心的付出，可以拉近时光造成的距离，可以化解过去的隔阂，可以消除卑微和富贵的界限，在人和人之间架起一座相通的心桥。

励志寄语：

我们经常会以礼物的多寡来衡量一份心意的厚薄，除了这座物化了的桥梁，很少想过把自己的真心关怀当作一份礼物送给需要的人，而是任其风化失落，一旦送去的财物用尽了，便“桥”断缘尽，而用你的关怀搭起的心桥，却会久久地连接着你和他。

Chapter

第五章

对社会负责任

对社会负责，就是要胸怀天下，承担起关爱社会的责任，树立“国家兴亡，匹夫有责”的责任意识；对社会负责，就是参与社会公益活动，在帮助别人，回报社会中提升自身的人生价值；对社会负责，就是以自己的实际行动,加入为实现一个互帮互助、相互关爱的和谐社会而奋斗的行列中。

让世界拥有一片蓝天

张志林是河南省济源市玉泉二中八（3）班学生，小小年纪的他还是一个“骑行侠”，他 9 岁时骑行到青岛，10 岁时骑行到内蒙古，11 岁时又骑行到青海，2015 年暑假他再度出发骑行到了漠河。一路上，他的单车后边始终插着“倡导绿色出行、享受低碳生活”的宣传旗。

受父母影响，张志林是从一年级开始坚持骑行的。那时，他在苗店小学就读，从家到学校有 14 公里的路程，每天他都坚持和父母一起骑单车上下学。他还告诉父母，不要买车，因为“开车没有坐公交车环保，坐公交车又没有骑行环保”。

张志林的爸爸是一位骑行爱好者，他看到儿子也如此爱好骑行，便萌生了一个想法，要带儿子尝试一次远行。

于是就在张志林 9 岁那年的暑假，父子俩索性来了一次说走就走的旅行，骑行到了青岛，历时 14 天。一路上，他们的单车后边始终插着“倡导绿色出行、享受低碳生活”的宣传旗。

有了这次骑行经验，这对父子便一发不可收拾。张志林 10 岁时，父子俩骑行到内蒙古；11 岁时又骑行到青海；2015 年暑假再度出发骑行到漠河，历时 20 天。

他们每到一个地方，都会向那里的居民宣传环保政策，普及环保知识。

“我在这几年的骑行中，看到很多地方存在着污染现象，空气质量不太好，这与汽车尾气有一定关系。我想，如果人们少开汽车，像我一样骑单车，污染很可能会减少。于是，我便参加了这次‘环保卫士’评选，只为传播环保理念，让天空变蓝。”张志林说。

除了通过骑行倡导环保，张志林在三年级时还和小伙伴们成立了少儿社团“阳光地带”，社团成员主要通过 QQ 联系。

社团成立后，张志林和小伙伴们专门到人多的场所捡垃圾。

《济源晨报》记者了解到，这个社团主要活跃在小满会（集会）、庙会、旅游景点、世纪广场等公共场所，每位成员随身携带针和长线，将捡来的矿泉水瓶串起来背在身上带回家，其他垃圾则分类放进垃圾箱。

此外，张志林还建立了爱心书屋，他将自己用过的所有书籍和资料都完好无缺地保存起来，供需要的同学借用。

张志林妈妈透露，儿子从小就很节俭，作业本都是正反两面用，在学校和书画班用的学具大部分是自制的，“儿子说，这样既使废物得到合理利用，又锻炼了动手能力”。

在生活中，志林也有一些听起来特别有意思的环保小妙招。张志林妈妈说，儿子以前一年就穿两双鞋，棉鞋和布鞋，热了就把布鞋剪几个窟窿当四季鞋穿，再热就把布鞋脚后跟全剪掉当拖鞋穿。

夏天，当大家都在享受空调带来的凉爽时，志林却把水放进冰箱冻成冰，然后把冰放进盆里，再端进卧室充当空调降温，这样一夏天能省不少电。

2015 年，第 12 届宋庆龄奖学金夏令营开营暨颁奖仪式在上海举行，张志林作为河南省仅有的两名代表之一参加了此次活动。宋庆龄奖学金一直坚持“以德为先”的评选标准，推出当代少年儿童勤奋学习、勇于创新、自立自强、乐于奉献、全面发展的典型代表，为全国少年儿童树立学习的榜样。

《济源晨报》记者得知，张志林把学习和生活中节省下来的钱，捐给了需要帮助的小伙伴。如此有爱，又如此热爱环保，凭借这些经历，张志林被评为“愚公家乡好少年”。

因热爱环保，张志林还荣获济源市首届“环保卫士”称号。这份荣誉，也激励着他更加坚定地行走在环保路上，为保卫祖国的蓝天白云贡献自己的一分力量。

励志寄语：

保护环境，给子孙留一方净土，还世界一片蓝天。我们今天不节约能源，不减少排放，子孙们就要生活在污染中；我们今天乱砍滥伐，没有树木，空气得不到净化，天空就不会是透亮的蓝色。

将奥运精神发扬光大

金晶出生在安徽肥西的一个工人家庭，她还不到5岁时，就喜欢爬树，喜欢追逐美丽的蝴蝶，整天活蹦乱跳的。在上学时，金晶的体育成绩格外突出，她每次都能获得第一名。大伙儿都说她将会成为体育健将，这也是金晶的梦想。

然而，在金晶9岁那年，她的脚踝突然肿大，就像一个红彤彤的萝卜，检查时发现是恶性肿瘤，随时都会有生命危险。为了遏制癌细胞扩散，她只能选择截去右腿。这对一个年仅9岁的孩子来说，是多么残忍的事啊！

爸爸心疼地抚摸着金晶的头，轻声说："孩子，从今往后，爸爸会一直陪伴着你，做你的拐杖。"

金晶抹掉眼泪，不服输地告诉爸爸，就是只有一条腿也要站起来，不需要爸爸做拐杖。于是，金晶忍住巨大的疼痛做了手术，而后是痛苦的化疗。

化疗结束后，金晶回到了学校，但是，她坚持不用拐杖，只借着单腿跳动来移动身体。初中毕业后，金晶进入了上海一所中专学校学习。她坚持一个人乘坐公共汽车，不需要任何人接送。

2001 年北京申奥成功后，金晶参加了一场残疾人演讲比赛，赢得了雷鸣般的掌声。一位击剑教练问她想不想当击剑运动员。金晶惊讶万分，觉得怎么可能呢。

教练对金晶说："你演讲时饱满的激情和钢铁般的意志，正是一名优秀击剑运动员所应该具备的。"

于是，金晶加入了上海轮椅击剑队。轮椅击剑的规则是运动员双方必须坐在相对固定的轮椅上，只能凭着上半身的移动来躲避对方的攻击。而高位截肢的金晶在平衡性和灵活度方面远远弱于对手。

于是，她就让爸爸在卧室里吊了一个皮球，每天睡觉前，她都要对着皮球一阵猛击。这样有针对性地训练后，她的平衡性和灵活度大大加强了。

金晶总是抓住一切机会进行实战，但是因为手臂较短、身体瘦弱，对方的剑时不时会刺到她的残肢上，她总是很快就败下阵来。

爸爸看着日益憔悴的女儿心疼万分，就给女儿写了一张字条：

> 高手对阵，比的是亮剑的勇气，如果丧失了勇气，就会不战而败！

金晶若有所悟，从此勇敢出剑，成功地扭转了战局，成了骨干队员。2002 年 10 月，她在韩国釜山“远南运动会”上取得了重剑个人冠军，在新西兰世界轮椅锦标赛上夺得了铜牌。2007 年，她击败众多强劲的竞争对手当选为奥运火炬手。

后来，金晶回忆说：“报名的时候就战战兢兢，觉得全国那么多人，我算什么呀？但又一想，总得试试看吧，一是让自己有动力，把我对奥运的梦想坚持下去；二是我想鼓励与我一样的那些要拄着拐杖、要用轮椅的人，用我的微笑和行动温暖一些悲伤的心，让他们对生活充满希望，让他们也对生活乐观起来。”

金晶从小就很有正义感，像男孩子一样爱打抱不平。有一次，小金晶在公交车上看到小偷正在偷别人的钱包，周围没有一个人说话，于是她自己撑着拐杖走到小偷面前，拿起手机拍照，吓得小偷灰溜溜地下了车。

2008 年 4 月 7 日，北京奥运圣火在法国巴黎传递，金晶接的是第三棒。可是，就在金晶自豪地传递圣火时，却遭到一群不法分子的围攻。

当时不法分子突然扑了过来，看准金晶是一名身材单薄且行动不便的残疾人，就直扑金晶，企图抢走火炬。勇敢的金晶紧紧地抱住火炬。看到金晶死也不放手，丧心病狂的不法分子竟然一把抓住金晶的头发，猛地撕扯，企图逼金晶松手。

但是，金晶始终紧紧地抱住火炬，用自己柔弱的身体挡住了暴徒的袭击，誓死捍卫了奥运圣火。这个画面打动了在场所有人的心，为此，金晶被誉为“最美火炬手”。

冲突平息后，金晶开始了她的圣火传递之路。她在隧道里进行传递，当时的画面非常美，明亮的火焰照亮了黑暗的隧道。那一刻，金晶高喊了一句：“中国加油！”

火炬传递结束后，接受采访的金晶脸上始终带着率真、自豪的笑容，她回忆起当时的情景说：“我是第三棒，刚到集合地点的时候，组织者问我，你坐轮椅是要手拿着火炬，还是放在架子上？

我说还是手拿着，手拿着踏实。”

对于暴徒的袭击，金晶谈起自己当时的念头，她非常坚定地说：“奥运火炬代表着奥林匹克精神，代表着全人类的美好愿望。传递奥运圣火是我的梦想。火炬在我手里，谁也抢不走！”

有记者问金晶为什么能如此勇敢，她回答说：“人最恐惧的敌人是自己，只有内心强大才能战胜自我，无所畏惧地乘势而进，这样才能焕发出生命的绚丽光彩！”

后来，金晶从巴黎回到上海后，爸爸对她说：“要谦虚，千万不要飘飘然。”她却说：“你女儿什么时候飘飘然了？我做的事人人都可以去做，只是刚好在那个时候，捧火炬的人是我。”

励志寄语：

奥林匹克运动会的精神是“相互理解、友谊、团结和公平竞争”，维护奥运会的顺利进行，是每一个运动员的责任和义务。在奥运火炬遭遇暴徒抢夺时，金晶无惧无畏，舍身保护火炬的行为表现了一个运动员维护正义，有责任、有担当的崇高品质。

为社会贡献一点爱

那是在很多年以前，有一个家境贫寒的农民得了重病，他躺在城市的医院里正为无钱继续治疗而痛不欲生的时候，得到了一位好心的城里人的帮助。

农民的生命保住了，一家人在感谢恩人的同时，又为将来繁重的医疗费犯起愁来。那个城里人告诉他，不要担心，只要自己能帮助他，就一定帮助他彻底把病治好。

这以后，城里人便定期为农民邮寄需要的治疗费用。农民本来不相信世界上会有这样好心的人，所以城里人的举动让他感激涕零。

天有不测风云。一场大雨造成百年不遇的洪水，大水吞噬了农民的家，全家人无家可归。这时，好心人又伸出了援助之手，帮助农民盖起了三间大瓦房。农民和这位城里的好心人成了最好的朋友。

这一年的春节前，农民杀了一头猪，当他给好心人送猪肉来到城里的时候，听说好心人得了败血病，已经住院了。农民知道这是一个要命的病。

于是，农民扔下手中的猪肉，急急忙忙跑回家中，取出仅有的一点儿钱，他要救曾经救过自己生命的好心人。但是，一点点的钱怎么能够呢？

城里的好心人需要的是很多的钱呀！在征得妻子和老爹的同意后，农民卖掉了给他们全家带来希望的三间大瓦房。他拿着卖房钱，又急急忙忙地返回了城里。

好心人听说农民卖掉了瓦房，急得以不再治疗来威胁农民赎回房子。两人的争执惊动了有心人。他们的事迹在当地的报纸上得到了宣传。

很快，从上海源源不断地汇过来大笔资金，不仅帮助农民赎回了房子，还足够好心人的治疗费用。农民和城里的好心人始终不知道这位帮助了他们俩的人到底是谁。

终于，有一天他们见到了帮助他们的人。但是，这位帮助他们的人却始终不允许外人知道他的底细。因此，在电视台采访农民和城里的好心人的时候，他们没有透露出半点儿关于那个在背后支持他们的人的信息。

励志寄语：

一个家境贫寒的农民得了重病，得到了一位好心的城里人的帮助；这位好心的城里人不幸后来得了败血病，又得到其他好心人的捐助。这些无私的奉献，显示了一个和谐社会人与人之间的浓浓爱心，也反映出我国普通公民对社会的责任担当。

要有社会责任意识

赵永亮是内蒙古达拉特旗盐店人，他的家住在离盐店10多公里的召沟村。召沟村共有28户人家，都散落在高低不平的荒原上。房屋大多是土坯建筑，历经风吹雨打，破破歪歪，随时都有倒塌的可能。

1988年，赵永亮的奶奶去世，当时正赶上过春节，因为过春节找不到鼓乐班子搞丧葬仪式，赵永亮就搞了一套音响，想给奶奶放放哀乐送送行，表达哀思。

可是村里没有电，最后没别的办法，赵永亮只好用汽车蓄电池带动音响给奶奶放了一夜哀乐。家乡的贫困落后状况，深深触动了赵永亮的心灵，当晚赵永亮在奶奶的灵堂前给自己定下了一个奋斗目标：要给全村通上电。

为了实现这个目标，赵永亮毅然从鄂尔多斯羊绒集团副总裁的位置上辞职下海，开始了自己的创业生涯。

召沟村没有水。每天，人们都是赶着小毛驴到 4 里地以外的川河里拉水。有时候连牲口喝的都不够，家里人要想洗把脸都没有水，至于洗澡连想都不敢想。在这里，水比吃的东西更宝贵。

赵永亮很早就萌发了在这里建立一个“东达扶贫新村”的想法，他希望将那些贫困地区的村民迁到这里，用农村产业化的方式将这些贫苦人民组织起来，从而彻底改变家乡的人们“春天种了一坡，秋天割了一车，最后打下一箩筐，煮了一锅，吃了一顿，剩得不多”的状况。

现在，召沟村的 28 户人家，除了一对 80 多岁的老人没有迁出住进新城外，其他 27 户人家已经都迁出来了，住进了一排排的红房顶的新瓦房，用上了沼气，搞上了养殖等，让移民在一条可循环的产业链上过上富裕的新生活。

50 多岁的老韩家住在离包头市几十公里的市郊。2006 年 8 月，他从报纸上得知有这么一个地方，免费给移民提供价值几十万元的资产，包括住房、兔舍、蔬菜大棚、沼气池等，当时就想：“这不是天上掉馅饼吗？”

当他到这里一看，整整齐齐、错落有序的一排排的红砖房，房子 70 平方米，有客厅，有卧室，厨房、卫生间一应俱全，搬着铺盖进来就能够住时，心里乐开了花。于是，从得到消息到领着妻子过黄河来到这里入住，只用了七天时间。

按照合同规定，新村的住宅、兔舍免费使用 3 年，住户养的濑兔由东达蒙古王集团公司统一收购。第一年，老韩投入两万元向公司购买了 100 只种兔以及兔笼，由公司提供养殖技术和防疫保证。濑兔很快由 100 只变成 3000 多只。

濑兔被公司收购，老韩一下子拿到了近十万元钱，住新村一年暴富。由老韩做担保，老韩把自己的亲戚朋友拉来了不少。按照他的说法，这么好的事情，对外人还舍不得说。

1996年4月，由赵永亮任董事长的东达蒙古王集团成立。截至2007年10月，拥有四大产业：以羊绒加工为龙头的绒毛产业；以房地产开发和路桥建设经营为龙头的基础产业；以沙柳造纸和养殖为龙头的生态沙草产业和以完善社会服务功能为主的第三产业。

“东达移民扶贫新城”，也叫东达蒙古王集团生态移民扶贫新村，占地面积8平方公里，可容纳2500户、5万人的居住、生存和发展，已经投资2亿元完成基础设施建设，平整土地5000亩，水、电、路、信等通村工程已经全部完成，沼气入户率将达到100%。现已经投入使用的近300户。

励志寄语：

一人富不算英雄，带领大家富，才算英雄。东达蒙古王集团董事长赵永亮在自己致富之后，不忘生于斯、长于斯、散落在高低不平的荒原上的贫困牧民，带领大家共同致富，具有强烈的社会责任意识和担当精神，令人敬佩。

为公众也是为自己

在一个狂风大作、暴雨倾盆的夜晚，巨浪击翻了一艘正在返航的渔船。正巧在岸边的救援队长得到了他们发出的求救信号，便鸣响警报，紧急召集救援队员，乘着救援艇冲入茫茫的大海。

听到这一消息，忧心忡忡的村民们全部聚集在海边祷告，每个人都举着一盏提灯，以便给救援队照亮返家的路。一个小时之后，救援艇冲破了海浪，向岸边驶来，村民们喜不自禁，欢声雷动。

当救援人员精疲力竭地回到海滩时，他们说："因为救援艇的容量有限，无法搭载所有遇难的人，无奈之下，有一个被留在了那里。"原本欢欣鼓舞的人们，顿时都沉静了下来，所有人的情绪再次陷入慌乱与不安之中。这时，还来不及喘息一下的队长开始组织自愿救援者，准备再前去搭救最后一个人。

17岁的罗杰第一个报了名，然而，他的母亲却慌了，她连忙抓住罗杰的手说："罗杰，你千万不能去啊！10年前，你父亲在海难中丧生，三个星期前，你的哥哥杰夫出海，到现在也没有音讯，孩子，我不想再失去你这唯一的亲人了。"母亲说着哭了起来。

看着母亲，罗杰心头一酸，但还是下定了决心。他安慰母亲说："妈妈，我必须去，如果每个人都说自己不能去，那又该让谁去救援呢？那不是会有更多的亲人要失散吗？妈妈，您就让我去吧。这也是我的责任，只要还有人需要帮助，我们就应当竭尽全力地去救助。"

罗杰拥吻了一下母亲，义无反顾地登上了救援艇。受到鼓舞的人们纷纷登上了救援艇，一起冲入无边无际的黑暗。一小时过去了，在忧心忡忡的罗杰母亲心里，这仿佛是一个世纪，她承受着痛苦的煎熬。

她不停地祷告，也焦急地望向无边的深沉的大海。忽然，救援艇冲破了层层波浪，出现在了人们的视野中，大家还隐约听见了罗杰在朝着岸边大喊，岸边的众人不禁向罗杰高喊："罗杰，你们找到留下来的那个人了吗？"

救援艇终于靠岸了，罗杰开心地向人群跑来，大声喊道："我们找到他了，他就是我的哥哥杰夫啊！"

勇敢的罗杰因为一次高尚的举动，竟然把母亲日夜盼望的另一个亲人，那就是他失踪的哥哥救了回来！听到这一切人们为罗杰高呼起来。

励志寄语：

人们总习惯对有利于个人的事精打细算，锱铢必较，而对有益于公众的事，多半会漠然面对。但别忘了，我们就是那些公众中的一员，为公众也是在为自己，无私的举动很可能会给我们带来意想不到的收获。

帮助别人，也会成就自己

那是在很多年以前，有个歌星在没有出名前，非常不得志，没有一家唱片公司愿意帮他出唱片。他的生活非常艰难，三餐不继，甚至还要靠父母与朋友的救济。

有一天，当他正要经过十字路口时，一位老人挡住了他的去路，他的背驼得十分厉害，连站都站不稳。

“年轻人，你愿意帮助我走过这条马路吗？”

当时，他实在心烦意乱，对什么事情都提不起精神。他真想转头离去，不理睬这位老人。不过，他看这位老人实在很可怜，最后，还是扶着老人的臂膀，穿过那条车水马龙的大街。

“你觉得好些了吗？年轻人！”老人微笑着问他。

“噢！是的……我想是的！”他不得不承认在帮助别人之后，心里舒坦多了。

这时，老人突然挺直了腰杆，身子骨也变得硬朗了。年轻人结结巴巴地问："老先生，您……"

"其实我健康得很，但刚才看到你一副愁眉不展的样子，我就决定要帮帮你。一个失意的人如果帮助那些比他处境更糟的人，这样他就会好过些，所以我就装扮成刚才这个样子了，不要有太多的忧虑！一切都会过去的，上帝会对你很公平的！"说完，老人就消失在茫茫人海中了。

还有一个这样的故事，说的是有位农妇在地里干活，听见不远处的水库里有小孩在喊救命，她没理睬，干完活就回家了。中午时分，许多人赶往水库边，说有孩子溺水死了。

农妇烧好饭后，也赶着去看个究竟。但她怎么也不敢相信那孩子不是别人，正是她十一岁的儿子。没过多久，那位农妇疯了。她无法面对死去的孩子，更无法面对自己的灵魂。很多时候，不要以为别人的事与自己无关，就总是高高挂起，更多的时候伸出自己的友爱之手，对自己未尝不是件好事。

励志寄语：

帮助别人不单单只是一种付出，也会给别人、给自己带来快乐。

施以爱心，不求回报

在一个寒冷的冬天，一个衣衫褴褛的小男孩为了攒够学费正挨家挨户地推销商品。饥寒交迫的他摸遍全身，却只有一角钱。

于是他下定决心向下一户人家讨口饭吃。

然而，当一位美丽而年轻的女子打开房门的时候，这个小男孩却有点不知所措了。他没有讨饭，只乞求给他一口水喝。这位女子看到他饥寒交迫的样子，就倒了一大杯牛奶给他。男孩慢慢地喝完牛奶，问道："我应该付多少钱？"

年轻的女子微笑着回答："一分钱也不用付。我妈妈教导我，施以爱心，不求回报。"

男孩分外惊奇地说："那么，就请接受我由衷的感谢吧！"

说完，这个叫霍华德·凯利的小男孩就匆匆地离开了这户人家。此时此刻的他不仅浑身是劲儿，而且更加热爱生活。本来，他都打算放弃了。

多年以后，那位女子得了一种罕见的重病，当地医生对此束手无策。最后她被转到大城市医治，由专家会诊治疗。大名鼎鼎的霍华德·凯利医生也参加了医疗方案的制定。

当凯利听说病人来自的那个熟悉的城镇时，一个奇怪的念头霎时间闪过他的脑际。没有多加考虑，他马上起身直奔她的病房。身穿手术服的凯利医生来到病房，一眼就认出了当年的恩人。

回到会诊室后，凯利下决心一定要竭尽所能来治好她的病。从那天起，他就特别关照这个对自己有恩的病人。经过艰苦的努力，手术成功了。凯利医生要求把医药费通知单送到他那里，他看了一下，便在通知单的旁边签了字。

当医药费通知单送到她的病房时，她不敢看。因为她确信，高额的治疗费用将会花费她整个余生。最后，她还是鼓足勇气，翻开了医药费通知单，旁边的那行小字引起了她的注意，她不禁轻声读了出来："医药费已付：一杯牛奶。"签名是霍华德·凯利医生。

喜悦而感动的泪水溢出了她的眼睛，她默默地祈祷着："谢谢你，上帝，你的爱已通过人类的心灵和双手传播了。"

主人公最朴实的行为告诫了我们，不要吝啬自己的爱心。爱自己和爱他人是相辅相成的，爱他人是自己的必然结果，爱自己是爱他人的基础。

只爱他人而不爱自己，爱就缺少力量的源头，最终必然枯竭；只爱自己而不爱他人，爱就缺少现实的空间，最终导致人格的异化和自我伤害；爱自己，也爱别人，才能体现出生命的最大价值。这些来自正确思想的巨大力量，可以巩固和完善我们的优良品格。

懂得这一人生秘密的人往往抓住了通行于世界的根本原则，能够认识到世间事物的美好与真实性。我们很难估量施予的心态对我们生命的价值大小。无论发生什么，都应该去直面生命，用健康的、快乐的、乐观的思想去直面生命；都应该满怀希望，坚信生命中充满了阳光雨露。

励志寄语：

在人生的旅程中，每个人的生活都离不开别人的帮助，因为自然界的任何事物都是一个普遍联系的整体，没有谁能够脱离周围的事物而孤立地存在，但在接受别人帮助的同时，我们也要学会去帮助别人，这样社会就形成了良性循环，变成了一个爱心乐园。

把帮助人当成习惯

乔伊斯在美国的律师事务所刚开业时，连买一台复印机的钱都没有。移民潮一浪接一浪涌进美国时，他接了很多移民的案子，经常在半夜的时候被唤到移民局的拘留所领人。

乔伊斯开着一辆破旧的车，在小镇间奔波。经过多年的努力，他的事业有很大的发展，业务扩大了，处处受到礼遇。天有不测风云，一念之差，乔伊斯将资产投资股票几乎亏尽。更不巧的是，岁末年初，移民法又再次修改，职业移民名额削减。乔伊斯的律师事务所顿时门庭冷落，几乎快要关门了。

正在此时，乔伊斯收到了一封信，是一家公司的总裁写给他的。信中说，愿意将公司30%的股权转让给他，并聘他为公司和其他两家分公司的终身法人代理。看完信后，他又惊又喜，不敢相信这是真的。乔伊斯带着疑惑找上门去。

总裁是个40岁开外的波兰裔中年人，见到他后，笑着问道："还记得我吗？"乔伊斯摇摇头，总裁微微一笑，从办公桌的大抽屉里拿出一张很皱的5美元汇票，上面夹的名片印着乔伊斯律师的电话、地址。对于这件事，他实在想不起来了。

总裁看了看他，缓缓地说道："10年前，在移民局，我在排队办理工卡，当时人很多，我们在那里拥挤和争吵。当轮到我的时候，移民局已经快关门了。"

总裁继续说道："当时，我不知道申请工卡的费用涨了5美元，移民局不收个人支票，我身上没带钱，如果我再拿不到工卡，雇主就不会雇我了。就在这个紧急关头，你从身后递了5美元上来，我要你把地址留下，以后好还钱给你，你就给了我这张名片。"

乔伊斯也慢慢想起了这件事，但是仍将信将疑地问："后来呢？"

总裁继续道："后来我就在这家公司工作，很快我就发明了两个专利。我到公司上班后的第一天就想把这张汇票寄出，但是，我却一直没这么做。我一个人来到美国闯天下，经历了许多冷遇和磨难。这5美元改变了我对人生的态度，所以，这张汇票是不能这么随随便便就寄出去的。”

乔伊斯做梦也没有想到，多年前的小小善举竟然获得了这样的回报，仅仅5美元就把两个人的命运改变了。

励志寄语：

善于帮助别人，乐于帮助别人，习惯帮助别人，一旦他有需求的时候，别人也会主动来帮助他。多一点社会责任感，把帮助别人当作一种习惯，自己也会收获幸福。

用爱心去对待他人

那是在一个寒冷的冬季，刚刚中学毕业的戴维，只身来到纳什维尔来寻找他的梦想。他的梦想是能够成为一名流行音乐节目主持人。然而，梦想的大门并没有打开。一个月下来，口袋里已空空如也。只剩最后1美元，戴维死也舍不得花，那上面满是他喜爱的歌星的亲笔签名。

一连两天，戴维都注意到停车场里一辆破旧的车子里坐着一个人，而每次他都亲切地和戴维打招呼。戴维心里纳闷，这么冷的天，他待在那儿干什么？

第三天早晨，那名男子终于摇下车窗和戴维攀谈起来。原来他是来这里应聘的，因为早到了三天，无法立即工作。口袋里又没钱，所以只好不吃不喝在车里待着。

那个应聘的人红着脸问戴维可否借给他1美元买点吃的，日后再还他。他却不知戴维也是自身难保。解释了困境后，戴维尴尬地转身离去。突然，戴维想起那珍贵的1美元，犹豫了片刻，他还是走到车前，把钱递给了男子。

“上面签满了字！”男子惊奇地说，但他并没有留意那全是亲笔签名。

那一天，戴维尽量不去想这让他伤心的1美元。然而就在当天早晨，一家电台竟然通知他去录节目，每周500美元。从此，戴维一炮走红，再用不着为钱发愁。

戴维再没见过那辆破车和那名男子。戴维时常在想那人到底是乞丐，还是使者。但有一点他很清楚，这是他人生中一次至关重要的考试，他通过了。用爱心对待他人，用真诚帮助他人，即使遇上再大的困难也能柳暗花明。

还有一个故事，是说在一片茫茫沙漠的两边，有两个村庄。要到达对面的村庄，有两条路，一是绕过沙漠走，至少需要走上二十多天；另一条路是横穿沙漠，只需要三天。但横穿沙漠极为危险，许多人试图横穿，却都葬身沙漠。

有一天，一位智者经过这里，给村里人出了个主意，让他们每隔半里种上一棵胡杨树，一直种到沙漠对面的村子。他说：“如果这些胡杨树有幸成活了，你们可以沿着胡杨树来来往往；如果不能成活，你们就沿着枯树苗走，只是每一个经过的人都要把树苗拔一拔，免得被风沙给湮没了。”

结果，这些胡杨树苗全都被烈

日和沙子烧死了，变成了路标。沿着这些路标，两村人平平安安地走了十几年。有一年夏天，一个外地僧人非要坚持一人到对面的村庄去化缘。大家叮嘱他说：“你可以沿着这些胡杨走，不过请你把要倒的向下插深些，把快被湮没的向上拔一拔。”

僧人背了一袋水和一些干粮上路了。路上他果真遇到了不少即将被湮没的胡杨，但他却想：“反正我就走这一次，湮没了和我也没关系。”他没有理会这些胡杨，那些要倒的胡杨他也视而不见。

就在这位僧人走到沙漠深处之时，静谧的沙漠里陡然间狂风大作，飞沙走石，许多胡杨被厚厚的流沙湮没，有些胡杨甚至没有了踪影，僧人没头苍蝇似的四处乱走，却再也没能走出这片沙漠。

帮助别人也是在帮助自己，给别人一条路也就给了自己一条路。

励志寄语：

用爱心去对待别人，别人也会用爱心回馈你。自私自利，好逸恶劳，缺少公众意识，缺少社会责任感，最终受害的还是自己。

以拥抱传递爱心

李夏普洛是个已经退休的法官，他天性极富爱心。终其一生，他总是以爱为前提，因为他明白爱是最伟大的力量。因此他总是拥抱别人。他的大学同学给他取了“抱抱法官”的绰号。甚至车子的保险杠都写着：“别烦我！拥抱我！”

大约六年前，李夏普洛发明了所谓的“拥抱装备”。外面写着：“一颗心换一个拥抱。”里面则包含30个背后可贴的刺绣小红心。他常带着“拥抱装备”到人群中，借着给一个红心，换一个拥抱。

李夏普洛因此而声名大噪，于是有许多人邀请他到相关的会议或大会演讲；他总是和人分享“无条件的爱”这种概念。

一次，在洛杉矶的会议中，地方小报向他挑战：“拥抱参加会议的人，当然很容易，因为他们是自己选择参加的，但这在真实生活中是行不通的。”

他们要求李夏普洛是否能在洛杉矶街头拥抱路人。大批的电视工作人员，尾随李夏普洛到街头进行探访。首先李夏普洛向经过的妇女打招呼：“嗨！我是李夏普洛，大家叫我‘抱抱法官’。我是否可以用这些爱心和你换一个拥抱。”

妇女欣然同意，地方新闻的评论员则觉得这太简单了。李夏普洛看看四周，他看到一个交通女警，正在开罚单给一车主。李夏普洛从容不迫地走上前去，所有的摄影机紧紧跟在后面。

接着李夏普洛说：“你看起来像是需要一个拥抱，我是‘抱抱法官’，可以免费奉送一个拥抱。”那女警接受了。

那位电视时事评论员出了最后的难题：“看，那边来了一辆公共汽车。众所皆知，洛杉矶的公共汽车司机最难缠，爱发牢骚，脾气又坏。让我们看看你能从司机身上得到拥抱吗？”

李夏普洛接受了这项挑战。当公共汽车停靠到路旁时，李夏普洛跟车上的司机攀谈：“嗨！我是李法官，人家叫我‘抱抱法官’。开车是一项压力很大的工作哦！我今天想拥抱一些人，好让人能卸下重担，再继续工作。你需不需要一个拥抱呢？”

那位公车司机离开座位，走下车子，高兴地说：“好啊！”

李夏普洛拥抱他，还给了他一颗红心，看着车子离开还直说再见。采访的工作人员，个个无言以对。最后，那位评论员不得不承认，他服输了。

有一天，李夏普洛的朋友南西·詹斯顿来拜访他。她是个职业小丑，身着小丑服装，画上小丑的脸谱。她来邀请李夏普洛带着“拥抱装备”，一起去残疾之家，探望那里的朋友。

他们到达之后，便开始分发气球、帽子、红心，并且拥抱那里的病人。李夏普洛心里觉得很难过，因为他从没拥抱过临终的病人、严重智障或四肢麻痹的人。刚开始很勉强，但过了一会儿，南西和李夏普洛受医师和护士的鼓励之后，便觉得容易得多了。

数小时之后，他们终于来到了最后一个病房。在那里，李夏普洛看到他这辈子所见过情况最糟的 34 个病人，顿时他的情绪变得十分复杂。他们的任务是要将爱心分出去，点亮病人心中的灯火，于是李夏普洛和南西便开始分送欢乐。

此时整个房间挤满着被鼓舞的医护人员。他们的领口全贴着小红心，头上还戴着可爱的气球帽。最后，李夏普洛来到最后一个病人李奥·纳德面前。李奥穿着一件白色围兜，神情呆滞地流着口水。

李夏普洛看他流着口水时,对南西说:“我们跳过去别管他吧！”

南西回答：“可是他也是我们的一分子啊！”接着她将滑稽的气球帽放在李奥头上。

李夏普洛则是贴了一张小红心在围兜上。他深呼吸一下，弯下腰抱一下李奥。突然间，李奥开始嘻嘻大笑，其他的病人也开始把房间弄得叮当作响。

李夏普洛回过头想问医护人员这是怎么一回事时，只见所有的医师、护士都喜极而泣。李夏普洛只好问护士长发生什么事了。李夏普洛永远不会忘记她的回答：“二十三年来，我们头一次看到李奥笑了。”

让别人的生命有一点不同，有一点亮光是何等简单啊！

励志寄语：

我们生活在纷繁的世界，每天都会遇到很多烦心的事，这时，如果有人给我们一个拥抱，献上一颗爱心，或许会改变我们的心情，温暖烦躁的心，让生活发生改变。

心灵深处的温暖

我们这区的第五街邮局常逗留一个流浪老妇。她一口牙齿几乎已经掉光，衣服污秽不堪，带有尿味，一股异味从远处就可闻到，她总是缩在公共电话旁睡觉，若是睡醒，便语无伦次地喃喃自语。

现在邮局一到6时便关门，这个老妇无处栖身，只得蜷缩在路旁，一个人自言自语。她的嘴巴呆呆地张着，身上的怪味被微风吹得淡了些。感恩节那晚，我们家剩下一大堆食物，我把剩菜打包，然后一个人开车来到了第五街。

这天晚上奇冷无比，寒风将街上的落叶卷起。路上几乎见不到半个人影，只有一些不幸的人暂居在温暖的庇护所，但是我知道我会找到她。

她仍穿得跟以前一样，甚至穿夏装；老迈弯曲的身体包裹在温暖的毛毯下，瘦弱的双手抓住宝贵的购物推车，蹲靠在邮局旁游戏场前的铁丝网旁。

“她为什么不找个可避风的地方？”我纳闷着，心想她可能已经神志不清到不晓得找个走道窝起来。我把车子停在路旁，摇下车窗对着她喊：“老婆婆，你要不要……”

我顿了一下，因为我突然间觉得眼前的她不像是我印象中的那个流浪老妇。我继续开口："老婆婆，我给你带了些食物来，你想吃点火鸡或是苹果派吗？"

她从毛毯里探出头看着我，一字一句清楚地说，同时下排两颗松动的牙齿颤动着："谢谢你的好意，但我现在已经吃饱，你还是把这些食物送给真正需要的人吧。"

她的话十分清楚，态度诚恳和蔼，完全没有平时神志不清的模样。说完后，她又把头缩了回去，留下我一个人愣在原地。

励志寄语：

一个在寒冷的冬天仍然穿着夏装的人，一个吃了上顿没有下顿的流浪老婆婆，依然有着一颗慈善的心，她不愿独自占有能够令她果腹的美食，宁愿将其送给真正需要的人。其情可感，其心可嘉。

把爱一直传递下去

在很久以前，一位在纽约任教的老师决定告诉她的学生，他们是如何重要，以此来表达对他们的赞许。她决定采用我所提倡的一种作法，也就是将学生逐一叫到讲台上，然后告诉大家这位同学对整个班级和对她的重要性，再给每人一条蓝色缎带，上面以金色的字写着："我是重要的。"

之后那位老师想做一个班上的研究计划，来看看这样的行动对一个社区会造成什么样的冲击。她给每个学生三个缎带，让他们出去给别人相同的感谢仪式，然后观察所产生的结果，一个星期后回到班级报告。

班上一个男孩子到邻近的公司去找一位年轻的主管，因他曾经指导过男孩完成生活规划。那个男孩子将一条蓝色缎带别在他的衬衫上，并且还多给了 2 个，接着解释道："我们正在做一项研究，我们必须出去把蓝色缎带送给值得自己感谢尊敬的人，再给他们一些缎带，让他们也能向别人进行相同的感谢仪式。下次请告诉我，这么做产生的结果。"

过了几天，这位年轻主管去看他的老板。就某些角度而言，他的老板是个易怒、不易相处的同事，但极富才华，他向老板表示十分仰慕他的创作天分，老板听了十分惊讶。

这个年轻主管接着要求老板接受蓝色缎带，并允许他帮他别上。一脸吃惊的老板爽快地答应了。

那年轻人将缎带别在老板外套、心脏正上方的位置，并将所剩的缎带送给他，然后问他："您是否能帮我个忙？把缎带也送给您所感谢的人。我们想让这个感谢的仪式延续下去，看看对大家会产生什么样的效果。"

那天晚上，那位老板回到家中，坐在 14 岁儿子的身旁，告诉他："今天发生了一件不可思议的事。在办公室的时候，有一个年轻的同事告诉我，他十分仰慕我的创造天分，还送我一条蓝色缎带。想想看，他认为我的创造天分如此值得尊敬，甚至将印有'我很重要'的缎带别在我的夹克上，还多送我一条缎带，让我能送给值得自己感谢尊敬的人。"

那位老板接着说："当我今晚开车回家时，就开始思索要把别针送给谁呢？我想到了你，你就是我要感谢的人。这些日子以来，我回到家里并没有花许多精力来照顾你、陪你，我真是感到惭愧。有时我会因你的学习成绩不够好，房间太过脏乱而对你大吼大叫。但今晚，我只想坐在这儿，让你知道你对我有多重要，除了你妈妈之外，你是我一生中最重要的人。好孩子，我爱你。”

他的孩子听了十分惊讶，他开始呜咽啜泣，最后哭得无法自制，身体一直颤抖。他看着父亲，泪流满面地说：“爸，我一直很难过，我以为你根本不爱我，现在我知道我错了。”

励志寄语：

传递爱心，哪怕是一句简单的话语。爱的力量是多么强大啊！把爱传递下去，并不需要浪费你多少精力，却能改变一个人的命运。赶快行动，让爱充满世界！

青春励志读书课

第二季

内心强大 才是人生赢家

译文◎主编

北京时代华文书局

图书在版编目（CIP）数据

内心强大才是人生赢家 / 译文主编 . -- 北京 : 北京时代华文书局，2019.11（2023.10 重印）

（青春励志读书课）

ISBN 978-7-5699-3218-8

Ⅰ．①内… Ⅱ．①译… Ⅲ．①故事－作品集－中国－当代 Ⅳ．①I247.81

中国版本图书馆 CIP 数据核字（2019）第 230805 号

青春励志读书课　内心强大才是人生赢家

QINGCHUN LIZHI DUSHUKE　NEIXIN QIANGDA CAI SHI RENSHENG YINGJIA

主　　编｜译　文

出 版 人｜陈　涛
选题策划｜郄亚威
责任编辑｜周连杰
装帧设计｜时间岛・烨冰
责任印制｜刘　银

出版发行｜北京时代华文书局 http://www.bjsdsj.com.cn
北京市东城区安定门外大街 136 号皇城国际大厦 A 座 8 层
邮编：100011　电话：010-64263661　64261528
印　　刷｜三河市金兆印刷装订有限公司　电话：0316-5925887
（如发现印装质量问题，请与印刷厂联系调换）
开　　本｜710mm×1000mm　1/16　印　　张｜9　字　　数｜70 千字
版　　次｜2019 年 11 月第 1 版　印　　次｜2023 年 10 月第 2 次印刷
书　　号｜978-7-5699-3218-8
定　　价｜112.00 元（全 5 册）

序 Preface

思想是决定命运的重要因素，行为的平庸源于思想上的苍白，而思想上的贫乏源于所见之狭隘。自我们呱呱坠地起，自然界便赋予我们每个人都是平等的。我们的思想如同一张白纸，随着时间的推移与不断的学习、积累，会被逐渐填满而发展成熟。然而，正如鲁迅先生所言，“有的人活着，他已经死了；有的人死了，他却还活着”！古今中外历史上涌现出了很多取得杰出科技文化成就或是有很大思想建树的伟人，他们之所以能成就辉煌的人生，关键是因为他们于人生的平凡细节中将更多智慧的精髓、思想的光芒、崇高的德行修养……，来作为生命中的养分。而缺少伟大精神滋养的灵魂是贫弱的、平庸的、盲目的。

同样，青春期的孩子们，谁不对未来充满了期待？谁不憧憬着自己美好的人生？然而，怎样才能使青春期的孩子健康地成长，怎样才能破除青春期障碍，“滋养”孩子顺利走向成功的未来，我们经过缜密的调查与分析，出版了《青春励志读书课》。

古语有云：少壮不努力，老大徒伤悲！对于现今这个飞速发

展的社会来说，更需的是有学习力的人，才能拥有这个时代的终极竞争力。不读书，寸步难行，不好好读书，抵触、逃避、敷衍、糊弄等等，都是对自己的一种极不负责任，也终将无法稳步立足社会。

社会是纷繁复杂的，周围的人也是各种各样的，强烈的责任意识和担当精神、有效的自控能力等既能给我们自身带来愉悦和便利，也有助于我们综合素质的提升、赢得他人的尊重，还能强化我们的人际关系。

此外，健康的心灵、高尚的人格对我们青少年也是非常重要的。以积极的心态看待人生、对待学习，会有助于我们迈开稳健的步伐，而不轻易向困难低头；学会在阴影下寻找阳光会使我们变得坚忍而更加成熟；真诚、友善、宽容会使我们获得别人的尊重，赢得更多的朋友……

人和人之间没有什么两样，我们以别人为榜样，别人也同样以我们为参照物。生活中无须太多新奇的故事，有那么一两个能打动我们的心就足够了，平凡的地方有太多太多的真理，也许用一生的时间都数不清。或许我们的规划还有些盲目，或许我们的认识还不够深刻，或许我们的步伐太忙碌，以至于失去了思考的能力。偶尔在街上看见某个久违的人，听见某个熟悉的声音，抑或几个似曾相识的动作进入视线，便会让我们突然有所顿悟，有所思考。

本套书全部以故事的形式呈现给我们读者，这一个个生动的小故事，就像初秋的一阵阵清风吹过我们眼前，也好似一股股清爽纯净的山泉流淌进我们心田，更好似一道道曙光照亮了我们心灵，照亮我们的青春之路。

编者

2019 年 9 月

目录

Contents

第一章

风雨人生，真诚亦可贵

种下真诚的种子 /2
真诚的力量 /3
奇　迹 /4
保罗的车 /5
真正的爱 /7
丢失的戒指 /8
上帝给谁的都不会太多 /10
找回的95元钱 /11
对子弹“过敏” /12
一把不能打开的锁 /14
男孩与他的妹妹 /16
不　负 /17
独眼丈夫和盲人妻子 /19

第二章

走过岁月，心宽路才广

让一步，海阔天空 /22
气　度 /23
温情成就一个冠军 /24
大胆搬开挡路的石头 /25
大师的点拨 /27
心中无事一床宽 /28
只要与风有关的 /29
不能得理不让人 /31
宽容待客，和气生财 /33
对手也是学习的对象 /35
快乐是属于你自己的 /38
富翁寻找快乐 /39
快乐的心是一朵永不凋谢的鲜花 /41

第三章

风雨兼程，信心为舵

知难不退 /44
不放弃而扭转的人生 /45
信心是半个生命 /47
坚定的信念 /48
划定目标逐个实现 /50
我有这个信心 /52
相信自己就会成功 /53
积极的自我心像 /56
坚持下去总会有成功 /57

第四章

不忘初心，勇敢执着

生活永远选择强者 /60
永勿停留地前进 /63
温暖的微笑 /65
上海滩奇迹之王 /66
坚定执着的养鳄大王 /69
无法消磨的意志 /72
自觉地坚守初心 /74
唱出自己的声音 /75
稳步前进赢得成功 /76
废墟下的硕果 /79
吃常人不能吃之苦 /80
挑战极限 /82
认定了就大胆去做 /83
要有坚持的耐力 /85
向上攀登一步的勇气 /87

第五章

放下迷茫，滋养精神力量

尺有所短，寸有所长 /90
第二条河 /91
泥像的人生体验 /92
找蜜的毛毛虫 /95
山羊的优势 /96
千锤百炼 /97
爱慕虚荣的鱼 /99

不管变成什么 /101
农夫的妻子 /103

第六章

失意时，坚忍；快意时，坚持

成功只能在行动中产生 /108
把别人的“白眼”当梯子 /109
自己的事情自己决定 /111
别在优势面前迷失 /112
送人玫瑰，手留余香 /113
如何去观察生活 /115
墙上画饼难求饱 /116
勇敢面对自己的苦难 /118
敢于行动 /119
心中有他人 /121
不在一棵树上吊死 /122
懂得珍惜，耐住考验 /125
用希望支撑的生命 /127
创造出自己的特点 /128
劣势也可以变成优势 /130
人生短暂，别和自己过不去 /131
有所失和有所得 /133
自尊自爱自强 /134
苦难有时也是一种强心剂 /135

Chapter

第一章

风雨人生，真诚亦可贵

风吹雨打知生活，苦尽甘来知人生。人生是一场旅行，不管前方是风是雨，用一颗快乐之心，面对生活的琐屑；用一颗真诚之心，感谢经历给予我们的成长。

种下真诚的种子

很多年以前，有两个穷小伙子在斯坦福大学一边上学一边打工。可生活与学习都实在太艰难了，于是，他俩想和一位著名钢琴家合作，为他举办一场独奏音乐会，也为自己赚点学费。

这位大钢琴家就是伊格纳希·帕德鲁斯基。他的经纪人和两个小伙子谈判，让他们交 2000 美元。可这笔钱在当时来说，真不是小数目，也是大钢琴家演艺的时价，不能再少了。小伙子们答应了，于是开始拼命工作筹集那 2000 美元，但是到音乐会开完，他们发现总共才只挣了 1600 美元。

怀着忐忑的心情，小伙子们去找了大钢琴家。他们把所挣的 1600 美元全给了他，还附了一张 400 美元的空头支票，对他许诺说他们一定把余下的 400 美元挣到，钱一到手，立刻就会送来！“不，孩子们，”帕德鲁斯回答说，“不必这样，完全不必。”说完他把空头支票撕成了两半，并把 1600 美元也送还他们手中：“从这些钱里扣除你们的食宿费和学费，剩下的钱里再多拿去 10%，那是你们工作的报酬，其余的归我。”

许多年过去了，第一次世界大战结束了，帕德鲁斯基担任了波兰的国家总理。可大战后成千上万饥饿的人民在呼救。身为总理的他四处奔波，付出了艰苦的努力。当时，能切实帮助他的只有一个人，就是美国食品与救济署的署长赫伯特·胡佛。当时，胡佛得到了呼救的信息后，立刻答应了。不久，成千上万吨食品运到波兰救了成千上万的饥民。于是，帕德鲁斯基总理在法国巴黎见到了胡佛，当面向他表示了感谢。胡佛却回答说："不用谢，完全不用。帕德鲁斯基先生，有件事你也许早忘了。早年有两个穷大学生很困难，是你帮助了他们，其中一个就是我。"

励志寄语：

内心强大的人有一颗善良而真诚的心，总是愿意伸出手替他人解决一个又一个难题。在这个过程中，他自身的难题也会随之被解决了。

真诚的力量

20世纪30年代，在德国的一个小镇，有一个犹太传教士，每天早晨总是按时到一条幽静的小路上散步。不论见到谁，他总会热情地打一声招呼：早安！

小镇上一个叫米勒的年轻人，对传教士每天早晨的问候，反应很冷淡，甚至连头都不点一下。然而，面对米勒的冷漠，传教士未曾改变他的热情，每天早晨碰面了依然给这个年轻人道早安。几年以后，德国的纳粹党上台执政。传教士和镇上的犹太人，都被纳粹党集中起来，送往集中营。下了火车，列队前行的时候，有一个手拿指挥棒的军官，在队列前挥舞着指挥棒，叫道："左，右。"指向左边的将被处死，指向右边的则有生还的希望。轮到点传教士的名字了。当他无望地抬起头来，眼睛一下子与军官的眼睛相遇了。传教士不由自主地脱口而出：早安，米勒先生。

米勒虽然板着一副冷酷的面孔，但仍禁不住说了一声：早安。他的声音低得只有他们两人才能听到。然后，米勒果断地将指挥棒往右边一指。

传教士获得了生的希望……

励志寄语：

感动一个人靠的未必都是慷慨的施舍、巨大的投入，往往只一片真诚的内心、一句热情的问候、一个温馨的微笑，便足以唤醒一颗冷漠的心。

奇　迹

一对喜欢攀登的夫妻，有一天不幸双双坠入荆棘密布的深谷。遍体鳞伤的妻子醒来时发现自己的腿已摔断，不能动弹，而近旁的丈夫则还在昏迷之中。她急切地呼唤着丈夫的名字，并试图搬开卡住他的两块巨石，但没有成功。

在这远离人烟的山谷中，两个重伤员只有企盼奇迹出现。妻子脑海里绝望的念头只一闪，便打消了。因为她感觉到丈夫的心脏还在跳动，她忙替丈夫包扎好几处流血的伤口，然后将他的头揽在怀里，面颊紧紧贴上去，一声声轻唤着丈夫的名字。

许久许久，丈夫的喉结蠕动了一下，发出了含混不清的呻吟。

妻子立刻意识到丈夫是想喝水，可是他身边没有一滴水啊！妻子急得嘴唇都咬破了。猛然，她有了办法！她将自己的右手食指放进嘴里使劲咬破，然后放进丈夫的嘴里，让他吸吮她的血。

疼痛中，妻子抓起身旁的一棵青草塞到嘴里，牙关紧咬时，一丝草汁竟让她欣喜万分。她开始不断地咀嚼青草、树叶，储备生命的能量，因为她知道只有自己坚持下去，丈夫才能有活下去的希望。

当食指再也吸不出血时，她又毫不犹豫地咬破了中指，塞到丈夫嘴里。

两天后，他们被一位猎人救了出来。当得救的丈夫得知妻子那特殊的救助方式时，他跪倒在妻子面前，捧着那曾无数次牵过的娇柔的手，滚烫的泪珠大滴大滴地落下……

励志寄语：

面对生活中难以预料的坎坷，有了这样至诚至坚的爱与勇气，还有什么挺不过去的呢？

保罗的车

保罗出身于一个殷实的家庭，这一年的圣诞节前，他的哥哥送给了他一件了不起的圣诞礼物——一辆崭新的蓝鸟牌轿车。

圣诞前夜，兴奋的保罗独自开车出门兜风，当他停在街头买可口可乐时，发现一个与自己年龄不相上下、棕色皮肤，像街头小流氓样的家伙正瞪着一双大眼睛上下不停地打量着这辆闪闪发光的新车。见保罗走过来，他有几分羡慕地问：

“你自己的？”

保罗点一下头，故作轻松地说：“是哥哥送给我的圣诞礼物。”

那小子吃惊地瞪圆双眼：“你，你是说，你哥哥送给你的，没花你自己的一个子儿？”

保罗得意地闭了一下眼，算是个肯定的回答。

“天哪！”这小子大声叫道，“我真希望……”

保罗当然知道他希望的是什么——他希望自己也有一个那样的哥哥。

可那小子的话却让保罗大吃一惊。

“我真希望自己是一个那样的哥哥！”

保罗愣了片刻，待他确定自己没听错这句话时，突然问：“你上来开一段。”

“真的？”小伙子十分惊喜。

保罗二话没说，为他打开车门。小伙子坐在车里，高兴地、小心翼翼地摸摸这里，碰碰那里，然后有几分不好意思地问：

“能开到我家门前吗？”

“没问题！”保罗知道，他准是想让他的同伴们看看他自己能坐在这样一辆漂亮的车上。

经指引，他把车开到一栋破旧的公寓楼前。

小伙子抑制不住满脸的喜气，又问：“你能在这儿等我一小会儿吗？”

“当然。”

小伙子快步跑进楼里，不一会儿，他架了一个双腿不能行走的十四五岁的男孩子出来。看模样，这是小伙子的弟弟。

哥哥把弟弟放在台阶上坐好，指着保罗的车说：“看！就是他，就是这辆车！他哥哥把这辆车送给他做圣诞礼物，没花他自己的一分钱！好兄弟，你等着吧，以后总有一天，我也要送给你一份这样的圣诞礼物。你可以自己开着上街看看，圣诞的夜晚多好看呀！再不用老是坐在窗前听我给你说了……”

保罗的双眼湿润了，他满怀崇敬地下车，一字一顿地说：“请上车，我们现在就一块儿去看圣诞夜景。”

励志寄语：

内心强大的人都会像故事里的这个哥哥一样，很少关注消极的信息，比如贫困的生活，累人的弟弟……而是有一颗真诚而温柔的爱心,有自己的希求和目标。对他们而言，眼前的一些苦难仅仅是一段必经的人生路。

真正的爱

董欣宇与王宁是大学时的同学，曾经有过一段朦胧的感情。毕业后，董欣宇自己创业、开了一家小公司。他们还有所往来，但并不多，只是通个电话，逢年过节寄张贺卡什么的。

一次，董欣宇的公司因一笔生意的失败，几年的心血毁于一旦。痛苦沮丧，使他远离了人群中的喧嚣，远离了曾经给他制造过热闹的朋友。

一个被雨淋湿的黄昏，王宁意外地敲开了他的门。

进屋后，王宁只是静静地坐着。董欣宇说：“我失败了。”

他叹了口气，继续说道：“我想，我并不需要同情。”

王宁回应他说："没有人会同情你，这年头任何的结局都是意料之中的，但人生毕竟是一个不断开始的过程。"

沉默了好一会儿。董欣宇说："你能来看我，我就很满足了，但你帮不了我，这个时候，那些能够帮我的人，是见不到他们的影子的。"

王宁站起来，走到窗前，给董欣宇讲了一个故事：

曾经，有一个人，在他快乐的时候，他看见沙滩上有四行脚印，而在他痛苦的时候，沙滩上的脚印只有两行了，他很疑惑，他问上帝这到底是为什么？上帝说：孩子，我爱你，当你快乐的时候，我是并排跟你在一起的，而当你痛苦的时候，我是把你背在背上的。

听完她的故事后，董欣宇的心忽地一阵感动，他冲动地抓住王宁的臂膀，看着她，第一次这样认认真真地看着她。

励志寄语：

生活中，希望和转机从未远离我们，就像那在背后与之一起背负痛苦的友谊。所以，面对困境，不悲观厌世，反思自我，何愁不可从头再来？

丢失的戒指

一对夫妻都是江南水乡一所中学的教师，20年从教，观念不旧，物质生活不差，那份质朴不变。

水乡风景诱人。过节时，城里亲戚都聚在那家，其中有女主人的侄女——大学刚毕业的银行职员。

这天侄女打算告辞，临走前她的一只白金戒指怎么也找不着了。怕误了班车，女主人说："你先走好了，我帮你找。"

侄女走后主人夫妇陪客人们撑小船、过小桥、穿小巷，晃晃悠悠，直到天黑才回。晚饭用毕他们才想起戒指的事。在床底下、沙发缝儿里、食品柜角找了个遍，也没找到。想起上午侄女曾花两小时帮着择荠菜，而荠菜皮已与垃圾一起倒掉，便手提节能灯到楼下垃圾箱里翻了个遍，仍没有。

正折腾着，电话铃响了，已经回到城里的侄女焦急地询问戒指的下落。女主人说："别担心，肯定在的。"然后又问了它值多少钱。侄女说了个数目不少的价，客人都有些不自在起来。女主人仍不紧不慢："在我这儿，不会丢的。"

电话挂断，众客人都自告奋勇要帮着彻底寻找，女主人却笑着说："没事的，明天再找。"

次日早起，女主人忽地想起什么，从放针线杂物的小抽屉里捣鼓出一样东西，问众人道："莫非是它？"

众人凑近看，一个简单的小箍，一粒小小的钻石，式样毫不起眼，却正是那枚白金戒指！

女主人顿时双颊飞红："昨天我以为是个旧窗帘箍呢，随手就扔进抽屉了，害得大家虚惊一场……"说话间，她带着一脸"肇事者"的歉疚表情。

客人们对她都很羡慕。她说不会丢失，就真的没有丢失。本来没有丢失，即使一时找不着她也坚信不会丢失。永不丢失的，恰是她对物欲的平静和对他人的真诚。

励志寄语：

真正内心强大的人，一定有一颗平静的内心和一颗温柔而真诚的心肠，让我们感动，让我们倍感温馨与美好。

上帝给谁的都不会太多

某欧洲国家一位著名的女高音歌唱家，仅仅三十多岁就已经红得发紫，誉满全球，而且郎君如意，家庭美满。

一次她到邻国来开独唱音乐会，入场券早在一年以前就被抢购一空，当晚的演出也受到极为热烈的欢迎。演出结束之后，歌唱家和丈夫、儿子从剧场里走出来的时候，一下子被早已等在那里的观众团团围住。人们七嘴八舌地与歌唱家攀谈着，其中不乏赞美和羡慕之词。

有的人恭维歌唱家大学刚刚毕业就开始走红并进入了国家级的歌剧院，成为扮演主要角色的演员；有的人恭维歌唱家的丈夫是个腰缠万贯的某大公司老板，而膝下又有个活泼可爱、脸上总带着微笑的小男孩……

在人们议论的时候，歌唱家只是在听，并没有表示什么。等人们把话说完以后，她才缓缓地说："我首先要谢谢大家对我和我的家人的赞美，我希望在这些方面能够和你们共享快乐。但是，你们看到的只是一个方面，还有另外的一方面没有看到。那就是你们夸奖活泼可爱、脸上总带着微笑的这个小男孩，不幸的是他是一个不会说话的哑巴，而且，在我的家里他还有一个姐姐，是需要长年关在装有铁窗房间里的精神分裂症患者。”

歌唱家的一席话使人们震惊得说不出话来，你看看我，我看看你，似乎是很难接受这样的事实。

这时，歌唱家又心平气和地对人们说：“这一切说明什么呢？恐怕只能说明一个道理：那就是上帝给谁的都不会太多。”

上帝是公平的，给予每一个人的欢乐与痛苦都与他的付出成正比。有时我们所拥有的，别人不一定拥有，每个人都有他自己拥有的长处，也都有他自身的不完美，所以，我们不必为别人的拥有而失意，应该多为自己的拥有而开怀。

励志寄语：

生活是一种心态，并不是我们所拥有的东西使我们快乐，而是我们真诚地热爱生活、我们不悲观不抱怨、我们充满希望……便能拥有快乐。

找回的95元钱

张亮是湖南农大大二的一名学生。一天早上，平素不爱吃早餐的他破天荒地跑到校门口一个早点摊买了5个小笼包。小笼包1元一个，没零钱，他只好掏了一张100元的钞票给了摊主，糊涂的他居然忘记等找钱就走了。直到中午掏钱买午饭，他才发觉少了钱。

后来，张亮急匆匆地跑到校门口去找，但卖包子的人已经走了。附近的人说：“你过几天再来吧，这个人家里出事了，得耽误几天。”他只得失望地返回寝室，但心中还是希望过几天能要回那 95 元钱。同室的兄弟知道后，都说：“没戏了，你当时不要，都过了好几天了，人家现在怎会承认。你以为他是雷锋啊！说不定他反咬你一口，说你敲诈勒索呢。”被室友一说，张亮心里凉了半截。

6 天后，卖早点的师傅回来了，张亮为了顺利拿回自己忘却的零钱，甚至都准备好了一套谎言。但是，走到那个摊点前，张亮才说了句：“你对我有印象吗？还记得我吗？”卖包子的师傅马上说道：“来拿钱的吧，你也太马虎了，钱都不要就走了！”说完他将 95 元钱递给张亮。接过钱的时候，张亮发觉他原来准备的所有谎言竟是多么龌龊！

励志寄语：

真诚是人与人之间取得信任的敲门砖，内心强大的人一定有一颗健康向上的心灵，对自己、对他人、对我们生活的环境有足够的信心与真诚。

对子弹“过敏”

杰里是饭店经理，他的心情总是很好。当有人问他近况如何时，他总会一脸阳光地回答：“我快乐无比。”如果哪位同事心情不好，他就会鼓励对方多去看待事物好的一面。他说：“每天早上一觉醒来，我就会对自己说，‘杰里，你今天有两种选择，你可以选择心情愉快，也可以选择心情不好。我选择心情愉快。每次有坏事情发生，我可以选择成为一个受害者，也可以选择从中学些东西。我选择后者。’人生就是选择，你选择如何去面对各种处境，归根结底，就是选择如何面对人生。”

有一天，他忘记了关后门，被三个持枪的歹徒拦住了。歹徒朝他开了枪。

幸运的是，杰里被及时送进了急诊室。经过 18 个小时的抢救和几个星期的精心治疗，杰里出院了，只是仍有小部分弹片留在他体内。

6 个月后，他的一位朋友见到了他。朋友问他近况如何，他说：“我快乐无比。想不想看看我的伤疤？”朋友看了伤疤，然后问当时他想了些什么。杰里答道：“当我躺在地上时，我对自己说有两个选择：一是死，一是活。我选择了活。医护人员都很好，他们告诉我，我会好的。但在他们把我推进急诊室后，我从他们的眼神中读到了‘他是个死人’。我知道我需要采取一些行动。”

“你采取了什么行动？”朋友问。

杰里说：“有个护士大声问我有没有对什么东西过敏。我马上答‘有的’。这时，所有的医生、护士都停下来等我说下去。我深深吸了一口气，然后大声吼道：‘子弹！’在一片大笑声中，我又说道：‘请把我当活人来医，而不是死人。’”

杰里就这样活下来了。

遇到事情后，一定要运用好自己选择的权力，摒弃消极悲观的想法，选择积极乐观的想法，快乐就会来到你身边。

励志寄语：

对于积极乐观的人，这个世界可以夺走他们的财产、生命，但永远夺不走他们内心的真诚、友善与自信。

一把不能打开的锁

老锁匠一生修锁无数，技艺高超，收费合理，深受人们敬重。更主要的是老锁匠为人正直，每修一把锁他都告诉别人他的姓名和地址，说："如果你家发生了盗窃，只要是用钥匙打开的家门，你就来找我！"

老锁匠老了，为了不让他的技艺失传，人们帮他物色了徒弟。最后老锁匠挑中了两个年轻人，将一身技艺传给他们。

一段时间以后，两个年轻人都学会了不少东西。但两个人中只能有一个得到真传，老锁匠决定对他们进行一次考试。

老锁匠准备了两个保险柜，分别放在两个房间，让两个徒弟去打开，谁花的时间短谁就是胜者。结果大徒弟只用了不到十分钟就打开了保险柜，而二徒弟却用了半个小时，众人都以为大徒弟必胜无疑。老锁匠问大徒弟："保险柜里有什么？"大徒弟眼中放出了光亮："师傅，里面有很多钱，全是百元大钞。"问二徒弟同样的问题，二徒弟支吾了半天说："师傅，我没看见里面有什么，您只让我打开锁，我就打开了锁。"

老锁匠十分高兴，郑重宣布二徒弟为他的正式接班人。大徒弟不服，众人不解，老锁匠微微一笑说："不管在什么行业做事都要遵守行规，都要讲'诚信'二字，尤其是我们这一行，要有更高的职业道德。我收徒弟是要把他培养成一个高超的锁匠，他须做到心中只有锁而无其他，对钱财视而不见。否则，心有私念，稍有贪心，登门入室或打开保险柜取钱易如反掌，最终只能害人害己。我们修锁的人，每个人心上都要有一把不能打开的锁。”

励志寄语：

每个人心中都应有一把锁，锁住一切贪欲与私念，真诚守信地对待生活，才会活得光明磊落。一旦随意打开它，那我们还有什么可以锁住？

男孩与他的妹妹

男孩与他的妹妹相依为命。父母早逝，他是她唯一的亲人。所以男孩爱妹妹胜过爱自己。

然而灾难再一次降临在这两个不幸的孩子身上。妹妹染上了重病,需要输血。但医院的血液太昂贵,男孩没有钱支付任何费用，尽管医院已免去了手术的费用。但是不输血又不行，不输血妹妹就会死去。

作为妹妹唯一的亲人，男孩的血型与妹妹相符。医生问男孩是否勇敢，是否有勇气承受抽血时的疼痛。男孩稍一犹豫，经过一番深思熟虑，终于点了点头，郑重而又严肃地点头，仿佛做出了一个极其重大的决定，脸上洋溢着勇气与责任的神情。

抽血时，男孩安静地不发出一丝声响，只是向邻床上的妹妹微笑。抽血后，男孩躺在床上一动不动，目不转睛地看着医生将血液注入妹妹体内。一切手术完毕，男孩停止了微笑，声音颤抖地问："医生，我还能活多长时间？"

医生正想笑男孩的无知，但转念间又被男孩的勇敢震撼了：在男孩 10 岁的大脑中，他认为输血会失去生命。但他仍然肯输血给妹妹，在那一瞬间，男孩所做出的决定付出了一生的勇敢并下定了死亡的决心。

医生的手心渗出了汗，他握紧了男孩的手说："放心吧，你不会死的。输血不会丢掉生命。"

男孩眼中放出了光彩："真的？那我还能活多少年？"医生微

笑着，充满爱心地说：“你能活到 100 岁，小伙子，你很健康！”

男孩从床上跳到地上，高兴得又蹦又跳。他在地上转了几圈确认自己真的没事时，就又挽起了胳膊——刚才被抽血的胳膊，昂起头，郑重其事地对医生说：“那就把我的血抽一半给妹妹吧，我们两个每人活 50 年！”

所有的人都被震惊了，这不是孩子无心的承诺，这是人类最无私、最纯真的诺言。同别人平分生命，即使亲如父子，恩爱如夫妻，又有几人能如此快乐、如此坦诚、如此心甘情愿地说出并做到呢？所有的人，是的，包括医生，包括护士，包括其他的病人，还包括在尘世间日益麻木并且冷漠的我们。

励志寄语：

平分生命！孩子的纯真与大爱真是令我们感动、汗颜！人生之路风雨难测，无论什么时候，愿我们自己也能像孩子一样如此坦诚、无私、无惧！

不负

那是几年前的事了：

王楠的一位朋友过生日，事先发了许多帖子，上面约定他生日那天晚上在一个舞厅里聚会。可是天公不作美，那天从黄昏起就下起了瓢泼大雨。约定的时间快到了，王楠没有丝毫的犹豫，打起伞踏着水匆匆去赴约。到了舞厅，只见里面空空荡荡，聚会的人除了王楠以外，一个也没来。对此王楠感到有些沮丧，不过同时心里又对自己没有违约而感到十分踏实和自豪，要了一杯啤酒独饮坐等了几十分钟后，觉得确实不会有人来了，这才慢慢而安心地回家了。第二天遇到同样接到帖子的一位朋友，他问王楠：“昨晚你到舞厅去了吗？”王楠点了点头。他只觉得奇怪：“下那么大雨，你还去了？”王楠也觉得奇怪：“不是约好的吗？怎么能不去？”——既然约好了，就要履约，王楠觉得这是再平常不过的事了。老实说，王楠和过生日的那位仁兄并不要好，说是朋友实在有些勉强，充其量是属于有事才拉来凑数的那一类。王楠知道，那次他给他发帖子，也纯粹是为了热闹而凑数的；他更知道，他俩决不会因他的冒雨赴约而要好起来，王楠之所以那样做，仅仅是为了不负——不负那张贴子，不负他能想起他来——毕竟不是每个人都能去凑数的。

谈起这件事让王楠忽然想起一件几乎要忘却的一个人——他家楼下一个西服店的裁缝。裁缝是个浙江小伙子，因为王楠每天都要从那店前路过，所以和他渐渐熟了，闲来总喜欢到他的店里坐坐。有件事王楠早已看在眼里：每次西服挂完里子要封口时，他总要费力地把衣服从那开口处翻出，然后拿着一把小剪刀，仔仔细细地剪上面的线头。有一天王楠忍不住了，终于对他说：“那些线头何必剪呢？把封口封住，一直到这件衣服穿旧扔掉也没人能看到里面。”他淡淡地一笑：“别人看不到，我能看到。要是不剪，心里就总不舒服。”他的话让王楠咀嚼良久。不知怎么就忽然想起几年前的那次赴约，于是恍然明白：他的心情和他那时的一样，仅仅是为了不负——不负于手艺不负于心。其实他未尝不知，他剪那些即使不剪也永远不会有人看见的线头，既不会使西装笔挺一分，也不会因此而增加顾客（没过多久他就因生意冷清而关门了），可是这样做了以后，他就心里踏实，就觉得可以坦然地面对顾客了。

这个世界上，能干出惊天动地的大事的人是很少的，也没有几件值得人们喊出“宁教我负天下人，休教天下人负我”的豪言壮语的事情，倒是不负——不负于友谊，不负于诺言，不负于责任，不负于爱以至生命，却是芸芸众生所时刻要面对和完全能够做到的。这种不负和功利无关，它只关系到一个人的品行甚至仅仅是心境。

励志寄语：

人生路上，踏实做人、真诚做事，抱着“不负”之心生活，才无愧一种至上的境界。相信不论遇到何种境遇，你都会是个内心强大的人生赢家。

独眼丈夫和盲人妻子

像往常一样，午餐时间，叶络又去了那家小吃店，要了一碗面条。刚吃了几口，这时进来一对中年夫妇，男的有一只眼睛看不见了，身后背着一把二胡；女的是个盲人，在男的搀扶下，摸索着坐到叶络对面的椅子上。

大概是个卖艺的吧，叶络想。

“大碗豆花米粉，两份。”男的将二胡靠在墙角。

刚坐下来，男的又起身去拿筷子，顺便付了钱，又向店员说了几句什么。

一会儿，米粉上来了，却是一大一小两碗。男的仔细地将豆花米粉弄碎、拌匀，然后将大碗递给女的。

女的吃了两口问：“你呢？”

"我也是豆花米粉，大碗的，足够了。"

叶络有些吃惊——

"这种不是大碗的。"坐在叶络旁边的一个小男孩忽然说。他一定以为，这个叔叔弄错了，却付了大碗的钱。

中年男子并没有抬头，继续低头吃着。

"叔叔，你吃的这种不是大碗的。"小男孩以为他没听见，重复道。

中年男子慌忙抬头，冲男孩摆摆手。

"多嘴！"小男孩的母亲厉声呵斥。

"本来就是嘛。"男孩一脸委屈。

正吃米粉的女人停了下来，侧着头仔细辨别声音的方向，她的脸轻轻地抽搐了一下。

吃完米粉，他们搀扶着走出了小吃店。

叶络被这一对盲人夫妇感动了，默默地走在他们后面。

"今天吃得真饱。"男的说。

女的沉默了一会儿——

"你不要骗我了，你吃的是小碗，你一直瞒着我。"女的失声哭了起来。

"我不饿，真的不饿，你……你别这样，路人看了多不好……"男的有些手足无措，扯起衣袖为妻子擦泪。

叶络看着他们，泪水溢满了眼睛。

励志寄语：

在我们正常人的眼中，他们眼前的世界是黑暗无光的，他们的内心应该是再脆弱不过的了，但他们却尽自己所有活出了精彩，绽放出了耀眼的光芒。因为真诚的爱和阳光就在他们强大的内心中！

Chapter

第二章

走过岁月，心宽路才广

生活有苦乐，人生有起伏。快乐不是拥有的多，而是计较的少；乐观不是没有烦恼，而是心胸宽广、懂得满足。人生无完美，曲折也是一种风景，心宽路才宽。

让一步，海阔天空

民间有这么一个故事：

有两个庄户人家，一家的牛吃草过界，糟蹋了另一家的庄稼，两人便吵了起来，各不相让，竟打了起来，最后双双被送进了县衙。

县太爷那会儿心情不好，也不问青红皂白，惊堂木一拍，喝令两人，将县衙门外捕快们练功用的石碌碡合力扛回村去再回来告状。

两人面面相觑，一个人怎成，要对付这二三百斤重的石碌碡，还真得齐心协力才行。尽管如此，只搬到路上，两人就已经筋疲力尽了。坐在路边的树荫下，一阵南风吹来，两人如醍醐灌顶，幡然醒悟。遂租来一辆马车，将那石碌碡送回了县衙，然后悄然息讼，携手而归。

这里又有一则故事：

某甲受人诽谤，感到名誉受损，便带一把杀猪刀去找那诽谤者算账。途经长长的河堤，一路垂柳拂岸，白浪逐沙，水鸟在木船上盘旋，以及在碧蓝的天空倒映下，河流仿佛玉带轻盈飘动……为眼前的美丽景致所吸引，某甲步子渐渐地慢下来，后来干脆坐在草坡上折一枝柳条做笛，吹奏起了放牛小调，全然忘记了腰间还藏着尖刀，忘记了此行的目的。

自然的美景平息了心头的怒火，理智压退了癫狂。

励志寄语：

人生在世，哪能事事都顺遂如意？湖不宽，再小的石子掷下去，也会荡起涟漪、搅起叮咚声；心若窄，事事在意，又怎能获得宁静与惬意？

气　度

所谓气度，是指一个人能容人、容事、容仇、容怨。

三国时的曹操与袁绍曾是盟友，后来分道扬镳，乃至交战了好多年。最后，曹操才打败袁绍。袁绍兵败身亡，死得何等凄惨。而得胜的曹操在获胜之后办的第一件事就是到袁绍的坟上去祭奠，哭得很伤心，忆起了很多充满友谊的往事。

这件事，随行的兵士很不解，连后来那位喜欢评点古籍的大学问家金圣叹也很不解，竟嘲讽地说曹操不愧是“奸曹”。

其实，曹操祭奠袁绍之举颇有几分真诚的。曾经既为盟友，总是有一定交情存在过的。结怨之后，刀兵相见，一存一亡，存者忆起当初为友之时的一切，其间悲喜怅惘之感可以揣度。这是君子胸襟，大家风范，心胸狭窄之人是很难体味的。

唐代两位大文学家韩愈和柳宗元，平生的政见、文见分歧当是很大的，乃至论战一生。柳宗元是投身于王叔文集团的主张改革者，韩愈则是顽固的反对派。在“古文运动”中，韩愈的口号是“文以载道”，崇扬道统；柳宗元的口号是“文以明道”，倡导独立发挥、大胆思辨。两个人在理论见地上有如此重大分歧，但却不伤及友谊。柳宗元死后，韩愈写下了感人的《柳子厚墓志铭》，对柳宗元的道德品格、文章品格赞扬备至。这就是高品位的“气度”，不以恩怨定毁誉，不以亲疏定是非。

励志寄语：

一个内心不强大的人，自然内心不够平静，人际交往中再小的事，也可能都会被无限放大，易怒或起争执自然也是在所难免的了。愿我们做个有度量的内心强大者。

温情成就一个冠军

有一位警察是自行车爱好者。一天清早，他在大街上巡逻，突然发现一辆自行车飞速向他驶来，他下意识地拿出测速仪，开始测定他的速度有没有违反交通规则。

骑自行车的人根本就没发现警察在测他的速度，依然像一匹野马一样向他冲来。

测速仪上显示的速度已经超过了限定的速度，他违规了！警察这么一想，觉得不对，天哪！他测出的竟然是汽车的速度，也就是说，这个自行车手的速度超过了汽车。他惊呆了，他有点不相信一个人可以把自行车骑得像汽车一样快。

他把那个骑车人拦下，车手是一个十五六岁的学生。警察告诉他违反了交通规则，并且要对他实行罚款。警察让学生说出他的学校或家庭住址，否则要对他进行重罚。那学生说出他骑快车的理由，因为他要赶去上学，不然他就要迟到了。警察听了这话，想了想笑着对学生说：“那么，你先去上学，以后我会与你联系。”

不久，那个孩子的学校接到一封信，是来自哥本哈根最著名的自行车俱乐部的，这个俱乐部曾经培养过许多优秀的自行车运动员。信中说，欢迎那个叫斯卡斯代尔的孩子参加他们的俱乐部，他们将为他提供一切训练条件，信中还夹寄着一张警察测定的车速。

四年后，斯卡斯代尔成为丹麦自行车的冠军，并在奥运会上拿到自行车运动项目上第一块金牌。

励志寄语：

内心强大的警察拥有一颗细致而善于观察的仁爱、宽容之心，因而挖掘出了一个少年天才，改变了少年一生。很多时候，生活中就需要我们献出这种温情与宽容。

大胆搬开挡路的石头

一位泰国企业家玩腻了股票，于是转而炒房地产。他把自己所有的积蓄和从银行贷到的大笔资金投了进去，在曼谷市郊盖了15幢配有高尔夫球场的豪华别墅。但时运不济，他的别墅刚刚盖好，亚洲金融风暴就出现了，他的别墅卖不出去，贷款还不起，这位企业家只能眼睁睁地看着别墅被银行没收，连自己住的房子也被拿去抵押，还欠了相当一笔债务。

这位企业家的情绪一时低落到了极点，他怎么也没想到对做生意一向轻车熟路的自己会陷入这种困境。

后来，他决定白手起家。他的太太是做三明治的能手，他建议丈夫去街上叫卖三明治，企业家经过一番思索答应了。从此曼谷的街头就多了一个头戴小白帽、胸前挂着售货箱的小贩。

昔日亿万富翁沿街卖三明治的消息不胫而走，买三明治的人骤然增多，有的顾客出于好奇，有的出于同情。许多人吃了这位企业家的三明治后，为这种三明治的独特口味所吸引，经常买企业家的三明治，回头客不断增多。现在这位泰国企业家的三明治生意越做越大，他自己也慢慢地走出了人生的低谷。

他叫施利华，几年来，他以自己不屈的奋斗精神赢得了人们的尊重。在 1998 年泰国《民族报》评选的“泰国十大杰出企业家”中，他名列榜首。作为一个创造过非凡业绩的企业家，施利华曾经备受人们关注，在他事业的鼎盛期，不要说自己亲自上街叫卖，寻常人想见一见他，恐怕也得反复预约。上街卖三明治不是一件怎样惊天动地的大事，但对于过惯了发号施令的施利华，无疑需要极大的勇气。

人的一生会碰上许多挡路的石头，这些石头有的是别人放的，比如金融危机、贫穷、灾祸、失业，它们成为石头并不以你的意志为转移；有些是自己放的，比如名誉、面子、地位、身份等，它们完全取决于一个人的心性。生活最后成就了施利华，它掀翻了一个房地产经理，却扶起了一个三明治老板，让施利华重新收获了生命的成功。

励志寄语：

搬开别人放的石头很容易，搬开自己心造的石头却难。搬不开那就意味着事业路上山穷水尽，搬得开就会是峰回路转、柳暗花明的新天地。

大师的点拨

一个满怀失望的年轻人千里迢迢来到法门寺，对住持释圆说：“我一心一意要学丹青，但至今没有找到一个能令我心满意足的老师。”

释圆笑笑问：“你走南闯北十几年，真没能找到一个自己的老师吗？”年轻人深深叹了口气说：“许多人都是徒有虚名啊，我见过他们的画作，有的画技甚至不如我呢！”释圆听了，淡淡一笑说：“老僧虽然不懂丹青，但也颇爱收集一些名家精品。既然施主的画技不比那些名家逊色，就烦请施主为老僧留下一幅墨宝吧。”说着，便吩咐一个小和尚拿了笔墨砚和一沓宣纸。

释圆说：“老僧的最大嗜好，就是爱饮茶，尤其喜爱那些造型流畅的古朴茶具。施主可否为我画一个茶杯和一个茶壶？”年轻人听了，说：“这还不容易？”于是调了一砚浓墨，铺开宣纸，寥寥数笔，就画出一个倾斜的水壶和一个造型典雅的茶杯。那水壶的壶嘴正徐徐吐出一脉茶水来，注入那茶杯中去。年轻人问释圆：“这幅画您满意吗？”

释圆微微一笑，摇了摇头。

释圆说：“你画得确实不错，只是把茶壶和茶杯放错位置了。应该是茶杯在上，茶壶在下呀。”年轻人听了，笑道：“大师为何如此糊涂，茶壶往茶杯里注水，哪有茶杯在上茶壶在下的？”

释圆听了，又微微一笑说："原来你懂得这个道理啊！你渴望自己的杯子里能注入那些丹青高手的香茗，但你总把自己的杯子放得比那些茶壶还要高，香茗怎么能注入你的杯子里呢？涧谷把自己放低，才能吸纳别人的智慧和经验。"

年轻人思忖良久终于恍然大悟。

励志寄语：

心窄又自大的人为自己的无知筑建了封闭的高墙，谦虚的人为自己求索敞开了门窗。

心中无事一床宽

有一个吸毒的囚犯，被关在牢狱里，他的牢房空间非常狭小，住在里面很是拘束，不自在又不能活动。他的内心充满着愤慨与不平，备感委屈和难过，认为住在这么一间小囚牢里面，简直是人间炼狱，每天就这么怨天尤人，不停地抱怨着。

有一天，这个小牢房里飞进一只苍蝇，嗡嗡叫个不停，到处乱飞乱撞。他心想：我已经够烦了，又加上这讨厌的家伙，实在气死人了，我一定捉到你不可！他小心翼翼地捕捉，无奈苍蝇比他更机灵，每当快要捉到它时，它就轻盈地飞走了。捉了很久，还是无法捉到它，这才慨叹地说，原来我的小囚房不小啊！居然连一只苍蝇都捉不到，可见蛮大的嘛！此时他悟出一个道理，原来心中有事世间小，心中无事一床宽。

所以说，心外世界的大小并不重要，重要的是我们自己的内心世界。一个胸襟宽阔的人，纵然住在一个小小的囚房里，亦能转境，把小囚房变成大千世界；如果一个心量狭小、不满现实的人，即使住在摩天大楼里，也会感到事事不能称心如意。所以我们每一个人，不要常常计较环境的好与坏，要注意内心的宽大与力量，所以内心的世界是非常重要的。

正如无门禅师所说：“春有百花秋有月，夏有凉风冬有雪；若无闲事挂心头，便是人间好时节。”

励志寄语：

正所谓“境由心造”，无论环境如何不遂人心，只要我们的内心看得开、看得宽，则一世荣辱、是非、得失都不能左右我们。

只要与风有关的

1956年，松下电器与日本生产电气精品的大阪制造厂合资，设立了大阪电气精品公司，制造电风扇。当时，松下幸之助委任松下电器公司的西田千秋为总经理，自己任顾问。

这家公司的前身，是专做电风扇的，后来开发民用排风扇。即使如此，产品还显得很单一。西田千秋准备开发新的产品，试着探询松下的意见。松下对他说：“只做风的生意就可以了。”

当时松下的想法是想让松下电器的附属公司尽可能专业化，以图有所突破。可是松下精工的电风扇制造已经做得相当卓越，颇有余力开发新的领域。尽管如此，西田得到的仍是松下否定的回答。

然而，西田并未因松下这样的回答而灰心丧气。他的思维极其灵活与机敏，他紧盯住松下问道："只要是与风有关的，任何事情都可以做吗？"

松下并未细想此话的真正意思，听起来感觉西田所问的与自己的指示很吻合，所以就回答说："当然可以了。"

四五年之后，松下又到这家工厂视察，看到厂里正在生产暖风机，便问西田："这是电风扇吗？"

西田说："不是，但它和风有关。电风扇是冷风，这个是暖风，你说过要我们做风的生意。这难道不是吗？"

后来，西田千秋一手操办的松下精工风的家族，已经是非常丰富了。除了电风扇、排气扇、暖风机、鼓风机之外，还有果园和茶圃里防霜用的换气扇，培养香菇用的调温换气扇，家禽养殖业的棚舍换气调温系统……

西田千秋只做风的生意，就为松下公司创造了一个又一个的辉煌。

生活中，我们在一条路上不断地走，总觉得自己已经把路走绝了，再不能走出一片崭新的天地，再不会有更大的成就，可实际上,路的旁边也是路。我们一生中,如果总是沿着那条老路前进，当然有把路走烦、走厌、走绝的时候。西田千秋试着往旁边跨了几步，就发现了无数的路，而且条条都是全新的路，并最终引领他走向了成功。

励志寄语：

在很多情况下，我们在生活的路上走得不好，不是路太狭窄了，而是我们的心、我们的眼光太狭窄了，所以最后堵死我们的不是路，而是我们自己。

不能得理不让人

张厂长接待一位前来投诉的不速之客李先生。李先生怒气冲冲地对张厂长说：

“你们的美容霜，干脆叫毁容霜算了！我的女儿才 18 岁，用了你们厂的‘美达青春霜’后，面容受到很大破坏，现在连门都不敢出了，我要你们负责！我要你们赔偿我们的损失！”

张厂长听完，稍加思索，心里明白了几分，但他仍诚恳地道歉：“是吗？竟发生这样的事，实在对不起您，对不起您的千金。当务之急是马上送孩子去医院，其他的事我们回头再说。”

李先生本来是想骂一顿出口窝囊气，万万没想到厂长不但认真，而且真的挺负责任。想到这里，既高兴，又感激。说到做到，厂长亲自陪同李先生带着他的女儿去了医院皮肤科检查。

检查的结果是，李先生女儿的皮肤问题是因为一种遗传性的过敏症，并非由于护肤霜有毒所致。医生开了处方，说过两三天会痊愈的，不会有任何后遗症。

这时，父女二人的心才算宽慰了下来。只听厂长又说：

“虽然我们的护肤霜并没有任何有毒成分，但令千金的皮肤产生不良反应，我们是有责任的。因为，虽然我们产品的说明书上写着‘有皮肤过敏症的人不适合用本产品’，但贵千金来购买的时候，售货员肯定忘记问是否皮肤过敏，也没向顾客叮嘱一句注意事项，致使贵千金误用了这种产品。”

李先生的女儿听到此话，拿过美容霜仔细看了一下，果然，包装盒上明确说明了哪几种人不能用，只怪自己没详细问清，也没看清就买来用了，心中不禁有些懊丧。厂长见此情景便安慰她：“姑娘，请放心，我们曾请皮肤科专家认真研究过关于患有过敏症的顾客的护肤品问题，并且还开发了好几种新产品，效果都很好，等过两天您痊愈之后，我派人给您送两瓶试用一下，保证不会再出现过敏反应，也算我们对今天这件误会的补偿。您看如何？”

事情结果自然向好的方向发展了。

就这件事本身来说，厂方可以不负任何责任，完全是由于顾客粗心所致。但是，厂长并没这么做，顾客粗心固然是事实，而是先自我批评了一番，如果销售人员在销售过程中再细心一点，就可以避免这样的事情发生。另外，一开始厂长心里可能已明白几分，也许是小姐皮肤过敏所致，但是这要有确凿的科学证明，顾客才能消除误会。为了对顾客负责，为了弄清症结所在，当听到李先生投诉时，便当机立断陪李家父女去医院检查，取得有力的证据。

最后，“有理更让人”，厂长向李家父女解释清楚误会后，不但没有丝毫责怪李家父女的意思，还向李家父女继续赔不是，赢得他们的好感。

当听完顾客的投诉后，如果责任确在我们，我们应毫不犹豫地向顾客表示歉意，并提出补救的办法。但是，虽说顾客就是“上帝”，但“上帝”也有搞错的时候。如果是由于顾客的责任而发生的误会该如何处置呢？

首先，仍耐心听取顾客投诉，弄清责任的归属。产生误会后，要婉转解释，但绝对不要正面批评顾客。当顾客郑重其事地向我们投诉时，即使是他发生了误会，我们也绝不能直截了当地对他说：“不，先生，那是您误会了，绝不会有这种事。”或者：“先生，您有没有搞错啊！我们公司怎么会让这样的产品出厂？”

如果是这样做，只能是加深误会与不满，扩大顾客的愤怒情绪。结果要是顾客发生对抗心理，就糟透了。所以说，作为厂家，对因误会而投诉的顾客采取“有理更让人”的推销术是很具有普遍意义的。

励志寄语：

我们生活在一个群体社会中，免不了与他人之间产生一些误会或冲突，动辄大吵大闹是解决不了问题的，不如用一颗宽容博大的心胸和一种理智的心态去面对，和气友善地化解。

宽容待客，和气生财

谁生下来就是王侯将相之躯？所谓的天才，只不过是 99 份汗水 +1 份灵感凝结起来的。每一个人无论从事何种职业，都是一步一步走向成功的。其间虽有失败，但那一次次的失败，恰是我们成功履历上的一道道闪亮的阶石。

也许很多人都不会相信，眼前这个西装革履、风度翩翩的中年男子曾是个落魄的下岗工人。的确，相对于很多人来说，他从低谷走出来重又创造新生活的过程虽然艰辛，却是迅雷不及掩耳之势的。

王基原是塑料一厂的工人。塑料一厂宣布“破产”后，王基就成了下岗职工。不久，王基爱人也因单位拆迁而下了岗，生活因此更是雪上加霜。

当听到蒲兴市场进行招商的信息后，王基就找到市场办公室选择了烟酒、副食这一经营项目。

由于市场刚成立不久，客流量小，王基对于经营来说又是个门外汉，又加上商品损失连带经营品种单一等诸多不利因素，一两个月下来，连占地费都赚不出来。

但王基懂得：现实生活中，没有一种成功的硕果会轻松落到自己的手中，只有有准备地迎接各种艰难困苦并为此付出代价的人，才能有机会品尝到胜利的甘美香甜。于是他毅然加大了投资，一面学习积累小商品知识，一面把原商亭内的货架进行了重新布置，门面还贴出了各种商品广告，给商品都贴上了价格标签。为了方便业务，他还特意买了一辆摩托车，这样一来既减少了中间环节，又保证了货真价实，真正让顾客得到了好处。在经营品种上，王基也做了用心观察与调查：他把众多顾客特别需求的、但利润不高、一些经营者往往又不愿意经营的商品，如散打臭豆腐、黄酱、小商品、粘鼠胶等，都摆上了柜台。同时，王基跑遍了附近的北京酱油厂、龙门米醋厂、南苑宽醋厂，跟他们厂家直接谈业务，以保证供货质量。

在经营中保证了质量、方便了群众，王基又在服务态度、售后服务上下功夫。有一次王基遇到一位顾客，说是一个月以前从这儿买的袋装紫菜变味了，他二话没说，就将新进的紫菜给了他一包。谁料没多久，这个人又来了，说是太腥了，王基说不要紧，袋装吃不习惯，他这儿有散的，就给了他几两散装紫菜。此后，这样的不愉快误会也发生过，但王基都恰到好处地处理了。如此，一来二去，王基回头客多了起来，并且许多顾客都成了他的好顾问，他们就营业时间、该添些什么商品、商品优缺点都直接反馈给他。

通过一段时间的打磨，王基的生意慢慢地好了起来，销售额也上去了。但王基并未满足，凭着他百折不挠的毅力，他的店越做越大，生意也越来越好……

励志寄语：

没有轻松走出来的路，没有轻易得来的果。生活里处处是风雨坎坷，内心强大的人，一定是勇敢而执着的人。放手去博，人生才会无憾！

对手也是学习的对象

真正要做成大事的人，总是把对手当作自己的伙伴，在竞争中提高自己的智慧和能力。你的对手不仅是敌人，也是学习的对象。

《山上宝训》的作者福克斯博士给我讲了个故事：有个名叫西拉斯的人，面临着想不到的危机，进退维谷，差点砸了全家的饭碗。

此人在一个小镇上开着杂货铺。这铺子是他爸爸传下来的。他爸爸又是从他爷爷手里接过来的。他爷爷开这铺子的时候，南北两边正在打仗。

西拉斯买卖公道，信誉很好。他的铺子对镇上的人来说，就像手足，不可缺少，西拉斯的儿子在长大，小铺子就要有新接班人了。

可是有一天，一个外乡人笑嘻嘻地来拜访西拉斯，情况便变得糟糕起来！

此人说，他想买下这铺子，请西拉斯自己作价。

西拉斯怎舍得？即便出双倍价他也不能卖！这铺子不光是铺子呀，这是事业，是遗产，是信誉！

外乡人耸耸肩，笑嘻嘻地说：

“抱歉，我已选定街对面那幢空房子，粉刷一番，弄得富丽堂皇些，再进些上好货品，卖得便宜些。那时你就没生意了！”

西拉斯眼见对面空房子贴出了翻新告白，一些木匠在里面锯呀刨呀，又一些漆匠爬上爬下，他心都碎了！他无可奈何却又不无骄傲地在自家店门上贴了张告白：敝号系老店，95 年前开张。

人们读了告示，无不吃吃暗笑。

新店开业前一天，西拉斯坐在他那阴暗的店堂里想心事。他真想破口把对手臭骂一顿。

幸亏西拉斯有个好妻子。

“西拉斯，”她低低的声音缓缓地说，“你巴不得把对面那房子放火烧了，是不是？”

“是巴不得！”西拉斯简直在咬牙切齿，“烧了有什么不好？”

“烧也没用，人家保险过。再说，这样想也缺德。”

“那你说我该怎么想？”西拉斯冒着火。

“你该去祝愿。”

“祝愿大火来烧？”

“你总说自己是个厚道人，西拉斯，可一碰到关系切身利益的事就糊涂了。你该怎么做不很清楚吗？你应该祝愿新店开业，祝愿它成功。”

“你这是脑筋出了窍儿吧，贝蒂。”

话虽这么说，西拉斯还是决定去一次。

第二天早晨新店还没开门，全镇人已等在外边。大家看着正门上方赫然写着“新新百货店”几个金字，都想进去一睹为快。西拉斯也在人堆里，他快快活活，跨到台阶上大声说：

“外乡老弟，恭喜开业，祝你给全镇人添方便！”

他刚说完便吃了一惊，因为全镇人都围上来朝他欢呼，还把他举起来。大家跟他进店参观。谁都关心标价，谁都觉得很公道。那外乡老板笑嘻嘻地牵着西拉斯的手，两个生意人像是老朋友。

后来，两家生意都做得兴隆，因为小镇一年年变大了，像老西拉斯的年纪。

励志寄语：

满心的嫉妒或仇恨，只会令自己无休止地与对方敌对下去，最终自己也会深受伤害；做个内心强大的人，心态放宽些，对手也能变成合作伙伴。

快乐是属于你自己的

车上的人很多，过道上站满了人。站在罗旭面前的是一对恋人，他们面对面地相拥着，那个男人正对着罗旭，一个英俊的男人。女孩背对着罗旭，女孩的背影看上去很标致、高挑、匀称、活力四射，她的头发是染过的，是时髦的金黄色，她穿着一条今夏最流行的吊带裙，露出香肩，是一个典型的都市女孩，时尚、前卫、性感。他们靠得很近，低声絮语着什么。女孩手里捧着一束鲜红的玫瑰，看得出，他们是一对甜蜜的恋人。也许那个男人很幽默，或者根本就不幽默，但对情人来说他的所有废话也是妙趣横生的，总之，女孩不时发出欢快的笑声。笑声引得许多人把目光投向他们，大家的目光里似乎有艳羡，还有一种惊讶，难道女孩美得让人吃惊？

后来，他们大概聊到了一部电视剧，这时男人的声音大了点，他说："片子里的那首歌很好听。"女孩便轻轻地哼起了那首歌，女孩的嗓音很美，她把那首缠绵的歌处理得很轻快明媚，虽然只是随便哼哼，却有一番特别动人的力量。罗旭想，只有足够幸福和自信的人，才会在人群里肆无忌惮地欢歌。这样想来，他便觉得心里酸酸的，像他这样从内到外都极为黯淡的人，何时才会有这样旁若无人的欢乐歌声？

很巧，罗旭和那对恋人在同一站下了车，这让他有机会看清那女孩的脸，罗旭知道自己将看到一个绝色美人，于是他大步流星地赶上他们，但当他回过头来的时候，他被惊呆了，也理解了片刻之前车上的人那种惊诧的眼神。他看到的不是想象中经上帝精心雕琢的一张脸，很显然，女孩的脸受到过意外的伤害——被火烧或者被开水烫过，他不忍心描绘那种触目惊心的丑陋。他几乎呆在那里，他完全想象不到，这样的女孩居然会有那么快乐的心境。会让站在她背后的罗旭，为她的不加掩饰的快乐和幸福愤愤不平，他们也注意到了他，或许他们已经习惯了这种惊愕的眼神，他们非常礼貌和宽容地对他坦然一笑，然后相拥着轻快地经过他的面前。

就在那一刻，罗旭的心突然豁然开朗。

励志寄语：

上帝是公平的，他不会把所有的好运全安排在一个人的身上，也不会给一个人所有的不幸与不快乐，只要我们内心足够强大，快乐和幸福就会掌握在我们手中。

富翁寻找快乐

从前有一位富翁，虽然非常有钱，却常常自怜，他可怜自己空有钱财，却从来没有体会过真正的快乐。

富翁常常想：“我有很多钱，可以买到许多东西，为什么却买不到快乐呢？如果有一天我突然死了，留下一大堆钱又有什么用呢？不如把所有的钱拿来买快乐，如果能买到一次全然的快乐，我死也无憾了。”

于是，富翁变卖了大部分家产，换成一小袋钻石，放在一个特制的锦囊中。他想："如果有人能给我一次真正的快乐，即使是一刹那，我也要把钻石送给他。"

富翁开始旅行，到处询问："哪里可以买到真正的快乐的秘方呢？什么才是人间纯粹的快乐呢？"

他的询问总是得不到令他满意的解答，因为人们的答案总是庸俗而相似的：

你如果有很多的金钱，就会快乐。

你如果有很大的权势，就会快乐。

你拥有得越多，就会快乐。

因为富翁早就有了这些东西，却没有快乐，这使他更疑惑了："难道这个世界真就没有真正的快乐吗？"

有一天，富翁听说在偏远的山村里有一位智者，无所不知，无所不通。

他就跑进村找到那位智者，智者正坐在一棵大树下闭目养神。

富翁问智者："智者！人们都说你是无所不知的，请问在哪里可以买到快乐的秘方呢？"

"你为什么要买快乐的秘方呢？"智者问道。

富翁说："因为我很有钱，可是很不快乐，如果有人能让我体验一次，即使只是一刹那，我愿意把全部的财产送给他。"

智者说："我这里就有快乐的秘方，但是价格很昂贵，你准备了多少钱，可以让我看看吗？"

富翁把怀里装满钻石的锦囊拿给智者，没有想到智者连看也不看，一把抓住锦囊，跳起来，就跑掉了。

富翁大吃一惊，过了好一会儿才回过神来，大叫："抢劫了！救命呀！"可是在偏僻的山村根本没人听见，他只好死命地追赶智者。

他跑了很远的路，跑得满头大汗、全身发热，也没有发现智者的踪影，他绝望地跪倒在山崖边的大树下痛哭。没有想到费尽千辛万苦，花了几年的时间，不但没有买到快乐的秘方，钱财又被抢走了。

富翁哭到声嘶力竭，站起来的时候，突然发现被抢走的锦囊就挂在大树的枝丫上。他取下锦囊，发现钻石都还在。一瞬间，一股难以言喻的、真正的快乐充满他的全身。

正当他全然陶醉在快乐中的时候，躲在大树后面的智者走了出来，问他：“你刚刚说，如果有人能给你体验一次真正的快乐，即使只是一刹那，你愿意送给他所有的财产，是真的吗？”

富翁说：“是真的！”

“刚刚你从树上拿回锦囊时，是不是体验到了呢？”智者又问。

“是呀！我刚刚体验到了真正的快乐。”

智者说：“好了，现在你可以给我所有的财产了。”

智者一边说一边从富翁手中取过锦囊，扬长而去。

励志寄语：

快乐由心而生，心由事而定，事由人来做。真正的快乐是一种陶醉的感觉，它来自我们自身的努力，源于我们有一颗宽大而坦然的内心。

快乐的心是一朵永不凋谢的鲜花

澳大利亚土著人认为，上苍创造的第一个人是女性，而且是在歌唱中进行的……

李冰非常赞同这种说法。他认为歌唱应该是一种心灵笑声，只是通过人的唇舌，美妙深情地表达出来。一个还会唱歌的人，再穷，仍不算是穷光蛋。

他曾见过一位少女，在医生为她装的假肢上，她画了许多米老鼠和鲜花的图案。这种超越痛苦后的洒脱与快乐，令他很感动。

谁没有痛苦或悲伤过？

但重要的是，要走出阴影，并以一颗欢喜心去面对。哭泣的心，所换来的是更浓的愁云，只有以阳光般的歌声，才会赢得一片晴空。

某单位有个临时工，已四十多岁，她的工作就是侍弄盆栽花草，工资很低，但她十分卖力，而且乐此不疲。整个大院，因为她辛勤劳作，一年四季都有花的芳香和美丽。

花解谁语？花是一种快乐的开放，但从没有发出声音，正如这位热情的园丁，默默地工作，但她是快乐的。一颗欢乐的心，在本质上就是一朵芳香而不喧哗的鲜花。

单位大院门房里，不久前来了一个值班老人，他红红的脸上，总是带一丝神仙般的笑意。心宽体胖，每个人都知道他心情很好，身体很好。第一天上班，他就把整个大院地上的树叶归成一堆，边点火焚烧，边幽默地说："新官上任三把火！"这位离休干部在家闲不住，一定要到李冰他们单位门房工作。他有首"童谣"是这么唱的："人生七十才开始，八十不过小老弟，九十还在流鼻涕！"永葆赤子之心，这"心"也是欢喜心。

作家琼瑶曾刻意要求所有的客人见到她的小孙女一律要赏笑脸。近朱者赤，近墨者黑，近笑者自然就爱笑。爱笑真好，若能欢笑，自然也就有欢颜了。

励志寄语：

洒脱而快乐的生活，源自积极的心态、宽大的胸怀。生活中有风雨有坎坷，更有阳光有美景，我们一路欢笑与高歌岂不更畅快！

Chapter

第三章

风雨兼程，信心为舵

人生风雨路，或风平浪静，或浮浮沉沉，给自己一份自信，不卑不亢，洒脱前行，谱写闪光的生命篇章！

知难不退

2001 年 5 月 20 日，美国一位名叫乔治·赫伯特的推销员，成功地把一把斧子推销给了小布什总统。布鲁金斯学会得知这一消息，把刻有“最伟大推销员”的一只金靴子赠予了他。这是自 1975 年以来，该学会的一名学员成功地把一台微型录音机卖给尼克松后，又一学员登上如此高的门槛。

布鲁金斯学会以培养世界上最杰出的推销员著称于世。它有一个传统，在每期学员毕业时，设计一道最能体现推销员能力的实习题，让学生去完成。克林顿当政期间，他们出了这么一个题目：请把一条三角裤推销给现任总统。八年间，有无数个学员为此绞尽脑汁，可是，最后都无功而返。克林顿卸任后，布鲁金斯学会把题目换成：请把一把斧子推销给小布什总统。

鉴于前八年的失败与教训，许多学员知难而退，个别学员甚至认为，这道毕业实习题会和克林顿当政期间一样毫无结果，因为现在的总统什么都不缺少，再说即使缺少，也用不着他们亲自购买。

然而，乔治·赫伯特却做到了，并且没有花多少工夫。一位记者在采访他的时候，他是这样说的：“我认为，把一把斧子推销给小布什总统是完全可能的，因为布什总统在得克萨斯州有一农场，里面长着许多树。于是我给他写了一封信，说：‘有一次，我有幸参观您的农场，发现里面长着许多大树，有些已经死掉，木质已变得松软。我想，您一定需要一把小斧头，但是从您现在的体质来看，这种小斧头显然太轻，因此您仍然需要一把不甚锋利的老斧头。现在我这儿正好有一把这样的斧头，很适合砍伐枯树。假若你有兴趣的话，请按这封信所留的信箱，给予回复……最后他就给我汇来了 15 美元。’”

乔治·赤伯特成功后，布鲁金斯学会在表彰他的时候说，金靴子奖已空置了 26 年，26 年间，布鲁金斯学会培养了数以万计的推销员，造就了数以百计的百万富翁，这只金靴子之所以没有授予他们，是因为我们一直想寻找这么一个人，这个人不因有人说某一目标不能实现而放弃，不因某件事情难以办到而失去自信。

励志寄语：

不是因为有些事情难以做到，我们才失去自信；而是因为我们内心不够强大，先失去了自信，失去坚持下去的勇气，才半途而废。

不放弃而扭转的人生

迈克·兰顿生长在一个不正常的家庭里，父亲是个犹太人（十分排斥天主教徒），而母亲却偏偏是个天主教徒（却又十分排斥犹太人）。在他小的时候，母亲经常闹着要自杀，当火气来时便抓起挂衣架追着他毒打，就因为生活在这样的环境，所以他自幼就有些畏缩而身体瘦弱。

迈克读高中一年级时的一天，体育老师带这一班学生来到操场上，教他们如何掷标枪，而这一次的经验就此改变了他后来的人生。在此之前，不管他做什么事都是畏畏缩缩的，对自己一点儿自信都没有，可是那天奇迹出现了，他奋力一掷，只见标枪超过了其他同学的纪录，多出了足足有30英尺。就在那一刻，迈克知道了自己的前途大有可为，在日后面对《生活》杂志的采访时，他回想道："就在那一天我才突然意识到，原来我也有能比其他人做得更好的地方，当时便请求体育老师借给我这支标枪。在那年整个夏天里，我就在运动场上掷个不停。"

迈克发现了使他振奋的未来，而他也全力以赴，结果有了惊人的成绩。

那年暑假结束返校后，他的体格已有了很大的改变，而在随后的一整年中他特别加强重量训练，使自己的体能往上提升了不少。高三时的一次比赛中，他掷出了全美国中学生最好的标枪纪录，因而也让他赢得了体育奖学金。

有一次，他因锻炼过度而严重受伤，经检查证实，必须永久退出田径场，这使他因此也失去了体育奖学金。为了生计，他不得不到一家工厂去担任卸货工人。

不知道是不是幸运之神的眷恋，有一天他被好莱坞的星探发现，问他是否愿意在即将拍摄的一部电影影片——《鸿运当头》中担任配角。当时这部影片是美国电影史上所拍的第一部彩色西部片，迈克应允加入演出后从此就没有回头，先是演员，然后演而优则导，最后成为制片人，他的人生事业就此一路展开。一个美梦的破灭往往是另一个未来的开始，迈克原先有个在田径场上发展的目标，而这个目标引导着他锻炼强健的体格，后来的打击却又磨炼了他的性格，这两种训练未料却成了他另外一个事业所需的特长，使他有了更耀眼的人生。

迈克因为能够坚持而扭转了自己的人生。有时候，我们虽然未能达到某个目标，可是只要我们能承受住，不轻易放弃，最终却可能达到较先前为更大的目标。

励志寄语：

任何难堪的现状都是有扭转的希望的，前提是我们有信心，并且我们愿意为之去努力行动。

信心是半个生命

晓强认识一位老人，十年前他被诊断出患了癌症，医生预测他的生命最多还有两年。面对癌症，老人始终保持着一种乐观向上的情绪，不管病情发生多大变化，他从不气馁和颓废。在积极配合医务人员治疗的同时，他还积极参加自己力所能及的体育锻炼。就这样，他已平安度过了十个春秋。在一次闲聊中晓强问他，是什么神奇的力量支撑着他活了这么多年。老人笑着对他说："是信心，几乎每天早晨，我都对自己说，我不会倒下去，我还有许多事情要做，我一定能把病治好。"

人活着离不开信心。对于养生来说，信心是一剂驱逐百病的灵丹妙药。现代医学证明，如果一个人的自信心十分坚定而持久，就可以提高抵抗疾病的能力。疾病，尤其是比较严重或久治不愈的疾病，不仅折磨着人的肉体，而且同时也摧残着人的精神。因此，在疾病面前，意志薄弱者往往丧失信心，从而被疾病击垮，促使病情恶化。我国唐代著名诗人白居易在40岁时突患重病，一时间头发皓白，牙齿脱落，身体十分虚弱。然而，他并没有被疾病吓倒，而是抱着一种战胜疾病的勇气和信心、乐观的态度对待人生，终于在不断的治疗和运动中战胜了病魔，成为我国古代文学界长寿老人之一。

有位诗人说，信心是半个生命，淡漠是半个死亡。老年人能否健康长寿，因素固然有许多，但信心是重要的一条。有健康的精神，才有健康的身体。靠坚强的信心，有利于祛病健身，有利于健康长寿。信心是精神支柱，一个人只要精神不倒，就能顽强地活下去，战斗下去。从这个意义上说，信心不仅是半个生命，而且是整个生命。

人到老年，由于经历了几十年的凄风冷雨，身染有病者总有十之八九。然而，生命或许很脆弱，但是有了信心，生命就能强劲起来；生命极易萎缩，但是有了信心，生命就能挺拔和旺盛。

励志寄语：

信心所给予生命的，不只是一种依托，一种凭借，一种支持，信心给予生命的，是永远的坚强和力量。

坚定的信念

剑桥郡的世界第一名女性打击乐独奏家伊芙琳·格兰妮说：“从一开始我就决定：一定不要让其他人的观点阻挡我成为一名

音乐家的热情。”

她成长在苏格兰东北部的一个农场，从八岁时她就开始学习钢琴。随着年龄的增长，她对音乐的热情与日俱增。但不幸的是，她的听力却在渐渐地下降，医生们断定是由于难以康复的神经损伤造成的，而且断定到12岁，她将彻底耳聋。可是，她对音乐的热爱却从未停止过。

她的目标是成为打击乐独奏家，虽然当时并没有这么一类音乐家。为了演奏，她学会了用不同的方法“聆听”其他人演奏的音乐。她只穿着长袜演奏，这样她就能通过她的身体和想象感觉到每个音符的震动，她几乎用她所有的感官来感受着她的整个声音世界。

她决心成为一名音乐家，而不是一名耳聋的音乐家，于是她向伦敦著名的皇家音乐学院提出了申请。

因为以前从来没有一个耳聋学生提出过申请，所以一些老师反对接收她入学。但是她的演奏征服了所有的老师，她顺利地入了学，并在毕业时荣获了学院的最高荣誉奖。

从那以后，她的目标就致力于成为第一位专职的打击乐独奏家，并且为打击乐独奏谱写和改编了很多乐章 ，因为那时几乎没有专为打击乐而谱写的乐谱。

至今，她作为独奏家已经有十几年的时间了，因为她很早就下了决心，不会仅仅由于医生诊断她完全变聋而放弃追求，因为医生的诊断并不意味着她的热情和信心不会有结果。

罗斯福总统的夫人曾向她的姨妈请教对待别人不公正的批评有什么秘诀。她姨妈说：“不要管别人怎么说，只要你自己心里知道你是对的就行了。”避免所有批评的唯一方法就是只管做你心里认为对的事——因为你反正是会受到批评的。

“不要被他人的论断束缚了自己前进的步伐。追随你的热情，追随你的心灵，它们将带你到你想要去的地方。”

励志寄语：

不管别人信不信我们，只要我们自己有足够的毅力和坚定的信念，相信没有什么力量能阻止我们实现梦想的步伐。

划定目标逐个实现

1984年，在东京国际马拉松邀请赛上，名不见经传的日本选手山田本一出人意外地夺得了世界冠军。当记者问他凭什么取胜时，他只说了“凭智慧战胜对手”这么一句话，当时许多人认为这纯属偶然，山田本一在故弄玄虚。

两年后，在意大利国际马拉松邀请赛上，山田本一再次夺冠。记者又请他谈经验，性情木然的山田本一还是那句话：用智慧战胜对手。

许多人对此迷惑不解。

10年后，山田本一在自传中解开了这个谜，他是这么说的：“每次比赛前，我都要乘车把比赛的线路仔细看一遍，并画下沿途比较醒目的标志，比如第一个标志是银行，第二个标志是红房子……这样一直画到赛程终点。比赛开始后，我以百米的速度奋力向第一个目标冲去，等到达第一个目标后，我又以同样的速度向第二个目标冲去。40多公里的赛程，就被我分成这么八个小目标轻松完成了。最初，我并不懂这样的道理。我把目标定在40公里外的终点线上，结果我跑到十几公里就疲惫不堪了，我被前面那段遥远的路程给吓倒了。”

许多人做事之所以会半途而废，并不是因为困难大，而是感觉离目标遥遥无期，正是这种心理上的因素导致了失败，把长距离分解成若干个距离段，逐一跨越它，就会轻松许多，而目标具体化可以让你清楚当前该做什么，怎样能做得更好。

山田是一位拥有出色业绩的推销员，可是他一直都希望能跻身于最高业绩的行列中。但是一开始这只不过是他的一个愿望，从没真正去争取过。直到三年后的一天，他想起了一句话：“如果让愿望更加明确，就会有实现的一天。”

于是，他当晚就开始设定自己希望的总业绩，然后再逐渐增加，这里提高5%，那里提高10%，结果顾客却增加了20%，甚至更高，这激发了山田的热情。从此他不论什么状况，任何交易，都会设立一个明确的数字作为目标，并在一两个月内完成。

“我觉得，目标越是明确越感到自己对达成目标有股强烈的自信与决心。”山田说。他的计划里包括“我想得到的地位、我想得到的收入、我想具有的能力”，然后，他把所有的访问都准备得充分完善，相关的业界知识加之多方面的努力积累，终于在第一年的年终，使自己的业绩创造了空前的纪录，以后的年头效果更佳。

如果人生路上，做任何事从来都只是想想而已，就是不曾付诸行动，当然所有的愿望都只有落空了；如果在心中明确地定下了目标，以及为了切实实现目标而设定了具体的数字和期限，你会真正感觉到，强大的推动力正在鞭策着自己去达成它。

励志寄语：

人生路上，不同时期，我们会设定一个不同程度的目标，而这个目标的实现，往往更需要我们的信心和耐力。

我有这个信心

保罗是一位很有成就的新闻记者。六岁时，他曾以难民身份抵达美国。开始时，他在学校里因不会说英语而深感痛苦，他受到同学讥嘲时不是大打出手，便是转身逃避，结果养成了他所说的“难民心理”。这种心理表现在诸如此类的想法上：“到了人家这里就该知足”以及“这种东西轮不到你”，等等。

后来在一次夏令营活动时，他的人生发生了转折。“他们要我担任营里最有地位的职务——岸边指导员，因为我具备必要的资格，”保罗说，“这时，我照例听到一个内心的声音提醒自己：这种东西轮不到你赢。你不是第一流的人。可是，出乎意料的是，就像灯光忽然亮了似的，我即刻便答应了担任那个职位。”

保罗不能肯定他当时怎么会恍然大悟。可是那一刻的确改变了他的一生，使他摆脱了心理羁绊，而变成了“在我的世界里的真正自己”。

好的念头不会自动地在我们的生活中产生。我们之所以能够发展，是因为我们决心要发展，是因为我们产生了积极应付我们的遭遇的动力。

成功的人都知道，坚定不移涉及抉择，而抉择则涉及风险，敢不敢冒风险，就看你有没有信心了。

一位 58 岁的农产品推销员奥维尔·瑞登巴克以不同品种的玉米做实验，设法制造出了一种松脆的爆玉米花。他终于培育出了理想的品种，可是没有人肯买，因为成本太高。

“我知道只要人们一尝到这种爆玉米花，就一定会买。”他对合伙人说。

“如果你这么有把握，为什么不自己去销售？”合伙人回答道。

万一他失败了，他可能会损失很多钱。在他这个年龄，他真想冒这个险吗？他雇用了一家营销公司，为他的爆米花设计名字和形象。不久，奥维尔·瑞登巴克就在全美国各地销售他的“美食家爆玉米花”了。今天，它是全世界最畅销的爆玉米花，这完全是他甘愿冒险的成果，他拿了自己的所有一切去做赌注，换取他想要的东西。

“我想，我之所以干劲十足，主要是因为有人说我不能成功，”现年84岁的瑞登巴克说，“那反而使我决心要证明他们错了。因为，我有这个信心。”

励志寄语：

自信是成功者的必备条件。那有人就问了，为什么一些自信的人不能成功呢？因为他们除了盲目自信之外更表现出一种自大。

相信自己就会成功

威尔逊在创业之初，全部家当只有一台分期付款赊来的爆米花机，价值50美元。第二次世界大战结束后，威尔逊做生意赚了点钱，便决定从事地皮生意。如果说这是威尔逊的成功目标，那么，这一目标的确定，就是基于他对自己的市场需求预测充满信心。

当时，在美国从事地皮生意的人并不多，因为战后人们一般都比较穷，买地皮修房子、建商店、盖厂房的人很少，地皮的价格也很低。当亲朋好友听说威尔逊要做地皮生意时，几乎异口同声地反对。

而威尔逊却坚持己见，他认为反对他的人目光短浅。他认为虽然连年的战争使美国的经济很不景气，但美国是战胜国，它的经济会很快进入大发展时期。到那时买地皮的人一定会增多，地皮的价格会暴涨。

于是，威尔逊用手头的全部资金再加一部分贷款在市郊买下了很大的一片荒地。这片土地由于地势低洼，不适宜耕种，所以很少有人问津。可是威尔逊亲自观察了以后，还是决定买下这片荒地。他的预测是，美国经济会很快繁荣起来，城市人口会日益增多，市区将会不断扩大，必然向郊区延伸。在不远的将来，这片土地一定会变成黄金地段。

后来的事实正如威尔逊所料。不出三年，城市人口剧增，市区迅速发展，大马路一直修到威尔逊买的土地的边上。这时，人们才发现，这片土地周围风景宜人，是人们夏日避暑的好地方。于是，这片土地价格倍增，许多商人竞相出高价购买，但威尔逊不为眼前的利益所惑，他还有更长远的打算。后来，威尔逊在自己这片土地上盖起了一座汽车旅馆，命名为“假日旅馆”。由于它的地理位置好，舒适方便，开业后，顾客盈门，生意非常兴隆。从此以后，威尔逊的生意越做越大，他的假日旅馆逐步遍及世界各地。

威尔逊的经历告诉我们：面对周遭不同的声音，能否坚持自信与人生的成败息息相关。

大音乐家华格纳也遭受了同时代人的批评与攻击，但他对自己的作品仍有信心，终于战胜了世人。达尔文曾在英国一个小园中工作20年，有时成功，有时失败，但他锲而不舍，因为他自信已经找到了线索，结果终得成功。

前世界拳击冠军乔·弗列勒每战必胜的秘诀是：参加比赛的前一天，总要在天花板上贴上自己的座右铭——“我能胜！”

你如果在自己心里就已认定会失败，那就永远不会成功。因为，没有自信，没有目的，你就会俯仰他人，一事无成。

我们都知道电话是贝尔发明的，可是，很少有人知道，在贝尔之前，就有人发明了电话，但他没有努力去宣传和推广自己的成果，终于被埋没掉了；贝尔发明了电话后，起初也不被人们理睬和相信，但是他信心十足，不断利用各种机会广泛宣传，终于把电话推广开来。

自信是成功的基石，有个强大的内心是成功的支撑与保障。

励志寄语：

危机面前，选择自信且不放弃定会给成功多加一根保险丝。

积极的自我心像

1862 年 9 月，美国总统林肯发表了将于次年 1 月 1 日生效的《解放黑人奴隶宣言》。在 1865 年美国南北战争结束后，一位记者去采访林肯。他问："据我所知，上两届总统都曾想过废除黑人奴隶制，《宣言》也早在他们那时就起草好了。可是他们都没有签署它。他们是不是想把这一伟业留给您去成就英名？"林肯回答："可能吧。不过，如果他们知道拿起笔需要的仅是一点勇气，我想他们一定非常懊丧。"林肯说完匆匆走了，记者一直没弄明白林肯这番话的含义。

直到 1914 年林肯去世 50 年后，记者才在林肯留下的一封信里找到了答案。在这封信里，林肯讲述了自己幼年时的一件事："我父亲以较低的价格买下了西雅图的一处农场，地上有很多石头。有一天，母亲建议把石头搬走。父亲说，如果可以搬走的话，原来的农场主早就搬走了，也不会把地卖给我们了。那些石头都是一座座小山头，与大山连着。有一年父亲进城买马，母亲带我们在农场劳动。母亲说，让我们把这些碍事的石头搬走，好吗？于是我们开始挖那一块块石头。不长时间就搬走了。因为它们并不是父亲想象的小山头，而是一块块孤零零的石块，只要往下挖一英尺，就可以把它们晃动。"

林肯在信的末尾说：有些事，人们之所以不去做，只是他们认为不可能。而这许多的不可能，其实只存在于人们夸大了难度的想象之中。

这个故事很有启迪性。它告诉我们大家，有的人之所以不去做或做不成某些事，不是因为他没这个能力，也不是客观条件限制，而是他内心的自我想象首先给他设下了障碍，是他自己先打败了自己。

拿破仑·希尔指出：在每一天的生活中，如果你都能够尽力而为、尽情而活，你就是“第一名”！

常言道，世上无难事，只怕有心人，没有翻不过的山，也没有蹚不过的河。只是因为不相信自己能力的人多了，世界上才有了“困难”这个词语。

励志寄语：

要取得事业成功、生活幸福，重要的是要有积极的自我心态，敢于对自己说：“我行！我坚信自己！”正如拿破仑·希尔所说：在每一天的生活中，如果都能够尽力而为、尽情而活，就是“第一名”！

坚持下去总会有成功

这是美国北纽约州小镇上一个女人的故事。她从小就梦想成为最著名的演员，18 岁时，在一家舞蹈学校学习三个月后，她母亲收到了学校的来信：“众所周知，我校曾经培养出许多在美国甚至在全世界著名的演员，但是我们从没见过哪个学生的天赋和才能比你的女儿还差，她不再是我校的学生了。”

被退学后的两年，她靠干零活谋生。工作之余她申请参加排练，排练没有报酬，只有节目公演了才能得到报酬。但在她参加排练的每个节目都能参加。

两年以后，她得了肺炎。住院三周以后，医生告诉她，她以后可能再也不能行走了，她的双腿已经开始萎缩了。已是青年的她，带着演员梦和病残的腿，回家休养。

她相信自己有一天能够重新走路，经过两年的痛苦磨炼，无数次的摔倒，她终于能够走路了。又过了18年——整整18年！她还是没有成为她梦想的演员。

在她已经40岁的时候，她终于获得了一次机会扮演一个电视角色，这个角色对她非常合适，她成功了。在艾森豪威尔就任美国总统的就职典礼上，有2900人从电视上看到了她的表演，英国女王伊丽莎白二世加冕时，有3300人欣赏了她的表演……到了1953年，看到她表演的人超过4000万。

这就是露茜丽·鲍尔的电视专辑。观众看到的不是她早年因病致残的跛腿和一脸的沧桑，而是一位杰出的女演员的天才和能力，看到的是一个不言放弃的人，一位战胜了一切困苦而终于取得成就的大人物。

励志寄语：

做事的路上，我们要有耐心，更要有自信心，不要轻易就被眼前的苦难打倒了。放宽心，再出发，曙光也许就在我们的前方。

Chapter

第四章

不忘初心，勇敢执着

可以流下眼泪，但一定要相信自己的坚强；可以承受失败，但一定不能放弃自己的努力。风雨人生，当上帝给我们关上一扇门的时候，一定要学会给自己打开另一扇窗！

生活永远选择强者

常言说："两强相遇勇者胜。"这是经过人们长期的实践检验而来的至理名言，任何人的成功都不是轻轻松松获得的，生活永远只选择强者。勇气存在于我们日常生活中的每一个细节。今天是双休日，好想什么也不管了，尽情地放空自己，可你却有好多事要做，你有没有勇气起床呢？有人就说了，你这是小事，那我们举其他的。勇气需要在任何场合，面对困难时，面对权势时，面对金钱时……勇气就是"富贵不能淫，威武不能屈"的正气，是勇对"山重水复疑无路"下的坚持，是"直挂云帆济沧海"的豪情 ……。那么我们的这些勇气又是从何处而来呢？当然是一颗强大的内心，只要我们摆以正常心态，以一颗平常心去面对一切，不焦躁、不惊慌、不恼怒、不灰心等等，那就什么都不怕了。

吴士宏曾是 IBM(中国) 公司的总经理。虽说吴士宏现在是成功的优秀企业家，但她原先只是一个护士，那她是怎样进入 IBM 公司的呢？

很多年以前，吴士宏是一个医院的护士。1985 年，她决定要去 IBM 去应聘。当时，IBM 的招聘地点在长城饭店，这是一个五星级的饭店——那个时候的五星级饭店"地位"可想而知。

她曾回忆说，在长城饭店门口足足徘徊了五分钟，呆呆地看着那些各种肤色的人如何从容地迈上台阶，如何一点儿也不生疏地走进门去，进入另一个对她来说是那般不一样的环境。她之所以徘徊了五分钟都不敢进去，是因为她的内心深处总觉得自己与这道门之间距离实在太远了。

经过一番犹豫与思考，她最后当然进去了，否则就没有今天的吴士宏了。那她是怎样突破这道障碍的呢？凭着在一台收音机面前，花一年半时间学完了许国璋英语三年的课程，这样的一个经历，自己也应该进去，她想自己来这里不就是为了这一天吗？

她鼓足了勇气，迈着稳健的步伐，穿过威严的旋转门和内心的召唤，走进了当时最大的信息产业公司——IBM 公司的北京办事处：她的确是个人才，顺利地通过了两轮笔试和一轮口试，最后来到了主考官面前，眼看就要大功告成了。

俗话说：阎王好见，小鬼难缠。现在已经见到了“阎王”，她好像什么也不怕了。

主考官并没有提很难的问题，只是随口问道：“你会不会打字？”

她本来不会打字，但是内心一种本能的意识提醒她，到了这个地步，还有什么不会的呢？于是，她点点头，只说了一个字：“会！”

“一分钟可以打多少个字？”

“您的要求是多少？”

“每分钟 120 字。”

她不经意地环视了一下四周，考场里没有发现一台打字机，马上就回答：“没问题！”

主考官说：“好，下次录取时再加试打字！”

就这样，她算是过五关斩六将，顺利地通过了主考官的眼睛。

实际上，吴士宏从来没有摸过打字机。面试结束后，她便飞快地跑去了一个朋友那里，借 170 元钱买了一台打字机。之后，她便没日没夜地练习了一个星期，居然达到了专业打字员的水平。

她终于被录取了，IBM 公司却“忘记”了考她的打字水平了，可是这 170 元钱，她好几个月才还清。

她成了这家世界著名企业的一名普通员工，可是她扮演的不是白领，而是一位卑微的角色，主要的工作是泡茶倒水，打扫卫生，用她自己的话说，“完全是脑袋以下的肢体劳动”。她为此感到很自卑，她便把可以触摸传真机作为一种奢望，她所感到的安慰就是自己能够在一个可以解决温饱问题而又安全的地方做事。

可是作为一位服务人员，这种心理平衡很快就被打破了。

一天，吴士宏推着平板车买办公用品回来，门卫把她拦在了大门口，故意要检查她的外企工作证。她没有外企工作证，于是在大门口与门卫僵持了起来，进进出出的人就像看大街上耍猴的那样，个个都投来一种异样的目光。作为一位女性，她的内心充满了屈辱，充满了无奈，可是她知道得到这份工作不容易，便没有发泄出来，可是她的内心咬着牙齿在说：“我不能这样下去！”

这是第一件事情，还有一件事情在她的内心深处留下很深的印象：

有个女职员，香港的，资格很老，动不动就喜欢指使人给她办事，吴士宏就是她的主要指使对象。

一天，这位女士叫着吴士宏的英语名字说：“Juliet，如果你想喝咖啡就请告诉我！”

吴士宏丈二和尚摸不着头，不知道这位自以为是的女人说的是什么意思。

这位女人继续说道：“如果你喝我的咖啡，每次都请你把杯子的盖子盖好！”

吴士宏本来是一个很能忍气吞声的人，这次女性的温柔全都不见了，因为她认为那女人把自己当成偷喝咖啡的小毛贼了，这是对自己一种人格上的侮辱。她顿时浑身战栗，然后就像一头愤怒的狮子，把埋在内心的满腔怒火全部发泄了出来……

吴士宏想：有朝一日，我要去管公司里的任何一个人！

甘愿自卑，就只能沉沦下去，不肯自卑，才会产生无穷的推动力，吴士宏选择了后者。吴士宏每天除了工作时间就是学习，寻找着自己的最佳出路。

最终，与她一起进 IBM 的，她第一个做了业务代表；她成了第一批成为本土经理的人；她成为第一批赴美国本部进行战略研究的人；她第一个成为 IBM 华南地区总经理——也就是人们常说的“南天王”……

大概这些都没有多大意思，吴士宏还登上了 IBM(中国) 公司总经理的宝座。

吴士宏为什么成功，我们不知道：我们只知道她从来没有真正害怕过什么东西，即使不会的东西也是这样。

人就是应该有这样一点精神——不会的事情，难道你不会学？内心强大一些，行动恒久一些！

励志寄语：

再大的困难，只有内心坚强，永不放弃拼搏和努力，没有理由不成功。

永勿停留地前进

第二次世界大战时期，美国有位海军上尉叫史密斯，他发现他的队长用来打靶的新方法很好，用来训练炮手也一定能收到极好的效果，或许还能节省不少炮弹。于是，他写了一封信申请上司采用，但他的上司对于这个意见毫不感兴趣，就未予批准。没办法，他便又大着胆子写信给了更高的长官，但他的提议仍被驳回了，他就依次往更高一级申请了上去直到海军部长那里，但仍是到处碰壁，不得要领。最后，他索性冒着极大的危险，直接写信给了老罗斯福总统。

冒了极大的危险？是的，因为依当时的军法，一切下级军官的公文，均须申交直属的上级，然后由那位上级再依次转交上去。现在史密斯竟一炮轰到了海军部长那里，再轰到了总统手里，其实他早已犯了严重的藐视上级罪了。

那么结果他怎样了？军法从事？送监坐牢？

都没有，罗斯福总统郑重地允许考虑这个意见。他立刻把那位上尉找来，给他一个机会，当场试验他的意见对或不对。

他们在沿海某处圈定了一个目标，先令军舰上的炮手，沿用老法开炮打靶，结果白白耗费了五个钟头的时间和大批的炮弹，却一次也没有击中。而采用新方法效果却截然不同，这就证明了史密斯的主张毫无错误。罗斯福因此对他大加赞勉。

如果当初他不能确定老法的落伍和新法的可靠，便冒昧地到处乱投书，那结果之糟，定将不堪设想。如果当初他遭遇挫折时没有坚持自己的正确主张，他也不会如愿以偿，获得完美结果。事实没有假设一说，史密斯对于他的意见，有着充分的自信，碰壁而不退却，绝非追求名利之辈可比。

总之，我们活着的最终意义，无非是要利用种种机会以实现内心理想。但要实现内心的理想，就非得抱着试试看的决心不可，并要坚持到底。

美国银行学权威简尼先生说："一个人如果老是在他的幻想中团团转，今天想这样做，明天想那样做，但他就是不肯下定一个决心，去着手进行，那他不但永无出头的一天，而且一点成果也干不出来。常常听见有许多人说，'当初'他如果实行了自己的计划，‘现在’估计早已获得怎样的成就了。这种人唯一的错处，就是内心不够强大，行动不够果敢和坚定。”

励志寄语：

信心需要有勇气来支撑，梦想需要付出努力来兑现。生活中，有目标，便要大胆而坚定地前进，这是人们取得成功的唯一途径。

温暖的微笑

前不久，楼下的空地上新开了一家小吃摊，经营煎饼、馒头、稀饭等小吃。摊主是一位四十开外的中年男人，虽然神情很是疲倦，但他脸上始终挂着一种平和而温暖的微笑。因地段偏僻，小吃摊的生意较冷清，而他脸上的笑容并未因此而收敛片刻，依然笑对着时间的流逝和人来人往，淡定如云。

吴刚因自己客居异乡，生活没有规律，早餐或晚餐常在他的小吃摊上将就，时间长了，便也与他混得半熟。

后来吴刚从他的口中得知，他妻子前年遭遇了车祸，至今仍然躺在床上，儿子读高中毕业班，正是需要在他身上大把花钱的时候，不巧的是今年他也下岗了，贫困的生活犹如雪上添霜，没办法，只好又来张罗小吃摊，赚多少算多少，只求能把家支撑下来……

一天，吴刚在他摊上吃过晚餐正准备离去时，他叫住了他，笑着对他说：“师傅，今天我搬家什的板车坏了，你能不能帮我搬点东西回家？”吴刚爽快地答应了。

刚走进他狭窄的家，吴刚就被半埋于枕头上的一张笑脸感动了——这是他的妻子，躺在床上侧过脸对着他微笑着，正如他示人的微笑——平和而又温暖。从这张微笑着的脸上，根本找不到一丝半点重残在身、卧床已久、生活贫困的人所表露出的烦躁、孤僻、茫然、嫉恨、厌世等神情。这张脸虽然苍白、清瘦，但洋溢出来的微笑，却如花般明媚、灿烂，使得简陋的房间温馨如春。他们好像无视吴刚这个外人的存在，他坐在她身边，问她的身体情况；她用手摸摸他的脸，询问他累不累，那轻柔的声音和悦耳的笑声，像空气一样在房间里流淌。而更加令人感动的是，他们放学回来的儿子，脸上的微笑一如他的父母，在平和、温暖之中，还透出一种希望。

励志寄语：

读完故事，我们深深地感动于这种微笑背后无可比拟的力量——勇气和希望。这才是支撑起一个人、一个幸福家庭的真正所在，哪怕遭受再大的不幸和厄运，相信都能够勇敢面对。

上海滩奇迹之王

被誉为“上海滩奇迹之王”的周云光以善于抓住不是机会的机会来创造奇迹而闻名于上海。如果说上海是冒险家的乐园，那么周云光就是这乐园中最为风光的几位人物之一。

周云光的银行是在非常险恶动荡的环境中建立的。银行诞生不久，便面临外商银行和钱庄两大国际和国内金融集团的夹击。当时的上海租界内外，外国银行林立，如美国的花旗、汇兴，法国的东方汇理，英国的汇丰、麦加利，日本的三井、住友、三菱，比利时的化比、中法实业，德国的德华，俄国的道胜，荷兰的安达等银行，都是实力异常雄厚的金融财团。外商银行依靠强劲的实力，根本看不起中国的银行，周云光的上海银行更是不被放在眼中。不少人都认为上海银行的倒闭是迟早的事情。

开办伊始，周云光经常能听到一些嘲笑："中国的银行是不可能办好的。"而此时，国内金融市场的竞争也日趋激烈。远的不说，仅上海钱庄中就涌现出了诸如齐丰、同康、源康、庆富等实力超群的大钱庄，它们不仅具有票据交换机构，可以依此制定拆息，银行间的票据交换必须要托钱庄来办理。而且，几大银行之间也达成了默契，相互间都有成文的君子协定。

实际上，在复杂交错的金融市场上，钱庄俨然以仅次于外商银行的老二自居。华资商业银行，实际上是在外商银行和钱庄的夹缝中讨饭吃。周云光明白上海银行既无强大政治势力，又无雄厚经济基础。因此，对于这家"小小银行"来说，首要的任务是站稳脚跟；而要想站稳脚跟，必须从服务质量和内部经营上下功夫。周云光知道这才是银行生命的源泉。

善于观察的周云光在长期的实践中发现，外商银行和钱庄注重吸纳大户存款，而对小额存款颇为轻视，所以，他就以此为突破口，特别看重小额存款，把它作为上海银行能否成功的关键。他十分强调"服务社会"，主张"人争近利，我图远功，人厌细微，我宁烦琐"的经营方针。

正因如此，他经营的上海银行特别标出"储蓄"字样，非常明显地表示该行"以提倡储蓄、发展商业为本"。为了吸引小额存款，周云光别出心裁首先提出“一元开户”，也就是说只要有一元钱，就可以在上海银行开户。“一元开户”是针对上海的广大市民阶层专门设立的，因此，在当时中国金融界是前所未闻的新鲜事，并在上海金融界一时引为笑谈，认为有失一个银行的身份。

甚至，就连老百姓也难以相信。当时，有一个顾客听说后决定亲自去试一试，他拿上 150 元钱，要求办理 150 个户头的存折。上海银行当即满足了他的要求，很快为他开立了 150 个户头。消息传出，许多小有积蓄的人纷纷登门，一下子便打开了储蓄业务的局面。

由于符合广大消费者的心理和经济利益。“一元开户”很快受到城市中下层市民的普遍欢迎，那些低收入的教师、公职人员、家庭主妇、自由职业者以及部分小商人和手工业主，争先恐后，纷纷将平时劳动收入及个人所得存入上海银行。这项在创办初期遭到银行业同行们讥笑的创举，一时间大获成功，风靡整个上海滩。以至于后来竟被上海各大银行争相仿效，就连像中国银行这样官办的国家银行也放下了面子，积极提倡这种业务。

“一元开户”的成功使周云光在银行业创造了一个神话，迅速成为人们眼中的焦点人物。人们由衷地佩服周云光的精明和眼光。在“一元开户”打开储蓄局面后，周云光并没有满足，他又乘胜追击，采取了上门服务的办法，亲自率领银行员工到各大专院校开办学生储蓄、教育储蓄。

由于上海银行登门服务，手续简便，态度热情，深受师生欢迎。周云光进而在一些重点院校设立固定营业机构，进而为学校代发教职工薪金，促进了储蓄业务的拓展。接着，周云光乘胜追击，又发明出在工人居住区开办职工储蓄这一高招，同时他还在市民中办理定活两便、零存整取、礼券储蓄、存本取息等各种新型储蓄。这些方便顾客的措施在上海滩无疑是空前的，在当时极富开创性。

周云光不畏艰险，敢拼敢闯在中国金融史上导演了一幕幕令人回味无穷的经营神话。

能在作为冒险家的乐园——旧上海的金融界独领风骚，周云光自有一份过人的能力，除开个人的奋斗，除开机遇的惠赐，周云光还以令人折服的个人魅力，在各种势力之间巧妙周旋。因为旧上海的金融市场是当时时政的畸形产物，是极不规范的。要想成功就要付出比在其他地方更多的心血，还要洞悉具体的国情。两者兼具方能争取机会，机遇来之不易，尤其是在逆境中，它需要人们有超强的胆量与魄力，即使头破血流也在所不辞。周云光的成功就是一个鲜活的佐证。

励志寄语：

人争我弃，人弃我取，是一种特殊的战略决策，能使人收到意想不到的效果。这不仅需要一颗智慧的头脑，更需要一颗勇敢而强大的内心和锲而不舍的精神。

坚定执着的养鳄大王

在泰国有个养鳄大王名叫杨海泉，他出生于一个贫苦的华侨家庭。杨家育有九子三女，杨海泉排行第四。由于家境困难，杨海泉只断断续续上过一年小学，从十岁起就做了童工，先后做过照相馆佣工、客栈的店小二、金铺的伙计，还做过小生意。他小小的年纪就饱受了生活的煎熬……

15 岁那年，杨海泉在别人的帮助下，开了一家小小的杂货店，主要收购当地的土特产转卖给商人，但是没有多久，杂货店就关门了，这是他生意场上的第一次失利。但他不但没有丧失生活的信心，还因此总结出一条经营之道：在激烈的竞争中必须独辟蹊径，大胆开创备受冷落而又是生活必需的生意，才能独占鳌头，立于不败之地。

可是，出路在哪里呢？

一个偶然机会，杨海泉从一个以猎杀鳄鱼为生的旧相识那里得到启发，产生了饲养鳄鱼赚钱的想法。然而畜养鳄鱼自古未闻，家人和亲友对此都不屑一顾，对他冷嘲热讽。可是杨海泉毫不动摇，说干就干。他一面扮作猎鳄者，到鳄鱼产区去廉价收购幼鳄；一面很快就在自家的地里修筑了一个养鳄鱼的池子。

杨海泉是一个十分勤劳的人，他拥有的小鳄鱼很快便多了起来，但是杨海泉经济条件窘困，连少许饲养费都感觉棘手。为此，亲戚朋友见此便都纷纷前来劝阻。他的母亲更是反对，以“养虎伤人，养鳄积恶”的话语责怪他，说他是异想天开，想钱想疯了……

但是，杨海泉就是有一股“九头牛拉不回”的倔劲儿，一点儿也没有动摇。他认为，别人嫌弃的，不愿意干的，自己才有机会取得成功；别人没有走过的路，走起来才会更加宽广……

人工饲养鳄鱼没有先例，没有规律可循，没有老师可拜。事实也证明，敢为人先的人就必须有胆量接受各种磨炼。

喂养鳄鱼的过程中，杨海泉的确遇到了不少困难。刚刚开始的时候，由于缺乏饲养经验，小鳄鱼的生命也很脆弱，对气候反应很敏感，小小的惊恐也会令它们产生痉挛而生病，严重的还会残废或丧命。可是这一切并没有吓住杨海泉，他日夜认真观察、探索、总结，后来这个问题终于得以解决，成功地闯过了第一关。

一波未平，一波又起，更大的问题还在等着杨海泉，其中主要有以下两个方面：一是小鳄鱼喜欢吃鱼类或水中的小动物，有时还要吃肉，杨海泉很难拿出这么多钱去买饲料；二是随着鳄鱼的不断长大，原来的鳄鱼池急需扩建了，可杨海泉缺乏必要的资金扩建。沉重的经济负担压得杨海泉有些喘不过气来。

眼看就要坚持不下去了，杨海泉只好含泪操刀宰杀部分基本达到出售规格的鳄鱼卖掉去换取资金。就这样一面饲养一面宰杀，经过三年的时间才基本缓解了经济危机问题，资金链慢慢地周转了起来。

为了提高鳄鱼的价值，杨海泉购买了自己的屠宰设备，钻研独有的宰杀技术。而在当时，泰国的鳄鱼产品都是由捕杀鳄鱼的人在捕捉的时候宰杀的，设备很简单，加工很粗糙，鳄鱼皮的质量不高。杨海泉之所以这样做，就是希望生产出世界一流的产品。

杨海泉的这种举动是十拿九稳的，所以，很快他就生产出了高质量的鳄鱼皮产品。"海泉鳄鱼皮"很快就得到了消费者的青睐，售价比一般的鳄鱼皮产品高出了许多。

凭借着"海泉鳄鱼皮"的名牌优势，杨海泉很快就占领了市场先机，之后他成立了一家"友商贸易行"，包揽了鳄鱼皮的生产出口业务，生意做到了国外。

杨海泉善于经营，讲求信用，名声越来越大，越来越好，生意当然就更加红火了，实力也更加雄厚了。到20世纪70年代初，杨海泉的"北榄鳄湖"已经是举世瞩目的最大规模的人工养鳄湖了，还率先进入了专业化养鳄鱼的行业。

1971年3月，在美国的纽约召开了世界保护鳄鱼大会，有10个国家和地区的专家参加了会议，杨海泉作为泰国的唯一代表也出席了这次大会。他就像一个技术权威一样，在大会上慷慨陈词，向世界顶尖级专家讲授他的养鳄经验，还讲述了泰国近50年来养鳄的情况，引起了大家的浓厚兴趣。他很自豪地宣布："在我的养鳄池里饲养着15000头大大小小的鳄鱼！"

1973年，国际保护鳄鱼大会在泰国曼谷举行，会场就是杨海泉的“北榄鳄湖”，这是对杨海泉的事业的高度评价，当然也是宣传杨海泉先进经验的绝好机会。

就是这样一个穷人家的孩子，几乎没有上过什么正规的学堂，创造了一个神奇的“鳄鱼王国”，成了泰国的巨富。

杨海泉的可贵之处就在于不气馁、不自满，他知道，要保持世界唯一最大的人工养鳄湖的美誉，还必须做出更大的努力，还必须不断前进……

励志寄语：

追逐梦想的路上，哪有什么唾手可得的荣耀和掌声？奇迹与希望永远产生在我们永不气馁的坚定步伐中！

无法消磨的意志

许多年前美国有一位十六岁的年轻小伙子，在一家著名的五金公司当一名收银员，每个月领着极微薄的薪水，但仍然心满意足地卖力工作，因为他希望能通过自己脚踏实地的工作，使自己步步高升，最终达到前途无限。所以他做起事来，永远抱着学习的态度，处处小心留意，想把工作做得十分完美。他希望能够获得经理的赏识，提升他为推销员。谁知他的经理对他的印象恰好相反。

有一天，他被唤进经理室遭到了一顿训斥，经理告诉他说：“老实说，你这种人根本不适合做生意。但你的臂力健硕无比，我劝你还是到铁厂里当一名工人去吧！我这里用不着你了。”

这一番近乎侮辱般的训斥，对于这位小店员来说真如平地响雷，他想不到向来自以为很踏实的成绩，竟会得到这样相反的结果。这是一个年轻气盛的人，刚踏入社会不久，便遭受这样严重的打击，换了谁也会受不了的；一定会气得暴跳如雷，从此做起任何事情来，都可能提不起精神来，更不肯“劳而无功”了。但他并没有这样做，他虽被辞退，但仍有他自己的理想。他要在被击倒的地方重新爬起来，争取更大的成绩。

“是的，经理，”他愣了愣，然后回复经理说：“你当然有权将我辞退，但你无法消磨我的意志。你说我无用，当然，这也是你的自由，但这并不能减损我今后丝毫的信心。看着吧！迟早我要开一家公司，规模比你的大十倍。”

他并没有吹牛，他说的句句是实话。他没有在这次打击下就此消沉，反而将此当成了一次激励，不断努力上进，几年后，果然有了惊人的成就。他就是美国鼎鼎大名的玉蜀黍大王史坦雷先生。

假使没有这次的刺激，史坦雷先生当然也会努力奉公，力求上进的，但即使他能如愿以偿，结局也不过是成为一名五金公司的推销员而已。可是他在经理的一顿训斥后惊醒，立刻打消了他那“心满意足”的心理，抓住了更大的目标。他才能从一个无名的小店员，一跃而成为世界闻名的“大王”。足见有时的挫折或打击，往往能够使我们获得莫大的益处。

励志寄语：

内心强大的人，其最明显的标志就是具备坚强的意志，不管环境变换到何种糟糕的地步，他的初衷与希望都不会有丝毫的改变，并能倔强地克服障碍，达到期望的目的。

自觉地坚守初心

塞林格是美国当代最负盛名的小说家，他的《麦田里的守望者》被认为是美国文学的“现代经典”，总销售量已超过千万册。

换上其他一些人，或许早已是穿华衣、吃美食、坐豪车、娶名妻，极尽张扬了。然而，塞林格走的却是一条完全相反的道路。他退隐到新罕布什尔州乡间，在河边小山附近买了九十多英亩土地，在山顶筑一座小屋，周围种上许多树木，外面拦上六英尺半高的铁丝网，网上还装有警报器。每天八点半带上饭盒入内写作，下午五点半才出来，家里任何人不准打扰他，如有要事，只能电话联系。

他平时深居简出，偶尔去小镇购买书刊，有人认出他，他马上拔腿就跑。他不喜欢过多的社交，有人登门造访，得先递上信件或便条；如果来访者是生客，就拒之门外。他更不喜欢自造舆论，成名后，只回答过一个记者的问题，那是一个十六岁的女中学生，为给校刊写稿特地去找他的。

塞林格是值得我们尊敬的。一个人在没有能力获得享受时主动放弃享受，并不是一件怎么了不起的事，难就难在当享受唾手可得时，却不向它投降，还在自觉地坚守自己初心。正是这种不自满、不虚荣、不享乐，视创作为生命真谛的性格使塞林格的作品保持了持久的艺术魅力，他的作品哪怕是一个短篇，一经发表，马上会引起轰动。

励志寄语：

虚荣与享乐就像是一种无形的生命枷锁，摆在世人面前，意志不坚定的人会被禁锢了前进的脚步；永不放弃最初梦想，勇于坚守内心那份宁静与圣洁的，才是最后的胜利者。

唱出自己的声音

伯乐相马是我们熟知的一个古代典故。那故事说，看遍了马槽上拴的马，当伯乐失望地就要走开时，马厩的一角，一匹瘦骨嶙峋的马突然清亮地嘶鸣起来。“听声音我就知道这是一匹良马，虽然它是那么瘦，那么卑微，其实，它的抱负不在车辇与槽头呀！”伯乐说着，走过去，抱住了这匹可怜的马。是那不同凡响的一声，成就了它千里马的命运。人又何尝不是如此呢，坚定自己内心的信念，自己努力去把握机会，一切就会有希望！

奥地利皇家歌剧院的首席歌唱家、曾被意大利的国家电视台聘为专职演唱家的黑海涛，原本不过是北京音乐学院的一位来自陕北地区的学生，那他是如何取得成功的呢？这里还有一个故事。

世界歌王帕瓦罗蒂到北京的那一次，顺便去了趟北京音乐学院。机会难得，当时许多有背景的人都想让这位歌王听一听自己子女的歌唱。帕瓦罗蒂耐着性子听，不置可否。这时，窗外有一男生引吭高歌，唱的正是名曲《今夜无人入睡》，歌者就是从陕北山区来的学生黑海涛。他知道自己没有面见帕瓦罗蒂的背景，但是他想给自己一个机会，于是他凭借歌声推荐了自己。

听到窗外的歌声，帕瓦罗蒂说："这个学生的声音像我。"接着他又说："这个学生叫什么名字？我要见他！并收他做我的学生！"后来，帕瓦罗蒂还亲自张罗了黑海涛出国深造事宜，遗憾的是，终因某些原因而未拿到签证。1998 年，意大利要举行世界声乐大赛，正在奥地利学习的黑海涛当即写了封信给帕瓦罗蒂。于是，帕瓦罗蒂亲自给意大利总统写信，终于使黑海涛成功出行，并在那次大赛上获得了名次。

如果没有那一嗓子《今夜无人入睡》，如果没有那封传达着自己多年愿望不灭的书信，生命可能又是另一番景象。

当人人都能坚定初心，努力做到最好，努力把自己的潜能开掘到极致的时候，也正是我们这个社会大繁荣的时候。

励志寄语：

通往成功的路上布满了无数的荆棘，要想顺利到达目的地，勇气不可少，初心不可动摇。

稳步前进赢得成功

对于渴望成功的人，应该记住：你着急可以，切不可以浮躁。

李嘉诚，一个成功的榜样人物，我们人人皆知。他就是稳健、不浮躁的。

11岁那年，李嘉诚随家人来到香港。14岁时，由于父亲去世，为了养活母亲和三个弟妹，他不得不辍学走上社会打工。他先是想到银行寻找机会，因为他觉得银行一定有钱，因为银行是同钱打交道的，它也不可能倒闭。但是去银行的梦想没有成功，他成了一名茶馆里的堂倌。

就在当堂倌的时候，他依然胸怀大志，踏实地从小事做起，想着一步步地迈向目标。在这里，他还学会了第一个功夫：时时处处揣测茶客的籍贯、年龄、职业、财富、性格，然后找机会验证；揣摩顾客的消费心理，既真诚待人又投其所好，让顾客既高兴又付钱。他给自己安排的这些课程，着实能够帮助他自觉养成察言观色、见机行事的习惯。

后来他又以收书的方式读了很多书，并把看过的书再卖掉。就是这样，李嘉诚既掌握了知识，又没有浪费钱。

一段时间后，他觉得在茶馆里没有前途，就进了舅父的钟表公司当学徒。他是个有心人，很快就学到了钟表的装配及修理的有关技术。其后，他建议开钟表公司的舅父迅速占领中低档钟表市场。结果大获成功，因为香港对低档表的需求确实很大。

1946年，他辞别舅父，开始了自己的创业之路。结果他屡遭失败，几次陷入困境。但这个时候，他仍然没有浮躁，没有灰心，而是踏踏实实地一步一步继续往前走。

1950年夏，才22岁的李嘉诚创立了长江塑胶厂。

他之所以要创立这个厂，也是他稳健思考观察的结果。他通过分析，预计全世界将会掀起一场塑胶花革命，而当时的香港，塑胶花是一片空白。

这是一个机遇。

可以说，他有审时度势的敏锐判断力。而这审时度势的判断力，亦来自他的稳健和不浮躁。

在工厂经营到第七个年头的时候，李嘉诚开始放眼全球。

他大量寻求塑胶世界的动态信息。一天，他翻阅英文版《塑胶杂志》，读到一则简短的消息：意大利一家公司已开发出利用塑胶原料制成的塑胶花，并即将投入生产，向欧美市场发动进攻。他立即想到另一个消息，那个消息说欧美人生活节奏加快，许多家庭主妇正逐渐成为职业妇女，家务社会化的要求越来越强烈。他于是推想，欧美的家庭，都喜爱在室内外装饰花卉，但是快节奏使人们无暇种植娇贵的植物花卉。塑料插花可以弥补这一不足。他由此判断，塑胶花的市场将是很大的。因此，必须抢先占领这个市场，不然就会失去这个机遇。

于是，李嘉诚以最快速度办妥赴意大利的旅游签证，前去考察塑料花的生产技术和销售前景。

正是由于他的这种稳健的工作作风，一条辉煌的道路，由此展开。

正当李嘉诚全力拓展欧美市场的时候，一个重大的机会又出现了。一位欧洲的大批发商在看到了李嘉诚公司的产品样品后，前来与李嘉诚联系。这位批发商是因为李嘉诚公司的产品价格低于欧洲产品的价格而来找他的。但他通过一些渠道得知长江公司是资金私有制。为保险起见，他表示愿意同李嘉诚合作，但合作条件是他必须有实力雄厚的公司或个人进行担保。李嘉诚知道这位批发商的销售网遍及欧洲主要的市场——西欧和北欧，如果能与他取得联系，是十分有利的。可惜，他竭尽全力都没有找到担保人。但只要有一线希望，就要全力争取，这是他成功的一个法宝。他与设计师一道通宵连夜赶出9款样品。批发商只准备订一种，李嘉诚则每种设计了3款。第二日他来到批发商的酒店。批发商望着他因通宵未眠而红的眼睛，欣赏地笑了，答应了谈生意。在李嘉诚没有担保的情况下，签了第一份购销合同。按协议批发商提前交付货款，从而解决了长江公司扩大再生产的资金不足问题。

长江公司很快占领大量的欧美市场。仅1958年一年，长江公司的营业额就达1000多万港元。纯利100多万港元。塑胶花使长江实业迅速崛起。李嘉诚也成为世界“塑胶花大王。”

励志寄语：

成功之路，艰辛漫长而又曲折，坚定初心，一步一个脚印地稳步前进，才能赢得最终的成功。

废墟下的硕果

1993年，正当经济危机在美国蔓延的时候，加利福尼亚的哈理逊纺织公司，因一场大火化为了灰烬。3000名员工悲观地回到家里，等待着失业来临之时，却接到了董事会办公室的一封信：向全公司员工继续支薪一个月。

在全国上下经济一片萧条的时候，能有这样的消息传来，员工们深感意外。他们惊喜万分，纷纷打电话或写信向董事长亚伦·傅斯表示感谢。

一个月后，正当他们为下个月的生活发愁时，他们又接到董事会办公室发来的第二封信，董事长宣布，再支付全体员工薪酬一个月。3000名员工接到信后，不再是意外和惊喜，而是热泪盈眶。在失业席卷全国，人人生计无着落的时候，能得到如此照顾，谁不会感激万分呢？第二天他们纷纷涌向公司，自发地清理废墟、擦洗机器，还有一些人主动去联络被中断的货源。三个月后，哈理逊公司重新运转了起来。对这一奇迹，当时的《基督教科学箴言报》是这样描述的：员工们使出浑身的解数，日夜不懈地卖力工作，恨不得一天干 25 小时。这时，曾劝董事长亚伦·傅斯领取保险公司赔款一走了之和批评他感情用事、缺乏商业精神的人开始服输了。

现在，哈理逊公司已成为美国最大的纺织公司，它的分公司遍布世界许多个国家。

励志寄语：

在人的强大的意志和行动力面前，任何形式的灾难都会变成纸老虎，不堪一击。不放弃，不灰心，迎难而上，希望也便降临了。

吃常人不能吃之苦

战国时期，出身寒门的苏秦少有大志，他背井离乡投到了恩师鬼谷子门下，学习纵横之术。

一段时间之后，苏秦认为自己学业已成，于是便告别了师友，回了家。苏秦家中母亲还健在，一兄二弟，兄已先亡故了，唯寡嫂在，如今一家人团聚自是十分欢喜。没过几天，苏秦就想出去周游列国。母亲、妻子和嫂子都竭力反对，于是劝阻他说：“按我们周人的传统，应该是安分于自己的产业，种庄稼或从事工商，来养家糊口；现在却好，放弃这种本应从事的事业，反而去卖弄口舌，到时候生计无着落，你后悔都晚了！”

两个弟弟也劝他：“哥哥擅长游说之术，怎么不去游说周王，本乡就能出名，何故非要跋山涉水去他乡呢？”

苏秦被全家人劝阻，就去求见了周显王，阐发了自己治国强兵、为朝廷效力的想法，但并未得到周显王的信任。于是，苏秦便继续西行到了秦国。可当时秦孝公已死，秦惠王认为时机不成熟，且秦国刚刚处死商鞅，讨厌说客，所以苏秦的建议又未被采纳。就这样，苏秦折腾了数年，盘缠也所剩无几了，还是没能遂愿，没办法再撑下去了，于是他穿着破衣草鞋踏上了回乡的路。

回到家后，母亲责骂他："败家子"；妻子见他潦倒不堪的样子，连连摇头叹息，继续织自己的布；嫂子见他这副样子，扭头就走，不肯为他做饭；父母、兄弟、妹妹不但不理他，还暗自讥笑他说：

"按我们周人的传统，应该是安分于自己的产业，努力从事工商，以赚取十分之二的利润；现在却好，放弃这种本应从事的事业，去卖弄口舌，落得如此下场，真是活该！"

苏秦无地自容，既惭愧又伤心。他关起房门来，对自己作了深刻的反省，决定闭门不出，发奋读书，汲取广博的知识。他每天都会研读至深夜，有时候实在太累了，会不知不觉伏在书案上睡着了。每次醒来，他都懊悔不已，又白白浪费了时间。有一天，读着读着实在倦困难当，不由自主便扑倒在书案上，猛然惊醒后，手臂被什么东西刺了一下。一看是书案上放着一把锥子，为此他想出了一个不打瞌睡的办法"锥刺股"。以后每当要打瞌睡时，就用锥子扎自己的大腿一下，让自己猛然"痛醒"，保持苦读状态。刻苦自勉，狠下苦功，这真是一种难能可贵的坚持精神。

如此一年，他对《阴符》一书有了透彻的领悟，还苦读了兵法、医学、经济和法令等各类书籍。这时，他对各国的具体形势分析研究得更到位了，再次出道后，很快得到了认可，一跃而成为历史上著名的"纵横家"，改变了历史。

励志寄语：

坚定内心所愿，忍常人不能忍之辱，吃常人不能吃之苦，必能做常人不能做之事。“吃得苦中苦，方为人上人”就是其最好的诠释。

挑战极限

有一个叫蔡云畏的探险运动家曾于1984年成功地飞越太平洋。他是驾驶小飞机飞越太平洋的第一个中国人，也是第一个东方人。

1927年美国人柏林创下用32小时飞越3610海里距离的壮举。1984年，蔡云畏驾驶着“华侨精神号”小飞机打破了这一纪录，他自旧金山抵达台北，用了35小时飞越了7312海里，创下了单人单引擎飞机飞越太平洋的世界新纪录。他的成绩已被载入《世界航空纪录大全》，至今仍无人挑战成功。

驾驶单人单引擎飞机飞越太平洋是许多探险运动家的愿望。但几十年过去了，还没有人为这一愿望付诸行动。因为小飞机的载油量是有限的，要想飞越太平洋，中途必须加油。而飞机失事70%发生在降落过程中，何况单人单引擎飞机起飞比降落更危险。飞机以单引擎推动滑行到跑道尽头，有时仍达不到升空的速度，这时就会撞毁或坠海。如果增添飞机的载油量,那等于在它的身上安置了“飞行炸弹”。面对这种风险，有谁敢在太平洋上空赌一把呢?

蔡云畏敢！这位中国人证实了黄种人不仅仅是探险运动的“追随者”。在颁发证书的记者招待会上，他阐述了自己成功的奥秘：自从飞机起飞的那一刻，我就斩断了自己的退路，让自己置身于命运的悬崖之上。正是面临这种后无退路的境地，我才会集中精神奋勇向前，从生活中争取属于自己的位置。我们常在付诸行动之前就为自己设计好后路了，这好比自己先打倒自己，任何失败都是从此开始的。

励志寄语：

给自己一片没有退路的悬崖背水一战，从某种意义上说，是给自己一个向生命高地冲锋的机会。

认定了就大胆去做

有一次，美国但维尔地方经济萧条，不少工厂和商店纷纷倒闭，被迫贱价抛售自己堆积如山的存货，价钱低到1美元可以买到100双袜子。

那时，约翰·甘布士还是一家纺织厂的小技师。他见此情况，便把自己积蓄的钱全拿去收购这些低价袜子。人们看到他这股傻劲，都公然嘲笑他是个蠢材！

约翰·甘布士对别人的嘲笑漠然置之，依旧坚持自己的想法，收购了各工厂和商店抛售的大量便宜货物，并租了一个很大的货仓来贮货。他妻子劝说他，不要这样做，因为他们积蓄下来的钱数量有限，而且是准备用来做子女教育的。如果此举血本无归，那么后果将不堪设想。

对于妻子忧心忡忡的劝告，甘布士笑过后又安慰她道："三个月后，我们就可以靠这些廉价货物发大财了。"

甘布士的话似乎兑现不了了。因为过了十多天，那些工厂即使贱价抛售也找不到买主了，便把所有的存货用车运走烧掉了，以此来稳定市场上的物价。

太太看到别人已经在焚烧货物，不由得焦急万分，抱怨起甘布士。对于妻子的抱怨，甘布士依然一言不发。

政府终于采取了紧急行动，很快稳定了但维尔地方的物价，并且大力支持那里的厂商尽快复业。

这时，但维尔这个地方由于焚烧的货物过多，物价大大地涨了起来，约翰马上把自己的大量货物抛售了出去，赚了一大笔钱。

在他决定抛售货物时，他妻子劝他暂时不忙把货物出售，因为物价还一天一天在涨。

他平静地说："是抛售的时候了，再拖延一段时间，就会后悔莫及的。"果然，甘布士的存货刚刚售完，物价便跌了下来。他的妻子对他的远见钦佩不已。

后来，甘布士用这笔赚来的钱，开设了五家百货商店，业务也十分发达，甘布士最终成了全美举足轻重的商业巨子。

励志寄语：

风险中存在机会，但机会也是稍纵即逝的，不仅要坚定内心所想，大胆勇敢也是紧要的。

要有坚持的耐力

一谈到小泽征尔先生，大家都知道，他堪称是全日本足以向全世界夸耀的大音乐家、名指挥家；然而，他之所以能取得如此辉煌的成就、建立今天名指挥家的地位，便是和他的不放弃，并努力去争取机会有很大关系的。

在这之前，世人是不知道其人的，即使是在日本，他也是名不见经传的。

他决定参加贝桑松音乐节的“国际指挥比赛”，是受到了同为音乐伙伴的 A 先生的鼓励，但自他决定参加音乐比赛后，便立下了一定要得到音乐比赛奖的目标，而且日日都在为这一目标而努力，几乎是废寝忘食地不间断练习。

克服重重困难，他终于充满信心地来到欧洲。但一到当地后，就发现还有更大的难关在等待他。首先是在办理参加音乐比赛的手续时，不知为什么，证件竟然不够齐全，音乐实行委员会不给受理。这么一来，他就无法参加期待已久的音乐节了！但他不想放弃，于是尽全力去积极争取了一番。

首先，他来到日本大使馆，将整件事说明原委，然后要求给予帮助。可是，日本大使馆无法解决这个问题，正在束手无策时，他突然想起朋友过去告诉他的事，“对了！美国大使馆有音乐部，凡是喜欢音乐的人，都可以参加。”他又立刻赶去了美国大使馆。

这里的负责人是位女性，名为卡莎夫人，过去她曾在纽约的某音乐团担任小提琴手。他将事情本末向她说明，拼命拜托对方，想办法让他参加音乐比赛，但她面有难色地表示：

“虽然我也是音乐家出身，但美国大使馆不得越权干预音乐节的问题。”

卡莎夫人的理由很明白，但他仍执拗地恳求了她。原来表情僵硬的她，逐渐浮现笑容。思考了一会儿，卡莎夫人问了他一个问题：

“你是个优秀的音乐家吗？或者是个不怎么优秀的音乐家？”

他刻不容缓地回答：“当然，我自认是个优秀的音乐家，我是说将来可能……”

他这几句充满自信的话，让卡莎夫人的手立即伸向电话。

她联络贝桑松国际音乐节的实行委员会，拜托他们让他参加音乐比赛，结果，实行委员会回答，两周后做最后决定，请他们等待答复。

此时，他心中便有了一丝希望，心想，若是还不行，就只好放弃了。

两星期后，他收到美国大使馆的答复，告知他已获准参加音乐比赛。

这表示，他可以正式地参加贝桑松国际音乐指挥比赛了！

参加比赛的人，大约60位，他很顺利地通过了第一次预选，终于来到正式决赛，此时他严肃地想：“好吧！既然我差一点就被逐出比赛，现在就算不入选也无所谓了！不过，为了不让自己后悔，我一定要努力。”

后来他终于获得了冠军。就这样，他建立了世界大指挥家不可动摇的地位。

由于手续上的漏失，他无法参加音乐节，若是在当时他就此灰心放弃了，当然不可能发生后来的获得指挥比赛的冠军一事，也更不会有他这位国际著名的大指挥家的诞生了！

相信各位现在已了解，“内心强大的忍耐性”对于带来好运有多重要了！换句话说，为要请来幸运女神，运气远不如耐性重要。

假设你要从一副扑克牌中，指定方块 A，而随便抽一张牌来试的话，若没有非常好的运气，不可能一次或两次就能抽到方块 A，说不定要抽 10 到 20 次才会抽到这张方块 A，更有甚者，将抽更多张牌。也许试 30 次亦无法如愿。

但这也无所谓。

假定 20 次、30 次都还没有抽中你想要的牌，也不必因此而悲叹，只要你不放弃，最糟的情况，也会在第 54 次抽到这张你所指定的牌吧（一副扑克牌总共有 54 张）！

总而言之，为要抽出方块 A（招来幸运的女神），耐性是很重要的，不在中途放弃，一直抽到最后一张牌的行为是必要的。

励志寄语：

“精诚所至，金石为开”。绝不要在心中种下不安的种子，而是要有坚信会成功的信念和一心一意去做的热诚，如此所有的愿望才有机会实现！

向上攀登一步的勇气

1983 年，伯森·汉姆徒手攀壁，登上纽约的帝国大厦，在创造了吉尼斯纪录的同时，也赢得了“蜘蛛人”的称号。

美国恐高症康复联席会得知这一消息，致电“蜘蛛人”汉姆，打算聘请他作康复协会的顾问。

伯森·汉姆接到聘书，打电话给联席会主席诺曼斯，引他查一查第 1042 号会员，这位会员很快被查了出来，他的名字叫伯森·汉姆。原来他们要聘作顾问的这位"蜘蛛人"，本身就是一位恐高症患者。

诺曼斯对此人为之惊讶。一个站在一楼阳台上都心跳加快的人，竟然能徒手攀上 400 多米高的大楼，他决定亲自去拜访一下伯森·汉姆。

诺曼斯来到费城郊外的汉姆住所。这儿正在举行一个庆祝会，十几名记者正围着一位老太太拍照采访。

原来伯森·汉姆 94 岁的曾祖母听说汉姆创造了古尼斯纪录。特意从 100 公里外的慕拉斯堡罗徒步赶来，她想以这一行动，为汉姆的纪录添彩。

谁知这一异想天开的做法，无意间竟创造了一个耄耋老人徒步百里的世界纪录。

《纽约时报》的一位记者问她："当你打算徒步而来的时候，你是否因年龄关系而动摇过？"

老太太精神矍铄地说："小伙子，打算一口气跑一百公里也许需要勇气，但是走一步路是不需要勇气的，只要你走一步，接着再走一步，然后一步再一步，一百公里也就走完了。"

恐高症康复联席会主席诺曼斯站在一旁，一下明白了伯森·汉姆登上帝国大厦的奥秘，原来他有向上攀登一步的勇气。

励志寄语：

在这个世界上，能创造出奇迹的人，多是能把最初那点微不足道的勇气保留到底的人。愿我们任何人无论做什么事，都能不忘初心，强大内心。

Chapter

第五章

放下迷茫，滋养精神力量

人生总有太多的纠结，让我们无奈；总有太多的痛楚，让我们无助；总有太多的波折，让我们迷茫……摆正心态，润泽强大的心智，就没有过不去的坎坷。

尺有所短，寸有所长

有一只蜗牛总是对一只青蛙很有成见。有一天，忍耐许久的青蛙问蜗牛说：“蜗牛先生，我是不是有什么地方得罪了你，所以你这么讨厌我。”

蜗牛说：“你们有四条脚可以跳来跳去，而我却必须背着沉重的壳，贴在地上慢慢爬行，所以我心里很不是滋味。”

青蛙说：“哎，原来是这么回事啊！其实每个人都有自己的幸福和难处，你只是看见我们的快乐了，却没有看见我们的痛苦而已。”

这时，有一只巨大的老鹰突然来袭，蜗牛迅速地躲进壳里逃过了一劫，青蛙却被一口吃掉了。

另外，还有一个这样的故事：

说是一只羚羊看到大象把树上的树枝卷下来，并吃掉了枝上的叶子。然后又走到河边，用它的长鼻汲水，轻松而愉快地向空中喷去。

羚羊就很羡慕大象所做的一切，于是它请求上帝也给它一根长鼻子。最后，它果真如愿以偿了。羚羊高高兴兴地带着自己新有的长鼻子回到羚羊群当中，并且要向大家展示一番长鼻子的好处，伙伴们惊讶地看着它的表演。

此时，一只饥饿的狮子闯了过来。羚羊群看到狮子立即拔腿就跑了，但是那只有长鼻子的羚羊因为行动不便而无法快速脱逃，所以狮子一下子就跳上了它的身子，咬住了它的喉咙。

这些是令人伤心的故事，然而现实生活中也有导演这类故事的我们人类自己。生活中，向善向美的确是一件好事，然而“尺有所短，寸有所长”，超出了正常欲望，便是不正常了，确切地说是内心脆弱的外化，事情也要变糟糕了，常会给我们带来更多的痛苦，遮掩了生活中的阳光雨露。

励志寄语：

每个人都有自己的长处，以及独特的技巧、才能和经验等，无理性地羡慕别人，看不到自己的优点，只会遮掩了生活中的阳光雨露，让自己内心更脆弱、更痛苦。

第二条河

话说两条欢天喜地的河，从山上的源头出发了，它们相约流向大海。它们各自分别经过了山林幽谷、翠绿草原，最后在隔着大海的一片荒漠前碰了头，相对叹息起来。

若不顾一切往前奔流，它们必会被干涸的沙漠吸干，化为乌有；要是停滞不前，就永远也到达不了自由、无边无际的大海。云朵闻声而至，向它们提出了一个拯救它们的办法。

一条河绝望地认为云朵的办法行不通，所以执意不肯采纳；另一条河则坚决不肯放弃投奔大海的梦想，于是毅然依照云朵的建议化成了水蒸气，让云朵牵引着它飞越沙漠，终于随着暴雨落在地上又还原成了河水，最终流到了大海。

而不相信奇迹的那条河，就此认定了这是自己的宿命，于是继续向前方流去，最终被无情的沙漠吞噬了。

在面对生活中的困境时，我们都可以选择作第二条河，内心强大不认命，坚信自己的梦想，勇于在绝境中寻找生机。

励志寄语：

通往远方的路上充满了各种意想不到的挫折和麻烦，既然选择了，就要勇敢地风雨兼行，抱怨、退缩、认命都不是积极乐观的心态，如此又怎能领略到与苦涩争斗的快乐？

泥像的人生体验

一座泥像立在路边，历经风吹雨打。他很想找个地方避避风雨，然而他无法动弹，也无法呼喊。他十分羡慕人类，觉得做一个活生生的人真好，可以无忧无虑、自由自在地到处闲游。接下来，他决定抓住一切机会，向人类呼救。

这天，一个长髯老者路过此地，泥像用他的神情向老者发出了呼救。

“老人家，请帮助我变成个人吧！”泥像说。

老者看了看泥像，笑了笑，手臂一挥，泥像真的变成了一个活生生的青年。“想变成个人可以，但是你必须先跟我体验一下人生之路，假如你承受不了人生的痛苦，我马上可以把你还原回去。”老者说。

于是，青年跟随老者来到一个悬崖边。

只见两座悬崖遥遥相对，此崖为“生”，彼崖为“死”，中间由一条长长的铁索桥连接着。这座铁索桥是由一个个大小不一的铁环串联而成的。

“现在，请你从此岸走向彼岸吧！”老者长袖一拂，已经将青年推上了铁索桥。

青年战战兢兢，踩着一个个大小不同链环的边缘前行，然而，一不小心，一下子摔倒在了铁环上，顿时两腿失去了支撑，胸口被链环卡得紧紧的，几乎透不过气来。

“啊！好痛苦呀！快救命呀！”青年挥动双臂，大声呼救起来。

“请君自救吧。在这条路上，能够救你的，只有你自己。”长髯老者在前方微笑着说。

青年扭动身躯，拼死挣扎，好不容易才从痛苦之环中解脱出来。“你是个什么链环，为何卡得我如此痛苦？”青年愤然叱问道。

“我是名利之环。”脚下的链环答道。

青年继续朝前走。忽然，隐约间，一个绝色美女朝青年嫣然一笑，青年飘然走神了，脚下一滑，又跌倒了，再次被链环死死卡住。

“救……救命呀！好痛呀！”青年惊恐地再次呼救起来。

可四周一片寂静，没人回答他，更没人来救他。

这时长髯老者再次在前方出现，他微笑着缓缓道：“在这条路上，没有人可以救你，只有你自救。”

青年拼尽全力，总算从这个环中挣扎了出来，然而他已累得精疲力竭，便坐在两个链环间小憩。

“刚才这是个什么痛苦之环呢？”青年耿耿于怀地想。

“我是美色链环。”脚下的链环答道。

经过一阵轻松的休息后，青年顿觉神清气爽，心中充满幸福愉快的感觉，他为自己终于从链环中挣扎出来而庆幸。

青年继续向前赶路。然而料想不到的是，他接着又掉进了贪欲的链环、妒忌的链环、仇恨的链环……待他从这一个个痛苦之环中挣扎出来，青年已经没有力气再走下去了。抬头望望，前面还有漫长无边的路，他再也没有勇气走下去了。

“老人家！老人家！我不想再走人生之路了，你还是带我回到原来的地方吧。”青年呼唤着。

长髯老者出现了，手臂一挥，青年便又回到了路边。

“人生虽然有许多的痛苦，但也有战胜痛苦之后的欢乐和轻松，你难道真愿放弃人生吗？”长髯老者问道。

“人生之路痛苦太多，欢乐和愉快太短暂太少了，我决定放弃人生，还是去做我的泥像了！”青年毫不犹豫。

长髯老者长袖一挥，青年又还原为一尊泥像。“我从此再也不必受人世的痛苦了。”泥像想。

然而不久，泥像便被一场大雨冲成了一堆烂泥。

励志寄语：

人生中有许多诱惑和阻碍，我们必须有一个强大的内心和坚定执着的行动力，如此才能走出人生的困境和苦难！

找蜜的毛毛虫

河堤的树丛里，有三只毛毛虫。它们是从很远的地方爬来的。现在它们准备渡河，到一个开满鲜花的地方去。

一个说，我们必须先找到桥，然后从桥上爬过去。只有这样，我们才能抢在别人的前头，占领含蜜最多的花朵。

一个说，在这荒郊野外，哪里有桥？我们还是各造一条船，从水上漂过去。只有这样,我们才能尽快到达对岸,喝到更多的蜜。

一个说，我们走了那么多的路，已经疲惫不堪了，现在应该静下来休息两天。

另外两个很诧异。休息？简直是笑话！没看到对岸花丛中的蜜都快被人喝光了吗？我们一路风风火火，马不停蹄，难道是来这儿睡觉的？

话未说完，一个已开始爬树，它准备折一片树叶，作为船，让它把自己带过河去。另一个则爬上河堤的一条小路，它要去寻找一座过河的桥。

剩下的一只躺在树荫下没有动。它想，喝蜜当然舒服，但这儿的习习凉风也该享受一番。于是就爬上最高的一棵树，找了片叶子躺下来。河里的流水声如音乐一般动听，树叶在微风吹拂下如婴儿的摇篮，很快它就睡着了。

不知过了多少时辰，也不知自己在睡梦中到底做了些什么，总之，一觉醒来，它发现自己变成了一只美丽的蝴蝶。

翅膀是那样美丽，那样轻盈，仅扇动了几下，就飞过了河。此时，这儿的花开得正艳，每个花苞里都是香甜的蜜。它很想找到原来的两个伙伴，可是飞遍所有的花丛都没有找到，因为它的伙伴一个累死在了路上，另一个被河水送进了大海。

励志寄语：

在这个世界上，并不是急躁和超负荷追赶就能事事顺遂的。要知道，没有比顺其自然更具有力量，没有比顺乎本性更具有魔力。这样的道理，在大谈竞争的社会里，愿我们每一个人都明白。

山羊的优势

早晨，一只山羊在栅栏外徘徊，想吃栅栏里面的白菜，可是它进不去。

这时，太阳东升斜照大地，在不经意中，山羊看见了自己的影子，它的影子拖得很长很长。“我如此高大，定会吃到树上的果子，吃不吃这白菜又有什么关系呢？”它对自己说。

远处，有一大片果园。园子里的树上结满了五颜六色的果子。

于是，它朝着那片园子奔去。

到达果园，已是正午，太阳当顶。这时，山羊的影子变成了很小的一团。“唉，原来我是这么矮小，是吃不到树上的果子的，还是回去吃白菜的好！”于是，它怏然不悦地折身往回跑。跑到栅栏外时，太阳已经偏西，它的影子重又变得很长很长。

“我干吗非要回来呢？”山羊很懊恼，“凭我这么大的个子，吃树上的果子是一点儿也没有问题的！”

励志寄语：

许多时候，人们对自己的优势视而不见，却反而去追寻另外并不完全适合自己的优势。只怕到头来，连自己的优势也消失殆尽了。

千锤百炼

深山里有两块石头，第一块石头对第二块石头说：

“去经一经路途的艰险坎坷和世事的磕磕碰碰吧，能够搏一搏，不枉来此世一遭。”

“不，何苦呢，”第二块石头嗤之以鼻，“安坐高处一览众山小，周围花团锦簇，谁会那么愚蠢地在享乐和磨难之间选择后者，再说那路途的艰险磨难会让我粉身碎骨的！”

于是，第一块石头随山溪滚涌而下，历尽了风雨和大自然的磨难，它依然义无反顾地在自己的路途上奔波着。第二块石头讥讽地笑了，它在高山上享受着安逸和幸福，享受着周围花草簇拥的畅意，享受着盘古开天辟地时留下的那些美好的景观。

许多年以后，饱经风霜历尽世尘之千锤百炼的第一块石头和它的家族已经成了世间的珍品、石艺的奇葩，被千万人赞美称颂，享尽了人间的富贵荣华。第二块石头知道后，有些后悔当初，现在它想投入到世间风尘的洗礼中，然后得到像第一块石头那样所拥有的成功和高贵，可是一想到要经历那么多的坎坷和磨难，甚至疮痍满目、伤痕累累，还有粉身碎骨的危险，便又退缩了。

一天，人们为了更好地珍存那石头珍品，准备为它修建一座精美别致、气势雄伟的博物馆，建造材料全部用石头。于是，他们来到高山上，把第二块石头粉了身碎了骨，给第一块石头盖起了房子。

励志寄语：

人世间往往也是这样，执着奔波，耐得住千锤百炼的人，才能成为珍品。

爱慕虚荣的鱼

一条鱼，生活在大海里，总感到没有意思，一心想找个机会离开大海。一天，它被渔夫打捞上来，高兴得在网里摇头摆尾，“这回可好啦！总算逃出了苦海，可以自由呼吸了。”乐得直蹦高……

它蹦得的确很高。当听到渔夫与他儿子议论着用什么方法将它烹饪的时候，它重重地摔了下来，很严重，它昏了。

醒来时，发现自己竟仍在水中。一口破旧的水缸，它那身漂亮的斑纹救了它。渔夫决定将它养下，少吃一条鱼实在无所谓，何况它是一条多么美丽的鱼哇！

鱼欢畅地游来游去，在那口破水缸里。缸很小，太小了，可它仍不停下。一口水缸，和一条漂亮的鱼，快乐的鱼。

每天，渔夫总会往水缸里放些鱼虫，鱼很高兴，不停晃动身子，展示自己的漂亮，讨渔夫欢喜。渔夫真的乐了，又撒下一大把鱼虫，鱼大口地吃着，累了则可以停下，打个盹。鱼儿开始庆幸自己的好命运，庆幸现在的生活，庆幸自己有一身花衣。想到当初在海中，每天不得不自己出去寻找食物，还得时时提防天敌的突然袭击。那些朋友可能已几天没吃过东西，也可能已成了他人腹中之物。想到这，它大口咽下一群鱼虫，自言自语道：这才是生活。

在它眼中，这分明是一条漂亮鱼应得的待遇。

日子一天一天过，鱼儿一天一天游。似乎有些厌倦，但再也不愿回到大海了。"我是一条漂亮鱼"，它总这么对自己说。

渔夫要出海了，这次可是出远海，十天半月才能回家。留下儿子一人。第一次，鱼没按时吃到鱼虫。第二天，依然没有吃的，他开始抱怨渔夫儿子这样怠慢一条漂亮鱼。第三天，他渐渐支持不住，饿得发慌。想到在海中，十天找不到食物，它依然行动敏捷，现在身子是发了福，只是游水的本领大不如前了。第四天，终于有吃的了，不是鱼虫，而是渔夫儿子吃剩的残羹。顾不上嫌弃，鱼大嚼起来。它实在不行了。渔夫儿子总是隔三岔五地送些残羹。鱼儿抱怨不停。

终于，消息传来，渔夫出海遇难了。渔夫儿子收拾了东西搬走了。什么都带上，只忘了那条漂亮鱼。鱼在缸里大喊："嗨！带上我，别丢下我！"没人理它。

四周静悄悄，只剩下一口破水缸，一条漂亮鱼。

鱼很悲伤。想到昔日渔夫待它实在不薄，现在却遇难身亡，它十分悲伤。想到自己今后，无人照料，困于水缸。

鱼抱怨，抱怨水缸太小，抱怨伙食太差，抱怨渔夫儿子对它无礼，抱怨渔夫轻易出海，甚至抱怨它决意离开大海时伙伴们为何不加劝阻，抱怨它所认识的一切，只忘了抱怨它自己。

它又开始幻想。一个富商路过此处，发现一条漂亮鱼，于是把它小心地收好，养在家中的大水塘，每天都有可口的鱼虫……

太阳升起来了，四周静悄悄，只剩下一口破水缸，一条漂亮的鱼，死鱼。

真的，很漂亮。

励志寄语：

生活就是这样，各种抱怨，爱慕虚荣，贪图享乐而来的生活是不会幸福长久的，长此以往必将被生活的浪涛淘汰。

不管变成什么

它是一个胆小的老鼠。说起它，还得从前些日子发生的事情说起：

那天，一只老鸦叼着一只小老鼠从森林上空飞过，却一不小心把它从嘴里掉出来了。在森林里住着一个能够创造奇迹的人，这只小老鼠就恰巧掉在了他的脚边。

这个人看见小老鼠，就把它捡起来，带回了自己的小茅舍。小老鼠和他一起住了好多日子。他喂它吃，给它饮水，小老鼠感到很幸福。忽然，有一天，小老鼠走出茅舍时，看见附近有一只大猫。吓得它立即跑回茅舍，躲到角落里，坐在那儿筛糠一般发抖。

那人见这情景，就问："你怎么了？为什么浑身发抖？"

"哎，我的先生，"小老鼠吱吱地尖叫着，"在离咱们茅舍不远的地方，我遇见了一只猫，直到现在我还吓得要死呢！"

那人想了一下便说："好，这么办，我让你永远不再怕猫。你躺下睡吧。等你早晨醒来的时候，你就不是小老鼠了，而是一只猫了。"

那人真的按他所说的做了：早晨小老鼠醒来，真的变成了一只猫的外形。

"你再也用不着害怕猫了，现在你也是猫啦！"那人对它说。

"猫"心满意足地跑出茅舍去了。

可是它刚打算舒舒服服地晒晒太阳，突然又看见了那只猫。这只可怜的“猫”却忘记了自己现在的身份——“猫”。于是，它掉转头就往茅舍飞奔而去。

“你怎么了？”那人问道，“谁又吓唬你了？”

“猫”不好意思承认自己仍然怕猫，就说了谎话：“我在森林里遇见了一只狗。它紧紧追赶我，我险些逃不回来了呢。”

那人又说道：“躺下睡吧。等你早晨再次醒来的时候，你就是一只狗了，你就再也用不着害怕其他的狗啦！”

真的，到了早晨，“猫”醒来后就变成了一只大狗，它狂吠着向森林奔去。在附近的一棵树旁，它又发现了猫。猫也看见了它。猫想，它马上就要向自己扑过来了，于是，猫准备自卫：喉咙里发出了呼噜声，它举起爪子，大声地“喵——喵——”直叫着。而“狗”一听见猫叫，早就吓得魂不附体了，它又赶紧跑回茅舍去。

“这一回又是谁吓唬你了？”那人问道。

“狗”不好意思承认自己害怕猫，又说了谎话：“哎，我的先生，在离咱们茅舍不远的地方，我遇见了一只老虎！直到现在我还弄不明白，我是怎样从那可怕的虎口中逃命的呢？”

“呶，那这么办，我让你从此以后再也不怕任何东西。躺下睡吧！等你早晨醒来的时候，你就是老虎了。”

真的，到了早晨，“狗”醒来变成了老虎。于是，它决定：“我作为兽中之王，不应该再栖身在人的那间小小的茅舍里了。我要到森林里去，要让所有的野兽都在我的力量和勇猛面前不寒而栗！”

“老虎”一边这么想着，一边自尊自大地动身往森林深处走去。忽然，它又看见了猫。猫也看见了它。猫吓得全身的毛都倒竖起来了，脊背也耸成了弓形，眼睛闪烁发光。

“这回可要一命呜呼了！”猫寻思着，“我肯定逃不脱老虎的巨爪！”

而这只“老虎”，胸中跳动着的却仍是一颗小老鼠的怯懦之心；面对那只猫的炯炯发光的眼睛，它竟吓得朝着茅舍仓皇而逃。

它跑进茅舍，钻到一个小旮旯，瘫倒在地，抖得上牙打下牙，“咯咯”直响。

那人惊奇地问：“你怎么又浑身发抖了呢？难道在我们森林里还有比老虎更厉害的野兽吗？”

“有……”这只“老虎”用勉强能听得见的声音说。

“是谁呀？”那人惊奇万分。

“是……是……是猫！”

这时，那人全然明白了，便说：“胸中跳动着老鼠心的‘老虎’，比猫还懦弱。好吧，谁有一颗老鼠的心，就让它永远当老鼠吧！”

说着，他就又把“老虎”变成了可怜的小老鼠。

励志寄语：

内心脆弱，即使有再强大的外在体格，也是不堪一击的！

农夫的妻子

有一天，农夫带着耕牛去耕地。他刚耕了一垄地，老虎就过来说：“朋友，愿你平安。今天早晨天气真好，你好吗？”

“您好，大王。我挺好，谢谢您。”农夫回答说。他吓得浑身发抖，但心想，对老虎还是恭恭敬敬的为妙。

“我很高兴，因为真主派我来吃你的两头牛，”老虎兴高采烈地说，“我知道你是一个信神的人，快点动手！把牛给我卸下来。”

“大王，您没有弄错吗？”农夫问道。他胆子壮了一点，因为老虎只想吃牛，并没有想吃他，“真主命令我耕田，要耕田就得有牛。您是不是最好再去问一问呀？”

“用不着去问啦。我不愿意耽搁你，”老虎说，“如果你把牛卸下来，我马上就可以准备好大餐一顿。”说完，它就开始磨爪子，磨牙。那副张牙舞爪的样子可真吓人！

农夫再三请求老虎不要吃他的耕牛，并且答应用他老婆的肥胖的奶牛来代替。

老虎答应了。农夫为了保险起见，赶快带着耕牛回家去了。他老婆是一个精力充沛、干活勤快的人，看见他这样早就从田里回来，便大声嚷道：“怎么！你这个懒鬼！我的活儿才刚开头，你就已经回来啦！”

农夫向老婆解释他怎样遇到了老虎，为了救他的耕牛，他又怎样答应用奶牛来代替的经过。老婆一听就大声喊道：“真有这种事儿！你这是什么意思，竟想用我那头美丽的奶牛去换你那两头蠢牛！孩子们到哪去弄牛奶？没有奶油，我怎么做饭？”

“老婆子，你说得不错，”农夫反驳说，“可是没有面粉，我们怎么做面包？没有牛来耕田，我们哪儿来的麦子？没有牛奶和奶油，总比没有面包好。赶快去把你的母牛拉出来吧。”

“你这个大笨蛋！”老婆骂道，“如果你有一点点脑子，你就应该想出个办法。”

“你自己去想吧！”丈夫非常生气地说。

“好，我来想办法，”老婆回答说，“不过要我动脑筋，你就得照着我的话办，因为我不能同时做两件事。你回去告诉老虎，奶牛由你老婆带给它。”

农夫是一个胆小鬼，不愿意空手回去见老虎，但他又想不出别的法子，只好照着老婆的话去办。老虎还在那里磨牙，磨爪子，它肚子饿极了。老虎一听还得要再等一会儿，就吹胡子，甩尾巴，大吼起来，它那可怕的模样把农夫吓得膝盖碰膝盖，浑身发抖。

农夫离开家以后，他老婆就走到马棚，给小马套上鞍。她穿上丈夫最好的衣服，把头巾裹得高高的，好显得高大一些，然后骑上马，朝着老虎那边走去。

她在马上抬起头、挺起胸，装出一副男子汉大丈夫的样子，当她来到通往麦田的小道时，她扯开喇叭似的大嗓门喊道："真主保佑，让我在田里找到一只老虎！自从昨天早晨我吃了三只老虎当早餐之后，到现在还没有吃过老虎呢。"

老虎听到这话，又看见说话的人大模大样地骑着马朝它奔过来，便吓得调转屁股，逃到森林里去了。他跑得这样快，几乎把它的朋友黑背豺撞倒了——老虎总是有一只黑背豺跟它做伴，啃它吃剩的骨头的。

"大王！大王！"黑背豺大声喊道，"您上哪儿，跑得这样快？"

"赶快跑，赶快跑吧！"老虎上气不接下气地说，"那边田里有一个魔鬼般的猎人，他一顿早饭吃三只老虎都不算一回事！"

黑背豺听了这话，用爪子捂着嘴笑道："亲爱的主人，太阳把您的眼睛照花了！那边没有什么猎人，只有农夫的老婆，打扮成男人的样子！"

"你有把握吗？"老虎停下来问。

"大王，我完全有把握，"黑背豺说，"如果您的眼睛没有被——啊嗨——被太阳照花，您就会看到这人的背后垂着一条长辫子。"

"不过你也许弄错了，"怯懦的老虎坚持说，"他看起来可真像一个魔鬼般的猎人！"

"我才不怕他呢！"黑背豺回答说，"不要为一个女人牺牲你一顿午饭！咱俩一块儿去。”

“不，说不定你把我带到那儿之后，自己却逃跑了！”老虎担心地说。

“好吧，咱们把尾巴结在一起，这样我就没法儿跑啦！”狡猾的黑背豺建议说。它决心不放弃它那顿肉骨头。

老虎同意了这个办法，它们又把尾巴打了一个死结，才肩并肩地朝前走去。

农夫和他妻子还在田里嘲笑老虎。突然间，看见来的正是把尾巴结在一起的老虎和黑背豺！

“跑吧！”农夫喊道，“我们完蛋啦！完蛋啦！”

“没有这么回事儿，你这个大傻瓜，”他老婆冷静地回答，“住嘴，我连自己说话都听不见了！”

她等到它们来到可以听见说话的地方时，就客气地说：“亲爱的豺先生，你太好了，给我带来了一只这么胖的大老虎！用不了多大工夫我就可以吃完他，你就可以啃骨头了。”

老虎一听这话，吓得魂飞魄散，它忘记了黑背豺，也忘记了尾巴上打了死结，拼命朝前跑，把黑背豺拖在后面，在石头上乒乒乓乓地磕碰，在多刺的丛林里不停地擦破、刺伤。

黑背豺哀嚎、嗥叫，请老虎停下来，但它的声音只是使怯懦的老虎更害怕了。它惊惶失措地狼狈逃窜，越过高山峡谷，一直跑得几乎喘不过气来，而黑背豺早已浑身是伤，奄奄一息了。

农夫和他的老婆从此再也不受老虎的祸害了。

励志寄语：

面对突如其来的麻烦，机智勇敢才是战胜它们的必要“武器”，软弱只会使自己一败再败！

Chapter 第六章

失意时，坚忍；快意时，坚持

有些事情，拿不起就选择放下，否则只会心烦；有些东西，要不得，也把它放下，否则只会心累。做人做事，在于简约，在于宽容隐忍，在于坚持，在于利索……

成功只能在行动中产生

曾经有一个衣衫褴褛、满身补丁的男孩，跑到摩天大楼的工地向一位衣着华丽、口叼烟斗的建筑承包商请教："我该怎么做，长大后会跟你一样有钱？"

这位高大强壮的建筑承包商看了小家伙一眼，回答说："我先给你讲一个关于三个掘沟人的故事吧。一个拄着铲子说，他将来一定要做老板。第二个抱怨工作时间长，报酬低。第三个只是低头挖沟。过了若干年，第一个仍在拄着铲子；第二个虚报工伤，找到借口退休；第三个呢？他则成了那家公司的老板。你明白这个故事的寓意吗？小伙子，去买件红衬衫，然后埋头苦干。"

小男孩满脸困惑，百思不解其中的道理，只好再请他说明。承包商指着正在脚手架上工作的那批建筑工人，对男孩说："看到那些人了吗？他们全都是我的工人。我无法记得他们每一个人的名字，甚至有些人，根本连脸孔都没印象。但是，你仔细瞧他们之中，只有那边那个晒得红红的家伙，就那个穿一件红色衣服的人。我很快就注意到了他，他似乎比别人更卖力，做得更起劲。他每天总是比其他的人早一点儿上工，工作时也比较拼命，而下工的时候，他总是最后一个下班。就因为他那件红衬衫，使他在这群工人中间特别突出。我现在就要过去找他，派他当我的监工。从今天开始，我相信他会更卖命，说不定很快就会成为我的副手。"

"小伙子，我也是这样爬上来的。我非常卖力工作，表现得比所有人都好。如果当初我跟大家一样穿上蓝色的工人服，那么就很可能没有人会注意到我的表现了。所以，我天天穿条纹衬衫，同时加倍努力。不久，我就出头了。老板注意到我，升我当工头。后来我存够了钱，终于自己当了老板。”

“抱怨不能解决任何问题，空想也是无济于事，除了踏实下心来、努力工作之外，没有任何捷径，更没有任何替代品。”

励志寄语：

失意时，抱怨不能解决任何问题，空想也无济于事，成功只能诞生在行动中。

把别人的“白眼”当梯子

在林肯尚未发迹时，曾是一个毫无声望的年轻律师。有一次，他为了一件重要的诉讼事件赶到芝加哥时，当地几个著名的律师却对他毫无欢迎的表示。他便主动跑去拜见，也到处受人白眼。因为那些律师自视清高、目中无人，认为自己和这样一个年纪轻、资格浅的人往来，未免有失身份。

那么，林肯怎样看待他们的侮辱呢？他把眼睛抬得更高，也用鄙视的态度来答复他们吗？不！如果他这样做，恐怕后来也不会享有那么大的名望了。

当他回到斯普林菲尔德时，他对别人说：“我从他们的白眼中，看出自己的学识经验，实在还远远不够用。我发现自己应该学习和尚未学习的事还多哩！”

侮辱的结果，不是灰心失望，反而促使了林肯更加努力上进，后来果然爬到了很高的地位，当了总统。而那些从前侮辱过他的人,却还在做个平凡的律师。林肯抓住了他们送给自己的一剂“苦药”，并转为一种激励，终于一步步地青云直上。

从前，罗斯福总统也曾大大受过朋友嘲弄的“恩惠”。那些朋友们对于他丑陋的长相和虚弱的体格常常调笑，因此激起了他的奋发心——到西部去把身体练好。当他被人戏弄时丝毫不为保住面子而竭力辩解；反之,他对于他们的指责,完全坦然接受下来。

有一天，他在北德兰德斯，与许多同伴砍伐一块空地上的树木，以便在那里建筑一栋屋子。当傍晚下工时，工头问他们每人砍了几株，有一个喜欢开玩笑的工人说：“皮尔砍了三十五株，我砍下四十九株，罗斯福则只有十七株；但他更辛苦，因为他是用牙齿咬下来的。”罗斯福在旁听了，想想自己所砍下的树，切口上确实是斧迹高低不齐，好像咬下来的一般，不禁连自己也笑了。他老实承认自己的成绩，比起别人的，确实是相差很远。

又有一次，那时罗斯福是北德兰德斯牧场的主人，常常出外打猎，他为了知道射猎山羊的诀窍，打听到某处有一位著名的猎师，名叫威尔斯，便写信去请他来做教师。那封信的末尾说：“你想如果我去猎一只白山羊，能够如愿以偿吗？”

那位猎师原是一个粗人，不懂礼貌，就在罗斯福那张信纸的背面，写了一封回信说：“假使你的猎术没有你的写信技术高明，那你即使看见山羊从你面前奔过，你也休想碰掉它的一根毫毛。”

如果罗斯福是一个好高自大、不能忍受丝毫侮辱的人，他接到这封回信一定会勃然大怒，绝对不会再向那位得罪他的猎师请教了。但他当然不会这样做。他打了一个电报去，请那位猎师立刻动身前来。

罗斯福深知那位粗鲁但爱讲老实话的猎师，比一些只知百般谄媚奉承、对于自己的话言出必从的人好得多。

励志寄语：

从别人的轻蔑中，我们不必睚眦必报，怨天尤人，做个乐观上进的人吧，拿别人的“白眼”做梯子，坚持下去，才能一步步青云直上。

自己的事情自己决定

安东尼·罗宾讲过这样一段经历和感受：

有一回我搭乘飞机，坐在我旁边的是一个非常喜欢抱怨的人，如果奥林匹克有这项竞赛的话，他大概可以拿到一块奖牌。那天，当空中小姐前来询问我们晚餐要吃鸡肉还是牛肉的时候，我回答：“鸡肉”，他则表示：“都可以。”

过了一会儿，空姐端来了我的鸡肉，端给他一份牛肉。

接下来的 20 分钟，我只听到他不断喃喃地抱怨他的牛肉有多难吃。他完全不了解，这顿难吃的晚餐其实是他自己决定的。在他的想法里，这是空姐帮他挑的晚餐，但实际上，是他自己将选择权交给别人的。

你是否曾经埋怨过别人？但事实上你可能错怪别人了，是你的决定使你面临今天的结果——也许你自己做决定，也许你决定由别人为你做决定。

罗宾指出：“你要相信这个事实，大部分的时候我们可以自己做选择。勇敢地为自己做决定，不要让别人承担你的成败，不要让别人决定你的一生。”

励志寄语：

我们必须认清一个事实，我们现在所承受的一切，都应该是自己选择的结果，而不是依赖他人或受困于别人的成就里。

别在优势面前迷失

三个旅行者同时住进了一个旅店。

早上出门的时候，一个旅行者带了一把伞，另一旅行者拿了一根拐杖，第三个旅行者什么也没有拿。晚上归来的时候，拿伞的旅行者淋得浑身是水，拿拐杖的旅行者跌得满身是伤，而第三个旅行者却安然无恙。于是前两个旅行者很纳闷，问第三个旅行者：“你怎么会没事呢？”

第三个旅行者没有回答，而是问拿伞的旅行者：“你为什么会淋湿而没有摔伤呢？”

拿伞的旅行者说：“当大雨来临的时候，我因为有了伞就大胆地在雨中走，却不知怎么淋湿了，当我走在泥泞坎坷的路上时，我因为没有拐杖，所以走得非常仔细。专拣平稳的地方走，所以没摔伤。”

然后，他又问拿拐杖的旅行者：“你为什么没有淋湿而是摔伤呢？”

拿拐杖的说："当大雨来临的时候，我因为没有带雨伞，便拣能躲雨的地方走，所以没有淋湿；当我走在泥泞坎坷的路上时，我便用拐杖拄着走，却不知为什么常常跌伤。"

第三个旅行者听后笑笑，说："这就是我安然无恙的原因。当大雨来时我躲着走，当路不好时我小心地走，所以我没有淋湿也没有摔伤。你们的失误就在于你们有凭借的优势，认为有了优势便少了忧患。"

励志寄语：

许多时候，我们不是跌倒在自己的缺陷上，而是跌倒在自己的优势上，因为缺陷常能给我们以提醒，而优势却常常使我们忘乎所以而又患得患失。

送人玫瑰，手留余香

夏日的一个黄昏，高志明和几个朋友坐在广场旁一家清雅的酒店里，一边喝酒一边闲聊。透过玻璃窗，他们看见街头一个女孩正提着一篮子玫瑰花，四处向人兜售。

夜色萧萧而下，霓虹闪烁，那个美丽的黄昏忽略了小女孩一篮子好看的玫瑰。

他们只顾喝酒，也就没再注意那个小女孩。不知过了多长时间，那个小女孩竟站在饭店门口，她清秀的脸上爬满了忧愁与焦虑，操着蹩脚的普通话，有些怯怯地问："老板，可不可以卖一碗蛋炒饭给我？"

正站在他们旁边30多岁的老板转过头，看了看她。小女孩更加羞涩了，站在那里，小手揪着衣角，不敢言语。

“当然可以，你进来坐吧！”老板语音刚落，小女孩就语无伦次起来：“不，不，你把米饭盛在方便袋里就行了。”

他们停止了谈笑。老板一副古道热肠：“没关系，你坐吧。”谁知小女孩说什么也不肯。最后老板只好给她打点好。小女孩感激地提着一方便袋蛋炒饭走了。临走时，她高兴地付了两元钱。

其实，那些蛋炒饭肯定不止卖两元钱。一问老板，果然如此。老板猜测说，这蛋炒饭可能不是那个女孩买给自己的，因为许多天来，她一直在这个广场周围卖花，来买蛋炒饭却是头一次。所以老板想，肯定还有一个人，或者她的亲戚，或者她认识的一个更加苦难的朋友，需要小女孩的照顾。最后老板说：“我给了她两份饭。”

以前也常见到有些衣衫褴褛的小孩到饭店买饭时饭店不予理睬的事情；所以，今天，这位面容安详、气质儒雅的年轻老板让我不由得敬重与感动。

不一会儿，那老板突然一拍脑门，说：“不好，我忘记给她们筷子了。”高志明正好对那个小女孩很感兴趣，就说：“我去送给她们。”

在广场的一角，高志明看见了她，那个卖花的小女孩，她身边还有一个灰头土脸的妇女，正神色黯然地看着他。小女孩一只抓米饭的手停在了妇人的嘴旁。

见她们拘谨，高志明连忙说：“我是来给你们送筷子的。”

小女孩说了声谢谢。高志明本想与她攀谈几句，可她们对自己的遭遇闭口不提。他只知道她们是一对母女。

临走时，女孩递给高志明一朵玫瑰，说让他送给饭店老板。

不知为什么，手里握着玫瑰，心里似一片波澜不止的湖。饭店老板对小女孩的热情在小女孩看来不仅仅是一念小小的善心，更多的则是一种人格上的尊重。把玫瑰放在他的手上时，小女孩浅浅地笑了，露出两颗雪白的小虎牙。高志明感觉到，她的晶莹如同莲花上的露珠，在微风中摇曳着她小小内心深处由衷的感激；那一朵玫瑰，就是一个天堂啊！

励志寄语：

面对苦难，念念不忘，悲观丧气，那就永远也走不出这生活的泥潭；乐观而坚忍地把它踩在脚下，将看到另一片曙光！

如何去观察生活

A 先生与他人合开的一家公司倒闭了，情绪低落到了极点。在朋友的开导下，A 先生决定出去走走。在南美热带丛林中，A 先生认识了一种世界上最可爱的鸟——蜂鸟。

而最令 A 先生感动的是，它是唯一能往后飞的鸟。

在 A 先生的内心，一直有一种渴望：拥有一对翅膀。这样，就可以更快地往前冲。整个城市的呐喊都在鼓动着 A 先生的这种欲望，向前飞的欲望。

看到蜂鸟往后飞的美姿时，A 先生的心渐渐平静了。为什么一定只有往前走的选择？其实没有退路的人生，那该是多么可怕。

后来，A 先生又看到了海的骄子——海豹。它可以连续游六千英里，但若把它放在船上，它会晕船。由此，A 先生认识到自己曾经的“下海”，有点像海豹上船。认清了这一点，他不禁会心一笑，便看到了海的湛蓝与伟大。

这一趟远足，收获颇多。亲近大自然后，A 先生终于明白了印第安人的话语：“一切生命均来自那座大山！”也理解了海明威的一句心里话：“带着你的创伤到旷野疗伤！”

自然使人们懂得谦卑、淡泊与宽容，谦卑使人们内心回归宁静、平和和从容。确实，真正的伟大是单纯，真正的智慧是兼容，真正的力量是谦和。大自然教我看得更多、更远，更教我如何去观察生活。

励志寄语：

跌倒不是坏事，重要的是要学会坚忍，学会勇敢地站起来，生命之路才会通畅起来。

墙上画饼难求饱

熟能生巧，当你怀疑自己能力的时候，那只能证明你还没有足够的努力！

一个人想学打猎，找到一个有经验的老猎人，拜他为师。他向老猎人说：“人必须有一技之长，在许多职业里面，我选中的是打猎。我很想持枪到树林里去，打到我想打的鸟。”于是老猎人检查了那个徒弟的猎枪，枪是一把好枪，徒弟也是一个有决心的徒弟，就告诉了他各种鸟的特征，以及有关瞄准和射击的知识，并且嘱咐他必须寻找各种鸟去实践练习技术。

那个人听了老猎人的话，以为只要知道如何打猎就已经能打猎了，于是他持枪来到树林。但当他一进入树林，还没有举起枪，鸟却早已飞走了。

于是他又来找老猎人，说：“鸟是机灵的，我没有看见它们，它们却先看见我了。等我一举起枪，鸟早已飞走了。”

老猎人听完后，就问他：“你是想打那不会飞的鸟吗？”

他说：“说实在的，在我想打鸟的时候，真有这样的想法：要是鸟不会飞该多好啊！”

猎人说：“那你回去，找一张硬纸，在上面画一只鸟，把硬纸挂在树上，朝它打，一定会成功的。”

那个人回到家，照老猎人说的做了，可试验着打了好几枪，却一枪也没能打中，只好又去找了老猎人。他对老猎人说：“我照你说的在纸上画了一只鸟，可还是打不中。”老猎人就问他自己觉得是什么原因，他说：“可能是画太小，也可能是距离太远。”

老猎人沉思一会儿，就对他说：“对你的决心，我很感动。你回去吧，把一张大一些的纸挂在树上，朝那一张纸打，这一次你会成功的。”

那人很忧虑地说：“还是那个距离吗？”

老猎人说：“由你自己决定。”

那人又问：“那纸上还是画着鸟吗？”

猎人说：“不。”

那人苦笑了，说：“那不就成了打纸了吗？”

老猎人很严肃地说：“我的意思是，你先朝着纸只管打，打完了，就在有孔的地方画上鸟，打几个孔，就画几只鸟——这对你来说，是最有把握的了。”

励志寄语：

强者是知难而进，弱者却只能是见难就退，最后只能沦落到画饼充饥了。

勇敢面对自己的苦难

三年前，李文宇在一家大公司任职。经理是位40岁上下的男子，一向表情严肃刻板。一次李文宇随他外出，在飞往重庆的客机上，他向李文宇吐露了一件藏在心里已久的隐私。应该说，在那个时候，作为李文宇心目中威严的上司，他说的那个话题却真真地让李文宇受窘又惊诧不已。

“十年前，我受雇于一家染织公司当业务员，由于我的勤劳能干，大量欠款源源不断地收了回来，公司颓败的景象得到了改观。老板也很赏识我，几次邀我到他家吃饭。后来，他唯一的女儿悄悄地爱上了我,常常送一些精美的小玩意儿给我。我起初不敢接受，后来碍于情面只得收下了。就这样过了两年，当有一天我告诉她，我和他之间不可能有什么结果时，她一气之下寻了短见。

“她的两个哥哥咆哮不止，扬言非要我偿命不可。那时我手里已有了为数不少的积蓄，很多人劝我一走了之。我没有这样做，心里只有一个念头：事因既然在我，我必须回去面对这一切，是死是活——无关紧要。

“当我走进她家的门，一群人向我扑来，可她的父亲——我的老板向其他人摆了摆手，走上来紧握着我的手，良久才缓缓说了这么一句话——一个女人愿意为你献身，说明你是一个不同凡响的人；你敢来面对这一切，说明你是一个有血有肉的人。”

说到这里他停住了，好一会儿再也无语。但李文宇知道，他已经给了他一个最好的人生哲理：对于自己造成的一切麻烦，除了勇敢地去面对，别无选择！

望着他沉郁又冷峻的脸，李文宇想：他事业的辉煌与腾达，是不是也得益于这一信条呢？

励志寄语：

大多成就事业的人，必定是对于自己的苦难与磨难勇于面对的人。

敢于行动

两个九岁的男孩——罗伯特和麦克想赚钱，但想来想去，觉得社会上的确没有什么工作可以提供给像他们这样大的孩子。

经过苦思冥想，他们自以为找到了“最好”“最快”“最可靠”的赚钱方法。

在接下来的几个星期里，罗伯特和迈克跑遍了邻近各家，敲开他们的门，问他们是否愿意把用过的牙膏皮攒下来给他们。迷惑不解的大人们微笑着答应了。有的问他们要它做什么，对此，他们回答道：“这是商业秘密。”

几星期以后，他们已经攒了足够多的牙膏皮，他们决定把这些牙膏皮“变”成钱。

两个九岁男孩在公路边合力“安装”了一条生产线。他们还要求罗伯特的爸爸来参观。

罗伯特的爸爸小心地走过来。他看见一个钢壶架在炭上，里面的废牙膏皮正在熔化（在那个时候，牙膏皮还不是塑料做的，而是铅制的）。当铅皮到达熔点时，罗伯特和迈克就非常小心地把溶液从牛奶盒顶的小孔中小心地注入牛奶盒中。

最后，当溶液全部倒入石灰模后，罗伯特放下钢壶，向他爸爸绽开了笑脸。

他爸爸带着谨慎的微笑问道："你们在干什么？"

罗伯特说："我们正在'弄'钱，我们就要变成富人了！"

迈克咧嘴笑着点头补充道："是的，我们是合伙人。"

他爸爸有些好奇地问："这些灰模子里面是什么东西？"

罗伯特说："看，这是已经铸好的一炉。"说着，他用一个小锤子敲开了密封物，并把管子分成两半，他小心地抽掉灰模的上半部，一个铅制的五分硬币便掉了下来。

"噢，天啊，"他爸爸惊叫了起来，用手摸着额头："你们在用铅造硬币！"

迈克说："对啊，我们在自己挣钱呐。"

在一堆火和一堆废牙膏皮旁，两个白灰满面的小男孩正在开心地笑着。

罗伯特的爸爸微笑着摇着头。他要孩子们放下手里的东西，和他坐到屋外的台阶上，然后，他微笑着和蔼地向他们解释了"伪造"一词的含义。

孩子们的梦想破灭了！"你的意思是说这么做是违法的？"迈克用颤抖的声音问。

失望之中，罗伯特和迈克在沉默中坐了20分钟才开始收拾残局。罗伯特望着迈克沮丧地说："我们只能当穷人了。"

励志寄语：

一件事情的成败并不重要，重要的是你是否曾经尝试过，是否勇敢而坚定地承受住了。要知道大多数人都热衷于谈论或梦想，而只有敢于行动与坚忍的人才能最终成为出类拔萃的人。

心中有他人

学校请从事学生心理研究工作的卢老师来给大家做《心中有他人，眼里有世界》的报告。报告的地点在阶梯教室，时间是 14 点钟。

离约定时间还有 20 分钟的时候，卢老师就赶到了阶梯教室。学生不安地说："卢老师，还要让您在这里等学生，我们真是太失礼了。"卢老师微微一笑说："我提前些到是有意图的啊，待会儿你就知道了。"

阶梯教室座无虚席——大家都到齐了。

一阵热烈的掌声说尽了学生们心中的敬意。掌声过后，卢老师的报告却没有开始。只见他面带微笑地从台上走下来，走到 14 排中间那个座位处。在一个羞怯怯的男生面前，卢老师深深地鞠了一躬。

所有的人都看呆了。

卢老师对满心疑惑的同学们说："我多么敬佩这个可爱的同学，这种由衷的敬佩使我不得不向他深鞠一躬。大家可能会问，这到底是为什么呀？是因为他来得早吗？——不是。那么，是因为他坐得好吗？——也不是。让我来告诉你们吧：在你们入场的时候，我一直都在认真观察，我发现，许多先到的同学一进来就抢占了把边的座位，在他们看来，那一定是‘黄金座位’——好进好出，方便得很哩！只有这个同学进来后舍弃了这14排中还空着的‘黄金座位’，毅然坐到了中间这个进出不便的座位上，接下来，14排座位便左右次第开花，使我看到了我希望看到的最佳入场次序；我继续观察，我发现，先前那些抢占‘黄金座位’的同学其实倍受其苦，因为座位之间行距较小，每一个后来者往里进时，把边的人都不得不起立一次。我注意到有个捷足先登的同学在短短的十几分钟里，竟然起立了十几次！——同学们，你们看，利己与利他有时候就是这么奇妙的统一。”

励志寄语：

不要总是抱怨别人给自己添麻烦，不要总是觉得生活中麻烦太多，请永远记住：心中有他人，他人也会悦纳了我们自己；眼里有世界，世界也会成全我们自己。

不在一棵树上吊死

1850年，美国旧金山来了一大批淘金者。那时，这里已经是一个很热闹的地方，只见到处是熙熙攘攘、川流不息的人群。这些人大都衣衫褴褛，蓬头垢面，一副疲于奔命的样子。他们尽管种族不同、语言各异，但是满脑子里都在做着一个共同的美梦：淘金发财。

自从美国西部发现了金矿，便掀起了“淘金热”，世界各地希望“一夜暴富”的人都向这里涌来了。

在这川流不息的人群中，有一个叫李威·施特劳斯的年轻人，他是德国犹太人，抛弃了自己厌倦的家族世袭式的文职工作，跟着两位哥哥远渡重洋也赶到了美国来“发财”。就像今天全国各地的很多人集中涌向广州、上海、北京等地打工一样，可现实并非李威想象的那样：这里淘金的人多如牛毛，淘金不是一件好做的事情！

他是一个比较实在的人，心里盘算开了，做生意或许比淘金更容易赚钱。这样他就开了一间卖日用品的小铺。

从德国来到美国，异国他乡，一切都是新的——既新鲜，又是那样的生疏。要开好这个小店，他得向当地的美国商人学习做生意的窍门，学习他们的语言。犹太人是个做生意天赋极高的民族，他们自从被赶出家园之后，在世界各地流浪很多年，就是靠他们高超的经商头脑，才在世界各地生存下来，因此，他们的基因里就有做生意的长处，李威也不例外。没过多久，他就成为一个地道的小商贩了。

一次，有位来小店的淘金工人对李威说：“你的帆布很适合我们用。如果你用帆布做成裤子，更适合我们淘金工人用。我们现在穿的工装裤都是棉布做的，很快就磨破了。用帆布做成裤子一定很结实，又耐磨，又耐穿……”

“说者无意，听者有心。”一句话就把李威点醒了，他连忙取出一块帆布，领着这位淘金工人来到了裁缝店，让裁缝用帆布为这个工人赶制了一条短裤——这就是世界上第一条帆布工装裤。

就是这种工装裤后来演变成一种世界性的服装——李威牛仔裤。

那位矿工拿着帆布短裤高高兴兴地走了。

李威已经考虑成熟了：立即改做工装裤！

这许许多多的偶然，对无心者来说，犹如一阵凉风吹过，转眼就不见了。而对于有心人来说，这就是无价之宝，他们常常会抓住这一瞬间“电光”，创造出震惊世界的“热核爆炸”。成功人士的过人之处就在于能紧紧抓住很多偶然的东西，做出惊人的成就。

李威就是这样：帆布短裤一生产出来，就受到那些淘金工人的热烈欢迎！

这种裤子的特点是坚固、耐久、穿着舒适……大量的订货单雪片似的飞来，李威一举成名。

1853 年，李威成立了“李威帆布式工装裤公司”，大批量生产帆布工装裤，专以淘金者和牛仔为销售对象。

顾客的要求就像上帝的旨意，否则，就会在弱肉强食、优胜劣汰的市场中失去优势，甚至一败涂地。李威对此是心知肚明的。从帆布工装裤上市的第一天起，他就没有停止过对自己产品进行的思考，哪怕是产品处于供不应求的状况。他还是不断从生活中发现问题，产生更新的创意。

他亲自到淘金现场，细心观察矿工的生活和工作特点，想方设法使自己的产品更能满足顾客的需求。为了让矿工免受蚊叮虫咬，他将短裤改为长裤；为了便于矿工把样品矿石放进裤袋时不会裂开，他将原来的线缝改为用金属扣钉牢；为了让矿工们更方便装东西，他又在裤子的不同部位多加两个口袋等。

通过这些不断的改进和提高，李威的裤子越来越得到矿工的欢迎，生意更加兴隆了。

后来，李威发现，法国生产的哔叽布具有与帆布同等耐磨力，但是比帆布柔软多了，并且更美观大方，于是决定用这种新式面料替代帆布。不久，他又将这种裤子改缝得较紧身些，使人穿上显得挺拔洒脱。这一系列的改进，使矿工们更加喜欢。经过不断的革新改进，牛仔裤的特有式样形成了，“李威裤”的称呼也渐渐改为“牛仔裤”这个独具魅力的名称。

李威本是众多淘金者中的一员，但他看到淘金的人太多，如此激烈的竞争，成功者肯定是少数，不如在这些人身上打主意赚点钱。这正应了那句话，全世界犹太人最聪明、最会做生意。东方不亮西方亮，淘金不成，可以选择“分金”，这样的手段的确高明。

励志寄语：

成功因人而异，方法与角度千变万化，做任何事都要耐得住压力，也要学会变通，如此才会见到别有洞天的精致美景！

懂得珍惜，耐住考验

有一位年老的富翁，非常担心他从小娇惯的儿子的前途。虽然他有庞大的财产，却害怕遗留给儿子反而带来祸害。他想，与其留财产给孩子，还不如教他自己去奋斗。

他把儿子叫来，对儿子说了他如何白手起家，经过艰苦的拼搏才有今天。父亲的故事感动了这位从未出过远门的青年，激发了他奋斗的勇气，于是他立下誓愿：不找到宝物决不返乡。

青年打造了一艘坚固的大船，在亲友的欢送中出海了。他驾船渡过了险恶的风浪，经过无数的岛屿，最后在热带雨林中找到一种树木。这种树木高达十余米。在一片雨林中只有一两株。砍下这种树木，经过一年时间让外皮朽烂，留下木心沉黑的部分，会散现一种无比的香气。放在水中，它不像别的树木浮在水面，而会沉到水底去。青年心想：这真是无比的宝物呀！

青年把这种树木运到市场出售，可是没有人来买，这使他非常烦恼。偏偏在与他相邻的摊位上有人在卖木炭，那小贩的木炭总是很快就卖光了。刚开始的时候青年还不为所动，日子一天天过去，他的信心终于动摇了，他想："既然木炭这么好卖，为什么我不把香木变成木炭来卖呢？"

第二天他果然把香木烧成炭，挑到市场，一会儿就卖光了。青年非常高兴自己能改变心意，得意地回家告诉了他的老父。老父听了，忍不住落下泪来。

原来，青年烧成木炭的香木，正是这个世界上最珍贵的树木"沉香"，只要切下一小块磨成粉屑，价值就会超过一车的木炭。

这是佛经里的一个故事，他告诉我们一个智慧：许多人手里有"沉香"却不知道它的珍贵，反而羡慕别人手中的木炭，最后竟丢弃了自己的珍宝。

人生最大的缺憾，就是耐不住生活中各种艰难的考验，而不断和别人比较。和高人比较，使我们自卑；和下人比较，使我们骄满。外来的比较是我们心灵动荡不能自在的来源，也使得大部分的人迷失了自我，障蔽了自己心灵原有的氤氲馨香。

因此，佛陀说：一个人战胜一千个敌人一千次，远不及他战胜自己一次！

励志寄语：

生活中充满了太多的艰难和不容易，这是一种考验，可我们多少人手捧"沉香"，却因脆弱的心败在了世俗的诱惑面前！耐住考验，才能把握住我们人生中最为珍贵的珍宝。

用希望支撑的生命

在郭勇家的隔壁，住着一位孤苦伶仃的老奶奶，在她 26 岁的时候，丈夫外出做生意，从此便一去不返。是死在了乱枪之下，还是病死在外，还是像有人传说的被人在外面招了养老女婿，都不得而知。当时，她唯一的儿子只有五岁。

丈夫不见踪影几年以后，村里人都劝她改嫁。没有了男人，孩子又小，这寡守到什么时候是个头？她没有走。她说，丈夫生死不明，也许在很远的地方做了大生意，没准哪一天发了大财就回来了。她被这个念头支撑着，带着儿子顽强地生活着。她甚至把家里整理得更加井井有条。她想，假如丈夫发了大财回来，不能让他觉得家里这么窝囊寒碜。

这样过去了十几年，在她的儿子 17 岁的那一年，一支部队从村里经过,她的儿子跟部队走了。儿子说,他到外面去寻找父亲。

不料儿子走后又是音信全无。有人告诉她说儿子在一次战役中战死了，她不信，一个大活人怎么能说死就死呢？她甚至想，儿子不仅没有死，而是做了军官了，等打完仗，天下太平了，就会衣锦还乡。她还想，也许儿子已经娶了媳妇，给她生了孙子，回来的时候是一家子人了。

尽管儿子依然杳无音信，但这个想象给了她无穷的希望。她是一个小脚女人，不能下田种地，她就做绣花线的小生意，勤奋地奔走四乡，积累钱财。她告诉人们，她要挣些钱把房子翻盖了，等丈夫和儿子回来的时候住。

有一年她得了大病，医生已经判了她死刑，但她最后竟奇迹般地活了过来，她说，她不能死，她死了，儿子回来到哪里找家呢？

这位老人一直在我们村里健康地生活着，今年已经满百岁了。直到现在，她还是做着她的绣花线生意，天天算着，她的儿子生了孙子，她的孙子也该生孩子了。这样想着的时候，她那布满皱褶的沧桑的脸上，即刻会变成像绣花线一样绚烂多彩的花朵。

每一次见到这位老人，郭勇都会有无限的感慨。这样一个希望，一个在世人看来十分可笑的希望，却一直滋养着她的人生，支持着这样一个脆弱的生命在苍茫的人世间走了几十个春秋。

励志寄语：

没有什么比希望更能改变我们的处境。当我们处于厄运的时候，当我们败下阵来的时候，当我们面临一场巨大灾难的时候，只要守住内心的希望之火不熄灭，便会战胜一切波折苦难，给自己的人生插上飞翔的翅膀。

创造出自己的特点

两个青年一同开山，一个把石块砸成石子运到路边，卖给建房的人；一个直接把石块运到码头，卖给杭州的花鸟商人。因为这儿的石头总是奇形怪状，他认为卖重量不如卖造型。三年后，卖石头造型的他成为村上第一个盖起瓦房的人。

后来，不许开山，只许种树，于是这儿成了果园。每到秋天，漫山遍野的鸭梨招来八方客商，他们把堆积如山的梨子成筐成筐地运往北京和上海，然后再发往韩国和日本。因为这儿的梨，汁浓肉脆，纯正无比。

就在村上的人为鸭梨带来的小康日子欢呼雀跃时，曾卖过石头的那果农卖掉了果树，开始种柳树。因为他发现，来这儿的客商不愁挑不到好梨子，只愁买不到盛梨子的筐。五年后，他成为村里第一个在城里买房的人。

再后来，一条铁路从这儿贯穿南北，这儿的人上车后，可以北到北京，南抵九龙。小村对外开放，果农也由单一的卖水果开始谈论果品加工及市场开发。就在一些人开始集资办厂的时候，还是那个村民，在他的地头砌了一垛三米高、百米长的墙。这垛墙面向铁路，背依翠柳，两旁一望无际的万亩梨园。坐车经过这儿的人，在欣赏盛开的梨花时，会突然看到四个大字：可口可乐。据说这是五百里山川中唯一的一个广告，那垛墙的主人凭这垛墙，第一个走出了小村，因为他每年有四万元的额外广告收入。

20 世纪 80 年代末，日本丰田公司亚洲区代表山田信一来华考察，当他坐火车路过这个小山村时，也听到了这个故事，他便被这个主人公罕见的商业化头脑震惊了，当即决定下车寻找这个人。

当山田信一找到这个人的时候，他正在自己的店门口与对门的店主吵架，因为他店里的一套西装标价 800 元的时候，同样的西装对门标价 750 元，他标价 750 元的时候，对门就标价 700 元。一月下来，他仅批发出 8 套西装，而对门却批发出 800 套。

山田信一看到这种情形，非常失望，以为被讲故事的人欺骗了。可当山田弄清真相之后，立即决定以百万年薪聘请那位农民，因为对门的那个店也是那位农民的。

励志寄语：

真正内心强大的人，有一颗智慧的头脑，经历过狂风暴雨，体验过高山低谷，也见识过人生百态。愿我们在人生的道路上，练就坚忍与睿智。

劣势也可以变成优势

有一个十岁的小男孩，在一次车祸中失去了左臂，但是他很想学柔道。

最终，小男孩拜一位日本柔道大师做了师傅，开始学习柔道。他学得不错，可是练了三个月，师傅只教了他一招，小男孩有点弄不懂了。

他终于忍不住问师傅："我是不是应该再学学其他招数？"

师傅回答说："不错，你的确只会一招，但你只需要会这一招就够了。"

小男孩并不是很明白，但他很相信师傅，于是就继续照着练了下去。

几个月后，师傅第一次带小男孩去参加了比赛。小男孩自己都没有想到居然会轻轻松松地赢了前两轮。第三轮稍稍有点艰难，但对手还是很快就变得有些急躁了，连连进攻，小男孩敏捷地施展出自己的那一招，又赢了。就这样，小男孩迷迷瞪瞪地进入了决赛。

决赛的对手比小男孩高大、强壮许多，也似乎更有经验，小男孩曾一度显得有点招架不住了，裁判担心小男孩会受伤，就叫了暂停，还打算就此终止比赛，然而师傅不答应，坚持说，"继续下去！”

比赛重新开始后，对手放松了戒备，小男孩立刻使出他的那一招，制服了对手，由此赢了比赛，得了冠军。

回家的路上，小男孩和师傅一起回顾每场比赛的每一个细节，小男孩鼓起勇气道出了心里的疑问：“师傅，我怎么就凭一招就赢得了冠军？”

师傅答道：“有两个原因：第一，你几乎完全掌握了柔道中最难的一招；第二，就我所知，对付这一招唯一的办法是对手抓住你的左臂。”

所以，小男孩最大的劣势变成了他最大的优势。

励志寄语：

有的时候，人的劣势未必就是劣势，只要有足够的信心和坚持，可能反而成了优势。

人生短暂，别和自己过不去

二战期间，罗勃·摩尔在一艘美国潜艇上担任瞭望员。一天清晨，随着潜艇在印度洋水下潜行的他通过潜望镜，看到一支由一艘驱逐舰、一艘运油船和一艘水雷船组成的日本舰队正向自己逼近。潜艇对准走在最后的日本水雷船准备发起攻击，水雷船却已掉过头来，朝潜艇直冲过来。原来空中的一架日机，测到了潜艇的位置，并通知了水雷船。潜艇只好紧急下潜，以便躲开水雷船的炸弹。

三分钟后，六颗深水炸弹几乎同时在潜艇四周炸开了花，潜艇被逼到水下 83 米深处。摩尔知道，只要有一颗炸弹在潜艇五米范围内爆炸，就会把潜艇炸出个大洞来。

潜艇以不变应万变，关掉了所有的电力和动力系统，全体官兵静静地躺在床铺上。当时，摩尔害怕极了，连呼吸都觉得困难。他不断地问自己，难道这就是我的死期？尽管潜艇里的冷气和电扇都关掉了，温度高达 40℃以上，摩尔仍直冒冷汗。

日军水雷船连续轰炸了 15 个小时，摩尔却觉得比 15 万年还漫长。寂静中，过去生活中无论是不幸运的倒霉事，还是荒谬的烦恼都一一在眼前重现：摩尔加入海军前是一家税务局的小职员，那时，他总为工作又累又乏味而烦恼；抱怨报酬太少，升迁无指望；烦恼买不起房子、新车和高档服装；晚上下班回家，因一些琐事与妻子争吵。这些烦恼事，过去对摩尔来说似乎都是天大的事。而今置身这坟墓般的潜艇中，面临着死亡的威胁，摩尔深深感受到，当初的一切烦恼显得那么荒谬。他对自己发誓：只要能活着看到日月星辰，从此再不烦恼。

日舰扔完所有炸弹终于开走了，摩尔和他的潜艇重新浮上水面。战后，摩尔回国重新参加工作，从此，他更加热爱生命，懂得如何去幸福地生活。他说："在那可怕的 15 个小时内，我深深体验到对于生命来说，世界上任何烦恼和忧愁都是那么微不足道。"

我们常常处于极端矛盾之中，让自己受苦而不自知。这不是和自己过不去吗？

励志寄语：

生活中的一切苦难和烦恼都只不过是一味调剂，少之多少会显得苍白和索然，我们大可看得开，想得透。如果我们内心脆弱，偏偏选择与自己过不去，又怎能体味到其中趣味？

有所失和有所得

有两个人拉了一车花盆，不经意间摔破了两盆。

一个人悲伤地说："真倒霉，摔碎了两个花盆！"另一个则欣慰地说："真幸运，只摔碎了两个花盆！"

现实生活中，只见树木不见森林，不看大局只为眼前的挫折所压倒的人不在少数，而故事中的第二个人，不计较失去的，而着眼于自己拥有的，这种人豁达并且有哲人的乐观，在面对挫折时能看到光明，使自己充满信心。

生活中我们有太多的烦恼：一日三餐的操劳、子女读书就业的困惑、物价的波动、人际关系的纠葛等，桩桩件件都牵动着我们的心，耗费着我们的精力。面对生活的挑战，许多人都说活得真累！

随着机械化、电子化程度日益提高，在我们日常工作中，真正需要拼体力的并不很多，感叹累，是因为心力和体力的双倍付出。心理的疲惫加剧了身体的疲劳。当人们从心里感到累时，身体才累。

曾有一位老音乐家，在那个年代被下放到农村为牲口铡了整整十年的草。

等他平反回来，人们惊奇地发现他并没有憔悴衰老。当人们询问他其中的原因时，这位音乐家说："我怎么会衰老呢？每天铡草我都是用4／4拍铡的。"他的快乐心态使他感到劳动里蕴含着音乐，铡草声是一首4／4拍节奏的乐章。无独有偶，电影《芙蓉镇》里那个被打成右派下放到农村劳动改造的知识分子，他每天清晨扫大街，双手挥动扫帚，脚踏华尔兹舞步，挥洒自如，自得其乐。他们都热爱生活，无论顺境逆境，都能以良好的心态面对，都能活得潇洒，活得自在。

励志寄语：

人生有得也有失，若耿耿于怀失去的而无法自拔，除了徒增烦恼和伤感别无益处。珍惜我们已拥有的和将要拥有的，潇洒享受生活的馈赠，勇敢走向远方！

自尊自爱自强

安安的父亲生就一副菩萨心肠，一向温文尔雅，但六月的一天，安安却目睹了他父亲对一个陌生青年的严厉的训斥。

那是个星期天，安安陪着他父亲正在大街上散步，迎面撞上一个蹲在地上向行人乞讨的年轻人，只见他面前放着一个牌子，上面介绍他是一个大学生，来这座城市打工，但未找到工作……

他父亲凑上去，问那年轻人真是大学生吗，年轻人点点头。

刚才还说说笑笑的父亲陡然变了脸色，像一头暴怒的狮子，将雷霆般的呵斥，暴风骤雨似的倾泻到年轻人头上："收回你的手，你这不知道羞耻的家伙，回去照照镜子，看看你那熊样，也配称大学生，你的书都白念了……"

平素说话柔声细语、从不带脏字的父亲，这一顿劈头盖脸的训斥，连安安都惊呆了，那个年轻人更是惊愕不已。

"快滚，别在这里丢人现眼。"安安的父亲不容置辩地呵斥道。

那年轻人真的在众目睽睽之下，垂着头乖乖地走开了。

安安望着胸膛还在剧烈起伏不已的父亲，他还未缓过神来，他父亲便从兜里掏出 50 元钱，示意他过去交给他刚才责骂走的年轻人。

安安不解地望望父亲，他父亲长叹一口气，命令他赶紧送去。

当安安追上那个年轻人，请他原谅父亲的冲动时，那个年轻人满脸羞愧地向他真诚地感激道：“谢谢你父亲，我将一生铭记他的教诲，请你转告他，我知道接下来该怎么做了。”

年轻人转身走了，安安还握着那张钞票久久地愣在那里，脑子里一下子塞满了父亲常说的那六个字——自尊自爱自强。

励志寄语：

自尊自爱自强，这是做人之本。当我们的灵魂在迷茫中徘徊，意志在挫折中慢慢丧失时，要记得这六个字，以避免堕落在迷茫的街头。

苦难有时也是一种强心剂

去年夏天，文博随一位记者朋友下乡去采访。他们所到之处是一个贫困偏僻的山村，在那里，文博见到了这个村子里最穷的一户人家。

说是人家，其实只是父子俩：儿子痴呆，父亲双脚截瘫，终日坐在床上。他们的家安在牛棚里，左边躺着几头牛，右边放着父子俩的睡床，中间用一道齐腰高的土墙隔开。

文博的记者朋友问这里的村主任："村里每个月救助他们多少钱？"

村主任说："他们不需要救助。"

他们惊讶了："他们靠什么生活呢？"

"儿子为村里放牛，他脑子虽不好使，但干这事还不曾出过大错；父亲做斗笠、织蓑衣，为本村人修家具。完全可以维持两人简单的衣食。"村主任说。

文博走进那间牛棚，推开那扇形同虚设的木门，看见一个须发很长且已花白的中年男人，臀部以下是触目惊心的空白，他正"坐"在床上，修补着一件蓑衣。文博在他面前站住了，他掏出一张 50 元的钞票递给他，他看了看，神色平静地说："你要买什么？斗笠？还是蓑衣？"

"我什么也不买。"

他有些恼怒了，"什么也不买那你给我钱干什么？我知道你是从城里来的，根本不会要我这些破东西，但我也不要你的钱。"

文博突然有一种惊惶，更感到一种惭愧。他发现他犯了一个不可饶恕的错误，他在向一个不需要施舍的人施舍，他忽略了一个看重尊严的人的尊严。平心而论，命运对这父子俩真是太不公平了。但文博发现父亲却是清醒的，而生命的大悲大痛正源于这种清醒。

人们曾经以为，苦难是一种酸性物质，它能一点点腐蚀人的自尊，毁掉人的生命力，但现在，人们却看见在同一时空里，在人们的周围，有这样的人：他们本是命运的弃儿，他们对人世本可以厌弃，可他们依然默默无言地生存着，并在这默默无言中让那些自认为可以俯视他们的人感到另一种光芒：刺眼的光芒。

励志寄语：

命运由自己安排，任何苦难都只是一种生活的状态，不管怎样，自尊自强，勇敢生存，才是立足人生路上的法宝。